# बहिश्ते-ज़हरा

(उपन्यास)

# बहिश्ते-ज़हरा

नासिरा शर्मा

वाणी प्रकाशन

**वाणी प्रकाशन**

*4695, 21-ए, दरियागंज, नयी दिल्ली 110 002*

फ़ोन : +91 11 23273167 फ़ैक्स : +91 11 23275710

**शाखाएँ**

*अशोक राजपथ, पटना 800 004, बिहार*

*कॉफ़ी हाउस कैम्पस, महात्मा गांधी मार्ग, इलाहाबाद 211 001, उत्तर प्रदेश*

*महात्मा गांधी अन्तरराष्ट्रीय हिन्दी विश्वविद्यालय, वर्धा 442 001, महाराष्ट्र*

*सुल्तानिया रोड, मोतिया पार्क, भोपाल 462 001, मध्य प्रदेश*

www.vaniprakashan.com
marketing@vaniprakashan.in
sales@vaniprakashan.in

BAHISHTE-ZAHARA
*by* Nasera Sharma

ISBN : 978-93-87330-49-8
Political Fiction on Revolution of Iran



प्रथम संस्करण 2009
आवृत्ति 2020

मूल्य : ₹ 199



*सिटी प्रेस, दिल्ली-110 095 में मुद्रित*

*वाणी प्रकाशन का लोगो मक़बूल फ़िदा हुसेन की कूची से*

उन आत्माओं के नाम

जो

रौशनी की तलाश में क़ब्रिस्तान के अँधेरे में

आज भी

संघर्षरत है

# दो शब्द

ईरान की क्रान्ति की पृष्ठभूमि पर लिखा मेरा यह उपन्यास उन अनुभवों का लेखा-जोखा है जो पिछले नौ वर्षों में मुझे ईरान की धरती पर हुए।

राजनीति, आज इन्सानी ख़ून में प्रवाहित है। उसके प्रकोप से इन्सानियत बीमार है; दम तोड़ती नज़र आती है। संक्षेप में राजनीति सिर्फ़ 'पॉवर गेम' है। यही राजनीति है जो किसी की अच्छाई और बुराई को तय करती है, सच्चाई के मुँह पर नकाब डालती है और बुराई के झण्डे गाड़ती है। ज़िन्दगी, आज राजनीति के कारावास में क़ैद है। इस क़ैदी को मुक्त कौन कराएगा ? राजनीतिज्ञ या रचनाकार ?

आज के लेखक का फ़र्ज़ क्या है, क्या वह क़लम को राजनीति के हाथों बेच दे या फिर उसे राजनीति के प्रहार से ज़ख़्मी इन्सानी ज़िन्दगियों की पर्दाकुशाई में समर्पित कर दे ?

इन्सानियत, आज ईरान के राजनीतिक पाटों में पिस रही है। राजनीतिक चक्की से उठती आवाज़ों को जो विरह गीत नहीं हैं, इन्सानी विलाप हैं, इस उपन्यास में उसकी प्रतिध्वनियाँ आपको गूँजती नज़र आयेंगी।

इस उपन्यास के सारे प्रमुख चरित्र 'औरतें' हैं। औरत की स्थिति को ले कर ही मैंने क़लम उठाया है। दिलचस्प बात यह है कि वह औरत जो पिछली व्यवस्था में प्रताड़ित थी आगे बढ़ी, व्यवस्था बदली तो वह पहले से अधिक बुरी दशा को झेलने को बाध्य हुई। आज फिर वह मुक्ति आन्दोलन में आँख बन्द करके कूद पड़ी है। अंजाम... ? बदलाव आएगा ऐसा विश्वास है। इन्सानियत की बेड़ियाँ टूटेंगी, वह मुक्त होगी।

इस उपन्यास के चरित्र आज ज़िन्दा नहीं हैं, जिनको मैं धन्यवाद दूँ कि वह मेरे उपन्यास के चरित्रों में ढ़ले वे सब बेहिश्ते-ज़हरा के दामन में, धरती के आग़ोश में अँधेरी क़ब्रों में सो रहे हैं। मेरे अन्दर उन्हीं की यादों का एक क़ब्रिस्तान आबाद है जिसकी सच्ची तस्वीर यह उपन्यास है।

**–नासिरा शर्मा**

**डी-37/754 छत्तरपुर हिल्स**
**नई दिल्ली-110074**

# दो शब्द

मैंने अपना पहला उपन्यास 1982-1983 के बीच बहिश्ते-ज़हरा के नाम से लिखा था। जिसको श्रीपत राय जी सरस्वती प्रेस से छापना चाहते थे। मेरा पहला कहानी संग्रह भी उन्होंने शामी काग़ज़ के नाम से छापा था। कुछ कारणों से श्रीपत जी को सरस्वती प्रेस बन्द करना पड़ा और यह उपन्यास हरदयाल जी की राय अभिव्यंजना में छपने को दिया गया। जहाँ यह नाम प्रकाशक को इस नज़र से उचित नहीं लगा कि हिन्दी के पाठकों को यह रोचक लगेगा। उन्होंने कहा भी था कि हमारा प्रकाशन इतना बड़ा नहीं है कि हम इस नाम को स्थापित कर पाएँ और एक उपन्यास कहीं नाम के कारण पीछे न रह पाये। उस बात को मैं समझ रही थी मगर चाहती थी कि उपन्यास बहिश्ते-ज़हरा के नाम से छपे परन्तु छपा वह सात नदियाँ एक समन्दर के नाम से। कुछ को यह नाम बहुत भाया मगर मुझे नाम बदलने का गहरा दुख था। यह दुख उस समय और बढ़ जाता जब पढ़ने वाले इसके पहले नाम को बेहतर कहते या फिर वे लोग जो प्रकाशक की मज़बूरी समझकर उनकी बात को काफी हद तक समर्थन किया था। अब उपन्यास पढ़ने के बाद मुझसे अफ़सोस कर रहे थे। यहाँ तक कि श्रीपत राय जी ने भी एक दिन कह दिया कि मुझे इस उपन्यास का नाम नहीं बदलवाना चाहिए था मुझे इसका अफ़सोस है।

इस उपन्यास के नाम बदलने का एक अवसर मुझे मिला था। उस समय फ़ैसला नहीं कर पायी और यह सोचकर कि यह उपन्यास इस नाम से साहित्य में दर्ज हो चुका है अब फ़ायदा क्या? पिछले दिनों यानी चौबीस वर्षों बाद मेरे पास ईरान से शीरिन आयीं जो बहुत अच्छी गायिका हैं। उनसे ईरान का जो हाल मिला वह बहुत कुछ बदला नहीं लगा। इरादा था कि ईरान दोबारा जाऊँगी और एक नया उपन्यास ईरान पर लिखूँगी जिसका नाम बहिश्ते-ज़हरा होगा मगर महसूस हुआ कि अगर नया उपन्यास इसी तर्ज पर लिखा गया तो वह सिर्फ़ दोहराना होगा या फिर नाम से क़ैद एक मसवेदा! जब सात नदियाँ एक समन्दर उपन्यास नये संस्करण में आने लगा तो वह ख़लिश फिर जाग उठी। पाठक मेरे अपने हैं। वह किसी भी क़िस्म की असुविधा को मेरे दिल में चुभी फाँस के निकल जाने की राहत की क़ीमत पर सहन कर लेंगे।

उपन्यास नाम बदलने की कमज़ोरी मेरी थी। लेखक को दूसरों की असुविधा

या मज़बूरी से प्रभावित होकर ऐसा कोई काम नहीं करना चाहिए जो तपकन बन उसे बरसों सालता, तड़पाती और प्रताड़ना देता रहे! इस समय भी नाम, पुराना नाम जो इस उपन्यास का असली नाम है उसे उपन्यास के माथे पर चस्पाँ करने की हिम्मत और हसरत मेरी है।

मेरा उपन्यास 'सात नदियाँ एक समन्दर' का नाम अब 'बहिश्ते-ज़हरा' है। बहिश्ते-ज़हरा के नाम से ही यह उपन्यास उर्दू में भी आ रहा है।

एक लम्बी बेचैनी के बाद जो सुख मुझे मिला है वह कुछ ऐसा है जैसे मेरा पहला उपन्यास पहली बार छप रहा है। इसके लिए मैं उन सबसे क्षमा प्राथी हूँ जिन्हें किसी क़िस्म की असुविधा का सामना उपन्यास के बदलने के कारण भविष्य में होगी।

**डी-37/754 छत्तरपुर हिल्स**
**नई दिल्ली-110074**

**–नासिरा शर्मा**

# 1

एकाएक फालगीरन ने परी के सामने वाली उसकी जूठी प्याली और प्रिच अपनी ओर खींची। परी का चेहरा उत्सुकता से भर गया। उसने अपनी नज़रें फालगीरन पर गाड़ दीं।

"देखो! इधर एक परिन्दा बहुत बड़ा-सा अपना पंख फैलाये बैठा हुआ है। उसके नीचे दो लोग हैं आमने-सामने। इधर एक पहाड़ है और..."

फालगीरन ने पहलू बदला, भौंहों को सिकोड़ा फिर चिन्तित-सी हो कर परी को देखा। जूठी प्याली में बचा क़हवा गाढ़ा होने के कारण प्याली की तली से बह कर उल्टी-सीधी विभिन्न आकृतियों और रेखाओं में बँट गया था जिसे पढ़ कर फालगीरन परी का भविष्यफल बता रही थी। कुछ देर चुप रहने के बाद वह बोली :

"यह परिन्दा ख़ुशी का परिन्दा है। ये दो लोग जो आमने-सामने बैठे हैं, तुम्हारी ज़िन्दगी का फैसला करेंगे। दोनों तुम्हारे आशिक़ हैं। तुम पर जान छिड़केंगे मगर तुम दोनों को नापसन्द करके माँ-बाप की इच्छा के अनुसार विवाह करोगी ज़रूर मगर सुख नहीं देखोगी। ये दोनों तुम्हारे पति से बदला लेंगे मगर विफल होंगे क्योंकि यह जो परिन्दा है पहाड़ों के ऊपर, वह तुम्हें हर दुःख से मुक्ति दिलायेगा।...दिल को शुद्ध रखने के लिए समय-समय पर दान देना अच्छा रहेगा।" फालगीरन ने अपनी बात कह कर प्याली-प्रिच दूसरी ओर सरका दी। परी के चेहरे का रंग पीला पड़ गया था। उसने ख़ामोशी से बुझे मन के साथ पर्स से रुपये निकाले और फालगीरन को दे दिए। उसने धन्यवाद के साथ कमर में बन्धे कपड़े के बटुए में डाल लिए। इस बार प्याली अख़्तर के सामने की उठाई। अख़्तर का चेहरा जिज्ञासा से परिपूर्ण हो उठा।

"देखो, तुम अन्दर-ही-अन्दर कुढ़ती रहती हो। यह कुढ़ना बन्द कर दो। तुम्हारे दिल पर जो चिन्ताओं का बोझ है वह अकारण है। ये सीधी लकीरें इस बात की द्योतक हैं," उसने क़हवे की लकीरों को सफ़ेद प्याली पर दिखाते हुए कहा फिर ठहर कर बोली, "तुम्हारी ज़िन्दगी में बड़ा भारी बदलाव जल्दी ही आने वाला है। यह बदलाव तुम्हें सुख देगा। तुम्हारी क़िस्मत में जेल है," इस बात को सुन कर अख़्तर ने घबरा कर चेहरा पीछे हटाया।

फालगीरन ने कहा, "अर्थात् इश्क़ की जेल। जो तुम्हें प्यार करेगा, अपना तन, मन, धन सब तुम पर न्यौछावर कर देगा। भविष्य बहुत शान्तिमय है। तुम

लाल नग पहनना आरम्भ कर दो और ग़ौरैया को सुबह दाना देना। सारा कष्ट जाता रहेगा।" यह कह कर फालगीरन ने नोट बटुए में रख कर तीसरा प्याला उठाया मगर तय्यबा ने उसे रोक दिया।

"नहीं! मुझे समय बरबाद नहीं करना है। मैं स्वयं पेंटिग करती हूँ...चाहो तो तुम्हारा भूत और भविष्य रेखाओं की विभिन्न अभिव्यक्तियों द्वारा खींच दूँ।"

तय्यबा ने यह कह कर अपनी प्याली सीधी की और उसमें पानी भर दिया और कटाक्ष-भरी नज़रों से सबको घूरा :

"मेरा भाग्य इतना आसान नहीं है पढ़ना। उसकी भाषा तुम्हारे लिये अनजान है। मेरा भाग्य मेरा करम है, न कि क़हवे का तलछट।" तय्यबा ने उकताये लहज़े से कहा।

फालगीरन अपनी टूटती दूकान को यूँ बिखरता नहीं देख सकती थी। उसे डर था कि कहीं बाक़ी लड़कियाँ भी इन्कार न कर दें सो बड़ी नर्मी से बोली, "उफ़, इतना अच्छा हाथ! क्या हस्त-रेखाएँ हैं! दूर से देख कर ही मैंने अन्दाज़ा लगा लिया है। लाओ, अपना हाथ इधर लाना।"

"नहीं! ये रेखाएँ मेरे भाग्य की नहीं हैं। यह ईरान का चित्र है जो मेरे हाथ में है। यह पहाड़, ये नदियाँ, यह मैदान और यह विश्वविद्यालय, यह कारावास और यह घर, इसे मुझे सँवारना है। इसे तुम क्या पढ़ पाओगी ?"

फिर फालगीरन का खुला मुँह देख कर तय्यबा बोली : "यूँ हैरत से मुझे क्या ताक रही हो ?"

"अपना फ़लसफ़ा छोड़ो तय्यबा! हाँ, अब मेरा नम्बर है।" मलीहा ने प्याली आगे बढ़ाते हुए कहा।

फालगीरन ने लपक कर प्याली सीधी की, "आह-हा, क्या भाग्य है! क्या भविष्य है! सुख का झूला है जिसमें तुम झूल रही हो। पति चाहने वाला मिलेगा, सात समुन्दर पार की सैर करायेगा मगर...यह क्या तुम्हारी क़िस्मत का नग बीच से चटखा है...लम्बे दुख के दिन के बाद सुख मिलेगा। कोई तुम्हारा दुश्मन है जो तुम्हारी ज़िन्दगी में चुपचाप दाख़िल होगा और दो प्रेम-भरे दिल को काट कर रख देगा।"

"हाय! छोड़ो! इतनी डरावनी बातें मुझे नहीं सुननी है। खुदा न करे ऐसा हो! तौबा! कैसी खौफ़नाक बातें हैं!" मलीहा ने बड़ी-बड़ी आँखें बन्द करके दिल पर हाथ रखते हुए कहा।

"अरे मलीहा, कौन-सी ये बातें सच हैं! लुत्फ़ उठाने के लिए हमने इसे बुलाया था, तुम तो उसे..." सूसन ने मलीहा से कहा फिर फालगीरन से बोली :

"मेरा देखना ख़ानम!"

"यह देखो सूरज, यह तुम्हारा सारा दुख दूर कर देगा। एक नहीं, दो-दो सूरज हैं। परेशान मत हो, मैं फाल बहुत अच्छा देखती हूँ।" फालगीरन ने मलीहा को दिलासा देते हुए कॉफ़ी के प्याले में बने दो चन्द्राकार धब्बों को दिखाते हुए

कहा। मलीहा ने उदासी से पर्स खोला और बड़ा-सा नोट फालगीरन के हाथ पर रख कर बेदिली से दीवार पर लगे हथियार देखने लगी।

"लाओ, तुम्हारा हाथ भी देखूँ।" कह कर फालगीरन ने सूसन का हाथ पकड़ लिया। काफ़ी देर तक उसे घूरते रहने के बाद बोली :

"तुम जो चाहती हो शायद वह न मिले, परन्तु जो मिलेगा वह चाहने से बहुत अधिक होगा। दोनों हाथों से सँभालोगी तो भी नहीं सँभलेगा। अगर उँगली में एक फ़िरोज़े की अँगूठी डाल लेतीं तो बहुत अच्छा होता। उससे तुम्हारे जीवन में परिवर्तन आयेगा।" फालगीरन ने यह कह कर सूसन की प्याली सीधी की फिर उस पर बहे क़हवे की तलछट से बनी रेखाओं को पढ़ती रही। सूसन का चेहरा मेज़ पर आगे की ओर झुक गया था और आँखें फालगीरन के माथे पर पड़ती सिलवटों में उलझी हुई थीं।

"तुम्हारा भविष्य उज्ज्वल है, सबसे अधिक, मगर...तीन मर्द आयेंगे तुम्हारे जीवन में...

"बस करो!" सूसन लाल पड़ गई और फालगीरन को मना करने लगी।

"वाह, मज़े हैं तुम्हारे! मगर मर्द से क्या अर्थ है ?" तय्यबा ने मज़ाक उड़ाया।

"मर्द समझो या यूँ कहूँ तीन लड़के, वह तीनों में से पहला..."

फालगीरन लड़कियों से मज़ाक-भरे कटाक्ष से खिसिया कर बात सँभालने लगी, मगर सूसन ने उसके सामने नोट डाल कर अपनी प्याली उसके हाथों से लेते हुए कहा, "मुझे नहीं सुनना है कुछ!"

"फालगीरन! तुम्हारा बहुत-बहुत शुक्रिया! यदि कोई इन्सान चालाक हो और उस पर से उसे कोई बेवकूफ़ मिल जाये तो पैसा ख़ूब कमाता है। यहाँ बैठे-बैठे अपनी वाक्पटुता से चार सौ तूमान कमा लिये," तय्यबा ने फालगीरन से कहा, जो अपने बड़े से लहँगे को सँभाले नये ग्राहकों की तलाश में आगे बढ़ गई थी। मगर उसके चेहरे पर तय्यबा की छेड़छाड़ से एक अजीब-सा भाव आ गया था।

"तुम लोगों ने बहुत बोर किया है। यहाँ आये थे थोड़ा तफ़रीह के लिए और तुम लोग ले बैठीं भाग्य का रोना। भाग्य यदि हाथ में लिखा होता तो आज संसार में कोई दुखी और बेचारा न बचता, सब भाग्य-रेखा को पढ़ कर अपनी राह बदल लेते। बहराल...मैं क़हवे का ऑर्डर दे रही हूँ, साथ में कुछ लेना है ?"

"नहीं, सिर्फ़ क़हवा ठीक रहेगा!" सूसन बोली।

"और ख़बरदार, जो क़हवे का फाल देखा!" परी ने हँसते हुए कहा। उसने जो तय्यबा के लहजे की नकल उतारी तो सब खिलखिला कर हँस पड़ीं।

क़हवाखाने में नक़्क़ाली आरम्भ हो गई थी। मेज़ों से उठती हँसी की आवाज़ें उसकी संगीत-लहरी में घुलने लगी थीं। वातावरण बड़ा मनमोहक हो उठा था। लाल रोशनी में नहाये क़हवाखाने की दीवारों पर पुराने हथियार सजे थे। उनके नीचे मेज़ सजाते चाय लाते बेयरा अपने लोक वस्त्र में हज़ार वर्ष पहले का दृश्य उत्पन्न कर

रहे थे। गवैये की भारी आवाज़ में गाये जा रहे 'शाहनामा' महाकाव्य के शेर पूरे वातावरण को एक अजीब गरिमा दे रहे थे और अप्रत्यक्ष रूप से एक पुरानी ईरानी संस्कृति की ओर ले जा रहे थे। आसपास मेज़ों पर बैठे लोग मोतियों से सजे हुक्के गुड़गुड़ा रहे थे। इनमें कुछ विदेशी भी थे जो फ़िरदौसी के दौर के ईरान को जीना चाह रहे थे।

समावरों से उठती भाप; हुक्के, सिगरेटों और पाइप से निकला धुआँ लाल रंग के वातावरण में सुरमई रंग के बादलों की तरह लोगों के सिरों पर टिका हुआ था। क़हवा समाप्त करके जब वे बाहर निकलीं तो बादल छाये हुए थे। पैदल घूम कर वे जब कार तक पहुँचीं तो बूँदाबाँदी आरम्भ हो गई थी।

फ़ारसी साहित्य की कक्षा चल रही थी। अध्यापक बोलते-बोलते रुक गये। सामने रोशनदान में बैठा कबूतर गुटरगूँ की आवाज़ें निकाल रहा था। दूसरा कबूतर या कबूतरी बाहर से तिनका चोंच में पकड़े आई। फिर दोनों ने बोलना आरम्भ कर दिया। बूढ़े अध्यापक ने गर्दन हिलाई, "ये घोंसला बनायेंगे फिर अण्डे देंगे और फिर बच्चे निकलेंगे और बच्चे को दाना खिलाने बार-बार आयेंगे...हो चुका मेरा लेक्चर...हर दिन ये इसी प्रकार से शोर मचा कर मेरे विचारों के संसार को तहस-नहस करेंगे और मैं पढ़ा नहीं पाऊँगा...इन्हें बाहर निकालो।"

लड़के-लड़कियों को यह बात अच्छी न लगी मगर वे कुछ कह नहीं सकते थे। सामने से दो लड़के उठे और कबूतरों को उड़ाने लगे। कबूतर बजाय बाहर निकलने के कमरे के इधर-उधर दीवारों से टकराते उड़ने लगे। उससे पूरी कक्षा में हँसी और तरह-तरह की आवाज़ें उभरने लगीं। अध्यापक के चेहरे से लग रहा था कि वह मानसिक तनाव में हैं।

तय्यबा बड़ी तल्लीनता से अध्यापक का चित्र कापी पर खींच रही थी। उनके सिर पर दो कबूतर भी उड़ते दिखाये थे और नीचे लिखा था-'शान्ति के प्रतीक अशान्ति का कारण बने।' मलीहा होंटों पर हाथ रखे मुस्कुराहट छुपा रही थी। परी और अख़्तर कबूतरों की उड़ान के साथ अपना सिर कभी इधर, कभी उधर घुमा रही थीं। इस बीच अध्यापक का मानसिक तनाव अपनी पराकाष्ठा पर पहुँच चुका था। वह हाथ उठा कर बोले, "बहुत हो चुका। बस, रहने दो! क्लास मैं समाप्त करता हूँ, आफ़िस में जा कर रिपोर्ट कर देना, कि यह रोशनदान पूरा बन्द कर दिया जाये।" कह कर वह कमरे से निकल आये। उनका पूरा शरीर काँप रहा था।

क्लास में से लड़के-लड़कियाँ बाहर निकल कर लॉन में बिखर गये। कुछ पुस्तकालय की ओर बढ़ गये। तेहरान विश्वविद्यालय दो बजे तक सुनसान हो जाता था। मगर

आज समारोह के कारण ख़ूब चहल-पहल नज़र आ रही थी। लड़कियाँ शाम के लिए बहुत सज-धज कर आयी थीं। लड़कों का भी यही हाल था। दोपहर के खाने के समय विश्वविद्यालय की कैण्टीन में ग़ज़ब की भीड़ थी। तय्यबा हमेशा की तरह ग़ायब थी। महनाज़, परी, सूसन, मलीहा, अख़्तर, सनोबर एक कोने में बैठी खाना खा रही थीं। खाना खाने के बाद जब वे बाहर निकलीं तो सामने से तय्यबा नज़र आई। वे रुक गयीं। कुछ लड़के भी आ गये। सब आपस में बातें करने लगे। तय्यबा ने हाथ में पकड़ा रोल खोला, एक रेखाचित्र था। सबने प्रशंसा की। उस रेखाचित्र को शम्सी के हवाले करके तय्यबा आगे बढ़ गयी। उसे बहुत-से काम निबटाने थे।

महनाज़ को एक किताब ख़रीदनी थी सो वह पाँच मिनट के लिए झुण्ड से अलग हुई और विश्वविद्यालय के द्वार की ओर चल पड़ी। सड़क पार करके वह किताब की दूकान पर पहुँची। किताब ली और मुड़ कर सड़क पार करने लगी तभी उसको किसी ने पीछे से पुकारा। वह पीछे मुड़ी। सामने उसका क्लासफ़ेलो असलम खड़ा था। महनाज़ को अपनी ओर मुड़ते देख वह बोला, "सलाम!"

"सलाम," उसने लापरवाही से उत्तर दिया और सड़क पार करके आगे विश्वविद्यालय में दाख़िल हो गई। गुस्से के मारे उसका बुरा हाल था। "अजीब लोग होते हैं। जाने इसे मेरा नाम कैसे मालूम पड़ गया ? अहमक कहीं का!"

उधर असलम अपमानित-सा खड़ा रह गया। उसके जीवन का यह पहला अवसर था जब उसने ख़ुद किसी लड़की से यूँ बात करनी चाही थी। अगर ज़रूरी न होता तो वह हरगिज महनाज़ को पुकारने की हिमाकत न करता, यह अलग बात थी कि उसे महनाज़ बहुत प्यारी लगती थी। वह उसके क्लास में थी। कभी उससे घुलमिल कर बात नहीं हुई थी। केवल सुना भर था कि अपनी सहेलियों में सबसे घमण्डी है। वैसे थी भी सबसे सुन्दर! चलती तो फ्राक का घेरा ऐसा बल खाता कि लगता, लहरों को चीरती कोई जलपरी आगे बढ़ रही हो! नर्म-चमकीले बाल, कन्धे पर झूलते हुए। सुडौल पैर जिसमें नाजुक सैंडिलें होतीं। इस समय वह ऊपर से नीचे तक हल्के नीले रंग के कपड़े में थी जो उसके सुर्ख सफ़ेद रंग पर फब रहा था। वह विद्यालय में दाख़िल हो गई। असलम का मन स्थिर हो गया। वह विश्वविद्यालय की ओर न जा कर सामने चलता गया। उसे अपने व्यवहार से अधिक महनाज़ द्वारा किये गये तिरस्कार पर क्रोध आ रहा था। अजीब लड़की है! सलाम का जवाब तो आदमी ठीक से देता है, मैं उसका सहपाठी था, कोई उठाईगीर नहीं।

विश्वविद्यालय जा कर महनाज़ सहेलियों के झुँड में शामिल हो गई। सूसन ने उसका मूड बिगड़ा देख कर पूछा, "क्या हुआ ?"

"अजीब फ़िज़ूल क़िस्म के लोग पीछे लग जाते हैं!" महनाज़ ने कहा।

"कौन ?" सूसन ने पूछा।

"मैं क्या जानूँ ? किताब ख़रीद कर लौटी तो बड़े आराम से मेरा नाम ले

कर सलाम कर रहे हैं जैसे कि..." महनाज़ अपना वाक्य पूरा नहीं कर पाई कि परी बोल उठी।

"जैसे कि कहने वाले हों, आइये इस सुहावने मौसम में, कहीं बैठ कर चाय पीते हैं और मीठी-मीठी बातें..." परी की बात बीच में ही काटती हुई महनाज़ बोली।

"तुम्हें मज़ाक सूझ रहा है और मुझे उसकी बदतमीज़ी पर गुस्सा आ रहा है।" महनाज़ ने किताब के पैकेट को परी के कन्धे पर मारते हुए कहा।

"सुनो महनाज़! असलम तुमसे कुछ कह रहा था ?" जाफ़र ने पूछा।

"कौन असलम ?" महनाज़ की भृकुटी तन गई।

"कौन असलम? अपना सहपाठी और कौन ? अभी तक आया नहीं लौट कर। अभी तुम से बातें तो कर रहा था दूकान के सामने। उसने कुछ बताया नहीं, कितनी देर में लौट रहा है?" जाफ़र ने कार्यक्रम की सूची देखते हुए पूछा।

"वह असलम था मगर मैं..." महनाज़ की बात बीच में ही काटते हुए परी ने कहा, "अभी आता होगा," और यह कह कर वह महनाज़ को ठेलती हुई आगे ले गई।

"ख़बरदार जो असलम को किसी के सामने कुछ कहा। वह क्या है, पता भी है ? मुझे लगता है तुम्हें कुछ भ्रम हुआ है।" परी की बात सुन कर महनाज़ चुप हो गई। चेहरा उतर गया फिर धीरे से बोली, "देखो! तुम तो जानती हो, मुझे अपने क्लास के लड़कों के न नाम याद हैं, न शक्लें। उसने मेरा नाम ले कर सलाम किया। मुझे लगा जैसे कोई...मैंने ज़रा... ख़ैर मेरी ग़लती नहीं है। मैंने जानबूझ कर नहीं किया। तुम तो जानती हो मेरी बदहवासी का आलम..."

"छोड़ो जो हुआ सो हुआ मगर यह जान लो, असलम प्रोफ़ेसर अतापोर का बेटा है और जो कविता तुम पढ़-पढ़ कर बेहोश हो जाती हो वह इसी असलम अतापोर की है," परी ने आगे बढ़ते हुए कहा।

"अरे सच!" आश्चर्य और दुख से मिश्रित आवाज़ महनाज़ के मुँह से निकली और उसने जाती हुई परी को पकड़ा और उसे रोकते हुए उस पर अपनी घबराई आँखें गाड़ दीं।

"और नहीं तो क्या! उसे दिखा कर तुमसे एक बार सूसन यह बात बता भी चुकी है।" परी ने हल्के से मुस्कुराते हुए कहा।

"तब समझो सचमुच बहुत बुरा हुआ...ख़ैर, मैं अनजान थी, मुझे क्या पता था!" महनाज़ ने बालों में उँगलियाँ फँसा कर कहा।

दोनों चलती हुई लड़के-लड़कियों के झुण्ड में आ कर मिल गईं। हर कोई असलम को पूछ रहा था मगर असलम गायब था। कार्यक्रम का सारा बोझ उस पर था। उसे माइक सँभालना था, परिचय कराना था और शेर पढ़ने थे। फ़ोन पर मालूम

हुआ, वह घर पर भी नहीं है। लड़कों ने मज़ीद को किसी प्रकार तैयार किया। सब का क्रोध असलम पर था—बता कर जाना था। असलम के न आने को ले कर महनाज़ विचलित हो उठी थी; जैसे उसी की ग़लती से यह हुआ हो।

आज सीज़दे बदर का दिन है, कोई भी घर पर नहीं है। अपशगुन जो माना जाता है। नौरूज़ के लिए जो 'सब्ज़े' यानी गेहूँ गहरी तश्तरी या प्याले में बोते हैं। उस फुटाव को उठा कर बियाबान या बहते पानी में फेंकने जाना होता है। यह सब सोच कर तय्यबा को हँसी आती है। इस दिन लड़कियाँ घास (अर्थात् उसी गेहूँ के फुटाव) में गिठा बाँध कर अपने भावी पति को पाने की मनोकामना करती हैं। कुछ शहरों में विशेष कर छोटे शहरों व देहातों में लड़कियाँ रास्ते में चाबी गिरा देती थीं। जो सुबह उसे पा लेता था, वह उस लड़की से विवाह कर लेता था। ऊपर से यह केवल रस्म थी मगर दो चाहने वालों के लिए एक मुक्त अनुबन्धन होता था जो सामाजिक रस्म अदा करके मान लिया जाता था।

तय्यबा की सारी सहेलियाँ अपने-अपने घर वालों के साथ शहर से दूर बाग़ों में गई हुई थीं। पूरा शहर ख़ाली था। तय्यबा ने सामने छत पर ईजल रख लिया था और अलबुर्ज पर्वत के दामन में फैली इन्सानों की बस्ती जिसमें गगनचुम्बी इमारतें; घर और लाखों की संख्या में दरवाज़े और खिड़कियाँ थीं, उसे वह बना रही थी।

'घर की मनहूसियत को फेंकने लोग जंगल की ओर जाते हैं पर अपने अन्दर की मनहूसियत को कहा उगलेंगे ? झूठे कहकहों, दावतों, फैशन और तेज़ फ़र्राटे भरती कारों में... ?' तय्यबा ने सोचते हुए रंग मिलाना आरम्भ किया। उसे कल शाम को मलीहा के घर जाना है। सब वहीं जमा होंगी। तस्वीर पर उसके हाथ तेज़ी से चल रहे थे। एक 'मुर्दा शहर' बेजान सफ़ेद कैनवास पर विभिन्न रंगों से उभर रहा था।

बहार का आरम्भ, चारों ओर हरियाली थी। शहर की सजावट का कहना ही क्या था! धूप ऐसी मदमाती थी मानो शराब की बारिश कर रही हो। तय्यबा कार में बैठी शेर गुनगुना रही थी। ऐसे मौसम में उसे अकेले कार ड्राइव करना बहुत भाता है मगर भीड़ और कारों की रेलपेल ने उसका सारा मूड खराब कर दिया। मलीहा का मकान भी आ गया था। उसने गली में जगह बना कर कार खड़ी की और उसे लॉक करके आगे बढ़ी।

मलीहा ने घर का दरवाज़ा खोला। दोनों लिपट गईं। "ऊपर चलो, सब आ गये हैं। कब से खाने पर इन्तज़ार हो रहा है।" मलीहा ने कहा और तय्यबा का हाथ पकड़े सीढ़ी चढ़ने लगी। कमरे के बाहर पहुँच तय्यबा ने जूते उतारे और सफ़े

के समीप बैठ गई। खाना समाप्त करके सबने बर्तन समेटे और मलीहा के कमरे में चली गईं। पेट भर चुका था। एक गर्म गुनगुनाहट पूरे बदन पर छा रही थी। तय्यबा ने मौक़ा देखते ही आराम से लेटी हुई सूसन पर शरारत भरा जुम्ला कसा, "हाँ, तो यह! जो सूसन हैं उनके जीवन में तीन पुरुष यानी तीन युवक आने वाले हैं। कौन-कौन हैं वे ? ज़रा बताओ तो, ऐसे मौक़े पर किसी का दर्दे-दिल सुनने में मज़ा आता है।"

"तुम अपनी कहो न ?" सूसन ने जल कर कहा।

सूसन की खिसियाहट, आश्चर्य, संकोच से मज़ा लेते हुए तय्यबा ने अपनी नाजुक गर्दन को हँसते हुए पीछे डाला। तय्यबा सुन्दर नहीं है मगर नाजुक बेदाग़ सफ़ेद गुलाबी शरीर जो हरदम नया अनुभव भोगने को तैयार हो, किसी को भी बुरा नहीं लगता था। छोटे घुँघराले बाल आधे माथे और कन्धों को छुपाये रखते थे। इस समय एक एकबारगी पीछे पीठ पर सिमट गये।

"मैं क्या कहूँ ? मेरी क़िस्मत खुली किताब है, तुम लोगों की तरह रेखाओं का जाल नहीं जिसे कोई भी अनपढ़ औरत पैसे के खातिर पढ़ कर बता दे। मेरी किताब की भाषा को सब नहीं पढ़ सकते हैं।"

"जो पढ़ते हैं, वह जीवन कब पढ़ते हैं! वह तो कुछ और..." सूसन ने जल कर कहा।

"जल क्यों रही हो ?" तय्यबा ने हँस कर कहा।

"मैं क्यों जलूँ ? तुम पर तो यूँ ही परवाने जल-जल कर अपनी जान निछावर कर देते हैं।" सूसन सचमुच बुरा मान गई थी।

"देखो! मैं तो बुरा नहीं मानती। मेरे दोस्तों को परवाना कहो या परिन्दा, हैं तो वे मेरे दोस्त।" तय्यबा ने आराम से लेटते हुए कहा।

"परन्तु तुम्हारी भावना अनछुई ही रहती है न ?" परी ने पूछा।

"क्यों अनछुई रहती है, उस पर विभिन्न रंग चढ़ते और उतरते हैं और हर रंग नया होने के साथ नया उत्साह, नई उमंग लाता है।" तय्यबा ने सच्चाई को बताते हुए कहा।

"तुम चुप क्यों हो ?" किसी ने सूसन को टोका।

"क्या बोलूँ ? इस सिलसिले में मेरा कोई तजुर्बा नहीं है।"

"वह असग़र और मुराद ?" तय्यबा ने तेज़ी से पूछा।

सूसन का मुख गुलनार हो गया था। माथे पर, ओठों के ऊपर पसीना छलक आया और कान की लवें गर्म हो गईं। वह कुछ बोल न सकी। उस पर ये दोनों लड़के मरते थे मगर उसने कभी भी इसकी परवाह नहीं की थी।

"मेरा तो ख़्याल है कि मैं शादी से पहले प्रेमजाल में फँसने से रही। इश्क़ तो शादी के बाद ख़ुद अपने शौहर से करूँगी ताकि मस्ती से कटे रंग तेज़ और मज़ा

चटपटा।" मलीहा ने कहा।

"और अगर इत्तिफ़ाक से हो गया तो ?" परी ने शरारत से पूछा।

"हो गया तो हो जाने देंगे, मगर दिल में रखेंगे इस इत्तिफ़ाक को। उससे कह कर या इज़हार करके अपने को छोटा नहीं करेंगे।" मलीहा ने बड़े विश्वास से कहा।

सूसन उसका मुँह देखने लगी फिर मुस्कुरा कर हाथ मलीहा की तरफ़ बढ़ाया, "अपना भी यही ख़्याल है।" यह कह कर उसने उसका हाथ ज़ोर से दबाया।

"भावुकता! भावुकता! इस मशीनी दौर में यह पागलपन! जियो काम के लिए। खाना-पीना, सोना और इश्क़ करना सब भौतिक आवश्यकताएँ हैं। इन्हें आवश्यकता ही रहने दो। अपने ऊपर इन भावनाओं को तारी करके अपनी क्षमता, अपना सौदर्य, अपनी गर्मी मत खोओ। यह दिन, यह रात दोबारा तुम्हारी ज़िन्दगी में लौटेंगे नहीं। बुढ़ापे में शारीरिक थकन के साथ कुछ न कर सकने के दुख का बोझ भी कन्धों पर होग।" तय्यबा ने मज़ाक उड़ाया।

"कैसे ?" सूसन का प्रश्न उभरा।

"तुम सारी जवानी, सारी स्फूर्ति, सब कुछ भावनाओं पर दिमाग़ी ऐयाशी पर खर्च कर रही हो। हमें दिमाग़ी सफ़र के साथ अपने समय की आवश्यकताओं, उसकी माँग, उसकी पूर्ति, उसकी यात्रा का भी ख़्याल करना चाहिए।" तय्यबा का उत्तर था।

"भावनाएँ ही तो रह जाती हैं। भावनाएँ ही सब कुछ हैं और तुम उसे दिमाग़ी ऐयाशी का नाम दे रही हो!" सूसन ने कहा।

"अगर भावनाएँ सब कुछ हैं तो फिर इस मशीनी दौर में जी क्यों रही हो ? शेर पढ़ो, आहें भरो, आँसू बहाओ और जंगल-जंगल कन्दमूल खाती फिरो। इन सारे श्रृंगार, इन सारे आराम, इन सारी चीजों की क्या ज़रूरत है ? शुरू हो जाओ, आज से ही दिल को हथेली पर रख कर घूमना। उसके इशारे पर नाचो। दिल की बात मानो। उसी का माला जपो फिर देखो क्या गुल खिलता है!"

"इश्क़ तो ऐसा बीज है जहाँ अंकुरित हुआ जाने कैसे-कैसे गुल खिलता है! लैला-मजनू, शीरीं-फ़रहाद, आज भी ज़िन्दा हैं।" मलीहा ने कहा।

"ज़िन्दा उनके लिए हैं जो वास्तविकता से फ़रार चाहते हैं, वरना शीरीं का आशिक़ फ़रहाद शहीद हुआ नहर खोदते-खोदते, जिस पर स्वयं शीरीं आशिक़ थी। वह केवल उसके रूप का रसपान करना चाहता था। शीरीं का इन्कार, खुसरू का कई बार विवाह करना, शीरीं को जलाना, मजनू का लैला-लैला करते भटकना। यह सब बेकार की भावुकता है। काल्पनिक साहित्य का समय लद चुका। संवेदना के तार किसी अन्य धुन पर भी बज सकते हैं।" तय्यबा बोली।

"तुम इश्क़ को पहचानती हो ? इश्क़ तुम्हें है किसी से ?" मलीहा ने पूछा।

"हाँ, इश्क़ को पहचानती हूँ मैं। मुझे इश्क़ है। उसी इश्क़ को मैंने बाँटा है अपने काम में। कुछ दे कर जाने की इच्छा प्रबल है। मेरी ज़िन्दगी का निशाना मर्द

नहीं है बल्कि मर्द एक ज़रूरत है। सिर्फ़ भोजन की तरह जो हमारी शारीरिक भूख का इलाज है" तय्यबा कहती गई।

"क्या बोल रही हो, पता है तुम्हें ?" अख़्तर बोली।

"ठीक कह रही हूँ, सच्चाई भी यही है। अगर इश्क़ ही सब कुछ हो तो फिर यह रोज़ होती घटनाएँ, तलाक़, कत्ल, धोखा, बेवफ़ाई, आत्महत्या सब मिट जाती। इश्क़ एक तयशुदा अनुबन्धन का नाम है जो कुछ समय बाद स्वयं ही टूटने लगता है। ज़िन्दगी, वह भी आज के दौर की, किसी से तमाम ज़िन्दगी-भर साथ रहने का पट्टा नहीं लिखवा सकती है।" तय्यबा ने कहा।

"तुममें ख़ालीपन है। अन्दर का सौन्दर्य मर चुका है।" मलीहा ने कहा।

"तुम्हारा भ्रम मात्र है मलीहा! तुम सब में सबसे अधिक काम करती हूँ। ख़ुश रहती हूँ, जीवन जीती हूँ। हाँ, बकवास नहीं करती हूँ–बड़े-बड़े शब्द, गहरे-गहरे दर्शन से ओत-प्रोत रटे-रटाये वाक्य नहीं बोलती हूँ।" किताबें और पैकेट्स सँभाल मुस्कुराती हुई तय्यबा खड़ी हुई।

"चलती हूँ। शाम को नये मित्र डॉक्टर शम्स से पहली मुलाक़ात तय हुई है। उसके बाद बैठ कर एक डिजाइन बनाऊँगी। डिजाइन के रंग और अन्दाज़ शाम के गुज़रने पर निर्भर होंगे।"

वह चली गई। उसकी कोई बात जो किसी को भली लगी हो, उनको तो यह दर्शन ही समझ में नहीं आया कि वह आखिर कह क्या रही थी। सूसन के मन में विचार उभरा, 'तय्यबा ताजिर है, अपने काम के लिए भावनाओं के झूले झूलती है। सगी वह अपनी भी नहीं है। शायद औरत नहीं है वह, बस एक पुर्जा है या फिर कह लो, पूरी मशीन जो बेहतरीन चीज़ें बनाती और छापती हैं।'

मलीहा सोच में डूब गई, 'कैसी है तय्यबा ? कहाँ-कहाँ से इस पर न्यौछावर होने वाले पतिंगे मिल जाते हैं ? इसकी दृष्टि में इन्सान और मुर्दा चीज़ों में कोई भिन्नता नहीं है। आखिर क्यों ? मगर दूसरी ओर दूसरों के दुख-दर्द में तड़प जाने वाली तय्यबा क्या वास्तव में भावनाहीन दिल की मालिक है या केवल मर्द के प्रति इसका ऐसा व्यवहार है ?'

अख़्तर पलँग पर लेटी छत की ओर टकटकी बाँधे देख रही थी, 'कैसी ख़ुशक़िस्मत है तय्यबा! यहाँ तो मेरे पीछे भागने को कोई भी तैयार नहीं होगा। अल्लाह ने ऐसी कंजूसी से मुझे बनाया है। न नाक-नक्श़ अच्छे, न रंग-रूप, कहने को कहने वाले कहते हैं कि–मुझमें नमक ग़ज़ब का है मगर ऐसी नमक की खान से फ़ायदा क्या, जब कोई नज़र उठा कर न देखे ? तय्यबा-सूसन-मलीहा, इनके चेहरे दूध-से धुले और आँखें... ? मेरी आँखें भी छोटी हैं उनके मुकाबले में...' अख़्तर के सीने में हुक उठी।

तीनों गुमसुम सोच में डूबी हुई थीं। सन्तरे के फूलों की महक हवा में बसी

हुई थी। रूही खानम ने कमरे में आ कर बिजली जलाई,

“क्या बात है अन्धेरा क्यों कर रखा है ? तय्यबा गई ? मैं कब से चाय पर इन्तज़ार कर रही हूँ, आओ, चलो नीचे।” सबके मुख उतरे थे। उनके कहने से भी जब कोई न हिला तो वह बोली, “आखिर तुम सबको हुआ क्या है ? यूँ बुत बनी क्यों बैठी हो ?”

तीनों ने एक-दूसरे की ओर देखा फिर अपनी-अपनी जगह से उठीं। अख़्तर ने भरपूर अँगड़ाई ली। सूसन ने पैरों के मोजे ठीक किए। मलीहा ने गर्दन पर पड़ा स्कार्फ ठीक किया। तीनों नीचे आईं। फ़रीद बैठा हुआ चमचे से जलतरंग बजाने की कोशिश कर रहा था।

“ख़ाला! अब इन लोगों का विवाह कर दें। इनका मन घर में लग नहीं रहा है। कहें तो अपने घर के सामने वाले बनिया से बात करूँ, देखने में सुन्दर है आँख खराब है तो क्या ? कमाता तो अच्छा है, डण्डी मारता है तो क्या ? सौदा तो सड़ा देता है, कभी-कभी ग्राहकों की गाली खा लेता है तो बुरा क्या ? कम-से-कम मार तो नहीं खाता-बोलें ख़ाला, किसके लिए बात करूँ ?”

मलीहा ने भाई की तरफ़ देख कर कहा, “तीनों के लिए-ताकि हम तीनों मिल कर आपके दोस्त की पिटाई कर सकें।”

मिला-जुला कहकहा पड़ा। अख़्तर बोली, “सुनो मलीहा! तुम्हारे ख़ालाजाद भाई के लिए हमने एक लड़की देखी है। बेचारे हमें ले कर बड़े दुखी और चिंतित रहते हैं। हमें भी तो इनके गंजे होते सिर और उदास होते चेहरे की फ़िक्र करनी चाहिये न!”

“ठीक है! मगर लड़की है कहाँ ?”

“अरे वही नेदा...” नेदा के नाम से ही सब हँसी से लोट-पोट हो गईं। फ़रीद खिसियाई हँसी हँसता हुआ सिर पर हाथ फेरने लगा। वह कुछ कहना चाहता था मगर ख़ामोश रहा। उसे डर था, कटाक्ष सुन कर अख़्तर के आँसू न निकल पड़े। पीठ पीछे वह मलीहा से कहता था, कहाँ से ढूँढी है यह दोस्त ? किसी चीज़ का कोई तुक नहीं है चेहरे पर!

रूही ख़ानम ने होंटों के बीच हँसी दबाते हुए कहा, “ख़ुदा की मार हो तुम पर, भाई से कोई यूँ मज़ाक करता है!”

“और भाई को बहन के साथ हर तरह के मज़ाक की इज़ाजत है मामान ? चेहरा तो देखो उस बनिया का, लगता है, जाने कब से मुँह नहीं धोया। ख़ूटियों की तरह सारे चेहरे पर दाढ़ी उगी हुई-छी...छी...” मलीहा ने मुँह बनाया।

“तौबा! तौबा! लड़कियों की आँखों का पानी मर गया है। मंगेतर का कैसा बखान कर रही है! शादी के बाद क्या हाल होगा ?” फ़रीद ने चेहरा बना कर कहा।

खखारते हुए तबातबाई आग़ा कमरे में दाख़िल हुए। सबने अपने को सँभाला। ठीक से बैठ चाय पीने लगे। दादा के सामने कोई भी शरारत करना नहीं चाहता

था। थोड़ी देर बाद अख़्तर और सूसन अपने घर चली गईं। मलीहा किचन में माँ का हाथ बँटाने लगी। तबातबाई आग़ा की भारी आवाज़ कमरे में गूँजती रही। फ़रीद सारी चुलबुलाहट भूल बड़े नाप-तौल से प्रश्न के उत्तर दे रहा था। और हर जबाव पर 'माशाल्लाह' सुन कर उसका मन कर रहा था, काश, वे तीनों भी यहाँ होतीं।

कमरे में बाच क़ालीन पर चीज़ें सजी हुई थीं। पूरा घर महक रहा था। फ़रीद मजाक़ करता इधर-उधर घूम रहा था। मेहमानों से घर भरा पड़ा था। सब अपने ही लोग थे। आज मलीहा की ख़्वास्तगारी (पैग़ाम) थी। लड़का अभी-अभी इंग्लैंड से लौटा था। चूँकि डिग्री विदेशी थी सो ईरान में उसकी माँग थी। अभी उसने तय नहीं किया था कि लौट कर विदेश में बसेगा या यहीं अपने देश ईरान में, बहरहाल मलीहा का दिल घबरा रहा था। आकांक्षा और शंका के बीच वह घबराई-सी बैठी थी। दिखाने को तो वह नावेल पढ़ रही थी मगर उसका ध्यान कहीं और था। इस ओर अख़्तर का ध्यान बार-बार खिंच रहा था जो पास ही बैठी गुलदानों में फूल सजा रही थी। तंग आ कर बोली, "मलीहा जान! ज़रा पन्ना तो पलट लो। पिछले पन्द्रह मिनट से उसी पंक्ति पर तुम्हारी नज़र गड़ी है।"

यह सुन कर मलीहा का चेहरा लाज के मारे लाल पड़ गया। तय्यबा ने भी आने को कहा था। सबको इन्तज़ार था कि आज तय्यबा देखो क्या कहती है! वह तो सदा मज़ाक उड़ाती आई है कि लड़कियों की सारी जवानी शौहर के तसव्वर में कट जाती है। हर काम वह जो करती है केवल शादी के लिए करती है कि कहीं अच्छी जगह शादी हो जाए।

जब मलीहा चाय के फिनजान ले कर कमरे में दाख़िल हुई तो बहुत रोकने पर भी उसकी लवें गर्म हो गईं और गाल पर भाप के बादल उठने लगे। उसने सेनी आगे बढ़ाई। एक ज़ोर की हँसी फूटी। उसने अचकचा कर जो नज़र ऊपर उठाई, तो सामने माँ को देख कर खिसिया गई। बजाय मेहमानों के सामने ट्रे बढ़ाने के उसने सेनी घरवालों के आगे कर दी थी। ग़लती उसकी भी न थी, सिर झुकाये तो कमरे में दाख़िल हुई थी। यह सादगी और भोलापन सबके मन को जीत ले गया। नामज़दगी (मंगनी) की तारीख़ तय हो गई।

साथ आये हुए छोटे भाई को सूसन पसन्द आ गई। दूसरे दिन वे लोग ख़्वास्तगारी के लिए सूसन के घर पहुँचे हुए थे।

रिज़ल्ट निकल आया था। सब ख़ुश थे। अधिकतर लड़के-लड़कियाँ विदेश यात्रा पर जा रहे थे। विश्वविद्यालय से जाने वाली वार्षिक ट्रिप इस बार योरोप जा रही

थी। महनाज़, शहनाज़ अख़्तर, परी को सूसन और मलीहा की कमी बहुत खल रही थी। उनका विवाह हो चुका था और वे अब पहले की तरह उनके कार्यक्रम में शामिल न होती थीं। जब कभी मिलने आतीं तो अपने पतियों के संग, सो वातावरण बड़ा औपचारिक हो उठता था। मलीहा तो परीक्षा के बाद ही पति के पास इंग्लैंड चली गई थी। उसे गये भी मास-भर हो गया था।

इस समय बेदमजनू के दरख़्त के नीचे चारों खड़ी थीं। महनाज़ का विचार था कि शाहेरज़ा ख़ियाबान की ओर चलते हैं, उसे कुछ नई शेड की लिपस्टिक लेनी है। परसों तो सुबह-ही-सुबह योरोप की यात्रा पर चल पड़ना है। कल जुमें के कारण छुट्टी होगी। परी का कहना था कि घर चलते हैं, खाना खा कर फिर निकलते हैं। अख़्तर ने अन्त में फैसला कर दिया कि खाना बाहर खाते हैं। अभी ग्यारह बजे हैं। डेढ़ घण्टे बाद दूकानें बन्द होंगी तब तक भूख नहीं लगेगी। सो पहले शॉपिंग करते हैं फिर वहीं कहीं बैठ कर खाना खा लेते हैं। यह तय करके चारों बाहर निकलीं। कार का दरवाज़ा आगे बढ़ कर महनाज़ ने खोला। जैसे ही चाहती थी कि बैठे, सामने उसे असलम आता दिखा। महसूस हुआ, वह वहीं सीट पर जम गई है। दूसरी तरफ़ खड़ी अख़्तर और परी ने कार के शीशे पर अँगूठी से आवाज़ निकाल कर उसे जगाना चाहा मगर उसे जैसे किसी ने पत्थर का बना दिया था।

असलम अतापोर ने विश्वविद्यालय में टॉप किया था। पास से गुज़रा तो अख़्तर और परी ने सलाम करक मुबारकबाद दी। महनाज़ ने बहुत चाहा कि उनका साथ दे मगर हलक़ में कुछ फँस गया था और कान में सिर्फ़ दिल धड़क रहा था। पीछे से हॉर्न देती कार का ध्यान भर जो महनाज़ को हुआ हो।

कार में तय्यबा थी। उसने ठीक महनाज़ के समीप जा कर कार रोकी और ज़ोर से चिल्लाई। महनाज़ चौंकी मगर अपने को दो कारों के बीच फँसा देख कर घबरा गई। तय्यबा ने कार आगे निकाल कर खड़ी की और नीचे उतरी। असलम ने आगे बढ़ कर तय्यबा से हाथ मिलाया और बड़ी शिष्टता से हाल-चाल पूछा। तय्यबा का सम्मान एक विशेष विद्यार्थियों में बहुत अधिक था। सब लड़कियाँ यह जानती थीं। मगर आज जाने क्यों महनाज़ को बुरा लगा। तभी असलम ने हाथ में पकड़े पैकेट से एक पुस्तक निकाली और तय्यबा की ओर बढ़ाते हुए कहा, "मेरा पहला कविता-संग्रह।"

तय्यबा ने लपक कर लिया, फिर तेज़ी से पन्ने पलटते हुए बोली, " गेटअप अच्छा, कवर बढ़िया, अच्छी है पुस्तक, छपी ठीक-ठाक है।"

"अन्दर की कविताओं के बारे में तो महनाज़ कुछ बोलना चाहेगी।" परी ने महनाज़ के मन को समझते हुए छेड़ा।

"कविता की समझ सबमें नहीं होती है परी ख़ानम! पत्थर पर कविता अंकित हो सकती है मगर फूटती वहाँ से नहीं है बल्कि इंसान के दिल से, उसकी भावनाओं

की गहराई से निकलती है और इन्सान के मन पर ही असर डालती है, पत्थर की बेजान बेहिस शिला पर नहीं।" असलम ने एक अजीब तीखे अन्दाज़ से कहा।

परी के चेहरे का रंग बदला। महनाज़ की आँखों में आँसू भर आये। तय्यबा ताज्जुब से कभी असलम, कभी महनाज़ को देख रही थी फिर एकदम से बोल पड़ी :

"असलम की किताब आई है और हम यूँ खड़े हैं। चलो, कहीं बैठ कर जश्न मनाते हैं।" उसके इस कहने से सबने मुबारकबाद दी और फिर पाँचों ने सड़क पार की और सामने एक रेस्तरां में जा कर बैठ गये। उन सबने जान कर सीटें ऐसी ली थीं ताकि महनाज़ और असलम आमने-सामने बैठें। चाय के फिनज़ानों और केक से मेज़ भर गई।

अख़्तर ने तय्यबा के हाथों से असलम की पुस्तक ली और महनाज़ को देते हुए बोली, "देखो, क्या इनमें वे कविताएँ भी हैं असलम की, जिनकी तुम दिवानी हो ?"

महनाज़ का मुँह लाल पड़ गया।

परी ने कहा, "असलम! महनाज़ तुम्हारी कविताओं को समझने की अजीब समझ रखती है। मुझे तो कभी-कभी हैरत होती है जैसे तुम दोनों ने साथ बैठ कर शेर कहा हो। विशेष कर वह 'प्यास' कविता। उस दिन महनाज़ ने मुझे सुनाया था। उसका अर्थ सबने अलग-अलग बताया था मगर जब जाफ़र ने तुमसे पूछा और तुमने जो अर्थ व्यक्त किया था, वह महनाज़ की ही अभिव्यक्ति जैसा था।"

शहनाज़, बोली, "सच परी! तुमने मेरे मुँह की बात छीन ली, अजीब इत्तिफ़ाक़ है।"

तय्यबा ख़ामोशी से सबके चेहरे से कुछ पढ़ने की कोशिश कर रही थी। असलम की आँखों में आश्चर्य भरे सुख और जिज्ञासा की चमक नाच रही थी जो वह छुपा नहीं सकता था। महनाज़ किताब के पन्ने बड़ी आहिस्ता-आहिस्ता पलट रही थी। सब बातों में इतने व्यस्त हो गये थे कि पता ही न चला कि कब महनाज़ और असलम के बीच का तनाव समाप्त हो गया।

एक घण्टे तक इधर-उधर की बातें होती रहीं, फिर तय्यबा ने कहा, "मुझे स्टुडियो जाना है।"

"मुझे भी बाज़ार जाना था," परी बोली।

असलम ने पैकेट से दूसरी पुस्तक निकाली और उस पर कुछ लिख कर महनाज़ की ओर बढ़ाया।

"अब मेरी पुस्तक मुझे वापस कर दो।" तय्यबा ने किताब में डूबी महनाज़ से कहा। महनाज़ चौंकी फिर असलम से पुस्तक लेते हुए धन्यवाद कहा तभी बेयरा बिल ले आया था। असलम ने पर्स निकाला तो तय्यबा बोल पड़ी, "यह चाय महनाज़ की तरफ़ से थी।"

महनाज़ ने घबरा कर कहा, "हाँ-हाँ, क्यों नहीं!" और पर्स से रुपया निकाला। परी ने अख़्तर को शरारत-भरा इशारा किया। अख़्तर मुस्कुरा पड़ी। सब बाहर निकले

तभी परी बोली, "अब मैं घर जाती हूँ। लंच पर मेहमान आ रहे हैं। शहनाज़ और अख़्तर को उसके घर छोड़ती जाऊँगी।"

"फिर मैं बाज़ार..." महनाज़ बोली।

"तुम असलम के साथ चली जाओ, मुझे स्टुडियो जाना है वरना चलती...फिर मुलाक़ात होगी...चलो तुम लोग...ख़ुदा हाफ़िज़!" कह कर तय्यबा आगे बढ़ी, उसके पीछे अख़्तर, शहनाज़ और परी।

इस समय अख़्तर, परी और महनाज़ के दिल और दिमाग़ में एक साथ मलीहा के शब्द गूँजे, 'हम चीज़ें जमा करते रह जाते हैं, तय्यबा उन्हें पल-भर में रूप दे बैठती हैं।' इस समय भी कैसे पल-भर में दो किनारों को मिला दिया। जब दोनों की कारें आगे चौराहे पर रेड लाइट के कारण रुकीं तो उन्होंने कार के आइने में देखा कि महनाज़ और असलम कार में बैठ रहे हैं।

शाम को महनाज़ जब घर में घुसी तो उसका अजीब हाल था। उसे सारी ज़िन्दगी बदली लग रही थी। कार पार्क करके जब वह अपने घर के बड़े लम्बे बाग़ीचे का पार करने लगी तो उसे महसूस हुआ कि आज फूलों और पत्तियों के रंग कैसे खिले हैं। हर चीज़ निखरी धुली हुई। आखिर क्यों ?

"कहाँ थीं महनाज़ ? तुम्हारे बाबा काफ़ी देर से इन्तज़ार कर रहे हैं।"

"आई मामन!" महनाज़ ने तेज़ी से क़दम बढ़ाते हुए माँ को उत्तर दिया जो ऊपर कमरे के सामने वाली बाल्कनी पर खड़ी थीं। महनाज़ अपनी सब मित्रों में न केवल सुन्दर थी बल्कि दौलतमन्द भी मगर पैसे वालो की-सी कोई बात उसके परिवार के किसी आदमी में नही थी। हाँ, उसकी बदहवासी व खोयेपन को लोग जो उसे समीप से नहीं जानते थे उसका, घमण्ड समझते थे जब कि वह दिल से एक बेहद सीधी-सादी लड़की थी। धन दौलत विरासत में मिली थी। इसलिये नये दौलतियों वाली उच्छृंखलता न थी।

बाप ने बेटी का माथा चूमा और उसे अपने पास बैठाते हुए बोले, "शाबाश! रिजल्ट अच्छा आया। मैं बहुत ख़ुश हूँ।"

'मगर बाबा! आपको कैसे मालूम हुआ ?"

"हम सारे जहान की ख़बर रखते हैं तो क्या अपनी बेटी की नहीं रखेंगें ?" कह कर महनाज़ के पिता लाल मखमल के सोफ़े से उठे और सामने मेज़ पर रखा डिब्बा उठा कर लाये और महनाज़ को देते हुए बोले, "अपनी बेटी को, एम०ए० फ़र्स्ट क्लास पास करने की ख़ुशी में।"

महनाज़ ने जो डिब्बा खोला तो दंग रह गई। अमेरिकन हीरों के बीच में झिलमिलाते नीले नग।

"कितना सुन्दर है बाबा! मुझे बहुत अच्छा लगा, बहुत!" कह कर महनाज ने पिता के दोनों गालों का चुम्बन लिया।

पिता की आँखें छलछला पड़ीं। बोले, "तुम मेरी इकलौती औलाद हो। लड़के-लड़की दोनों का सुख तुमने दिया है, मैं ख़ुशनसीब बाप हूँ...हाँ बेटी...शाम को मिर्ज़ा अख़्तर के घर खाने पर जाना है, तैयार रहना, मैं जा रहा हूँ। कुछ काम है। सात बजे तक लौट आऊँगा।"

"बहुत अच्छा बाबा!" महनाज़ ने कहा और वह डिब्बा उठाया। माँ ने उसे सीने से लिपटाया और उन्हें भी प्यार करती हुई महनाज़ अपने कमरे में चली गई।

"कैसा अजीब दिन है!" उसने आईने में अपने को निहारा। असलम का उसे ध्यान आया, क्या इसी अहसास को... ? उसने दरवाज़ा बन्द किया और परी का नम्बर मिलाया।

"हलो! परी, मैं महनाज़ बोल रही हूँ।"

"हाँ! कैसी हो ? क्या कुछ काम है जो फ़ोन किया है ?" उधर से नींद में डूबी आवाज़ उभरी।

"नहीं। काम क्या होगा, बस तुम्हारी ख़ैरियत मालूम करनी थी। कैसी हो ?"

"अच्छा, समझ गई!" परी का खनकता कहकहा सुनाई पड़ा। "कब लौटी ? असलम छोड़ने आया था ?" फिर हँसती हुई बोली, "तुम ठीक तो हो ? मुझे तुम्हारी ख़ैरियत पूछनी चाहिये थी ?" परी हँसे जा रही थी, "और तुम मेरी ख़ैरियत पूछ रही हो ? दोपहर का क्या, अब रात की नींद भी तुम से रूठ गई।" परी हँसे जा रही थी।

"मैं ठीक हूँ। मगर पता नहीं..." इतना कह कर महनाज़ ने रोना आरम्भ कर दिया।

"क्यों-क्यों, क्या हुआ ? फिर कुछ कह दिया क्या ?" परी ने पूछा।

"नहीं-नहीं, ऐसी कोई बात नही, मगर सब कुछ इतना अच्छा है और मुझे कुछ हो रहा है, मैं नहीं जानती परी कि..." बाक़ी शब्द रोने में डूब गये।

"तुम आराम से रो, मैं सुन रही हूँ। तुम्हारे रोने की ज़बान समझ रही हूँ," परी ने बहुत संजीदगी से कहा।

महनाज़ नाक सुड़कती, काग़ज़ के भीगे नेपकिन बार-बार बदलती बहते आँसुओं को खुश्क कर रही थी।

जब आँसू कुछ थमे तो बोली, "मुझे पता नहीं..."

"पता क्यों नहीं तुम्हें ? इश्क़ की यही ज़बान होती है। पूरी किताब पढ़ डालो महनाज़! अभी तो पहला बाब है। इश्क़ का होना फिर उस उत्तेजना, उस वलवले को किसी से कहना...आज दूसरे बाब का आरम्भ तुमने कर दिया है। ज़िन्दगी की ख़ुशियों से दामन भरो महनाज़...! मेरी दोस्त, फ़ना हो जाओ।' परी ने समझते हुए कहा।

"पता नहीं।" महनाज़ ने कहा।

"मुझे पता है, तुम इतमीनान रखो। फिर कभी रोना इस तरह से आये तो फ़ोन कर लेना। तुम तो जानती हो कि मैं तुम्हारे रोने की मूक भाषा जानती हूँ, समझीं ?"

"तुम हमेशा मज़ाक करती हो।" महनाज़ ने कहा।

"ख़ैर! परसों सुबह मुलाक़ात हो रही है, बाक़ी बातें तब करेंगे।" परी ने कहा।

"मैं ट्रिप पर नहीं जा रही हूँ, वह...वह असलम भी नहीं जा रहा है तो...तो मैंने सोचा कि..." महनाज़ ने थोड़ा झिझकते शरमाते हुए कहा।

"बहुत तेज निकले तुम लोग–ख़ैर, तीसरी दोस्त भी काम आ गई। हम अब कुल तीन बचे हैं। तय्यबा तो पहले से काम से इश्क़ कर रही है। उसकी गिनती ही क्या है!"

"सुनो! तस्वीरें ज़रूर लाना–कहाँ–कहाँ घूमी हो।"

"ठीक है। एक मास के लिए बाय–बाय अपना और अपनी कविता का ध्यान रखना...कहीं फिर कुछ बदहवासी में, ख़ैर...खुदाहाफ़िज़!" परी ने कहा।

"अच्छा! सफर बख़ैर हो। अख़्तर को सलाम कहना, खुदाहाफ़िज़!" महनाज़ ने फ़ोन रख दिया और बिस्तर पर लेट कर छत को ताकने लगी।

"महनाज़! तैयार हो गईं क्या ?" माँ की आवाज़ से महनाज़ उठ बैठी। वह दरवाज़ा भड़भड़ा रही थी।

"ओह, छः बज गये ?" वह चौंक पड़ी फिर बोली, "नहीं मामान!" उसने उठ कर दरवाज़ा खोला।

"कमरा बन्द करके फिर क्या कर रही थीं ?"

"मैं सो गई थी।"

"ख़ैर! हमाम गर्म है। नहा लो। वह नीला ड्रेस पहनना और यह नया सैट। शहर–भर के बड़े–बड़े लोग आज जमा होंगे वहाँ।"

"आखिर दावत अख़्तर चाचा किस ख़ुशी में दे रहे हैं ?"

"उनका बेटा सुलेमान पाँच साल बाद जर्मनी से लौटा है। वह ख़ुशी मना रहे हैं हमारी तरह, जैसे हमारी बेटी ने एम०ए० कर लिया है। कल हमारे यहाँ दावत है।"

दोनों माँ–बेटी तैयार होकर ठीक सात बजे नीचे आईं। उसी समय नासिर खान आ गये। वे दोनों कार में बैठ गईं।

"मुझे लगता है कि महनाज़ को लड़का पसन्द आया है," नासिर खान ने रात को

दावत से लौट कर नसरीन ख़ानम से कहा।

"शायद! वैसे वह बातें ही कब किसी से करना पसन्द करती है, मगर आज मुझे खुद भी ताज्जुब हुआ कि बहुत आराम से बातें की उसने सुलेमान से," नसरीन ख़ानम ने कहा।

"लड़के को मेरी लड़की पसन्द आ गई होगी, मुझे तो महनाज़ की फ़िक्र है।"

"मेरी लड़की हज़ारों में एक है।"

"कल घर में ज़रा ग़ौर से देखना उन दोनों को।"

"देखना क्या है, पूछ लेते हैं।"

"अभी नहीं। यदि अन्दाज़ा होता है पसन्द का तो पूछेंगे वरना कोई और लड़का सही।"

"ख़ैर! लड़का बुरा नहीं है मगर इतना अच्छा भी नहीं है जो हम महनाज़ पर ज़ोर डालें। उसकी अपनी मर्ज़ी पर है।"

"अपनी मर्ज़ी कैसी ? आज तक कोई लड़का मित्र तो बना नहीं पाई। मर्ज़ी...हमारी मर्ज़ी पर छोड़ देगी।" नासिर खान ने कहा।

"हूँ।" नसरीन ख़ानम नींद में डूब गई।

शाम की पार्टी में बहुत रौनक़ थी। महनाज़ तो खिली पड़ रही थी। वही महनाज़ जो किसी लड़के के बोलने पर भृकुटी तान लेती थी, इस समय सुलेमान से बहुत हँस-हँस कर बात कर रही थी। शहनाज़, अख़्तर और परी आई थीं और आपस में बैठी बातें कर रही थीं। उन्हें महनाज़ ने देखा नहीं था। वे जानबूझ कर शरारत से लताओं की आड़ में बैठी थीं।

"हम यूँ ही रह जायेंगे अख़्तर जान ?" परी बोली।

"नहीं। इसके बाद तुम्हारा नम्बर है। दिल मत छोटा करो।" शहनाज़ ने कहा।

"तुमने दिलासा दिया है तो समझो, मेरे निकलते आँसू थम गये।" परी ने मुँह बिसूरते हुए कहा।

"तुम लोग कब आईं ?" महनाज़ ने आ कर आश्चर्य से पूछा।

"आपकी बला से," शहनाज़ ने बनावटी क्रोध दिखाया।

"तुम को जब हमारी फ़िक्र हो तब न!" अख़्तर ने कहा।

"असलम के स्थान पर यह कौन डमी है ?" परी ने पूछा।

"चुप! बाबा के मित्र मिर्ज़ा अख़्तर के बेटे सुलेमान अख़्तर हैं। अभी जर्मनी से आये हैं।"

"वैसे हैं बेहद हसीन! मिलवा तो दो ज़रा।" परी छेड़ने लगी।

"अभी लो! उठो भी।" तीनों आगे बढ़ीं।

"ये मेरी सहेलियाँ हैं–परी, शहनाज़ और यह अख़्तर और यह हैं..."

"सुलेमान अख़्तर," परी ने बीच में ही टोक कर वाक्य पूरा कर दिया।

"परी हमारी सब सहेलियों में सबसे अधिक शरीर मगर उतनी ही गहरी है।" महनाज़ ने कहा।

"लो उधर देखो," अख़्तर ने महनाज़ को कोहनी मारी।

महनाज़ का सारा ख़ून चेहरे पर जमा हो गया था।

असलम काले सूट में बहुत जँच रहा था। चेहरे पर हल्की-सी घबराहट थी। नज़रें किसी को ढूँढ रही थीं।

महनाज़ के पिता वहीं खड़े थे, बोले, "आओ बेटे! मैं नासिर खान हूँ–महनाज़ का पिता।"

"मैं महनाज़ का सहपाठी असलम अतापोर हूँ।"

"आओ! तुम्हें महनाज़ के पास ले चलता हूँ।" महनाज़ को अपने को सँभालना कठिन हो गया। वह तेज़ी से मुड़ी और दूसरे कमरे में घुस गई।

नासिर खान शहनाज़, परी और अख़्तर व सुलेमान के पास पहुँचे और असलम का परिचय सुलेमान से कराया।

काफ़ी देर बाद जाने कहाँ से महनाज़ आई और असलम के समीप खड़ी हो गई, "आइए, आपको अपना किताबखाना दिखाऊँ।"

"चलिये!" कह कर असलम बढ़ा। दोनों हॉल से बाहर निकल गये।

कमरा क्या था, विद्या का भण्डार था। असलम को पिता का पुस्तकालय इसके समीप फ़ीका लगने लगा। अजीब चित्र थे। अजीब मूर्तियाँ थीं और अजीब इरफ़ानी वातावरण था। शरमाते हुए किताबों की अलमारी से टेक लगाये हुए महनाज़ बोली, "बाबा और मैं शाम को अधिकतर यहीं बैठते हैं। बचपन से अब तक मैंने जाने कितनी पुस्तकें पढ़ डाली हैं। हज़ारों की तादाद में मगर बाबा हमेशा कहते हैं कि विद्या का सागर असीमित है, उसे पीने के लिए इन्सान के पास समय नहीं है–इधर मेरे दादा की पुस्तकें हैं, अधिकतर अरबी में हैं। वह बहुत प्रसिद्ध वैद्य थे। नाम सुना होगा आपने हकीम मंसूर खान। यह मेरी बाबा की पुस्तकें हैं, उनकी गज़लों का संग्रह–यह मेरे परनाना की किताबें हैं, सारी-की-सारी धार्मिक और ये हैं मेरे चचा और मामू की...यह है आपकी पुस्तक...पूरा शेल्फ मैंने ख़ाली रखा है ताकि आपकी पुस्तकों से यह भरे...फ़िलहाल ख़ाली जगह को सजाने के लिए मैंने पत्थर की यह मूर्ति रख दी है।" महनाज़ का चेहरा जज़्बात से तप कर असलम को फ़ानूस की तरह लग रहा था जिसके शीशे रोशनी में हज़ारों रंग बिखेरते हैं।

असलम को लग रहा था कि उसके वजूद में महनाज़ एक अजीब तरह से घुल रही थी। बड़ी देर तक वह महनाज़ को देखता रहा। इतने सौन्दर्य, इतने खोये

हुए व्यक्तित्व के अन्दर इतना ज्ञान, इतनी विद्या, इतना हससास दिल, कैसी नाज़ुक रुह होगी महनाज़ की!

"तुम लोग यहाँ हो, सब वहाँ पूछ रहे हैं।" माँ ने आ कर कहा फिर वह भारी सैनी उठाये बाहर निकल गई।

"चलिये।"

"चलो।"

दोनों बाहर निकल आए।

"तुम्हें कुछ अन्दाज़ा लगा ?"

"मुझे लगता है, महनाज़ को सुलेमान पसन्द है।"

"तो फिर मैं अख़्तर मिर्जा से कह देता हूँ। मुझे भी यक़ीन हो गया है। अब तो पूछना भी बेकार है महनाज़ से।"

"पूछना क्या है! सुलेमान में कमी क्या है ?"

"बस, तुम तैयारी करो, मँगनी की तारीख़ अगले हफ़्ते रख दी जाती है।"

"ठीक है।"

दावत के बाद! सोने से पहले नासिर खान और उनकी पत्नी में बात हुई।

मैं पी-एच०डी० बाहर से करना चाहता हूँ मगर..."

"मगर क्या... ?"

"अकेले जाना नहीं चाहता हूँ।"

"फिर..."

"देखो! बाबा से आज बात करूँगा।"

"मेरे बाबा तो हफ़्ते-भर के लिए योरोप गये हुए हैं।"

महनाज़ और असलम रोज़ मिल रहे थे मगर आज तक उनमें खुल कर न कौल-करार हुआ, न एक-दूसरे से खुल कर उन्होंने कुछ कहा था, जो अधिकतर एक-दूसरे को पसन्द करनेवाले कहते हैं। यहाँ तो एक ऐसे मूक जीवित अगाध सम्बन्ध था जिसे भाषा की आवश्यकता नहीं थी। इस समय भी वे अधूरे जुम्ले, छोटी-छोटी बातें मगर सम्पूर्ण अर्थ और बड़े-बड़े अहम फैसले कर रहे थे।

इश्क़ उनका पहला तजुर्बा था।

नसरीन ख़ानम और नासिर खान को बेटी की ओर से पूरा इतमीनान हो गया था कि उसे सुलेमान पसन्द आ गया है। दोनों दोस्तों में बात तय हो गई। मँगनी की तारीख़

भी तय हो गईं। दोनों ओर से अँगूठी के हीरे की तलाश आरम्भ हो गई थी। इन चीज़ों से बेख़बर, बदहवास, महनाज़ अपने में खोई थी।

शाम को जैसे ही नासिर खान विदेश-यात्रा से लौटे, उन्हें मिर्जा का फ़ोन मिला कि मँगनी की तारीख़ बदलनी पड़ेगी क्योंकि एकदम से सुलेमान को तार मिला है किसी ज़रूरी काम के कारण, सो अगले हफ़्ते वह बीस दिन के लिए जर्मनी जा रहा है।

"ठीक है, जल्दी क्या है ? जल्दी का काम तो शैतान का होता है," यह कह कर नासिर खान ने इधर-उधर की बात आरम्भ कर दी।

रात के खाने पर उन्होंने पत्नी को सारी बात बताई। अपनी मँगनी की बात सुन कर महनाज़ बहुत विचलित हुई। कैसे कहे सब कुछ ? उससे खाना नहीं खाया गया। सिरदर्द का बहाना करके वह कमरे में चली गई। जाते ही परी का फ़ोन मिलाया।

"परी! सुलेमान की मँगनी तय हो रही है," कह कर वह रोने लगी।

"तो इसमें तुम्हारे रोने की क्या बात है ?" परी ने आश्चर्य से पूछा।

"मेरा तो सीधा..." महनाज़ फूट पड़ी।

"भई देखो! सुलेमान की मँगनी तुम्हारा रोना...फिर वह तुम्हारी कविता ? मैं स्वयं पागल हो रही हूँ...कहीं वह डमी साहब तुम्हारा दिल तो नहीं..." परी के इतना कहने पर महनाज़ चीख़ पड़ी।

"शटअप! मँगनी मुझसे होने वाली है और मैं..." महनाज़ झुँझला गई।

"अब समझी! बात तो सीरियस है। फ़ौरन बाबा को बता दो बल्कि असलम को बाबा से मिलवा दो, वह समझदार है, स्वयं समझ जायेंगे। परेशान मत हो।"

परी की बातों से महनाज़ चुप हो गई। रात को उसने सारा प्रोग्राम मन-ही-मन में बना डाला।

सुबह नाश्ते की मेज़ पर महनाज़ ने पूछा–

"बाबा, आप शाम को घर पर रहेंगे न ?"

"हाँ बेटे! क्यों, कुछ काम है ?"

"नहीं बाबा, यूँ ही पूछा।"

महनाज़ ने असलम को फ़ोन किया कि वह शाम को चाय पर घर आए। उसके मन में इच्छा थी, बाबा आज असलम को पसन्द कर लें और...उधर असलम भी इसी सोच में डूबा हुआ था कि अक्तूबर से पहले यदि सब कुछ हो गया तो वे दोनों साथ-साथ जा सकते हैं।

शाम से पहले ही नासिर खान को टेलीफ़ोन मिला और वह ज़रूरी काम

से बाहर चले गये। शाम को काफ़ी देर तक असलम बैठा रहा मगर नासिर खान साहब से मुलाक़ात न हो सकी। उनका फ़ोन लगभग आठ बजे महनाज़ के पास आया कि वह अब ग्यारह बजे तक आयेंगे, कुछ समस्या आ न पड़ी है। असलम और महनाज़ काफ़ी देर तक बाहर बाग़ में चाय के साथ बातें करते रहे मगर कब तक बैठते। नसरीन ख़ानम कई बार इशारे-इशारे में रात अधिक हो जाने की बात कह चुकी थी।

असलम के जाने के बाद वह बोली, "बड़ी देर बैठ गया, तुम्हारा सहपाठी।"

महनाज़ ने कोई उत्तर न दिया, बस किताब में डूबी रही। रात को नासिर ख़ान ने बताया कि उन्हें सुबह ही विदेश जाना है, बहुत ज़रूरी काम से।

असलम को जाना पड़ा। उधर दाख़िला हो गया था केम्ब्रिज विश्वविद्यालय में। इधर महनाज़ के पिता से कोई बात नहीं हो पाई थी। क्या करे ? भरे मन से असलम विदेश चला गया। महनाज़ फिर अख़्तर, तय्यबा, शहनाज़ और परी के साथ-साथ अधिक समय बिताने लगी। चारों ने पी-एच०डी० के लिए दरख़्वास्त दी थी। किसी कारणवश अभी तक कुछ पता नहीं चला था। यह तो अन्दाज़ा इन्हें हो रहा था कि विश्वविद्यालय के वातावरण में अन्दर-ही-अन्दर बहुत कुछ उबल रहा है। मगर क्या ?

आज भी वे चारों निराश-सी लौट रही थीं। दाखले का पता नहीं चल पाया था कि क्या होना है। रास्ते में कुछ लड़कों के झुण्ड उन्हें ज़रूर नज़र आये फिर किताबों की दूकान पर कुछ बन्दूक़धारी पुलिस! वे चारों तेज़ क़दम से चलती हुई आगे बढ़ीं और कारों में बैठ गईं। इससे पहले कि हँगामा बढ़े, वे घर पहुँचना चाहती थीं।

नासिर खान की मृत्यु की ख़बर महनाज़ और नसरीन ख़ानम को कहीं अन्दर से तोड़ गई। कैसे का कोई जवाब न था। जो जवाब था उस पर उन्हें यक़ीन नहीं हो रहा था कि उनकी हत्या करवाई गई है। उनकी किसी से दुश्मनी न थी। फिर क्या था ऐसा ? किसी और के धोखे में ?

उनकी मृत्यु को आज दो मास गुज़र गये थे। माँ-बेटी काला कपड़ा पहने बैठी थीं।

सुलेमान के पिता आये थे, बोले, "नासिरख़ान की अन्तिम इच्छा जितनी जल्दी पूरी हो जाये, उतना ही अच्छा है।"

महनाज़ क्या करे, समझ नहीं पा रही थी। जब से असलम गया था, कोई पत्र आया न था। पास में पता था नहीं जो इसकी उसे इत्तिला दे। उसकी परेशानी को सहेलियों ने माँ के सामने रखा तो उन्होंने कहा कि जो दो मास से गया हो और

पत्र न डाले, उसका कितना इन्तज़ार ?

विवाह के बाद महनाज़ भी जर्मनी चली गई। उसके जाने के बाद असलम का पत्र आया कि वह सख़्त बीमार हो गया था। दो मास अस्पताल में रहा था। वह कैसी है, इत्यादि-इत्यादि। वह पत्र भी माँ ने ईरान से जर्मनी भेजा था यानी जब वह सुलेमान के बच्चे की माँ बनने वाली थी तब उसको अपनी पिछली ज़िन्दगी का जवाब मिला। महनाज़ क्या जवाब देती ? उसने वह पत्र रख लिया और परी को सब कुछ लिखकर पूछा था कि वास्तव में ज़िन्दगी है क्या ?

उधर जवाब न मिलने पर कुछ दिनों बाद मार्च में नौरूज़ की छुट्टी में असलम विदेश से लौटा। सब कुछ जान कर जैसे उसे सकता हो गया था। काफ़ी समय तक तो जैसे यक़ीन ही नहीं आया था कि क्या ऐसा हो सकता है ? बार-बार उसे ख़ाली शेल्फ के एक कोने में रखी अपनी पुस्तक याद आती और ख़ाली जगह को भरने के लिए रखी गई पत्थर की मूर्ति और उसके समीप महनाज़ का खड़ा होना। रोम-रोम में, ख़ून की एक-एक बूँद में केवल महनाज़ थी—केवल महनाज़। उसके धड़कन की आवाज़, उसके विचारों का केन्द्र। क्या हुआ एकदम से ?

असलम फिर बीमार पड़ गया। उसका आना महनाज़ की सहेलियों को नहीं पता चल पाया था, वरना सारी बात साफ हो जाती। कुछ दिन रह कर असलम महनाज़ को बेवफ़ा समझ लौट गया।

अख़्तर ने परी को फ़ोन किया "मलीहा का खत आया है, वह लौट रही है।"

"कब ?" परी ने पूछा।

"तुम्हारे विवाह के कई मास बाद, समझीं ?"

"उफ! उसको आना ही था तो ऐसे समय आती जब..."

"क्यों न ट्रंक-काल करके बात कर ली जाये ?"

"ख़्याल अच्छा है, मिलाती हूँ।"

"सुनो! एक बुरी ख़बर है..."

"क्या ?"

"नेदा ख़ानम का इन्तक़ाल हो गया—कल रात को।"

"अरे...!!"

"दुख बहुत बढ़ जाता है तो मज़ाक बन जाता है। नेदा ख़ानम की पूरी ज़िन्दगी तो चलता-फिरता ज़ख़्म थी। हम उन्हें ले कर हँसते थे।"

"मगर मन से उनकी इज़्ज़त करते थे।" परी ने दुख से कहा।

"उनका मंगेतर, सुना, आया था अपने बच्चों और पत्नी के साथ।"

"या अल्लाह! इन्सान को ख़ुदा ने सारे जानदारों में सबसे अधिक महान बनाया है मगर कितना दुख झेलने के लिए! अपनी अच्छाइयों की क़ीमत काफ़ी भारी चुकाता है।

"अभी तय्यबा होती तो एक वाक्य में हमारी सारी बातों का खुलासा कर डालतीं।"

"वह तो है!...हाँ, यह भी सुनो, उन्होंने सारी-जायदाद मंगेतर को लिख दी है। मैंने जब से सुना है, पगला-सी गई हूँ। कोई इतने समय तक एक कमीने शख़्स की एक बात के साथ ज़िन्दा रह सकता है ?"

"क्यों नहीं रह सकता है ? ज़िन्दगी तबाह करने वाला क्या भुलाया जा सक है ? मगर उस कमीने पर क्या असर! वह धन-दौलत पा कर ख़ुश होगा।"

"अच्छा, कल रुदकी हॉल में मुलाक़ात होगी।"

"ठीक है-खुदाहाफ़िज़!"

"खुदाहाफ़िज़!"

फ़ोन रख कर परी नेदा ख़ानम के विचार में डूब गई। नेदा ख़ानम एक बहुत अमीर माँ-बाप की इकलौती बेटी थीं। मंगेतर ने एक दिन उनके पिता से जा कर पूछा-दहेज में क्या-क्या देंगे ? इस प्रश्न ने उन्हें दिवाना बना दिया। और हाथ की छड़ी से उन्होंने उसे दौड़ाया था। पिता का क्रोध रह गया। मंगेतर की लालच व नीचता रह गई। नहीं रह पाया तो नेदा ख़ानम का पनपता जीवन। उनके सीने पर मूँग दलने के लिए वह किसी अन्य लड़की के साथ पड़ोस में आता जाता था। फिर उसी से विवाह कर लिया मगर इस बीच एक शब्द भी नेदा से उसने नहीं कहा था, जैसे मँगनी के बाद जो भी कहता रहा था वह दहेज की आशा में। जब बात बिगड़ गई तो कच्ची सियाही से लिखी तख़्ती की इबारत भी धुल गई। पिता मर गये। असीमित दौलत पर नेदा ख़ानम अकेली रह गईं। जब भी अख़्तर के घर वह आती थीं तो एक बात बार-बार दोहराती रहती थीं और मुस्कुराती रहती थीं जैसे वह सारे ग़म के टाँकों को मुस्कान से सी डालेंगी...और आज उस ग़म का अन्त हो गया। किसको क्या मिला ? किसी ने सुख भोगा, किसी ने दुख...सब अपना हिस्सा पाते हैं-परी सोच में डूबी रही।

शहनाज़ की माँ को विधवा हुए अभी छः मास ही गुज़रे थे कि भाई का भी देहान्त हो गया। बहुत चाहने पर भी वह पढ़ाई आगे न बढ़ा सकी। काम की तलाश थी, काम मिल जाये तो वह माँ को कुर्दिस्तान से वहीं बुला लेगी। कुर्दिस्तान में भी हँगामे बढ़ रहे थे।

परी ने शाम को शहनाज़ से कहा, "किहान समाचारपत्र में एक पत्रकार की आवश्यकता है...। क्या ख़्याल है जनाब का ?"

"ख़्याल बढ़िया है, कल ही जाती हूँ।" शहनाज़ ने उसी अन्दाज़ में लहरा कर कहा।

"चलने से पहले ज़रा हाल देखते हैं। दिवाने हाफ़िज़ कहाँ हैं ?"

"यह रहा।"

"माँगो," कह कर परी ने होठों-ही-होठों में हाफ़िज़ की महबूबा शाखेनबात को याद किया।

"माँग लिया," कह कर शहनाज़ ने आँखें बन्द कर लीं।

"वाह! गज़ल बहुत बढ़िया निकली है," कह कर परी ने शेर पढ़ा।

"ज़ोर से पढ़ो।"

"तुम्हारी नौकरी पक्की...खुद पढ़ लो यह शेर।"

"ख़ैर! मेरा काम बन गया, तुम्हारा क्या बनने वाला है परी ख़ानम ?"

"हम परी हैं, जादुई दुनिया में रहते हैं। हमें कोई दुख नहीं है।" परी ने हँसते हुए कहा।

"दुख हुआ भी तो तुम झेल जाओगी। काफ़ी गहरी हो। एकदम गहरा कुआँ-बस, मीठे पानी के अलावा अपनी थाह किसी को लेने नहीं देती हो।" शहनाज़ ने कहा।

"चलो, पिक्चर चलते हैं।" परी ने कहा।

"चलो।"

दोनों बाहर निकलीं। गुलाबी जाड़े का आरम्भ था। हरी पत्तियों ने रंग बदल लिया था। लाल, पीली, कत्थई रंग में बदल पत्तियाँ हवा से टूट-टूट कर पेड़ों की शाँखो से ज़मीन पर गिर रही थीं। हवा में पक्के फलों की मादकता भरी थी।

"कौन पिक्चर देखे ऐसे मौसम में ? टहलते हैं।" परी ने कहा।

"तुम प्रोग्राम मत बदला करो, मूड खराब हो जाता है।" शहनाज़ ने कहा।

"मूड को नहीं, जान की ख़ैर मनाओ। मैं तो तुम्हारे भले के लिए कह रही थी।"

"मेरा भला ?"

"और नहीं तो क्या ? रैक्स सिनेमा आबादान की आग याद है-बच्चे, औरतें तड़प-तड़प कर मरे थे। तुम इकलौती हो अपनी माँ की।" परी ने बड़ी गम्भीरता से कहा। शहनाज़ भी सोच में पड़ गई फिर बोली :

"तुम्हारी शरारत का कोई जवाब नहीं। स्वयं नहीं जाना चाहती हो तो..."

"चलो, मैं तो तुम्हारे..."

"ख़ैर, छोड़ो। इतना सब सुन कर कौन जायेगा-चलो फरहा पार्क चलते हैं।"

"चलो!" परी ने कह कर अपनी हँसी दबाई।

पार्क के बाहर भुट्टे बिक रहे थे। दोनों ने ख़रीदे और खाती हुई पार्क में घूमने लगीं। शाम ढल रही थी, फूलों से बाग़ महक रहा था। फव्वारे खुले हुए थे। बेदमजनू के पेड़ों की डालियाँ धरती की ओर झुकी झूम रही थीं। दोनों भुट्टे खाती हुई बेंच पर जा कर बैठ गईं। पास से लड़कों का झुण्ड गुज़रा।

दोनों को अकेला बैठे देख कर हवा में जुम्ले उछालते गुज़र गये और आगे फुटबॉल टीम में शामिल हो गये।

"हमारा कोई भाई ही नहीं," परी ने कहा। शहनाज़ चुप रही। भुट्टा समाप्त हो गया था, दोनों खड़ी हुईं, घास और पेड़ों के साये से घिरी पगडंडियों पर से गुज़रते हुए परी ने शामलू की कविता 'शबाना' को पढ़ना आरम्भ कर दिया। जब उसने कविता समाप्त की तो शहनाज़ बोली :

"अब नादिर बादिरपोर को सुनाऊँ ?"

"सुनाओ।"

कविता पढ़ती, शेर सुनाती वे दोनों काफ़ी देर तक टहलती रहीं।

"आठ बज रहे हैं।"

"चलो वापस चलते हैं–आइस्क्रीम खाओगी ?"

"हाँ," दोनों ने आइस्क्रीम ली और खाती हुई बाग़ से बाहर निकलीं।

"आजकल तय्यबा नज़र नहीं आ रही है ?"

"पता नहीं, एकदम से रहते-रहते गायब हो जाती है।"

"अख़्तर मशहद से लौट आई ?"

"अभी नहीं।"

"बड़े दिन लगा दिए ?"

"कुछ काम पड़ गया होगा।"

"हो सकता है।"

परी ने शहनाज़ को उसके घर छोड़ा और स्वयं अपने घर की ओर चल पड़ी। रास्ते-भर वह सोच में डूबी रही। दूर से कहीं गोली चलने की आवाज़ आई, क्या हुआ फिर ? उसने कार की रफ़्तार तेज़ कर दी। शहनाज़ पुराने तेहरान के एक ग़रीबों के मोहल्ले में अपनी ख़ाला के यहाँ रहती थी। जब भी परी उस छोड़ने आती थी, उसकी कार को देखने के लिए छोटे कच्चे घरों से बच्चे बाहर निकल आते थे। लड़कियाँ चादर की ओट से उसे देख-देख कर मुस्कुराती थीं।

घर पहुँच कर उसने पहला काम जो किया, वह था नहाना। जी भर कर नहाई फिर माँ के पास जा कर उनसे बोली, "मामान! बाबा कब लौटेंगे ? आज तो लौटने वाले थे! फ़ोन आया ?"

"कल सुबह आ रहे हैं।" माँ ने स्वेटर बुनते हुए कहा।

परी की माँ सौतेली हैं। उसकी माँ को बाबा ने तलाक़ तब दी थी जब वह कुल छः वर्ष की थी। उसे सब कुछ धुँधला-सा याद है। मौजूदा माँ बाबा की स्टैनो थीं। आरम्भ में वह उनसे बहुत डरती थी मगर बाद में उसे लगा कि सौतेली माँ हमेशा डायन का रूप नहीं होती है। उसकी अपनी माँ जब उसे देखने आती थी तो नई माँ उनकी ख़ूब आव-भगत करती थीं। धीरे-धीरे माँ से नई माँ की औपचारिकता मित्रता में बदल गई। अपना सारा दुख-सुख बाबा को ले कर वे आपस में बाँटती थीं। जब वह कुछ बड़ी हुई तो उसे पता चला कि बाबा की मित्रता किसी गायिका से हो गई थी। नई माँ के कोई बच्चा नहीं हुआ था। एक दिन वह बाबा से बोली थी, "मेरा किया मेरे सामने आ रहा है। मैं तुम्हें मना किस मुँह से करूँ...मगर एक बात का ध्यान रखना-लड़की बड़ी हो रही है।" बहुत कोशिश के बाद भी वह बाबा का उत्तर नहीं सुन पाई थी। उस समय माँ पूरे घर में अकेली थी। वह पास जा कर बैठ गई। उनके गले में बाहे डाल उसने माँ के गालों का चुम्बन लिया।

## 2

अभी मलीहा को विदेश में रहते वर्ष-भर ही गुज़रा था कि हुसैन ने एकाएक ईरान लौटने की ठान ली।

मलीहा के पूछने पर हुसैन ने बताया कि "यहाँ रहने का मन नहीं करता है। जब देश का इतिहास बनने वाला हो तब विदेश में रह कर मैं क्या करूँगा ?"

तेहरान लौटने के बाद मलीहा तो अपनी पुरानी ज़िन्दगी में लौट आई थी। वही दोस्तें, वही गलियाँ, वही कूचे, वही ख़ुशबू, वही सुबह और शाम। हुसैन ज़रूर हर रोज़ बदलता नज़र आ रहा था। रात को भी देर से लौटता, पूछने पर काम की अधिकता बताता।

एक दिन शाम को मलीहा टी०वी० देख रही थी कि अख़्तर आ गई। साथ में तय्यबा भी। उन्हें देख कर मलीहा ने सूसन को फ़ोन किया कि वह भी आ जाये। इतने दिनों बाद सब मिल कर बैठी थीं। एक-दूसरे की ज़िन्दगी पर आलोचना, कटाक्ष, मज़ाक सब चल रहा था। तय्यबा ने अपने बेदाग चेहरे को घुमा कर सूसन की चौड़ी होती कमर पर नज़र डालते हुए कहा, "अरे सूसन, यह कमर, कमरे में क्यों बदल रही है ? किस डॉक्टर ने कहा है, शादी के बाद मोटी हो जाओ ?"

"किसी ने नहीं कहा तभी तो मलीहा की कमर पहले से एक इंच और कम हो गई है।" सूसन ने हँसते हुए कहा। चाय आ गई थी। सबकी नज़रें अख़्तर पर जम गईं। "तुमने क्या सोचा है ?"

"किसलिये ?"

"ज़िन्दगी के बारे में ? अकेले तय्यबा की तरह रहना है क्या ?"

अख़्तर ने बाल झटके और उत्तर देने के बदले पर्स से एक पर्चा निकाला, "देखो इसे!"

सबने बारी-बारी पढ़ा। कोई कुछ नहीं बोला। टी०वी० पर फ़िल्म आरम्भ हो गई थी। सब उसमें डूब गईं।

रात सुनसान थी। सिर्फ़ टैंकों की गड़गड़ाहट सन्नाटे को चीर रही थी मगर इस ख़ामोशी के बाद भी कूचे सारेबानान के कोने वाले घर में ज़िन्दगी ख़ूनी लिबास पहने टहल रही थी। भोर होते ही नवजवानों के दल को किस प्रकार और कैसे और किन सड़कों से ले जाना है कि कोई भी सीना जख्मी न हो। ख्यालों में उलझा मज़ीद बिस्तर पर तड़प रहा था। भूख तो महीनों से ख़त्म हो गई थी। लगता था, कोई गोला हल्क में अटका है जो हर कौर को पहलवी काल की तरह उगलना चाह रहा है।

कल बारिश हो गई थी। जाड़ा बढ़ गया था, मगर कोई रुका न था। प्लास्टिक सिर पर डाल कर नारे लगाते ये नौजवान टैंक व जीप के हरकत में आने से पहले ही तितर-बितर हो गये थे। कहीं-कहीं तो ये सिपाही केवल डराने का अभिनय करते हैं, यह बात लड़के ख़ूब समझते हैं। वे भी डरने और भागने का नाटक करते हैं। यह तो संघर्ष का पहला चरण है। एकांकीपन को तोड़ना भी तो युद्ध के आरम्भ की सूचना है।

मैदान-ए-जाले का वह दृश्य-कितने मर्द, औरत, बच्चे, लड़के-लड़कियाँ घायल हुए थे। तब से क्या हो गया है मज़ीद को, किसी को भी छुरी से तरबूज काटता वह देखता तो उत्तेजना से भर उठता। लगता, कटे सिर, छलनी सीने उसकी आँखों के सामने नाचने लगते थे। उस दिन घर में पाँच लाशें आई थीं। उनमें से भाई को जब मुर्दा समझ कर दफ़नाने के लिए लोग उठा कर ट्रक में डाल रहे थे तो उसका दोस्त चिल्लाया था, "मज़ीद! हमीद ज़िन्दा है। इसका बदन गर्म है।" मगर थोड़ी देर बाद हमीद ने उसकी बाँहों में दम तोड़ दिया। पाँच लाशों को उस दिन बेहिश्ते जहरा में दफ़ना कर आया था अपने प्यारे भाई, बहन, माँ-बाप को, तब से यह घर सूना-सूना, ख़ून में डूबा, आँसुओं में तर, सफ़ेद कफन से लिपटा उससे फ़रियाद करता है-जंजीरें तोड़ दो, जंजीरें तोड़ दो।

मैं कैसे बच गया उस दिन ? अपनी चतुरता के कारण ?

कल उस जंजीरे कुत्ते का जन्म दिन है। चिराग की जगह पूरे ईरान में शोले फड़कने चाहिए...जोंक...पूरे ईरान को अपने स्वार्थ के लिए तबाह करता रहा...

पौ फटने वाली थी...वह तेज़ी से उठा, कपड़े बदले, लाइट जला कर क़ालीन के नीचे छुपी किताब निकाली। उसको प्लास्टिक पैकेट में लपेटा। उसके ऊपर पुराना

कपड़ा बाँधा, जैसे किसी मज़दूर की खाने की पोटली हो।

तभी दरवाज़ें पर दस्तक हुई।

"कौन है ?"

"ओह! अख़्तर, तुम! इतनी सुबह!"

"हाँ! हमाम के बहाने निकल आई हूँ।"

"बैठो! मैं चाय बनाता हूँ।"

"आज कालेज की तरफ हँगामे का इरादा है!"

"यह पैकेट लेती जाना, सावधानी से बाँटना।"

"समझती हूँ, नाम बदलवाने वाली ख़बर मिली होगी।"

"हाँ! सुनी, पूरे ईरान में चप्पे-चप्पे का नाम बदला जायेगा। वही तस्वीरें, वही नाम अच्छा-भला आदमी देखते-देखते पागल हो सकता है। अभी तो यह आरम्भ है।"

"लड़के तो लड़के, लड़कियाँ इतना जम कर मैदान में उतर रही हैं कि बस पूछो मत।"

"चाय के साथ कुछ लो न ?" मज़ीद ने अख़्तर से कहा।

"नहीं! चाय पी ली है। यह लो काग़ज़, मैं अब चलती हूँ।" अख़्तर तेज़ी से खड़ी हुई फिर बोली, "मैं कल रात तेहरान जा रही हूँ।"

"कैसे ? प्लेन से ?"

"नहीं! ट्रेन से।"

"ख़तरा है। समय भी अधिक लगता है।"

"हम कर रहे हैं संघर्ष मगर अभी विचार वही बूरज़ुआ हैं। मरना अब भी महत्वपूर्ण है क्या ?"

"नहीं। मरना नहीं, मंज़िल महत्वपूर्ण है।"

'ज़िन्देबाश'

"अच्छा, चलती हूँ, तेहरान दो हफ़्ते बाद काम से जाऊँगी।"

"कामयाब हो!" मज़ीद मुस्कुरा दिया।

अख़्तर घर से बाहर निकल पास के हमामखाने की तरफ बढ़ गई।

शहनाज़ को नौकरी मिल गईं। इस ख़ुशी में उसने सबको अपने यहाँ बुलाया था। रंग-बिरंगी कारों से गली भर गई थी। जब तक शहनाज़ की सहेलियाँ बैठी रहीं, पास-पड़ोस की लड़कियाँ बार-बार घर में झाँक कर, उनकी एक झलक देख कर, हँसती हुई भाग रही थीं। बड़ी लड़कियाँ की समझदार आँखें, बहुत अर्थपूर्ण ढंग से उनके चेहरे, बालों, पैरों, कपड़ों का मूल्यांकन कर रही थीं। परी को अजीब बेचैनी का अहसास

हो रहा था। जब उससे नहीं रहा गया तो शहनाज़ से बोली, "ख़ुदा की क़सम तुम्हें! इन लड़कियों को भी अन्दर बुला लो, ये भी बैठ कर हमारे साथ गप्प लगाएँ न!"

शहनाज़ ने पुकारा, "मेहरू, हेना, तुम्हें परी बुला रही है। आओ, तुम्हें इनसे मिलवाऊँ।"

तय्यबा, सूसन, अख़्तर, परी, मलीहा सबके बीच बैठ कर मेहरू और हेना बहुत ख़ुश थीं। महनाज़ का ज़िक्र चल पड़ा क्योंकि उसी की कमी थी।

"महनाज़ का कोई पत्र आया ?"

"आया था। योरोप की सैर को निकली है।"

"वहाँ क्यों नहीं डॉक्टरेट कर लेती है ?"

"लिखा था मैंने, जवाब, आया, बहुत कठिन है–विवाह के बाद पढ़ना, पता नहीं, यह उसका तजुर्बा है!" परी ने कहा।

"तुम लोग हमेशा परेशान रहती हो।" तय्यबा ने हँसते हुए कहा।

"अब ऐसा भी नहीं है।" सूसन बोली।

"जब तक शादी नहीं हुई थी, शादी के लिए फ़िक्र से मरी जाती थीं फिर शादी हुई तो पढ़ाई के लिए," तय्यबा बोली। उसकी बात से चिढ़ कर परी कुछ बोलने वाली थी। कि इसी बीच शहनाज़ की ख़ाला आ गई। लड़कियों ने खड़े हो कर सलाम किया, हाथ मिला कर गले मिलीं, एक-दूसरे के गालों का चुम्बन लिया फिर तमीज़ से बैठ गईं।

"शहनाज़! खातिर करो बेटी सबकी! प्लेटें ख़ाली हैं...हम ग़रीब लोग ठहरे। जो कुछ है ख़ुलुस और प्यार से सामने रखा है, ग़रीब का घर समझ कर हमारी कमियाँ भूल जाना।"

"कैसी बातें कर रही हैं आप ? इस घर में जो सुकून और इतमीनान है वह अमीरों के घर में कहाँ ?" सूसन ने कहा।

"इतनी रौनक़ और चमक वाक़ई हमारे घरों में भी नहीं है ख़ाला!" परी बोली।

"मुझे तो कुर्दी लिबास बहुत पसन्द है।" अख़्तर बोली।

इसी बीच मलीहा की बेटी घर में घुसी। शायद बाहर नाली में फिसल कर गिरी थी। पूरी-की-पूरी कीचड़ में सनी खड़ी थी।

मलीहा और शहनाज़ उसे धुलाने में लग गईं। हेना सबकी खातिर में लग गई। कैसिट पर कुर्दी गाना लगा दिया था। ख़ाला ने शहनाज़ से आ कर कहा– "जब इन्हें कुर्दी गाना पसन्द है तो रौशन वग़ैरह को बुलवा लो, कुछ कुर्दी लोकनृत्य हो जाए!"

ख़ाला की बात सबको पसन्द आई।

कमरे में सब दीवारों से टेक लगाये बैठे थे। रौशन ऐफ़्तेखार, सोना, कुर्दी लिबास में तालियों और संगीत के लय पर नृत्य कर रही थीं। सारे मोहल्ले वालों

के मन में था कि शहनाज़ की ख़ाला के घर बड़े लोग मेहमान आये हैं। अच्छी तरह खातिर होनी चाहिये सो जो भी कुर्दी सामान था, सबने भेज दिया था। कुर्दी घर ही पूरे मोहल्ले में कितने थे–यही तीन–चार।

कुर्दी नृत्य के बाद परी, अख़्तर और शहनाज़ ने शिराज़ी संगीत पर नृत्य किया। मलीहा ने बहुत पुराना एक लोकगीत गाया, जो वास्तव में कोरस हो गया।

"ओ शिराज़ी हसीना, आँखें हैं तेरी या काग़ज़ी बादाम ?"

"बादाम का नाम मत लेना, बाज़ार में है बहुत महँगा।"

"ओ शिराज़ी हसीना, तेरे होंठ हैं या शहद ?"

"शहद का नाम मत लेना, बाज़ार में है बहुत महँगा।"

रात के ग्यारह बजे तक यह सब कुछ चलता रहा। फिर खाना लगा। खाने पर हँसी–मज़ाक, छेड़–छाड़ चलती रही।

लगभग बारह बजे शहनाज़ के घर से सबने विदाई ली। और अन्धेरी गली में एक के बाद एक रोशनी उगलती कारें गली के नुक्कड़ पर जा कर ग़ायब हो गईं। पीछे वही धुप अन्धेरा बाक़ी बच गया था।

शहनाज़ की माँ को आये अभी हफ़्ता–भर ही हुआ था मगर रोज़ वह शहनाज़ की जान खाती थी कि अब वह शादी कर ले। माँ के उस इसरार से शहनाज़ तंग आ चुकी थी, मगर हूँ–हाँ करके टाल जाती थी। उधर किहान के दफ़्तर में अलग हँगामा बरपा रहता था। जो ख़बरें मिलती थीं वह सब छप नहीं पाती थीं। बहुत तोड़–मरोड़ कर छपती थीं। पूरे वातावरण से शहनाज़ को यह बू मिल गई थी कि वर्तमान सरकार की नाव डगमगा रही है। अन्दर–अन्दर बहुत जबर्दस्त लावा उबल रहा है। कभी भी कुछ हो सकता है।

कुछ दिनों बाद प्रधानमंत्री हुवैदा के कहने के अनुसार समाचार–पत्रों को थोड़ी–बहुत स्वतंत्रता मिली वरना स्वयं उनका विचार था कि "अभी ईरानी जनता किशोर अवस्था में है। यह उम्र का नाजुक दौर होता है सयासी विचारों के लिए। कच्ची उम्र है जो सयासी दिमाग़ी बढ़ोत्तरी के लिए हानिकारक है।"

हालात के तकाज़े ने मजबूर कर दिया कि सेंसरशिप की लगाम ढीली छोड़ी जाये सो हुवेदा की आज्ञा के अनुसार सेंसरशिप ढीला छोड़ दिया गया।

रेडियो बीबी०सी० और व़ायस ऑफ अमेरिका ऐसी ख़बरें दे रहे थे जिससे लगता था, ईरान की नैया सचमुच मझधार में है। अमेरिकन राष्ट्रपति ज़िमी कार्टर का रुख बदल रहा है। आज की ख़बर जो मिली उससे सारे पत्रकार आश्चर्य में पड़ गये कि शहबानों को कार्टर ने समय नहीं दिया मिलने का, बल्कि यह कहा कि समय की कमी के कारण वह वार्तालाप तो नहीं कर सकते हैं मगर जब वह कारीडोर

से गुज़रेंगे उस समय रास्ते में दो मिनट बात हो सकती है।"

इस अपमान का अर्थ साफ था। आशंका से सब सहमे रहते थे और हर समय समाचार-पत्र कार्यालय में खलबली मची रहती थी। समाचार-पत्र सड़क पर आया नहीं कि हाथों-हाथ बिक जाता था। समाचार पत्र का एक-एक शब्द पढ़ा जाता था। ऐसी हालत में रात-दिन शहनाज़ काम में व्यस्त रहती थी। घर जब रात को लौटती तो माँ को हमेशा परेशान पाती थी। बस से घर तक जाने का अर्थ पूरा एक घण्टा, फिर दस मिनट का पैदल का रास्ता। कभी-कभी शहनाज़ दुखी हो कर सोचती-क्यों न नौकरी छोड़ दे ? फिर आगे क्या करेगी वह ? दूसरी नौकरी उसके लिए रखी थोड़ी है, मगर यह बात मामान नहीं समझना चाहती है।

मशहद में लगभग साठ हजार औरतों का जुलूस निकला। काली चादरों में लिपटा सारा शरीर और आधे खुले चेहरे से निकलते नारे 'खुमैनी अज़िज़म बेगू ख़ून बे रीज़म (खुमैनी प्रिय, कहो, हम हाज़िर हैं ख़ून बहाने के लिए), सबके हाथों में तस्वीरें थीं-अपने रहबर, अपने नेता की। एक समुद्र था जो उमड़ा चला आ रहा था। सड़क के किनारे टैंक खड़े थे। उन पर खड़े बन्दूक़धारी शाही सिपाही। यह सब कुछ इमाम रेज़ा के हरम के सामने हो रहा था।

हज़रत रेज़ा का हरम, सोने के कलस, और गुम्बद तेज़ रोशनी में झिलमिल-झिलमिल कर रहे थे। उनकी नीले काशी कारी के काम की बारीकी को देखने और सराहने वाली आँखें आज क्रोध से उबल रही थीं। दूर-दूर से आये निष्ठावान यात्री सिज़दे में गिरे थे। मन्नतें मान रहे थे। ज़री से लिपटे रो रहे थे और बाहर गोली चल रही थी जिसकी ज़द से स्वयं हरम का काशीकारी से परिपूर्ण शरीर लहूलुहान था। गोली चली कई जगह से, काशीकारी उखड़ी ख़ून की छींटें उड़ीं और सड़क पर लाशों के ढेर लग गये। नौजवानों का दल काले झण्डे ले कर चिल्ला रहा था :

"ऐई बेशर्म हया कुन
वतन रा रिहा कुन (अरे बेशर्म, शर्म कर, वतन को छोड़ दो)।"

दूसरी ओर से आवाज़ आ रही थी।

"इन्क़ेलाब बराय इस्लाम न बराय नान"
[इन्क़ेलाब इस्लाम धर्म के लिए रोटी के लिए नहीं।]

आँसू गैस के सिलेण्डर फटते ही सारे लोग तितर-बितर होने लगे। एम्बुलेंस लाशें व ज़ख्मी उठाने पहुँच गईं।

दूसरी सड़कों पर टायर जला कर लड़के बहते आँसुओं को रोक रहे थे।

तय्यबा हफ़्ते-भर के लिए मशहद आई थी। इतना विरोध, इतना आक्रोश देख दंग रह गई। तस्वीरें ले नहीं सकती वरना बड़े अच्छे-अच्छे सीन मिस हुए थे।

रात-भर वह बिस्तर पर पड़ी जागती रही कि क्या यह सचमुच की हक़ीक़त है या फिर सपना ? क्या वास्तव में शाही ढांचा चरमरा कर टूटने वाला है या सावाक और अमेरिका फिर सब कुछ कुचल कर ऐसी सत्ता को और बढ़ावा देंगे ?

गाँव और छोटे शहर के लोग बड़ी मुश्किल से शाह विरोधियों का साथ दे रहे हैं, वह तो शाह को ख़ुदा के बाद मानते आये हैं। पिछले पचास वर्षों के प्रचार ने उनके मन-मस्तिष्क पर जादू कर रखा है। कुछ स्थानों, कुछ शहरों में तो कमाल हुआ। उलटे वर्गो की असमानता के लिए लड़ने वाले इन्क़ेलाबियों पर लोग डण्डा ले कर दौड़े। यह इन्क़ेलाब ऊपर से नीचे की ओर फैल रहा है। अजीब है ?

तेहरान में हाहाकार मचा हुआ था जितने कर्मचारी विरोधी थे और काम पर नहीं आये थे। सबको छटनी का आदेश मिल गया। तनख्वाह बन्द कर दी गई थी। लोग खर्चा चलाएँ कैसे ? दो तीन दिन तक व्याकुलता रही फिर सबने तय कर लिया संघर्ष जारीं रहेगा। इस ऐलान के साथ ही बन्दूक़धारी पुलिस राउण्ड करने लगी। सारे कर्मचारी दफ़्तरों में थे। कुछ कमज़ोर दिल लड़कियाँ-औरतें बेहोश हो गईं क्योंकि उन्होंने पहली बार सड़क पर यूँ पुलिस वालों को बन्दूक़ ले कर फिरते देखा था वरना हँसी-ख़ुशहाली, नृत्य-संगीत के अलावा ईरान में मारकाट का यह मंजर कहाँ था। कभी कभार सुनते थे कि कही कुछ बाग़ी पकड़े गये मगर वर्ष में एक बार मगर अब तो...शाह के चित्र दूसरी सड़कों पर जलाये जा रहे थे। दूकानदार दोनों ओर से भय के कारण काँप रहे थे। कुछ ने अपने को दूकान के अन्दर बन्द कर लिया। किताब की दूकानों पर छापे पड़ रहे थे। शाह समर्थक साहित्य जलाया जा रहा था किताबों से शाह की तस्वीरें फाड़ी जा रही थीं। एक अजीब तब्दीली पूरे ईरान में छा रही थी। जो रोके नहीं रुक रही थी। समाचार पत्रों में मोटे-मोटे अक्षरों में आ रहा था, सयासी क़ैदियों को आज़ाद करो। शहर की दिवारों पर लिखा नज़र आ रहा था, "क़ैदियों को आज़ाद करो।"

शाही जेल में लगभग दो हज़ार सयासी क़ैदी थे। विभिन्न बुद्धिजीवी देश से बाहर विदेशों में बस गये थे। वह भी लौट कर आना चाह रहे थे। खुमैनी इराक़ से पेरिस पहुँच गये थे, और बार-बार बढ़ते इन्क़ेलाब को बढ़ावा दे रहे थे।

एक के बाद एक प्रधानमंत्री बदले जा रहे थे। कोई टिक नहीं पा रहा था। व्यवस्था के बदलाव में हर संस्था, हर पार्टी अपनी राय पेश कर रही थी। बरसों बाद लेखक संघ बनाने का सपना बुद्धिजीवी देखने लगे थे। विदेशी पत्रकार दिवानावार ख़बरें छाप रहे थे। ईरान के लोकप्रिय आय्यताउल्लाह तालगानी ने भी खुमैनी को रहबर मान लिया था। सबको उनके ईरान लौटने का इन्तेज़ार था मगर उन्होंने खुले शब्दों में कह दिया था कि "जब तक शाह ईरान में है वह ईरान की धरती पर क़दम नहीं रखेंगे।"

साम्यवादी और धार्मिक शाह विरोधी एक धरातल पर खड़े थे। संसार चकित था कि ऐसा समन्वय पहली बार देखने को मिला है। परी को तबरीज़ से आये दो ही दिन हुए थे कि उसे ख़बर मिली कि उसकी नानी की तबियत बहुत खराब है। पूरे ख़ानदान को फिर से जाना पड़ा। एक ओर परेशानी और ग़म तो दूसरी ओर शहर में मारशल-ला लगा हुआ। आठ बजे से सब घर में क़ैद हो कर बैठ गये।

परी का ननिहाल काफ़ी बड़ा था। सारा का सारा ख़ानदान नानी के घर उमड़ा हुआ था। जवान लड़कियों ने एक बड़े कमरे में क़ब्ज़ा कर लिया। क़ालीनों पर गद्दे डाल कर सोने का इन्तज़ाम जब हो गया तब उन्होंने बातें करना आरम्भ कर दीं।

ज़रीन बोली, "अभी तो केवल दस बजे है क्या बोरियत है ?"

जहरा बोली, "बाहर झाँक कर देखो, सड़कें कैसी सन्नाटी पड़ी हैं, तबियत घबराने लगी है, मैं जाती हूँ कुछ खाने ले लिए कर आती हूँ।

शबनम भी अपने स्थान से उठी और बोली, "समावर रौशन हुआ तो चाय लाती हूँ, कौन-कौन चाय लेगा ?"

सबने हाथ उठा दिया।

परी बोली, "ताश लाओ, ज़रा ताश खेला जाए।"

सुगरा ने कहा, "ताश-वाश नहीं निज़ाम बदल गया है। मैं फ़ोन लाती हूँ, ज़रा गप्पें मारी जाती हैं। मज़ा आएगा," यह कह कर वह उठी और पास के दो-तीन कमरों से इण्टर काम उठा लाई।

ज़हरा खीरे ले कर कमरे में दाख़िल हुई फिर वही पालथी मार बैठ गई और खीरा काट कर नमक छिड़क-छिड़क कर सबको देने लगी। उलटी-सीधी लेटी लड़कियाँ मस्त हँस-बोल रही थीं। तभी शबनम चाय ले कर दाखिए हुई। उसे देख कर सुगरा बोली, "शबनम! कोई मज़ेदार नम्बर है तुम्हारे पास ?"

शबनम चहकी, "अंसारी आग़ा को फ़ोन करो। फ़ोन नम्बर वही पुराना है।

सुगरा ने कहा, "मज़ा आ गया परी। पन्द्रह मिनट तक इसको परेशान रखते हैं। कमबख़्त है बहुत मनहूस आदमी," कह कर उसने नम्बर मिलाया। दूसरी तरफ घण्टी बजने लगी। एक-एक रिसिवर में दो-दो लड़कियों के कान फिट हो गये। उधर से किसी ने फ़ोन उठाया।

"आलो।"

"आलो!" सुग़रा बोली।

"बेफरमाईद," उधर से आवाज़ उभरी।

"भूल गये अंसारी जान हमें...याद...कुछ भी याद नहीं आ रहा ? मैं तुम्हारी...हाँ, हाँ शहला हूँ...कल ही आई हूँ...ठीक हूँ, आप कैसे हैं...मिल कब रहे हैं ?...कल किस समय ? चार बजे...बाग़ के सामने...ठीक है।"

फ़ोन बन्द होते ही सब खिलखिला कर हँस पड़ीं। परी ने पूछा :

"कौन था यह ?"

"अपने स्कूल का एक लैब कीपर है। शहला नाम की लड़की के पीछे भागता था। काम-धाम तो बस...ख़ैर कोई और नम्बर दो।" सुगरा ने कहा।

ज़हरा ने बिना बोले मेन फ़ोन से नम्बर मिलाया। घण्टी बजी। उधर से मर्दाना आवाज़ उभरी, "आलो!"

"आलो! शहबाज़ आग़ा। कैसे हैं ?" ज़हरा ने मीठी आवाज़ से पूछा।

"माफ करियेगा ख़ानम! शहबाज आग़ा मैं नहीं हूँ, मेरा नाम हसनैन है।"

"अब मज़ाक छोड़ो शहबाज! यूँ परेशान मत करो-तीन दिन बाद तो आप से अब बात हो रही है उसमें भी मज़ाक, सच मैं थक गई हूँ इस तन्हाई से," ज़हरा की आवाज़ में बला का दर्द टपक रहा था।

"ख़ानम! माफ करें आपको ग़लतफहमी हुई है। मैं शहबाज़ नहीं हूँ। मैं हसनैन हूँ। मेरी पत्नी सो रही है। मेरे तीन बच्चे हैं मैं इस उम्र में क्या मज़ाक करूँगा।"

"अब यूँ बहाने मत बनाओ शहबाज़! कल कहाँ मिल रहे हो ?"

"देखिये ख़ानम! बहुत हुआ मज़ाक। आप रिसिवर रखती हैं या मैं रखूँ। मैं आपका अपमान करना नहीं चाहता हूँ। मेहरबानी करके रिसिवर रख दें और आराम से सोयें।"

"ख़ैर शहबाज़, तुम मज़ाक के मूड में हो। ठीक है। यह भी सह लेंगे-शब बख़ैर।"

"शब बख़ैर!"

"कोई मज़ा नहीं आया, बोर निकला।" शबनम ने मुँह बना कर रिसिवर नीचे रख दिया और चाय के घूँट भरने लगी।

परी ने चाय का ख़ाली फिनजान रख कर कहा, "लाओ इस बार मैं क़िस्मत आज़माती हूँ," कह कर उसने जो नम्बर चाहा घुमा दिया। घण्टी बजती रही। काफ़ी देर बाद किसी ने रिसिवर उठाया।

"आलो! कहिये मैं मेज़र बोल रहा हूँ।"

"सलाम! मैं आपकी कनीज़ असमाँ बोल रही हूँ। जनाब का मिज़ाज कैसा है ?"

"ख़ुदा का शुक्र और आपकी मेहरबानी।"

"आदमी दिलचस्प ही नहीं, अहसान शिनास भी नज़र आते हैं।"

"सब आपकी इनायत है।"

"मशग़ला क्या है ?"

"रातों को तारे गिनना और सुबह से रात तक आहें भरना और आप बतायें क्या मेरी एबादत में कुछ कमी नज़र आती है आपको ?"

"जी! आप ख़ूने जिगर और ग़म को कब पीते हैं, क्या यह खाना-पीना आपने एकदम छोड़ रखा है ?"

"नहीं! वह मैं उस वक़्त वक़्त पीता खाता हूँ जब सोता हूँ और सपने में आपके साथ पिकनिक की सैर के लिए लूत के सहरा में मारा-मारा फिरता हूँ।"

"तभी कहूँ आजकल मेरे पैरों में छाले क्यों पड़े हैं ? तो यह आपकी शरारत है। रोज़ मुझे सहरा ले जाते हैं ?"

"अगर आप कहें तो साइबेरिया चलते हैं ?"

"ख़्याल बुरा नहीं, आपका इसरार है तो चले चलेंगे। हमारा क्या हम आपकी कनीज़ जो ठहरे।"

"आपकी आवाज़ बड़ी मीठी है, जैसे सैकरीन!"

"धन्यवाद! सही पहचाना, मैं आपसे अपनी आवाज़ में नहीं बोलती हूँ। मेरे स्थान पर मेरी मित्र आपसे बात करती है। आपकी समझ की दाद देती हूँ। असली-नकली ख़ूब पहचानते हैं आप ?"

"करम व नवाजिश का शुक्रिया! अगर बुरा न मानें तो घर का पता या फ़ोन नम्बर देंगी ?"

"ज़रूर! मगर जल्दी क्या है ? रात को साइबेरिया जा रहे हैं। वहीं बर्फ का घर बना लेते हैं। पता आप जो चाहे समझ लें।"

"कल मैं पार्क शाही जा रहा हूँ, सात बजे आप भी आइए!"

"ज़रूर! शब बख़ैर!"

"शब बख़ैर!"

सारी लड़कियाँ मुँह दबा कर हँसी रोक रहीं थीं। सारी बोरियत दूर हो गई थी।

लगभग दो बजे रात तक यह सिलसिला चलता रहा फिर जब दिल भर गया तो लाइट बुझा कर सबने आँखें बन्द कर लीं।

शबे यल्दा[1] कल है। आज दूकानों में तरबूज़ के लिए लाइन लगी है। इतनी भीड़ है कि बस! सबका ख़्याल है जिसने शबे यल्दा की रात को तरबूज खाया वह गर्मी की तपिश से बचा रहा। जाड़े की ऋतु में तरबूज का मिलना नामुमकिन है मगर इस ईरानी विश्वास के कारण लाखों की संख्या में तरबूज कोल्ड स्टोरेज में रखे जाते हैं और आज इनकी क़ीमत दो या तीन तुमान नहीं बल्कि पूरे सौ तुमान है तो भी सब ख़रीदना चाहते हैं।

बन्दूक़-टैंक से भरे शहर में हर कार की डिकी में बड़े-बड़े तरबूज रखे थे। घर में गाना-बजाना, शेरो शायरी चल रही थी और एक विशेष वर्ग विरोध में सब कुछ भूला हुआ था। उसके सामने यदि कुछ था तो वह संघर्ष था। शबे यल्दा उनके लिए कोई महत्वपूर्ण चीज़ नहीं थी, न उसमें उनके लिए कोई आकर्षण रह

१. २५ दिसम्बर की लम्बी रात। पूरी रात ईरानी जाग कर, साज़-आवाज़ के साथ काटते हैं।

गया था। सो वह सब इस समय भी नारों और जुलूस में व्यस्त थे। अख़्तर उन्हीं लोगों में से एक थी।

शाम से घर में उसकी प्रतीक्षा हो रही थी और वह सब कुछ भूल कर तेहरान के एक पूराने इलाके में मौजूद थी, जहाँ पर एक अण्डरग्राउण्ड मीटिंग चल रही थी। विचारात्मक धरातल पर बहुत साफ नहीं था दल का दृष्टिकोण पर एक बात तय थी कि वे सब शाह विरोधी हैं और शाह को ईरान से बाहर निकालना चाहते हैं। क्योंकि शाह अमेरिका के इशारे पर नाच रहा है। सारे मिम्बर नौजवान थे। अपने को इन्क़ेलाबी कहते थे।

आबादान की रिफ़ाइनरी के कर्मचारियों ने भी आज अपना 'शाह विरोध' घोषित कर काम रोक दिया। ईरान की अर्थव्यवस्था थम गई।

इस ख़बर ने सबको सोचने पर मजबूर कर दिया। हर आफ़िस, हर फर्म में हड़ताल शुरू हो गई। पूरा ईरान हिल कर रह गया। मशहद में जवान लड़के चलते टैंकों के आगे कूदने लगे। उनके मास की लुगदी टैंकों के दाँतों में फँसी ख़ून के आँसू रोती रही। सड़कों पर फकीरों के चेहरे नज़र आने लगे। उनके फैले हाथों पर आते-जाते लोग एक-दो तुमानी का सिक्का डाल कर गुज़र जाते थे।

सिनेमा हाल जले, बैंक लुटे, दूकानें ख़ाली, सब कुछ बदल रहा था। इस बदलाव में सबसे बड़ा योगदान औरतों का था। औरतें अपनी बन्धी मुट्ठी लिये जब सड़क पर निकलीं तो उनके पीछे उनके पति और बच्चे थे। इस इन्क़ेलाब की सबसे बड़ी ख़ूबी यही थी कि वह हसीन गुड़िया जो सजना और संवरना जानती थी। उसने बन्दूक़ हाथ में उठाना सीख ली थी। तेहरान, मशहद, शीराज़ के विश्वविद्यालयों में एक साथ नमाज़ पढ़ी जाती थी जिसका मूक सन्देश धार्मिक एकता और बेजा आधुनिकता के विरुद्ध भीषण प्रतिरोध। औरतों का कहना था, हम इस सेक्स और खुलेपन के नंगे नाच से तंग आ गये हैं। इसमें कोई शक नहीं कि शाह ने औरत को रूढ़िवादिता से स्वतंत्रता दिलाई है। मगर कैसी स्वतंत्रता ? जबकि दूसरी तरह से हम क़ैद हो गये हैं। वह स्वतंत्रता हमें कुछ न दे पाई सिवा ख़ालीपन के, बस, एक वर्ग ही उससे फ़ायदा उठाता रहा है। सबसे अधिक औरत ने शाह के समय आज़ादी के नाम पर सहा है। अस्सी प्रतिशत औरत तो उसी गर्त में पड़ी रही जिसमें वह थीं।

लड़कियों ने नाख़ून और चेहरा रंगना बन्द कर दिया था। वह व्यवस्था में अपने लिये ठोस धरती और विश्वास चाहती थी।

बन्धी मुट्ठियों से सड़कें और गलियाँ भर गईं। ग़रीब मुहल्लों की औरतें खाने की पोटली बाँध कर सुबह से घर से निकलतीं तो शाम को घर पहुँचती थीं। मीलों जुलूस चलता था, नारे लगाता चीख़ता हुआ।

विदेशी प्रेस ने लिखा था, "ईरानी भावुक हो उठे हैं।" मगर वास्तव में क्या भावुक होने का समय था वह ? नहीं। बल्कि पिछले पचास वर्षों से जो अंकुश ईरानी क़ौम के मुँह पर ताला डाले था वह टूट गया था और अब दर्द का सैलाब था कि उमड़ा चला आ रहा था। उसको रोकने वाला, सँभालने वाला कोई नहीं था। हर वर्ग से एक तूफ़ानी आँधी थी जो सब कुछ तहस-नहस करके एक नया संसार बसाना चाहती थी। सारा दिन, कभी सारी रात, विभिन्न आवाज़ों के, लोग आदि हो चुके थे। कभी बम फटता, कभी गोली चलती, कभी नारे लगते, कभी शाही तस्वीरों की होली जलाई जाती।

मैदाने सिपाह में शाह का मुजस्मा कितना महँगा, कितना समय और कला लगी थी उसकी सूक्ष्मता पर। इस समय वह मुजस्मा रस्सियों से बाँध कर गिराया जा रहा था।

"देखो! इसको समय की मार कहते हैं," सौदा ख़रीदती औरत ने कहा।

"हाँ! जिसके घर में शाह की तस्वीर नहीं होती थी उस घर और दूकान पर छापा पड़ता था और दूकानें सील कर दी जाती थीं, घर के मालिक को सजा दी जाती इस कि वह विरोधी है आर आज वह सारी तस्वीरें पल-भर में जल कर राख हो गई हैं।"

"कल साबेरा के घर पर हमला हुआ था। तुम जानती हो, वह क्या उसका सारा परिवार शाह का दिवाना है। घर पर शाह की तस्वीरें थीं, किताबें थीं, सबको पकड़ कर ले गये हैं। घर लूट लिया है तुम ही बताओ जनता की इसमें क्या ग़लती ?"

"यह सब मार्क्सवादी हैं जो दंगा कर रहे हैं।"

"शाह तो सदा से कहता आ रहा है कि यह लोग ईरान को ईरानिस्तान बनाना चाहते हैं। रूस से तो अच्छा है कि हम अमेरिका के प्रभाव में रहें।"

"बात तो ठीक है बहन! मगर रहने कौन देगा ? लोग तो कहते हैं कि शाह से सब पड़ोसी देश जलते हैं। डरते हैं उसके व्यक्तित्व से।"

"कैसी बात करती हो ? अपने तो डर नहीं रहे हैं ?"

"कल यही पछतायेंगे...क्या था हमारे पास आज से चालीस वर्ष पहले ? सारा सुख किसने दिया ? मगर आज वही...।"

"ख़ैर, सुख की न कहो! सुख तो सिर्फ़ एक वर्ग विशेष को मिला। ग़रीब तो आज तक बदनसीब ही रहा है। उसके लिए क्या हुआ, कुछ भी नहीं।"

"नारा लगता है अमेरिका के विरुद्ध। सामान बाज़ारों में अमेरिका का भरा है।"

"अब क्या दूकानदार लाखों का सामान फेंक दें ?"

"यह दोगली बातें मुझे पसन्द नहीं हैं।"

"हमारी पसन्द का कब ख़्याल किया है किसी ने ? हमारी क़िस्मत में तो बस सूखी रोटी हैं।"

"हमें सयासत से क्या मिलेगा ? बदलाव आया भी तो किसी अन्य वर्ग के लिए आयेगा। हम तो न सावन हरे न भादों सूखे।"

"चलो, बस ले लेते हैं, थैले भारी हैं।"

"पैदल चलते हैं। बातों में रास्ता कट जायेगा।"

तभी कारें हॉर्न बजाती गुज़रीं। गाने-ताली का शोर मच रहा था।

"देखा! इस मार-काट में शादी-विवाह भी हो रहा है ?"

"मार-काट-उधम दूसरों के लिए हैं। इनकी ज़िन्दगी में क्या फर्क पड़ता है!"

"हाँ! कहती तो ठीक हो, मरने वाले तो सारे जवान ग़रीब ही घर के हैं।"

"अमीर कहीं मरते हों तो शायद हमें पता ही न चलता हो ?"

"कैसी बात करती हो। यह क्यों मरेंगे ?"

"हाँ! इन्हें काहे का दुख जो इनका सीना जले ?"

"सुना है, पैट्रोल का सारा पैसा अय्याशी में जाता था और हमारा हक़ ?"

"अपना शौहर तो हक़ देता नहीं। तुम बात कर रही हो शाह की ?"

"शाह देता तो शौहर भी मजबूर...।"

"क़ानून तो है...मगर...।"

कहीं पास से आँसू गैस के सिलिंडरों के फटने की आवाज़ आई। धुआँ चारों तरफ भर गया। दोनों अधेड़ उम्र की औरतें खांसती हुई आगे बढ़ गईं। नारों, ग़लियों, चीख़ों से सड़कें भरने लगीं।

अमेरिकन्स धीरे-धीरे घर व कम्पनियाँ बन्द करके भाग रहे थे। उनके घरों पर आक्रमण हो रहा था। सामान की तोड़-फोड़ चल रही थी।

नुक्कड़ वाले घर में लोग घुसे। पहले पलक झपकते हुए सब कुछ देखते रहे फिर एक ने आगे बढ़ कर सुनहरी लाल मखमल की कुर्सी उठाई, उसे छुआ, सहलाया फिर बुदबुदाया, "अनवर के लिए ले जाता हूँ। ठाठ से बैठ कर इस पर खेलेगा।" वह कुर्सी ले कर आगे बढ़ा।

पीछे वाले अकरम की आँख बर्तन पर पड़ी, "कब से शाहीना की माँ कह रही थी चीनी की प्लेटों के लिए," आँखें उन फूलदार प्लेटों पर चिपक कर रह गई थीं। तेज़ी से अकरम आगे बढ़ा, साइड बोर्ड खोल कर दर्जन-भर प्लेट उठा कर सीने से चिपका कर दरवाज़े की तरफ लपका। देखते-देखते सबने मन पसन्द चीज़े उठा लीं। सड़क पर जाते हुए करीम को किसी ने पकड़ा।

"लानत है तुम पर जो ख़ियानतकार की प्लेट में खाना खाओ। तोड़ दो! चूर-चूर कर दो। इसने ही हमें तबाह किया है...मर्ग बर अमेरिका...मर्ग बर सगे जंजीरी...मर्ग बर कार्टर...।" तड़ातड़ प्लेटें टूटीं। लाल बिखरते फूल पर करीम की

आँखें अब भी ज़मीं दीं। सड़क के बीचोबीच में लकड़ी के नाजुक सामान की चिता जल रही थी और चारों तरफ घूमते लोग नारा लगा रहे थे। "मर्ग बर अमेरिका।"

उस पंक्ति के सारे विदेशियों के घरों का यह हाल हुआ चाहे वह अमरीकी थे या नहीं। फिर हर शहर में यह हवा फैल गई। छूत की बीमारी को फैलते देर ही कितनी लगती है। हर सफ़ेद चमड़ी वाले का घर जल कर राख होने लगा।

कुर्दीस्तान आये शहनाज़ को हफ़्ता-भर ही हुआ था कि आफ़िस से तार मिला-फ़ौरन आओ। वह भागती हुई वापस आई। जिस दिन वह आई, शाह के जाने का दिन था। ख़ुशी-ग़म से लोग दिवाने हो रहे थे। शाह की आँखों में आँसू थे। उसने ईरान की मिट्टी उठाई मगर ले जाने नहीं दी गई। क़ीमती पुस्तकें वह यह कह कर साथ ले गये कि इनका कोई पुरसाने हाल नहीं होगा। इस बात पर लोग तल्ख़ हँसी हँसे कि ज़िन्दगी-भर लेखकों का गला घोंट कर उन्हें जिलावतन करके यह ढोंग रचा जा रहा है।

"मैं जा रहा हूँ। मेरे साथ, मुस्कान, शान्ति और धन भी, ईरान की धरती से जा रहा है।" इस वाक्य को सुन कर लोगों के सीने में नफरत का तूफ़ान उमड़ा और कह उठे।

"ज़बर्दस्ती चिपकी शान्ति और मुस्कान घुटे दिल और दिमाग़ की दौलत नहीं होती है।"

पत्रकार कैमरा, टेपरिकार्डर लिये गिरते-पड़ते घूम रहे थे। इस भीड़ में शहनाज़ के पैर की उँगलियाँ बुरी तरह से ज़ख्मी हो गई थीं। मगर उसे इसका भी पता न चला।

समाचार पत्रों पर पहली पंक्ति थी "शाह रफ़्त, शाह रफ़्त।"

ईरान की दरो-दिवार, लोगों के मन-मस्तिष्क और संसार-भर को आश्चर्य हुआ कि शाह ईरान को छोड़ कर चला गया ?

शाह ईरान से चला गया।

शाह के लिए किसी देश ने दरवाज़ा न खोला सिवाय मिस्त्र के...समाचार पत्र रोज़ होती घटनाओं को लिखते रहे, बस लिखते रहे। अक्सर लोग पूछते-आगे का क्या प्रोग्राम है ?"

जवाब मिलता, "दो क़दम हैं। पहला शाह को निकलाना। वह निकल गया। दूसरा अमेरिका का प्रभाव कम करना फिर आगे देखा जायेगा।"

शाह के साथ बड़ी तादाद में ईरानी अपना सब कुछ समेट कर देश से विदेशों में जा कर बसने लगे थे।

पत्रकार बातें करते थे, "इसके बाद तो लगता है कि धर्म का प्रभाव बढ़ेगा।"

"वह तो है मगर स्वतंत्रता तो मिली ?"

बाज़ार किताबों से भरने लगे। नई लहर आई, नई उमंग जागी। तेहरान विश्वविद्यालय के सामने लोगों का चलना कठिन होता क्योंकि किताबों से दूकानें भरी। फुटपाथ पर ख़रीदारों की भीड़। अब न शाही पुलिस आक्रमण करती, न ही कोई रोक-टोक थी। उल्टे ख़रीदारों व दूकानदारों की हिफ़ाजत के लिए सुरक्षा गार्ड तैनात होते। शाह के ज़माने में भागे हुए बुद्धिजीवी विदेशों से वापस लौट रहे थे। खुले आज़ाद आसमान को देख कर हँस-हँस पड़ते थे। बरसों से बन्द पड़ी पाण्डुलिपियाँ छपने लगीं। बाज़ार मार्क्सवादी साहित्य से भर गये। विश्वविद्यालयों में नमाज़ के स्थान पर मार्क्सवादियों के भाषण होते, शेर पढ़े जाते। जलसे होते, गर्ज कि ईरान स्वतन्त्रता के नशे में शराबोर था। हर कोई अपनी आवाज़ सुनकर आश्चर्य में डूब रहा था कि वह भी बोल सकता है, उसकी आवाज़ उसके अपने कानों तक पहुँच रही है...कितना प्यारा अनुभव है इस स्वतंत्रता का...या ख़ुदा!

नया ईरान उभर रहा था। हर स्थान से शाह का नाम, शाह के लोग हटाये जा रहे थे। शाही ख़ानदान के कपड़े, ज़ेवर, और कुत्ते निलाम हो रहे थे। घरों में लोग छुपते जा रहे थे। मगर उन्हें विश्वास था कि शाह वापस आयेंगे, सदा की भाँति, जैसे मुस्दद्दिक़ के समय हुआ था। जो भी ज़बान खोलता उसे इन्क़ेलाब का दुश्मन, शाह का दोस्त कह कर जेल में बन्द किया जा रहा था। शाही फ़ौज के अफसर एक के बाद एक सूली पर चढ़ रहे थे।

ऐविन, हेसार क़जविन जेलों से ढेरों खीचे नाख़ून, इन्सानी ढांचे, हथियार, बेत, शल्लाखें मिली थीं। दो हज़ार सयासी क़ैदी... ?

कितना ज़ालिम था शाह!

हर तरफ शाह से घृणा का बाज़ार गर्म था। अमेरिका से भी घृणा बढ़ रही थी। विश्वविद्यालय के आधे से अधिक प्रोफ़ेसर 'फरामिसियून' के मेम्बर होने के कारण निकाल दिये गये। उन्हीं में प्रोफ़ेसर अत्तापोर असलम के पिता भी थे। सावाक लोगों के नाम की सूची की एक पुस्तक आ गई थी। साथ ही आदेश भी लोगों को मिला था। इन नामों के लोगों का ध्यान रखें। उनमें भी कई सिनियर प्रोफ़ेसर थे। सावाक का जाल अजीब और ग़रीब चेहरों से लोगों की आश्ना करा रहा था। सब डरे हुए थे कि जाने कब उन्होंने क्या बात कही होगी ? बहरहाल समय आगे बढ़ रहा था।

रहबर खुमैनी का जहाज़, पत्रकारों व नये-नये चेहरों से भरा तेहरान हवाई अड्डे पर पहुँच चुका था। लोगों ने जोश में नाच-नाच कर अपने कारों की छत्तें तोड़ दी

थीं। सब दिवाने हो रहे थे यह सुन कर कि उन्होंने क़ब्रिस्तान जा कर नमाज़-ए-जनाजा पढ़ने की इच्छा जाहिर की थी। बेहिश्ते ज़हरा के सीने पर शहीदों की क़ब्र पर क्या भीड़ थी ? हेलिकाप्टर उतर नहीं पा रहे थे। मीलों तक लोग कन्धों पर खुमैनी की कार ले जा रहे थे। सब रंगीन टी०वी० पर खुमैनी को देखना चाह रहे थे। एक-दूसरे के घरों में घुस रहे थे, कि कहाँ किसके पास रंगीन टी०वी० है। अस्सी हज़ार नौजवान नस्ल शहीद हुई थी। जब खुमैनी रहबर ने यह कहा कि "पानी-पेट्रोल ईरानियों के लिए मुफ़्त है। अपनी धरती के धन का कोई पैसा देता है ? बिजली भी सबके लिए मुफ़्त है।"

पूरे ईरान में हाहाकार मच गया। ख़ुशी से हर दिल गद्-गद् था। दिवानावार लोग चीख़ रहे थे, "खुमैनी हमारे नेता" "खुमैनी हमारे रहबर।"

विदेशों में पेट्रोल कौड़ियों के मोल बिक रहा था। ख़ुमैनी के इस ऐलान से हर ईरानी खुमैनी के प्रेम से ओत-प्रोत हो रहा था, मगर एक विशेष वर्ग, जो इन्क़ेलाबी था, खुमैनी का बहुत बड़ा आलोचक था। उसे यह बातें तर्कहीन लग रही थीं।

परी, अख़्तर, तय्यबा को अब अपनी पी-एच०डी० के दाख़िले की आशा समाप्त हो चुकी थी। सब अपने-अपने में व्यस्त रहने लगीं। इधर मिलना भी कम हो रहा था। रोज़ किसी-न-किसी मोहल्ले में हँगामा हो जाता था। घर से बाहर निकलने की इजाज़त न मिलती। अख़्तर और तय्यबा तो फिर भी कुछ न कुछ करके काम के बहाने घर से निकलती थीं, मगर परी तो घर में क़ैद हो कर रह गई थी। माँ को उसकी शादी की फ़िक्र पड़ गई थी कि कोई लड़का मिले और वह परी को ब्याह दे।

गर्मी ग़ज़ब की थी। सब ही गर्मी से भागना चाह रहे थे। समुद्र की ओर जाने वाली सड़क तेहरान से ले कर पूर्व तक अर्थात् समुद्र तक कारों की पंक्ति से भरी थी। कहीं-कहीं पर तो कारें केवल रेंग रही थीं।

तय्यबा, सूसन, परी एक कार में थीं। मलीहा, शहनाज़, अख़्तर दूसरी कार में थीं।

"दो घण्टे तो रास्ते में रेंगने-रेंगने-भर में लग गये हैं ?"

"सच! किया भी क्या जाये, जुमे का दिन है। सब ही बाहर निकले हैं।"

"पीछे लौटने की भी जगह बाक़ी नहीं रह गई है अब तो," सूसन ने ऊपर से पीछे नीचे नज़र डाली। पेचदार, ऊपर-नीचे, मीलों लम्बी सड़क पर केवल रंग-बिरंगी कारें थीं...

समुद्र के किनारे पहुँच कर सब पहले बालू में दौड़े फ़िर समन्दर में खेले, ख़ूब नहाये। जब दिल भर गया तो जंगल की ओर घूमने चले गये। ख़ुशी से मस्त बच्चे उछल-कूद कर रहे थे। शाम होते-होते सब फिर चल पड़े।

"आज रात यहीं ठहरा जाये न ?" परी बोली।

"नहीं! घर पर सबको इन्तेज़ार होगा।"

"फ़ोन कर देते हैं।"

"नहीं फिर आयेंगे-अगले हफ़्ते।"

रास्ता फिर लम्बा, कारों से भरा था।

"सचमुच कोई कहेगा कि हमने इन्क़ेलाब किया है।"

"सब मस्त हैं ?"

"मस्त तो केवल हम हैं, बाक़ी का हाल तो हमारे मोहल्ले में आ कर देखो।" शहनाज़ बोली।

"बात तो ठीक कह रही हो," तय्यबा ने कहा।

आसपास को गाड़ियों से गाने और ताली की आवाज़ें आ रही थीं। रोशनी उगलती सड़क पर कारों का आबशार मन्द गति से बह रही थी। जैसे कह रहा हो कि कही क़ौमों का मिजाज इन घटनाओं से बदला है ?

जाड़े की शिद्दत, उस पर से इस समाचार ने जलते पर तेल का काम किया कि अमेरिकन एम्बेसी को खुमैनी अनुयायी विद्यार्थियों ने अपने क़ब्ज़े में कर लिया है। झुण्ड-के-झुण्ड लोग उस बर्फ़ीलीं रात में अमेरिकन एम्बेसी के सामने जमा हो रहे थे। अन्दर क़ैद अमेरिकन ख़ामोशी से हथियार डाले बैठे थे। अमेरिका से नफरत का बुखार पारा तोड़ कर बाहर आ चुका था शाह की जगह अब अमेरिका मुर्दाबाद के नारे लग रहे थे। शहनाज़ परेशान-सी ख़बरें समेटने में लगी थी। हर आदमी कोई न कोई नई बात कर रहा था। रेडियों, टी०वी० कान में लगाये लोग कुछ सुनने के लिए व्याकुल थे।

परी की माँ की तबियत अचानक खराब हो गई। डाक्टरों को फ़ोन कर-कर के थक गई, मगर कुछ न हो सका। कोई भी घर में मौजूद न था। जानने वाले सभी डाक्टर विदेश जा चुके थे। परी के पिता भी घर पर नहीं थे। परी क्या करे ? परी ने रोना आरम्भ कर दिया।

माँ की तबियत बिगड़ रही थी। जाने कैसा दर्द था जो उनके सीने में उठा था। रात के ग्यारह बजे डाक्टर आये। बताया, "हार्ट अटैक है।" जब तक कुछ होता, माँ का बदन ठण्डा हो चुका था। परी के पिता जब घर लौटे तो घर का रूप ही बदल चुका था।

सड़क पर "मर्ग बर, अमेरिका" के नारे का शोर बढ़ रहा था, जिसमें परी की रोने की आवाज़ घुल रही थी।

## 3

मैं तुम्हारे लिये ख़ामोशी से आँसू बहाते-बहाते किसी शमा की तरह पिघल रही हूँ। मेरा रंग-रूप सब कुछ ढल रहा है या ख़ुदा कहीं ऐसा न हो कि जब तुम्हें पाऊँ, तो न आँखों में रोशनी रहे, न गालों पर ज़िन्दगी की दमक, जुलेखा की तरह ख़ुश क़िस्मत कहाँ कि मुझे गई ज़वानी ख़ुदा दुबारा बख़्श देगा। मैं तो उस लुटी हुई जुलेखा की तरह रहूँगी, जो महलों से उतर कर झोपड़े में आ कर सिर्फ़ रात-दिन यूसुफ की सवारी के गुज़रने की राह ताकती थी और बस! वही उसकी ज़िन्दगी, वही उसकी श्वांस।

लाल आड़ुओं से लदे पेड़ के नीचे मलीहा खड़ी सोच रही थी। आज दो साल गुज़र गये हैं, हुसैन को गये हुए। पहले मालूम हुआ, पकड़ा गया। जेल में है, कौन से जेल में ? पता न चला। आज़ाद किये गये क़ैदियों में भी न था। इधर-से-उधर हर जेल का चप्पा-चप्पा छान मारा, मगर हुसैन का पता न चला। घर में सब को विश्वास हो चला था कि हुसैन मार दिया गया है। इसलिये वे मलीहा को बार-बार नये जीवन की ओर खींचना चाहते थे, मगर उन्हें कुछ दिन बाद लगा कि यह कोशिश बेकार है। यह सब कहना बे-मतलब है। उसे तो हुसैन से इश्क़ हो गया है। मगर इश्क़ ज़िन्दों से होता है, मुर्दों से नहीं। मुर्दा तो केवल याद होती है, स्पर्श नहीं और स्पर्श ही हक़ीक़त है। अख़्तर ने मलीहा से कहा था, "जेलखानों के सारे क़ैदी आज़ाद हो गये हैं। उनमें हुसैन नहीं है। हुसैन जीता नहीं है, उसकी प्रतीक्षा बेकार है, अपने को सँभालो।" मगर मलीहा को यक़ीन था, कि जुलेखा की तरह उसके दिन पलटेंगे।

एक दिन तय्यबा ने उसे बहुत समझाया था, उसका उत्तर उसने दिया, "तुमने बंजारन का जन्म लिया है, चहारदीवारी में जम कर रहना तुम्हें पसन्द नहीं है। तुम्हारी ज़िन्दगी का हर पड़ाव तुम्हें सुख देता है तय्यबा, मगर मैं...मैंने ज़िन्दगी से केवल हुसैन को माँगा था। तुम्हारी तरह दार्शनिक सुख की माँग नहीं की थी। मेरा सुख-संसार हुसैन के साथ है। तुम्हारे लिये इश्क़ सामाजिक सुख का नाम है। मेरे लिये इश्क़ का अर्थ आत्मा है। मैं इस संसार में केवल सुख और वैभव की दुनियावी तलाश में नहीं आई हूँ, और न ही वह जीवन जीना चाहती हूँ। मेरे दामन में हुसैन फूल बन कर गिरा, उसे मैंने अपना वजूद दे डाला। मैं पल-भर भी उसके बिना कैसे जी रही हूँ, तुम्हें इसका अहसास नहीं हो सकता है। अभी यह ग़म तुम्हें दिख

रहा है...कल मेरे सारे वजूद में फैल कर इसका ऊपरी आवरण फीका पड़ जायेगा। तब लोग कहेंगे की, मैं हुसैन को भूल गई। मगर ऐसा क्या होगा... ? मैं वास्तव में उसके वजूद की आत्मा को जी रही हूँ...भावना के धरातल पर खड़ी हूँ मैं तय्यबा...खुदाया मुझे समझो, मुझ पर अपना दर्शन मत लादो, मुझे समझाने के स्थान पर मुझे समझने की कोशिश करो।"

"यदि तुम्हें ऐसा विश्वास है तो उस विश्वास के साथ जियो, मैं अब कुछ कह कर तुम्हें दुख नहीं पहुँचाऊँगी। मेरी इच्छा तुम्हें सुखी देखने की थी, अगर तुम यूँ सुखी हो तो मेरे लिये यही काफ़ी है।"

दोनों सहेलियों के बीच फिर यह बात न निकली। तय्यबा बहुत देर तक मलीहा के दोनों बच्चों के साथ खेलती रही।

शादी के बाद शिराज़ से परी आज ही तेहरान आई थी। आते ही सूसन को फ़ोन किया। सबके बारे में पूछताछ करके वह बोली, "मैं कल आऊँ ? या फिर तुम लोग मेरे होटल आओ, सारे दिन बेकार रहूँगी। ख़ालिद तो बिजनेस के सिलसिले से निकल जायेंगे। बच्चों की मैं लाई नहीं हूँ। लंच सब मेरे साथ करो।"

सूसन ने रात को उत्तर देने की कह कर फ़ोन बन्द कर दिया।

दूसरे दिन सब होटल के उस कमरे में जमा हुईं। इधर-उधर की बातों के बाद एकाएक परी ने अख़्तर से पूछा।

"तुमने ज़िन्दगी का यह रुख क्यों अपनी ओर मोड़ा अख़्तर ?"

"बस यूँ ही," अख़्तर ने टाला।

"फिर भी ?" सूसन ने पूछा।

"जो कहूँगी, वह तुम लोग क्या समझोगी ?"

"अच्छा जी, तो आप इस बीच बहुत समझदार हो गई हैं ?" परी हँस पड़ी।

"हाँ, लगता तो यूँ ही है।" अख़्तर खिलखिला पड़ी।

"सच मज़ाक न करो, इस राह में ख़तरा है, देख नहीं रही हो मलीहा का हाल ?"

"मलीहा किसी के नाम को ले कर रो रही है। मेरे लिये रोने वाला कौन बैठा है ?"

"अच्छा भावुक न बनो, हक़ीक़त बताओ। कारण क्या है ?"

"बस, मन में आया कि जब इन्सान के पास किसी चीज़ की कमी होती है तो वह कितना कुढ़ता है, वह कुढ़न का अहसास मुझे बचपन से था, जब देखा कि वह लोग जो ग़रीब हैं, आगे आना चाहते हैं, मैं उनकी पंक्ति में शामिल हो गई। उस ज़िन्दगी में मुझे सन्तोष मिला, विश्वास मिला, प्यार मिला, आदर मिला। किसी ने मुझे मेरी त्रुटियों, मेरी कमियों की ओर हँस कर न देखा बल्कि उन्हें वह सामान्य लगी। अब वर्षों बाद मैं खुल कर विरोधी दल में हूँ। कभी भी मेरे साथ कुछ हो

सकता है। मर भी गई तो मुझे अफसोस नहीं होगा, क्योंकि मैं प्यासी नहीं मरूँगी।" अख़्तर बोलती गई।

"प्यासी नहीं मरूँगी ?" तय्यबा ने वाक्य दोहराया।

"प्यास से क्या मुराद है तुम्हारी ?" सूसन ने पूछा।

अख़्तर ख़ामोश रही। सबके चेहरे प्रश्नचिह्न बन चुके थे। आखिर परी ने पूछा, "क्या किसी से विवाह कर लिया तुमने ?"

"तुम्हारी समझ की गहराई बस तालाब तक ही गई, समुद्र का किनारा भी नहीं देखा।" सूसन ने मज़ाक से कहा।

"मेरी प्यास, मेरी समझ!" परी कह कर चुप हो गई। किसी ने कुछ पूछा नहीं, क्योंकि सबको पता था, कि परी लाख परी-चेहरा हो, मगर पति उसका दीवाना नहीं है। वह तो भौंरा है, हर दिन उसे नई लड़की चाहिए। परी तो रो-धो कर चुप हो गई, उसे सुधारना उसके बस में नहीं रह गया था। अब परी तय्यबा को मन-ही-मन सराहने लगी थी, कि कम-से-कम उसने विवाह तो नहीं किया। विवाह के अनुबन्ध को यूँ तोड़ना, यह दर्द बड़ा भयानक होता है। इसका अहसास केवल जलने वाला ही कर सकता है। परी ने शरबत का पूरा गिलास आँसुओं की तरह एक ही साँस में पी डाला, फिर ठहरे हुए लहजे में बोली।

"मैंने कभी जीवन में सपना नहीं देखा था। सपना देखना मुझे पसन्द न था। हक़ीक़त की खोज मेरे जिज्ञासु मन की तलाश थी। मज़ा आता था, एकाएक किसी गुत्थी को सुलझा लेना, भेद जान लेना। मगर अब लगता है, उलझी गुत्थी, छुपा भेद सुख देता है, क्योंकि उसमें भ्रम रहता है, भुलावा रहता है। तब से मैंने अपने पर अंकुश लगा लिया है कि किसी भी उलझन को सुलझाना नहीं है...इस समय यह प्रश्न तुमसे केवल इस नाते किया था, कि तुम जो कर रही हो, अपने होश-हवास में कर रही हो, या किसी के कहने, या किसी मजबूरी से ?"

अख़्तर ख़ामोश रही। वह कारण जानती थी, मगर कह कर सबके सामने छोटी बनना नहीं चाहती थी। उसमें तय्यबा वाली हिम्मत न थी, मलीहा वाला धैर्य न था, परी वाली समझदारी न थी। सूसन वाली लापरवाही न थी। वह तो दर्पण में अपने को पहचानने वाली, एक प्यारी लड़की थी। जिसे एक लड़के, हसीन लड़के की तलाश थी, मगर उसके जज़्बात, उसकी भावनाओं पर हमेशा उसकी बदसूरती ने प्रहार किये। हर लड़के की आँखों में एक हँसी उभरती जो उसे अन्दर तक कुरेद देती। ऐसा न था कि उसे किसी लड़के का पैग़ाम मिला न हो मगर वे उससे भी अधिक बदसूरत थे। वह स्वयं लाख बदसूरत सही मगर ख़ूबसूरती की तो दीवानी है। जब बदसूरत मर्द ख़ूबसूरत पत्नियों के पति बन सकते हैं, तो एक बदसूरत पत्नी का ख़ूबसूरत पति क्यों नहीं हो सकता ? जबकि मोर मोरनी से अधिक सुन्दर है। उसे लुभाने के लिए वह पंख खोलता है, मगर इन्सान... ? उसकी यह प्यास

पार्टी के दफ़्तर में जा कर बुझ गई। हर तरफ सामान्य व्यवहार था, बल्कि वहाँ पर एक अन्य योग्यता की माँग थी, जो सुन्दरता के मापदण्ड से परे थे। चार वर्षों में वह प्यास लड़कों के मुख से अपनी प्रशंसा अपना नाम सुनते-सुनते कुछ बुझने लगी थी। नये लड़के उसकी ओर इतने आदर-पूर्ण कौतुहल से देखते कि वह अन्दर तक हिल जाती, कभी-कभी मन में हूक उठती, काश यह कौतूहल, यह सम्मान, यह व्यवहार उससे कुछ और माँगे, कुछ और...जो मर्द औरत की पैदाइश माँग है, मगर वहाँ उसका दबदबा था, व वहाँ पर संघर्ष महत्वपूर्ण था, जिस्म नहीं। आखिर वह मुजाहिदीनें खल्क़ पार्टी की सदस्या है जिसने सत्ताधारी हिज्बउल्लाही पार्टी को चुनौती दे रखी है।

कुछ दिन बाद जब संघर्ष ने भयं कर रूप धारण कर लिया था, तब उन दिनों चार लोग एक कमरे में रह रहे थे। दो एक दिन लौटे नहीं, वह और नवेद बाक़ी रह गये थे। रात के अँधेरे में भय-रोमाँच-दुर्घटना की प्रतीक्षा में एक रात वह घटा, जिसने उसकी प्यास पूर्णरूप से बुझा दी थी। प्यास दोनों तरफ थी, इसलिये टूट कर बुझी थी। सुबह जब वे होश में आये, तो नवेद लज्जित था। मगर वह पूर्ण रूप से सरशार थी। एक हफ़्ते तक उस सुखमय अनुभव के बाद बड़ा कठोर आघात लगा था। नवेद एक दिन शाम को नहीं लौटा। उसने सोचा, वह गर्भवती है, मगर यह उसका भ्रम मात्र था। तब वह ख़ुश भी हुई थी, कि फँसी नहीं मगर दुखी इस सन्देह से हुई कि कहीं वह बाँझ तो नहीं है ? उसके बाद हज़ारों की तादाद में नवेद शहीद होने लगे। मगर ख़ामोशी से अन्दर-अन्दर किसी को कानों-कानों ख़बर न होती। जो घटनाएँ छुप नहीं सकती थीं, वे समाचारपत्र में आ जाती थीं। इन चन्द सालों में जो भी मर्द उसकी ज़िन्दगी में आया, एक सुखद अकस्मात घटना बन कर आया, और दुर्घटना बन चला गया। कहीं भी क़समें वायदे, रूठना, घूमना, आहें भरना नहीं हुआ, बल्कि जो भी हुआ वह वातावरण की उपलब्धि के रूप में हुआ। उसको सन्तुष्टि है कि बदसूरत होने के बाद भी सबसे हसीन मर्दों के साथ उसके सम्बन्ध अपने आप बन गये। वह किसी के आगे झुकी नहीं, टूटी नहीं, गिड़गिड़ाई नहीं बल्कि ख़ूबसूरत हाथों ने स्वयं आगे बढ़ कर उसका आलिंगन किया।...यह सब कुछ वह नहीं बता सकती, विशेष कर तय्यबा के आगे। वह किसी से जुड़ भी न सकी, शायद मर्द के स्पर्श की भूख इतनी थी कि वही उसके अहसास की माँग बन गई थी। वहाँ का वातावरण भी ऐसा न था, कि एक घटना को ले कर कोई घण्टों और दिनों तक सोचता। जो हो गया वह गुज़र गया, आने वाले कल का कार्यक्रम महत्वपूर्ण होता था।"

"किस सोच में डूब गई तुम ?" सूसन ने अख़्तर की आँखों में कुछ ढूँढते हुए पूछा।

"सोच रही हूँ, कल क्या होगा ? इतनी मौतें, इतना बलिदान, इतना सब

कुछ क्या बेकार जायेगा।"

"मौतें! कितनी तरह की मौत होती हैं ? मैं भी कुछ दिन पहले मरी थी, मेरी मौत की किसी को कानों-कान ख़बर न हुई। कुछ दिन बाद मेरे मुर्दा जिस्म में भूत का प्रवेश हुआ, और मैं दोबारा जीवित हो उठी।" एक साथ सबकी नज़रें परी पर जम गईं। "मेरी मौत मेरी अपनी वजह से हुई थी। जब उस बहार की दोपहर मैं जिज्ञासा दबा न पाई और घर जल्दी लौट आई...मुझे बहुत दिनों से कुछ उलझा नज़र आ रहा था। प्रोग्राम साथ-साथ बनता छुट्टी के दिन का मगर ठीक जाने के समय ख़ालिद को काम याद आ जाता, और मैं अकेली ही पिकनिक पर जाने के लिए अन्य परिवारों के संग मजबूर हो जाती...सच वह लड़की कहीं से भी मुझसे अधिक सुन्दर न थी...बेहया भी थी...मुझे देख कर घबराई नहीं थी। ख़ालिद बौखला गया था, बड़े आराम से उसने कपड़े बदले थे...जब वह सामान्य थी, तो मैं क्यों विचलित होती...मैंने भी अपनी सम्पूर्ण ताकत को जमा किया, और किचन में जा कर व्यस्त हो गई। जब नाश्ते से भरी सेनी ले कर किचन से निकली तो वह चुवईंगम चबाती घर से बाहर निकल रही थी। 'ठहरिये चाय पी कर जायें।' मैंने उससे कहा था।

"वह घटना गुज़र गई, ख़ालिद से कुछ न कह कर मैंने उसका अधिक तिरस्कार किया है। मगर मुझे मिला क्या ?...फिर मेरे सामने भी दूसरे मर्दों की भीड़ थी। मैं किसी को भी चुनने के लिए स्वतन्त्र थी, मगर किसलिये ? एक दिन आवेश में आ कर कुछ करने ही वाली थी, कि होश आ गया कि इससे हासिल क्या होगा ? मुझे मेरी खोई मर्यादा, मेरा अपमान, मेरा विश्वास, मुझे वापस मिल जायेगा ?..."

सबके चेहरे साकित थे। जैसे उनकी आवाज़ें एकाएक किसी भारी सदमे ने छीन ली हों। तय्यबा ख़ामोशी से हर चेहरे का निरीक्षण कर रही थी, कमरे में बोझिल सन्नाटा तारी था। एकाएक तय्यबा ने परी को सम्बोधित किया।

"परी! क्या रिश्ते में कुछ पाना ज़रूरी है ?"

"रिश्तों का नियम तो यही है ?"

"कुछ रिश्ते ऐसे भी तो होते हैं जिनका कोई नियम नहीं, वह बनने से पहले ही टूट जाते हैं। क्षणिक होते हैं। इतने कम समय का क्या नियम बनाया जा सकता है ? हर रिश्ते से कुछ मिलने की तमन्ना करना, केवल एक स्वार्थ है ?" तय्यबा बोली।

"जो ऐसी तमन्ना नहीं करते, वह क्या होते हैं ?" परी ने पूछा।

"महास्वार्थी ?"

"उनकी कोई सज़ा ?" परी ने दूसरा प्रश्न किया।

"वह तुम दे रही हो ?" तय्यबा ने सिगरेट जलाते हुए कहा।

"तुम्हारा समाज, जिसके लिए तुम जीती-मरती हो, वह ऐसे लोगों के साथ कैसा व्यवहार करेगा ? क़ानून की बात मुझे पता है। वह मत बताना, क्योंकि..."

"समाज मर्दों का है, इसलिये वह इस सबके बावजूद स्वतंत्र है..."

"फिर औरत पर सारा आक्रोश, सारा आरोप, सारा क़ानून क्यों लादा जाता है ?"

"इसलिये कि इस मर्द समाज के भ्रष्टाचार को सहारा देने वाली उसकी भागीदार औरत है। मर्द अकेले गुलछर्रे नहीं उड़ाता है।" तय्यबा बोली।

"फिर तुम अपने को किस कोटि में रखोगी ?"

"मेरी कोटि इस समाज के लिए नई है। जब हम विवाह नहीं करते तो विवाहित पुरुष हमारे आकर्षण का केन्द्र भी नहीं बनते हैं। यह सितम तो एक ही वर्ग की औरत दूसरे पर करती है। औरत स्वयं अपने को कब पहचानती है ? यदि मर्द उसे गम्भीर रूप से नहीं लेता तो इसमें उसका क्या दोष ?" तय्यबा ने प्यालों में चाय उड़ेलते हुए कहा।

"तय्यबा की कुछ बातों से मैं सहमत हूँ।" सूसन ने बड़ी गम्भीरता से कहा

"जैसे ?" परी ने पूछा।

"जब परी ने अपनी ज़िन्दगी की किताब हमारे सामने खोल कर रख दी। तो मुझे भी हक़ीक़त कहने में झिझक नहीं। शायद दिल का बोझ हल्का हो जाये, तय्यबा, मलीहा की ज़िन्दगी हमारे सामने खुली हुई है। अख़्तर ने अपने को देश और धर्म के नाम पर दाँव पर लगा दिया। वह तय्यबा की तरह निकली मगर उससे थोड़ी भिन्न तय्यबा ने हमारी तरह मर्द को जीवन केन्द्र नहीं माना क्योंकि उसकी दिमाग़ी व जिस्मानी ज़रूरतें हमसे जुदा थीं, वह इस तरह से जी सकती है मगर हम नहीं जी सकते सो हमने परम्परागत जीवन जिया मगर... ? असद और मैं शायद इस विवाह को अधिक निभा नहीं सकेंगे। यदि मैं परी की तरह निभाना भी चाहूँ तो भी जुड़े रहना ग़ैरमुमकिन है क्योंकि असद स्वयं नहीं चाहते हैं। सम्बन्धों के पुल के नाम पर हमारे बच्चे भी नहीं हैं जो मैं उसका बहाना बना सकूं। किसी मर्द ने असद को मुझसे नहीं छीना है बल्कि एक औरत ने, जो मेरे बीच की दीवार बनी है।...ग़लती मेरी थी जिसे मैंने चाहा था उसका नाम ज़बान पर ला न सकी...वह इसलिये ख़ामोश रहा कि शायद उसे शक था कि मैं पसन्द नहीं करती हूँ...उम्र के उस दौर का गुरूर बाद में यूँ छनाके से टूटता है इसका अनुभव, इसका आभास भर जो उस दौर में होता हो ? वह औरत तलाक़शुदा है, असद की फर्म में है...देखने में सुन्दर है।"

"सुन्दरता का मापदण्ड हरेक के लिए अलग होता है।"

"तुम उससे मिली हो ?" मलीहा ने दुख से पूछा।

"हाँ! उससे कारण भी पूछा कि वह ऐसा क्यों कर रही है। इसका उत्तर भी प्रश्न था मुझसे पूछने से बेतरह है कि आप अपने पति से पूछें। जब असद से मैंने बार-बार पूछा हुआ प्रश्न फिर दोहराया और इसरार किया कि वह सच बताये तब मुझे जबाब मिला, 'मैं उसका दिवाना हो गया हूँ। मुझे स्वयं नहीं पता है, ऐसा क्यों कर हुआ ? तुम्हारे साथ रह कर भी उससे दूर रहना मेरे लिये कठिन है, इसलिये मैंने

मजबूरन उससे शादी करना तय कर लिया है...वह बिना तलाक़ के विवाह पर राज़ी नहीं सो...।' असद और उस लड़की का इश्क़ मेरी और इमरान की आपसी पसन्द और झुकाव से कहीं ठोस और ज़ोरदार है। मैं ज़िन्दगी को खेल समझे थी। आज न अपना इश्क़ अपने पास है, न अपना शौहर, जूए में दोनों को हार बैठी हूँ।"

"तुमने कभी बताया ही नहीं यह सब ?" मलीहा की आँखें नम थीं।

"पहले ही तुम कौनसी सुखी थीं जो मैं तुमसे कुछ कहती। आज जाने परी ने अपना दर्द बता कर मेरा ज़ख्म हरा कर दिया" सूसन ने सेब का छिलका उतारते हुए बड़े संयत लहजे में कहा।

"इमरान आजकल है कहाँ ?" परी ने पूछा।

"कहीं भी हो, छोड़ी मंज़िल पर लौटने वाला भटका कहलाता है, मुसाफ़िर नहीं। मेरे सफर का रास्ता इमरान की ओर जाने वाली राह से विपरीत दिशा में है...वह एक अहसास था जिसे अनुभव ने रौंद डाला है। अब इसी अनुभव की दिशा में कोई राह ढूँढूँगी। असद ने मेरा जीवन दर्शन ही बदल डाला।"

"क्या कुछ भी उम्मीद नहीं रही आगे... ? घर का टूटना औरत के लिए सबसे तकलीफदेह अनुभव होता है," परी ने कहा।

"ताली दोनों हाथों से बजती है परी जान।" सूसन ने लम्बी साँस खींचते हुए कहा, "हर इन्सान का अनुभव दूसरे इन्सान के अनुभवों से हमेशा भिन्न रहा है, फिर ...शायद वह भी एक हक़ीक़त है कि हर अनुभव अधूरा है। एक अनुभव से कुछ सीख कर जब हम आगे बढ़ते हैं तो फिर हम एक नये अनुभव से दो-चार होते हैं...दूध का जला छाछ भी फूंक-फूंक कर पीता है। उसके बाद भी दिल हर साज़िश से तड़प उठता है। यह जीवन परी जान, बस अनुभवों की एक माला है जिसे पहन कर इन्सान इस संसार से चला जाता है। मैं इतना ही समझी हूँ अपनी इस ज़िन्दगी से," सूसन की आँखें डबडबा आई थीं।

"मैंने आज ग़म से फरार होना चाहा था। तुम लोगों के बीच बैठ कर अपना ग़म भूलना चाहा था मगर हुआ उसका उलटा...बहरहाल कोई सज़ा दे सकती हो तुम लोग मुझे तो मैं हाजिर हूँ...मुझे तो बस एक अहसास जागा आज कि हम सब एक ही रंग में डूबे हैं और बस," परी ने दुखी हो कर कहा।

"अच्छा हुआ या बुरा...मगर एक दिन मन में पकते ज्वालामुखी को फटना ही था सो आज का ही दिन सही, बुरा क्या हुआ इसमें ?" सूसन ने रूमाल से आँखें पोंछते हुए कहा।

मलीहा की आँखें भी भरी हुई थीं। अख़्तर सोच रही थी, जो कुछ उसके जीवन में आया, बुरा न था ? तय्यबा ने पहलू बदलते हुए कहा :

"इसीलिये मैं कहती हूँ, शादी की रस्म ही एक अभिशाप है। वहीं से वास्तव में औरत का पतन और शोषण आरम्भ होता है। सारी ज़िन्दगी अपना कौमार्य सहेज कर

रखो कि यह पति धन है। मगर उस तपस्या का फल क्या मिलता है ? परी की भाषा में तिरस्कार-विश्वासघात, अनादर...वास्तव में हमारा स्थान समाज में क्या है और हमारा अस्तित्व समाज के लिए कितना ज़रूरी है, इसे हमें समझना पड़ेगा। इसीलिये कहती हूँ कि..." परी ने बीच में ही बात काट कर कहा, "अहसास यदि इतना ही प्रयोगात्मक व तथ्यपूर्ण विषय बन जाये तो फिर वह अहसास कहाँ रह जाता है तय्यबा ? अहसास के धरातल पर जब कुछ चिटखता और टूटता है, उसको जोड़ने के लिए अकल की गोंद भी बेकार होती है। तर्कपूर्ण बातों से हम शायद एक मंज़िल पर पहुँच जायें मगर उस हक़ीक़त से हम न इन्कार कर सकते हैं, न उसे भुला सकते हैं कि हमारी संवेदनाओं को आघात पहुँचा, कहीं पर वह जख्मी हुई...औरत लोहा, लक्कड़ नहीं है...उसे प्यार चाहिए...क्या पैसा हमारे बाबा के घर में न था ? पीछे भागने वाली निगाहों की न तब कमी थी न अब ? मगर अहसास दूकान से ख़रीदा और वापस नहीं किया जा सकता...तुम शायद यह समझ कर भी नहीं समझना चाहती हो।"

"मैं समझती हूँ मगर तुम लोग कुछ और समझने से इन्कार करते हो, ज़िन्दगी के तुम्हारे यह अनुभव कभी मेरे वाक्यों के अर्थों तक तुम्हें पहुँचा देंगे तब पूछूँगी...चाय उड़ेलूँ तुम्हारे लिये ?" बातों का रुख़ अहसास के जंगलों से निकल कर शहर की चौड़ी सड़कों पर आ गया। परी ने अपना ख़रीदा सामान दिखाया। दूसरों ने अपने ख़रीदे सामानों का ज़िक्र किया और वे पूर्ण रूप से इन बातों में डूब गई।

सूसन को तलाक़ मिले तीन माह गुज़र गये थे। इन तीन माह में उसने तय कर लिया था, कि वह दूसरा विवाह करेगी। आखिर उसकी ग़लती क्या है जो वह अपनी जीवन आहुति दे ? फिर उसका आशिक़ तो नहीं मरा जो वह उसकी याद में सारा जीवन गुजार दे ? सीढ़ी का यदि एक ज़ीना टूटा हुआ हो तो क्या सीढ़ी नहीं चढ़नी चाहिए ? उस जीने को छोड़ कर भी तो ऊपरी मंज़िल तक पहुँचा जा सकता है ? एक टूटा ज़ीना इतना महत्वपूर्ण तो जीवन की सीढ़ी में नहीं होना चाहिए! मैं पिछला सब कुछ भूल जाना चाहती हूँ। ज़िन्दगीं का हर मोड़ मेरे लिये एक मंज़िल है और हर मोड़ तक का रास्ता सारा का सारा झूठा है और इन सारे झूठों के बीच मैं भी एक झूठ हूँ, अपना पुराना झुठला कर नया जीने की लालसा से व्याकुल।

कमरे में सुरैया ख़ानम दाख़िल हुई। बेटी को सोच में डूबी देख कर दुखी हो उठी, "क्या सोच रही हो बेटी। नीचे चलो, सब जमा हैं।"

"कुछ नहीं मामान, यूँ ही ज़िन्दगी के नये नाटक की तैयारी के बारे में सोच रही थी।"

"नीचे अब्बास आये हैं अपनी पुरानी इच्छा लिये हुए," माँ ने सर की चादर

को ठीक करते हुए कहा।

"तुम्हारी इच्छा क्या है मामान ?" सूसन ने आँखें माँ के चेहरे पर गाड़ दीं।

"तेरी ख़ुशी!" माँ ने छोटा-सा उत्तर दिया।

"अपनी ख़ुशी! ख़ैर छोड़ो माँ, अब्बास की इच्छा भी पूरी होनी चाहिए।"

"मगर, तुझे तो वह कभी पसन्द ही न था ?"

"जो पसन्द था वह समय के कोहरे की चादर में विलीन हो गया। जो पति मिला वह छोड़ गया। अब जो नापसन्द था वह पसन्द भी आ सकता है। इन्सान का दिमाग़ बदलता रहता है। दुनिया में कुछ भी सच नहीं है, सब झूठ है। अब मैं झूठ को गले लगाना चाहती हूँ देखूँ यह अनुभव कैसा रहता है।" मन ही मन सूसन कह उठी।

"ख़ैर! तुम ठीक से सोच लो मैं चलती हूँ। अभी कौन सा जवाब माँगा जा रहा है ?...थोड़ी देर के लिए नीचे आ जाना तुम्हें पूछ रहे थे," माँ ने सीढ़ी उतरते हुए कहा।

सूसन ने ऊपर खुले नीले आसमान को देखा फिर छत पर छिटकी धूप को चारों तरफ मकान, खिड़की, धुआँ, इन्सानी चेहरे, शोर यह सब कैसा जाल है ? मुँडेर के समीप पहुँची, दूर से पड़ोसी का आँगन दिखा—जाड़े के मारे सारे पौधे सूख चुके थे, हौज़ पानी और मछली से ख़ाली था, इकलौता नाजुक दरख़्त लाल फल से झुका ज़मीन को चूम रहा था। पतझड़ के कारण सारी पत्तियाँ नीचे गिरी थीं, सूखी टहनियाँ और रसीले लाल फलों से लदी शाखें उसे बड़ी अर्थपूर्ण-सी लगीं। थोड़ी देर तक वह उस सौन्दर्य को निहारती रही। नीचे से उसे किसी ने पुकारा। वह मुड़ी और सीढ़ियाँ उतरने लगी।

"यह सँभाल कर रखो, मुझे कल बाहर जाना है।" ख़ालिद ने पैकेट परी की तरफ बढ़ाते हुए कहा।

"परी ने पैकेट उठाये और सावधानी से अलमारी में रखते हुए कहा, "कितने दिन बाद लौटोगे ?"

"हफ़्ता लग सकता है," ख़ालिद ने कहा फिर वह हमेशा की तरह एक प्रश्न सुनने की प्रतीक्षा में क्षण-भर रुका कि 'अकेले जा रहे हो या कोई... ?' मगर आज भी उसे निराशा हुई। परी बड़ी तल्लीनता से सामान ठीक करती रही फिर खाने की मेज़ पर पहुँच गई। उसकी पसन्द का खाना था। बच्चे उसके दोनों ओर बैठे थे। कुछ दिनों से ख़ालिद का मन अनेक प्रश्नों से घिरा रहने लगा था।

जाते समय आज उसका मन पहली बार उदास था। आज तक परी उसे हवाई अड्डे तक छोड़ने नहीं गई थी। उसका कारण दोनों को पता था कि यह आफ़िस

का काम बिना किसी लड़की के साथ के समाप्त नहीं होता है।

हवाई अड्डे के दरवाज़े पर ही फरहा खड़ी मिल गई। हमेशा की तरह उसका मन उत्तेजना से भरा, न रक्त-धमनियाँ गर्म हुईं। फरहा की मुस्कुराहट के जवाब में वह भी मुशीनी अन्दाज़ से मुस्कुराया। अटैची उठा कर वह आगे बढ़ा। हवाई जहाज़ में भी बैठ कर उसे कुछ फीका-फीका महसूस होता रहा जबकि फरहा के चेहरे का मेकअप गज़ब का था। कोई और दिन होता तो वह मैगजीन दिखाने के बहाने सन्तरे की फाँकों को कई बार चख चुकता या गालों को सहला लेता मगर आज... ? होटल में जलतरंग, डांस, बढ़िया खाना भी उसकी बेकैफ़ी को कम न कर सका। ढलती रात उसके नशे को भी तेज़ न कर सकी। इस ख़्याल से कि कुछ क्षणों बाद एक नया बदन उसके पहलू में होगा। फरहा से उसकी मुलाक़ात शाहेरेज़ा ऐवेन्यू पर हुई थी। हर फड़कती चीज़ को देख कर वह कार में ब्रेक ज़रूर लगाता था। इसे लिफ़्ट देने की उपलब्धि फरहा थी। ऐसी हज़ारों लड़कियाँ उसके जीवन में आई हैं। जवानी के आरम्भ से लड़कियों के पैर देखने की लत पड़ गई थी। नाज़ुक एड़ियाँ फुटपाथ पर चलती सुन्दर सैंडिलों में उसके मन को खींचती अपने साथ लेती जाती थीं और वह फुटपाथ के पास सड़क पर रेंगती कार में बैठा अवसर की प्रतीक्षा करता, उनके पीछे-पीछे चलता जाता था। फरहा का बदन एकदम सफ़ेद था। सफ़ेद बदन उसकी कमज़ोरी थी। परी का बदन भी सफ़ेद था। मगर वह पत्नी थी, कभी भी हाथ बढ़ा कर उसे हासिल किया जा सकता था मगर यह कौतूहल, यह रोमाँच, यह जोश जो किसी के पीछे भाग कर हासिल होता है वह पत्नी नही दे सकती। वहाँ तो बस एक ठहरे पानी के तालाब का अहसास होता है, जहाँ न कोई लहर बनती है, न तूफ़ान आता है, न भंवर में फँस कर डूबने का रोमाँच। फरहा ने उसके सीने पर सर रख कर पूछा, "तबियत ठीक है ?"

"यूँ ही हल्का-सा सर में दर्द है...फिर भी...आज की रात तुम मुझसे बातें करो। तुमने कभी प्यार किया है।" फरहा इस आकस्मिक प्रश्न को सुन कर चौंक गई फिर उठ कर बैठ गई। ख़ालिद के चेहरे पर फैली गम्भीरता को पढ़ कर उसने तकिया पीठ के पीछे लगाया और पास की टेबिल से पर्स उठाया। सिगरेट निकाल कर सुलगाया। बड़ी देर तक धुएँ को देखती रही फिर बोली।

"मैं पहले जिस्म और दिल को एक मानती थी मगर ज़िन्दगी ने बताया, दिल, दिमाग़, जिस्म तीन अलग चीज़ें हैं और हर चीज़ की माँग अपना सम्बन्ध बनाती है। कभी-कभी यह तीनों चीज़ें एक-दूसरे पर आत्मनिर्भर भी हो जाती हैं...जिससे मैंने प्यार किया उसने मुझे धोखा दिया...मैं बड़े घर की नहीं थी। नौकरी मुझे करनी थी। शादी से मन हट गया था। धीरे-धीरे मन ख़ाली होता गया। ख़ालीपन की इन्तहा पर पहुँच कर कब मैं इस तरह की ज़िन्दगी में डूबती चली गई। मुझे पता भी नहीं चला, अब मेरे पास सब कुछ है, पैसा, मर्द, नौकरी, मगर घर नहीं है...घर था

माँ-बाप का लेकिन बड़े हो कर जो घर बनता है, वह अपना कहलाता है। उसकी इच्छा अब भी है तो भी घर बनाने की उमंग कहीं खो गई है। कभी-कभी विवाह की सोचती भी हूँ तो लगता है क्या उसकी आवश्यकता वास्तव में मुझे है ? सब कुछ तो है मेरे पास है। फिर एक खूँटे से बन्ध कर करूँगी भी क्या ? खूँटे का भी कल क्या भरोसा ?"

ख़ालिद ने उठ कर दोनों गिलास भरे, एक उसकी तरफ बढ़ाते हुए बोला, "मगर यह ज़िन्दगी भी कब तक ?"

"जब तक यह इसी तरह चल सकती है," गिलास का सिप ले कर वह बोली, "आपने कभी प्यार किया है ?"

ख़ालिद खिलखिला कर हँस पड़ा, "मैं हर मौसम में आशिक़ होता था। मौसम के बदलते ही लड़की भी बदल जाती थी। मैं ऊब जाता हूँ। बहुत दिन तक किसी के साथ घूम नहीं सकता। तबियत भर जाती है...यह बेचैनी मौसम से बदल कर महीनों और अब हफ़्तों पर पहुँच गई है। आगे की कह नहीं सकता...इतना सौन्दर्य...चारों तरफ बिखरा पड़ा है, इसे समेटने के लिए कई ज़िन्दगी चाहिए।" इतना कह कर ख़ालिद हँस पड़ा। दोनों की हँसी लाल जाम में हिलते बर्फ की तरह रात के ढलने के साथ मद्धिम पड़ कर स्याही में घुल गई।

हफ़्ते-भर बाद ख़ालिद लौट आया। परी से बोला, "मैं तुमसे कुछ कहना चाहता हूँ।"

"हूँ! बोलो," परी ने उसी आराम से कहा जिसमें वह डूबी रहती थी।

"तुम जानती हो, हर सफर में मैं अकेला नहीं जाता हूँ ?" ख़ालिद ने कहा।

परी ने सिलाई से नज़रें उठा कर केवल पति के चेहरे को देखा।

"फिर तुम कुछ बोलती क्यों नहीं हो ?"

परी ख़ामोश रही।

"तुम्हारी इसी ख़ामोशी ने मुझे पहले धमकाया फिर मुझे शेर बनाया क्योंकि मुझे खुली छूट थी मगर अब यही ख़ामोशी मुझे तिरस्कार की सीमा पर पहुँचा रही है। मेरा मन इन विभिन्न जिस्मों के जाल में फँसा उकता चुका है, मैं इस आदत से थक चुका हूँ, तुम मुझे इस क़ैद से आज़ाद करा सकती हो। मैं आज़ाद होना चाहता हूँ। सच मैं आज़ाद होना चाहता हूँ।"

परी ने हाथ में पकड़े कपड़े में सुई खोंसी और उसे मेज़ पर रखती हुई खड़ी गई। उसे आश्चर्य था, घोर आश्चर्य था, यह क्या हो गया था ? क्या यह सपना था, या फिर ख़ालिद का दिमाग़ खराब हो गया था।

उसने तो अपनी स्थिति से सम्पूर्ण रूप से समझौता कर रखा था, फिर भी

वह आगे बढ़ी। ख़ालिद के दोनों कन्धों पर हाथ रख कर बड़े विश्वास से बोली, "लो तुम्हें आज़ाद किया।" फिर उसे सोफे पर बिठाती हुई बोली, "मगर मुझे यक़ीन है, मैं इस बदलाव का कारण नहीं हूँ, यदि होती तो यह जो आज घट रहा है, बहुत पहले घटता।"

हफ़्ते-भर बाद सूसन का विवाह है। सूसन अभी ख़रीदारी करके लौटी है, अब्बास पानी की तरह रुपया बहा रहा है। इतनी तो असद ने भी उसकी क़ीमत न लगाई थी, जबकि वह कुँवारी थी। सूसन कभी-कभी अपने अन्दर के बदलाव के बारे में सोचती थी कि वह सारे नाज़ुक भाव कहाँ खो गये, उसके शब्दों के चयन कैसे कठोर होने लगे हैं। कमरे से बाहर निकल कर छत पर आई। उसे पहला विवाह, उसकी तैयारी याद आने लगी। इसी छत ऊपर क्या उधम मचा था! धीरे-धीरे चलती हुई मुँडेर के समीप पहुँची, "यह क्या ?" उसको एक धक्का-सा लगा, नीचे आँगन का दरख़्त नंगा खड़ा था। उसके सारे लाल फल तोड़ लिये गये थे, अब इतनी विरानी टपक रही थी, कि वह अधिक देर तक उस दरख़्त पर नज़रें न जमा सकी। घबरा कर वह कमरे में चली गई। दीवार पर लगी असद की तस्वीर को उसने उतारा और नीचे अलमारी में रख दिया। इस विरानी को वह अपने अन्दर समाने नहीं देगी। चाहे उसे झूठी बहार का ही सहारा लेना पड़े।

आँख बन्द कर वह बेसुध-सी बिस्तर पर पसीने में डूबी लेट गई।

## 4

हँगामे बढ़ गये थे। सरकार बदल गई थी। क़ुर्बानी रंग लाई थी। शाह का साम्राज्य बिखर गया था और एक नई सरकार बन गई थी, इस क़ुर्बानी में अख़्तर काम आ गई थी। मलीहा के अनुसार, "वह हम सबसे जीवट और भाग्यवान निकली जो चाहा वह उसे जीवन में मिला। शहादत भी कैसी ग़ौरवपूर्ण मिली।"

कुछ दिन बाद बढ़ते अंकुश से घबराये बुद्धिजीवी अपने पुराने ठिकाने को लौटने लगे थे। एक वर्ग भाग चुका था। तय्यबा जैसा वर्ग अब अर्थहीन हो कर नहीं रह गया था। रूढ़िवादिता का दानव समाज को निगलने को आतुर खड़ा था। रोज़-रोज़ की पकड़-धकड़ से लड़के-लड़कियों ने साथ निकलना ही छोड़ दिया था। एक दिन मलीहा और सूसन ने उससे कह भी दिया, "खुदारा काम के नशे में कहीं जान से हाथ न धो बैठना, यह सरकार ऐसे दर्शन समझ नहीं पाती है, जो तुम्हारा है।"

सुन कर तय्यबा हँस पड़ी थीं।

"मैं भी विवाह करने की सोच रही हूँ, वह भी मौलवी से, ताकि मेरे काम में कुछ दिन के लिए नया रंग नया भाव आ जाये।"

"शैतान!" सूसन ने तय्यबा की पीठ पर घूँसा जमाया। इस जवाब से तीनों हँस पड़ी थी।

मलीहा की ज़िन्दगी बहुत तकलीफ़देह दौर से गुज़र रही थी। पहले तो केवल हुसैन का ग़म था। अब उस पर लगे इल्ज़ाम का बोझ भी बढ़ गया है, कुछ दिन पहले तक जिस ग़म को वह सीने से लगाये लोगों की नज़र में आदर के भाव अपने लिये देखती थी वहाँ पर एक आश्चर्य-भरी घृणा को वह देखने लगी है। हुसैन मुजाहिद था, वर्तमान सत्ता का विरोधी। इसमें इन मासूम बच्चों का क्या दोष है ? रोज़ उनके घर को उलटा-पलटा जाता है। हुसैन के सारे काग़ज़, डिग्री, तस्वीरें, पासदार उठा ले गये हैं। उसकी समझ में नहीं आता कि आखिर इतनी महत्वपूर्ण बात जो इस प्रकार से उनकी ज़िन्दगियों से सम्बन्धित थी, हुसैन ने कभी कही क्यों नहीं उससे ? कहता तो शायद आज के लिए वह तैयार रहती। थोड़ा बहुत जो क़ीमती सामान बिकने से बच गया था, उसे पासदार उठा ले गये थे। उनके अच्छे दिनों के साक्षी, हीरा, पन्ना, सोना, चाँदी, सब कुछ जा चुका था, फर्नीचर के बाद यदि कुछ ऐसा था जिसे बेच कर पैसा मिल सकता था, तो वह थी क़ालीनें। कल शायद उसे यह भी करना पड़ जाये और ख़ानदानी क़ालीनें कौड़ियों के मोल बिक जायें।

कल रात दो बजे के क़रीब पासदार दरवाज़ा खटखटा कर अन्दर दाख़िल, हो गये, और एक-एक कपड़ा, एक-एक कोना झाड़ डाला जैसे सूई ढूँढ रहे हों, वह दोनों बच्चों के साथ एक कोने में ख़ामोश बैठी सोच रही थी। यह क्या देखने आते हैं आखिर यूँ ? सारा घर उलट कर वह ग़लियों के आबशार गिरा कर चले गये। दोनों बच्चों की नींद से भरी मगर ख़ौफज़दा आँखें देख कर वह अपने आँसू न रोक सकी। वही घुटनों पर सर रख कर सिसक पड़ी। उसने कभी सोचा भी न था कि एक दिन वह उतनी दीन-हीन हो जायेगी। जिसका दामन पकड़ कर वह सारी ज़िन्दगी क़ुर्बान करने की सोचे बैठी थी वह यूँ बिना बताये गायब हो जायेगा। यदि इन बच्चों का ख़्याल न होता तो वह कब की टूट चुकी होती, इन मासूमों का मुँह देख कर उसके अन्दर जीने की उमंग आती है। यदि उसे कुछ हो गया तो इनका कौन होगा ?

कई बार दरवाज़े के फड़फड़ाने के बाद तय्यबा को यक़ीन हो गया कि यह उसी का दरवाज़ा है, तेज़ी से उठी और दरवाज़े की तरफ लपकी। कौन हो सकता है इतनी रात गये ?

दरवाज़ा खोलते ही वह सन्नाटे में आ गई–सामने पाँच बन्दूक़धारी पासदार खड़े थे।

"क्या चाहिये आपको ?" तय्यबा ने आश्चर्य से पूछा।

"हमें इस घर की तलाशी लेनी है।"

"मगर क्यों ?"

"थाने से आर्डर मिला है।"

"क्यों ?"

"आपके पड़ोसियों ने हफ़्ते-भर पहले हमें इत्तेला दी थी।"

"कैसी इत्तला दी थी ?"

"उन्हें शक था, हम हक़ीक़त जानना चाहते हैं, अन्दर आने दें।"

"मैं अकेली रहती हूँ। यूँ रात के दो बजे किसी के घर की तलाशी का क्या मतलब है ? यह काम तो शाम या दिन को भी हो सकता है, कल आप सुबह तशरीफ लायें।"

"ताकि आप वह सारी आपत्तिजनक वस्तुएँ छुपा सकें–क्यों ?"

"आपके बात करने के अन्दाज़ पर मुझे एतराज़ है। मैंने आपसे कहा, आप लोग सुबह तशरीफ़ लायें।"

"आर्डर अभी का है, देखें।"

तय्यबा ने काग़ज़ को देखा। समझ तो वह सब कुछ इन्हे देखते ही गई थी मगर करती क्या ? एक तरफ़ हट गई। वे पाँचों अन्दर दखिल हुए।

"बस यही एक कमरा है क्या ?" एक पासदार ने पूछा, दो पासदार आगे बढ़ कर किताबों की अलमारी को खगोलने लगे, दो मेज़ और कैसेट को टटोलने लगे, एक पासदार कोने में बिछे बिस्तर को उलटने लगा। तय्यबा का अपमान के मारे बुरा हाल था। एक ने बढ़ कर उसकी कपड़ों की आलमारी खोली।

"वहाँ आप क्या देखना चाहते हैं। कृपा करके उसे मत खोलें, वहाँ मेरी निजी इस्तेमाल की चीज़ें हैं," तय्यबा ने प्रतिरोध किया।

"जैसे यह!" एक पासदार ने किताबों के बीच से एक चित्रों का एलबम खोल दिया। महान चित्रकारों के चित्र। शरीर की विभिन्न मुद्राएँ।

"और यह क्या है ख़ानम।" एक पासदार ने मेज़ की दराज़ से निकाले लिफाफे से तस्वीरें निकाल कर दिखाईं–उसके वर्कशाप की, स्टूडियो व कान्फ्रेंस की विभिन्न तस्वीरें थीं।

"मर्दों के साथ आप इन तस्वीरों में अकेली खड़ी हैं और हमसे डर रही थीं। हम भी मर्द हैं भेड़िये, नहीं" एक ने हँस कर कहा।

"सच पूछो तो यह नामर्द हैं जो औरत को यूँ बेपर्दा, बेहयाई से बर्दाश्त करते हैं।" एक पासदार ने दाढ़ी पर हाथ फेरते हुए कहा।

"यह रही किताबें, सँभालो इन्हें–सारा का सारा आपत्तिजनक साहित्य।"

"चलिये आप इसी समय थाना," कमेटी से आए पाँचों इस्लामिक पासदारों ने तय्यबा को घेर लिया। तय्यबा एक सेकेण्ड के लिए विचलित हुई। लगा वह बेहोश हो जायेगी। दूसरे ही क्षण उसने अपने को सँभाला और कहा।

"बाहर मेरा इन्तेजार करें, मैं कपड़े बदल लूँ।"

"उसने दरवाज़ा अन्दर से बन्द किया और शबख्वाबी का लिबास उतार कपड़े बदलने लगी। उसे विश्वास हो गया था कि वह ज़िन्दा नहीं बचेगी मगर इन चीज़ों का वह क्या करे जो पलँग के नीचे छुपी हैं, नष्ट करने का समय भी तो नहीं है।"

"चलिये।"

उसने दरवाज़े में ताला लगाया और उनके साथ नीचे उतरने लगी। दरवाज़े के सामने कमेटी की गाड़ी खड़ी थी। वह ड्राइवर के समीप दरवाज़ा खोल कर बैठ गई। उसे महसूस हुआ कि जिन कारणों से वे शाह के दौर में अपने को बचा लेते थे, आज वही कारण इस नई व्यवस्था में पाप और भ्रष्टाचार है।

हफ़्ते-भर बाद टेलीविज़न पर मारे गये लोगों की सूची पढ़ी जा रही थी। मलीहा बड़े ग़ौर से नाम सुन रही थी। तय्यबा के मुँह से थोड़ी-थोड़ी देर बाद निकलता, "यह भी गया।"

सूसन ख़ामोश थी।

जब प्रोग्राम समाप्त हो गया तो मलीहा ने समावर का प्लग लगाया और चाय के बर्तन ठीक करने लगी।

"अब आगे क्या होगा तय्यबा ?" सूसन ने पूछा।

"एक नये इन्क़ेलाब की ज़मीन तैयार हो रही है।"

"और उस इन्क़ेलाब का क्या हुआ ?" मलीहा ने हँस कर कहा।

"यह इन्क़ेलाब आया नहीं, लाया गया था सो मंज़िल तक नहीं पहुँचा। संघर्ष जारी है। वास्तव में अब आना चाहिये था इन्क़ेलाब," तय्यबा ने कहा, फिर कुछ सोचती हुई बोली, "मैं शायद अब तुम लोगों से फिर न मिल सकूं। आज बड़ी मुश्किलों से समय निकाला था। हज़ार ख़तरे तुम्हारे और मेरे लिये पैदा हो सकते हैं। उस दिन कमेटी वालों के भेजे गुरगों को देख कर मैं दंग रह गई थी। बस समझो, ज़िन्दा बच गई। मगर जिस दिमाग़ी मौत से गुज़री हूँ, मैं ही जानती हूँ, आगे का समय इससे भी ज़्यादा अन्धकारमय है।"

"हमने कभी सोचा ही न था एक पर्दा था जो आँखों के सामने पड़ा था। सुख के अतिरिक्त हमने देखा ही क्या था ?" सूसन ने कहा।

"एकाएक पर्दा हटा तो जैसे रात-दिन, सोंच-विचार के सन्दर्भ ही बदल

गये ?" मलीहा ने चाय बनाते हुए कहा।

"तब अपने छोटे-छोटे दुःख कितने बड़े लगते थे ? आज पूरी क़ौम, पूरे देश के दुःख के आगे वह बातें कितनी छोटी, व्यक्तिगत और बचकाना लगती है ? सूसन ने कन्द के टुकड़े को दाँतों के नीचे दबाते हुए गर्म चाय का घूँट भरते हुए कहा।

"अभी तो सूसन, बहुत कुछ बदलेगा। मैंने दस वर्ष किस घुटन में गुज़ारे हैं, मैं ही जानती हूँ। तब संघर्ष करना इतना कठिन नहीं था। लापरवाही, इश्क़, शराब की ओट ले कर हम क्या नहीं करते थे, मगर आज हमारे संघर्ष को किसी भी प्रकार का सहारा नहीं है, किसी भी चीज़ की ओट नहीं है...ख़ैर यह भी समय निकालना है–मन की इच्छा है आज़ादी को देखने के बाद मरने की, आगे इस लालसा को पूरी होने तक कितनी बाधाएँ पार करनी हैं, मालूम नहीं। मेरे कितने साथी, कितने मित्र इस बीच हमसे जुदा हो गये गिन नहीं सकती हूँ। देखने वाले समझते थे कि हम शराबी और कबाबी औरत और मर्दबाज़ हैं मगर हमारे कन्धों पर सारा बोझ था। इस तख़्ती को लगाकर हमने बड़े-बड़े आपत्तिजनक शाही तंत्र विरोधी काम किये थे।"

"समय से बड़ा ज़ालिम दूसरा कोई नहीं है," मलीहा ने कहा।

"अच्छा अब मैं चलती हूँ, मेरे बारे में कोई कुछ पूछे तो कह देना कि तुम लोगों को कुछ पता नहीं है।"

सूसन और मलीहा बारी-बारी से तय्यबा से लिपटीं, उसे प्यार किया। जुदा होते समय तीनों की आँखें भीगी थीं।

ईरान विचारधारा के धरातल पर बँट रहा था। गृहयुद्ध की ज्वाला अपनी लपटों से उसके हर कोने को झुलसा रही थी। घरों के तहखानों में क़ब्रें खोदकर लोगों ने पुस्तकें गाड़ दी थीं। ऊपर से अचार के मरतबान, कोयले, लकड़ी, पेट्रोल और मिट्टी के तेल के पीपे रख दिये ताकि तलाशी में ज़मीन के नीचे दबी किताबें बच जायें मगर ऐसी सुलभता तय्यबा के पास न थी। पलँग के नीचे रखे काग़ज़ात को वह कहाँ छुपाए, समझ नहीं पा रही थी। किसी मित्र के पास ले जाना भी ख़तरे से ख़ाली न था। जब से कमेटी वाले आये थे, उस दिन से उसका घर कड़ी निगरानी में था। आज कमेटी से लौटे तीसरा हफ़्ता था। उसे भय था इस बार की तलाशी में वह ज़रूर पकड़ी जायेगी। उसका पकड़ा जाना इतना महत्वपूर्ण न था जितना कि इन काग़ज़ातों का हाथ न लगना। इनमें पूरी एक संघर्ष की दास्तान क़ैद थी जो हाथ पड़ जाये तो पूरे ग्रुप को अपने साथ बहा ले जायेगी। आधी रात तक वह इस कमरे में टहलती रही, छोटा-सा कमरा, उस की ज़िन्दगी की जमापूँजी...किताबों की अलमारी पर प्यार से हाथ फेरती है–हज़ारों किताबें पढ़ डाली हैं मैंने...कितनी रातें तन्हा एक

बल्ब के प्रकाश के नीचे इन किताबों के साथ ग़ुजारी हैं...इन्हें और इनके हर शब्द को पूर्ण गम्भीरता और अर्थ की सम्पूर्ण व्यापकता से मैंने समझा था...ऐसी किताबों के ज्ञान से भरे कितने सर, कितने दिमाग़ गोलियों से छेद दिये गये। किसी प्यासे की तरह वर्षों ज्ञान को तरसते दिमाग़ों ने किस-किस चतुरता, किस-किस यातना और किस-किस तकलीफ़ों से गुज़र कर नंगी तलवारों के नीचे खड़े हो कर इन किताबों को पढ़ा था। यदि यह पासदार वास्तव में पढ़े-लिखे होते तो क्या वह उस दिन बच पाती ? वह तस्वीरें भी इतनी आपत्तिजनक न थी। उसमें वह बिकनी या ऊँची फ्राक नहीं पहने थी कि उन्हें बहाना बना कर उसका सीना छलनी कर दिया जाता। इस कारण केवल इस कारण वह बच गई कि पासदार निपट देहाती थे। वह उसे सिर्फ़ धमकाने आये थे। उसने किताबों पर से हाथ हटाया और लम्बी साँस ली फिर पलँग के नीचे हाथ डाला। काफ़ी देर तक कुछ करती रही फिर एक बड़ा पैकेट निकाला। उसे क़ालीन पर उलट दिया। जाने किस विचार से वह चौंकी फिर उसने उठ कर बिजली बुझा दी और टेबिल लैम्प को नीचे करके रख लिया। काग़ज़ छाँट कर पुलिन्दा लिया और कमरे का दरवाज़ा खोल कर वह बाहर निकली। गैस के स्टोव से माचिस उठाई और बाथरूम में जा कर उसे अन्दर लाक कर लिया। समझ नहीं पा रही थी कि बिजली जला कर काम करे या...अन्त में उसने बिजली जलती रहने दी। काग़ज़ात को थोड़ा-थोड़ा करके माचिस से जलाती जा रही थी, ताकि बार-बार फ़्लश करना न पड़े। सारे काग़ज़ जल कर कोयला हुए। उनकी राख उसने बहा दी मगर आँखों में घुसा काला धुआँ अब अजीब जलन पैदा कर रहा था।

कमरे में आ कर उसने बिस्तर ठीक किया। जब वह बिस्तर पर लेटी तो मन पर छाये बोझ की एक ईंट ख़ाली थी मगर वह रिक्त स्थान एक नये दर्द से परिचय करा रहा था।

शाम होते ही सड़कें ख़ाली होने लगतीं। पर्दे खींच कर लोग घरों में बैठते थे कि कहीं कोई आपत्तिजनक दृश्य उनके पड़ोसी को नज़र न आ आये। विशेष कर औरतें डरती थीं कि कहीं सर खुला रह जाये या इसी प्रकार की अन्य कोई गुस्ताखी, तो क्या होगा ? कैबरे, नृत्य, गाना बजाने का वक़्त कब का समाप्त हो गया था। तेहरान की शामें कहाँ दुल्हन की तरह सजी होती थीं और आज किसी विधवा की तरह अपना मुख घुटनों में छुपाये रो रही हैं। ऐसी ही एक आँसुओं से डूबी शाम थी। जब चार गर्भवती स्त्रियाँ अपने स्तनों से दूध की धारा के बजाय सीने से ख़ून के उबलते फौबारे को दबाये तड़प रही थीं। वह दम तोड़ रही थीं, उनके पेट का जीव साँसें ले रहा था। ऐसा दृश्य देख कर

आया अहमद का मन किसी तूफ़ान की तरह सीमाओं को तोड़ने के लिए पछाड़ें खा रहा था। समझ नहीं पा रहा था कि यह बात, यह भेद, यह उफ़ान, यह तूफ़ान किस के सामने ख़ाली करे ? मन माना नहीं कि वह अपनी अछूती भावनाओं को, जो इस दृश्य को देख कर उठी हैं, वह किसी को बताये–एकदम सच–उसने क्या सोचा, उसके अन्दर क्या टूटा, उसका अन्तर कैसे बदला ?

बार-बार वह उस सफ़ेद मकान के समाने जा कर रुक जाता था फिर सिगरेट सुलगा कर उसके गहरे-गहरे कश लेता। कुछ सोचता, फिर आगे बढ़ जाता–चुलू कबाबी की दूकान तक जा कर वह फिर लौट आता...इस तरह से दो घण्टे गुज़र गये थे, सिगरेट के दो पैकेट उसने फूँक डाले थे। मन पर छाया कसैलापन कुछ कम हो गया था। पासदार को यूँ टहलता देख कर सब समझ गये थे कि इस सफ़ेद मकान पर फिर कोई आफत टूटने वाली है। पड़ोसी सचेत हो गये थे मगर अन्दर मलीहा इन बातों से बेख़बर क़ालीन को साफ करके लपेट रही थी। उसकी क़ीमत लग चुकी थी। कल उसे ख़रीदने वाला आयेगा। यह क़ालीन उसे जान से ज़्यादा अजीज़ था। शादी के बाद यह पहला उपहार था जो हुसैन ने उसे दिया था।

दरवाज़े की घण्टी बजने से वह चौंकी। बड़ा बेटा दौड़ कर खिड़की के पास गया और नीचे झाँका। मुड़ कर उसने माँ से कुछ कहा। मलीहा ने पूछा और दरवाज़ा खोल दिया। उसे ऐसे पासदारों की आदत पड़ गई थी। इस समय आशंका मन में उभरी कि शायद इस क़ालीन के बेचने की भनक इनके कानों तक पहुँच गई है। अब यह मुझे विभिन्न सवाल करके परेशान करेंगे। तो भी शिष्टता से बोली, "आइये!"

अहमद अपने भारी कीचड़ लगे जूतों के साथ अन्दर आया और सलाम किया। उसका व्यवहार और संकोच देख कर मलीहा को कहना पड़ा, "बैठिये।"

दोनों बच्चे माँ के पीछे उससे चिपक कर खड़े हो गये थे। अहमद सर झुका कर बैठ गया। मलीहा भी बैठ गई। माँ के इशारे से मेज़ पर रखी फल की प्लेट बेटे ने उठा कर मेहमान का स्वागत किया। अहमद ने धन्यवाद के साथ उसने फलों में नारंगी का चयन किया था ताकि उसका छिलका उतारते उसकी फाँक करते हुए उसे इतना समय मिल जाये कि वह अपने को संयत करके अपनी बात का आरम्भ कर सके।

मलीहा के सामने उसका आना एक प्रश्न था क्या पूछती ?

उसे छिलका उतारते देख कर वह उठी और उबलते समावर से चाय उँडेलने लगी। चाय की ट्रे ले कर जब वह वापस आई तो अहमद ने गला साफ करते हुए पूछा, "बच्चों के पिता का कुछ पता चला ?"

मलीहा की आँखें झुक गईं, हल्के से बोली, 'नहीं।"

"आपने कोशिश की ? मेरा अर्थ है किसी मित्र..."

"नहीं," बीच में ही घबरा कर मलीहा ने बात काट दी, "हमारा अब कोई

मित्र नहीं रहा...मेरे पति मुजाहिद थे, यह तो आपको स्वयं पता होगा...फिर ऐसे प्रारंभिक प्रश्न से आपका अर्थ क्या है ? बुरा न मानें तो मैं आपके आने का कारण पूछ सकती हूँ ?" इस बार मलीहा के मन में सन्देह उभरा कि वह अवश्य तय्यबा के बारे में पूछने आया होगा। उसे हर प्रकार के उत्तर देने की तैयारी कर लेनी चाहिए।

"मैं ऐविन जेल का कर्मचारी हूँ। गाँव से वर्ष-भर पहले आया था। इससे पहले मैं कभी ट्रेन में नहीं बैठा था। इस वर्ष भर में मैंने वह सब कुछ देखा जो पिछले चौबीस वर्ष में नहीं देख पाया था–काश यह सब न देखता तो कितना अच्छा होता...मैं इसी मोहल्ले की कमेटी में हूँ। आपसे कुछ दूर पर जो मस्जिद है वहीं पर मैं रहता हूँ...मेरे साथी हर मास आपके पास चार-पाँच बार आते हैं ताकि आपको आपके पति हुसैन आग़ा की ग़लती का अहसास दिला सकें...मुझे भी मुजाहिदीनों से नफरत थी...मगर अब नहीं है। मैं आप से कुछ कहना चाहता हूँ। अकेले में यदि आप आज्ञा दें तो, क्योंकि जो बोझ मेरे मन पर है वह हजारों क़ब्रों के बोझ के बराबर है। मैं उससे स्वतंत्र होना चाहता हूँ।"

घबराई मलीहा ने बच्चों को कमरे में पढ़ने भेज दिया और दरवाज़ा बाहर से बन्द कर लिया। फिर उस कमरे में आई और प्रश्नसूचक निगाहें उसके मुख पर गाड़ दीं।

"मैंने बहुत लोगों को मरते देखा। उनके मरने पर लगा कि संसार से बुराई समाप्त हो रही है। धरती पर से गुनाहगारों का बोझ हल्का हो रहा है। उनकी चीत्कार मेरे मन को एक नये ईमान और विश्वास से परिचय कराती थी मगर आज का दृश्य मुझे अन्दर, कहीं अन्दर तक हिला गया, शायद वह मेरे दुख के समीप था। उसकी झलक उसमें थी..."

उसकी ख़ामोशी मलीहा को उत्तेजित करने लगी कि क्या बात है जिसकी भूमिका वह यूँ बाँध रहा है ?

"मेरी पत्नी वर्ष भर पहले गर्भवती थी, आप जानती हैं, हम देहाती लोग जहाँ अशिक्षित हैं वहीं दरिद्र भी। हमारे गाँव में कोई डाक्टर भी न था, केवल एक दाई थी। डाक्टर को तो मैंने यहीं आ कर देखा वरना हमारे लिये वही दाई ख़ुदा का दूसरा रूप थी। पत्नी के गर्भपात को वह न रोक सकी, न पत्नी ही बच सकी–उसे बच्चे की बहुत ललक थी। पाँच वर्ष की शादी के बाद यह हमारा पहला बच्चा था...मन उचाट हुआ। शहर से गये मौलवी और उनके साथियों के संग मैं सेवा-भाव ले कर तेहरान आ गया। तेहरान की चमक-दमक, रोज़ नये कर्तव्यों ने मेरे दुःख को काफी हद तक कम कर दिया। मैं उसमें डूबा अपने को भूल गया। उस पिता को भूल गया जो अहमद नाम के आदमी के सीने में तड़पता था। उस पति को भूल गया जो उस अहमद नामी इन्सान के सीने में अपनी पत्नी के इश्क़ से व्याकुल रहता था, मगर आज सुबह मैंने उस खोये अहमद को पा लिया और तब

से मैं व्याकुल हूँ कि उस प्राप्ति को किसके सामने खोलू, किसके सामने सच्चाई को उगलूँ..." संवेदना और भावना के अतिरेक उसकी आवाज़ भारी हो उठी। उसने अपने को सँभाला। चाय का घूँट भरा। अपने को संयत किया।

मलीहा की धमनियों में ख़ून तेज़ी से दौड़ने लगा था। उसके कुछ समझ में नहीं आ रहा था कि वह इस पासदार के साथ कैसा व्यवहार करे। वास्तव में यह जासूसी कर रहा है या उसे छलने आया है ? या फिर कोई नया षड्यंत्र है ?

"आपके पति मुजाहिद थे–आपको इस बात पर दुःख नहीं करना चाहिए।... मुजाहिद...मुजाहिद...आज चारों लड़कियाँ अन्तिम समय तक अपनी बात पर अड़ी रहीं। उन्हें गोली से उड़ा दिया गया। उनके मृत-शरीर को जब सीधा लिटाया गया था तो वहाँ पर वही उभार था जिसकी इच्छा मेरी पत्नी को थी। जीवन में सूर्य का उदय होना और अस्त होना मैंने साथ-साथ देखा था। वहाँ से मैंने जाना, इस मृत्यु के पीछे कोई भेद है, कोई बहुत बड़ा भेद–वरना एक माँ अपने बच्चे पर से...मैंने यह पन्द्रह घण्टे किस दर्द से गुजारे है, वह मैं ही जानता हूँ। इस समय मैं हल्का हो गया, यह कह कर कि जो हो रहा है उसके पीछे कुछ और है जिसका पता मुझ अनपढ़ को नही है। मैं आपसे भी नहीं पुछूँगा, स्वयं उसे खोजूँगा–इतना वचन देता हूँ। इसके बाद आपको कोई कष्ट नहीं पहुँचेगा। मैं यहाँ मौजूद हूँ...भाई कह सकती हैं आप..."

मलीहा का सारा शरीर काँप रहा था। क्या बोले, समझ नहीं पा रही थी।

"मुझे क्षमा करें, इस तरह मैं आ गया मगर यह भेद मैं किससे कहता ?

इस शहर में अपना कौन था ? जो थे वह अब अपने नहीं ग़ैर हो गये बल्कि शत्रु...मैं वचन देता हूँ आपके पति की खोज जारी रखूँगा...ज़िन्दा-मुर्दा दोनों पंक्तियों में उन्हें ढूँढूँगा...शायद मैं इसी कारण से इस शहर में रुकूँगा वरना...ग़रीबी इन सारी चीज़ों से कहीं अच्छी है। मैं वहीं लौटूँगा...मगर...प्रायश्चित के बाद...जो मुझे करना है।" जब वह चलने लगा तो मलीहा उसके पीछे-पीछे दरवाज़े तक आई। एक घण्टे में वह पहली बार बोली, "मेरी आशा का भ्रम मत तोड़ियेगा। मुझे उनकी प्रतीक्षा में जीने का बल मिलता है वरना...सच्चाई मुझे डराती है...शंका...इस अध्याय को ऐसा ही अधूरा रहने दें। समय ने वफ़ा की तो अवश्य वह बाक़ी अध्यायों को समाप्त करने, हमें जीवन देने आयेंगे वरना...भ्रम का अपना सुख है वह मुझसे न छीनें।"

अहमद जा चुका था। सोफ़े पर बैठी मलीहा बुरी तरह से रो रही थी। कारण वह भी नहीं जानती थी। बच्चे सहमे हुए माँ से सटे हुए बैठे थे।

दूकानों पर आक्रमण आरम्भ हो गये थे। मार्क्सवादी किताबें ज़ब्त हो रही थीं, बल्कि कहीं-कहीं तो फुटपाथ पर उसकी चिता भी जलाई गई। तय्यबा को पहली बार लगा वास्तव में ज़िन्दगी एक पेचीदा ग़लियों का जाल है, जिससे निकल कर साफ़-

सुथरी सड़क तक पहुँचने के लिए कितनी परीक्षाओं से गुज़रना पड़ता है। अँधेरा, कीचड़, ऊबड़-खाबड़ रास्ता, ठोकर, घायल पैर, खोजती आँखों का प्रकाश। मगर यह सारा साहित्य, यह सारा इतिहास, यह सारा खजाना पल-भर में राख हो गया तय्यबा को पूरा आकाश काला नज़र आ रहा था। बचपन में भेड़ जैसे बादल देख कर उसे लगता था कि सारी हलाल भेड़ें स्वर्ग जाती हैं, उनकी खालें आसमान पर लटका दी जाती हैं मगर आज उसे प्रतीत हुआ, आग में तपे सारे अक्षर धुएँ की काली लकीर में डूबे ऊपर आकाश में जा कर फैल गये। उन्हें चमकाने वाला सूरज फिर कब निकलेगा, फिर कब... ? उसका सारा साहित्य जल गया था। वह सब कुछ जो उसने छुपा कर लिखा था, छपवाने की आशा में रखा था, जल कर राख हो गया था। यह क़लम, यह काग़ज़ कितने अर्थहीन हो गये थे आज ? जहाँ पर आँखों से व्यक्तित्व का सेन्सर होता हो, मन का एक्सरे लिया जाता हो, वहाँ पर काग़ज़ पर लिखे अक्षरों को गोलियों से बेंध दिया जाता है।

हमने कभी ऐसा नहीं सोचा था। आज के दिन के लिए हमने सारी ज़िन्दगी दाँव पर नहीं लगा दी थी। हम कहाँ ठहरे थे ? कहाँ हुई हमसे ग़लती ?

तय्यबा ने ख़ाली अलमारियों में हाथ फेरा, वहाँ से किताबों का स्पर्श गायब था। वे खुदी क़ब्रों की तरह ख़ाली थी। दीवारें नंगी थीं। वह सारी तस्वीरें व चित्र, वह कला जाने कहाँ दम तोड़ गईं। पूरे कमरे में उसे इस समय हर चीज़ बेमानी और बेमतलब लग रही थी। कुर्सी-मेज़ का महत्व क्या है अब ? पेन और इन्क का प्रयोग ? ख़ाली आलमारी, मेज़ पर रखा लैंप और यह टी०वी०, रेडियो जो कभी भी सही ख़बर नहीं देते। यह बिस्तर, जिस पर आराम की जगह कफन से लिपटी लाशों से उठती निर्दोष ख़ून की महक आती है। फिर उसका वजूद इस वातावरण में उससे क्या माँगता है ? हाथ पर हाथ रख कर वह पत्थर की मूर्ति बन जाये या इन पत्थर की दीवारों से अपना सर फोड़ ले ? क्या करे वह ? आखिर क्या करे वह ? संघर्ष का सिरा गुम हो गया, उसे फिर से पकड़े मगर कहाँ से ? आखिर कहाँ से पकड़े ?

रात काफ़ी गुज़र गई थी। कई दिनों से उसने भर पेट कुछ नहीं खाया था। मन खाना पकाने को नहीं चाहता था। जा वह सकती नहीं। कहाँ जाये ? पुस्तकालय ? किताबों के बाज़ार ? विश्वविद्यालय ? सम्मेलन ? सेमीनार ? सिनेमा ? नाटक ? कला परिषद ? साहित्य अकादमी ? पार्क ? बाग़ ? रिश्तेदारों के घर ? मित्रों को फ़ोन करे ? सारे दरवाज़े, सारी सँभावनाएँ उसके लिए बन्द हैं, अब उनके चेहरे थोड़ी सी आज़ादी दे कर पहचान लिये गये हैं। या ख़ुदा इतना बड़ा धोंखा ? इस षडयंत्र को कोई समझ नहीं पाया ? यह कमरा इतना ख़ाली, इतना शब्दहीन पहले कभी नहीं लगा। कितनी घुटन है इन बेजान फर्नीचरों में ? कहाँ से लाऊँ ज़िन्दगी ? किससे उधार माँगू ? किसका दरवाज़ा खटखटाऊँ ? क्या उपाय हो सकता है ? आह! कितनी

बार हमारी ईमानदारी की परीक्षा हमसे ली जायेगी, कितनी बार ? तय्यबा प्रश्नों के घेरे में क़ैद निकास द्वार को तलाश कर रही थी। तभी दरवाज़े पर किसी ने हल्के से हाथ रखा। तय्यबा चौंक उठी। बहुत धीमे-धीमे दस्तक थी। उसका कोई साथी, उसी की तरह का कोई अभागा क़लम का मारा आया है। उसने दरवाज़ा खोला, सामने फरीद को खड़ा पाया।

"तुम!"

"हाँ, बड़ी मुश्किल से पहुँचा हूँ। दस टैक्सियाँ बदल कर कई मील पैदल चल कर..."फरीद ने कुर्सी पर बैठते हुए कहा। उसका चेहरा बड़ी दाढ़ी के बावजूद जज़्बात से चमक रहा था। होंट सूख रहे थे। कपड़े बेहद गन्दे थे। क्या यह फरीद था जो इस डर से कुर्सी पर नहीं बैठता था कि उसके पैन्ट पर सामने शिकनें न पड़ जायें। फ्रांसीसी सुगन्ध से ओत-प्रोत वह फरीद आज के फरीद से जुदा था।

"इतनी ठण्ड है, कोट क्यों नहीं पहना ?" उसे नाक साफ करते हुए देख कर तय्यबा ने पूछा।

"वह इतना शीक है कि मुझे शर्म आती है। अब तो मैं वही कपड़ा पहनूँगा जो हमारे मज़दूर और कारीगर पहनते हैं! बस! यही ठीक हैं, आखिर वह कैसे रह लेते हैं ?" फरीद ने आँखें सामने दीवार पर गाड़ते हुए कहा।

"चाय बनाऊँ ?"

"कहाँ तकलीफ करोगी ?"

"इस बहाने मैं कुछ खा भी लूँगी ?"

"हाँ! तो मैं आया था यह कहने कि..."

तय्यबा के हाथ गैस जलाते हुए रुक गये। उसने मुड़ कर फरीद को देखा।

"वहाँ, मेरा मतलब है अब उस घर में मीटिंग होना असम्भव है। कल मैं गया था। जुलेखा ख़ानम ने बताया कि मोहल्ले वालों को शक हो गया कि हम लोग मज़दूर या उनके मित्र नहीं हैं बल्कि...कह रही थीं कि पंचूरिया कह रहा था, यह नौजवान कौन है, बड़ा तेजस्वी मुख वाला है, आँखें कैसी चिन्ता में डूबी रहती हैं जैसे कोई लेखक हो।...जुलेखा ख़ानम और उनके पति की मेहरबानी से काम चलता रहा है मगर अब हम उनके यहाँ जाना कुछ दिन के लिए बन्द कर दें। वरना..." फरीद ने चिंतित हो सिगरेट जलाया।

"न जाने से सन्देह नहीं होगा ?" तय्यबा ने फ्रिज से मक्खन और जैम की शीशी निकालते हुए पूछा।

"सन्देह, हक़ीक़त में तो नहीं बदलेगा...ख़ैर अब किसी नई जगह की तलाश हमें करनी होगी।" फरीद ने सिगरेट बुझाते हुए कहा।

"बहरूज़ से मुलाक़ात हुई ?" ख़ाली मक्खनदानी व जैम की शीशी वापस रखते बोली।

"हाँ ? वह लोग अवसरवादी हैं, सरकार के विरुद्ध नहीं जायेंगे। उनका कहना है..."

"उनका कहना जो है वह मैं जानती हूँ। उसे छोड़ो, यह बताओ कितने बचे।

"आधे समझो काम आ गये और आधे बचे हैं। कल शायद..."

"हूँ! साम्यवादी जाने क्यों मिल कर नहीं रह सकते। हमेशा विचारों का टकराव और गुटों का बँटना...यह दूसरी बार हमारी संस्था में हुआ है। संघर्ष इससे बलहीन होता है। जनता का विश्वास हम पर से उठता है और..."

"अहमद वतनदूस्त और अनाहीता तो चले गये। आज वह सीमा के पार हो चुके होंगे," फरीद ने श्वांस खींचते हुए कहा।

"तुम्हें अवसर मिला तो जाओगे ?" चाय दम करते हुए तय्यबा ने पूछा।

"नहीं, फ़िलहाल नहीं। कल क्या होता है, कह नहीं सकता। बदलते चेहरों ने तो अब अपने ऊपर से भी विश्वास की दृढ़ता हिला दी है। कोई सोच सकता था, काज़िम का यूँ बदल जाना ? मैं तो सच चकरा गया। जब वह तेवर बदल कर अपने ही कहे वाक्यों को रद्द करने लगा–ख़ैर छोड़ो...जंग और इश्क़ में सब कुछ जायज़ है।" फरीद ने चाय का फिनजान लेते हुए कहा।

"इश्क़ भी तो एक से होता है मगर...फरीद मुझे लगता है कि कल हमारी छाया भी हम से भागने लगेगी क्योंकि वह भी समय पर क़ुर्बान हो जायेगी और हम वतन के इश्क़ में शहीद हो कर भी गुनाहगार नास्तिक साम्यवादी का कलंक माथे पर ले कर चले जायेंगे।" यह हुकूमत यहीं चाहती है।

"मौत डरा रही है तुम्हें ?"

"एकदम नहीं! मगर मुझे यह बदलते सन्दर्भ अन्दर तक कचोटते हैं। लगता है, ईमानदारी फिर क्या है ? वतन है ? जनता है ? विचारधारा है ? अपना कुटुम्ब है ? या अपना भविष्य है ? आज से दस वर्ष पहले हमने, हम चालीस लोगों ने साथ-साथ प्रण किया था कि विवाह नहीं करेंगे। तन की भूख को विचार और वतन पर क़ुर्बान कर देंगे। हमारा विवाह हमारे वतन से होगा मगर अधिकतर साथियों ने इसे कोरी भावना कह कर रद्द कर दिया। एक वर्ष बाद उन्होंने सबसे पहले विवाह किया, कुटुम्ब के नाम पर समझौते किये और अब...वतन की क़ीमत पर भविष्य का समझौता कर बैठे, और हम कुल दस लोग...कुछ न जोड़ पाये। कल हमारे पास न घर होगा न खाना। तब ? शायद तब भी हम नहीं बदलेंगे...कभी नहीं...मगर इस विश्वास के बाद मुझे घोर निराशा ने जकड़ रखा है कि क्या दस लोग या समझो हम जैसे दस हजार लोग 36 मिलियन जनता को प्रभावित कर पायेंगे ? आज हमारे पास कुछ भी नहीं हैं, न बैठने का स्थान, न छपवाने का सामान, हमारा जीवन निरर्थक है, व्यर्थ है ?"

"भावुक मत बनो ? वह क्रान्तिकारी ही क्या जो इन बेकार की दुर्घटनाओं से

टूट कर बिखर जाये। मुझे जल्दी लौटना भी है। यह लो काग़ज़..." फरीद ने मोज़े में से काग़ज़ निकाला।

"बाक़ी तुम पूरा कर देना, कुरूश कल तुम से मुस्दिक सड़क के चौराहे के किनारे टेलीफ़ोन बूथ पर मिलेगा...तय यही हुआ है कि उसके निकलते और तुम्हारे अन्दर घुसने के उस क्षण में यह काग़ज़ उस तक पहुँच जाये" फरीद ने चाय का फिनजान रखते हुए कहा। चलते समय वह बोला, "अब शायद मैं काफ़ी समय तक नहीं आ पाऊँगा, तुम्हें पैसों की तो ज़रूरत...क्षमा करना...आज हमारी स्वयं की निजी परेशानियाँ हम सब की अपनी हो गई हैं।"

"अभी कुछ रुपये हैं, पार्टी से मिले रुपये से किराया अदा हो गया," फिर ठण्डी साँस ले कर बोली, "वह बहुमूल्य तैलचित्र जो कभी हजारों तूमान में लोग ख़रीदना चाहते थे, मैंने नहीं बेचा था। जब बेचना चाहा तो कोई ख़रीदार नहीं मिला और अब वह पासदार उठा ले गये, कमेटी के किसी कूड़ेदान में फटे पड़े होंगे...यह तीन वर्ष तीन युग जैसे बीत रहे हैं।" तय्यबा ने टूटे हुए लहजे से कहा।

"तय्यबा ख़ानम, क्रान्तिकारी कभी थकता नहीं, सुसताता नहीं है, उसके सामने उसका नहीं बल्कि आने वाली नस्ल का भविष्य है।...मुझे देखो, मेरी दोनों बहनें कहाँ हैं, मुझे ज्ञात नहीं है ? माँ और फूफ़ी क़ब्रिस्तान में सो रही हैं या जेल में सड़ रही हैं ? उसकी भी कोई सूचना नहीं। फिर भी हर रिश्ता एक प्रेम को शृंखला में बन्धा है।" फरीद बोला।

"इसी को इरफ़ान कहते हैं, क्यों ?" कह कर हँस पड़ी तय्यबा।

"हँसी तो तुम! हमें सीख देती थीं। अब स्वयं कमज़ोर बन रही हो," फरीद उठता हुआ बोला।

"सीमा से मुलाक़ात हुई ?" तय्यबा ने फरीद से पूछा।

"उसने और अमजद ने विवाह कर लिया है।" फरीद बोला।

"कब ?" तय्यबा ने प्रश्न किया।

"लगभग पाँच मास पहले, सीमा गर्भवती है। उनका विचार है कि ऐसे समय में इन्सानों की अधिक ज़रूरत है और दूसरा उनका तर्क अपने विवाह के बारे में यह है कि कभी-कभी सम्बन्ध किसी रचना के लिए भी बनाना पड़ता है। उसका सहयोग इस क्रान्ति में एक नये जीवन, नये जीव, नये योद्धा का ही सही।"

"सीमा भी ख़ूब निकली! साम्यवाद की कैसी विरोधी थी पहले, पूर्ण रूप से इस्लामी, इस्लामिक सरकार की अनुयायी और अब..." तय्यबा को याद आया कि उसके मित्र शहरयार की बहन सीमा उसकी शहादत पर कितना क्रोधित हुई थी, साम्यवादी को कितना बुरा-भला कहा था। उनके विरुद्ध प्रचार किया था। कुछ समय तक वह इस्लामिक हिज़्बउल्लाही भी बन गई थी मगर आज वह उस छोटी-सी यात्रा से लौट कर एक साम्यवादी के बच्चे की माँ बनने वाली है। निरी पगली

है सीमा! फरीद के जाने के बाद वह कमरे में लौटी। मुड़े काग़ज़ को खोल कर पढ़ने लगी। पढ़ कर वह विचार में डूब गई फिर उसे फाड़ कर उसने बाथरूम में जा कर फ़्लश किया और स्वयं क़लम सँभाल कर बैठ गई।

सूसन का नया पति अब्बास एक धार्मिक विचार का आदमी निकला मगर कट्टरवादी नहीं। मंत्रालय में वह जिस पदवी पर था वहाँ से हटा कर उसे इस्लामिक कोर्ट में जज बना दिया गया था। उसके कन्धों पर बहुत बड़ी ज़िम्मेदारी आन पड़ी थी। उसका निर्वाह वह बहुत भली प्रकार से कर रहा था। सूसन को कुछ घटनायें ज्ञात हो जातीं कुछ नहीं, मगर जो घट रहा था, उसका विश्वास था कि बुराई धरती से हटाई जा रही थी। कई दिनों से एक हसीन औरत अपनी माँ के साथ और तीन वर्ष की बेटी के साथ उसके यहाँ जज साहब से मिलने आ जाती थी। पहले तो वह उनकी आवभगत करती, उनका ग़म सुनती मगर जब यह रोज़ का चक्कर होने लगा तो उसकी घर-गृहस्थी में कुछ परेशानियाँ खड़ी हुईं। काम पड़ा रह जाता। खाना समय पर हाज़िर न कर पाती। पति बोलते तो कुछ नहीं मगर वह शर्म से गड़ जाती। जब वे आतीं तो वह चाय इत्यादि दे कर अपने काम में व्यस्त हो जाती मगर अब उसे लगने लगा कि आखिर वे रोज़-रोज़ क्यों आती हैं ? कोर्ट में भी तो जा कर मिल सकती हैं फिर यहाँ घर पर हमेशा रात को मिलने क्यों आती हैं ? वह मना भी क्या कह कर करे ? लड़की का पति जेल में हैं, उस पर विभिन्न आरोप हैं। अजीब संकट आ गया है लोगों पर। एक दिन सूसन के पति ने ख़ुद ही मना किया कि वह उनको फ़िलहाल घर में घुसने न दिया करे। इतना कह शाम को वह दोनों किसी मित्र के घर चले गये। वह भी जज थे, उनके घर जा कर सूसन को यह देख कर चक्कर-सा आ गया कि जो आदमी नशा करने वालों को फाँसी और कोड़े की सज़ा देता हो वह आराम से तिरयाक पी रहा था और शराब! हँस कर कहने लगा, "हम तो ठहरे नौकरी पेशा लोग, हमारा काम है सरकार की व्यवस्था को मजबूत करना। वह कहती है शराब हराम है, हम कहते हैं एकदम हराम है मगर दिल में कहते हैं तुम पर हलाल है और पीते हैं। सरकार कहती है फाँसी पर चढ़ा दो तिरयाक पीने वालों को, हम काग़ज़ पर हस्ताक्षर कर देते हैं, हमारा गुनाह क्या है ?" घर लौट कर सूसन ने पति से पूछा, "आपके कोर्ट में क्या ऐसी विभिन्नताएँ और भी हैं ?"

"तुम्हारा मतलब वजाहत अली से है ?" पति ने तकिये पर सर रखते हुए पूछा।

"हाँ मुझे बड़ा अजीब लगा सब कुछ, क्या सच है ?" सूसन ने चेहरे पर क्रीम लगाते हुए कहा।

"सच और क़ानून आम इन्सान के लिए होता है वरना बाक़ी सब...।"

"फिर आप ?"

"मैं इस पदवी पर अधिक दिन तक टिक नहीं पाऊँगा। मुझे स्वयं अन्दर अन्दर बहुत कुछ घोटता रहता है मगर इस जगह से वापस लौटना मेरी जान के लिए ख़तरा बन सकता है।"

"मगर क्यों ?" सूसन ने तड़प कर पूछा।

"मैं सारा भेद जो जानता हूँ...तुम सब बातें नहीं समझ पाओगी।"

"आप मुझसे कुछ छुपा रहे हैं ? ख़ुदा के लिए मुझे अपना दुख बताएँ, हो सकता है मैं आपकी कुछ सहायता कर सकूँ...सहायता न कर पाई तो कम-से-कम आपका बोझ तो बाँट लूँगी ?"

"यदि मुझे ग़लत न समझो तो मैं तुमसे कुछ कहूँ।"

"आपकी कोई बात मैं ग़लत कैसे समझूँगी! मेरी ज़िन्दगी को दोबारा संवारने वाले आप ही तो हैं। वरना आज मैं सिर्फ़ एक दुत्कारी, त्यागी, तलाक़शुदा औरत होती।' सूसन की आँखें भर आई थीं।

"यूँ कह कर मुझे शर्मिन्दा न करो। हीरे की पहचान जौहरी को ही होती है। तुम्हारी क़दर अगर किसी अभागे ने नहीं की तो वह बुरा था न कि तुम, यूँ मेरा अहसान मान कर मुझे छोटा मत करो, मैं भाग्यशाली हूँ जो तुम-सी मासूम और मोहब्बत करने वाली पत्नी का पति बना।"

सूसन ने अपना सर पति के सीने पर रख दिया और भाव-विह्वल हो कर सिसकियाँ भरने लगी।

"पगली हो! ख़ुदा मुझसे सारा जहाँ भी माँगे तो मैं दे दूँ मगर तुम्हें किसी क़ीमत पर अपने से जुदा नहीं कर सकता। जहाँ सच और झूठ इतना गड्डमड्ड हो वहाँ पर सिर्फ़ सच का हासिल हो जाना बहुत बड़ी उपलब्धि है। वह मैंने पाई है– अब उसका दूसरा रुख सुनो। झूठ की पूर्ण प्राप्ति क्या होती है–जो लड़की रोज़ आती थी वह किरदार से अच्छी न थी, इसे मैंने बाद में जाना और यह भी जाना कि तुम कितना बड़ा सच हो और सच हमेशा मासूम होता है। उस औरत या लड़की का शौहर जेल में है, उसका मुक़दमा मेरे पास था। उसका निवेदन सुन कर जब मैं फैसले से नहीं हिला तो उसने वह सारे हर्बे प्रयोग किये जो किसी भी मर्द को विचलित कर सकते हैं। मेरा इन्कार, उसका क्रोध, उसका प्रतिशोध सब मुझ पर से गुज़र गया। अब उसका मुक़दमा मेरे मित्र जिनके यहाँ हम शाम को गये थे, के पास ट्रांसफर हो गया है, या कहो मैंने स्वयं ख़ामोशी अख़्तियार कर ली थी। वह मुक़दमा जीतेगी। पति उसका सारे दोषों के बाद निर्दोष के रूप में छूटेगा। मुझे इसकी चिन्ता नहीं है कि वह क्यों छूट रहा है। वह दोषी है, उसे फाँसी मिलनी चाहिए। मेरे मस्तिष्क में एक ही प्रश्न बार-बार उठता है कि क्या वह जवान औरत एक तीन वर्ष की लड़की की माँ केवल पति के प्रेम में अपना सर्वस्व लुटाने पर उतारू हो

गई या फिर इसके पीछे कोई और बात है ? तन और मन तो प्रेमी या पति के अलावा औरत किसी अन्य को... ? तुम स्वयं सोचो। मैं तो कभी-कभी यह सारी बातें देख कर चकरा जाता हूँ। कल जब वह मर्द जेल से आयेगा तो क्या यह जवान औरत बताएगी कि उसकी स्वतन्त्रता की क़ीमत उसने किस चीज़ से चुकाई है ? मान लो सूसन, उसने बता भी दिया तो क्या वह मर्द इस बलिदान को ग्रहण कर पाएगा ? यदि किया भी तो कब तक के लिए ? सच पूछो तो यह जवान औरत ही मेरी मुसीबत बनेगी ?"

"वह कैसे ?"

"मुझे मेरी इस ईमानदारी का जवाब शीघ्र ही मिलेगा। जिस हमामखाने में सब नंगे हों वहाँ पर एक शर्म से अपना बदन छुपाये तो... ? यह सारे लोग जो कल उस सरकार की शोभा को बढ़ा रहे थे वही आज इस सरकार में हैं। फर्क कहाँ से आएगा ? सूट उतार कर दाढ़ी बढ़ा लेने से व्यवस्था का रूप-रंग अवश्य बदल सकता है मगर उसके ताने-बाने तो वही पुराने सूत के हैं ? हम जैसे लोग न उस व्यवस्था में सुखी थे न अब हैं। मुझसे बहुत बड़ी भूल हुई जो नादानी में आ कर इस्लामी कोर्ट का जज बन गया, अब निकास-द्वार मेरे लिये बन्द है, ख़ुदा मुझ पर रहम करे..." सूसन पति की परेशानी सुन कर काँप उठी। रात को पति के सो जाने के बाद वह दूसरे कमरे में जा कर जानमाज़ बिछा कर खुदा की बारगाह में अपने पति के लिए दिल से दुआ माँगती रही। कि उनकी जान और इज़्ज़त की हिफ़ाज़त करे।

हफ़्ते-भर बाद सूसन के पति अब्बास आग़ा को अनेक आरोपों के साथ उस जज की पदवी से हटा दिया गया। सारे समाचार-पत्र उनके चित्रों और उनके द्वारा की गई धाँधली से भर गये। सूसन कलेजा पकड़ कर रह गई, "ऐसे आरोपों वालों को तो सरकार फाँसी...नहीं! ख़ुदा के लिए नहीं!"

सबको पता था कि यह सारे आरोप झूठ हैं मगर कोई ज़बान नहीं खोल सकता था। शाम को घर लोगों से भर गया तय हुआ कि वह शहर छोड़ कर किसी अन्य शहर जा कर मामूली ज़िन्दगी जिए, चूँकि सबूत न मिलने से आरोप सिद्ध नहीं हुआ केवल ज़बानी बात है सो मुक़दमा दायर नहीं हो सकता। यह उचित समय भी नहीं है कि अपने ऊपर का लांछन कोई धोये। यही क्या कम है कि जान बच गई। यह बात अब्बास को समझते देर न लगी!

सूसन को लगा कि जिस मर्द पर उसे विश्वास था उसने उसे ठगा और उसे छोड़ दिया। दुनिया ने स्वयं उसे कसूरवार ठहरया था कि पति को बाँध कर न रख सकी। आज जिस पर विश्वास है उसे यही दुनिया वाले बुरा समझ रहे हैं ? झूठ

को सच बना रहे हैं। ज़िन्दगी कितनी तरह से आज़माती है। अब कुछ नक़द व क़ीमती सामान पोटली में डाल वह स्टेशन की तरफ निकल आए। चलती ट्रेन में आमने-सामने बैठे दोनों पति-पत्नी बाहर फैले हुए अँधेरे में कुछ ढूँढ रहे थे। सूसन की आँखें भरी थीं। वह सोच रही थी कि इन कुछ वर्षों में उसकी ज़िन्दगी की नदी ने कितने मोड़ लिये हैं ? उसकी इच्छा और विचार के विरुद्ध उसे सब कुछ जीना पड़ा, सब कुछ सहना पड़ा। यह तीसरा पड़ाव ख़ुदा, मुझसे मत छीनना। अब मैं इन्हीं के क़दमों पर मरना चाहती हूँ। इन्हीं के समीप, इन्हीं की बाँहों में।"

"क्या हुआ सूसन ?" पति ने पूछा।

"अब हम ऐसी जगह चल कर रहें जहाँ हम हों सिर्फ़ हम, हमारी ज़िन्दगी के बारे में फैसला करने वाली कोई दूसरी ताकत न हो, कोई अन्याय न हो। मैं थक चुकी हूँ।" इतना कह कर सूसन ने पति के शाने पर अपना सर रख दिया।

"यह कैसे मुमकिन है इस दुनिया में ? बदलाव ही तो हरकत है। हम तो उस ख़ुदा के बन्दे हैं। जैसे चाहे परीक्षा ले। जैसे चाहे हमें सुख-दुख दे। हमें तो उसके आगे सिज़दा करना है।

परी ने जब दामन फैला कर ज़िन्दगी से कुछ माँगा था तब ज़िन्दगी ने उसे सिर्फ़ काँटे दिये थे मगर अब जब उसने माँगने की जगह दामन समेट लिया था तब ज़िन्दगी ने उसे फूल ही फूल दिए। सुबह का भटका यदि शाम को घर आ जाये तो उसे भटका नहीं कहते हैं। यही हाल ख़ालिद का था। घर क्या लौटा, घर का ही बन कर रह गया था। परी को उसका खोया स्वर्ग मिल गया था। इस समय भी वह दोनों आमने-सामने बैठे खाना खा रहे थे। वीडियों पर एक अमेरिकन फ़िल्म चल रही थी। ख़ालिद के हाथ में घर की बनी शराब का गिलास था। खाना समाप्त करके वह उसके घूँट भर रहा था। परी धीरे-धीरे कौर मुँह में डाल रही थी। उसका पूरा ध्यान फ़िल्म की ओर था। तभी फ़ोन की घण्टी घनघना उठी। ख़ालिद उठा और दीवार के समीप लगी मेज़ पर से रिसीवर उठाया, "हलो।"

"सुनो ख़ालिद! मैं परवेज़ बोल रहा हूँ। तुम्हारा सारा इन्तज़ाम हो गया है। ख़ुदा हाफ़िज!"

फ़ोन रख कर ख़ालिद ने लम्बा साँस खींचा। और सोफ़े पर आ कर बैठ गया।

फ़िल्म के समाप्त हो जाने पर उसने परी के दोनों हाथों को प्यार से थपथपाया फिर कहा, "सुनो, मैं तुमसे कुछ कहना चाहता हूँ। दो मास से यह बात में मन-ही-मन दबाये जी रहा था। बात कुछ ऐसी है कि जब तक मुझे विश्वास नहीं हो जाता, मैं कह नहीं सकता था-हालात तुम देख रही हो-व्यापार कब का ठप्प हो

गया है। जमा-पूँजी हम खा रहे हैं। पैसे की मुझे चिन्ता नहीं है क्योंकि जो कुछ मेरा धन है विदेशी बैंकों में है। मेरी चिन्ता दूसरी है-ईरान से ख़ामोशी के साथ शान्तिपूर्वक निकल जाना।"

"क्यों ?" परी ने आश्चर्य से पूछा।

"समय हमारे अनुकूल नहीं है।"

"कुछ दिन पहले तो तुम ख़ुश थे फिर अब... ?"

"कुछ दिन पहले की बात और थी परी...तब हमने सोचा था कि हम लघु उद्योग धन्धे वाले विदेशी बाज़ार के टूटने से पनपेंगे और इसी आशा में हमने जी भर कर शाह का विरोध किया था मगर आज न कच्चा माल है, न बिजली, न उपभोक्ता, न उत्पादन...शुक्र है कि सावक की सूची में मेरा नाम नहीं था मगर अब बचना कठिन-सा लगता है।"

"मगर क्यों ? तुम्हारा अपराध क्या है ?" परी ने भयभीत हो कर पूछा।

"मेरा अपराध है धनी होना। जानती तो हो, आधे से अधिक रुपया सरकार ने हड़प लिया। दो कोठी और तीन बाग़ हमारे पहले ही छीन लिये गये।"

"दुख क्यों कर रहे हो ? गया जाने दो, ज़ान का सदक़ा गया ? ख़ुदा की दुआ से अब भी बहुत है, और आगे भी ख़ुदा ने चाहा तो फिर कमा लोगे।" परी ने दिलासा देते हुए कहा।

"मुझे दुख नहीं हो रहा कि मेरी जायदाद जा रही है बल्कि दुख इस बात से है कि जिन्होंने उसे लिया है, वह ग़रीबों के नाम के स्थान पर अपने नाम करा रहे हैं। दूसरा भय जो मुझे सता रहा है, वह है जान मुफ़्त में गंवाने का। मैं अपनी जान इन मौलवियों और मुजाहिदीनों के आपसी युद्ध में न्यौछावर नहीं करना चाहता। मैं जीना चाहता हूँ-सो इस जीने की क़ीमत केवल पचास हज़ार तुमान प्रति व्यक्ति है। मैं लगभग डेढ़ लाख पाकिस्तानी रुपये में ईरान की सीमा के पार जा सकता हूँ।"

"ईरान की सीमा के पार...! मगर कहाँ ?" परी ने भय से पूछा।

"मालूम नहीं!" ख़ालिद ने सर पकड़ लिया।

"वीज़ा तो पहले भी नहीं दिया था...अब तो बाहर जाना सपना बन गया है। कहाँ तो हर वर्ष घूमने जाते थे।" परी ने श्वांस भरी।

"देखो! अभी हम रिश्वत दे कर, चुपचाप, बिलोचिस्तान की ओर से पाकिस्तान होते हुए कहीं भी चले जाएँगे। सारा क़ीमती सामान कहीं छुपाते हैं ?

"मगर कहाँ ? कल ही तो हामिद के घर में रात के दो बजे पासदार आये थे। सारा ज़ेवर, सारा क़ीमती सामान यह कह कर ले गये कि उनके पास आज्ञापत्र है कमेटी का। सारी पूँजी चली गई है। इसके बाद वह अपनी जवान बेटी रेशमा के लिए डर रहे हैं कि कहीं अन्य घरों की तरह उनके यहाँ आ कर लड़की पर आरोप लगा कर पूछताछ के बहाने कमेटी न ले जाएँ।" ऐसी हालत में ख़ाली घर तो लूट

लेंगे ?" परी ने ख़ौफ़ से धड़कते दिल पर हाथ रख कर कहा।

"मेरा ख़्याल है, जो बिक सकता है बेचते हैं, छोटी-छोटी चीज़ें साथ ले चलते हैं।"

"कौन ख़रीदेगा ? सब हमारी तरह बेचने वाले ही निकलेंगे।"

"ऐसा नहीं है। कुछ इस सरकार की बदौलत अमीर बन गये हैं, वह ख़रीदेंगे मगर प्रश्न है, उनका पता कैसे चलेगा ?" ख़ालिद कमरे में टहलने लगा।

"घर बन्द करके चलते हैं, सामान एक कमरे में सील कर देंगे। मगर कौन-सा सामान ? सारा घर सामान से भरा है। दस कमरों का सामान एक कमरे में भला कैसे आएगा ?" परी परेशान हो उठी।

फ़ोन की घण्टी बजी-ख़ालिद ने फ़ोन उठाया, "हलो।"

"मैं परवेज़ हूँ।"

"हाँ, कहो।"

"बात तय समझूँ।"

"तय समझो!" ख़ालिद ने कहा और फ़ोन रख दिया। फ़ोन पर अधिक बात नहीं हो सकती थी।

"बच्चों को पहले भेज कर हमने अजीब समझदारी का सबूत दिया है।" ख़ालिद ने सिगरेट जलाते हुए कहा।

"तब मुझे बहुत बुरा लगा था मगर आज की परेशानी को देखते हुए महसूस हो रहा है, अच्छा बहुत अच्छा हुआ। बच्चे लाख हमसे दूर सही मगर इन ख़तरों से बचे अपनी ख़ाला के पास सुरक्षित तो हैं।"

"यहाँ पर युद्ध है, गृहयुद्ध है, जासूसी है, समझ नहीं पाता हूँ कभी-कभी, ये सारी लानतें एकाएक हम पर टूटीं कैसे ? यह मत समझना कि इनके बाद मुजाहिदीन आयेंगे तो सब कुछ बदल जाएगा। इससे भी बुरा होगा ईरान का हाल, यही मुजाहिदीन थे जिनका जनता पर प्रभाव था। आज जनता उन्हें गाली देती है, इसके बाद...।"

"सरकार के विरोधियों की प्रशंसा कब होती है ख़ालिद ? मुजाहिदीनों की बातें मेरे मन को छूती हैं, उसी तरह जैसे मार्क्सवादियों की, मैं राजनैतिक दाँव-पेच नहीं समझती मगर...।"

"तुम पर तय्यबा का प्रभाव है, मुजाहिदीनों से बुरे मार्क्सवादी हैं, वह ईरान को ईरानिस्तान बनाना चाहते हैं, रूस का एक अंग। तब जूतियों में दाल बटेगी। हमारा ईरान वीरान हो रहा है। मैं इस नतीजे पर पहुँचा हूँ कि इस देश को यदि कोई बचा सकता है तो वह है मोनारकी, शाह का बेटा लौटेगा कल और...।"

"नब्बे हज़ार लोगों का ख़ून क्या इस दिन के लिए बहा था ?" परी ने आश्चर्य से पूछा।

"नहीं, इन्क़लाब पटरी से उतर गया है, मुस्ददिक का ज़माना भी ऐसा था।

शाह भाग गये थे। मगर बाद में वही फिर लौटे ? तुम यह बातें नहीं समझोगी।"

"शायद जो तुम कहना चाहते हो वह मैं नहीं समझूँगी मगर मेरा विचार है कि न शाह अच्छे थे न मौजूदा सरकार, तुम्हारे ख़्याल से मुजाहिद व मार्क्सवादी भी बुरे हैं तब सारा ईरान बुरा हुआ–बेहतर है कि ईरान वीरान हो जाए। जब ईरानियों की कमर की हड्डी ही टूटी हुई है तो दुख काहे का ? ख़ैर छोड़ो। समय ही होगा जो इस समस्या का हल होगा–यह बताओ अब करना क्या है ?"

"जान बचाना है तो सामान का लालच छोड़ना पड़ेगा। ज़ेबरात और नक़दी ले चलते हैं। नक़दी में विदेशी मुद्रा है, बैंक का रुपया बच्चों के नाम करना पड़ेगा ताकि हर मास उन तक पहुँचता रहे, इसके लिए मैंने बात तो कर ली है। यह सारा काम लगभग पाँच लाख में समाप्त होगा। एक लाख तो केवल वकील ले रहा है–मेरा भाग्य है जो इतने सस्ते में काम हो रहा है। वहीद का काम जाने क्यों अटक गया है।

"तुम चाय लोगे ?"

"शराब और चाय ? तुम लो।"

"जाना कब तक है ?"

"हफ़्ते-भर तक पता चल जाएगा।"

"ठीक है।"

इसके बाद ख़ामोशी छा गई। कहने को कुछ बचा न था। परी ख़ामोशी से चाय का घूँट भर रही थी। ख़ालिद दूसरे कमरे में चला गया था।

## 5

तुम्हारे रंग में रंग कर दूसरे रंग को पहचानने से निगाहों ने इन्कार कर दिया था। उस समय अपने ही रूपलावण्य पर मोहित हो उठी थी। तब पता न था कि यह रंग कच्चा है, जब हक़ीक़त की धूप में तपेगा तो लातादाद धब्बे बदनुमा दाग के रूप में मेरे अस्तित्व को कुरूप कर देगा।

महनाज़ ख़ाली समय में जब कुर्सी डाल कर धूप में बैठती तो उसे अतीत अपने स्वप्नलोक में खींच ले जाता था। इस समय भी डाक से आई असलम अतापोर की पुस्तक उसके सामने रखी थी जो परी ने उसके कहने पर भेजी थी। नया संग्रह, नई कविताएँ, हर कविता का विश्लेषण वह पहले की तरह ठीक असलम के विचार के मुताबिक़ नहीं कर पाएगी। इन कविताओं में जो ख़ामोश शिकवा बेवफ़ाई का है, वह उसे निरा झूठ लगता है। बेवफ़ाई तो तब होती जब समय वफ़ा करता। समय

रुका नहीं, चलता रहा। उस समय किसके आधार पर रुकती और समय को गुज़र जाने देती। असलम का अटूट विश्वास समय के बहाव और उसकी घटनाओं को नहीं प्रभावित कर सका। उसकी एक छोटी-सी लापरवाही ने उसे वह ज़िन्दगी न दी जो उसने चाही थी और आज उसके पास सब कुछ है मगर अन्दर एक तृष्णा है। कैसी तृष्णा ? किसे पाने की ? कोई भी तो क़ौल-क़रार, प्रेम से पगे वाक्य, कुछ भी नहीं उनके बीच हुआ था मगर एक मूक मुहायदा हुआ था। वही मूकता उसे घुन की तरह खा रही है। उसने किताब बन्द कर दी और आँखें बन्द करके सोच में डूब गई...।

हमारा राज़ हमारा प्रेम केवल वह कमरा था। वह भी मोम का बना हुआ। बहुत पहले की सूनी एक कहानी याद आ रही है कि आलसी कौए का घर नमक का और मैना का घर मोम का था। बारिश में भीग कर नमक पिघल गया और कौआ-बेघरबार हो गया। मैना ने तरस खा कर उसे अपने घर में जगह दे दी थी और कौए की जान बचाई थी। बचपन से मोम से मुझे प्यार हो गया था कि मोम जान बचाता है। शरण देता है, इत्यादि-इत्यादि। मोम मुझे चिकना, रंग-बिरंगा सर पर रोशनी का मीनार उठाये पिघलता देखने में बहुत प्यारा लगता था। महसूस होता कि इसमें कितना धैर्य, कितनी गहराई हे, पिघलता भी है, जलता भी है, उसके बावजूद उसका वजूद बच जाता है, दुबारा जलने के लिए। शमा का रूप न सही, पिघले मोम का स्वरूप ही सही मगर बाक़ी तो बचता है...।

तब से आज तक...मैंने अपने वजूद को पिघला कर बूँद-बूँद टपका कर तुम्हारे साथ जहनी फ़िज़ा बनाई थी। आज मेरे पास सब कुछ है। घर, बच्चे, शौहर, बस परवाज़ की कमी है, तुम मेरे विचारों के पंख बने और मैं मैना बन कर उस नीले आकाश पर जब तक चाहती पंख फैला कर उड़ती रहती थी फिर उसी मोम के एक कमरे में थक कर आँखें बन्द कर लेती थी मगर मुझे तब क्या पता था कि बारिश और पानी के वेग की तीव्रता जो करती है उससे अधिक उग्रता आग में होती है। रंगीन मोम का वह कमरा जुदाई की तपिश से पिघल कर मेरे ऊपर ढह गया है। गर्म मुलायम मोम को अपने बदन से अलग करते-करते मैंने अपना वजूद, अपना सब कुछ खो दिया है। कहीं बिना मोम के ख़ाली धागा शमा बन जला है ? मैं बस वही एक बालिश्त भर धागा रह गई हूँ और वह रंगीन मोम...परवाज़...सब कुछ...।

मैं परी को मन की कोई बात नहीं लिख पाती हूँ। पहले उससे क्या छुपाती थी, कुछ भी नहीं, मगर अब लिखूँ क्या ? अक्षर व्यक्तित्व से छीन कर नहीं बना सकती। मैं स्वयं एक दर्द बन गई हूँ। परी ने मुझे देखा तो बिना कहे मुझे पढ़ जाएगी। वह मेरे अन्तरात्मा की मूक भाषा पढ़ना जानती है।

बाहर गाड़ी रुकने की आवाज़ आई फिर हॉर्न बजा। महनाज़ चौंक उठी। किताब मेज़ पर रखी और आगे बढ़ी। सुलेमान लौट आया था।

"क्या बात है ? कुछ थकी लग रही हो, तबियत तो ठीक है ?"

"बस यूँ ही अकेली थी, ईरान की याद में खो गई थी," महनाज़ ने सुलेमान के हाथ से ब्रीफकेस लेते हुए कहा।

"यह पुस्तक कब आई ?" सुलेमान ने पूछा।

"आज ही आई है। वैसे परी ने इसे छः मास पहले पोस्ट किया था और आज मिली है।" महनाज़ ने दूसरे हाथ से किताब उठाते हुए कहा।

"जो ख़बरें बी०बी०सी० लन्दन देता है और जो अख़बार में छपती हैं उनसे तो ईरान का नक्शा बहुत बुरा दिमाग़ में उभरता है। उस हालत में पोस्ट आ रही है। तारीफ की बात है।" ओवरकोट के बटन खोलते हुए सुलेमान ने कहा।

"यह तो वाक़ई ताज्जुब की बात है।" महनाज़ ने हामी भरी।

"मैं ज़रा कपड़े बदल लूँ, फिर तुमसे बातें करता हूँ।"

सुलेमान टाई ढीली करते हुए ड्रेसिंग रूम में घुसा।

"मैं चाय बना रही हूँ।" वह यह कह कर किचन में गई।

"अरे महनाज़! तुम्हारे इश्क़ का शाहकार रो रहा है—लो मुझसे सँभल नहीं रहा है।" सुलेमान ने छः मास के सैफ को उठाये बड़ी बेचैनी से कहा।

"उठ गये तुम! आओ मामान की गोद में।" महनाज़ ने अपने बेटे से अपना अंक भर लिया।

"महवश कहाँ है ?" सुलेमान ने प्याली में चाय उँडेलते हुए पूछा।

"भूल गये ? सब बच्चे नर्सरी की ओर से पिकनिक गये हैं।" सैफ की नैपी बदलते हुए महनाज़ बोली।

"उसके बिना घर अच्छा नहीं लगता है, कब तक लौटेगी ?" सुलेमान ने पूछा।

"शाम को चार बजे! यह सैंडविच तो लो, तुम्हें पसन्द है—क्या बात है ?"

"आफ़िस से एक मीटिंग में चला गया था, वहाँ हाई टी थी—पेट भरा होने पर भी मैं यह सैंडविच खाऊँगा अवश्य क्योंकि मेरी पत्नी ने इसे मेरे लिये बनाया है—चूँकि वह बहुत भावुक है, इसलिये उसकी प्यारी भावनाओं का गर्म मसाला भी इसमें होगा।" सुलेमान ने कहा। दोनों चाय पीने लगे।

"किताब कहाँ है ? ज़रा वही पढ़ी जाये। देखूँ, असलम ने इस संग्रह में क्या कमाल दिखा करके हमारी सुन्दर पत्नी को प्रभावित किया है।" सुलेमान ने चाय की ख़ाली प्याली रख पुस्तक उठाई।

"इस संग्रह का लहजा एक है, भाव का उद्देश्य एक है मगर...मुझे पूर्ण रूप से असलम का संग्रह अच्छा लगा मगर तीखी आलोचना के साथ।"

"बस, बस, आलोचक ख़ानम! मुझे भी पढ़ कर अपनी राय बनाने का अवसर दें वरना अच्छी-ख़ासी मेरी राय असलम की कविता के बारे में आप बदल देंगी।"

"पढ़िये! मैं अभी आई।"

"कॉलवेल बजी। उठ कर सुलेमान ने दरवाज़ा खोला और लपक कर महवश को गोद में उठा लिया। प्यार की बौछार करते हुए उसे अन्दर लाया।

"मम्मी! मेरे गाल, बाबा ने गन्दे कर दिये।" महवश चुम्बनों की बारिश से परेशान हो उठी थी।

महनाज़ ने उसको गोद में लिया। बाथरूम में ले जा कर उसका मुँह-हाथ धुलाया। कपड़े बदले। फिर नाश्ता कराया। चार वर्ष की महवश थकी-थकी लग रही थी। उसे बिस्तर पर लिटा कर उसके हाथ में रंगीन तस्वीरों की पुस्तक थमा कर म्युजिकल रेडियो खोल कर महनाज़ किचन की ओर जाते हुए सुलेमान से बोली, "आप महवश को देख लीजिए, मैं ज़रा खाने का इन्तज़ाम कर लूँ।" उसकी बात सुन कर सुलेमान महवश के बिस्तर के पास रखी कुर्सी पर बैठ गया और असलम के कविता संग्रह के पन्ने पलटने लगा।

एक घण्टे के बाद जब महनाज़ कमरे में दाख़िल हुई तो देखा कि महवश सो रही है और सुलेमान पेंसिल से किताब में कुछ निशान लगा रहा है। वह आगे बढ़ कर सैफ के लिए दूध बनाने लगी। उसके उठने का समय हो रहा था।

"तुमने सारा संग्रह पढ़ डाला ?" सुलेमान ने पूछा।

"हाँ, है ही कितना बड़ा।" महनाज़ बोली।

"तुम तो जानती हो, टैकनिकल दिमाग़ साहित्य को हज़म नहीं कर पाते हैं। मुझे अभी तक साहित्य का कोई शौक़ न था मगर तुम्हारे इतने गूढ़ अध्ययन ने मुझे भी प्रभावित कर दिया है। इस किताब में मैंने हर कविता पर दो-दो वाक्यों के रिमार्क्स दिये हैं। पढ़ना फिर बताना, मेरी समझ और आलोचना कितनी सटीक है।" सुलेमान ने पुस्तक रख कर एक भरपूर अँगड़ाई ली फिर बोला, "तुम्हारे लिये सैफ ही सब कुछ हो गया है। हम तो जैसे..." सुन कर महनाज़ हँस पड़ी।

"एक मिनट का मौक़ा और दो। बस काम समाप्त हो गया।"

"हम दो मिनट देते हैं, तुम आओ! सारी ज़िन्दगी मैं तुम्हारा इन्तज़ार कर सकता हूँ।"

"लो आ गई। किताब लाओ, ज़रा तुम्हारे रिमार्क्स देखती हूँ।" कह कर महनाज़ ने पढ़ना आरम्भ किया। पहली बार उसे लगा कि सुलेमान में तो साहित्य की बड़े ग़ज़ब की समझ है। यह बात उसे और शायद स्वयं सुलेमान को भी अभी तक नहीं मालूम थी। सुलेमान हमेशा कहता रहता था कि उसे साहित्य से कभी लगाव नहीं था, घर में नावेल पढ़ने पर डाँट पड़ती थी वग़ैरह-वग़ैरह!

"वाह! ग़ज़ब के रिमार्क्स हैं—मेरे विचारों से मिलते-जुलते या यूँ कहूँ, एकदम वही।"

"मेरा ख़्याल है, वफ़ादारी हर सन्दर्भ में बदलती रहती है। इस नाज़ुक मसले

को असलम ने पूर्ण रूप से नज़रअन्दाज़ कर दिया है जो वफ़ादार होगा वह आगे नहीं बढ़ेगा, मेरा...मेरा मतलब इन्सान के दिमाग़ी विकास व सोंच के विस्तार से है। यह भाव किसी एक कविता का हो सकता था मगर पूर्ण संग्रह बेवफ़ाई पर है, इससे लगता है कि कवि–मन–मस्तिष्क केवल विशेष मनोस्थिति से प्रभावित है और वहीं अटक सा गया है तभी अहसास समय के एक विशेष सफर पर निकलता है। और वहीं ठहर जाता है।" तभी सैफ रो पड़ा।

"जाइये, आपके दूसरे साहित्य प्रेमी अपने विचार व्यक्त करने के लिए जाग उठे हैं।" सुलेमान ने हँसते हुए कहा।

"मेरी इच्छा है, सैफ एक बहुत अच्छा मुजस्मासाज़ बने, उसके बनाये मुजस्मे वास्तविकता का धोखा दें और महवश बढ़िया कहानीकार..."

"बच्चे सुन्दरता में तुम पर गये हैं तो मालूम है, दिमाग़ी रुझान भी तुम्हारी तरह ही रखेंगे।" सुलेमान ने उठ कर महवश का कम्बल ठीक किया।

"तुम कमरे में चल कर बैठो। मैं खाना लगाती हूँ।" महनाज़ ने सैफ को थपकी देते हुए कहा।

"ईरान में कई नौकरों वाले घर में रहती थी, यहाँ मैं तुम्हें...ख़ैर मैं स्वयं खाना लगाता हूँ। पत्नी का हाथ बँटाना पति का फर्ज़ है।" कह कर सुलेमान कमरे से निकलने लगा।

"ठहरो! मैं अभी आई।" जल्दी से महनाज़ बोली।

दोनों ने खाना खाया। बिस्तर पर जा कर सुलेमान की गर्म–मज़बूत बाँहों में पड़ी महनाज़ बार–बार उसके शब्दों के बारे में सोच रही थी–वफ़ादारी हर सन्दर्भ में बदलती रहती है यानी हर सन्दर्भ में वफ़ादारी का अपना एक चरित्र है!

सुलेमान ने बेड लाइट ऑफ कर दी। उसने आँखें बन्द कर लीं मगर नींद में डूबते हुए मस्तिष्क में प्रश्न उभर रहा था कि वर्तमान सन्दर्भ में उसकी वफ़ादारी का क्या रूप है ?

ख़ालिद सो गया था मगर परी की आँखों में नींद न थी। परी सर पर हाथ रखे सोच रही थी–इतने बड़े घर का सामान वह कहाँ बन्द करे ? कितने चाव और लगाव से यह घर उसने सजाया था। शादी के कुछ दिन बाद ही घर उसका होता गया और शौहर पराई औरतों का। इस घर के हर कोने से उसकी व्यवस्था जुड़ी हुई है। ख़ालिद ने कितने आराम से कह दिया कि सामान का लालच छोड़ो, जान की हिफ़ाज़त करो। भला यूँ, इतनी आसानी से मैं यह घर छोड़ सकती हूँ ? काफ़ी देर उसी मुद्रा में बैठी रही फिर बड़ी उदासी से उठी। सेफ खोल कर सारा ज़ेवर निकाला। कैसे इसे ले जाया जाये ?

अलमारी खोल कर एक विशेष प्रकार का थैला निकाला जिसमें अन्दर कई जिप थे। उसमें रुई में लपेट-लपेट कर ज़ेवर बराबर से चुन दिये। ऊपर से कुछ रेशमी स्कार्फ रख दिया। बीच थैले में कुछ ज़नाना इस्तेमाल की चीज़ें ताकि उसे सब हाथ न लगा सकें।

बैंक में रुपया रखना उन्होंने काफ़ी दिनों से छोड़ दिया था। जो कुछ बैंक बैलेंस था वह पहले का था। ख़ालिद के अनुसार वह नक़द रुपये रिश्वत देने में काम आ जायेंगे। इसके बाद यह बहुमूल्य मुजस्मे, ऐंटिक वस्तुएँ, इन्हें कहाँ समेट और कहाँ छुपा कर जायें ?

क्युपिड का मुजस्मा जब बड़े बक्स में कपड़े में लपेट कर रखने लगी तो उसे याद आया कि वह उसके विवाह की पहली वर्षगाँठ थी। कितने धूमधाम से मनाई गई थी। नाच गाना, खाना-पीना, उपहार और मेवों से लद गई थी। यह यूनानी मुजस्मा उसे बाबा ने दिया था। सोने की निब वाला क़लम उठाया ज़िन्दगी में सबसे महँगा यह पहला उपहार था जो हाई स्कूल पास होने पर मिला था। यह सिगरेट केस पाँच हज़ार साल पुराना, लन्दन से ख़ालिद हज़ारों पाउण्ड दे कर लाया था। क्या थे वह दिन, केवल उमँगों के थे, ख़ुशी और सुख के अलावा कुछ न था। और एकाएक सब कुछ कैसा गड़बड़ा गया। पहले बाह्य सुख था मगर आन्तरिक दुःख। आज आन्तरिक सुख है तो बाह्य दुःख। एक साथ ख़ुदा इंसान को कुछ नहीं देता है।

सारी रात परी चीज़ों को समेटती हुई पुरानी यादों को ताज़ा करती रही थी। सुबह जब ख़ालिद ने उसे देखा तो दुःखी हो उठा।

सामानों के अम्बार के बीच वह टूटी हुई-सी बैठी थी।

"सुबह कर लेती या मुझे जगा लेती–आओ थोड़ा आराम कर लो, कितनी थकी लग रही हो!"

"हम लोग रुक नहीं सकते क्या ?" परी ने अकस्मात ऐसा प्रश्न कर डाला जिसका जवाब ख़ालिद पहले ही दे चुका था।

"रुक सकते हैं मगर कहीं हमारे बच्चे बिना माँ-बाप के न हो जायें।"

"यह कैसा इन्क़लाब है जो हमसे हमारा घर, हमारा वतन छीन रहा है।" परी ने थकन से डूबे लहजे से कहा।

'यह इन्क़लाब नहीं–यह ईरान की तबाही की साज़िश है जो पूरी हो रही है...आह ईरान! हसीन ईरान! तुम बहुत भाग्यहीन हो मेरे देश!" ख़ालिद ने बड़ी भावुकता से यह शब्द कहे और कमरे से बाहर निकल गया।

पब्लिक बूथ पर से सबको ख़ुदा हाफ़िज़ करके जब परी घर लौटी तो पूर्ण-रूप से टूटी हुई थी। रात के अँधेरे में कार में सामान भरा ताकि लोग उन्हें जाते देख कर

प्रश्न न करें। सामान रख कर ख़ालिद ने परी से कहा, "मैं यहीं कार के पास रुक जाता हूँ, तुम अपने घर से आखरी बार मिल आओ और..."

परी एक-एक कमरे में घूमती दीवारों को छू रही थी। अब उसके आँसू रोके नहीं रुके रहे थे। हर कमरे से निकल कर उसे वह लॉक कर रही थी।

"कैसा समय आ गया, अपने घर से चोरी से निकलना पड़ रहा है ?" उसने काली चादर से अपने सरापे को छुपाया और बाहर निकल कर घर का बड़ा सा दरवाज़ा बन्द किया फिर बन्द दरवाज़े पर सर रख कर फूट पड़ी, यह कैसा ज़ुल्म है ख़ुदाया।"

ख़ालिद कार का दरवाज़ा खोल कर बाहर आया और धीरे से परी के कंधे पर हाथ रखा, "परी जान, इधर देखो, यूँ दुःखी मत हो, आओ।" कह कर ख़ालिद ने उसे अपने सीने से लिपटा लिया।

"पागल हो! हमेशा के लिए थोड़ी जा रहे हैं, लौटेंगे...एक दिन लौटेंगे..." उसका गला भी अन्दर से उठते प्रश्न से रूँधने लगा, "कब...कब लौटेंगे ?"

ख़ालिद सहारा दे कर परी को लाया और कार में बिठाया, "हिम्मत से काम लो, जो समय शुरू होता है वह एक दिन समाप्त भी होता है। कल हो सकता है हम अधिक ख़ुश-ख़ुश लौटें...बस आँसू पोंछ डालो," कह कर ख़ालिद ने कार स्टार्ट की।

सारे रास्ते दोनों के दिलों से एक ही आवाज़ उठती रही, "प्यारे देश, अलविदा...तबरीज़ और चेनार के पेड़ों, ख़ुदा हाफ़िज़! सड़को, मकानो, पहाड़ो, तुमको हमारा सलाम! फिर मिलेंगे।"

सुबह के क़रीब पहले से तय स्थान पर वे पहुँच गये। दोनों भारी पैकेट ख़ालिद ने उन बन्दूक़धारियों को दे दिये। उनमें से एक उनके साथ हो गया।

परी के मन में अब दुःख का स्थान भय ने ले लिया था। आगे क्या होगा ? पीछे बैठा बन्दूक़धारी उसकी पीठ में सनसनाहट पैदा कर रहा था। रास्ता बीहड़ था। मगर ख़ालिद बहुत होशियारी से कार चला रहा था। उसकी जेब में पड़ी पिस्टल से परी को कुछ सहारा था। चैक पोस्ट पर बन्दूक़धारी ने कुछ इशारा किया। कार आगे निकल गई। भूख प्यास का किसे होश था। सुबह चाय भी नहीं पी थी। होंठो पर पपड़ी जमी थी। काम खतरनाक था, पकड़े जाने पर केवल जेल था। ख़ालिद ने परी से कहा कि "तुम कुछ फल खा लो, पीछे भी उनका सत्कार करो। सुबह के दस बज रहे हैं। एक घण्टे और हम आबादी से दूर रहेंगे फिर कहीं कुछ मिलेगा।"

कोई और समय होता तो परी प्राकृतिक दृश्य को दीवानावार देखती मगर इस समय इन पथरीले रास्तों व पहाड़ियों के पीछे होने वाली किसी भी घटना के रोमाँच

से सहमी हुई थी। ख़ालिद पर क्या गुज़र रही थी, उसे कुछ पता न था। बस वह मन ही मन कुरान की आयतें पढ़-पढ़ कर दुआ माँग रही थी कि ख़ैरियत से वे निकल जायें।

पुरुखों का मकान और थोड़ी-सी जायदाद जिसका न कोई रखवाला था न सरपरस्त! सूसन बड़ी देर तक उस खण्डहर को देखती रही। यह उसका तीसरा घर है, ज़िन्दगी का तीसरा पड़ाव। समझौते का तीसरा अनुबन्धन, ख़ुशी और स्थिरता ढूँढने की तीसरी कोशिश और तलाश...आगे फिर...नहीं...मेरे ख़ुदा, यहाँ से मत उजाड़ना। मेरे माबूद तूने जैसा वक़्त डाला हमने सहा। अब इम्तेहान लेना बन्द कर दे। बहुत हो गया...बहुत हो गया...।

अब्बास ने उसके चादर से लिपटे सर पर हाथ रखा और आहिस्ता से कहा, "सूसन! नया घर मुबारक हो। तुम्हारे वजूद से विराना भी फूलों से लद जायेगा।" सूसन ने सर उठाया और मुस्कुराते हुए कहा, "तुम्हारा साथ मुझे कभी नाउम्मीद नहीं करता है अब्बास!"

अब्बास ने घर के दरवाज़े पर लगा पुराना ताला खोला फिर सूसन को अन्दर ले जा कर बोला, "अभी बिलक़ीस और उसका पति अब्दुल आ रहे हैं। उनकी सहायता से एक कमरा रहने के काबिल बना लो, धीरे-धीरे शहर से चीज़ें आवश्यकता के मुताबिक़ आती जायेंगी।"

सूसन ने डरते-डरते उस कोठरीनुमा कमरे के दरवाज़े पर हाथ रखा और खोलने के लिए धक्का दिया। एक तेज़ बदबू का झोंका ओर चमगादड़ों की फड़फड़ाहट ने उसे घेर लिया। वह घबराकर पीछे हटी और आँगन में आ कर खड़ी हो गई। अब्बास आग़ा जा चुके थे। अब्दुल व बिलक़ीस का उसे इंतज़ार था। आँगन में अनार का एक पेड़ था जिसकी पत्तियाँ झड़ चुकी थीं, उसी के नीचे जा कर वह पेड़ के तने पर की पपड़ी हाथों से उखाड़ने लगी। पाँच मिनट ही गुज़रे होंगे कि आवाज़ आई-

"सलाम ख़ानम जान! ख़ुशआमदीद! मैं बिलक़ीस, अब्बास आग़ा के ख़ानदान की परवरदा।" सूसन ने चौंक कर देखा। सामने लाल गालों वाली एक सफ़ेद दुबली-पतली लड़कीनुमा औरत खड़ी थी। चेहरे पर देहातीपन और जिज्ञासा लिये।

"ओह! तुम बिलक़ीस ख़ानम हो। आओ, आओ।"

"मैं झाड़ू और अन्य चीजें ले आई हूँ, बताइये कि..."

सचमुच सूसन क्या बताये कि घर की सफ़ाई किस कमरे से शुरू कराए। कुछ सोच कर बोली, "पहले सामने वाला कमरा साफ करना आरम्भ कर दो, मैं भी आती हूँ तुम्हारी मदद के लिए।"

"सूसन!" अब्बास ने घर में घुसते हुए पुकारा, "यह दोनों जब तक सफ़ाई करते हैं, हम लोग मुर्तुजा के घर चलते हैं। मेरा दोस्त है, बचपन में साथ-साथ गुल्ली-डण्डा खेले हैं, मुझे पता नहीं था, वह यहीं है। आया भी तो पूरे दस वर्ष बाद हूँ। पिता के देहान्त के बाद केवल एक बार दो-तीन दिन के लिए आया था। आओ...बहुत-सी बातें हैं...धीरे-धीरे सब मालूम होंगी...पहले चल कर चाय पीते हैं...हाँ, वह शीरीनी का डिब्बा कहाँ है। ले लो, मुर्तुजा के एक नहीं माशल्लाह आठ बच्चे हैं।"

सूसन ने हाथ में पकड़े पर्स से आईना निकाला, बाल और चेहरा देखा। लिपस्टिक लगाई और चादर ठीक से सर और सीने पर लपेट कर सामान के ढेर की ओर बढ़ी। उसमें से एक फूलदार पैकेट निकाला और बोली, ' 'चलिये।"

पड़ोस से उठती रोने की आवाज़ मलीहा को कहीं पर अपनी मुट्ठी में भींच कर बुरी तरह निचोड़ रही थी। उसके वजूद से जैसे कोई उसकी सारी ताकत चूस रहा था। ऐसा बैन, ऐसा दुख उसके सीने में कब से घुमड़ रहा था। कल पड़ोस में दो जवान लड़कों की लाश आई थी। एक का सर गायब था, दूसरे का नीचे का धड़। रणक्षेत्र से आया यह उपहार माँ-बाप के सीने को छलनी कर रहा था। कल कफ़न-दफ़न हो गया और आज पूरे मोहल्ले में उन दोनों की सुन्दर तस्वीरें बड़े-बड़े पोस्टरों पर छप कर दूकान के शीशों, दरवाज़ों और दीवारों पर लगाई जा रही थीं। उसके दरवाज़े पर जब किसी ने लगाना चाहा था तो किसी ने दूर से चिल्ला कर कहा था। देशद्रोही के अपवित्र मकान पर...निकालो।"

"नहीं! इसके मकान की अपवित्रता को पवित्र करना है।" कह कर कई लड़कों ने मलीहा के घर के सामने वाली दीवार और दरवाज़े को उन पोस्टरों से भर दिया।

मलीहा आँखें बन्द किये कमरे की दीवार से टिकी पूरे दृश्य को अपनी निगाहों के सामने चलता देख रही थी कि उसके घर पर अनजाने हाथ और चेहरे क्या गुल खिला रहे हैं मगर अधिकार का एक शब्द उसके मुख से नहीं फूटा बल्कि मन में हसन की तस्वीर को वह दोनों हाथों से यूँ पकड़े थी जैसे वे लोग धड़धड़ाते ऊपर आयेंगे और उसके सीने को चीर कर दिल के टुकड़े कर देंगे कि हसन यहाँ क्यों छुपा है ? जैसे-जैसे नीचे शोर बढ़ रहा था, उसके हाथ सीने पर मज़बूरी से जकड़ते जा रहे थे। सारा शरीर पसीने से लथपथ हो गया था। उसे ऐसा महसूस हो रहा था कि पानी में वह डूब रही है, आँखें बन्द होने लगी हैं। दम घुटने लगा। थोड़ा-सा वह हाँफ़ी और फिर वहीं फर्श पर बेहोश हो कर गिर पड़ी।

बाहर गली में ख़ामोशी छा गई थी मगर पड़ोस से सिसकियाँ भरने की आवाज़ें

अब भी आ रही थीं।

दरवाज़े की घण्टी बजी। मलीहा की पलकें थोड़ा-सा काँपीं। बच्चे स्कूल से आ गये थे और वे दोनों नीचे बन्द दरवाज़े के सामने परेशान खड़े थे कि आखिर दरवाज़ा खुल क्यों नहीं रहा है जब कि रोज़ मामान खिड़की से हँसता चेहरा निकाल कर दूर से उन्हें देखते ही दरवाज़ा खोल देती थी, मगर आज...फिर घण्टी के बटन पर उँगली रखी। उनकी इस बात पर हैरत हो रही थी कि उनके घर पर इतनी तस्वीरें क्यों चिपका दी गई हैं जबकि दूसरे घरों और दूकानों पर केवल एक-एक है ? यह कौन है आखिर ?

इस बार घण्टी की आवाज़ से मलीहा की चेतना वापस आई। बदन अकड़ा-सा लगा। हाथ को हिलाना चाहा था तो देखा, वह सीने पर कपड़े में उलझा है। उँगलियाँ खोलीं, कपड़े से हाथ हटाया, सीने पर हल्की-सी जलन का अहसास हुआ। सामने गले के नीचे का कपड़ा मुड़ा-तुड़ा था नाख़ूनों की तेज़ चुभन और खराश से सीने पर जगह-जगह ख़ून छलक रहा था। उसकी समझ में एकाएक कुछ आया नहीं कि उसे हुआ क्या है ? तभी दरवाज़े की घण्टी फिर बज उठी। इस बार देर तक बजती रही थी। वह हड़बड़ा कर उठी। यंत्रचालित-सी दरवाज़े पर गई और दरवाज़ा खोला।

दरवाज़े के सामने दोनों बच्चे खड़े थे। उनकी आँखों में आँसू और चेहरे पर घबराहट थी। माँ को देखते ही उनके थमे आँसू गालों पर बह गये। मलीहा ने बहुत मज़बूती से अपने को सँभाला और बच्चों को सीने से लिपटा लिया।

"क्या हुआ आपको मामान ?"

"कुछ नहीं बेटे। चक्कर आ गया था।"

"आप अपना ख़्याल नहीं रखती हैं ?"

"बाहर हमारी दीवार पर इतनी तस्वीरें क्यों चिपकी हैं ?" बेटे के इस प्रश्न में हल्का-सा आक्रोश था। मलीहा क्या जवाब देती ? खमोशी से बच्चों के लिए खाने का सामान लगाने लगी। लावारिस दीवारें किसी की भी मिलकियत हो जाती हैं यह बात वह ज़बान पर नहीं ला सकती थी। मेज़ पर खाना सजा कर वह बाथरूम में गई। जी भर कर मुँह धोया। टाप उतार कर ज़ख्मों को डीटॉल से धोया और फिर क्रीम लगाई। अच्छी तरह से कंघी करके उसने ग़ौर से आईने में अपने को देखा। चेहरे पर एक दर्द और परेशानी की गहरी पर्त थी। आँखों के नीचे हल्के पड़ गये थे। रंग कम हो गया था और त्वचा की चमक जाने कहाँ खो गई थी। अपने को सँभाल कर वह बाहर निकली। बच्चों के सामने उसे यूँ टूटना नहीं चाहिये था। उन पर क्या प्रभाव पड़ेगा मगर उसके बस में रह क्या गया है ?

दोनों बच्चे मेज़ के दोनों तरफ बैठे खाना खा रहे थे। उसने मुस्कुराते हुए पूछा, "सालन कैसा बना है ?"

"बहुत बढ़िया!" दोनों ने एक साथ कहा। उनकी आँखों में माँ की मुस्कुराहट का रंग झलक आया था।

पड़ोस में कोई पुरसे के लिए आया था। रोने की आवाज़ें फिर चीख़ों में बदल गई थीं। मलीहा विचलित हो उठी मगर बलपूर्वक मुस्कुरा कर बच्चों से बोली, "खाना खा कर बाहर चलेंगे...मुझे कुछ सामान ख़रीदना है फिर तुम लोगों को आइस्क्रीम खिलाऊँगी।"

"वाह मामान! मज़ा आ गया। कितने दिन बाद चलेंगे बाहर।"

"चलो अब कपड़े बदल लो, बस्ता उठा कर रखो, तब तक मैं बर्तन समेटती हूँ।" मलीहा इतना कह कर सफ़ाई में लग गई। पड़ोस से आवाज़ें कम होने के बजाय तेज़ी से बढ़ रही थीं। बीच-बीच में नारे भी लग रहे थे। रूस पर लानत, अमेरिका पर लानत, मुजाहिद और इन्क़ेलाब के शत्रु पर लानत।

मलीहा के मन में फिर कुछ घुमड़ने लगा। मौत के घर में तो दुआ और एबादत होती है ताकि मरने वाले की आत्मा को शान्ति मिले मगर यहाँ तो दो दिन से केवल कोसने और नारे बुलन्द हो रहे हैं...क्या हो गया है हम ईरानियों को ? वह आदर, वह भावना, वह विचार, वह दर्शन, वह इरफ़ानी प्रेम सब कहाँ गुम हो गया है जिसके लिए ईरान की धरती प्रसिद्ध थी ? यह सब कुछ कहाँ पर जा कर समाप्त होगा ?" इसी धरती की ललक में हसन सब कुछ छोड़ कर ईरान आया था। मगर किसलिये ? सिर्फ़ शत्रुता की कटुता की खेती बोने ? शत्रुओं को बुरा कहते-कहते हम स्वयं बुरे होते जा रहे हैं। कहीं कोसने के वातावरण में कोई घर पनपा है, फिर यह ईरान ?"

"मामान हम तैयार हैं," बेटी की आवाज़ से मलीहा चौंकी। "बस पाँच मिनट और...।" मलीहा ने कहा और गीले हाथों को तौलिया से पोंछा। अन्दर जा कर सैंडिल पहनी। अलमारी से चादर निकाली। सर और बदन को छुपा कर पर्स बगल में दबा कर सीढ़ी उतरी। तीनों बाहर निकल आये।

"कौन कहेगा कि इस मुल्क में कुछ बदला है ? बाज़ार में वही चमक-दमक और दिलों के चिराग बुझ रहे हैं मगर दिल का अन्धेरा कौन देखता है ?...बचेगा कोई इन चीजों को ख़रीदने के लिए ? सब तो क़ब्र के अन्धेरे में गुम हो रहे हैं।"

"क़न्नादी आ गई," बेटी ने माँ को रोकते हुए मिठाई की दूकान दिखाई।

मलीहा बेटी की इस बात से चौंकी और सामने पेस्टरी और आइस्क्रीम की दूकान में घुसी। बिस्कुट, मिठाई, चाकलेट का ढेर था। दीवारों से लगे नमकीन फलों के बीज बड़े-बड़े बर्तनों में सजे हुए थे। दूसरी तरफ हमेशा की तरह शादी की मिठाइयाँ सजी थीं। दोनों बच्चे अन्दर जा कर चुप हो गये। पूरी चमक दमक से उनका नन्हा-मुन्ना दिल प्रभावित हो गया था। मलीहा बच्चों का चेहरा देखते ही समझ गई कि वे चकाचौंध से घबरा गये हैं इसी चमक-दमक की वह बचपन से

आदी थी और वर्तमान फूहड़पन से वह घबराई हुई है जो आज ईरान में फैला नज़र आता है और उसके अपने बच्चे जिनकी आँखें ध्वंस होते ईरान में खुली हैं; वह सफ़ाई और सौन्दर्य से विचलित हो रही है। वह आगे बढ़ी। बिस्कुट, मिठाई ख़रीदती हुई आइस्क्रीम लेने पहुँची। बच्चे आइस्क्रीम खाने लगे, उसका पैकेट बन्ध रहा था। पर्स खोल कर उसने पैसे निकाले और काउण्टर पर रखने लगी तभी पैकेट बाँधती हुई अधेड़-सी औरत की नज़र मलीहा के हाथों पर पड़ गई। बोली, "अब औरतों को अपने टूटे नाख़ूनों की भी सुध न रही ? कहाँ गया वह सौन्दर्यबोध ईरानी औरत का ?"

मलीहा का चेहरा अपमान, लज्जा और दुःख से तमतमा उठा, उसको पता ही न चला था इतने दिनों से कि उसके नाख़ूनों और हाथों की क्या दशा है ? नज़र डाली तो पता चला कि सचमुच कुछ अजीब हालत है हाथों की। बचे पैसे उठाते हुए बोली, "ईरानी औरत की ज़िन्दगी से सौन्दर्यबोध कब का छिन गया है जब अन्दर की धरती सूख जाती है तो फूल की तमन्ना करना बे-इन्साफ़ी है।"

इस जवाब से अधेड़ औरत के होंट काँपे मगर अपने को सँभाल कर बोली, "उजड़ते बाग़ को उजड़ता देख कर हार जाना कहाँ की अक्लमन्दी है ? मैं भी ज़िन्दगी में सब कुछ हार बैठी हूँ, लड़के-लड़की, शौहर...मगर दूसरों के लिए जी रही हूँ...इस पूरे ईरान में हरियाली देखने के लिए जी रही हूँ...तुम्हें भी जीना चाहिये वरना..."बात अधूरी रह गई। पीछे से किसी ने पुकारा। काउण्टर से वह अधेड़ औरत अन्दर कमरे में चली गई। मलीहा डिब्बे उठाये हुए दूकान से बाहर निकली।

शाम ढल गई थी। चिराग जगमगा उठे थे। मलीहा चादर में बदन लपेटे अपनी गली में दाख़िल हो रही थी तभी तस्वीह नचाते हुए किसी लड़के ने फ़िक़रा उछाला, "कौन सा शुभ अवसर है जो मिठाई ख़रीदी गई है ?"

"बाप का फ़ातेहा होगा।" दूसरे लड़के ने एक और फ़िक़रा कसा। दोनों बच्चों ने अचकचा कर माँ को देखा। उनके चेहरे से ख़ुशी गायब हो गई थी और एक अपमानित भय अपना पीला रंग उनके चेहरे पर ला रहा था जो सड़क की पीली रोशनी में अधिक गाढ़ा लग रहा था। इधर-उधर से लड़के जमा होने लगे। मलीहा के मन में पहली बार बगावत का बवण्डर उठा। मन किया कि इन सबको एकाएक तगड़ा जवाब दे। क्या उसे बच्चों के साथ निकलने और कुछ ख़रीदने की भी आज़ादी नहीं है। मन का भय, कहीं गायब हो गया और प्रश्न उठा कि इस ग्लानि का भाव आखिर उसके मन को क्यों मथता रहता है ? उसने क्या पाप किया है ? कौन सा पाप हसन ने किया है ? उसने बच्चों के हाथ से पैकेट ले लिया और दरवाज़ा खोलने लगी। उसने कुछ कहने की ठान ली थी, हद है बदतमीज़ी की।

"जश्न मना रहे हैं हमारी मौत का मगर नहीं जानते हैं कि हम इनकी मौत की प्रतीक्षा में हैं," पीछे से आया यह कटाक्ष वास्तव में चिपकी तस्वीर की ओर था

मगर उसका कोई भी प्रभाव मलीहा पर नहीं पड़ा बल्कि बच्चों को आगे कर उसने ज़रा ऊँची आवाज़ से कहा, "दीवारें खराब करके क्या हासिल होता है। यह भी देश का धन है जो खराब हो रहा है," इतना कह कर उसने दरवाज़ा बन्द कर लिया। ऊपर जा कर उसने टी०वी० खोला। समावर रौशन किया फिर बच्चों को कपड़े बदलने के लिए कह कर वह कमरे में गई। चादर उतार कर उसने आईने में अपने को निहारा। माथे पर सिलवटें, आँखों के नीचे की मुलायत सफ़ेद त्वचा से झाँकती नीली नसें, आँखों के कोनों के पास कनपटी पर बेशुमार सिलवटें थका, उदास चेहरा...बड़ी देर तक वह अपने चेहरे में पहले वाली मलीहा की तलाश करती रही, चमकता सफ़ेद चेहरा, याकूती होंट, भरपूर बड़ी बड़ी शरबती आँखें, उसी रंग के बाल...कितने युग बीत गये... ? या अल्लाह, दो वर्ष में इतनी बूढ़ी और थकी हुई ? क्या बचा है मुझमें ? एक गर्म आँसुओं का उबलता सोता उसके वजूद से फूट पड़ा बाह्य कटाक्षों की हर रोज़ पड़ती मार...अन्दर का सब कुछ ढह गया है, कुछ नहीं बचा है, न उमँग न ख़ुशी, न इच्छा न उम्मीद। बचा है केवल भय, अन्तरात्मा को निचोड़ता हुआ, ग्लानि के कोड़े बरसाता हुआ। उसने बाल ठीक किये। बालों में उलझी उँगली देखी। एकाएक काउण्टर पर खड़ी बिल बनाती उस अधेड़ औरत की शक्ल आँखों में घूम गई। ग़ौर से नाख़ून देखने लगी टेढ़े-मेढ़े, आड़े-तिरछे! उसे कुछ याद आने लगा।

शादी के बाद हुसैन ने उसके हाथों को देख कर कहा था, "यह नाख़ून तुम्हारे सचमुच के हैं ?"

"तो फिर क्या बनावटी हैं ?"

"हो सकते हैं!"

"क्यों ?"

"विदेशों में अधिकतर नकली चीज़ें औरतें लगाती हैं नाख़ून भी। तुम्हारे नाख़ून भी...इधर लाओ हाथ...मैं ज़रा ठीक से छू कर देखता हूँ," इतना कह कर हुसैन ने उसके एक-एक नाख़ून को खींच-खींच कर देखा फिर बड़े उल्लास से बोला, "सच! बड़े सुन्दर हैं तुम्हारे हाथ और यह नाख़ून, इनका तो कोई जवाब ही नहीं है।" फिर एक-एक नाख़ून पर अपने होंट रखते हुए बोला, "हमेशा इन्हें यूँ ही रखना, कैसे नुकीले और सुन्दर हैं जैसे कि लाल फूल की पंखुड़ियाँ हों।"

आज यह नाख़ून किसी अन्य औरत के हाथों के लग रहे हैं। आखिर क्यों ? किसने इनका सौन्दर्य छीन लिया ?

"मामान! समावर उबल रहा है," बेटी की आवाज़ से वह चौंकी, कमरे से निकल कर उसने किचन में जा कर चाय दम दी और ट्रे में फिनजान सजाने लगी।

"मामान!"

"हूँ!"

"कुछ नहीं।"

मलीहा ने ट्रे ला कर समावर के पास रखी। केक और मिठाई का डिब्बा खोला और दोनों बच्चों को बुलाया। खुद बाथरूम में गई। काफ़ी देर तक मुँह धोती रही फिर तौलिया से खुश्क करके बाहर निकली। बच्चे खाने में व्यस्त थे, ड्रेसिंग टेबिल के सामने जा कर उसने क्रीम उठाई, चेहरे पर मली, ख़ुशबू लगाई। लिपस्टिक लगाई। बालों में ब्रश किया फिर मनीक्यूर का सामान ले कर बच्चों के समीप आ गई। दोनों बच्चों ने माँ को हैरत से देखा। मुँह खोला मगर पूछा कुछ नहीं। मलीहा ने फिनजानों में चाय उँडेली। बच्चों के आगे बढ़ा कर स्वयं भी घूँट भरा–

"मामान!"

"हूँ।"

"मामान।"

"हूँ।"

"मामान..."

"कुछ बोलो तो ?" मलीहा ने नाख़ूनों को बराबर करते हुए पूछा।

"मामान!"

"हूँ।"

"मामान! क्या सचमुच बाबा आ रहे हैं ?"

"क्या! ? !" मलीहा को यह आवाज़, यह वाक्य अन्दर तक झिंझोड़ गया...समझते देर नहीं लगी कि बच्चों ने ऐसा प्रश्न क्यों किया है। आँखें आँसुओं से भर गईं होंट काँपने लगे। दोनों बच्चे सहम गये। जैसे उसने कोई बहुत बड़ा कसूर हो गया हो, मलीहा ने बच्चों का मुँह निहारा फिर एकदम से बोली–

"नहीं! मगर, कभी भी आ तो सकते हैं न ?"

"हाँ, वह तो है!" लड़के ने खिले मुख से कहा।

"रात को आये मामान, तो मुझे जगाना नहीं भूलियेगा।" लड़की ने छोटी-सी गर्दन हिलाते और आँखें मटकाते हुए कहा।

एक जुम्ले ने सारा माहौल बदल दिया था। माहरूज और महरान पहली बार दिल खोल कर हँस रहे थे और तकिया मार-मार कर खेल रहे थे।

मलीहा ने चाय का घूँट भरते हुए अपने से पूछा, उम्मीद की ख़ुशी के साथ भी तो प्रतीक्षा की जा सकती है। मुझे अपना जीवन-दर्शन बदलना होगा। चाय का फिनजान रख कर उसने फिर से नाख़ून पर पालिश लगाना आरम्भ कर दिया।

जाने तय्यबा कहाँ होगी ? आज मिलती तो ज़रूर मुझे बल देती। मेरे मन का सहारा बनती जाने किस काल कोठरी में छुपी होगी। सूसन को उसका घर मिल गया और परी को भी। सूसन का पत्र कल ही मिला था जिसमें उसने सब कुछ

लिखा था कि "बार-बार ज़िन्दगी उजड़ कर बस रही है, शायद यही मेरी क़िस्मत में लिखा है मगर इस बार क़िस्मत को जीतने नहीं दूँगी। कई बार हार मानी और सर झुकाया, शायद इसके अलावा कोई चारा भी न था मगर इस जन्नत की जो मैंने पाया है, किसी क़ीमत पर नहीं खोऊँगी...तुम्हारे लिये एक ख़बर...अक्तूबर तक...दिल में नये मेहमान का इन्तज़ार एक हजार एक कली खिलाता है। रात को सुन्दर सपनों के साथ सोती हूँ, सुबह उसे जीवन में साकार देखती हूँ। कुछ खो के पाना इसी को कहते हैं! सच मलीहा, मैंने बहुत कुछ पाया है। इनकी बाँहों में मेरे लिये सिर्फ़ प्यार है सिर्फ़ प्यार...प्यार के आबशार में मैं शराबोर हूँ...।"

मलीहा ने अपना हाथ देखा। हथेली पर खिंची रेखाएँ...एकाएक फालगीरन याद आ गई। क्या-क्या उसने कहा था, क्या वह सब कुछ सच बता रही थी ? इस समय एक-एक शब्द मलीहा को सूसन के पत्र के याद आ रहे थे। एकदम से परी का ख़्याल आया-वह कहाँ होगी, कोई समाचार नहीं, कोई फ़ोन नहीं, वह फ़ोन करे ? मगर कहाँ... ?

वह सर झुकाये नाख़ूनों को सुन्दर आकृति देने में व्यस्त रही। दिमाग़ बहुत दूर, बहुत पीछे उसे ले जा रहा था और उसके चेहरे के भाव उगते सूरत की तरह अँधेरे को छाँट रहे थे।

हुसैन का जन्मदिन था, वह स्वयं केक अपने हाथों से बना रही थी। उस दिन उसके घर वाले सुबह से आ गये थे। घर में ख़ूब चहल-पहल थी। सब हुसैन के आगे-पीछे घूम रहे थे। दोनों बच्चे तब बहुत छोटे थे। बेटी एक वर्ष की और बेटा केवल दो मास का था। माँ बहुत-से उपहार के साथ आई थीं। खाने-पीने के अतिरिक्त कपड़े, गहने और हुसैन के लिए सूट और घड़ी। उसकी बेटी विदेश में हुई थी और बेटा ईरान में। उसके जन्म के बाद माँ पहली बार उसके घर आई थी। बाबा भी तबियत खराब होने के बावजूद आये थे। शाम को केक काटते समय क्या रौनक़ थी। पूरे घर में रंग-बिरंगी शमा जल रही थी। केक पर की शमाँ फूंक मार कर हुसैन ने बुझाई थी तो एकाएक सारी शमें बुझ गई थीं। पल-भर के लिए अँधेरा छा गया फिर झक से घर की सारी लाइटें जल गई थी। यह इन्तज़ाम भी जाने कब उसके घर वालों ने कर दिया था। एक अजीब ख़ुशी का अहसास हुआ था। रोशनी से भरे कमरे में केवल बुझी शमा से उठता महीन धुआँ था। केक खाते हुए उसे ऐसा लगा था कि ख़ुशी जब मिलती है तो दामन भर कर मिलती है कि समेटना कठिन हो जाता है ? मामान बाबा, भी मन से हुसैन को प्यार करते हैं और मैं...।

रात के खाने पर उसकी सारी सहेलियाँ आई हुई थीं। सब मिल कर हुसैन को छेड़ रही थीं। हुसैन केवल हँस रहा था। स्वभाव से वह शर्मीला और कम बोलने वाला है। परी न उसको सबसे अधिक परेशान किया था। रात अधिक गुज़र

गई थी। सबको वह बिदा करके जब हुसैन के पास लौटी थी तो वह आँखें...केवल प्रेम का सागर थीं...जो उसे तक रही थीं। उस रात की बातें, हुसैन का स्पर्श सब कुछ जैसे उनके सम्बन्ध को अधिक प्रगाढ़ बना गया था। मगर–कितना कम समय रहा वह मधुर सम्बन्ध ? हुसैन धीरे-धीरे करके उससे दूर होता चला गया था...पहले उसे अटपटा लगा था। शिकायत की आदत न थी जो कभी हुसैन से लड़ी नहीं। यह बदलाव तो उसमें उस समय से आरम्भ हुआ था जब वह दोबारा ईरान में रहने की नियत से विदेश से लोटी थी। हुसैन ईरान के इतिहास का एक पन्ना बनना चाहता था। यह सारे पन्ने जो भावना और प्रेम की पंक्तियों से भरे थे। इस अग्नि में कैसा धूँ-धूँ करके जल रहे हैं, भावना, प्रेम सब कुछ चुकता जा रहा है। बस भय, रोमाँच, द्वेष, घृणा, प्रतिशोध यही भावनाएँ हैं जो झण्डा उठाये ईरान के गली-कूचों में फिर रही हैं। इन्सान से अधिक हथियार महत्वपूर्ण हो गया है। देशवासियों से अधिक सत्ता प्यारी हो गई है–

तेज़ ख़तरे के सायरन ने मलीहा को चौंका दिया। इराक़ी आक्रमण कहीं आस-पास हुआ है–कहते हैं आबादान से मीलों दूर तक सड़े गोश्त की महक, ख़ून की गमक भरी रहती है। कहाँ तक गड्ढे खोद कर उन्हें गाड़ें ? हाय धरती, तुम्हारा दिल कितना बड़ा है बचा हुआ, फेंका हुआ, संसार से ठुकराया, तुम ही अपनी गोद में छुपाती हो। सबको अपने सीने से लगा लेती हो...मलीहा बच्चों के समीप गई। सायरन की आवाज़ से उठ न जाए, वहीं उनके पास लेट गई और आँखें बन्द कर लीं।

तय्यबा को जो पता दिया गया था उसके मुताबिक़ वह उस इमारत के सामने पहुँच गई थी। पैट्रोल पम्प सामने था। इमारत की पाँचवीं मंज़िल पर उसे पहुँचना था। सामने न कोई दूकान थी न ही भीड़भाड़। बस तेज़ चलती कारें सड़क के दोनों तरफ से आ-जा रही थीं। वह कुछ सोचती हुई आगे बढ़ी। चौकीदार से निबटना होगा, उससे क्या कहना है यह उसने सोच लिया था। झूठ तो वह बोल नहीं सकती क्योंकि चौकीदार नीचे से उसके बताये नम्बर पर फ़ोन करके सूचित करेगा कि आपका अतिथि नीचे खड़ा है सो उसे कुछ और कहना है, क्या कहना है, उसने मन-ही-मन तय कर लिया था।

सीढ़ी चढ़ कर आगे बढ़ी–चौकीदार ने टोका।

"पाँचवीं मंज़िल पर 512 में जाना है।"

चौकीदार ने सुन कर कन्धे उचकाये फिर बोला–

"फ़ोन तो खराब है, लिफ़्ट भी बन्द पड़ी है, क्या किया जाए ?"

तय्यबा ख़ामोशी से काउण्टर पर कन्धा टिका कर सड़क पर गुज़रने वाली कारों का देखने लगी। उसकी लापरवाही देख कर चौकीदार जैसे मन-ही-मन मुतमईन

हो गया। एक-दो बार फ़ोन खटखटाया। लिफ़्ट पर नज़र डाली फिर बोला, "ख़ानम! अपना नाम और पता यहाँ पर लिख दें, यदि चाहें तो सीढ़ी से जा सकती हैं।"

तय्यबा के मन का बोझ हल्का हो गया। फ़ौरन रेजस्टर में अपना नाम तसनीम और ग़लत पता लिखा और धन्यवाद दे कर वह सीढ़ी चढ़ने लगी।

फ़्लैट नं० 512 से गाने की आवाज़ आ रही थी। उसने घण्टी बजाई मगर कोई जवाब न मिला। साज़ और आवाज़। औरतों के कहकहों की आवाज़ उभर रही थी। उसने थोड़ा रुक कर फिर घण्टी बजाई। इस बार एकदम से संगीत रुक गया और शान्ति छा गई। अवसर देख कर उसने फिर घण्टी बजाई। उसे लगा दरवाज़े के शीशे से कोई उसे देख रहा है। दो सेकेण्ड बाद दरवाज़ा हल्के से थोड़ा-सा खुला और एक औरत ने सर निकाल कर उसकी ओर देखा। तय्यबा ने झट पर्स से एक कार्ड निकाल कर उस औरत को दिखाया। उसने कार्ड को ग़ौर से देखा फिर दरवाज़ा खोल कर बोली, "तसनीम ख़ानम ?"

तय्यबा ने सर हिलाया और क़दम आगे बढ़ाया। पूरा कमरा धुएँ से भरा था। इस समय हाथ में अधजले सिगरेट पकड़े अजीब मुद्रा में बूढ़ी औरतें खड़ी थीं। चेहरे पर गहरा मेक-अप था। बाल सेट थे। बदन पर केवल गर्डिल थी। कुछ ने तो केवल जाली की ब्रा और अण्डरवियर पहन रखी थी जो नहीं के बराबर थी। तय्यबा इस अकस्मात दृश्य से थोड़ा-सा विचलित हुई और ठिठक कर खड़ी हो गई। तभी उस औरत ने जिसने दरवाज़ा खोला था, बाक़ी औरतों से तय्यबा का परिचय कराया।

"तसनीम ख़ानम। मेहनाज़ की सहेली। मेरी बेटी और तसनीम दोनों ने जर्मनी में रह कर इंजीनियरिंग की पढ़ाई समाप्त की थी। कभी-कभी मुझसे मिलने आ जाती हैं...आओ इधर आओ तसनीम...मैं अपनी सहेलियों से तुम्हें मिलवाऊँ।" इतना कह कर उस औरत ने जो लगभग 55 वर्ष की होगी, तसनीम का हाथ पकड़ा और आगे बढ़ी।

"यह जरीना ख़ानम है, पड़ोस में रहती है।" जरीना ख़ानम की हुलिया ठीक 15-16 वर्ष की लड़की की-सी थी। गहरा मेक-अप बदन पर टू-पीस बिकनी। बालों की दो चोटियाँ सीने पर रिबन के साथ बन्धी पड़ी थीं। सारा बदन खमीरी आटे की तरह ढलक कर विभिन्न टुकड़ों में बँट गया था। उनकी उम्र लगभग 50-55 के बीच होगी। बड़े जोश से उन्होंने तय्यबा से हाथ मिलाया और कहा-

"मेरी दो बेटियाँ हैं-एक बेटा। तुम्हारी ही उम्र के होंगे।"

"यह मोहसिना, मेरी बचपन की सहेली।" यह औरत भी मेक-अप से पुती हुई थी। पतली थी, बदन पर केवल ब्रा और अण्डरवियर थी। बालों को सुनहरा रंग कर माथे पर गिरा रखा था जैसे सोने-जागने वाली गुड़िया हो। उसने केवल तय्यबा से मुस्करा कर हाथ मिलाया। उसकी उम्र 60 वर्ष के लगभग होगी, चेहरे पर बेशुमार लकीरें थीं।

"यह यासमीन है, अमेरिका में रहती है मगर दो वर्ष से यहीं है, वीज़ा का इन्तज़ार है।" तय्यबा ने मुस्करा कर हाथ मिलाया और सोचा, कितना दिलचस्प है यह चेहरा पेंटिंग बनाने के लिए, झुर्रियाँ कितनी सुन्दरता से चेहरे को गोलाकार टुकड़ों में बाँट रही हैं। तेज़ी से सिगरेट पी रही थीं। जिसे देख कर लग रहा था कि वह केवल धुआँ निकालने के लिए पी रही है। उनके बाल पोनी-टेल की शक्ल में बन्धे थे, बदन पर काली गर्डिल थी। तभी किसी ने कहा, "टेप आन करो।" इस आवाज़ के साथ संगीत ध्वनि कमरे में गूँजने लगी। सारी औरतें थिरकने लगीं। बाक़ी औरतों से परिचय बाक़ी रह गया।

तय्यबा को सारा दृश्य बड़ा आपत्तिजनक रूप से दिलचस्प नज़र आ रहा था। इस उम्र में यह क्या कर रही हैं ? अधिकतर बड़े घर की लग रही थीं, उसे लगा बाहर ख़ून और पहरा है, साँसों का हिसाब है और इस घर में यह है हमारी बूढ़ी नस्ल ? मन किया, उठ कर चली जाएँ मगर उसे तो असग़र की प्रतीक्षा करनी ही थी। उसने समझ लिया था कि जिस औरत ने दरवाज़ा खोला था, वह असग़र की माँ फरीबा ख़ानम हैं। मगर माँ-बेटे में इतना अन्तर ?

तय्यबा सोफ़े पर कोने में बैठ गई। कमरा अँधेरा करके रंगीन फीकी लाइट से भर गया था। तय्यबा के हाथों में फरीबा ख़ानम ने चाय का गिलास थमाया और मिठाई, मेवे के कटोरे उसकी ओर करके वह भी नाचते-थिरकते बदन में शामिल हो गई।

असग़र ने दस वर्ष इंग्लैंड में व्यतीत किये थे। शाह के दौर में देशनिकाला मिला था। तेहरान यूनिवर्सिटी में हुए हँगामे में उसका नाम था। जिन्होंने क्षमा माँग ली वह छूट गये मगर असग़र ने न क्षमा-पत्र लिखा न ही क्षमा माँगी सो जेल में बन्द कर दिया गया। चन्द मास बाद किसी तरह बाहर निकला तो सीधे इंग्लैंड चला गया। डाक्टरी के साथ वहीं शादी भी कर ली। इन्क़लाब के आरम्भ में जब दुनिया-भर के इन्क़लाबी ईरानी ईरान लौट रहे थे उनमें असग़र भी था। चलते समय पत्नी ने ईरान जाने से मना किया था और तलाक़ की धमकी दी थी। देश-प्रेम के जोश में उसने सचमुच तलाक़ ले ली। पाँच वर्ष के विवाहित जीवन से वह बहुत प्रसन्न नहीं था, विचारात्मक धरातल पर वह केवल अंग्रेज़ थी, स्वभाव से गणित की अध्यापक, जोड़ने-घटाने के व्यवहार ने असग़र को यूँ ही तोड़ रखा था। ऊपर से ईरान न जाने देने की ज़िद्द और तलाक़ की धमकी। एकाएक असग़र के व्यक्तित्व में ऐसा उद्गार फूटा कि न केवल तलाक़ पर रज़ामन्द हो गया बल्कि घर बेच कर नौकरी से इस्तीफ़ा दे कर हमेशा के लिए ईरान जा बसने की ठान ली। इसी दिन के लिए तो वह देश से निकला था। दर-दर की ठोकरें खाई थीं। जब स्वतंत्रता का दिन आया तो वह पत्नी और घर-गृहस्थी की शरण में अपना कर्तव्य भूल जाए ? देश-प्रेम तो एक

ऐसी भावना है जो अनूठी ही नहीं अपने में अकेली है। बार-बार इन्सान अपना देश नहीं बदल सकता, न ईमानदारी मगर पत्नी घर और सुख तो बार-बार हासिल किया जा सकता है, हो सकता है, पहले से अधिक और ठोस मात्रा में। यह सब सोचकर असग़र ईरान आया जब चुनाव का ज़ोर-शोर था। यह सारी बातें असग़र ने एक दिन पार्टी के दफ़्तर में जाने किस मूड में आ कर बताई थीं।

ईरान जब आया तो लगा दस साल में ईरान कितना बदल गया है ? मस्ती और ख़ुशी में डूबा अकड़ा-अकड़ा अपने स्वतंत्र देश के भ्रमण को निकल पड़ा। शिराज़ इस्फ़ाहान, मशहद, तबरीज़, देहात और होटल हर स्थान को सूँघा, देखा, आँखों और रूह में बसा लिया। जब देश को देख कर मन भर लिया तो दो मास बाद तेहरान लौटा ताकि आराम से बैठकर वर्तमान स्थिति का अवलोकन करे और किसी पार्टी का मिम्बर बन जाये। वैसे तो वह पहले तोदे पार्टी का अनुयायी था मगर अब स्थिति दूसरी है। समझ का स्तर अधिक विस्तृत है। तेहरान आते ही उसे किसी काम से बाज़ार जाना पड़ा। कैमरा कंधे पर डाल लिया और निकल पड़ा कि फ़िल्म डलवा लूँगा और कुछ तस्वीरें खींच लूँगा। मगर रास्ते में ही वह पकड़ लिया गया। वजह लाख पूछी मगर जवाब केवल एक था—सन्देह! मगर उस पर कैसा सन्देह ? जेल में उसकी तरह के बहुत से लोग थे जो अपनी ग़लती नहीं जानते थे। दो मास बाद बिना कुछ कहे-सुने उन सबको छोड़ दिया गया है। मई-जून की गर्मी और जेल की कोठरी में बहते पसीने ने पहली बार प्रश्न किया कि कहीं कुछ गड़बड़ है मगर क्या ? बाहर निकलकर पता चला कि यह दौर ऐसा है कि जो भी फैशन से साफ-सुथरा निकलता है, कैमरा इत्यादि ले कर, उस पर या विदेशी पत्रकार या अमरीकन होने का शक किया जाता है।

चुनाव के समय दूसरी चोट खा कर असग़र अचेत हुआ फिर पूर्ण रूप से सचेत कि स्वतंत्रता के नाम पर धोखा हुआ है। उसकी तरह के बहुत से लोग सुखद सपने से जागे मगर तब तक देर हो चुकी थी। संघर्ष करना था, मंज़िल पानी थी तो फिर जलती चिता में कूद गया इस बार फ़िदाईन गुरिल्ला बनकर और तोदे पार्टी का कटु आलोचक बनकर।

तय्यबा और असग़र का साथ लगभग दो वर्ष रहा फिर अण्डरग्राउण्ड होने के कारण पिछले छः मास से वह केवल उसका समाचार सुनती रही थी। परसों फरीद ने उसे ख़बर दी थी कि पाँच सौ बारह में असग़र से मिलना पाँच पचास पर, मगर यहाँ असग़र की जगह डिस्को देखने को मिल रहा था।

एकदम से उसने अपने कंधे पर किसी का नर्म हाथ महसूस किया तो चौंक पड़ी। फरीबा ख़ानम आँख के इशारे से उसे बुला रही थी। वह उठकर नाचती हुई औरतों के बीच से होती हुई उनके पीछे चल पड़ी। वे बाथरूम में चली गई। वह

भी अन्दर गई।

"इससे पहले कि संगीत समाप्त हो, मैं तुमसे कुछ कहना चाहती हूँ।"

"बोलिये, मगर असग़र कहाँ है ? सात बज रहे हैं।"

"असग़र को भूल जाओ!" उनका हँसता चेहरा मलिन पड़ गया।

"क्या हुआ ?"

"यहाँ मैं अकेली दस-बारह वर्ष से रह रही हूँ। असग़र को कोई मेरे बेटे के रूप में नहीं पहचानता है। मैंने सबसे कह रखा कि वह मेरा भाई है...उसका कारण यह वातावरण है। यहाँ पर लड़का कहने का मतलब है पूरा कच्चा चिट्ठा...बहरहाल असग़र पर शक हो गया है सो वह यहाँ से कल ही चला गया है पूर्व के जंगलों की ओर...हाँ यह पैकेट है इसे सँभालो...मैं चलती हूँ।"

फरीबा ख़ानम के जाने के बाद उसने बाथरूम का दूसरा दरवाज़ा जो टबबाथ की ओर खुलता था खोला और अन्दर जा कर दरवाज़ा बोल्ट कर लिया। पैकेट खोला और काग़ज़ देखने लगी। फिर पैकेट में वापस काग़ज़ को रख करके उसने वह छोटा-सा पैकेट कपड़ों के अन्दर छुपा लिया और बाथरूम से बाहर निकल आई। कमरे में धुँआ गहरा हो गया था। कुछ औरतें थककर सोफ़े पर बैठी सिगरेट पी रही थीं, कुछ अब भी नाच में मगन थीं मगर उनके हाव-भाव से लग रहा था कि वह थक गई है। तय्यबा ने सोचा, मौक़ा अच्छा है चुपचाप निकलने का सो वह फरीबा ख़ानम की तरफ बढ़ी मगर तभी एक बड़ी स्मार्ट बूढ़ी औरत ने उसकी कमर में हाथ डाला और उसे सोफ़े पर बिठाने लगी, "आओ इधर बैठो, तुम जवान हो कर थकी लग रही हो, संगीत तुम्हें अच्छा नहीं लगता है ? भावनायें तुम्हें पागल नहीं बनाती हैं ? यह वातावरण तुम्हें उकसाता नहीं ? आखिर तुम इतनी शांत क्यों हो ? बोलो ?"

"ज्वालामुखी जब तक फटता नहीं तब तक शांत दिखता है लोगों को मगर उन्हें क्या पता उसके अन्दर कैसे शोले भड़क रहे हैं। कौन-सा लावा पक रहा है।" तय्यबा ने बहुत घृणा से कहा। उसे यह औरत इस उम्र में केवल एक माँस का, काम वासना का लोथड़ा लगी।

"मेहरू, एकदम तुम्हारी बेटी वाली बातें हैं," पास बैठी हुई एक औरत ने कहा।

"हाँ, जैनब! मेरी बेटी, मेरी जवान बेटी, कैसी गहरी नींद में डूब गई। दिवानी! कहीं इस उम्र में कोई यूँ सोता है ?" मेहरू ख़ानम ने तय्यबा की कमर से हाथ निकालकर मुँह ढक लिया। संगीत बन्द हो गया था। औरतें धीरे-धीरे करके सुस्ताती हुई अपने कपड़े पहन रही थीं। पन्द्रह मिनट बाद खिड़की खोल दी गई। कमरे का धुआँ छँटने लगा और स्लैक्स, फ्राक, स्कर्ट, पहने बूढ़ी औरतें जो अपने शरीर, मेक-अप और व्यवहार से अधिक जवान लग रही थीं, बड़ी शालीनता से बैठ गई

थीं। फरीबा ख़ानम किसी को चाय किसी को शरबत दे रही थीं। तभी किसी ने कहा, "आठ बज रहे हैं। टी०वी० खोलना, समाचार आते होंगे।"

"क्या करना है समाचार सुन कर ?" किसी ने उकताये स्वर में कहा।

"वही दाढ़ी वाले चेहरे दिखेंगे," किसी ने झुँझलाकर कहा।

"रंग में भंग पड़ जायेगा," न चाहने पर टी०वी० खुल गया। समाचार आरम्भ होने में देर थी, किसी ने कहा, "यह कृषि समाचार और देश उन्नति के प्रोग्राम से अच्छा है कोई फ़िल्म लगा दो।"

वीडियो फ़िल्म लगायी गई। रंगीन रंगों ने सबका ध्यान टी०वी० स्क्रीन की ओर खींच लिया। दृश्य उभरा–चीख़-पुकार और बरसते कोड़े।

"अरे यह तो फ़िल्म स्पार्टकस है ?"

"या ख़ुदा बन्द करो। जिधर देखो उधर ही जुल्म और सितम।"

"देखने दो!" किसी अन्य आवाज़ ने फैसलाकुन लहजे में कहा।

स्पार्टकस सूली पर चढ़ा था। उनकी पत्नी अपन नवजात शिशु के साथ गाड़ी पर बैठकर जा रही है। घोड़ा गाड़ी रोकी जाती है। उस पर से बलपूर्वक उसकी पत्नी उतारी जाती है फिर वह चलती हुई पति को पहचान कर आगे बढ़ती है। स्पार्टकस की आँखें, चेहरा, पत्नी को निहारती नज़रें, बच्चे का चेहरा, और पत्नी की ऊपर ताकती आँखें और फुसफुसाते शब्द "मैं अपने बेटे को बताऊँगी, उसका पिता कौन था। मैं उसे बताऊँगी उसने रोम के लिए क्या सपने देखे थे।"

पत्नी की बातों को सुनते स्पार्टकस के कान और, पत्नी और बच्चे को निहारती उसकी बोलती आँखें–उसके पैर से हटता, मुलायम हाथ और जाती हुई गाड़ी। तभी किसी का हृदय-विदारक शब्द गूँजा, "बस करो।"

वीडियो बन्द करके टी०वी० समाचार आरम्भ हुआ।

"पता नहीं यह फ़िल्म कैसे लग गई। मैंने तो दूसरी लगाई थी ?" फरीबा ख़ानम कुछ चिंतित सी बोलीं। यह शायद असग़र ने बदल दी हो। ऊपर कैसिट पर तो जमीला का नाम लिखा है फिर जमीला का बैले डांस वाला कैसेट कहाँ गया ? अभी फरीबा ख़ानम इसी गुत्थी में उलझी हुई बड़बड़ा रही थीं कि शोर से चौंक उठीं।

टी०वी० पर मुजाहिदीनों पर आक्रमण और उन्हें समाप्त करने की ख़बरें थीं। साथ ही बन्दूक़, कारतूस, और कंट्रास्पेटिक की तस्वीरें थीं और बार-बार ऐलान हो रहा था कि यह जवान लड़के-लड़कियाँ केवल इन ग़लत कामों के लिए स्वतंत्रता चाहते हैं और इस प्रकार से राजनैतिक के नाम पर यह गुल खिलाते हैं।

"इस ज़रा से उन्माद के लिए कोई जान गंवाएगा।" एक औरत ने घृणा से कहा।

"ग़लत प्रचार करना कोई इनसे सीखे। सही आलोचना का जब उत्तर नहीं दे

पाते तो व्यक्तिगत प्रहार करते हैं और ऐसा प्रहार जिसे हमारा रूढ़िवादी समाज सबसे बुरा काम समझता है।"

"सब जानते हैं, हक़ीक़त क्या है, अब कोई इस पर विश्वास नहीं करता, सुनने को तो सब ही सुन लेते हैं।"

टी०वी० का समाचार रणक्षेत्र की ओर मुड़ जाता है। "दुश्मनों के पाँच हवाई जहाज़ गिराये। तीन हवाई जहाज़ चालकों को बन्दी बनाया और 500 इराक़ी मारे गये। इस युद्ध में केवल एक ईरानी जहाज़ आग लगने से ध्वंस हुआ। मरने वाले शहीद चालक का नाम जावेद मीखची था। उसकी बहादुरी पर..."

तय्यबा के पास बैठी औरत बेहोश हो गई। सारी औरतें शोकग्रस्त हो गईं। जावेद मीखची, शीरीन मीखची का इकलौता बेटा था। तय्यबा के लिए बार-बार भावनात्मक स्तर पर बदलते दृश्य पूरी तरह से झिंझोड़ रहे थे।

"हम अपने दुःख थोड़ी देर के लिए भूलने के लिए और पल-भर की खुशियाँ ख़रीदने के लिए क्या क्या हरकतें करते हैं कैसे कैसे वहरूप भरते हैं ?"

"मगर उसके बाद... ?"

"यहाँ किसकी कोख उजड़ने को बची है ? हर घर से एक-एक लख़्ते जिगर क़ब्र में जा कर सो गया है।"

"मगर किसलिये ?"

"मुल्लाओं की ज़िद्द के कारण।"

"मुसलमान, मुसलमान को मार रहे हैं या ख़ुदा! यह कौन-सा इस्लाम, कौन-सा धर्म है ? धर्म तो प्यार करना, क्षमा करना सिखाता है मगर इस देश में..."

पानी की छीटें डालने से शीरीन मीखची को होश आ गया। पहले उन्होंने आँखें फाड़कर इधर-उधर देखा फिर चीख़ मारकर अपने बाल और चेहरा नोचने लगीं। चेहरे पर ख़ून छलक आया था मगर वह दीवानावार अपने को कूट-पीटकर नोच-खसीट रही थीं। बाक़ी औरतें भी परेशान थीं। कुछ अपने बच्चों की याद में रो रही थीं। कुछ बुत बनी बस एकटक सामने देख रही थीं जैसे उनकी आँखों के सामने कोई ऐसा महत्वपूर्ण दृश्य चल रहा है जिससे आँखें नहीं हटा सकती हैं। तय्यबा को लगा, इस माहौल में उसका उठना और घर जाने की इजाज़त माँगना कठिन है। फरीबा ख़ानम ने चाय दम दी और फिनजानों में उँडेलना आरम्भ कर दिया। शीरीन मीखची भी कुछ सँभल गई थी। सबके मन पर पाँच फीट लम्बी क़ब्र बनी थी। बारी-बारी सब एक-दूसरे के कन्धे पर सर रखकर रो चुकी थीं। शीरीन ख़ानम का कन्धा भी, ज़हरा, बतूल, मेहरू, जैनब जाने कितनी सहेलियों के आँसुओं से तर हुआ था। किसी का बेटा मुज़ाहिद होने के कारण गोली से उड़ाया जा रहा था तो किसी का फ़िदाईन गुरिल्ला तो कोई अन्य मार्क्सवादी विचारों के कारण। बस शीरीन का बेटा था जो युद्ध में

शहीद हुआ था। उसका कोई उद्‌दश्य लग रहा था मगर अन्य लड़के-लड़कियाँ...उनकी मृत्यु ? केवल इस कारण कि वह अपने विचार पर अटल रहे ? क्या इसीलिये... ? क्या हो रहा है ? क्या सच है ? क्या होगा आगे ?"

थोड़ी देर बाद फरीबा ख़ानम ने खाना लगाना आरम्भ कर दिया। तय्यबा उनकी सहायता के लिए उठ गई।

"पहले एक महीने का बच्चा मर जाता था तो वर्ष-भर ग़म मनाते थे। काला कपड़ा पहनते थे मगर अब...।"

"अब तो रोज़ मरते हैं, अपने या पराये कहाँ तक ग़म मनावें-अब तो समझो हर दिन का कार्यक्रम या समझे रोज़ की दिनचर्या-सी हो गई है...दिल से पूछो जो हर पल रिसता है।"

"मगर फिर भी हम जी रहे हैं। हँसना नहीं भूले हैं।"

"पेट भरना नहीं भूले हैं। सोना और जागना नहीं भूले हैं।"

"कुछ भी नहीं भूले हैं। यह भी नहीं भूले हैं कि हम पर यातनाओं के पहाड़ टूट रहे हैं और हम...और हम...।" बाक़ी शब्द सिसकियों में डूब गये।

"इस बुढ़ापे में हम ज़िन्दा हैं और गोदियों में खिलाये हुए हमारे खिलौने मौत की नींद सो रहे हैं, इससे बड़ा अन्याय कहीं देखा है ? पाला हमने, रचा हमारी कोखों ने और उसे, उस फूल को किसने, किन हाथों ने तोड़कर कुचल डाला है, कौन पूछे जा कर कि क्या तुम मुर्दा जिस्म में जान फूंक सकते हो ? क्या जन्म दे सकते हो किसी को दोबारा ? फिर मारने का हक़ तुम्हें किसने दिया है ?"

"ख़ुदा भी जाने कहाँ है जो हमारी सहायता को नहीं पहुँच पाता है।"

तय्यबा का मन कर रहा था कि कुछ बोले, ऐसा कुछ बोले जिससे इनका दुख कम हो। खाना लग गया था। शीरीन ख़ानम के हलक़ से एक कौर भी नहीं उतरा। बाक़ी औरतों ने भी बड़ी मुश्किल से एक-दो कौर खाया। सब ही के चेहरे यातनाओं की कहानी कह रहे थे। बर्तन समेटकर फरीबा ख़ानम ने सबके लिए चाय उँडेली। तय्यबा ने सबको चाय दी फिर वहीं उनके समीप बैठ गई। थोड़ी देर बाद धीरे से बोली, "मैं कुछ कहना चाहती हूँ।"

"कहो! तुम कुछ बोलो तो सही," मेहरू ख़ानम ने कहा

फरार और रिहाई का अन्तर मेरे समीप बहुत गहरा और विस्तृत है। हमारा और आपका दुख एक है। हमारे बुजुर्ग दुख से फरार ढूँढ़ते हैं और हम रिहाई के लिए रास्ता खोज रहे हैं। रिहाई मौत भी है, नश्वर शरीर को छोड़कर निकल जाने वाली आत्मा का रूप भी। रिहाई यह भी है स्वतंत्रता की मंज़िल को पाने के लिए जीवन की आहुति। जीवन का बलिदान! यह रिहाई, यह मुक्ति का रास्ता मौत के पुल से गुज़रता है। पुल के नीचे सूखी नदी की गोद लाशों से पट रही है। हमारी अपनी लाशों से मगर आत्मा समाज की मुक्ति, समाज की रिहाई के रास्ते में बढ़

रही है। आने वाली नस्ल आपके पोते-पोती, नवासे-नवासी इस रिहाई का इस मुक्ति का स्वाद चखेंगे। उसे भरपूर तरीके से जिएँगे, इसलिये मौत पर आँसू बहाना वह भी विशेष कर इस समय जब ईरान का इतिहास बन रहा हो, केवल रिहाई का अनादर और अपमान है।"

तय्यबा के मुख को वह औरतें ताक रही थी जो पिछले पचास वर्षों से संसार की हर नेमत हर सुख का उपभोग कर रही थी और इस वर्तमान स्थिति वाले ईरान को लानत समझकर भविष्य में आने वाली विरानी की कल्पना से सिहर रही थीं। मगर यह समझना नहीं चाह रही थी कि यह जो हुआ है वह समय की माँग थी, आज जो हो रहा है वह भी उसी व्यवस्था का अभिशाप है।

दस बज गये थे। सबको जाना था, पास वाली औरतें पैदल ही टहलती टहलती निकल गईं। दूर वालियों में से एक ने तय्यबा को लिफ़्ट दे दिया कि वह रास्ते में घर के समीप छोड़ देगी।

जब एक-एक करके सारी औरतें लिफ़्ट से निकलकर सीढ़ी उतरकर नीचे सड़क के किनारे खड़ी कार में बैठ गईं तो चौकीदार ने मोटी-सी गाली दे कर कहा, "बुरा हो इस क़ानून का जो बन गया, वरना इन सबकी कारें चूर-चूर कर देते। इन्क़ेलाब के आरम्भ में सारी अमेरिकन कारों का भूसा भरा था।" उसके साथी ने उसकी बात सुनी और कटुता से कहा।

"कपड़े देखो, ज़ेवर देखो, खाना-पीना देखो, जाने इनको ख़ुदा ने इतना क्यों दे रखा है ?"

"कुछ तरकीब लगाना चाहिए-डरा-धमका कर कुछ पैसे तो ऐंठे जा सकते हैं...दिमाग़ लड़ाओ।"

"वायदा तो बहुत कुछ किया था हमें देने का सरकार ने मगर मिला कुछ नहीं। महँगाई अलग कमर तोड़ रही है।"

"इससे भले तो पहले ही थे, कम-से-कम ख़ुश-ख़ुश सोते और भरपेट खाते तो थे मगर अब दिमाग़ में उत्तेजना-सी बनी रहती है।"

"पता नहीं आगे क्या होगा ? लड़ाई ने अलग परेशानी बढ़ा दी है। जाने कब यह लड़ाई बन्द होगी।"

"छोड़ो! कुछ तरकीब निकालो...मैं चाहता हूँ पाँच सौ बारह वाली से कुछ पैसे ऐंठना ताकि कुछ आराम मिले मगर कैसे...तरकीब सोचनी पड़ेगी।"

"मैं तो इन बातों पर विश्वास रखता नहीं हूँ, तुम्हें भी कहता हूँ ऐसी बातें मन में मत लाओ।"

"क्यों न लाऊँ ? जानते नहीं हो कि अपने साथी कैसे-कैसे बने हैं। क्या था उनके पास आज सब कुछ है जो चाहते हैं पा लेते हैं। तुम समझते हो, यह ईमानदारी से पाया है। ख़ुदा की क़सम मैं सबका कच्चा चिट्ठा जानता हूँ।"

"बस! बस! छोड़ी यह बातें आगे मैं नहीं सुनता हूँ, चाहे तुम कुछ भी कहो।"
ख़ामोशी छा जाती है। चौकीदार तेज़ी से पैर हिलाता हुआ सोच में डूब जाता है।

महनाज़ की चचाज़ादं बहन सनोबर का आज विवाह है। घर मेहमानों से भरा है। शोर-शराबे की जगह ऐसा सुकून है जैसे घर में किसी की मइयत रखी हो।

"बहुत दिलकश लग रही हो ?" शहनाज़ ने सनोबर के सर पर सफ़ेद फूलों का ताज़ रखते हुए सामने आईने में उसे देखते हुए कहा।

"कपड़े सिले गज़ब के हैं, ख़ास करके यह लैस देखो...कितनी बारीकी है इसके काम में।" तय्यबा ने ताज के पीछे कमर तक झूलती जाली की तारीफ करते हुए उसको सनोबर के शानों पर बिखेरा।

"हमारी सनोबर की तो किसी ने तारीफ ही नहीं की ? एइ, तय्यबा, तुम हमेशा मुर्दा चीज़ों में हुसन देखती हो।" मलीहा ने ज़िन्दादिली से कहा। आज वह बहुत ख़ुश थी। बरसों बाद उसके चेहरे पर आभा की लाली दमक रही थी।

"हुलिया तो बिगाड़कर रख दिया है बेचारी का...जैसे सनोबर न हो, रंग से पुता कोई मुखौटा हो। रंग के तालमेल की तारीफ करूँ क्या ?" तय्यबा ने हँसते हुए कहा।

"मैं मना कर रही थी, इतना मेक-अप मत थोपो मगर मेरी सुनता कौन है ? सनोबर का मुँह उतर गया था।

"इस पगली की रहने दो। बिना मेक-अप के तस्वीरें अच्छी नहीं आती हैं। दूसरे इस तेज़ रोशनी में चेहरा भी फीका लगने लगता है।" शहनाज़ ने कहा और सनोबर के गले में रूबी और हीरों से जड़ा हार पहनाने लगी।

"बहुत ख़ूबसूरत है तुम्हारा यह हार सनोबर ?" शहनाज़ ने कहा। उसकी आँखों में मचलती हसरत किसी से छुपी नहीं थी।

"है भी तो दो सौ साल पुराना....ख़ानदानी है परनानी की परनानी का है।" सनोबर ने हँसते हुए कहा।

"यह भी कोई शादी हुई, न गाना न, बजाना।" सनोबर की ख़ाला गुस्से से बड़बड़ाती कमरे में घुसीं।

"क्या हुआ ख़ाला ?" सनोबर ने पूछा।

"कुछ भी नहीं। होने को क्या है ? ख़ुदा इन पासदारों को हमारे सर पर सलामत रखे जो हमारी हर बात का हिसाब रखते हैं...सीधे ज़न्नत जाएँगे...भूल ही गये हैं कि हमारी शादियों में क्या होता था ? हम न हुए लाशों पर रोने वाले बूढ़े गिद्ध हुए ? लड़की की शादी है और मौत का सन्नाटा यह भी कोई बात हुई ?" खाला काली चादर समेटती बड़बड़ाती वहीं सोफ़े पर बैठ गईं।

"सिरूश ने गाना शुरू किया था, बच्चों ने उस पर तालीं बजाकर ताल दी इसमें कौन-सी आफत टूट पड़ी ?" सनोवर की फूफी भी गुस्से से भुनभुनाती हुई कमरे में आईं। सनोबर को सजता देख कर उसके समीप गईं और उसके गालों पर प्यार किया।

"क्या फुफ़्को, सारा रूज़ आपने पोंछ डाला।" तय्यबा ने शरारत से कहा।

"कुछ सुना तुम लोगों ने ?" सनोबर की नानी बदहवास-सी कमरे में आ बोलीं।

"क्या ?" सबने एक साथ कहा।

"कहते हैं, शादी दस बजे तक समाप्त हो जानी चाहिए...पड़ोस में कोई मौलाना आ कर ठहरे हैं, उन्हें दिल की बीमारी है, शोर से ऐख़्तेलाज बढ़ेगा।" नानी बोलीं।

"यानी... ? उनको दिल की बीमारी है तो हमसे मतलब ?" सनोबर ने चिढ़ कर कहा। शहनाज़ उसके होंटों पर लिपस्टिक लगाने जा रही थी, वह हिल गई।

"यह क्या ? लिपस्टिक फैला दी न ?" शहनाज़ ने उसके होंटों के किनारे को पोंछते हुए कहा।

"तुम दुल्हन हो, शर्माई ख़ामोश बैठी रहो।" तय्यबा ने कहा।

"पड़ोस वाला मकान तो मोहक्किक आग़ा का है, उन्हें गये तो दो वर्ष हो रहे हैं। क्या लौट आए ?" ख़ाला ने पूछा।

"अरे! वह थोड़ी लौटे हैं...कमेटी के क़ब्जो में वह घर है, वही पर कोई कमबख़्त दाढ़ी वाला मुर्दा किरमान शहर से आ कर ठहरा है।" फूफी ने फूलदार चादर कमर के पास से कसते हुए कहा।

"कोई नहीं समझता है कि हमने कौन-सी आज़ादी खो दी है...मुझसे पूछो मैंने तो हर राज़ देखा है। रेज़ा शाह कबीर का, शहनशाह का और अब यह खुमैनी का...कहा नहीं था कि एक दिन शाह के विरुद्ध जाने वाले सर पीटेंगे...लो वह दिन जल्द ही आ गया मेरे जीते जी ही...पहले सयासी बात पर मुँह पर ताला लगा था, आज हमारी हर बात पर पहरा है, उनसे पूछ कर बाथरूम जाओ, उनसे पूछ कर छींको...और लगाओ नारे...।" नानी क्रोध से काँप रही थीं और नकलें करके हाथ हवा में नचा रही थीं। उनको देख लड़कियों ने अपनी मुस्कान छुपाई।

"अरे! आपके शाह ने कौन-सा सुखी रखा हमें, उसी की देन है सब कुछ नानी!" तय्यबा ने नानी के गले में बाँहें डालते हुए कहा।

"तुम चुप रहो, बड़ी आई इन्क़ेलाबी सूरमा। मैंने यह बाल धूप में सफ़ेद नहीं किये हैं।" नानी ने अपने रंगे सुनहरे बाल दिखाते हुए कहा।

"नानी, तय्यबा को समझाएँ, यह बहुत बिगड़ गई है, कहती है कि 'सरकार की बुराई करने वाला सरकार का दुश्मन होता है, उसे फ़ौरन कमेटी के..." शहनाज़ ने शरारत से कहा।

"मैं नहीं डरती तुम्हारी तय्यबा से, न सरकारी पासदारों से। सनोबर के बाबा डरे बैठे हैं वरना, मैं तो गाना, नाच सब करती। भला यह कोई बात हुई हमसे हमारा रीति-रिवाज, हमारा अपनापन, सब कुछ छिना जा रहा है।" नानी ने चिढ़ कर कहा।

"कहते हैं, ईद-ए-नौरोज़ को शाही त्योहार है, भला हम ईरानी न हो गये अहमक़ हो गये...हमारे पुराने रीति-रिवाज हमारे नहीं बल्कि पहलवी काल के हुए ? अपनी आपसी दुश्मनी को हमसे बदला क्यों निकाल रहे हैं।" फूफी ने कमरे से निकलते हुए कहा।

"युद्ध है फूफी इसलिये कह रहे होंगे, इतना बुरा क्यों मान रही है ? आप खुद सोचें मौत के घर के आस-पास गाना-बाजाना क्या अच्छा लगेगा ?" शहनाज़ ने धीमे से कहा।

"तुमने भी क्या ख़ूब कही-बच्चों को लेमनचूस दे कर बहलाने वाली बात-मैं समझती नहीं हूँ क्या कि मौत पर शहादत के तराने गाये जाते हैं तो क्या वह गाना-बजाना नहीं हुआ ?" ख़ाला भी उठती हुई आखिर बोल पड़ी।

इस बात पर सब चुप हो गये।

"ख़ुदा रसूल का नाम तबले, सारंगी, सितार पर गाते बूटों के साथ मार्च करते हुए यह ईरानी कौन है ? यह कौन-सा धर्म है ? धार्मिक गीत गाओ मगर शुभ अवसरों पर भी ख़ुशी के गीत का गला घोंट दो, भला क्यों ?" नानी ने शुगून की सेनी को ठीक करते हुए कहा।

"ख़ैर छोड़िए! ख़ुशी का दिन है, दिल जला कर क्या मिलेगा।" शहनाज़ ने कहा और सनोबर के उतारे हुए कपड़ों को हैंगर में टांगने लगी।

"अपनी लाड़की का देखें।" शहनाज़ ने कहा।

तीनों बूढ़ी औरतों ने एक-एक करके सनोबर के सर पर से सदक़े का रुपया निछावर करके मेज़ पर रखी प्लेट में रखा। मलीहा दो मीटर लम्बे मैक्सी के फैलाव को बड़ी ख़ूबसूरती से सनोबर के पैरों के पीछे फैला रही थी।

"सिर्फ़ आधा घण्टा बाक़ी है नानी फिर तो निकाह के बाद एयरफ़ोर्स का अफसर आपका दामाद हो जाएगा। हुक्म दीजिएगा वहीं पर बम्ब गिराएगा।" तय्यबा ने माहौल के बोझिलपन को कम किया।

"आपको भला क्या दुख...चुन-चुन कर नाम बताइएगा।" शहनाज़ ने फूलों का गुलदस्ता सनोबर के हाथों में थमाते हुए कहा।

"फ़ोटोग्राफर आ गया है, सनोबर तैयार हो तो भेज दूँ।" सनोबर के चचा ने कहा।

"सनोबर तैयार है अम्मू!" मलीहा ने कहा।

"तुम लोग भी अपने चेहरों को पेन्ट कर लो वरना सनोवर के सामने सबके

चेहरे फ़्यूज़ लगेंगे।" तय्यबा ने हँसते हुए कहा।

"इसकी बदतमीजियों का कोई जवाब नहीं है।" मलीहा ने तय्यबा की पीठ पर घूँसा मारते हुए कहा।

"सच्ची बात हमेशा झूठ लगती है।" शहनाज़ ने चेहरे पर लिक्विड मेक-अप ठीक करते हुए तय्यबा ने कहा।

फ़ोटोग्राफर ने कमरे में आते ही अपना कैमरा स्टैंड पर जमा दिया। सनोबर को बीच में खड़ा करके सारी सहेलियाँ उसे घेर कर खड़ी हो गईं।

बाहर मेहमानों का जमघट बढ़ गया था। अधिकतर दूल्हा के साथ आये हुए मेहमान एयरफ़ोर्स के आफ़िसर थे। निकाह के बाद खाना आरम्भ हो गया था। सनोबर के पिता बार-बार घड़ी देख रहे थे। साढ़े नौ हो गये थे और आधे से अधिक मेहमानों ने खाना आरम्भ नहीं किया था। बार-बार कहने पर भी लोग बातों में मस्त थे।

सनोबर और जमील ऊपर तख़्त पर खड़े थे। आने-जाने वाले उनसे हाथ मिलाते तोफ़ा देते इधर से उधर जा रहे थे। रात अधिक न हो जाये इस कारण शहनाज़ ने जाने की इजाज़त माँगी। परी उसको छोड़ने के कारण तैयार हो गई। दोनों सहेलियाँ अभी बाहर निकल ही रही थीं कि दरवाज़े से घुसते बन्दूक़धारी पासदार नज़र आए।

"युसुफ आग़ा! दस बज कर पाँच मिनट हो गये हैं।" एक पासदार ने घड़ी देखते हुए बहुत कठोर स्वर में कहा।

"बस! ज़रा...।" युसुफ आग़ा ने लजाजत से कुछ कहना चाहा।

"बस, बस कुछ नहीं! लाइट दस मिनट के अन्दर बुझ जानी चाहिए। आप लोगों को युद्ध का खयाल करना चाहिये जबकि आपके दामाद माशाअल्ला एयरफ़ोर्स आफ़िसर हैं।" उसके इस कटाक्ष से सबके चेहरे सफ़ेद पड़ गये। कुछ के खाते हाथ-मुँह और प्लेट में ही थम गये। कुछ ने हाथ में पकड़ी प्लेट मेज़ पर रख दी और फ़ौरन चलने की इजाज़त माँगने लगे। युसुफ आग़ा का चेहरा दुख और अपमान से तमतमा रहा था। कनपटी से बहती पसीने की धारा गर्दन पर से हो कर कमीज़ में जज्ब हो रही थी। पासदार वहीं एक तरफ खड़े-खड़े पहले इधर-उधर अपनी पैनी दृष्टि से कुछ देखते रहे फिर युसुफ आग़ा की ओर देख कर बोले–

"केवल आठ मिनट!"

"चश्म! सर आँखों पर आपका हुक्म," युसुफ आग़ा ने अदब से सर झुकाये क्रोध से काँपते शरीर को सँभालते हुए कहा।

"शादी का घर है, आप आए, हमारे मेहमान हुए, मुँह तो मीठा करते जाएँ।" पेस्टरी की प्लेट उठाते हुए सनोबर के चचा जमाल आग़ा ने कहा।

"हम ड्यूटी पर हैं, शाह का दौर गया जब रिश्वत के साथ काम होता था।" हँसते हुए पासदारों ने कहा और चले गये। इस बात को सुन कर न केवल जमाल

आग़ा की आँखें बल्कि सबकी आँखें नीचे झुक गईं। अदब और आदाब जो ईरानी समाज का गहना थीं क्या हुआ उसको ? या अल्लाह!

मेहमानों ने एक-एक करके विदा ली। युसुफ आग़ा के गले में कुछ गोले जैसा अटका था। उनकी पूछने की हिम्मत नहीं पड़ रही थी कि आया अपने भोजन किया या नहीं ? उन्हें पता था बहुत लोग बातों में समय को भूले हुए थे और इस समय उनकी ड्योढ़ी से बिना शादी का खाना खाये जा रहे हैं। ऐसी हालत में जब वह इसरार नहीं कर सकते तो पूछने से फ़ायदा भी क्या ? सनोबर और जमील अपनी सजी कार में बैठ कर रुख़्सत हो गये थे। किसी भी प्रकार की बदमज़गी के डर से आतंकित घर के लोग ठीक से बेटी को बिदा भी नहीं कर पाये थे जब कि चेहरों पर आँसुओं में डूबा विषाद था।

## 6

सीमा रखा से काफ़ी फासले पर ख़ालिद और परी कार में बैठे समाचार की प्रतीक्षा कर रहे थे कि कब सीमा को पार करने का आज्ञा-पत्र हाथ आता है। कुछ दूर पर एक धब्बा-सा नज़र आया। नज़दीक पहुँचने पर पता चला कि शलवार-कुर्ता पहने एक बिलोची है। ख़ालिद कार से उतरा और आगे बढ़ा। बिलोची के पीछे दो अन्य ईरानी आते नज़र आए। एक जगह पर जा कर चारों मिल गये। कुछ देर बातें हुईं। ख़ालिद के मुख का रंग बदल गया था। पहले वह समझाता रहा फिर उदासी से मुड़ा और परी के समीप आया। सीट पर बैठ कर ठण्डी साँस भरी और परी की ओर मुड़ा। उसकी आँखें एक विचित्र भाव लिये थीं जिसमें दर्द भी था और दुःख भी। इन सबसे ऊपर एक मजबूरी भी नृत्य कर रही थीं। इतने सारे भावों को एक साथ ख़ालिद की आँखों में देख कर परी कुछ समझ नहीं पाई। परी की आँखों में लपकती प्रश्नसूचक व्याकुलता को देख कर ख़ालिद ने उसके दोनों हाथों को अपने हाथों में लिया और उसे बड़ी आहिस्ता से होंटों और आँखों से लगाया। जब सर उठाया तो परी ने उसकी आँखों में बारिश की बूँदों की नमी देखी।

"क्या बात है ? बोलो तो ? मेरा तो दिल बैठा जा रहा है ?"

ख़ालिद चुप रहा, एक-दो बार मुँह खोला फिर चुप हो गया। उसके इस व्यवहार से परी बेदम सी हो गई।

"कुछ तो बोलो ख़ालिद। तुम्हें बच्चों की क़सम है।"

"क्या बोलूँ ? जो बात स्वयं हलक़ से नहीं उतार पा रहा हूँ, वह तुमसे कैसे कहूँ!"

"कह के देखो! मैंने आज तक तुम्हारा कहा टाला है ?"

"मगर यह बात मेरी इच्छा के विरुद्ध दिशा की है, तुम सुनोगी तो अपमानित और क्रोधित दोनों होगी।"

"मैं तुमसे क्या कहूँ ? तुमने शायद मुझे पूरा समझा ही नहीं ? मौक़ा ही कब मिला तुम्हें ?"

"मुझे शर्मिन्दा मत करो! ज़िन्दगी-भर प्रताड़ना की प्रतीक्षा करता रहा तो चुप रही, आज जब मैं सम्पूर्ण वजूद के साथ तुम्हारी भावना का आदर कर रहा हूँ तो उलाहना दे रही हो ? मेरे प्रति सदा अन्यायपूर्ण व्यवहार किया है तुमने।"

"शिकवा करने का मेरा हक़ भी तुमने ले लिया, मैं उत्तेजना और भय से मरी जा रही हूँ और तुम हो कि मेरी माँसपेशियों की मज़बूती की परीक्षा ले रहे हो।"

"क्या कह रही हो ?"

"बिना कहे भी तो कुछ समझा करो। मुझे समझो। अपनी पत्नी, अपनी हमसफर को। मुझसे ऐसा व्यवहार करते हो जैसे कोई अतिथि से करता है या फिर दुश्मन से भेद छुपाता है। अपनों के बीच कोई भावना, कोई विचार छुपाना मैं अपराध समझती हूँ। इस समय भी तुम मुझ पर लांछन लगा रहे हो कि तुम से सदा अन्यायपूर्ण व्यवहार किया है मैंने ?...जबर्दस्ती चीज़ें झपटी जा सकती हैं मगर भावनाएँ नहीं, भावना का अंकुर स्वयं फूटता है...मैं तुमसे अपना प्यार क़ानून के द्वारा माँग कर करती भी क्या, जब तुम मेरे पहलू में रह कर भी मेरे न बन पाते ?"

"ख़ैर! यह वक़्त ऐसी बातों में उलझने का नहीं है। हम वापस चलते हैं, तुम्हारी तबियत भी ठीक नहीं है।" ख़ालिद ने परी का चेहरा प्यार से दोनों हाथों से थपथपाया।

"क्यों वापस चलूँ ? एकाएक क्या हो गया ?"

"हुआ यह कि वह जो शर्त लगा रहे हैं या समझो तरकीब बता रहे हैं उसके बिना सीमा पार करना नामुमकिन है, मेरे लिये और विशेष कर तुम्हारे लिये, उस बात को मानना कठिन है।"

"सुनूँ तो आखिर हुआ क्या ?" परी ने कहा।

इसी बीच वह तीनों चलते हुए इनकी ओर आये और आधे फलांग की दूरी से बोले, "हाज़ी! क्या सोचा ?"

ख़ालिद ने इशारे से पाँच मिनट का समय माँगा फिर एकाएक बोल पड़ा, "उनका कहना है कि आजकल सीमा के पार वही जा सकती हैं, जिनके पति पाकिस्तान में हो। सो औरत को किसी भी नाम से फ़र्ज़ी निकाहनामा पर दस्तख़त करना पड़ता है, उस पार जा कर तलाक़ होता है मगर इससे खाना-पूरी हो जाती है। उनका कहना है कि इस बीच इतने ईरानी गये हैं कि अब प्रतिबन्ध लगा दिया गया है।" ख़ालिद एक साँस में सारी बात कह कर सीट से टिक कर बैठ गया और जबड़े की

उभरी हड्डी से लग रहा था कि वह अपने अन्दर उठे आवेश के आवेग को रोक रहा है। परी को तो जैसे सकता हो गया। मुख खोले वह कभी ख़ालिद को ताक रही थी तो कभी सामने चटियल मैदान में खड़े उन तीन बन्दूक़धारियों को। पाँच मिनट गुज़र गये। दोनों अपने-अपने स्थान पर जड़ बैठे रहे। वह तीनों बन्दूक़धारी आगे बढ़े और धीरे-धीरे चलते हुए कार के समीप आ कर खड़े हो गये। उनमें से एक ज़ोर से खंखारा जिसकी आवाज़ से ख़ालिद ने चौंक कर सर घुमाया फिर परी की ओर देखा जिसकी आँखों से बेशुमार आँसू गिर कर काली चादर में जज़्ब हो रहे थे।

"हाजी इसके बिना कोई चारा नहीं है, आपकी पत्नी हमारी बहन! हमारा ईमान इस्लाम है! यक़ीन करो, कोई अनर्थ नहीं करेंगे। हमारी एक ज़बान। पैसा आपसे लिया है, पूरा काम जान पर खेल कर अंजाम देगें।"

उसकी बातों से परी चौंकी। मन को तसल्ली-सी हुई जैसे कोई कह रहा हो, समय का यह भी अन्याय सह लो जो न सोचा वह भी करना पड़ रहा है। परी ने हाथ बढ़ा कर ख़ालिद का हाथ छुआ और कहा, "जवाब दे दें कि हम राज़ी हैं।"

सूसन का गाँव वाला घर सज-बन कर तैयार हो गया था। आँगन भी फूलों से भर गया था, उसकी गोद भी दो मास बाद भरने वाली थी। सारा दिन वह छोटे-मोटे कपड़े सीने और नन्ही रजाइयों पर लैस लगाने में गुज़ारती थी। अब्बास आग़ा ने भी खेती का अच्छा कार्यक्रम जमा लिया था। फसल कटने को तैयार थी। बाप-दादा की जमी-जमाई इज़्ज़त प्राप्त हो गई थी। प्यार लोगों से मिला। मेहनत से धरती ने सोना भी उगला। हर तरह से दोनों प्रसन्न थे। इस समय भी घर के आँगन में बैठे हुए चाय पी रहे थे।

"चलिये, तारों वाला खेल खेलते हैं।"

"यह क्या होता है ? मुझे तो पता नहीं है, पहले बताओ तो मुझे ?"

"देखिये इच्छा का तारा आप चुन लें, मैं आसमान पर बिखरे तारों में से आपकी इच्छा का तारा ढूँढूगी, ढूँढ लिया तो इच्छा पूरी, न ढूँढा तो..."

"यह तो..."

"आप चुनें।"

"हूँ! अच्छा...लो चुन लिया...।"

सूसन पाँच सेकेण्ड तक सर उठाये आसमान का निरीक्षण करती रही फिर पूर्व की तरफ सब से चमकीले और बड़े तारे की ओर इशारा करके बोली, "वह देखिए! वह रहा आपका तारा!"

उसकी इस अदा पर अब्बास कहकहा मार कर हँस पड़े।

"क्यों ? क्या मैंने ठीक नहीं बताया ?"

"एकदम सही बताया है, वही है मेरी इच्छा का तारा।"

"अब यह भी बता दूँ, क्या इच्छा थी ?"

"अगर बता दो तो मैं मान जाऊँ कि यह लड़कियों वाला खेल नहीं, बल्कि ज्योतिष विद्या की पंडित हो तुम!"

"आपने अपने आने वाले बच्चे की कल्पना पुत्र के रूप में की है! क्यों ठीक है ?"

"एकदम! मगर यह कैसे जाना ?"

"बस जान लिया। थोड़ा-सा यदि ह्यूमन साइकोलॉजी का ज्ञान हो तो इन्सान श्रृंखला जोड़ता चला जाता है।"

इसी बीच बाहर से किसी के पुकारने की आवाज़ आई और अब्बास "अभी आया" कह कर बाहर निकले।

सूसन ने सारे जूठे बर्तन समेटे और किचन में जा कर रखे फिर अपने कमरे में जा कर उसने टी०वी० खोला, तस्वीर धुँधली नज़र आ रही थी। जुलूस का दृश्य था। बच्चे नारे लगा रहे थे। हाथों में बड़े-बड़े पोस्टर थे फिर युद्धक्षेत्र का समाचार आया-गिरते मकान, रोते लोग, बिखरी लाशें। उसी के बाद आय्यतउल्लाह ख़ुमैनी का भाषण आरम्भ हुआ। सूसन ने टी०वी० बन्द कर दिया और रेडियों खोल कर संगीत सुनने लगी।

"कहाँ होगी परी इस समय ? जाने मलीहा का क्या हाल है ? तय्यबा तो जाने किस भूलभूलैया में फँसी होगी, ख़ुदा करे ज़िन्दा हो, हम सबसे अच्छी महनाज़ निकली, कम से कम देश से दूर विदेश में सुख से तो रह रही है। यूँ चिन्ताभय से अधमरी तो नहीं रहती है। क्यों न महनाज़ को पत्र लिखा जाये, शायद कल कोई शहर जाये तो वहीं से पोस्ट कर देगा। यह सोच कर सूसन बिस्तर से उठ कर कुर्सी पर बैठ गई और पत्र लिखने लगी। मन की बहुत सारी बातें लिखीं। गुज़रे कल की मीठी यादों का जिक्र किया।

"क्या लिख रही हो ? आज खाना नहीं खाओगी ?"

"ओह, आप आ गये ? अभी खाना लगवाती हूँ। आप कपड़े बदल लें। कहाँ चले गये थे ? बड़ी देर में लौटे ? मैंने बोर हो कर महनाज़ को पत्र लिखना आरम्भ कर दिया," कहती हुई सूसन किचन की ओर बढ़ी।

खाने के बाद दोनों सदा की तरह बाहर टहलने निकले। रास्ते में जान-पहचान वालों से रुक कर बातें और सलाम करते हुए वह खेत की ओर निकल पड़े।

"युद्ध ने भीषण रूप धर लिया है। दक्षिण की ओर स्थिति शोचनीय है।"

"जाने यह युद्ध कब समाप्त होगा। हर बहाने से ईरानी जवान मर रहे हैं। क्या होगा आगे ?"

"ख़ुदा जाने।"

टहल कर जब वे लौट रहे थे तब उन्हें किसी ने ख़बर दी कि 'जेहादे साज़न्दगी' इस गाँव में हमामखाना बनवाने वाली है। ख़बर इच्छी है मगर हमामखाना गाँव के बीचों बीच में बनेगा। सुन कर अब्बास आग़ा के कान खड़े हुए। समझ गये कि ज़ासूसी का नया अन्दाज़ आरम्भ होने वाला है ताकि वहाँ से सारे गाँव पर नज़र होगी, कौन आ रहा है क्या कर रहा इत्यादि, वरना हमाम सदा आबादी से थोड़ा फ़ासले पर बनता है ताकि लोगों को झिझक न हो। इस ख़बर पर अब्बास आग़ा कुछ बोले नहीं। बस सर हिला कर रह गये।

रात को सूसन गहरी नींद में डूब गई मगर अब्बास आग़ा की आँखों में नींद न थी। वह चुपचाप तकिये पर सर रखे भविष्य में आने वाले ख़तरे की कल्पना कर रहे थे। उन्हें लग रहा था कि आम आदमी कब इस धरती पर अपनी मर्ज़ी से जियेगा। कब तक यह साये उसका पीछा करते रहेंगे ? आखिर कब तक ?

तेहरान विश्वविद्यालय के पास से गुज़रती हुई तय्यबा ने ठण्डी साँस भरी। मुख्य द्वार बन्द था, द्वार के ऊपर नीले-लाल अक्षरों से लिखा था कि विश्वविद्यालय सांस्कृतिक क्रान्ति के बाद खुलेगा यानी एक और क्रान्ति अभी आनी बाक़ी है। दो वर्ष से सम्पूर्ण देश के विश्वविद्यालय बन्द हैं। केवल जुमे को नमाज़ पढ़ने के लिए लाख-डेढ़ लाख औरत-मर्द जमा होते हैं। द्वार के दोनों ओर बालू की बोरियों के पीछे बैठा बन्दूक़धारी किसे निशाना बनाना चाहता है ? जो थे वह तो भाग गये, मारे गये या अण्डरग्राउण्ड हो गये। फिर... ? किस दहशत के लिए ? दो वर्ष पहले यहीं इस विश्वविद्यालय के सामने शाह के विरुद्ध प्रदर्शन करने वाले लड़कों पर शाही फ़ौज ने मशीनगनें चलाई थीं, जो संसार की पाँचवीं ताकत समझी जाती थी। अपने ही देश के विद्यार्थियों के सीने छलनी किये थे। नाली, फुटपाथ, सड़क पर लाशें-ही-लाशें थीं। चार सौ लड़के दो घण्टे में दम तोड़ गये, अलबुर्ज़ की पेशानी से टपकता पानी जो चेनार की जड़ों को सींचता बहता रहता था जिससे थके राहगीर हाथ-मुँह धोते थे, उस दिन ख़ून से लाल हो गया था। लग रहा था जैसे ख़ून की नदी बह रही हो और फिर वही इतिहास इस कम्पाउण्ड में दोबारा दोहराया गया। वर्तमान सरकार ने धुआँधार सड़कों के पार से मशीनगनों द्वारा विश्वविद्यालय के अन्दर लड़कों को भून कर रख दिया था—सब कुछ फिर समाप्त हो गया, बिखर गया। आज इसी विश्वविद्यालय के सीखचों पर लोग बड़े-बड़े रंगीन पोस्टरों की दूकान लगाये उसे बेच रहे हैं। सामने ही धार्मिक किताबें तख़्त पर सजी हैं। विश्वविद्यालय के सामने किताबों की दूकानें भरी रहती थीं। इन्क़ेलाब के बाद तो जैसे तूफ़ान था जो किताबें ख़रीदने और पढ़ने के लिए उमड़ा चला आता था। क्या किताबें छपी थीं, पिछले पचास वर्ष की धूल से अटी पाण्डुलिपियाँ छप कर दूकानों

में भर गई थीं मगर यह प्रकाश कितने समय के लिए था ? एक वर्ष बाद ही सब कुछ समाप्त होने लगा–आज इस धरती पर पढ़ा लिखा होना बड़ा अभिशाप है। अब न किताबें बची हैं, न पाण्डुलिपियाँ, न लेखक–सब कैसे साज़िशी तरीक़े से हुआ है ? तय्यबा विचारों में डूबी चलती जा रही थी।

एक समय था जब हर बुधवार को लेखक संघ में सब जमा होते थे। क्या गज़ब के लेख पढ़े जाते थे फिर उन लेखकों को जो वर्तमान सरकार के प्रति नर्म थे, उन्हें निकाल दिया गया। कुछ स्वतन्त्र हो कर घर में बैठे लेखन करने लगे और कुछ ने तोदे पार्टी के लेखक संघ को अपना लिया...उस लेखक संघ ने वर्तमान सत्ता की तारीफ में ज़मीन–आसमान के कुलाबे हिला दिए, या ख़ुदा! क्या बुद्धिजीवी इतने अवसरवादी भी हो सकते हैं ? क्या–क्या षड्यंत्र नहीं किये उन लोगों ने ? एक–एक करके प्रगतिशील लेखक संघ के लेखकों पर अत्याचार बढ़ने लगे। नौकरी तो दो वर्ष से सबकी छूट चुकी थी। पहले जमा खाया गया फिर चीज़ें बिकीं फिर फाका आरम्भ हुआ मगर...अपने वर्ग की धाँधली और मक्कारी कितनी दुखदायी होती है ? एक बार फिर सारी क्रान्ति को तबाह कर दिया–एक बार फिर सब कुछ समाप्त कर दिया...कितने नीचे हो सकते हैं इंसान भी ?

सामने सिनेमा हॉल था। भीड़ गज़ब की थी। कोई पोलैण्ड की फ़िल्म लगी हुई थी। तय्यबा के लिए सड़क पर चलना कठिन हो गया। उत्तेजना के मारे हलक़ सूख रहा था। पसीना उसके बदन से बह रहा था। मुड़ कर वह फल की दूकान की ओर बढ़ी और एक गिलास शरबत के पैसे काउण्टर पर रखे। शरबत पीने के बाद वह बाहर निकली। अभी केवल तीन बजे हैं, पन्द्रह मिनट बाक़ी हैं मुस्तुफ़ा के आने में। आगे जाना बेकार है। लौट कर चलती हूँ तूस पुस्तक भण्डार के समीप उन्हें मिलना है। आहिस्ता–आहिस्ता वह विण्डो शॉपिंग करती हुई चलने लगी। यही सड़कें थीं, इन्क़ेलाब के आरम्भ में किताबों, पैम्फलेट, कैसिट और जाने किन–किन चीज़ों की दूकानों से भर गई थीं। यह दूकानें अधिकतर पढ़े–लिखे या विदेश में पढ़ने वाले लड़कों ने खोली थीं। वीज़ा लौटने का मिला नहीं। विश्वविद्यालय बन्द। बेकारी, महँगाई और माँ–बाप पर बोझ। कितनों के पिता भी समय से पहले रिटायर कर दिये गये थे मगर कुछ दिनों बाद वे दूकानें भी जबर्दस्ती मैन्सुपिल्टी ने बन्द करा दीं...हर पल साँस लेने का संघर्ष कितना कठिन, कितना दुष्कर है। सरकार हर प्रकार से विद्यार्थियों और प्रगतिशील वर्ग को तोड़ना चाह रही है। पैसे, बेकारी, मृत्यु, जेल, हर प्रकार की असुविधा उनके लिए मौजूद है। अंकुश...उसका कहना ही क्या ?

तय्यबा की जान–पहचान के कई लोग नज़र आये मगर उन्होंने तय्यबा को पहचाना नहीं। तय्यबा को संतोष हुआ कि स्कार्फ सर पर बाँध कर और ढीला–ढाला कोट पहन कर सचमुच वह बदल गई है।

दूर से ही तूस पुस्तक भण्डार के सामने फुटपाथ पर लगी समाचार-पत्रों की दूकान पर मुस्तुफ़ा को खड़ा उसने देख लिया था। तेज़ी से आगे बढ़ी और दूकान पर पहुँच धीरे से बोली, "सलाम!"

मुस्तुफ़ा ने कनखियों से उसे देखा। तय्यबा ने अख़बार की एक प्रति उठाई फिर पैसे के लिए जेब में हाथ डाला, कुछ काग़ज़ निकल आये। उसे अख़बार के बीच में रख उसने जेब में हाथ डाला और पैसा अदा करके वह दूसरी मैगज़ीन देखने लगी।

मुस्तुफ़ा ने बड़ी फुर्ती से तय्यबा के हाथों से वह मुड़ा समाचार-पत्र निकाला और आगे बढ़ गया। तय्यबा चुपचाप खड़ी मैगज़ीन देखती रही फिर बड़े विश्वास से मुड़ी और सड़क पार करके बस स्टाप पर जा कर खड़ी हो गई। उसका मन हल्का था। कल इस लेख को उसके पेपर में छपना था। सारी रात बैठ कर उसने लिखा था फिर फ़ोन की प्रतीक्षा करने लगी थी। लगभग दो बजे रात को घण्टी बजी थी। उठाने पर केवल कहा गया था, "दस मुस्तुफ़ा तूसी, या अली!"

उसने रांग नम्बर कह कर रख दिया था। अधिक बात करना तो दूर आजकल वे केवल शब्दों का उच्चारण भर करते थे। इसका कारण था कि अधिकतर प्राइवेट फ़ोन टेप होते थे। युद्ध के सारे अपंग यही काम कर रहे थे।

सुबह वह घर से नौ बजे निकली थी। दस बजे मिलना था।। पूरी गली पासदारों से भरी थी। उसी गली में दो ऐसे लोगों के घर थे जो वास्तव में महत्वपूर्ण थे। क्योंकि सदा बारह बजे रात के बाद वहाँ पर कारें आनी-जानी शुरू होती थीं। कौन थे, क्या थे, पता नहीं चल पाया था। अभी कुछ दिनों से यह सिलसिला आरम्भ हुआ था। पहले यह दोनों मकान ख़ाली थे, इसके दोनों मालिक शाही फ़ौज में अफसर थे। वर्तमान सत्ता में फाँसी पर चढ़ा दिये गये थे। कुटुम्ब का क्या बना था। कुछ पता नहीं चल पाया था। बस एक समाचार काफ़ी दिन तक लोगों की चर्चा का विषय बना रहा था कि उनमें से एक अफसर की जवान लड़की जोहरा जो बहुत हसीन थी इन्हीं मौलवियों में से किसी के घर है। सच या झूठ मगर लोगों का आक्रोश जब तब प्रकट होता रहता था जिससे घटना की सत्यता का विश्वास होने लगता था। उनका ख़ाली मगर सजासजाया घर राजनैतिक गढ़ बन गये हैं। ऐसे-ऐसे ख़ाली घर तेहरान के हर मोहल्ले में भरे पड़े हैं। कुछ धनाढ्य लोग तो कैश इत्यादि समेट कर इन्क़ेलाब के आरम्भ में ही भाग गये थे। कुछ के पास कई-कई मकान होने के कारण उनसे मकान और कोठियाँ छीनी गई थीं। तय्यबा मन-ही-मन सोच रही थी। उस जैसे लोगों के पास न गुज़रे कल न आज आने वाले कल में कुछ होगा। शायद कल यह बदन भी न रहे। कुछ भी पता नहीं है... एक-एक करके सारे साथी टूटी माला के मोती की तरह बिखरते जा रहे हैं।

इस समय दोपहर के बारह बज रहे थे। गली में सन्नाटा छाया हुआ था।

केवल नानबाई की दूकान पर रोटी के लिए बहुत बड़ी लाइन लगी हुई थी।

सीढ़ियाँ चढ़ कर वह ऊपर पहुँची। कमरे का दरवाज़ा खोल कर वह अन्दर घुसी। धूप का तिरछा तिकोन पढ़ने वाली मेज़ पर पड़ रहा था। उसने छत की ओर खुलने वाले दरवाज़े के पर्दे खींचे और दरवाज़ा खोला। कमरा रोशनी से भर उठा। "कितना गन्दा हो रहा है यह कमरा ?" तय्यबा ने जूते उतारे। चप्पल पहनी फिर ब्रश हाथ में ले कर क़ालीन को साफ करने लगी। उससे निबट कर कुर्सी, मेज़, अलमारी की डस्टिंग करने लगी।

धूप छत पर भरी हुई थी। उसने लिहाफ और कम्बल और कुछ गर्म कपड़े धूप में डाल दिये फिर पानी से जग भर कर सीढ़ी पर रखे गमलों में पानी डालने लगी। सूखी मुरझाई पत्तियों को हरी-भरी शाखो के बीच से तोड़ कर अलग कर रही थी। मन-ही-मन सोच रही थी, "इनकी न आँखें न ज़बान मगर अहसास की आँखें, महसूस करने की ज़बान कैसी सारे शरीर पर तन्तुओं और नसों के रूप में फैली हैं ?" उसने प्यार से पत्तियों पर हाथ फेरा। जैसे किसी बच्चे के सर पर उसके घने बालों में हाथ फेर रही हो। रबर के ऊँचे पौधे के बड़े-बड़े पत्तों को रूमाल से पोंछती हुई बोली, "काश! तुम्हारे कान और ज़बान होती तो मेरी यह तन्हाई कट जाती, मैं बोलूँ, तुम अहसास की आँखों और कानों से सुनोगे मगर उसका उत्तर तुम्हारे विचार तो मैं नहीं सुन पाऊँगी, कितना अच्छा होता तुम सब मुझसे बातें करते, अपने संसार की, अपने दुख-सुख और भावनाओं की, मगर मैं इन मुर्दा दीवारों, ख़ाली अलमारी के बीच एकदम अकेली हूँ, बस एक अहसास बल देता है कि कोई मेरी तरह अन्य है जो साँस लेता है। रात दिन के साथ अपनी पहली स्थिति से आगे बढ़ता है, बड़ा होता है, हरकत ही तो ज़िन्दगी है, वह ज़िन्दगी तुममें है, इन दीवारों में नहीं है। यह तो ऐसी दीवारें हैं जो महल और जेलखाना बनाती हैं। सीमा का नियंत्रण करती हैं, आसमान से अपने को अलग करके अन्दर सिमटती हैं, मगर तुम सब आकाश की दिशा की ओर बढ़ते हो, सर ऊँचा करके और कभी-कभी इतने बाग़ी हो जाते हो कि छतें तोड़ कर उनके ऊपर से अपनी शाखाएँ निकालते हो। मेरे बेज़बान हमसफर! तुम भी दूसरों को जीवन देने वाले हो, परवाज़ की तमन्ना, स्वतंत्रता की अभिलाषा से परिपूर्ण तुम्हारा वजूद हमेशा पत्तियाँ गिरा कर फिर कोंपलें फोड़ता है फिर...नया जीवन, नई उमँग, नया उत्साह तुम्हारे अन्दर कितने गहरे में बैठा हुआ है।

तय्यबा ने सफ़ाई समाप्त करके हाथ धोये फिर रिफ्रेजिरेटर खोला। पानी की बोतल निकाली। भूख कस कर लग रही थी। पानी पी कर वह थोड़ी देर तक छत पर टहलती रही। सामने अलबुर्ज की बर्फ़ीली पहाड़ियाँ नज़र आ रही थीं और उसके नीचे केवल मकान, यह मकान वास्तव में मकान हैं या जेलख़ाने ? इसके अन्दर रहने वाले वास्तव में ख़ुश हैं ? अपनी ज़िन्दगी जीते हैं ? अपनी भावना और विचार

के साथ साँस लेते हैं या अपने-आपको अपने वजूद के तहखाने में छुपा कर समय का मुखौटा लगा कर जीते हैं ?

कबूतरों ने मुडेरों पर बैठना आरम्भ कर दिया जिन्हें देख कर तय्यबा को खयाल आया कि दोपहर के खाने का समय हो गया है मगर उसने तो कुछ पकाया ही नहीं है ? यह कबूतर चावल खाने रोज़ पहुँच जाते हैं। वह पतीली में थोड़ा-सा चावल सदा छोड़ देती थी। अलमारी खोली, चावल का डिब्बा ख़ाली था। फ्रिज खोल कर रोटी का थैला निकाला, प्लास्टिक के थैले का मुँह खोल, हफ़्ता-भर पहले की रोटी थोड़ी-सी बची हुई थी। एक बड़ा टुकड़ा तोड़ कर उसने उसके नन्हे-नन्हे टुकड़े किये और मुट्ठी में भर कर छत पर बिखेर दिया। पंख फैला कर सात-आठ कबूतर मुँडेर पर से उतरे और रोटी के नन्हे-नन्हे टुकड़े गर्दन हिला-हिला कर खाने लगे। पास रखे प्याले में तय्यबा ने पानी भर दिया और जा कर धूप में फैले हुए लेहाफ पर दीवार से टेक लगा कर बैठ गई। पैर सामने फैलाये और बड़ी तल्लीनता से वह कबूतरों को देखने लगी।

छत से धूप धीरे-धीरे जा रही थी। कबूतर खा-पी कर फिर मुँडेर पर बैठ गये थे। कुछ देर गुटुर-गूँ करते रहे। चोंच से एक-दूसरे को गुदगुदाते रहे फिर एकाएक पंख फड़फड़ा कर ऊपर आकाश की ओर उड़ गये। तय्यबा ने गर्दन ऊपर उठाई और बोली, "शान्ति के प्रतीक! फिर आना इस मुर्दा वातावरण में मुझे उड़ान का सन्देश देने।"

तय्यबा के पेट में भूख के मारे दर्द शुरू हो गया था। वह अपने स्थान से उठी और अण्डे की ट्रे निकाल कर इकलौता बचा अण्डा तलने लगी। खाना खा कर उसने चूल्हे की सफ़ाई की, बर्तन धोये फिर लिहाफ व कम्बल लपेट कर कमरे में पलँग के नीचे रखा, कपड़े आलमारी में टांगे फिर कमरा बन्द करके वह ख़ामोशी से बिस्तर पर लेट गई। एकदम से उसके दिमाग़ में मास-भर पहले वाला वह दृश्य कौंधा जो उसने उस दिन पाँच सौ बारह नं० के फ़्लैट में देखा था। कैसा था आरम्भ और अन्त ? हँसी के पीछे रोना, मेक-अप के पीछे दुख का पीला रंग और संगीत और नृत्य के पीछे मृत्यु का विलाप मगर इसके बावजूद तन्हाई का साँप उन्हें नहीं डसता है। जेल की घुटन जैसा दबाव उनका दम नहीं घोटता है, वे अपने को व्यक्त कर लेती हैं मगर हम लोग ? हम जैसों की अभिव्यक्ति पर तलवारों की नोक लगी है। पेन, काग़ज़ जिससे सबसे गहरा रिश्ता था वही छीन लिया गया। अभिव्यक्ति की चिता पिछले दो वर्षों से जल रही है जिसमें हर लेखक के विचार जल कर धुएँ की लकीर में बदल वायुमण्डल में गुम हो गये हैं।

सोचते-सोचते तय्यबा को नींद आ गई। गहरी नींद में डूबा उसका मस्तिष्क वर्तमान से मुक्त नहीं हो पाया था। सपने की शक्ल में वह इस समय सड़क पर तेज़ी से भाग रही थी और पीछे मशीनगन से निकलती गोलियाँ उसके इधर-उधर से निकल

रही थीं। एकाएक सामने से भी मशीनगन ले कर पासदार आ गये और दोनों तरफ की बौछार के बीच उसका जिस्म छलनी हो कर वहीं ज़मीन पर लोट रहा था।

घबरा कर वह सपने से जागी। पूरा शरीर सुन था। बड़ी देर तक वह बेसुध पड़ी रही फिर उसकी चेतना लौटी कि वह अपने कमरे में अपने बिस्तर पर लेटी है। कमरे में अँधेरा है। वह काफ़ी देर तक सोई है। लैम्प जलाना चाहा तो हाथ नहीं हिला, लगा सारा शरीर लकड़ी का हो गया है। पैर बड़ी कठिनता से हिलाया, किसी तरह करवट बदली। दिल जैसे कानों में धड़क रहा था। सारा बदन पसीने से लथपथ था। हाथ बढ़ा कर लैम्प जलाया थोड़ा-सा उठी और टेक लगा कर बिस्तर पर बैठ गई। रक्त-धमनियों में अब भी एक कम्पन था जो वास्तव में उसकी उत्तेजना की चरम पर पहुँच कर फिर शांत होने के कारण हो रहा था।

बड़ी मुश्किल से वह पलँग से नीचे उतरी। बाथरूम में जा कर मुँह-हाथ धोया। ठण्डा पानी पी कर चाय का पानी गैस पर रखा। घड़ी देखी, सात बज रहे थे यानी वह पूरे तीन घण्टे सोई। तभी फ़ोन की घण्टी बज उठी। वह तेज़ी से कमरे में गई। फ़ोन उठाया।

"हलो!"

"साथी चल बसा।"

"नाम ?"

"सईद।"

"शहादत का समय ?"

"ठीक से ज्ञात नहीं।"

"दिन ?"

"आज।"

तय्यबा का हाथ काँपा।

"तारीख़ 22 जून।" आँखें जो कैलेण्डर पर गड़ी थीं, आँसुओं से भीग गईं। उधर से फ़ोन रख दिया गया। मगर तय्यबा फ़ोन पकड़े वैसे ही बैठी रही। गैस पर चढ़ा पानी उबलते-उबलते सूख गया था।

परी थोड़ी देर बाद श्रीमती जलीस खान बन गई थी। काग़ज़ स्टैम्प सब कुछ तैयार हो गया। फ़र्ज़ी निकाहनामा मोड़ कर पर्स में रख लिया। गाड़ी ख़ालिद चला रहा था मगर उसके पास परी नहीं...बल्कि बन्दूक़धारी बिलोची अर्थात् ईरानी सीमा सुरक्षा का आदमी बैठा था! पीछे परी अपने वर्तमान बिलोची पति के साथ बैठी थी। एक अद्भुत तजुर्बे की सुरंग से दोनों पति-पत्नी गुज़र रहे थे।

एक मील चलने के बाद सीमा पोस्ट पर ईरानी व बिलोची उतर गये और जा कर बातें की। ख़ालिद की दी हुई पोटली मेज़ की दराज़ में रखते हुए उस आदमी

ने रजिस्टर्ड में नाम लिखा: 'श्री और श्रीमती जलीस खान', पासपोर्ट नम्बर इत्यादि सारी खानापूरी करके वह तीनों फिर कार में बैठ गये और पसीने से तर उड़े मुख के साथ ख़ालिद ने कार चलाई। ईरानी सीमा के पार निकल कर ख़ालिद ने लम्बा साँस भरा। मन-मस्तिष्क की थकन शरीर की थकन से कहीं अधिक दुखदायी होती है।

एक मील चलने के बाद उन तीनों ने कार रुकवाई। सब परी को छोड़ कर कार से उतरे। जलीस खान ने परी से क्षमा माँगते हुए कहा, "बहन माफ करना, यह रहा मेरा फ़र्ज़ी तलाक़नामा।" कह कर उसने उस बनावटी निकाहनामे को परी से ले कर फाड़ डाला और दूसरे काग़ज़ात उन्हें थमा दिए। तीनों ने ख़ालिद से हाथ मिलाया। धन्यवाद दिया और परी के समीप आ कर बोला "आओ! आगे आ कर बैठो!"

परी ने कार से उतर कर जलीस खान की ओर अपने हाथ में पड़ा कंगन उतार कर बढ़ाते हुए कहा, "भाई! अपनी पत्नी को मेरा बहुत छोटा-सा उपहार देना। जो उपकार आप लोगों ने आज किया है वह आपके बच्चों के आगे आए...ख़ुदा हाफ़िज़।"

कार धूल उड़ाती आगे बढ़ने लगी। आतंक का शामियाना पीछे छूट गया। परी और ख़ालिद दोनों शांत थे। विचारों में डूबे थे या फिर बोलने के लिए कौन पहल करे इसकी प्रतीक्षा कर रहे थे या फिर आने वाले नये संकट को झेलने के लिए नये हौसले को संजो रहे थे।

सूसन बेटा पा कर ख़ुशी से पागल हो उठी थी। दिन-रात उसकी देखभाल में अब्बास की तरफ से भी लापरवाही बरतने लगी थी। अब्बास स्वयं ख़ुशी से फूले नहीं समा रहे थे। शहर जा कर दूकान-दूकान भटक कर इस संकटपूर्ण दिनों में भी कार भर कर खिलौने-कपड़े माँ-बेटे के लिए ले आये थे। इस समय उसे किसी बच्चे की उत्सुकता से वह सूसन को दिखा रहे थे।

"यह देखा सेट ? पाँच दूकानों के बाद मिला, हर दूकानदार यही कहता, वर्ष-भर से सामान आना बन्द हो गया है। कुवैत और पाकिस्तान के द्वारा भी माल नहीं आ रहा है। यह सब दो वर्ष पहले वाले स्टाक से बची चीज़ें हैं...मगर देखो, मैं कैसा ढूँढ कर लाया हूँ।"

"लेमन कलर तो मेरी जान है, सच कितना प्यारा कितना ख़ूबसूरत है।"

"यह रहे तुम्हारे कपड़े और यह हार।" कह कर अब्बास आग़ा ने ज़मरूद के हरे नगों का हार जिसके बीच में हीरे भी दमक रहे थे, सूसन की सफ़ेद गर्दन में पहनाया और अपने गर्म होंट वहीं पर रख दिए। सूसन का मुख सुख, प्रेम और सन्तोष की भावना से लाल हो गया था।

"ऐसे सुख की कल्पना कौन कर सकता था मेरे ख़ुदा।" सूसन ने आत्मविभोर

हो कर आँखें बन्द कर लीं।

बच्चे के रोने से वह अपने स्थान से उठी और अब्बास के सीने पर सर रख कर धीरे से बोली, "शुक्रिया के लिए अलफ़ाज़ नहीं हैं," बच्चे को गोद में उठा कर वह उसे बहलाने लगी।

"आप कपड़ा बदल लें। हमाम गर्म है, मैं खाना लगवाती हूँ।"

बच्चा माँ की गर्मी पा कर सो गया। सूसन ने उसे आहिस्ता से लिटाया। किचन जा कर खाना लगाने को कहा फिर कमरे में आ कर नये आये कपड़े में से हरी स्कर्ट और उसी रंग का टाप उसने पहना, मेक-अप किया। ख़ूब गहरा मसकरा लगाया। रूज़ और लिपस्टिक ठीक से छोटे आईने में देख कर बराबर की, बालों को क्लिप से आज़ाद करके शानों पर बिखेर दिया। गले में जगमगाता हार उसकी सफ़ेद गर्दन में बहुत भला लग रहा था। तैयार हो कर उसने अब्बास के कपड़े निकाल कर कमरे में एक ओर रख दिया और खाने के कमरे की ओर बढ़ी।

मेज़ विशेष रूप से सजा कर वह कुर्सी पर बैठ कर अब्बास की प्रतीक्षा करने लगी।

अब्बास पत्नी को देख कर बड़े अन्दाज़ से बोले, "सुख और सौन्दर्य की कोई परिभाषा नहीं है, वह केवल महसूस किया जाता है।"

दोनों ने खाना समाप्त किया और अपने बेड रूम में आ गये। सूसन ने कपड़े समेट कर आलमारी में रखे। खिलौना सजा दिये फिर सोफ़े पर बैठ गई। चाय आ गई थी। टी०वी० खोल कर अब्बास आग़ा भी बैठ गये थे।

पोलैण्ड के कर्मचारियों का जलूस था जो समाचार में दिखाया जा रहा था। उसके बाद अफगानिस्तान और फिर हिन्दुस्तान में सरदारों द्वारा उठे प्रश्नों के बाद वही ईरान की रोज़ वाली बातें और फिर आय्यतउल्लाह गिलानी का भाषण था।

"हर देश में हँगामा है।" सूसन बोली।

"मगर ईरान वाली स्थिति कहीं नहीं है। ईरान के इतिहास में यह सबसे ख़ूनी दौर है। हर इन्क़लाब में ऐसा होता है-एक विशेष समय, एक विशेष काल तक, मगर यहाँ पर मार-काट तो दो वर्ष से चल रही है। शत्रु कौन है, वास्तव में इसका भी पता नहीं चल रहा है। कभी कोई गुट मित्र बनता है फिर वही शत्रु बन जाता है। इतना बड़ा उलझाव है समाज में कि पूछो मत। कमर टूट रही हैं बेचारे आम इंसानों की।"

"चाय और दूँ ?" सूसन ने पूछा।

"हाँ! तुम्हारी एक सहेली थी। तय्यबा उसका कोई पता चला कहाँ है ?"

"नहीं! परी और मलीहा को भी उसका पता नहीं है...। जहाँ भी होगी, कुछ रचनात्मक कार्य में ही जुटी होगी।" सूसन ने उदास हो कर कहा।

"आज पता चला कि उसी के गुट का एक कवि मार दिया गया है।" अब्बास

ने धीरे से कहा।

"कौन ? क्या नाम है ?"

"सईद! तुम जानती हो ?"

"हाँ! उनकी नज़्में तय्यबा कभी-कभी हमें सुनाती थी।"

"अच्छा!"

"आह! कैसे-कैसे दिमाग़ ख़त्म हो गये हैं ?"

"प्रतीत ऐसा हुआ कि लोगों में सईद की शहादत का आक्रोश है। बाज़ार में जहाँ भी गया। वहीं यह चर्चा। लगता है, कवि बहुत अच्छा था।"

"मगर शहीद कब हुए ?"

"जून मास के अन्त में बताते हैं। यहाँ हम तक तो समाचार पहुँचता नहीं है। चार मास बाद तो मैं ही शहर गया था। बहुत सारी बातें मालूम हुईं।"

"कोई बात नहीं पता चलती, केवल मारपीट, ख़ूनखराबा।"

"तुम अब आराम करो। कोई वीडियो फ़िल्म देखनी है, लगाऊँ ?"

"नहीं। अब लेटूँगी, सईद की शहादत के समाचार ने मुझे दुखी कर दिया है। बेचारी तय्यबा जाने कहाँ होगी।" सूसन ने कपड़े बदले और बिस्तर पर लेट गई। अब्बास बड़ी देर तक उसके सर और माथे को सहलाता रहा।

परी और ख़ालिद को पेरिस का वीज़ा मिल गया। दो दिन बाद उनकी उड़ान थी। परी बच्चों के लिए सामान ख़रीद रही थी। ख़ालिद शान्ति से उसकी हर बात पर हाँ-हाँ, कर रहा था। वह परी का मन नहीं दुखाना चाहता था यह कह करके कि सामान यहाँ से पेरिस तक ढो कर ले जाने से क्या फ़ायदा है। वहाँ पर तो काफ़ी बढ़िया सामान मिलता है। वैसे तो परी स्वयं पेरिस, लन्दन, रोम दो बार हो आई है मगर इस समय वह सब कुछ भूल कर केवल इस ख़ुशी में डूबी है कि वह दो दिन बाद बच्चों के पास होगी।

पाकिस्तान में इतने ईरानी होंगे वह सोच भी नहीं सकते थे। हर बाज़ार, हर सड़क पर घूमते या कुछ ख़रीदते नज़र आ रहे थे। कुछ से बातचीत हुई तो पता चला कि उन्होंने विवाह भी पाकिस्तानी लड़कियों से कर लिया है। परी सोच रही थी कि घर के दायरे के बाहर केवल अनुभव ही अनुभव है। अच्छा हो या बुरा, यह दूसरी बात है। मगर इन्सान की समझ का दायरा बढ़ता है। कार का ख़रीदार भी मिल गया। दाम अच्छे मिल गये। सारा काम बड़ी आसानी से एक के बाद एक होता चला गया था। अब वे दोनों एयरपोर्ट पर थे।

"कैसा लग रहा है परी ?"

"तुम बताओ तुम्हें कैसा लग रहा है ?"

"बुरा! जाने कब ईरान लौटना हो ?"

"मुझे अच्छा और बुरा दोनों लग रहा है।"

"शायद इसके अलावा हमारे पास कोई दूसरा चारा भी न था।"

"एक घटना याद आ गई...आज से लगभग आठ-नौ वर्ष पहले की बात है जब हम बी०ए० में थे। छुट्टी में शिराज़ गये थे। हम सब ही सहेलियाँ थीं। एक दिन उर्दू बाज़ार गये फिर वहीं से क़हवाख़ाना चले गये। नक़्क़ाली सुनते रहे। इसी बीच जाने कहाँ से फालगीरन आ गई। हम लोगों ने तफरीह में आ कर उसे बुलाया। तय्यबा की डाँट के बावजूद हम सब बारी-बारी उसे हाथ दिखाते रहे थे। उसने अच्छी-बुरी जाने कितनी बातें बताई थीं। तय्यबा उल्टे उसकी खिंचाई कर रही थी। उसका ख़्याल था कि क़िस्मत पर विश्वास रखना अन्धविश्वास है, जो सत्य है वह कर्म है। हस्तरेखाएँ यदि सच कहतीं तो जाने कितनी दुर्घटनाएँ घटित न हो पाती...तब यह बात हमने इतनी गहराई से नहीं सोची थी। मगर अब सोचती हूँ कि यदि कर्म ही सब कुछ है तो फिर निष्ठावान कर्मयोगी क्यों मारे जा रहे हैं ? क्यों कष्ट उठा रहे हैं ? तुम क्या सोचते हो ? तुम भाग्य पर विश्वास रखते हो या कर्म पर ?"

"दोनों पर! कभी कर्म का पल्ला कहीं भारी हो जाता है तो कहीं भाग्य का, इसलिये कहना बड़ा कठिन है कि पक्का विश्वास किस पर है। मैं अन्दर से इतना कर्महीन और निर्बल भी नहीं कि सब कुछ भाग्य पर छोड़ दूँ मगर हाँ जब कर्म के बाद फल के स्थान पर विफलता मिलती है तो लगता है कि यहाँ भाग्य बलवान है, वह चीज़ पाना मेरे भाग्य में नहीं है।"

"मुझे तो अब भाग्य का पल्ला अधिक भारी लगता है। मेरे जीवन में मेरे भाग्य का लिखा पूरा हो रहा है। वरना जो कुछ घट रहा है, न वह मेरा हिस्सा है न तुम्हारा बल्कि वह दूसरों का भाग है जो हम भोग रहे हैं।"

"वह कैसे ?"

"हम कभी किसी राजनैतिक पार्टी में नहीं थे। किसी पार्टी के अनुयायी नहीं थे मगर आज हम छुप कर देश से निकले हैं जब कि ज़िन्दगी भर अकड़ कर रहे हैं। हमेशा दूसरों की सहायता की है। आज हम सबसे सहायता माँग रहे हैं...देखो भाग्य और क्या कराता है।"

"चलो! अनाउँसमेंट हो गया है।" ख़ालिद यह कह कर खड़ा हो गया। दोनों पंक्ति में जा कर शामिल हो गये।

संसार के समाचार-पत्रों ने जब खुल कर आलोचना आरम्भ की तो वर्तमान इस्लामी सत्ता ने दो हज़ार क़ैदी आज़ाद करने की घोषणा की मगर अफसोस वे सयासी क़ैदी न थे बल्कि आम क़िस्म के अपराधी जैसे चोर, जेबकतरे, शराबी इत्यादि जो इन्हीं

जुर्मों के कारण पकड़े गये थे। थोड़े दिनों तक सारे समाचार-पत्र वास्तविकता पता न लगने के कारण सरकार के इस क़दम की प्रशंसा करने लगे मगर कुछ अरसे बाद चुप नहीं रहे जब उन्हें ज्ञात हुआ तो फिर ४0,000 सयासी क़ैदी आज़ाद कराने की माँग जोर शोर से शुरू हो गई।

रेडक्रास, वर्डएमानास्टी की सारी कोशिशें बेकार गईं। वे ईरान के अन्दर क़दम भी न रख सके। समाचार-पत्र जितना लिखते। ईरान का दायरा बाह्य दुनिया से उतना ही कटता हुआ तंग होता चला गया।

ईरान का बाज़ार जो सबसे बड़ा इमाम का अनुयायी था, उनसे रुष्ट हो गया। हर स्थान पर असन्तोष प्रकट हो रहा था। अब जो इस्लाम धर्म था। वह मानवता से बढ़ कर था। मानवता जंजीरें पहने सिसक रही थी और सत्ता के कोड़े ने जो वास्तव में धर्म का लिबास पहने हुए था, मानवता की पीठ को लहूलुहान कर दिया था मगर अत्याचार था कि अपनी चरम पर पहुँचने के लिए व्याकुल था।

इसी बीच कुछ अन्य धार्मिक गण मानवता के नाम पर यह कह कर कि यह असली इस्लाम नहीं सत्ता से अलग हो गये। कुछ पहले से ख़ुदा की रइय्यत को अपनी रइय्यत समझने की नादानी से रुष्ट हो वर्तमान व्यवस्था के विरुद्ध थे। राजनैतिक विचारों ने सत्ता और बल के लालच ने पार्टी में कई-कई बटवारे किये । हज़ारों गुटों में ईरान बटा नज़र आ रहा था। मगर जो इस संग्राम में जूझ रहे थे, वह तो उद्देश्यपूर्ण शहादत दे रहे थे मगर आम आदमी क्या कर रहा है जो शान्ति के नाम पर, रोटी के नाम पर मौत को गले लगा रहा है, इसलिये तो वह सड़क पर नहीं निकला था।

इस समय भी युद्ध-क्षेत्र की ओर जाने वाली 'बसीज़' योद्धाओं की पंक्ति नारा लगाती, देशभक्ति के गाने गाती हुई गुज़र रही थी। सबके हाथों में इमाम की तस्वीरें थीं। सब गाँवों और क़स्बों के लोग थे। बच्चे और बूढ़े सब लड़ने-मरने को तैयार थे। किसलिये ? दूसरे भाई को मारने के लिए ? उनका उत्तर था, "ख़ुदा की राह में धर्म के खातिर यह युद्ध है। शहादत हमारा अरमान है!"

यह सारी बातें बड़ी देर से अहसान को परेशान किये हुए थीं। वह जितना सोचता था उसका मन उतना ही घुटता जाता था। वह भी रणक्षेत्र जा कर देख आया है। शत्रुओं की लाशों से हम आग़ोश अपने देशवासियों को ख़ून से लिथड़ा भी देख आया है मगर मन प्रश्न करने से बाज़ नहीं आता है। आखिर यह युद्ध बन्द क्यों नहीं हो रहा है ? मर तो ईरानी भी रहे हैं ? मर तो मुसलमान भी रहे हैं ? एक मुस्लमान दूसरे मुस्लमान का शत्रु कैसे हुआ ? एक मुस्लमान इंसान मुस्लमान हो कर काफ़िर कैसे हुआ ?

अहसान इस सारे जवाबों का उत्तर किससे माँगे ? उसकी बहन इन्हीं जवाबों को तलाश करती हुई गोली से उड़ा दी गई थी। पूरे घर में किसी को दुख नहीं है।

सबको अपमान-सा महसूस होता है उसका नाम लेते हुए। उसे सब बुरी लड़की कहते हैं। घर के सारे लोग हिज्बउल्लाही हैं इमाम के दिवाने हैं, उन्होंने तो बेटी की लाश लेने से इन्कार कर दिया। बहुत साफ शब्दों में माँ ने कहा, "हमारे मेहरू नाम की कोई लड़की ही न थी, यह होगी कोई, हम तो इसे पहचानते नहीं।"

"हमने इस इन्क़ेलाब में ऐसा योगदान दिया है, गर्दन शर्म से झुक रही है।" पिता ने कहा था।

क़ानूनेपिज़श्की वाले आश्चर्य में पड़ गये थे। अन्त में लावारिस लाशों में उसे डलवा दिया था।

मेहरू कुछ सोलह वर्ष की थी। दो वर्ष से वह मुजाहिदीनों के संग मिल गई थी। माता-पिता धनी और धार्मिक दोनों थे। अपनी इच्छा के विरुद्ध उसे अकेले अमेरिका पढ़ने को भेजना चाह रहे थे मगर मेहरू के मन-मस्तिष्क पर तो दूसरा सौदा सवार था। उसने जाने से इन्कार कर दिया। घर में देर से आती तो ऊधम मचता। उस डाँट-फटकार का वह कोई जवाब नहीं देती थी। अमेरिका का वीज़ा मिलना बन्द हो गया था, बड़ी कोशिशों से जर्मनी भेजने का इन्तज़ाम किया ताकि इस वातावरण से दूर रहेगी तो अपने आप सुधर जाएगी मगर मेहरू नहीं मानी।

एक दिन पिता ने क्रोध में आ कर उसे घर से निकलने को कह दिया। पूरे घर ने मुँह फुला लिया। यह सब कुछ इसलिये हुआ था कि वह डर जाएगी, सुधर जाएगी मगर उस पर उल्टा असर हुआ। उस दिन तो वह चुपचाप सो गई। अहसान हफ़्ते-भर के लिए इस्फाहान गया हुआ था वरना यह घटना घटती नहीं। रात को सबने सोचा कि लड़की सहम गई है। मगर सुबह उन्हें पता चला कि मेहरू भोर होते ही घर से निकल गई है।

शाम को प्रतीक्षा हुई। रात को दो बजे तक सब प्रतीक्षा में जागते रहे मगर मेहरू नहीं लौटी। पिता को क्रोध था, "मैंने पाला, बड़ा किया, मेरा कोई अधिकार न था उस पर ? वह इतनी बुद्धिमान हो गई थी कि अपना भला-बुरा स्वयं सोचने लगी थी ?"

"नहीं बेटा! वह लड़की तो सोना थी। उसको बहकाया है किसी ने, तुमने भी जाने क्यों इतनी सख़्ती की, मुझसे कहलाया तो होता, मेरी बात वह कभी नहीं टालती थी, मैं उसे मना लेती।" मेहरू की दादी ने कहा।

"भेजा तो था अहसान को आपको लेने, जाने क्यों इतनी देर लगा कर आईं आप ?" मेहरू के पिता बोले।

"बुलाया तब, जब सर से पानी ऊँचा हो गया था। दो दिन जल्दी भी आ जाती तो क्या होता ? वह तो उसी दिन घर छोड़ कर चली गई जिस दिन अहसान वहाँ पहुँचा है। मैं बूढ़ी हो कर यह जानती हूँ कि जमाना बदल रहा है। बच्चों से सख़्ती से काम लेना ठीक नहीं है...हम तो ठहरे मामूली व्यापारी...ज़रा उन मौलवियों

के दिल से पूछो जिनके बेटे-बेटी उन्हीं के विरुद्ध षड्यन्त्र कर रहे हैं। कोई मुजाहिद बन गया तो कोई नास्तिक कम्युनिस्ट...औलाद से ही आदमी हारता है...अपना समय भूल गये, तुम्हारे पिता क्या चाहते थे, तुम बने क्या ? हमने तो कभी तुम्हें घर से निकालने की बात नहीं सोची थी ? यह उग्रता बाप और बच्चे के बीच में कब से जन्म लेने लगी है ? क़यामत के आसार हैं क़यामत के।" मेहरू की दादी ने दुख से कहा।

उनकी आँखें आँसुओं से भरी थीं। इतनी मन्नत-मुरादों के बाद तो एक लड़की ख़ानदान में जन्मी थी। उनके पाँच बेटे थे, पाँच रंग के। शादी के बाद सारे बेटों के घर बेटे-ही-बेटे हुए थे। लड़की के लिए उनका दिल तरस गया था। मशहद जा कर हज़रत रेजा के हरम में एक हफ़्ते तक रही थीं। सारे दिन बैठ कर दुआयें पढ़ती और ख़ुदा से एक अदद पोती की माँग करती थी। मेहरू उनकी मन्नतों का फल थी। वह कैसे उसका यूँ जाना बर्दाश्त कर सकती थीं ? बेटे के मिज़ाज से वह बचपन से हारी हुई थीं। नाक पर मक्खी बैठने नहीं देता था।

दस दिन वह तेहरान में रही। रोज़ जानमाज़ पर सिजदे में गिर कर ख़ुदा के आगे गिड़गिड़ाती थीं मगर इन दस दिनों में मेहरू पलट कर न आई। वे दुखी इस्फाहान लौट गईं मगर उन्होंने आशा नहीं छोड़ी थी। इस्फाहान में भी वह अपनी एबादत में लगी रहीं।

चार मास बाद जब माता-पिता को मेहरू के मरने का समाचार मिला और उन्होंने लाश लेने से इन्कार कर दिया। ऐसी नाजुक स्थिति में अहसान फिर दादी के पास भागा मगर जब तक दादी आतीं और बेटे का फैसला बदलतीं, इतनी देर हो चुकी थी कि सिवाय रोने और हाथ मलने के कुछ बाक़ी नहीं रह गया था। दादी ने सिर्फ़ इतना कहा, "नशुक्रों के लिए मैंने ख़ुदा के दरबार में अपनी झोली फैलाई थी...फूल-सी लड़की...ख़ुदा को भी बुरा लगा होगा कि मैं उनकी बख़्शी नेमत को सँभाल न पाई... ज़ालिमों के घर लड़की होना पाप है...या ख़ुदा मुझे माफ करना...अपनी इस हकीर बन्दी की गलतियों को नज़र अन्दाज़ करना..."

अहसान को जाने क्यों पिता के प्रति एक अनजाना आक्रोश अपने अन्दर पनपता दिखा...बहन की जुदाई...बहन की मौत भयानक है ? इस घर की छत शीशेकारी से सजी है। बिजली जलने से अजीब छटा बिखरती है। प्रकाश के तिकोने टुकड़े पूरे घर के हर कमरे में बिखर जाते हैं मगर...इस प्रकाश के पीछे कितना अन्धकार है ? कितना निष्ठुर मन है ? बाबा पाँचों समय नमाज़ पढ़ते हैं, कुरान पढ़ते हैं तो भी इतने कठोर स्वभाव के हैं ?

मुझे क्या होता रहा है, वास्तव में मुझे कुछ हो रहा है, मुझे कुछ हो रहा है-अहसान ने अपना सर दोनों हाथों से पकड़ लिया।

पेरिस पहुँच कर जैसे परी को संसार की दौलत मिल गई हो। दोनों बच्चों को बड़ी देर तक सीने से चिपकाएँ खड़ी रही। अन्त में ख़ालिद से न रहा गया तो बोला, "परी! सब इन्तज़ार में खड़े हैं ? इन्हें लग रहा है कि किसी ने 'स्टैच्यू' कह दिया हो, तीनों हिल नहीं रहे हैं।"

सब हँसते, मुस्कुराते कार में बैठ गये। बच्चों को प्यार कर-करके न परी थक रही थी न उसका मन भर रहा था। दोनों बच्चे ज़रूर थोड़ा परेशान हो गये थे। बहन सारी बातें, सारी शरारतें बच्चों को बता रही थी। बच्चे अपने ऊपर सबका ध्यान केन्द्रित देख कर कुछ शरमा रहे थे। घर पहुँचते ही परी ने अटैची उलट दी। उपहारों से बच्चों को लाद दिया। माँ-बच्चों का प्यार देख कर खालिद अपने को एकदम ग़ैर महसूस करने लगा। रात को परी दोनों बच्चों को इधर-उधर सुला कर स्वयं उनके बीच में सोई। कभी एक की ओर मुड़ कर उसे लिपटा कर प्यार करती तो कभी दूसरे की ओर करवट बदल कर उसे प्यार करती।

"मुझे भी तो अवसर दो। बच्चों को ऐसा लिपटाये हो जैसे मुर्गी अपने पंख के नीचे चूज़ों को छुपाती है," ख़ालिद ने मन की बात कह दी।

"मैं बहुत ख़ुश हूँ," इतना कह कर परी ने रोना आरम्भ कर दिया।

"ख़ुशी में रोना ? विचित्र है ? बारिश में जैसे धूप निकली हो!" ख़ालिद हँस पड़ा।

"सच! यह ख़ुशी तुम्हारे कारण मुझे मिली है, मुझे देश का प्रेम जकड़े हुए था।" परी ने आँसू पोंछते हुए कहा।

"देश जब अपना हो तब न ? प्रेम तो मुझे अपने देश से क्या कम है, मगर जब हमारे लिये वहाँ की धरती ही तंग हो गई तो क्या करता ?...बच्चों को बुला नहीं सकता था, ख़ैर...बहुत लम्बी लिस्ट है शिकवे और दुख की...आराम से सोओ...सुबह बच्चों के स्कूल चलेंगे।"

"आज कम-से-कम वर्ष-भर बाद मैं सुख की नींद सोऊँगी, मेरा अपना संसार मेरी अपनी बाँहों में आ गया है।"

"सुख की बात है। औरतों का संसार इतना छोटा होता है कि वह सचमुच बाँहों में समा जाता है मगर मर्द का संसार...

परी को जवाब देने की सुध कहाँ, वह तो सचमुच नींद में डूब गई थी। ख़ालिद की आँखों से नींद कोसों दूर थी। वह चुपचाप संसार के फैलाव और उसमें उत्पन्न परेशानियों के बारे में सोच रहा था। आने से पहले उसे अहसान के द्वारा सारी बातें बाद में मालूम हुई थीं। मेहरू उसकी इकलौती चचाज़ाद बहन थी। एक माँ परी है, दूसरी माँ चची है ? बाप तो निष्ठुर हो सकता है, मगर माँ... ? वह भी तो अन्धविश्वासी और बेकार के जोश के पीछे... ? क्या हो गया है हमारे लोगों को ? क्या घोल कर पिला दिया गया है जो यूँ आँख बन्द

करके उस अन्धे कुएँ के अनुयायी हो गये हैं... ?

ईरानी बैंक पैसे से ख़ाली, कारखाने कच्चा माल न आने से बन्द, लगभग हर देश से सम्बन्ध-विच्छेद या फिर मनमुटाव, डाक्टर, इंजीनियर विदेशों में बस गये, पढ़ा-लिखा वर्ग कटता जा रहा है या मर रहा है। क्या होगा ? कल क्या होगा ? उत्पादन समाप्त, जान और माल का विनाश, यह भी कोई इन्क़लाब हुआ ? जिसको चाहा मार गिराया...वास्तव में एक सरफिरा शिकारी है जो इंसानों के जंगल में आ गया है। हर इंसान को अपनी ग़ुलैल का निशाना बना रहा है और जवाब में एक सफ़ाई पेश करता है कि मैं न मारता तो वह मुझे खाने को दौड़ रहा था। जान के बचाव के लिए हथियार उठाना ही था।

सुबह होते-होते ख़ालिद की आँख छपक गई।

सात बजे के लगभग परी ने उसे जगाया, "उठिए देर हो जाएगी बच्चे तैयार हो गये हैं।"

ख़ालिद के जोड़-जोड़ में दर्द हो रहा था। एक भरपूर अँगड़ाई के साथ वह उठा और बाथरूम में शावर के नीचे जा कर खड़ा हो गया। नहा कर निकला तो परी तैयार हो चुकी थी। बच्चे जा चुके थे। उसने कपड़े पहने, नाश्ता किया और बाहर निकला। स्कूल कुछ ही दूर पर था। परी की बहन रूही का पति दोनों को छोड़ता हुआ आगे आफ़िस की ओर निकल गया। रूही परी और ख़ालिद स्कूल के कम्पाउण्ड में दाख़िल हुए और प्रिंसिपल के आफ़िस में गये।

तय हुआ था कि लंच बाहर करेंगे सो थोड़ा-बहुत घूमते हुए वह एक रेस्ट्रां में गये। खाने का आर्डर दे कर वह तीनों बातों में डूब गये। उनका ध्यान नहीं गया कि पीछे कुछ ईरानी लड़के बैठे खाना खा रहे हैं। ख़ालिद की आवाज़ रूही और परी से कुछ ऊँची थी। खाने के बाद जब वे उठ कर चलने लगे तो पीछे से आवाज़ आई, "इन्क़ेलाब के शत्रु।"

ख़ालिद ने पलट कर देखा। जाने क्यों दहना हाथ उठ गया मगर फ़ौरन ही उसे नीचा करके बोला, "इन्क़ेलाब के मित्र पेरिस में क्या कर रहे हैं ?"

इस कटाक्ष से लड़के कुछ सकपकाये फिर मेज़ से उठते हुए बोले, "हम चाहे वर्तमान सत्ता के विरोधी हों मगर इन्क़ेलाब के नहीं हैं और आप इन्क़ेलाब को ही..."

"कौन-सा इन्क़ेलाब ? यही जो ईरान में ज़बर्दस्ती लाया गया है। इसी की ओर इशारा है तुम्हारा शायद ?" ख़ालिद ने कटुता से कहा।

"ज़बर्दस्ती लाया गया हो या प्यार से मगर है परिवर्तन ही..."

"मगर जो सही इन्क़ेलाब हम लाने वाले हैं वह देखिएगा क्या होता है ? तब भी आपका स्थान ईरान में नहीं होगा क्योंकि शाह पर मुग्ध लोगों के लिए ईरान

की धरती आज भी तंग है।"

"यह दूसरा इन्क़ेलाब लाने वाले आप कौन हैं ?"

"मुजाहिद!"

"ख़ूब।"

"जी।"

"मिल कर प्रसन्नता हुई।"

"मिलते रहिये ताकि आपके विचार में परिवर्तन ला सकें।"

"मसलन आप किस प्रकार का परिवर्तन लाना चाहते हैं ?"

"ताकि आप ईरान के बारे में सोचें, दूसरे देशों से हमदर्दी छोड़ें।"

"आपने कैसे जाना कि मेरी हमदर्दी विदेश से है ?"

"क्योंकि आप यहाँ हैं।"

"तो फिर आप कैसे हैं पेरिस में ?"

"हमारा तो काम है।"

"हमारी मजबूरी थी, चूँकि मैं शाही प्रशंसक न था सो प्रथम श्रेणी का बिजनेस मैन नहीं बन पाया। अब वर्तमान स्थिति में सरकार का अन्धा अनुयायी नहीं हूँ सो अपनी धरती मेरे लिये छोटी हो गई।"

"कहाँ रह रहे हैं ?"

"होटल में हूँ अभी ?" ख़ालिद ने जान-बूझ कर झूठ बोला।

"हमें आये अभी सप्ताह-भर हुआ है। पहले हम ईरान में थे फिर हिन्दुस्तान में रहे, अब यहाँ आये हैं ?"

"मुजाहिद कब से बने हैं ?"

"जी !"

"यही, कि कब से आप पार्टी में सम्मिलित हुए हैं ?"

"छः मास हुआ।"

"पहले क्या थे ?"

"हिज्बउल्लाही।"

"समझा।"

"क्या ?"

"आपके प्रश्न मुजाहिद वाले कम और हिज्बउल्लाही के किसी इंस्पेक्टर वाले अधिक थे।"

लड़का कुछ खिसिया कर हँसने लगा।

"कोशिश तुम लोग वतन से जुड़ने की करो, पार्टी बदलने और विचार परिवर्तन से बदलाव नहीं आएगा–बस बर्बरता का नंगा नाच जारी रहेगा।" ख़ालिद ने यह कह कर परी और रूही को इशारा किया फिर लड़कों से बोला–

"बहुत ख़ुशी हुई, अपने हमवतनों से मिलकर...खुदाहाफ़िज़।"

"खुदाहाफ़िज़!" लड़कों ने कहा।

ख़ालिद परी और रूही जब सड़क पार करके दूसरी ओर पहुँचे तो उसने कहा, "अजीब मुसीबत है। मैं समझा पेरिस है, अपनी ज़बान कौन समझेगा...मगर यह लड़के निरे गाऊदी हैं। खुद नहीं पता क्या हैं ? जिस तरफ हवा चली, उधर ही हो गये।"

"ईरानी दिन-प्रतिदिन बढ़ते ही जा रहे हैं। जब से मसूद रज़वी आये हैं। समझिये ईरान पेरिस के लोकल समाचार-पत्र में किसी न किसी रूप में रहता है। आरम्भ में टी०वी०, रेडियो व अन्य मिडिया दिवाने हो रहे थे इनके इण्टरव्यू के पीछे। अब ज़रा बुखार कम हुआ है।"

"उधर से टैक्सी ले कर घर चलते हैं, बच्चों के आने का समय हो रहा है।"

"तीनों टैक्सी पर बैठे। रास्ते-भर तीनों ख़ामोश रहे मगर दिमाग़ ईरान से दूर रह कर भी ईरान के बारे में ही सोच रहा था।

पेरिस में एक नये इन्क़लाब की तैयारी हो रही है। ईरान की धरती के नीचे एक नया ज्वालामुखी तड़प रहा है, वह किस दिशा की ओर ले जाएगा।

कई दिनों से तय्यबा का तेज़ बुखार था। अकेले कमरे में पड़ी कराह रही थी। जब गला सूखने लगता तो एक घूँट पानी का पी लेती थी। कई बार सोचा, किसी मित्र को फ़ोन कर दे मगर हर बार लगा उन्हें मुफ़्त परेशान करके क्या हासिल होगा ? अपना तो कोई था नहीं, दूर के रिश्तेदार दूसरे शहरों में थे तीन वर्ष पहले, इन्क़ेलाब के आरम्भ के दिन थे। तब ही ट्रक से टकरा कर कार दुर्घटना में छोटा भाई और माँ-बाप को तय्यबा खो चुकी थी। पिछले तीन वर्षों में कितना अकेलापन सहा था। यह उसे ही पता है। इस समय माँ की कमी उसे इस बुरी तरह महसूस हो रही थी कि उसका दिल चाह रहा कि वह उसके लिए मचल मचल कर रोए। जैसे बचपन में रोती थी, ज़िद करती थी, किसी भी चीज़ के लिए और हासिल कर लेती थी।

कब सूरज निकलता है, कब डूबता है, कब रात होती है उसे कुछ भी महसूस नहीं होता है। बुखार की तेज़ी ने उसकी ज्ञानेन्द्रियों को ऐसा प्रभावित किया था कि वह ग़फ़लत में डूबी रहती थी। इसका एक कारण यह भी था कि देह में चार दिन से अन्न का एक दाना नहीं गया था। न दूध, न फल, ताकत आती कहाँ से ? बस पानी पी-पी कर वह ज़िन्दगी से जूझ रही थी।

कुछ देर उसका ध्यान बार-बार मलीहा की ओर जा रहा था। मगर बुखार और कमज़ोरी किसी भी बात को दिमाग़ में पूर्ण रूप से साफ-साफ टिकने नहीं दे

रही थी। बड़ी कठिनता से वह उठी और टटोल-टटोल कर दीवार पकड़ती दरवाज़े तक गई और किसी तरह बाहर निकल कर बाथरूम का दरवाज़ा खोला। चक्कर-सा उसे आ रहा था। बहुत सँभाल कर उसने अपने को गिरने से रोका।

कमरे में जब वापस आई तो पसीने से तर थी। एक ठण्डी सनसनाहट पूरे बदन में फैल रही थी। थोड़ा-सा पानी पिया और पैर उठा कर पलँग पर बैठ गई। पीछे मसहरी पर सर टिका दिया। बुखार शायद उतर रहा था। कमरे में अँधेरा फैल रहा था। तय्यबा ने लैम्प का बटन दबाया और बेदम हो कर बिस्तर पर लेट गई।

तय्यबा की जब थोड़ी तबियत सँभली तो उठी और फ़ोन मिलाने लगी। नम्बर उसे याद था। उधर घण्टी बजती रही। थक कर उसने रिसीवर रख दिया और फिर लेट गई। आधे घण्टे बाद फिर वह उठी और फ़ोन मिलाने लगी। दो बार ही घण्टी बजी थी कि किसी ने फ़ोन उठा लिया।

"आलो!" उसने कमज़ोरी से डूबती आवाज़ में कहा।

"आलो!" उधर कुछ घबराई-सी आवाज़ थी।

"सलाम! मैं...कौन बोल रहा है ?" तय्यबा ने उस हालत में भी होश पूरी तरह नहीं खोया था।

"मैं तय्यबा हूँ मलीहा! मैं बीमार हूँ...मुझे लगता है कि...ख़ैर मौत से मैं क्या डरूँगी...मगर मुझे यहाँ सड़ने मत देना...तुम कैसी हो ?...बच्चे..." कमज़ोरी ने फिर उसे नीम बेहोश-सा कर दिया। उधर मलीहा 'तय्यबा! तय्यबा!' करती रही मगर उसे जवाब न मिला। घबराई-सी वह उठी और बच्चों से बोली-

"सुनो! तय्यबा ख़ाला के घर चलना है। उनकी तबियत बहुत खराब है।"

दोनों जल्दी-जल्दी कपड़ा बदलने लगे। मलीहा ने शीघ्रता से कुछ चीज़ें बैग में डालीं। चादर लपेटी और कुँजी खूँटी पर से उतार कर दरवाज़ा बन्द करके नीचे सीढ़ियाँ उतरने लगी। वे तीनों सामने वाली दूकान पर गये। मलीहा ने कुछ चीज़ें ख़रीदीं फिर गली पार करके सड़क पर आई और फल की दूकान से कुछ फल ख़रीदे। वहीं सामने टैक्सी की ओर धड़कते दिल से उस पर सवार हुई। उसका सारा बदन जाने किस आशंका से काँप रहा था।

सुलेमान ने आफ़िस से आ कर बताया कि "उसे फर्म के काम से शायद अमेरिका जाना पड़े। फैमली भी अलाउड है। मेरा मन अकेले जाने का नहीं है।"

"आप तो सारे दिन काम में बिज़ी रहते हैं। मैं अकेली होटल के कमरे में घुटूँगी। पेरिस वाला सफर याद है, बिना घूमे लौट आई थी।"

"वह तो अचानक सब कुछ बदल गया था, स्वीडेन तो सारा घुमाया था। भूल गई मेरी हसीन महबूबा ?"

"तब अकेली थी, मगर इस बार एक के बजाय दो-दो रेडियो साथ है। पेरिस में एक थी तो निकलना कठिन होता था।"

"अच्छा! वायदा करता हूँ, रोज़ शाम को चार बजे फ़ाइल बन्द करके होटल लौटूँगा, अब तो ख़ुश हो ?"

"जाना कब है ?"

"जितनी जल्दी हो सकता हो! महीने-भर का ट्रिप है, जाड़ा बढ़ने से पहले ही समाप्त हो जाये तो अच्छा है। अभी मौसम भी अच्छा होगा।"

"ठीक है!"

"कुछ ख़रीदना हो तो बताओ, मैं गाड़ी निकालूँ।"

"कल बताऊँगी। इतनी जल्दी तो आपका कम्प्यूटर भी उत्तर नहीं देता है।"

सुलेमान स्टडी रूम में जा कर फ़ाइलें देखने लगा। कुछ नक्शे इमारतों और पार्कों के थे। उसे काफ़ी देर तक निरीक्षण करता रहा। महनाज़ ने शरबत का गिलास सुलेमान की टेबिल पर रखा और चुपचाप कमरे से निकल गई।

दोनों बच्चे खेल रहे थे। उसने काग़ज़-पेन्सिल निकाल कर कुछ लिखना आरम्भ किया। फिर छोटी-बड़ी चार अटैचियाँ लाइन से खोल कर रख दीं। सबसे पहले सुलेमान की अटैची ठीक की। कुछ कपड़े धुलने व आयरन होने वाले थे। उसे थैले में बन्द करके अटैची बन्द कर दी। फिर अपनी अटैची ठीक की और उसे बन्द कर दिया। दोनों छोटी अटैचियाँ भी किसी-किसी कारण से पूर्ण रूप से सज़ नहीं पाईं। सो उसने उसे यूँ ही छोड़ कर मैले कपड़े का थैला उठाया और वाशिंग मशीन में उलट दिया। मशीन ऑन करके वह डिनर की तैयारी में लग गई। सुलेमान अभी तक अपने स्टडी रूम से निकला नहीं था। इसका मतलब था कि काम अधिक और समस्या गूढ़ है। बेटे के ठुनकने की आवाज़ सुन कर वह कमरे में गई, बेबी काट से उठा कर उसकी नैपी बदली और दूध की बाटल को फ्रिज से निकाल कर बाटल वार्मर में रख दिया। बेटी राकिंग हार्स पर बैठी 'नर्सरी राईम' पढ़ रही थी। तभी सुलेमान कमरे में दाख़िल हुआ। बेटी को प्यार करके बेटे की तरफ बढ़ा, उसे गोद में उठा कर ऊपर उछाला फिर कहने लगा, ' 'तुमने क्या किया ? मैं तो काफ़ी उलझ गया था नये नक्शों में।"

"थक गये होंगे, कुछ लेंगे ?"

"नहीं!"

"मैंने लगभग अटैचियाँ तो ठीक कर ली हैं।"

"वण्डरफुल!"

"बेटे को मुझे दें। इसका दूध का समय हो गया है।"

"लो भाई अपनी अमानत, ज़रा-सा किसी को प्यार करता हूँ, ईर्ष्या से सुलग उठती हो मेरी जान! इसे पहचानो यह तुम्हारा बेटा है बल्कि हमारा बेटा हमारे जिगर

का टुकड़ा, क्यों महवश ?"

महवश ने राकिंग हार्स पर बैठे-बैठे गर्दन हिलाई जैसे उसने सारी बात समझ ली हो।

"सँभालो अपने छोटे सुलेमान को," सुलेमान ने बेटे को पत्नी की गोद में डाल दिया और बेटी को घोड़े से उठा कर कन्धे पर बिठा लिया।

"नौ बज गये हैं। मैं खाना लगाती हूँ।"

"मैं मेज़ ठीक करता हूँ।" कह कर सुलेमान कमरे से बाहर निकल आया। पीछे महवश भी भागती हुई आई। बेटा सैफ सो गया था। उसे उठा कर महनाज़ ने काट में लिटा दिया और बेड लाइट जला कर दूसरा स्विच आफ कर दिया।

किचन में लगी छोटी-सी मेज़ पर बाप-बेटी प्लेट इत्यादि सजा कर बैठे बातें कर रहे थे। महनाज़ ने पुलाव पज़ का प्लग निकाला। समावर रौशन किया। फिर फ्रिज़ से सलाद और अचार निकाल कर मेज़ पर सजाया।

"कल क्या-क्या ख़रीदना है ?"

"कुछ भी नहीं, जब एक माह रहना है तो वहीं ख़रीदारी कर लेंगे। यहाँ से क्या करेंगे इतना सामान ले जा कर।"

"ठीक है। कब तक चल सकते हैं हम, ताकि मैं कल आफ़िस में बता दूँ।"

"परसों चलिये।" खाना लगाते हुए महनाज़ ने कहा।

"ठीक है, टिकट इत्यादि सब तैयार है, डेट देना बाक़ी था।"

"सालन और लें।"

"हूँ! सुनो यह असलम अतापोर भी तो शायद अमेरिका में ही है न ?"

"हाँ!"

"मुझे एकदम से याद आया कि कौन-कौन अपना दोस्त वहाँ मिल सकता है। तो कई अन्य नामों के साथ असलम अतापोर का नाम भी दिमाग़ में आ गया।"

"पुलाव और दूँ।"

"बस! बहुत खाया! तुम्हारे पास पता है ?"

"नहीं! बस इतना पता है कि लास ऐंजेलिस में है। यह भी परी ने वर्ष-भर पहले लिखा था।"

"तुम भी अजीब हो, जिसकी किताबें इतने शौक़ से पढ़ती हो उसका अता-पता भी नहीं मालूम।"

"उसकी शायरी मुझे पसन्द है।"

"मैं कब कह रहा हूँ कि वह तुम्हें पसन्द है, ख़ैर मिला तो जम कर उसकी शायरी पर मैं भाषण दूँगा।"

"ताली बजाने के लिए किराये पर लोग बुलाने पड़ेंगे।" महनाज़ ने हँसते हुए कहा।

"शायद।" सुलेमान मुस्कराया।

सुलेमान बेटी का हाथ-मुँह धुलाने बाथरूम की ओर ले गया और महनाज़ किचन और बर्तन की सफ़ाई में लग गई।

टैक्सी से उतर कर मलीहा ने पैसे दिये और ख़ामोशी से पैदल चलने लगी।

"मामन! मामान! तय्यबा आण्टी की तो यह गली है।" बेटे ने माँ की चादर खींचते हुए कहा।

"पता है बेटे! मैं भूली थोड़ी हूँ। मगर आगे गली से मुड़ कर फिर इस ओर आ जाएँगे।"

"मगर क्यों, बहुत दूर पड़ेगा।" बेटी बोली।

"सब सवालों का जवाब अभी नहीं दे सकती, चुपचाप चलते जाओ।"

बच्चे ख़ामोशी से चलने लगे। तय्यबा के घर समीप जा कर मलीहा ने घण्टी बजाई, मेन गेट बन्द था। ऊपर से किसी ने कुछ न पूछा। हिम्मत करके उसने तय्यबा की मकान मालकिन की घण्टी बजाई।

दरवाज़े पर लगे रिसीवर से आवाज़ आई, "कौन है ?"

"आपके किरायेदार की मेहमान! शायद उसकी घण्टी खराब है। माफ करें। तकलीफ हुई, धन्यवाद!" मुँह ऊपर करके मलीहा ने कहा। उसके साथ ही दरवाज़ा खुल गया। मलीहा बच्चों के साथ अन्दर आई। दोनों आगे-आगे तेज़ी से सीढ़ी चढ़ रहे थे। "धीरे-धीरे सँभल कर। गिर न पड़ना।" मलीहा पीछे थैले उठाये चढ़ रही थी। ऊपर बरसाती थी, उसी में एक कमरा था जिसमें तय्यबा रहती थी। बच्चे दरवाज़े के समीप जा कर खड़े हो गये थे। मलीहा ने ऊपर पहुँच कर दरवाज़ा थपथपाया। अन्दर से कोई आवाज़ सुनाई नहीं पड़ी।

मलीहा ने घबरा कर उँगली मोड़ कर खटखट की मगर अन्दर से किसी क़िस्म की कोई हरकत नहीं हुई। मलीहा को लगा, कहीं...उसकी आँखों में घबराहट के कारण आँसू जमा हो गये थे। उसने चाबी से ज़रा जोर-जोर दरवाज़ा खटखटाया और पुकारा, "तय्यबा! तय्यबा! तय्यबा मैं मलीहा हूँ।"

बच्चे वहीं सीढ़ी पर गमलों के समीप गाल पर हाथ रख कर बैठ गये थे। मलीहा ने भी हाथ में पकड़े सारे थैले वहीं दरवाज़े के समीप रख दिये और सोचने लगी। वास्तव में अब क्या करना चाहिए ? नीचे जा कर सहायता माँगनी चाहिए ? चन्द सेकेण्ड खड़ी रही फिर दरवाज़ें के समीप जा कर जोर से खटखटाया और बोली, "तय्यबा! दरवाज़ा खोलो मैं मलीहा हूँ।"

"मलीहा!"

अन्दर से खट की आवाज़ आई फिर कराहने की। मलीहा ने राहत की साँस

ली। मन की शंका समाप्त हो गई थी। काफ़ी मुश्किल से चाबी घूमी और दरवाज़ा खुला। सामने एक बेकफन का मुर्दा खड़ा था। मलीहा की चीख़ निकलते-निकलते बची। यह तय्यबा है ? उसने आगे बढ़ कर तय्यबा को सँभाला। तय्यबा उसके कंधे पर झूल गई। दोनों बच्चे माँ की मदद के लिए भागे।

मलीहा ने सँभाल कर तय्यबा को बिस्तर पर लिटाया। चेहरे पर पसीने से चिपके बालों को पीछे हटाया। दोनों बच्चे मेज़ पर थैले रख कर पलँग के पायताने खड़े हो गये।

"कब से बुखार था ?"

"पता नहीं।" तय्यबा ने बड़ी कठिनाई से कहा।

मलीहा उसे लिटा कर फ्रीज़ की ओर बढ़ी। खोला, ऊपर से नीचे तक ख़ाली था। केवल एक बोतल पानी से भरी रखी थी। मलीहा ने डबडबाई आँखों से मुड़ कर तय्यबा को देखा फिर बच्चों से कहा, "फल का थैला लाना।" उसमें से दो सेब बेटी को दे कर बोली, "अन्दर से धो कर ले आओ। प्लेट पता है न कहाँ रखी है ?"

"हाँ! मामान!"

"कुछ खाया-पिया भी है तय्यबा तुमने ?"

तय्यबा ने सिर्फ़ गर्दन से न कहा। बेटे को रुपये निकाल कर दिये और कहा कि वह कोने वाली दूकान से दूध लेता आए। बेटी ने प्लेट में धुले सेब और चाकू ला कर रखा। मलीहा ने सेब का छिलका उतारा और उसके छोटे-छोटे टुकड़े करना आरम्भ कर दिया।

"तुमने इतना ग़ैर समझा मुझे कि..."

"ग़ैर समझती तो..."बाक़ी शब्द मुँह ही में रह गये। आँसुओं ने गला रूँध लिया। बाक़ी बातें अब आँसुओं से हो रही थीं।

सेब काट चुकने के बाद मलीहा तय्यबा के समीप आई और काँटे से एक-एक करके सेब के टुकड़े मुँह में डालने लगी।

"किताबों से ख़ाली यह कमरा तुम्हारा नहीं लग रहा है।" तय्यबा मलीहा की इस बात पर सिर्फ़ मुस्कुरा दी।

"कब से नहीं खाया, खुद भी याद नहीं, पगली हो!"

"तय्यबा ने मुस्कुराती आँखों से मलीहा को देखा और अपने पीले कमज़ोर हाथों से उसका गाल बड़े प्यार से थपथपाया।

"यूँ भी कोई जान देता है ? थोड़े दिन आराम करती, ध्यान रखती अपना, संघर्ष तो सारी ज़िन्दगी का है, एक-दो दिन की बात हो तब न, ढाई वर्ष पलक झपकते गुज़र गये।"

"बिल्कुल सही कहा है तुमने, ज़िन्दगी का नाम हरकत और हरकत का रूप संघर्ष।"

"पेट में चारा जाते ही चहकने लगी। अब तो लगता है, सदा की तरह तुम ही बोलोगी और हम तीनों सुनेंगे।"

"बोलने को क्या रह गया है। हमारा मुँह ही सिल दिया गया है।"

"तो लिखकर आफत मचाओगी, तुम रुकने वाली तो हो नहीं।"

"क़लम, काग़ज़, आवाज़ और विचार को मलीहा, इन्होंने सलीब पर चढ़ा दिया है।"

"समय बदलेगा तय्यबा।"

"बदलेगा...मगर हम न होंगे उस बदले समय के स्पर्श के लिए...तब यह आने...वाली नस्ल होगी जो हमारे संघर्ष का फल चखेगी...कितना सुख का दिन होगा...मगर कब आएगा वह दिन ?" तय्यबा ने मलीहा की बेटी माहरूज़ को समीप बुलाकर उसे अपने सीने से लगाया।

"यह है हमारे संघर्ष की सनदें...इनकी आँखें, इनका मस्तिष्क हमारे सारे दर्द के साक्षी होंगे... किताबें, पाण्डुलिपियाँ, सब कुछ तो जलकर राख हो गया...जिस पर हमें नाज़ था। जो हमारे विश्वास की धुरी थे हमसे हमारी रूह को जुदा कर दिया गया...क़लम सपना बन गया, काग़ज़ अभिलाषा और अक्षर कल्पना...कल्पना में अब हम रचना रचते हैं।"

"ज़्यादा बोल कर अपने को थकाओ मत।"

"बरसों बाद तो आज बात कर रही हूँ। सच पूछो तो जीवन-पान कर रही हूँ।"

"तुम्हारा दर्शन हमेशा से निराला रहा है।"

"तभी तो इतने दुख झेल गई, वरना कितनों ने हथियार डाले हैं, मैं भी डाल देती।"

"अच्छा यह बताओ, खाओगी क्या ?"

"कुछ भी, जो तुम खिलाओगी वह मुझे अच्छा लगेगा।"

"दूध ठण्डा पियोगी या गर्म ?"

"खाना क्या दूध ही है ?"

"खाने में तो काफ़ी देर हैं, तुम अभी दूध ले लो।"

"पेट तो भरा लग रहा है, सच पूछो तो मन नहीं चाह रहा है।"

"मन तो तुम्हारा सदा चंचल रहा है, मन को छोड़ो, दिमाग़ कहता है, निर्बल शरीर में पौष्टिक आहार ही बल का संचार करता है।"

"ठीक है, जैसे होम साइंस की अध्यापिका कहे।"

मलीहा ने गैस पर दूध चढ़ा दिया और आलमारी खोली। सारे डिब्बे ख़ाली थे। सब्ज़ी की टोकरी में पुराने मोजे और छाड़न भरे थे। फ्रिज खोला तो फ्रिजर में गोश्त था न कीमा। क्या करे वह ? दूध उबाल कर उसने गिलास में उडेला और तय्यबा के समीप लाई, "शक्कर मिलाऊँ ?"

"नहीं, दूध की अपनी मिठास होती है।"

मलीहा ने बेटे और बेटी से कहा कि वह दोनों तय्यबा ख़ाला के पास बैठें, वह अभी आई।

मलीहा खाने का सामान लेने चली गई। तय्यबा बच्चों से बातें करने लगी। छोटी-छोटी मासूम बातें, जिन्हें सुनकर तय्यबा निश्छल हँसी हँस रही थी। वे दोनों भी जाने कहाँ-कहाँ के लतीफ़े और कहानियाँ सुना रहे थे। तय्यबा दूध पीना भी भूल गई। यह भी भूल गई कि वह बीमार है और पाँच दिन तेज़ बुखार में भुनती रही थी।

"ख़ाला, आप हमारी तरह दूध पीने से भागती हैं ?" महरान ने कहा।

"नहीं।"

"तो फिर पीजिये न, मम्मी आती होंगी, भरा गिलास देखकर...मज़ा आएगा जब वह ख़ाला को हमारी तरह डाँटेंगी।" माहरूज़ ताली बजाते हुए बोली।

"शैतान!" इतना कह कर तय्यबा ने घूँट-घूँट करके दूध पीना आरम्भ कर दिया और गिलास ख़ाली करके मेज़ पर रखा।

"कहाँ चली गई मलीहा ? आठ बज रहे हैं।"

"आती होगी मामान!" महरान ने कहा।

"अच्छा! मैं ज़रा बाथरूम जाऊँगी।" तय्यबा उठने लगी। दोनों बच्चे बैसाखियों की तरह उसके बगल के नीचे आ खड़े हुए। उनका कोमल सहारा ले कर वह बाहर निकली। बाथरूम के दरवाज़े तक पहुँचते-पहुँचते वह बहुत थक गई थी।

"ख़ाला रुकिएगा।" कह कर बेटा भागा और कुर्सी सिंक के समीप रख दीं और कहने लगा :

"अब आप आराम से बैठ कर मुँह धोऐं।"

तय्यबा उसकी इस हरकत पर हँस पड़ी। मुँह-हाथ धो कर जब तैयार हुई तो मलीहा की बेटी ने उसके कंधी करना आरम्भ कर दीं। तय्यबा की तबियत काफ़ी सँभल गई थी।

दोनों बच्चों से बोली, "मुझे छत पर ले चलो। मैं थोड़ा खुली हवा में टहलूँगी।"

"चलिये!" दोनों ने एक साथ कहा और तय्यबा के दोनों हाथों का सहारा बन गये।

आसमान पर तारे छिटके थे। चाँद भी ढलका-सा लग रहा था। उसकी फीकी रोशनी छत पर पड़ रही थी। पूरा शहर अँधेरे में डूबा था। दो वर्ष से युद्ध के कारण बिजली जलाना कब का बन्द हो गया है। मगर कुछ दिन से घर की बिजली जलाने की इजाज़त मिल गई मगर कहाँ कल का जगमगाता ईरान रोशनी का आबशार आज अँधेरे की ग़लियों में खो रहा है। मुंडेर से टिकी तय्यबा काफ़ी देर तक शहर का फैलाव सुरमई लकीरों में देखती रही! बच्चों को भी मज़ा आ

रहा था। तभी घण्टी बजी।

"मलीहा आ गई।" तय्यबा ने कहा और दरवाज़ा खोलने को कहा।

मलीहा दो भारी झोलों को उठाये ऊपर आई।

"किसी की दावत करनी है ?"

"जी नहीं! फ्रिज़ आपकी किताबों की आलमारी ही की तरह ख़ाली पड़ा है।"

"हूँ।"

"मैं आज रात यहीं रुकती हूँ। सुबह बच्चों को छुट्टी है, सारा इन्तज़ाम करके जाऊँगी...यानी कल शाम तुम्हें यहाँ से ले जाऊँगी।"

"मैं कहाँ जाऊँगी...मेरा वजूद तुम्हें दुख ही देगा।"

"मैं ही कौन सुख देख रही हूँ...कम से कम एक साथ रह कर दुख तो बाँट लेंगे...एक-दूसरे का बल और सहारा बनेंगे।"

"मेरे लिये ईरान की धरती भारी हो गई है...क़ब्र जितनी जगह भी मिलनी कठिन है।"

"तुम हर समय साठ वर्ष की बूढ़ी औरत की तरह मौत-मौत की रट क्यों लगाये हो ?"

"क्योंकि मौत ही हमारा भविष्य है, ईरान की जवानमर्गी प्रसिद्ध है, क्या तुम्हें भी बताना पड़ेगा। पिछले बावन त्वर्षों में हमने कैसे-कैसे जवान दिमाग़ खोये हैं, नाम गिनाने बैठूँ तो सुबह हो जाएगी। जब भी परिन्दों ने पंख फैला कर उड़ना सीखा, गर्दन और डैने काट दिये गये। पहले बीस से पैंतीस वर्ष के बीच शहादत होती थी। आज दस से चालीस तक के बीच...यह तरक्की की है हमने पिछले दस वर्षों में...नई नस्ल कट रही है ताकि कोई न बचे जो उनके विरुद्ध हो...मगर मलीहा तुमने ग़ौर किया है ? सड़क पर निकलो तो हर औरत गर्भवती नज़र आती है जहाँ मौत रोज़ की दिनचर्या बन जाये वहाँ पर नये बच्चे ईरान में आँख खोलने के लिए माँओं की कोखों में पनप रहे हैं...ईरान दूसरा वियतनाम होगा...यह संग्राम बिना स्वतंत्रता तक पहुँचाएँ हम समाप्त नहीं होने देंगे...तूफ़ान को कौन रोक सकता है ? उफनती नदी किसी भी रुकावट को सहन नहीं कर पाती है। बड़े-बड़े पत्थरों का जिगर काट कर निकास द्वारा बना लेती है...समय कठिन है जटिल है मगर यह गुज़र जाएगा...यह भी हम गुजार लेंगे।"

"तुम अब आराम करो, मैं खाना पकाने जाती हूँ।"

"तुम मेरी बातों से घबरा जाती हो मलीहा ? हम भी कितने मजबूर हैं, इतना कुछ मन में भरा है, न कहें तो शायद बोझ से दिल की रगें फट जायें। अपने विचार वाले मिलते कहाँ हैं ? सब या तो क़ब्र में सो रहे हैं या जेल में या फिर अण्डरग्राउण्ड हैं।"

"ऐसा तुमने क्यों सोचा... ? मैं न समझूँगी यह अत्याचार तो कौन

समझेगा ? तीन वर्षों से जो कुछ झेला है, उसमें अब कोई न समझने वाली बात नहीं रह गई है...सारा गिला-शिकवा, हुसैन से जाता रहा है।...वह जो कर रह है ठीक कर रहा है। एक इंसान केवल बेटा, पति और पिता ही नहीं होता है। एक देश-भक्त होता है, मानवता का पुजारी, स्वतंत्रता का प्रेमी भी तो हो सकता है! मैं जब इंसान की भावना और विचार की विस्तृता समझने लगी हूँ...मर-मर कर जी हूँ...मेरे आब-ए-हयात...मेरे जीवन बल यही दो मेरे बच्चे हैं, वरना एक मामूली विचार की औरत जिसका दायरा शौहर और बच्चे हों, उसके लिए पति के गायब हो जाने का ग़म छोटा नहीं होता है...मैं उनके बिना जी रही हूँ। इस बात की दलील है कि मैं अपने अन्दर एक नई मलीहा को उगता देखती हूँ जो बहरहाल हुसैन के व्यक्तित्व की ही छाया है...नदी का भाग्य सागर की गोद में सामने में ही है। मैं उसी सागर की तलाश में नदी में ढल रही हूँ।"

तय्यबा मलीहा से लिपट गई, "कौन कहता है, जागृति नहीं आई है ? बच्चा-बच्चा जाग रहा है, तुम तो माँ हो।"

"अच्छा! अब तुम लेट जाओ।" मलीहा ने उसे सहारा दे कर कमरे में ले जा कर पलँग पर लिटा दिया। स्वयं बाहर रखे गैस के चूल्हे के समीप आ कर खाना पकाने में व्यस्त हो गई। तय्यबा काफ़ी थक गई थी। लेटते ही आँखें बन्द कर लीं और थोड़ी देर बाद गहरी नींद में डूब गई। दोनों बच्चे छोटे-छोटे काम में माँ का हाथ बँटा रहे थे।

अब्बास आग़ा कुछ दिनों से बड़े चिंतित लग रहे थे। सूसन का ध्यान काफी दिनों बाद उधर गया वरना वह बच्चे में इतना मसरूफ हो गई थी कि उसे आस-पास की हर चीज़ खिली और ताज़ी ही नज़र आती थी। पूछने पर उन्होंने कुछ बताया ही नहीं।

उनकी चिन्ता का केन्द्र नया बनने वाला हमामखाना था। जो वास्तव में जासूसी का अड्डा होगा। वे मना तो नहीं कर सकते थे। नींव पड़ चुकी थी। काम तेज़ी से हो रहा था। बेचारे देहाती, ख़ुशी के नारे लगाते थकते नहीं थे। कल ऐसी ही भीड़ की तस्वीरें और बनते हमामखाने की तस्वीरें 'जेहादे सज़िन्दगी' वाले लेने आये थे। आज उन्होंने उसे टी०वी० पर भी देख लिया था। सारी रात वह चिन्ता से करवटें बदलते रहे। इस छोटे से गाँव का वातावरण भी दूषित होने वाला है। वे रोक नहीं पाएँगे...एकता का अटूट धागा टूटेगा...बड़े शहरों की तरह पड़ोसी, पड़ोसी पर जासूसी करने लगेगा...वही घुटन, वही तड़पन, वही शोषण...यह अनपढ़ देहाती इन गहराइयों को क्या समझेंगे, उनके लिए इतना ही काफ़ी है कि पिछले सौ सालों से वह पशुओं के साथ तालाब में नहाते रहे हैं और जंगल में शौचालय जाते रहे हैं। आज सरकार उनकी सुध को आई हैं, उनके लिए गर्म पानी के साथ हमामखाना बन रहा है।

शौचालय बन रहा है। पानी की पाइप लाइन डाली जा रही है।

सुबह जब अब्बास आग़ा उठे तो थके और उदास थे। नाश्ते के बाद जब खेत की ओर जाने के लिए निकले तो देखा, हमाम का काम रुका पड़ा है। पूछने पर पता चला कि हफ़्ते-भर बाद दोबारा आरम्भ होगा। सीमेंट इत्यादि लेने गये हैं। अब्बास आग़ा ने लम्बा साँस खींचा और आगे बढ़ गये। शाम को चाय पीते समय उन्हें कुछ शोर सुनाई पड़ा। बाहर निकले और आवाज़ की ओर चल पड़े। हमामखाने की ओर से शोर आ रहा था। उधर ही तेज़-तेज़ क़दम बढ़ाते हुये गये। छोटी-छोटी दीवारों पर भीड़ बैठी थी। ऊँचाई पर कोई खड़ा दिखा। समीप पहुँच कर वह भी भीड़ में जा कर शामिल हो गये।

"भाइयो! इन मुजाहिदीनों और फ़िदाइनों ने हमें कहीं का नहीं रखा है...हम ग़रीबों तक पहुँचना चाहते, उनकी सहायता करना चाहते हैं मगर यह अमेरिकी, जंजीरी कुत्ते हमें जीने नहीं देते हैं। काम रोक दिया...दफ़्तरों में बम्ब रखते हैं...आय्यतउल्लाह, धर्म के रक्षकों को यह मुनाफ़ीकीन नास्तिक बम से उड़ाते हैं...यह केवल हमारा देश विदेश के हाथों बेच देना चाहते हैं। आप हमारी सहायता करें...इस्लाम की रक्षा...धर्म की रक्षा...देश की रक्षा हर देशभक्त का कर्त्तव्य है। इन्क़ेलाब के शत्रुओं को नाकाम करें। इस्लामी इन्क़ेलाब को बचायें...यह इन्क़ेलाब ग़रीबों, दरिद्रों बेकसों, मजलूमों का इन्क़ेलाब है, इसे हम ख़ून से सींचेंगे मगर मुरझाने नहीं देंगे...एक आवाज़ बने, एक ताकत बने, नारे लगाएँ...

सारा माहौल नारे में ढल गया। पाँच सेकेण्ड के बाद शान्ति छा गई।

"काम कब आरम्भ होगा कहा नहीं जा सकता मगर होगा...इसका हमें विश्वास है...यह विश्वास आपके विश्वास की माँग करता है।"

फिर सारे हाथ आसमान की तरफ उठ गये। नारे आसमान में छेद करने लगे।

"याद रहे, उठे हाथों के बीच गिरा हाथ दुश्मन का हाथ होता है।"

घबरा कर इस बार अब्बास आग़ा के हाथ में भी हरकत आ गई। थोड़ी देर बाद भीड़ छँट गई। सारी भीड़ खुले शब्दों में सरकार विरोधी गुटों को गाली दे रही थी।

घर पहुँचते ही घबराई हुई सूसन ने पूछा, "कैसा शोर था ?"

"कोई विशेष बात नहीं है, बस यूँ ही...।"

तभी दरवाज़ा खटखटाया गया।

"कौन है ?"

अब्बास आग़ा ने देखा। सामने दो-तीन लोग खड़े हैं। सलाम और हाथ मिलाने के बाद उन्हें अन्दर बुलाया, बिठाया।

"माशाअल्ला! जंगल में मंगल है...इस देहात में सारी सुविधाएँ जमा कर लीं आपने ?" एक ने दाढ़ी पर हाथ फेरते हुए कहा।

"सब ख़ुदा का करम है।" अब्बास आग़ा बोले।

"ख़ुदा सब पर करम करे।" दूसरे ने कहा।

"आप लोग ठण्डा पसन्द करेंगे या गर्म ?"

"जो भी आप पसन्द करें।"

"पहले शरबत लें...थक गये होंगे।"

"जैसी जनाब की मर्ज़ी हम तो मुजाहिद हैं, ख़ुदा की राह पर निकले योद्धा। कुछ मिल जाता है तो खा लेते हैं वरना संतोष कर लेते हैं।"

अब्बास आग़ा बाहर गये और शरबत की ट्रे ले कर अन्दर कमरे में आए। बिलक़ीस को जान-बूझ कर इनके सामने नहीं आने दिया। शरबत पीकर वे बोले।

"हाज़िर हूँ। बताइए, कैसी सहायता आप चाहते हैं।"

"बस! अधिक से अधिक प्रचार चाहते हैं। आपसे कुछ छुपा थोड़े ही है। हम किस कठिन दौर से गुज़र रहे हैं वह हम ही जानते हैं...बस अब तो इंसानी बल पर ही हमारा विश्वास है। इराक़ से युद्ध में जीत हमारी होगी। बहुत जल्द हमारा झण्डा वहाँ लहरायेगा...।"

"इनके मन में धर्म की गर्मी ला कर इन्हें 'बसीज़' मैं भेजना है। दो हफ़्ते एक मास की ट्रेनिंग चल रही है। आराम से बन्दूक़ चलाना सीख लेंगे।"

"इराक़ में घुसने का अर्थ है अन्य दूसरे देश भी हमारी ही पताका के नीचे साँस लेंगे।"

"बच्चे, बूढे, जवान सारे लोगों का स्वागत हम करते हैं जो आना चाहें आयें।"

"नमाज़ का समय हो गया है।" एक ने कहा। फिर पाँचों लोगों ने उसी कमरे में एक तरफ नमाज़ पढ़ी और फिर चलने की इजाज़त माँगी।

"खाना तैयार है, खा कर जायें।"

"शुक्रिया, इतनी तकलीफ आपने उठाई वही बहुत है। अब हम चलेंगे, दो दिन का रास्ता है।"

"खाना तैयार है, आराम से जाइए...रास्ते में खाना कहाँ मिलेगा...मीलों पथरीला रास्ता है," कह कर अब्बास आग़ा अन्दर गये और फिर आ कर इन चारों से बोले, "आइये, खाना नौशे जान करें।"

खाने के बीच में भी तरह-तरह की बातें होती रहीं। लगभग ग्यारह बजे रात को वह लोग उठ कर गये। अब्बास आग़ा उनको पहुँचा कर जब घर लौटे तो उनके चेहरे से लग रहा था कि वह किसी जनाज़े में सम्मिलित हो कर आ रहे हों। आते ही कटे पेड़ की तरह बिस्तर पर गिर पड़े।

"क्या बात है ? कुछ तो बतायें ? अन्दर अकेले घुटने से कोई फ़ायदा है ?"

"बताता हूँ। मुझे सँभलने तो दो," अब्बास ने धीरे से कहा।

पति के सर को धीरे-धीरे सहलाती हुई सूसन पास बैठी रही। अब्बास आग़ा

उसी हालत में सो गये। सूसन उन्हें चुपचाप बैठी देखती रही। आशंका से उसका मन काँप रहा था। बच्चा रो पड़ा। सूसन उठी। अब्बास भी चौंक पड़े। सूसन ने बेटे को गोद में ले कर उसे दूधपान कराना आरम्भ कर दिया और नज़रें पति के चेहरे पर गाड़ दीं। अब्बास उठ कर बैठ गये फिर सूसन की ओर मुड़े।

"बिलक़ीस चली गई ?"

"नहीं! बर्तन धो रही है।"

"मुझे चाय चाहिए...वैसे रात काफ़ी हो गई है। उससे कह दो, सुबह आ कर काम कर लेगी। चाय भी तब बनवाना जंब समावर रौशन हो।"

"समावर रौशन होगा, चाय भी उसने ताज़ी दम दी होगी अपने लिये, जाने से पहले पी कर जाती है।" सूसन ने बेटे को अब्बास की गोद में लिटाया और बाहर किचन की ओर चल पड़ी।

चाय ले कर लौटी तो देखा, अब्बास आग़ा बजाय बच्चे से खेलने या बोलने के सामने दीवार में जाने क्या तलाश कर रहे हैं। उनको सूसन के आने की आहट भी महसूस नहीं हुई। चेहरे पर गहरे दुख के भाव और आँखों में गहरी सोच के बादल थे।

"चाय लें।" सूसन ने चाय की ट्रे मेज़ पर रखी।

"आँ...आँ...चाय...ले आईं। अच्छा! इसे लो तो मैं चाय पीता हूँ," कह कर अब्बास आग़ा मेज़ के सामने वाली कुर्सी पर आ कर बैठ गये। सूसन ने बेटे को गद्दे पर लिटाया और पति के समीप आ कर बैठ गई।

"बात कोई ख़ास नहीं जो तुम्हें बताऊँ मगर अहसास और विचार की दृष्टि से कष्टकर है यदि उसके बारे में सोचा जाए...यह लोग चाहते हैं कि कुछ लोग युद्ध क्षेत्र में जाएँ। युद्ध को समाप्त न होने दें...धर्म का नाम ले कर...ख़ैर यह कोई नई बात नहीं है मगर इसका अन्त कहाँ होगा ? मैं अन्त के लिए चिंतित हूँ ?"

"हमामख़ाना... ?"

"हाँ, अब हमामख़ाना नहीं बनेगा, अधूरा पड़ा रहेगा ताकि देहातवासियों को इसका अधूरापन सालता रहे कि इसके समाप्त न होने का कारण सरकार विरोधी दल है। इनका काम हो गया सो देश का भाग्य, इंसान का भविष्य जाये चूल्हे भाड़ में...।"

"तुम से वह क्या चाहते हैं ?"

"अपने उद्देश्य तक पहुँचने के लिए मेरी सहायता चाहते हैं।"

"तुम करोगे ?"

"करना-न करना मेरे हाथ में नहीं है, ज़मीन वह स्वयं तैयार कर गये हैं। एक-दो बार और आये तो समझो वे अपने उद्देश्य में कामयाब हो जायेंगे...लोग सर पर कफन बाँध कर घरों से निकल पड़ेंगे...।" अब्बास आग़ा ने ठण्डी साँस भरा।

"क्या आफत है! ईरान की धरती पर सुख और शान्ति की तलाश असम्भव हो गई है।"

"बहाव है बहेगा, दिशाहीन ही सही, एक समय बाद ही यह सब कुछ रुकेगा।"

"तुम थक गये, हो लेट जाओ।"

"लेटना ही है अब, करना भी क्या है ?"

"बहुत कुछ करना है, तुम्हें अभी, यूँ निराश क्यों हो रहे हो ?"

"निराश नहीं, बल्कि सच कह रहा हूँ। तुम्हें सब कुछ पता कहाँ, हफ़्ते-भर पहले एक अफसर गया था कि कारखानों का मुआयना करने, लड़का-सा, सुना है डिप्लोमा की डिग्री भी नहीं है पास में। दो मास पहले इंग्लैण्ड गया था, वहाँ से लौट कर कारखानों के दौरे का शौक़ हुआ है। शुगर मिल को देख कर बोला, 'इसे चिप्स बनाने के कारखाने में बदल दिया जाये तो उत्पादन अधिक होगा।" काम करने वाले पागल हो उठे। बोल सकते नहीं, कारखाना बन्द पड़ा है। न मशीन, न आलू, न कार्यक्रम। सारे मज़दूर भाग्य पकड़े रो रहे हैं। कुछ ने जुलूस निकाला तो दो को बग़ावत करने के जुर्म में फाँसी की सज़ा होगी, बाक़ी की हिम्मत पस्त हो गई। अफसर का कहीं पता नहीं है। जगह ख़ाली है, लोगों ने बताया कि वह तो राजदूत बन कर आजकल जर्मनी गये हुए हैं। इस स्थिति में ऐसे वातावरण में कोई क्या करे ? है कोई सुनवाई कहीं पर ? जहाँ पर हामिद और हमीद के नाम में लोग अन्तर न समझ पाये और हामिद की जगह हमीद को गोली से उड़ा दें फिर ग़लती के अहसास होने पर हामिद के साथ छोटे बेगुनाह भाई साज़िद को मार डालें...पूरे मानव-इतिहास में ऐसी लोमहर्षक बातें सुनने को नहीं मिलेंगी...उस माँ से पूछो जिसने तीन बेटे एक ही दिन खो दिये...कल इसी देहात के सारे लोग तेहरान में जा कर क्या समझदारी का व्यवहार करेंगे जो वास्तव में इस देहात के अलावा कुछ नहीं जानते हैं। अपने देश को नहीं जानते...अनजाने में अपने भाइयों की हत्या कर रहे हैं। इससे बड़ी विडम्बना क्या होगी...क्या होगी।" अब्बास आग़ा बेदम हो कर तकिये पर सर रख कर लेट गये।

सूसन ने लाइट बूझाई और पति के पेशानी को अँगुलियों से सहलाने लगी।

तय्यबा की तबियत काफ़ी सँभल चुकी थी। शाम को जब मलीहा ने उससे कहा कि वह भी उनके साथ चले। अकेली कमरे में क्या करेगी ? तो वह केवल मुस्कुरा कर रह गई।

चाय पीने के बाद जब मलीहा ने सामान समेटना आरम्भ किया तो तय्यबा को कहना पड़ा।

"मलीहा! मैं जा नहीं पाऊँगी। चाह कर भी। समझती हूँ जिस इन्सान नाम

की चीज़ को मैं इतना प्यार करती हूँ, उससे दूर थोड़ी भागूँगी, मगर मैं इन्सान के बीच में साँस नहीं ले सकती हूँ वरना उन इन्सानों को केवल परेशानियाँ और कठिनाइयाँ सहनी पड़ेंगी।"

"साथ सहेंगे।"

"नहीं! मलीहा जान! मेरा यह सयासी घर है, कभी-कभी फ़ोन आते हैं। संघर्ष का अवसर मिलता है, कुछ लिख लेती हूँ फिर वहाँ तुम्हारे घर में...मैं सिर्फ़ तुम्हारे लिये नहीं, बल्कि अपने संघर्ष के लिए ख़तरा बन जाऊँगी।"

"मैं तुम्हें छोड़ूगी नहीं! हालत देखी। वह तय्यबा जो न थकती थी, न उदास होती थी, उसके मुख पर पीलापन और उदासी है। अपने संघर्ष के लिए तुम्हें मज़बूती से जीना है। मर कर संघर्ष क्या कर पाओगी...चलो बस सामान बाँध लो...हफ़्ते-भर रह कर चुस्त हो कर लौट आना।"

"नहीं। मलीहा, ख़ुदारा मुझे कमज़ोर न बनाओ...यह कमरा छोड़ने का अर्थ है...कैसे समझाऊँ तुम्हें।"

"अपने शब्दों में...आज शब्द कैसे कम पड़ गये ?"

"मज़ाक नहीं मलीहा। मेरे पास अब भी खजाना है, विचारों, भावनाओं, शब्दों और अभिव्यक्ति का...समय आने दो।"

दोनों बच्चे तय्यबा से लिपट गये और ज़िद करने लगे-

"ख़ाला, चलिये न!"

"नहीं! बेटे ख़ाला पर बहुत से कर्त्तव्यों का बोझ है। तुम लोग आना, ख़ाला घर पर रहेगी।" तय्यबा ने दोनों बच्चों को प्यार किया।

"अब तय्यबा बच्चों की बात मत टालो।" मलीहा ने कहा।

"आओ बाहर चलें...छत पर चल कर तुमसे कुछ बातें करती हूँ। तुम दोनों यहीं बैठो।" कह कर तय्यबा ने मलीहा का हाथ पकड़ा और बाहर ले आई, फिर बोली-

याद करो आज से कुछ सालों पहले मैं भी ठीक तुम्हारी तरह आज वाली ग़लती तुम्हारे साथ कर रही थी। तुम्हें नई ज़िन्दगी देना चाहती थी। याद है...तुमने मुझे बनजारन कहा था। अपने सम्बन्ध में तुमने वास्तविक इश्क़ को स्पर्श कर लिया था। हुसैन तुम्हारे अहसास का केन्द्र था। याद आया...मेरी ज़िन्दगी के बहुत ख़ूबसूरत, भावुक हिस्से तुम लोगों से छुपे हैं। समय होगा तो शायद तुम्हें वह हिस्से नज़र आ जायें...आज मैं तुमसे कहना चाहूँगी मलीहा कि मुझे मेरे इश्क़ के साथ जीने दो, मुझे किसी शत्रु की तरह उससे ज़ुदा न करो इसी में मेरी ख़ुशी है...यह अकेलापन...यह ग़रीबी...यह अत्याचार...मेरे बल हैं। नफरत को और तेज़ करते हैं...संघर्ष को अन्त तक पहुँचाने की गर्मी देते हैं...तुम आना मगर सिर्फ़ एक बार मेरा घर बहुत सुरक्षित नहीं है...तुम अकेली नहीं हो बल्कि दो बच्चों की माँ हो...तुम्हारे ऊपर बहुत सारे अन्य दायित्व हैं उनसे आँख मत बन्द करना..." तय्यबा ने मलीहा को अपनी बाँहों

में भर लिया, फिर उसके गालों पर प्यार करके बोली, "ख़ुदाहाफ़िज़।"

मलीहा चुपचाप कमरे में लौटी। बच्चों से कहा चलने को फिर बड़े स्नेह से तय्यबा से बोली, "मैं परसों फिर आऊँगी! खाना खा लेना। सब कुछ फ्रिज़ में रखा है।"

उनके जाने के बाद तय्यबा ने कमरा बन्द किया और बिस्तर पर लेट गई। दिमाग़ में बहुत-सी बातें जो उसकी अपनी थीं, याद आने लगीं। उसकी याद में डूबी वह सो गई।

महनाज़ को विदेश आये हुए हफ़्ता-भर गुज़र गया था। रोज़ शाम को चारों घूमने निकल जाते थे। आज भी वह पार्क में टहल रहे थे। सैफ परैम में सो रहा था और बिटिया खड़ी-खड़ी आइसक्रीम खा रही थी। सुलेमान ने एकाएक पूछा, "कल यहाँ की युनिवर्सिटी में अतापोर के बारे में मालूम करूँगा...मुझे ध्यान ही नहीं रहा कि पूछता, तुमने भी याद नहीं दिलाया।

"मुझे भी ध्यान नहीं रहा, कल युनिवर्सिटी देखने चलते हैं। वहीं पूछ भी लेंगे।"महनाज़ ने कहा।

"यह ठीक है, पार्क, बाग़, होटल, म्यूज़ियम की ख़ाक तो हमारी हसीन महबूबा ने छान ही मारी है। अब उसे पुस्तकालय, इत्यादि की सैर कराऊँगा।" सुलेमान ने कहा।

"जल्दी निकलेंगे कल।" महनाज़ ने कहा।

"ठीक है।"सुलेमान ने कहा।

रात का खाना उन्होंने अपने होटल में ही खाया। रात को सोते समय सुलेमान ने महनाज़ के चेहरे को प्यार से छूते हुए कहा, "तुम स्वयं क्यों नहीं लिखती हो ?"

"कौन मैं ?" महनाज़ चौंक पड़ी फिर हँस दी।

"हाँ जब पढ़ने, लिखने और साहित्य से इतना प्रेम है तो फिर कुछ न कुछ तो तुम भी सोचती होगी। इन भावनाओं की अभिव्यक्ति को क़लम से काग़ज़ पर लिखो...सच महनाज, मुझे अच्छा लगेगा...फिर अब बच्चे भी बड़े हो रहे हैं, सैफ भी कुछ दिनों बाद नर्सरी जाने लगेगा, तुम्हें काफ़ी समय मिलेगा।"

महनाज़ पति की बात सोच कर केवल मीठी हँसी हँसती रही। उसे ऐसा सुख मिल रहा था। ऐसी बातें बाबा करते थे। एकदम से उसे अपने घर का पुस्तकालय याद आ गया। आँखों में आँसू भर आये, बाबा की याद से उसका गला रूँधने लगा। बहुत रोकने पर वह रो पड़ी।

"यह क्या ? मुझसे कुछ ग़लती हुई क्या ?" सुलेमान घबरा कर उठ बैठा।

"नहीं! नहीं! बाबा याद आ गये...वह मुझसे ऐसी ही बात करते थे। बरसों बाद आज...वही जुम्ले सुन कर मैं...मैं अपने को रोक नहीं पाई।"

"अच्छा! यह तो बड़ी मुश्किल समस्या आ गई कि मेरी बातों में आपको चचाजान याद आ जाते हैं...आज से हम इशारों में बात करेंगे। ठीक है ?"

"हरदम आप मज़ाक के मूड में रहते हैं।" महनाज़ हँस पड़ी।

"फिर क्या करूँ ?"

"अच्छा! अब सोइए, सुबह उठना है।"

"ठीक है, सैफ की तरह चुपचाप सो जाता हूँ लो।" सुलेमान की बात पर महनाज़ हँस पड़ी।

"अब तुम शोर मचा रही हो। रात के बारह बजे हँसने का क्या तुक है ?"

"ख़ुदा के लिए चुप रहिए, बच्चे शोर से जाग जायेंगे।"

"अच्छा। इस बार मत हँसना।"

"ठीक है।"

कमरे में कुछ देर केवल मद्धिम हँसी और साँसों की आवाज़ गूँजती।

शाम को सुलेमान जल्दी लौट आया। युनिवर्सिटी पहुँच कर उन्होंने इन्क्वायरी से पूछा। मालूम हुआ, इस नाम का एक रिसर्च स्कालर है तो उसका नम्बर चार सौ बारह है, फ़ोर्थ फ़्लोर पर है।

"किस प्रोफ़ेसर के अण्डर में है ताकि वह न मिले तो उनके प्रोफ़ेसर से बात हो जाए।" सुलेमान ने पूछा।

"ऊपर पता चल जाएगा, डिपार्टमेंट का आफ़िस चार सौ नम्बर में है।"

"धन्यवाद!"

"चारों ऊपर पहुँचे। चार सौ बारह नम्बर कमरे में नाक किया। अन्दर से आवाज़ आई, "कम इन।"

महनाज़ ने अपने को सँभाला। सुलेमान ने दरवाज़ा खोला और महनाज़ को ठहरने का इशारा करके अन्दर गया।

"मैं सुलेमान, जर्मनी में इंजीनियर हूँ। आप..."

"मैं असलम अतापोर हूँ, यहाँ पर रिसर्च का काम कर रहा हूँ। बैठिए।" असलम को चेहरा देखा-देखा-सा लगा।

"अकेले क्या बैठूँ जनाब!"

"जी ?"

"मेरी धर्मपत्नी बाहर खड़ी हैं, आपकी कविताओं की दिवानी।"

"कौन महनाज़ ?"

"जी, महनाज़ ही," कह कर सुलेमान आगे बढ़ा और दरवाज़ा खोला। सुलेमान और असलम अतापोर को फिर से अपनी वह मुलाक़ात एकाएक याद आ गई जो

महनाज़ के घर पर हुई थी। पल-भर की वह मुलाक़ात थी, चेहरे धुँधला गये थे।

"आओ महनाज़! आखिर मैंने कवि महोदय को ढूँढ ही लिया है।"

असलम और महनाज़ ने एक-दूसरे को देखा, सलाम किया, हाथ मिलाया। उथल-पुथल का एक तूफ़ान दोनों के दिल के दरवाज़े तोड़ने लगा। मगर चेहरा दोनों ने सँभाल रखा था। असलम बच्चों से खेलने लगा। महनाज़ ख़ामोशी से दीवार पर लगी तस्वीरों का निरीक्षण करने लगी। सुलेमान थोड़ी देर बाद बोला, "यदि पसन्द करें तो मैं चाय साथ पीने की दावत दे सकता हूँ।"

"अरे! शुक्रिया! यह तो मेरा फ़र्ज़ है। चलिये! यहाँ कैन्टीन है। सर्विस बढ़िया है।"

सब उठ कर चल पड़े।

"आपको कोई नई किताब आई ?"

"नहीं। ईरान में अब किताबें कहाँ छपती हैं ?"

"दूसरा कविता संग्रह मैंने पढ़ा था।"

"ईरान गये थे आप ?"

"नहीं! महनाज़ की दोस्त परी ने भेजा था। छः मास बाद पहुँची थी।"

"ओह! परी तो अजकल पेरिस में है।"

"पेरिस में ? कब आई ? आपको कैसे पता चला ?"

"हफ़्ते-भर पहले मुझे पत्र मिला था। छुप कर पाकिस्तान के रास्ते से भागे हैं। बच्चे वर्ष-भर पहले ही आ गये थे।"

"मुझे उसका पता दीजिएगा...अभी है आपके पास ?"

"अधिक बेचैन न हों, लौटते समय पेरिस होते हुए जर्मनी वापस होंगे।"

महनाज़ ख़ुशी से लाल हो रही थी। लग रहा था कि बस जल्द से परी से मुलाक़ात हो जाए। कैसा संयोग है, संसार कितना छोटा है। एक-एक करके सब मिल जाएँगे।

चाय पर काफ़ी बातें हुई। सुलेमान को असलम पसन्द आया। सीधा और बेहद शिष्ट! उससे सुलेमान ने पूछा, "आपने शादी क्यों नहीं की ?"

"यह कैसे जाना आपने ?" असलम हँस पड़ा।

"शादीशुदा आदमी दोस्तों को घर के बजाय कैन्टीन नहीं ले जाता है।"

"ख़ूब।" इस पर सब हँस पड़े।

"जब विवाह करना चाहता हूँ तो कोई न कोई दुर्घटना हो जाती है।" हँसते हुए असलम ने कहा।

"ख़ैर जनाब! आपसे मिल कर बहुत प्रसन्नता हुई। कल शाम आप हमारे साथ खाना खा रहे हैं। जल्दी आइएगा, ताकि अदबी बातें भी जी खोल कर हों, यही कोई पाँच बजे। यह रहा मेरा कार्ड...और इस पर लिख देता हूँ होटल का नाम

और फ़ोन नम्बर...''

उनके चले जाने के बाद असलम सोच रहा था। महनाज़ बड़ी ख़ुशक़िस्मत है। पति बहुत अच्छा मिला है...थोड़ी देर बाद एक टीस उठी...तभी वह तुम्हें भूल गई है। असलम ने सर झटका और अन्दर कमरे की ओर बढ़ा।

महँगाई, बेकारी, भय, ईरान में अपनी चरम सीमा पर पहुँचा हुआ था। जो पैसे वाले थे, उनके तहखाने चीज़ों से भरे हुए थे। फ्रिजर गोश्त और मुर्गे से। उबली सब्जी के पैकेट भी बराबर से बर्फ के बीच में चुने हुए थे। पिस रहा था मध्य व निम्न वर्ग। बेकारी, भूख उन्हें सबसे ज़्यादा सता रही थी। सड़क पर चलते लोग मानसिक रोगों का शिकार नज़र आते थे। शत्रुता थी कि समाप्त ही नहीं हो रही थी। सरकार का कोई कार्यक्रम अधिक दिन तक नहीं चलता था। रोज़ के इस बदलाव से हालत खराब थी। पैट्रोल की कमी से कारें सड़क पर धूल में अटी खड़ी थीं।

जुमे का दिन था। नमाज़ के बाद 'बसीज़' निकल रही थी। गाँव के देहातियों की लम्बी कतार, हाथ में बन्दूक़ लिये देश पर क़ुर्बान हो जाने के लिए आमादा 'अल्लाह-हो-अकबर, खुमैनी रहबर' का नारा लगाते गुज़र रहे थे। औरतें चादरों में लिपटी फुटपाथ पर खड़ी जाते लोगों का देख रही थीं। इसी बीच ऐलान हुआ कि इराक़-ईरान युद्ध में सहायता करें। जिसके तन पर जो भी गर्म कपड़ा था, उसने उतार कर ट्रक की ओर फेंकना आरम्भ कर दिया था। सबके कानों में इमामे-जुमा के भाषण के कुछ शब्द गूँजने लगे।

''यदि जवान लड़के-लड़कियाँ इस्लाम की रोशनी तले नहीं हैं तो माँ-बाप का फर्ज़ बनता है कि उनको सीधे रास्ते पर लाएँ, और उनके मन में युद्ध की गरिमा की भावना जगाएँ और उन्हें रणक्षेत्र की ओर जाने के लिए प्रेरित करें। हमारा युद्ध धर्म-युद्ध है।''

भीड़ जब छँट गई तो सड़कें फिर सुनसान हो गईं। यही जुमा था जब बाग़ बग़ीचे से आबाद होते थे। फूल खिलते थे, रेस्ट्रां और होटल जगमगाते थे। हँसी के फव्वारे अनार की तरह छूट-छूट कर बिखरते थे। क्या हो गया है इस ईरान को ? बूढ़ा अब्दुल घर लौटते हुए सोच रहा था। वह 'नेशनल' कारखाने में मज़दूर था। इराक़ी बम ने मीलों लम्बे नेशनल कारखाने के स्टोर को तहस-नहस कर दिया था। तब से छँटनी होती गई। अन्त में कारखाना ही बन्द हो गया, अब बेकारी है केवल बेकारी!

हफ़्ते की ही तो बात है न...करीम और शरीफ खाना खा रहे थे...पासदार पकड़ कर ले गये...रमज़ान का मुबारक महीना, ख़ुदा अपनी इच्छाओं पर अंकुश की आज्ञा देता है, और यह पिदर-सग...दोपहर में अण्डा तल पेट का दोज़ख भर

रहे हैं...करीम, और शरीफ को फिर किसी ने इस ग़रीब मज़दूर बस्ती में नहीं देखा।

अब्दुल को याद आया...दोनों एक वर्ष से बेकार थे। मज़दूरी कभी-कभी मिल जाती थी। दो दिन से भूखे थे...कौन भरपेट खा रहा है ? क़ासिम कह रहा था कि उनका काम...मेरा मन नहीं मानता...जेल में रोटी तो खा रहे होंगे...मगर क़ासिम कहता है जिसने यहाँ दो दिन की भूख के बाद रोटी नहीं खाने दी क्या वह वहाँ...छोड़ो चाचा...तुम बूढ़े लोग बेकार की आशा में जीते हो...

पास के घर से सदा की भान्ति फिर रोने-चीख़ने-कोसने की आवाज़ आने लगी। अब्दुल अपने स्थान से उठा और पड़ोस का दरवाज़ा फड़फड़ाया, दरवाज़ा खुला।

"तुम समझाओ अब्दुल आग़ा इसे...मैं तो इसे पैदा करते ही क्यों न मर गई...बुज़दिल कहता है, मैं रणक्षेत्र नहीं जाऊँगा...कल से खाना नहीं खा रहा है।...औरतों की तरह बैठा रो रहा है।"

तेरह-चौदह साल का क़ासिम घुटनों में सर रखे रो रहा था। उसका सूखा बदन, बड़े घने सर के बाल सिसकियों से हिल रहे थे। अब्दुल पास जा कर बैठ गया। प्यार से सर पर हाथ फेरता रहा। मुँह से कुछ नहीं बोला। सिद्दिक़ा ख़ानम पटक-झटक के साथ बड़बड़ाये चली जा रही थीं, "आखिर नाज़िम, शाहिद ने भी मेरा दूध पिया था तब मैं रोती थी मगर वह जा कर लड़े उस काफ़िर सद्दाम की फ़ौज से...तुम तो गवाह हो अब्दुल आग़ा। दोंनों भाइयों का रंगीन फ़ोटो छपा था। पूरे ईरान की दीवार भर गई थी। फूलों से लद गया था जनाज़ा...। ऐसी इज़्ज़त भला किसको नसीब ? नसीब वालों को...मगर इस बदनसीब को कौन समझाए ? तुम भी अब्दुल आग़ा ख़ामोश हो, आखिर क्यों ? कुछ तो इस पिदरसूखते से कहो ?"

अब्दुल दूसरी ही सोच में डूबा था, काश! महनाज़ ख़ानम यहाँ होतीं तो उनके घर में इसे जा कर छुपा आता, मगर वह भी शादी के बाद पराई हो गई...शरीफ़ा जब भी उनसे कुछ कहती थी, उस घर में इन्कार न था। मगर अब तो न शरीफ़ा ज़िन्दा है न वह घर के लोग...नासिर आग़ा के बाद...शीरीन ख़ानम का इन्तेक़ाल...क्या बचा उस घर में।

"मैं किससे अपना दुख कहूँ ? है कोई मदद करने वाला..." यह कह कर सिद्दिक़ा ख़ानम सर पर नमाज़ की चादर डाल कर बाहर निकल गईं।

मोहल्ले की मस्जिद से ही कूपन, लाइसेन्स, सिगरेट, मिलना कब का आरम्भ हो गया था। इस समय भी वहाँ भी भीड़ लगी थी। उसी भीड़ में सिद्दिक़ा ख़ानम बड़बड़ाती हुई शामिल हो गईं।

# 7

जिस दिन परी को यह पता चला कि तेहरान का घर लुट गया है तो वह कलेजा थाम कर रह गई।

"ख़बरदार परी! अगर तुम्हारी आँख से एक भी आँसू गिरा।" ख़ालिद ने अपनी दृढ़ता से कहा और गिलास में शराब उड़ेलने लगा।

"फिर ?"

"फिर क्या ? कहाँ तक आँसू बहाओगी ? माल के लिए ? जान के लिए ? इज़्ज़त के लिए ? शुक्र करो परी शुक्र कि हम साथ जी रहे हैं...तुम क्या जानो इसी पेरिस में लोगों पर क्या गुज़र रही है।...तुम जान भी कैसे सकती हो ? शाम होटलों और रेस्ट्रां में गुज़रती है, दिन बच्चों और मेरी देख-भाल में...ईरान तबाह हो रहा है...पेरिस में ईरानी वेश्याओं से मिलोगी ? शाम को ले चलता हूँ। पेरिस के उन इलाकों में जहाँ पैसा ही हक़ीक़त है, मान-मर्यादा वह भी हमारी...हमें मुँह चिढ़ाती हैं...उन लड़कियों से पूछना कि पेट कितना ज़ालिम होता है ? जान कितनी प्यारी होती है ? उनकी आँखों में आँसू नहीं जीने का संघर्ष नज़र आता है। तुम गुज़रे दिनों की कुछ सुनहरी यादों के लिए कलेजा ख़ून करने पर तुली हुई हो ? आखिर किसलिये ? यह आँसू वह भी उन बेजान चीज़ों के लिए ? कैसे-कैसे चेहरे कैसे-कैसे दिमाग़ ख़ून में डूब गये। क़ब्र के अँधेरे में गुम हो गये हैं...अपने को सँभालो...।"

परी कुछ बोली नहीं, हाथ में पकड़ा खत मोड़ कर लिफ़ाफ़े में रखा और उठ खड़ी हुई।

"कहाँ जा रही हो ?"

"अभी आई।"

"तुम्हारी ख़ामोशी...बेवक़्त की ख़ामोशी होती है...कुछ बोलो, दिल हल्का होगा...दिल पर मनों बोझ है, मैं जानता हूँ।"

"अब पीना बन्द करो ख़ालिद...काफ़ी रात हो गई है...चलो आराम करते हैं, वहीं पर बात होगी।"

"ठीक है," ख़ालिद ने कहा और दूसरा जाम भरने लगा।

"अब बस..." कह कर परी ने ख़ालिद के जाम पर हाथ रख दिया।

दोनों कमरे में पहुँचे। परी ने कपड़े बदले और चेहरे से मेकअप उतारते हुए बोली, "कहो! क्या कहना चाह रहे थे ?"

"क़रीब बैठो!"

"कपड़े बदल लो...मैंने बाथरूम में रख दिये हैं।" परी ने रुई से चेहरा साफ

करते हुए कहा।

परी ने बालों में ब्रश किया। आँखों के कोनों पर हल्की-सी क्रीम मली फिर लाइट बुझा कर बिस्तर के सरहाने वाला बेड लाइट का स्विच रौशन कर दिया। ख़ालिद वहीं ड्रेसिंग टेबुल के पास खड़ा हो गया।

"परी! तुम अभी पूरा पेरिस घूमने के बाद भी उसके कुछ हिस्से नहीं देख पाई हो! मैं हबीब से मिलने गया था। वहीं पिगाल[1] में उसको सर छुपाने की जगह मिल गई है...। जो ख़ैरात शरणार्थी भत्ता के रूप में चौदह सौ फ्रांक की ईरानियों को मिल रही है वह, उसने लेने से इन्कार कर दिया है। तुमने उसका बजाया संतूर तो सुना है। वही बजा कर लोगों का मनोरंजन करके पैसा कमा रहा है। यानी हजार फ्रांक मास में...जबकि हम एक समय के खाने में हज़ार फ्रांक यहाँ के होटलों में जा कर बिना किसी दर्द के खर्च कर देते हैं।"

"मगर यह हबीब है कौन ?" परी ने नज़रें ख़ालिद के चेहरे पर जमा दीं।

"हबीब अख़बारी, मनोविज्ञान का प्रोफ़ेसर, तबरीज विश्वविद्यालय में था। लेखक भी बहुत अच्छा है। हम साथ-साथ पढ़े थे, फिर अलग-अलग कामों में व्यस्त हो गये थे मगर मित्रता बरक़रार रही थी। शाह के दौर में कई बार जेल में सड़ा है। हर बार दौड़-भाग कर बचाया है...यहाँ पर भी दम तोड़ने वाला है...मैंने कहा मेरे साथ आ कर रहो तो बोला, "कल तक ठीक था कि मैं तुम्हारी सहायता ले लेता था। मगर अब संघर्ष चरम सीमा पर पहुँच गया है। युद्ध, संघर्ष और हथियार सब कुछ आज के सन्दर्भ में अपनी एक विशेष धारा के स्वरूप में बँट गया है। कल तक हम शाह विरोधी थे। एक थे। आज खुमैनी विरोधी हैं। मगर एक नहीं हैं क्योंकि आज का विरोध आज का नया इन्क़ेलाब विचारधारा के संग मंज़िल तक पहुँचने की लालसा में तड़प रहा है। तुम सत्ता विरोधी अवश्य हो मगर मेरे मित्र! हो तो पूँजीपति, चाहे बड़े चाहे छोटे...। ज़हर चुटकी-भर खाया जाये या मुट्ठी-भर असर एक सा रहेगा। धुंध छट गई है वही धुँध जो शाह के समय हमारे बीच थी। हमारे चेहरे धुँधले थे एक-दूसरे के लिए मगर अब यहाँ विचारधाराओं का आपसी संघर्ष है। सर पर कफन बाँध रखा है। भय काहे का... ? तुम मेरी चिन्ता मत करो। मैं मरने वाला नहीं हूँ...तब नहीं मरा जब बेंत और हण्टर की सनसनाहट ने मेरी पीठ और तलवे की खाल उधेड़ दी थी यहाँ तो यार! यह सब कुछ नहीं है। न मार खा रहा हूँ, न जेल में हूँ फिर क्यों मरने लगा...इतना कह कर ख़ालिद ख़ामोश हो गया।

"आ कर लेट जाओ...खड़े-खड़े थक जाओगे..." परी ने खोये हुए ख़ालिद से कहा।

"हाँ, लेटता हूँ परी। ख़ालिद बिस्तर पर परी के समीप आ कर लेट गया।

---

1. पिगाल-रेड लाइट एरिया।

"हबीब अपने कमरे से बाहर मुझे छोड़ने निकला। पेरिस की रात अपने शबाब पर थी। कोनों में खड़ी लड़कियाँ ग्राहकों की प्रतीक्षा में थीं। सेक्स शाप में भीड़ थी। सेक्स फ़िल्में लाइफ प्रोग्राम चल रहे थे। एक-दूसरे से लिपटे जोड़े रोशनी में नहाई सड़कों पर से गुज़र रहे थे...फ्रांसीसियों के ज़िन्दगी में केवल रोमांस, वाइन, वोमन है यह तो तुम स्वयं देख रही हो। क्या हाल रहता है शाम को...बहरहाल...हम जब आगे बढ़े तो हबीब ने कहा, "देखो!" यह इशारा एक लड़की की तरफ था जो चुइंगम चबाती हुई खड़ी थी। "देखा, हमें देख कर उसने मुँह फेर लिया, यह मुझे पहचानती है कि मैं ईरानी हूँ। इसके उस कमबख़्त देश का वासी जहाँ पर वेश्यालय दो वर्ष पहले समाप्त किया गया है, मगर यहाँ पनप रहा है...हबीब मुझे कॉफ़ी पिलाने पास के रेस्ट्रां में ले गया। शीशे से लड़की साफ नज़र आ रही थी। मेक-अप थोपे उल्टे-सीधे नंगे ड्रेस पहने...।"

इतना कह कर ख़ालिद ख़ामोश हो गया। परी काफ़ी देर तक इन्तज़ार करती रही फिर उसके बाजू को हिला कर बोली-

"आगे तो कुछ कहो ?" सामने दीवार की ओर उसी तरह टकटकी लगाये ख़ालिद ने बड़ी उदासी से कहा।

"वह गज़ाला थी, हाँ गज़ाला...जब वह अपने ग्राहक के साथ उसी रेस्ट्रां में बाहर की ओर बैठी तो मैंने उसे पहचान लिया था।"

"गज़ाला कौन ?"

"अफज़ल की सबसे छोटी बहन।"

"अफज़ल कौन ?"

"अमेरिकन फर्म का मैनेजर, मेरा दोस्त! एक बार मेरे ज़रा से मज़ाक करने पर वह ऐसा क्रोधित हो उठी थी कि अफज़ल ने उसे डाँटा था। अजीब लड़की थी। घूमने-फिरने मज़ाक करने में हर समय सचेत रहती थी। एक बार उसकी सहेली ने कोई शरारत कर दी थी, बेहद ख़फ़ा हुई थी। वही नकचढ़ी घमण्डी लड़की जो हर समय अपने को लिये दिये रहती थी आज...अच्छा हुआ उसने मुझे नहीं देखा...अपने साथी के साथ जो अरब था, क़हवा पी कर चली गई...मुझे वह देखती तो क्या पहचान लेती ? अफज़ल जाने ज़िन्दा है या मुर्दा ?"

"यहाँ इतनी स्वतंत्रता के बाद ऐसी... ?"

"यह विदेशियों के लिए मनोरंज का सामान है परी...डालर्स को कमाने का बाज़ार घूमने वालो का आकर्षण इस देश की अर्थव्यवस्था का महत्वपूर्ण अंग। मैं तब से बहुत बेचैन हूँ, दिमाग़ी तौर से परेशान कि क्या हालात इंसान को इतना बदल सकता है ? जो लड़की सारे प्रस्ताव ठुकरा सकती है, वह आज एक अरब...।" ख़ालिद सर के बालों को मुट्ठी में जकड़ कर झिंझोड़ा।

"कोई तो खुमैनी को जा कर बताए...गोलियों से गुनाहगारों को भूनने वाले

ज़ालिम गुनाहगार आ कर देखे कि जिस अरब को शत्रु मान कर युद्ध कर रहा है, वह अरब...खुज़िस्तान से वह दो मिलियन भागी हुई बेघर-बार औरतें, पेशा करती वह कमसिन लड़कियाँ पूरे तेहरान में ही नहीं, पूरे ईरान में फैली हैं। कोई जा कर उस सफ़्फ़ाक वहशी को बताये उन लड़कियों के साथ विदेश में क्या हो रहा है ?" ख़ालिद भावना के आवेश में सर पीछे दीवार पर मारने लगा।

"तुम्हें क्या हो रहा है ? मना किया था इतनी मत पियो, पिछले दो दिन से जाने तुम्हें क्या हो गया।" परी ने उसके सर को पकड़ते हुए कहा।

"इसलिये, परी, कहता हूँ, उन मुर्दा बेकार चीज़ों के लिए अफसोस करना बेकार है। बहुत कुछ लुट रहा है, बहुत कुछ तबाह हो रहा है। कोई भी अपना, जैसा वह था, नहीं रह गया है, सब हालात और समय के पंजे में जकड़े तड़प रहे हैं। हबीब को देखो...।" बाक़ी जुम्ले हिचकियों में बदल गये। परी के सीने में मुँह छुपा कर वह सिसक रहा था। परी परेशान-सी उसके सर पर हाथ फेर रही थी। जब रोने का वेग कुछ कम हुआ तो बोला-

"हबीब का कमरा जा कर देखो...अन्धेरी सीढ़ी, पतली गली, ऊपर बोसीदा कमरा...कमरा तो तेहरान में भी उसके पास एक ही था। कल की तरह ही आज भी कुँवारा और अकेला। कल भी हाथ में पेन था, आज भी है। कल भी परेशान था, आज भी है मगर परी...आज गुज़रे कल से काफ़ी बदला हुआ है। आज जैसे सूरज अस्त हो रहा है। वह सौन्दर्यबोध, वह सूक्ष्मता, वह सलीक़ा जो हबीब का हिस्सा हुआ करता था कहाँ खो गया ? उकड़ूँ बैठा अपने में कुण्डली मारे पतले कमज़ोर हाथों से सन्तूर से धुन निकालता हुआ सड़क के किनारे बैठा, अपने सामने राहगीरों के फेंके फ्रांकों से लापरवाह...क्या वह मेरा दोस्त हबीब था... ?

"परी, सच कहो, वह हबीब ही है क्या... ?"

"समय के साथ बहुत कुछ बदल जाता है, ख़ालिद, बहुत कुछ। हमें देखो! हम कितना बदल गये हैं ?"

"हम नहीं बदले हैं...हमने क्या बलिदान किया है ? क्या चीज़ त्यागी है ? कुछ भी नहीं, कुछ भी नहीं-बस अपना घर नहीं है, अपना देश नहीं है, वरना वही ज़िन्दगी है जो हम वहाँ जीते रहे हैं...संगीत, नृत्य, आराम घूमना, फिरना मगर इस हसीन शहर में दूसरे हम वतन अपनी मौत को घूँट-घूँट करके पी रहे हैं। बहुत तल्ख़ है। सच बहुत तल्ख़ है तारीख़ का यह दौर परी! बहुत तल्ख़ है।"

अपनी गोद में रखा, ख़ालिद का सर परी धीरे-धीरे सहला रही थी ताकि ख़ालिद को इस तनाव से मुक्त कर दे। नशे के कारण भी वह अधिक भावुक हो उठा था। हुआ भी वहीं, थोड़ी देर बाद ही ख़ालिद गहरी नींद में डूब गया। उसका सर तकिये पर रख, पेशानी पर आये बालों को हटा कर परी ने ख़ालिद

के माथे का चुम्बन लिया। फिर लाइट बुझा कर स्वयं भी लेट गई। मगर उसकी आँखों से नींद कोसों दूर थी।

उसकी आँखों के सामने घर का नक्शा उभर रहा था। फूलों और पेड़ों से भरे लॉन से गुज़र कर तीन सीढ़ियाँ चढ़ कर वह बड़ा हॉल का दरवाज़ा जहाँ पर बड़े भारी दो गुलदान रखे हुए थे। जिन पर मीनाकारी व काशीकारी का काम था। उसके बाद छत से लटकता बड़ा-सा झाड़फानूस था, उसी के नीचे भारी क़ीमती क़ालीन और चारों तरफ हसीन चमड़े की कुर्सियाँ और बीच मेज़ पर रखा घर के बगीचे के फूलों से भरा गुलदान! पासदारों ने पहले वही हिस्सा लूटा होगा ? या फिर हर कमरे का मुआयना किया होगा। सामने ही ड्राइंग रूम था। संसार भर के हसीन मुजस्समों से भरा, अद्भुत कलाओं का संगम...कुछ चीज़ें तो वह लपेट कर एक कमरे में बन्द कर आई थी मगर फर्नीचर, आदमकद मुजस्समे कहाँ उठा कर रखती ? वह सब उठा ले गये होंगे...क़ीमती चित्र...दीवार पर लगीं प्लेटें और लैम्प...ज़ालिमों ने कुछ भी नहीं छोड़ा होगा...खत में लिखा तो यही है कि "पर्दे तक उतार कर ले गये हैं, बस आग नहीं लगाई ख़ाली घर में वरना तिनका-तिनका चुन कर ले गये हैं। पूरा घर ख़ाली है, बाग़ सूखा उजाड़, सब बाहर के बड़े दरवाज़े पर ताला लगा गये थे। दो माह बाद जब हम पहुँचे, कि तुम्हारा घर देखें तो यह हाल पाया...ख़ालिद के दोस्त के पत्र का एक-एक शब्द दिमाग़ में अंकित हो कर एक गूँज पैदा कर रहा था।

पता नहीं, ज़िन्दगी के कितने रंग हैं। हर रंग को कबूल करना पड़ता है, ख़ुशी से या दुख से कहा नहीं जा सकता। ख़ालिद कहते हैं कि हम ख़ुश हैं, क्योंकि हमारे पास पैसा है। क्या पैसे से ख़ुशी ख़रीदी जा सकती है ? यहाँ के माहौल में कोई ख़ुश रह सकता है ? कितना कोई शांजालिज़ा की हसीन रौशनी उगलती सड़क को देखे...चार्ल्स डिगाल के उस स्मारक के वैभव को निहारे...चमकती दूकानों से आँखें सेकी जाएँ...रेस्ट्रां के आगे पड़ी बेंत की कुर्सियों पर बैठ कर कॉफ़ी के ख़ाली प्यालों के संग चुम्बन में व्यस्त निरर्थक प्रेम करते जोड़ों को देखा जाये। इन दृश्यों में अपने कब तक व्यस्त रखे क्या चलचित्र के समान चलते दृश्यों से वह उकता नहीं जाएगी। ज़िन्दगी हवा तो नहीं है ? ज़िन्दगी की कुछ और ज़रूरतें, कुछ अन्य माँगें हैं। ठहराव...यहाँ ठहराव है कहाँ ? सब भागते रहते हैं किसी न किसी चीज़ के पीछे...शहर हसीन है, घोड़ा, पत्थर की मूर्तियाँ, पत्थर के सीने को चीर कर बनाई गई आँखें, चेहरा, बदन, बाल, तलवार, पत्थर की मजबूत इमारतें, पत्थर की सड़कें...इस हुस्न का करना क्या है ? इस पत्थर की हसीन नगरी में न भावना है, न दिल, न दिमाग़, न विचार, बस ऐतिहासिक महानता की उपलब्धि है। इस बेजान उपलब्धि को पा कर आज मुझ जैसा इन्सान क्या करेगा ?

इस पत्थर की नगरी के इन्सान ? वह भी सुन्दर हैं। मगर अफसोस, पत्थर से तराशे हुए...हम से कितने अलग...उनके पास हमारे लिये समय नहीं है...अपनों के लिए कब समय है ?...यह दुख जो मैं झेल रही हूँ, वह ख़ालिद नहीं समझ रहे हैं। मुझे ऊपर से ख़ुश देख कर समझते हैं कि मैं वास्तव में सब कुछ भूल कर इस शहर में मगन हूँ। इन्सान का सौन्दर्य तो उसकी भावनाएँ हैं और यहाँ के इन्सान...यह हमारी भावनाओं को क्या समझेंगे ? भावना इनके लिए एक चुटकुला है। चुटकुलों पर तो केवल हँसा जा सकता है। उस दर्द की तपिश से आँखें पिघलती नहीं हैं इनकी। ऐसी हसीन पत्थर की नगरी में, मैं कैसे ख़ुश रह सकती हूँ ? हम सब अपने-अपने हिस्से के दुख की गठरी ढो रहे हैं। कोई सड़क के किनारे ग्राहक की तलाश में तो कोई पेन घिसकर, कोई दर-बदर होकर!

ख़ालिद कहते हैं, बेकार की चीज़ों के लिए आँसू मत बहाओ...मैं पत्थर थोड़ी हूँ जो दिल पर चोट न लगे, आँसू न निकलें...मेरे कितने घर हैं ? एक ही तो घर था ? घर का लुटना, घर का टूटना, घर का तबाह होना ख़ालिद क्या जानें ? उनके सीने में मर्द का दिल है। औरत घर से कितनी जुड़ी होती है, यह मर्द नहीं समझ सकता...

परी की आँखों से आँसू बह-बह कर तकिये में जज़्ब हो रहे थे। ख़ालिद की मद्धिम साँसों के उतार-चढ़ाव, घड़ी की टिकटिक और परी के आँसू की ख़ामोश आवाज़ के अतिरिक्त सारी आवाज़ें साकित हो गई थीं। सुबह के क़रीब जा कर पेरिस नींद में डूबता है तब एक-एक करके सारी सड़कें अपनी रोशनी के आबशार को समेटने लगती हैं। बाहर अन्धेरा फैल गया था, क्षितिज पर पौ फट रही थी और अपने अन्दर फैले अन्धेरे से संघर्ष करती परी की आँखों से सफ़ेद मोती लुढ़क रहे थे।

तय्यबा के दोबारा पकड़े जाने की ख़बर फ़िदाइन पार्टी के लोगों में फैल गई थी। कुछ को पछतावा हो रहा था कि तय्यबा को टर्की या पाकिस्तान के रास्ते विदेश क्यों न भेज दिया ? इस बार तय्यबा का वापस आना कठिन है। यदि बच गई तो उसे चमत्कार समझ कर धोखा नहीं खाना है बल्कि उसके द्वारा तो अन्य लोगों को पकड़ने के लिए उसे छोड़ा जाएगा। तय्यबा वास्तव में अन्य क्रान्तिकारियों तक पहुँचने का चारा होगी। कौन आता है उसके पास, कहाँ जाती है वह। इस ख़्याल से सारे साथी अधमरे हो रहे थे। एक अन्य ख़्याल और उन्हें परेशान किये हुए था कि कहीं यातनाओं के बीच नीम बेहोशी में पूछे जा रहे प्रश्न का सही उत्तर न दे बैठे। कभी-कभी ऐसा हुआ है। काज़िम का उदाहरण उनके सामने था। पूर्व के जंगल में एक गिरोह छुपा था। खाने का सामान लाते हुए काज़िम पासदारों के हाथ पकड़ा गया।

मरने से पहले यातना से चूर जिस बात को कहने के लिए मार खा रहा था वही रुकी बात जाने कैसे दम निकलने के साथ वह मुँह से निकल पड़ी।

तय्यबा को घर से उतरते हुए पासदारों ने घेर लिया था। तलाशी लेने पर कई काग़ज़ हाथ लगे थे। उन पर सब कुछ इतना बारीक-बारीक लिखा था कि उसे पढ़ना उनके बस का काम न था। कमेटी की कार बाहर खड़ी थीं। तय्यबा रंगे हाथों पकड़ी गई थी। उसको अन्दर ढकेल कर वह स्वयं कार में बैठे गये और कार चल पड़ी।

"कैसी फ़रिश्ते जैसी मासूमियत चेहरे से बरस रही है। जैसे कुछ जानती ही न हो ?" एक पासदार ने दूसरे को कोहनी मारते हुए कहा।

"खाई-खेली लगती है। ऐसी सूरतों को मैं ख़ूब पहचानता हूँ। शाह के जमाने की वेश्याएँ आज इन्क़ेलाबी बन बैठी हैं, राजनैतिक दाँव-पेच सुलझाती हैं, इमाम को ख़ूनी जल्लाद का अलक़ाब देती हैं।" दूसरे ने हिक़ारत से कहा।

"एक उस जल्लाद को देखो जो पेरिस भागा हुआ है, यहाँ पर बच्चों को कटने-मरने के लिए छोड़ गया हैं।" तीसरे पासदार ने कमर की बेल्ट कसते हुए कहा।

"इससे पूछो कि इस कम्युनिस्ट कुतिया को किस ख़ूनी जल्लाद ने बहकाया है ?" पहले ने नफरत से खिड़की से बाहर थूकते हुए कहा।

"औरत की अकल गुद्दी में होती है, भेड़ें कुछ नहीं समझतीं, जिसने 'हुर-हुर' की आवाज़ निकाली उसके पीछे चल पड़ती हैं। आगे कुआँ हो या खन्दक उसमें कूद पड़ेंगी। अकल बटते हुए सच पूछो तो यह आलू का मोल-भाव कर रही थी," दूसरे पासदार की इस बात पर मिला-जुला कहकहा पड़ा। तय्यबा जाने किस गहरी सोच में डूबी हुई थी। उनकी हँसी की आवाज़ से चौंक पड़ी। रास्ते से लग रहा था कि वह एविन जेल का है।

"लाओ ज़रा सिगरेट देना।" एक पासदार ने दूसरे से कहा।

"लो पियो मेरी जान, पूरा सिगरेट का पैकेट तुम्हारा है।" लाल मुँह वाले पासदार ने नाक पोंछते हुए कहा।

"ख़ानम की आँख पर पट्टी बाँध दो।" ड्राइवर ने ठण्डी भारी आवाज़ में कहा।

अब कार पेड़ों से भरे पेचदार रास्ते से गुज़र रही थी। बहार की शुरुआत थी। गीली मिट्टी और पत्तियों की महक तय्यबा के नथनों में पहुँच रही थी। जिस बहार की उन्हें प्रतीक्षा है, वह जाने कब ईरान में आयेगी और विडम्बना कैसी है कि इस बहार की ऋतु में वह एविन जेल में बन्द करने को ले जाई जा रही है।

भीड़ को चीरती कार बड़े दरवाज़े के पास रुकी। हॉर्न की आवाज़ से छोटी

खिड़की खुली। ड्राइवर से बात हुई, दरवाज़ा खुला।

"ले आये नया उपहार ?"

"हाँ! सँभालो इसे।"

"उधर बाईं तरफ़।"

"इनका दीदा घर की चहारदीवारी में नहीं लगता है। उल्टा सीधा लिख कर जान देने पर तुली हैं।" ड्राइवर ने नीचे उतरते हुए कहा।

"तुम नहीं समझोगे, मेरे यार, कि इन्हें क्या मिलता है।" दरवाज़े पर खड़े पहरेदार ने आँख मारी।

"मस्ती!" पीछे कार से उतरते पासदारों में से एक ने कहा।

"लड़के-लड़कियों में बहुत भाईचारा है, रात-दिन सब एक साथ बैठ कर काम करते हैं।" दूसरे ने आगे की सीट पर से तय्यबा को ढकेलते हुए कहा।

एविन जेल के सामने बैठी भीड़ कार के अन्दर जाते ही आगे दरवाज़े की ओर बढ़ आई।

"सुबह से बिठा रखा है, मेरे पेट में दर्द हो रहा है, खुदारा! ज़रा बताओ तो, कब मिलने दोगे मेरी बेटी से ?" एक औरत बेहाल-सी आगे बढ़ी और दरवाज़ा बन्द करते हुए पासदार से बोली।

"कुछ तो रहम खाओ हम पर, दोपहर ढल रही है। घर में सब भूखे होंगे, मैं यहाँ सुबह से बैठी हूँ।" दूसरी औरत बोली।

"ठीक से बताते क्यों नहीं हो ? आज तो तुम्हारे कहने पर मैं ढेरों फल लाई हूँ।" बास्केट उठाये हुए अधेड़ औरत आगे बढ़ी।

"फल दे दो, तुम्हारे बेटों तक पहुँच जायेगा।" पासदार ने हाथ बढ़ाते हुए कहा।

"हरगिज़ नहीं! मैं अपने बेटों को अपने हाथों से खिलाऊँगी। तुम्हें क्यों दे दूँ ?" अधेड़ औरत ने फल की बास्केट अपनी काली चादर में छुपाते हुए कहा।

"फिर बैठी रहो क़यामत तक।" कह कर पासदार ने दरवाज़े को धक्का दिया।

"ठहरो, दरवाज़ा बन्द करने से पहले हाँ और नहीं में जवाब तो देते जाओ। हम कब तक भूखे-प्यासे सड़क के किनारे बैठे रहें ?" पहली औरत पेट पकड़ कर वहीं धरती पर बैठ गई।

"शोर मत करो, पीछे हटो।" कह कर पासदारों ने बड़ा दरवाज़ा बन्द कर लिया। चालीस-पचास लोग जो भोर से आये हुए थे। बिलबिला गये। कुछ औरतें थकान और बेचारगी से रोने लगीं। कुछ झुँझलाहट और क्रोध से पागल हो कर अपना सर पीटने लगीं। किसे कोस रही थीं, औलादों को, अपने को, सरकार को, कुछ समझ में नहीं आ रहा था ? कुछ वहीं पर सर पकड़ कर ऐसी थकी निःसहाय बैठी थीं जैसे बुत बन गई हों।

आगे ले जा कर तय्यबा की आँखों से पट्टी खोल दी गई। दो घण्टे तक

पट्टी बन्धी रहने के कारण उसकी आँखों के सामने काले धब्बे नज़र आ रहे थे। दो पासदार आगे, दो पासदार पीछे, बीच में लड़खड़ाती तय्यबा आगे बढ़ रही थी। पाँचों कई राहदारियों से गुज़र कर बड़े हाल में पहुँचे। दरवाज़ा भिड़ा हुआ था। उसे खोल कर वह अन्दर दाख़िल हुए कुर्सी पर बैठे लोहार को देख कर तय्यबा एक दम से चौंक पड़ी, यह बेचारा यहाँ ? यह किस जुर्म में पकड़ा गया है ? काले धब्बों के बीच वह लोहार के चेहरे को पहचानने की कोशिश कर रही थी। कही उससे ग़लती तो नहीं हुई...यह लोहार ही तो है न ? मगर लोहार ने तय्यबा की ओर विशेष ध्यान नहीं दिया और मेज़ के सामने कुर्सी पर बैठे अफसर से बातें करता रहा। वह चारों पासदार वहाँ तय्यबा को अकेला छोड़ कर बाहर चले गये।

"नाम ?" अफसर ने त्यौरी चढ़ा कर पूछा।

"तय्यबा!" तय्यबा ने धीरे से कहा।

"उम्र ?"

"26 वर्ष!" तय्यबा ने क्रोध दबाते हुए कहा।

"पेशा ?"

"बेकारी।"

"जुर्म ?"

"मैं क्या बता सकती हूँ ? मेरा तो विश्वास है कि मैंने कोई जुर्म नहीं किया है।" तय्यबा ने गर्दन ऊँची उठाते हुए कहा।

"जुर्म! जुर्म तो आपके साथ आया है...यह काग़ज़...यह सब क्या है ?"

"आप इसे जुर्म कहते हैं ? मगर मैं तो नहीं समझती कि यह जुर्म है। यह तो हमारा फ़र्ज़ है जो हम पूरा कर रहे हैं।"

"तो फिर...हमें भी अपना फ़र्ज़ पूरा करने दें।" अफसर के दोनों भारी जबड़ों की हड्डियाँ उभर आईं। होंट कस कर बन्द हुए। सधे हाथों से मेज़ पर रखी घण्टी का बटन दबाया। काली चादर में लिपटी एक मोटी ताज़ी औरत आ कर सामने खड़ी हो गई। तय्यबा की ओर उसने बड़ी रुखाई से देखा और आज्ञा के लिए अफसर की ओर ताका।

"इस नये मेहमान को सँभालो! इनका आदर-सत्कार करो। अपने फ़र्ज़ को पहचानती हो न ? हमारा फ़र्ज़ है घर आये मेहमान का सम्मान करना। इस फ़र्ज़ को पूरा करने में किसी प्रकार की कमी नहीं आनी चाहिए।" अफसर ने बड़े मक्काराना अन्दाज़ से एक-एक शब्द चबाते हुए कहा। फिर तय्यबा की ओर मुँह घुमा कर उसे गहरी नज़रों से घूरते हुए बड़े क्रूर शब्दों में कहा।

"हमारे फ़र्ज़ की सच्चाई को भी ज़रा परख कर देखें।"

तय्यबा चाह कर भी उसके इस अन्दाज़ को नज़र अन्दाज़ न कर सकी। औरत के इशारे से उसके पीछे चलने को मुड़ी फिर किसी ख़्याल के आते उसने उस

लोहार पर नज़र डाली। बेचारा जाने कौन-सा ज़ुल्म सहेगा। इन बेचारे ग़रीबों की क़िस्मत कब बदलेगी ? सरकार कहती है कि यह ग़रीबों का इन्क़ेलाब है मगर सच्चाई क्या है आज ? ग़रीब जेल में सड़ रहा है। उसे मुक्ति का वचन देने वाले भी तो जंजीरों के बोझ से दम तोड़ रहे हैं। लोहार बेचारा भी...मगर वह यूँ आराम से...आखिर वह यहाँ पर... ?

आगे बढ़ते हुए तय्यबा ने सोचा। दो वर्ष पहले गाँव की धरती से उखड़ कर रोज़ी-रोटी की तलाश में यह लोहार उसके मोहल्ले में आया था। भूखे बच्चे बेसरोसामानी को देख कर सबने उसकी मदद की थी। सामान टूटा न भी हो तो भी उसको पैसा देने के बहाने वह जाने कितनी बार उल्टी-सीधी चीज़ें ले कर पहुँची थी और आज आठ बच्चों का बाप यहाँ जेल में है। माँ को पहले से दमे की शिकायत है। कौन भरेगा उनका पेट ? चलते-चलते दरवाज़े के समीप पहुँच कर वह रुक गई। ग़रीबी भुखमरी पूरे ख़ानदान के चेहरों, आँखों और लिबास से टपकती थी। तय्यबा ने एकदम से चेहरा पीछे घुमाया। लोहार के चेहरे पर एक मक्काराना मुस्कुराहट थी और वह अजीब अन्दाज़ से अफसर को आँख मार रहा था। तय्यबा का मुँह खुला का खुला रह गया। जो सन्देह उसके दिमाग़ में कमरे में घुसते ही उभरा था वह अब पक्का हो गया था। लोहार सरकार का मुखबिर बन गया था।

सनोबर रोज़ बुनियादें शहीद के उस बड़े कमरे में जा कर ख़ामोशी से बैठ जाती थी। जमील की तस्वीर को निहारती रहती फिर नये शहीद लड़कों की तस्वीरों को ग़ौर से देखती या फिर शहीद लड़के-लड़कियों के माता-पिता आते तो उनसे बातें करती थी। उसको एक आन्तरिक सुख का अनुभव होता था। चारों तरफ दीवारों पर शहीद चेहरे उनके बीच में जमील का चेहरा...वह तन्हा नहीं है।

सामने का दरवाज़ा खुला। कोट-पैन्ट पहने हाथों में ब्रीफकेस लिये एक आदमी दाख़िल हुआ। सीढ़ी के ऊपर बैठे पासदारों ने पूछा–

"क्या काम है ?"

बिना कुछ उत्तर दिये वह आगे बढ़ा और सीढ़ी उतर कर नीचे हाल में जा कर वह बीचो-बीच हाल में खड़ा हो कर चारों तरफ की लगी तस्वीरें देखने लगा। उसका मानसिक तनाव उसके चेहरे और आँखों से छलका पड़ रहा था। सनोवर बड़ी उत्सुकता से हाव-भाव को देख रही थी। तभी पूछताछ की मेज़ पर बैठी रज़िया ख़ानम उठीं और समीप जाकर उस हृष्ट-पुष्ट अधेड़ आदमी से बोलीं–

"आपकी मैं क्या मदद कर सकती हूँ ?"

"हाँ...हाँ", चौंकते हुए उसने ब्रीफकेस खोला और उसमें से एक बेहद हसीन जवान की तस्वीर निकाली।

"मेरा बेटा है। मास-भर पहले युद्ध में, डिस्फूल के समीप शहीद हुआ था।" कह कर उसकी गर्दन अकड़ गई और आँखों के सुर्ख डोरे और भी गहरे हो गये।

"मुबारक हो! माँ-बाप का गुरूर बढ़ाने वाले इस सपूत को हमारा हज़ारसलाम।" रज़िया ख़ानम की इस बात से उस अधेड़ का सीना चौड़ा हो गया। चेहरे की चमक दुगुनी हो गई। आँखें अब अधिक व्याकुल और चढ़ी हुई नज़र आने लगी थीं।

"मैं इस तस्वीर को बुनियादे शहीद में लगाना चाहता हूँ। इसीलिये खुरासान से तेहरान आया हूँ। वहाँ की सड़कों, दूकानों और दरवाज़ों पर यहाँ तक की हर घर पर यह तस्वीर हर जगह चिपकाई है हमने, मगर तेहरान की बात ही दूसरी है।

"हम ज़रूर लगायेंगे, आप छोड़ जायें, कल तक जगह बना कर हम इसे लगा देंगे।" रज़िया ख़ानम ने तस्वीर उठाते हुए कहा।

"अभी लगाइये न, मैं कल तक यहाँ कहाँ रहूँगा ?" उस आदमी का चेहरा सुर्ख हो गया।

"लाइये इधर की दीवार पर लगाती हूँ।" रज़िया खानम सोंचती हुई बोलीं।

"नहीं, उधर कोने में ठीक नहीं है। इस सामने वाली दीवार पर लगाइये न ? जो भी हाल में दाख़िल होगा सामने ही इसे देखेगा। इसी के चेहरे पर उसकी नज़र पड़ेगी।" उसने दोनों हाथ उठाते हुए कहा।

"आप जब तक आय्यतउल्लाह कररोबी से मिलें, मैं..." रज़िया ख़ानम ने कहा और मुड़ कर आगे बढ़ीं।

"किसलिये मिलूँ ? इस तस्वीर के लिए ? आप ही स्थान बना लें।"

"तस्वीर तो मैं लगा दूँगी मगर मकान, वजीफ़ा जो भी आपकी माँग हो। आप अपनी ख्वाहिश आय्यतउल्लाह से कहें, तब तक मैं इसके बारे में सोचती हूँ।"

"मकान, वजीफ़ा ?" आँखें प्रश्नचिह्न बन गईं।

"आपने अपना बेटा खोया है। मुआवज़ा बुनियाद देती है, लगभग 70,000 ख़ानदान हमारी देख-रेख में हैं, ख़ुदा ने चाहा तो हम अधिक से अधिक शहीदों के ख़ानदान का ध्यान रखेंगे।"

"मेरा इकलौता बेटा काज़िम!" इतना कहकर वह चुप हो गया। फैली परेशान बेक़रार आँखें उसने रज़िया ख़ानम पर गाड़ दीं।

"जनाब! इससे अधिक की हमारी हैसियत नहीं है। आप जानते हैं जंग है, खुज़िस्तान से भागे डेढ़ मिलियन लोग, इराक़ से निकाले गये मिलियन ईरानी, अफ़ग़ानिस्तान से भागे लगभग मिलियन-भर मुजाहिद अफग़ान बुनियादे शहीद हर एक की देखभाल करने की कोशिश कर रही है, आप हमारी परेशानी समझें।" रज़िया ख़ानम उसके बदले चेहरे के भावों से बदहवास हो कर बोले चली जा रही थीं। एकदम से उस अधेड़ उम्र के आदमी ने तस्वीर रज़िया ख़ानम के हाथ से छीनी

और उसे ब्रीफकेस में बन्द करते हुए बोला।

"मैंने इकलौता बेटा इमाम खुमैनी को दिया है; बेचा नहीं है। न ही उसकी क़ीमत लगाई थी। शुक्रिया! आपका बहुत-बहुत शुक्रिया।" कहता हुआ वह तेज़ी से मुड़ा और भारी क़दमों से चलता हुआ बाहर निकल गया। रज़िया ख़ानम अपनी चादर और चश्मा सँभालती ही रह गईं। परेशान-सी हो कर वह सनोबर से बोलीं–

"मैंने-मैंने...कहा क्या था ? आप तो सुन रही थीं न सब कुछ ?"

सनोबर कुछ बोलने ही वाली थी कि चार-पाँच लोगों की एक भीड़ रज़िया ख़ानम की तरफ लपकी जो अभी-अभी दाख़िल हुई थी। हुलिया से वह ईरानी अरब लगते थे। खुज़िस्तान के उजड़ने के बाद वहाँ से भागे अरबी भाषी ईरानी।"

"ख़ानम! हमारी कौन सुने ? पाँच मास हो गये हैं हमें अपना घर-बार छोड़े, अभी तक मकान नहीं मिला।" सर पर काले चारखाने का कपड़ा बाँधे एक बूढ़े ने कहा।

"ख़ुदा ने चाहा तो सब ठीक हो जायेगा ?" रज़िया ख़ानम बोलीं।

"जब हमारी जवान लड़कियों की इज़्ज़त लुट जायेगी तब सब कुछ ठीक होगा ?" बूढ़े ने रोते हुए कहा।

"बात क्या हुई ?" रज़िया ख़ानम निढाल-सी कुर्सी पर बैठ गई।

"मास-भर हुआ, हमारे पास के कमरे में कुछ लड़के आ कर ठहरे थे। किसी के मेहमान थे। अब उनको वहीं कमरा एलाट किया गया है। हमारा साथ तो चार लड़कियों का है। रात-दिन की परेशानी है। एक छोटे कमरे में हमेशा तो वह रह नहीं सकती हैं...मैं पड़ोसियों को साथ लाया हूँ, पूछें इनसे पूछें...जंग ने मेरा घर बरबाद किया। अब वह जवान मेरी इज़्ज़त खराब करेंगे।" कह कर बूढ़ा वहीं पड़ी कुर्सियों में से एक पर बैठ गया।

"बाबा! मैंने पहले भी बताया था कि कुछ दिनों की परेशानी है। नई बिल्डिंगें बन रही हैं...आप सोचें रात-दिन काम हो रहा है, नम्बर से सबको घर मिलेगा।" रज़िया ख़ानम ने फ़ोन पर किसी का नम्बर मिलाते हुए कहा।

"जब हम तबाह हो जायेंगे तो घर का नम्बर मिला तो किस काम का हमारे ? कौन रहेगा उसमें तब ? हम या हमारी आत्माएँ ? बूढ़े ने कहा और उठने लगा।

"मैंने आपके लिए समय ले लिया है। ऊपर पहली मंजिल पर जा कर आय्यतउल्लाह से मिल कर अपनी बात कह दें। वह जो हुक्म देंगे वह हम अंजाम देंगे।" कह कर रज़िया ख़ानम ने उस बूढ़े को रास्ता दिखाया और लिफ़्ट के समीप पहुँचा कर बटन दबाया।

सनोबर ने घड़ी देखी, शाम के छः बज रहे थे। वह उठी। काले मोज़े ठीक किये जो उसकी सफ़ेद पिंडली पर ढीले हो आये थे। कपड़े सँभाले, चादर फिर से बदन के चारों तरफ लपेटी और बाहर दरवाज़े की ओर बढ़ी। उसके पीछे रज़िया

ख़ानम भी आईं। सड़क पर भीख माँगती एक औरत को देख कर बोलीं–

"यह क्या ? भीख क्यों माँग रही हो ? अपनी परेशानी हमें बताओ। हम दूर करेंगे!" रज़िया ख़ानम से इतना सुनते ही उस औरत ने अपना फैला हाथ नीचे गिराया और भागती हुई सामने गली में घुस गई।

सनोबर और रज़िया ख़ानम अचकचाई-सी खड़ी रह गईं।

## ८

रात के खाने पर महनाज़, सुलेमान और असलम लाल जलती शमा के चारों तरफ बैठे थे। महनाज़ शमा की लपकती लौ की छवि कभी सुलेमान की आँखों में तड़पती देखती तो कभी असलम की पुतलियों में शोला उगलती हुई उसे नज़र आती।

"अब आप शादी कर डालें।" सुलेमान ने असलम से कहा।

"बहुत देर हो गई है अब, शाम ढले फूल अपनी पंखुड़ियाँ बन्द कर लेता है, खोलता नहीं है। सूरज डूबने के बाद फूल खिलने का तसव्वुर करना मज़ाक है।"

"फ़लसफ़ा है आपकी बातों में मगर हक़ीक़त कहाँ ?"

"आप मुझे परी का पता दे दें, कहीं बातों में हम भूल न जायें।" महनाज़ ने नैपकिन से मुँह पोंछते हुए कहा।

"लीजिए!" यह कह कर असलम ने डायरी निकाली और पता नोट करने लगा।

"हम कब लौट रहे हैं ?" महनाज़ ने शुक्रिया के साथ पता लेते हुए सुलेमान से पूछा।

"अगर कोई प्लेन हुआ तो अभी चलते हैं," सुलेमान ने हँसते हुए कहा, इस पर असलम कहकहा मार कर हँस पड़ा और महनाज़ झेंप गई।

"वैसे मैं तो पूछ सकता हूँ न कि क्या प्रोग्राम है आप लोगों का ?" असलम ने हँसते हुए पूछा।

"एक हफ़्ते बाद जर्मनी जाने का प्रोग्राम पक्का है, दूसरे हफ़्ते पेरिस जायेंगे," सुलेमान ने पैग होंटों से लगाते हुए कहा।

"काश! मैं भी आप लोगों के साथ चल सकता।" असलम ने बड़ी संजीदगी से कहा।

"चलिये न, इसमें काश लगाने की क्या बात है ?" महनाज़ ने पूछा।

"आप हमेशा नाउम्मीदी का पहलू देखते हैं। बात क्या है आखिर ? आपकी कविताओं में भी इसकी झलक है। किसी रिश्ते ने आपसे ज़िन्दगी के किसी मोड़ पर कभी बेवफ़ाई की है क्या ?" सुलेमान ने मछली को काँटे से फँसा कर चाकू से

उसे काटते हुए पूछा। अनजाने ही महनाज़ और असलम की आँखें एक-दूसरे की ओर उठ गईं।

"लफ़्ज़ बेवफ़ाई... ख़ूब...आज ईरान के सन्दर्भ में भला आप इस लफ़्ज़ का क्या अर्थ निकालेंगे ?" असलम ने एकदम से बात का रुख बदलते हुए कहा।

"मुझे राजनीति की समझ नहीं है। हाँ, इतना ज़रूर जानता हूँ कि राजनीति निर्माण का नाम नहीं है जबकि मेरा प्रोफ़ेशन पूरी तरह से निर्माण पर निर्भर है। उखाड़-पछाड़, मार-काट इन सारी बातों से मेरी तबियत घबराती है।" सुलेमान ने कहा।

"हमारी एक हमक्लास थी तय्यबा। उसकी याद कभी-कभी बहुत आती है। आज आपकी बात ने उसकी याद फिर ताज़ा कर दी।" असलम यह कह कर ख़ामोश हो गया।

"मेरी सारी सहेलियाँ एक-एक करके छूट गईं। कौन कहाँ है कुछ पता नहीं है ? दो वर्ष पहले मलीहा के बारे में परी ने कुछ लिखा था। हुसैन लापता है फिर परी के पत्र भी मिलना बन्द हो गये। शहनाज़, सनोबर, अख़्तर और सूसन किस हाल में हैं कुछ पता नहीं...तय्यबा का तो कहना ही क्या...वह तो उस समय भी ख़तरों से खेलती थी।" महनाज़ ने खोये-खोये अन्दाज़ से कहा।

"मेरे पास तो किसी के ख़त आते नहीं, मेरे अपने दोस्त मुराद और अली युनिवर्सिटी में इन्क़ेलाब के आरम्भ के दिनों में मारे गये थे। चार सौ लड़कों की लाशों में उन्हें ढूँढना मुश्किल था। अभी सांस्कृतिक इन्क़ेलाब के चक्कर में तीन वर्ष पहले रेज़ा, युसुफ़ और बख़्तियार शहीद हुए। अब वहाँ क्या हो रहा है, वास्तव में साफ तस्वीर नज़रों के सामने आती नहीं है। ख़बरों से लगता है, गली-कूचों में केवल बे-धड़ की लाशें भरी हैं"। असलम ने सुलेमान के जाम में शराब उड़ेलते हुए कहा।

"घर से मुझे जो ख़बरें टेलीफ़ोन पर मिलती हैं वह अधूरी और इशारों में होती हैं। उनसे तथ्य नहीं मिलते मगर इस बात का अहसास ज़रूर होता है कि महँगाई, बेकारी, बेकसी, बे-सरोसामानी और बे-बरनामी ने लोगों को चकरा दिया है। शहादत के अलावा भविष्य का कोई आर्थिक, सामाजिक कार्यक्रम नहीं है जो लागू करें। बस, शहादत, इस्लाम के नाम पर इराक़ की ठुकाई–इराक़ी सौ मरते हैं हमारे हज़ार, अगर इसका उल्टा भी समझा जाये तो भी हमारे सौ जवान कुछ क़ीमत रखते हैं। बरबादी सिर्फ़ बरबादी, यह इन्क़ेलाब ले कर आया है।" सुलेमान ने काँटे-छुरी प्लेट में रखते हुए कहा।

"आरम्भ का रूप ही निराला था। कौन जानता था कि इन्क़ेलाब की गाड़ी पटरी से उतर जायेगी।" असलम ने नैपकिन से मुँह पोंछते हुए कहा।

"ख़ैर! आज की हसीन शाम को राजनैतिक बातों से ग़ारत न करें तो अच्छा है।" सुलेमान ने कुर्सी से पीठ लगाते हुए कहा। बैरा प्लेट उठाने लगा। थोड़ी देर में कॉफ़ी आ गई। सामने मेज़ पर रखी शमा पिघल कर एक ढेर में बदल गई थी

मगर अब भी उसकी लौ उसी तरह से असलम और सुलेमान की आँखों में महनाज़ को नाचती नज़र आ रही थी।

सुबह महनाज़ देर से उठी। उठते ही उसे असलम की बात याद आई। क्या असलम उसे बेवफ़ा समझता है, मगर उसने क्या सचमुच बेवफ़ाई की है ? कभी यह लफ़्ज़ उसे इतना सस्ता लगता था और आज सस्ते के साथ एक गन्दगी के अहसास को जन्म दे रहा था। बेवफ़ाई कौन लोग करते हैं जिनका कोई दीन-ईमान नहीं होता है। जिनके पास कुछ भी गहरा और अर्थपूर्ण नहीं होता है। मगर आज के सन्दर्भ में वह इस बात को महत्व क्यों दे रही है, वह तो अब बहुत आगे जा चुकी है। पिछली ज़िन्दगी के बारे में सोंच कर करना भी क्या है।

"जाग गईं ? नाश्ता कमरे में करोगी या नीचे कॉफ़ी-रूम में चलना है ?" टाई बाँधते हुए सुलेमान ने महनाज़ से पूछा जो छत पर आँखें गाड़े सोच में डूबी हुई थी।

"कहाँ हो तुम महनाज़ ? नाश्ता करना है ? सैफ तो दूध पी चुके हैं। तुम्हारी लाड़ली भूखी बालकनी पर क़ुदरत के नजारों से अपने को बहला रही है।"

"नीचे चलते हैं, रूम सर्विस में हमेशा देर लगती है।" महनाज़ ने झेंप कर उठते हुए कहा।

"नाश्ते के बाद मुझे काम से जाना होगा। लौटते हुए टिकट बुक कराता आऊँगा। हफ़्ते-भर पहले पहुँचकर, बची छुट्टियाँ पेरिस में गुजारेंगे। तुम सामान वग़ैरह ठीक करना शुरू कर दो, काफ़ी फैल गया है पिछले तीन हफ़्ते में, जैसे सालों से हम यहाँ रह रहे हों," सुलेमान ने बालों को ब्रश से एक बार फिर ठीक करते हुए कहा।

"इन्सान भी अजीब है, जहाँ रहता है वहीं से जुड़ता चला जाता है।" महनाज़ कहती हुई बाथरूम की तरफ बढ़ी।

"मैं बच्चों को ले कर नीचे चलता हूँ, तुम जल्दी आना वैसे तुम्हारे लिये क्या आर्डर करूँ ? उबले अण्डे या फ्राई ?" सुलेमान ने सैफ को गोद में उठाते हुए कहा।

"मैं सिर्फ़ कार्न फ़्लैक्स लूँगी," यह कह कर उसने बाथरूम का दरवाज़ा बन्द कर लिया।

शावर के नीचे खड़ी महनाज़ फिर सोच में डूब गई। असलम ने शादी क्यों नहीं की ? इतनी सारी हसीन लड़कियाँ पूरे अमेरिका में बिखरी पड़ी हैं क्या किसी ने भी असलम को प्रभावित नहीं किया ? पाँच-साढ़े पाँच साल हो गये हैं उसे यहाँ पर रहते-रहते। इस बीच किसी लड़की से दोस्ती ज़रूर हुई होगी ? ख़ैर...मुझसे अब क्या मतलब इन बातों से।" सर झटक कर उसने असलम को अपने ज़हन से

झटका और नहाना समाप्त करके उसने बदन को तौलिया से लपेटा। परी से जब पेरिस में मुलाक़ात होगी तो कितना मज़ा आयेगा। वही लिखेगी असली बात असलम को कि समय कैस बहता दरिया है फिर असलम यह जानकर...उफ फिर वही बातें...अब नहीं सोचूँगी कुछ भी...सर झटक कर वह कपड़े पहनने में व्यस्त हो गई। ब्रश से बालों को पीछे करके क्लिप लगाई। हल्का सा मेक-अप करके वह ड्रेसिंग टेबिल के सामने खड़ी हुई और चारों तरफ से अपने को, चेहरा गर्दन मोड़-मोड़ कर देखने लगी। नीला रंग उस पर खिल रहा था। बाडी स्प्रे करके जब वह स्प्रे रखने को झुकी तो उसे ध्यान आया। असलम से जब वह पहली बार मिली थी तब भी नीला ही स्कर्ट पहने हुए थी। असलम को उसने पहचाना ही न था। उसकी बदहवासी....फ़ोन की घण्टी बजी। महनाज़ चौंकी, फ़ोन उठाया।

"हलो!"

"महनाज़, नाश्ता ठण्डा हो रहा है।"

"आह! मैं अभी आई।"

"पौन घण्टे से इन्तज़ार कर रहा हूँ। सैफ साहब हंगर स्ट्राइक पर जा चुके हैं, उन्होंने अल्टीमेटम दे रखा है कि मम्मी के हाथ से ही अण्डा खाना है।"

"अभी आई...अभी दो सेकेण्ड में," बदहवासी से महनाज़ ने कहा और कमरे से बाहर निकली।

"नाश्ते की मेज़ पर पहुँची तो सब हाथ पर हाथ रखे बैठे थे। महनाज़ को बड़ी शर्मिन्दगी हुई। झेंपी मुस्कुराहट के साथ उसने नैपकिन खोल कर सामने डाला सब को भूख लगी थी। इसलिये सब खाने में जुटे रहे। नाश्ते के बाद महनाज़ ने कहा-

"सुलेमान तुम लौटोगे कब ?"

"शाम तक, दोपहर का खाना तुम लोग खा लेना!"

"क्यों न मैं कोई फ़िल्म देख आऊँ। कमरे में अकेले बैठना नहीं चाह रही हूँ।"

"ठीक है, अभी देखता हूँ शहर में कौन-कौन सी मूवी चल रही है ?" कह कर पेपर उठाने वह डेस्क की ओर बढ़ा।

"मैं रास्ते में तुम्हें छोड़ता हुआ चला जाऊँगा," कह कर सुलेमान ने फ़िल्म वाला पेज देखना आरम्भ कर दिया। जब फ़िल्म तय हो गई तो सुलेमाने ने पूछा।

"आज पहली बार अकेले फ़िल्म जाने का कैसे दिल चाहा ? क्या घूमने-फिरने से तबीयत भर गई है या कोई और बात है ?"

"कोई ख़ास नहीं। बस अकेले रहना नहीं चाहती हूँ।"

आसमान और ज़मीन दोनों अन्धकार में डूबे हुए हैं मगर तेज़ आवाज़ के साथ उड़ते हवाई जहाज़, कमरे में लेटी सनोबर का दिल हिला रहे हैं। बदन पसीने में डूब

चुका है। शोर की आवाज़ निरन्तर बढ़ती ही जा रही है। उसी के साथ सनोबर की तबीयत बिगड़ती जा रही है। काँपते-टटोलते हाथों से वह किसी तरह से बोतल उठाने में कामयाब हुई। टेबलेट निकाल कर उसने उसे ज़बान पर रखा और बदहवास सी बिस्तर पर गिर पड़ी। हाथ से छिटक कर खुली शीशी नीचे क़ालीन पर बिखर गयी।

हवाई जहाज़ जा चुके थे। अन्दर-बाहर ख़ामोशी छा गई थी। सनोबर की चेतना लौट रही थी। मगर अचेतन अवस्था में उसके मन-मस्तिष्क पर कई तरह की छवि बन-बिगड़ रही थी।

कमरे में वह बैठी है। फ़ोन की घण्टी बजती है, जमील उठाता है।

"ओह! अभी आया।" कह कर कमरे में टंगे कपड़े उतारता है।

"कहाँ चले ?" सनोबर ने उसके दोनों हाथ पकड़ कर पूछा।

"ड्यूटी पर, एमरजेन्सी है ?"

"अभी नहीं!" कह कर उसने सफ़ेद युनिफ़ार्म को अपने हाथों में पकड़ा।

"देर हो रही है।"

"नहीं! नहीं!"

"मज़ाक का समय नहीं है।"

"तो यह ड्यूटी का समय भी नहीं है।"

"मेरी सुनो तो ?"

"अभी नहीं!" कह कर सनोबर दूसरे कमरे में भागी, जमील भागा, फिसल कर गिरा तब तक सनोबर दूसरे कमरे में थी। हँसी के मारे उसके पेट में बल पड़ रहे थे। पूरे घर में दोनों आगे-पीछे दौड़ रहे थे तभी फ़ोन की घण्टी फिर बज उठी। भागते हुए जमील रुका और फ़ोन उठाया।

"हलो! क्या ? अभी आया।" जमील का मुख सफ़ेद पड़ गया था।

"क्या हुआ ?"

"मुझे फ़ौरन जाना है।" उसने बुशर्ट के बटन खोलते हुए घबड़ाये लहजे में कहा। सनोबर ही हँसी काफूर हो गई। संजीदगी से उसने कपड़े जमील के हवाले किये और स्वयं चाय उँडेलने किचन में गई।

बाल्कनी में खड़े हो कर उसने जाते हुए जमील को हाथ हिलाया—पाँच-मिनट बाद ही लड़ाकू जहाज़ की आवाज़ों से आकाश गूँज उठा—

सनोबर का बदन ठण्डा पड़ रहा था, उसे ऐसा महसूस हो रहा था जैसे वह बहुत दूर का सफर तय करके आई हो। उसने करवट बदली और आँखें बन्द कर लीं। सारे बदन में सनसनी फैल रही थी। दिमाग़ में दूसरी छवि उभरी।

जब वह रात का खाना पका रही थी तो एकाएक फ़ोन की घण्टी बजी, उसने फ़ोन उठाया। पहले समझ में कुछ नहीं आया फिर जो कुछ समझा उसके लिए वह

तैयार न थी। वहीं बेहोश हो कर गिर पड़ी।

अपनी ही चीख़ से सनोबर चौंक उठी। घबरा कर आँखें खोलीं, कौन चीख़ा था ? उसके कानों में बहुत भयानक चीख़ सुनाई पड़ी थी। दवा असर कर रही थी। उसने करवट ली और सीधी लेट गई। जोड़-जोड़ की गिरहें कोई खोल रहा था।

बुनियादे-शहीद से वजीफ़ा मकान सब कुछ सब को मिला था उसने नहीं लिया। क्या करती यह सब ले कर ? उसके अकेले के पास जमील का दिया बहुत कुछ था। जमील के सारे साथियों की पत्नियों ने विवाह करके घर बसा लिया था। एक पति के बदले में उन्हें दूसरा पति, मकान, रुपया सब कुछ मिला था। अतीत को भूल कर वे सब उस नई ज़िन्दगी में घुल-मिल गई थीं वह यह सब कुछ न ले सकी थी। माँ के समझाने पर भी वह ख़ामोश रही थी। बहुत ज़्यादा ख़ामोश...जैसे उसके अन्दर का शोर, वलवला हमेशा के लिए दम तोड़ चुका है।

नींद के ख़ुमार में डूबती-डूबती सनोबर गहरी नींद में डूब गई थी। अब विभिन्न छवियाँ धूमिल हो कर सपने में सिमट गई थीं।

बहुत बड़ा बाज़ार है जहाँ पर तरह-तरह की चीजें बिक रही हैं। भीड़ गज़ब की है। लोगों को चलने का रास्ता नहीं मिल रहा है। सामने एक बड़ा-सा स्टोर है, उसमें घुसने और निकलने वालों के चेहरे अजीब हैं ? जैसे वह वहाँ के वाशिन्दे न हों, उनके नैन-नक्श अन्य बाज़ार में घूमते लोगों से अलग थे। वहाँ आखिर क्या बिक रहा है ? अपनी जिज्ञासा को दबाये वह तेज़ क़दमों से लोगों के बीच रास्ता बनाती उनको ठेलती आगे बढ़ने लगी। स्टोर के दरवाज़े पर अन्दर जाने से उसे रोक दिया गया।

"आप अन्दर नहीं जा सकती।"

"क्यों ?"

"क़ानून है इस स्टोर का कि ज़िन्दा ईरानी नहीं जा सकते हैं।"

"यह सारे लोग क्या मुर्दा हैं जो जा रहे हैं ?"

"वह ईरानी नहीं हैं।"

"मगर यह बाज़ार, यह जगह, इमारत, सब कुछ ईरानी है, फिर मुझे इजाज़त क्यों नहीं मिलेगी ?"

"कह दिया, हमारा क़ानून है।"

"अन्दर ऐसी कौन सी चीज़ बिक रही है, फिर तुम कौन हो मना करने वाले ?"

"हम बता नहीं सकते हैं!" सन्तरी ने बन्दूक़ की नाल उसके सामने करते हुए कहा।

"तुम्हें पता नहीं है या न बताना भी तुम्हारा क़ानून है ?"

"जो समझें। आप अन्दर नहीं जा सकतीं।" सन्तरी ने गुर्राते हुए कहा।

"अच्छा!" कह कर सनोबर आगे बढ़ी, उसके मन में उथल-पुथल मच

रही थी कि आखिर ऐसा क्या है जो वह देख नहीं सकती। इमारत के दूसरी तरफ गई। पूरी की पूरी मज़बूत ईंटों की दीवार। कहीं भी न खिड़की न दरवाज़ा, क्या करे, कैसे पहुँचे अन्दर ? घूम-फिर कर वह फिर से उस दरवाज़े के समीप जा कर खड़ी हो गई। सन्तरी अब वहाँ नहीं था, वह कोने में सिगरेट के लम्बे-लम्बे कश ले रहा था। बिना कुछ सोचे-समझे उसने बिजली की तरह तड़प कर क़दम उठाया और पल-भर में ही अन्दर थी। कुछ देर तक उसकी समझ में कुछ नहीं आया फिर उसे लगा। यह तो गोश्त का बाज़ार है। नीचे ज़मीन से छत तक गोश्त ही गोश्त...हर दूकान पर कुछ न कुछ लिखा था।

आगे बढ़ कर उसने लोहे की डोलची उठाई और भीड़ के पीछे ख़रीदारी के लिए चल पड़ी। पहली दूकान पर कलेजी, गुर्दा, कीमा सब कुछ ढेर में सजा था। किसी ने उस दूकान से कुछ न ख़रीदा और आगे बढ़ गये। कुछ लोग रुके, उनके पीछे सनोबर को भी रुकना पड़ा। उसने गर्दन उठा कर दूकान पर लिखा पढ़ना चाहा।

'ईरानी शाही गोश्त,' मुझे लेना तो कुछ है नहीं । वह बोर्ड पढ़ कर आगे बढ़ी। सामने की दूकान पर कम लोग रुके। उसने फिर अपने को व्यस्त दिखाने के लिए बाहर लगा बोर्ड पढ़ा।

'ईरानी नेशनल फ्रण्ट गोश्त,' जगह मिलते ही वह भीड़ से आगे बढ़ी।

यहाँ इस दूकान पर बहुत भीड़ थी, दूकान भी बड़ी थी। बोर्ड पर लिखा था, "मुजाहिद इरानी गोश्त', उसके नीचे यह भी लिखा था, 'प्रत्येक उम्र का ताज़ा मीट हर समय उपलब्ध है।' यहाँ पर उसे रानें भी नज़र आ रही थीं, कीमे गोश्त की बोटियाँ और कलेजी, गुर्दे के ढेर छत तक भरे थे जिनसे ताज़ा ख़ून टपक रहा था। चार-पाँच सेल्समैन तेज़ी से गोश्त तौल कर पैकेट बना रहे थे। थोड़ा आगे जा कर एक बड़ी दूकान थी। यहाँ भी यही हाल था। ग्राहक टूटे पड़ रहे थे। कुछ ग्राहक रोस्ट के लिए पूरी-पूरी रानें ख़रीद रहे थे। वह आगे बढ़ी। उस दूकान में भी बड़ी भीड़, वही हँगामा था। दूकान पर लिखा था, 'ईरानी मार्क्सवादी गोश्त शाप'। यहाँ पर लोग पूरा-पूरा धड़ ख़रीद रहे थे। पास गई ताकि अन्दर दूकान का हाल देखे। आगे बढ़ कर उसने भीड़ को चीरा और तौलने वाली मशीन के सामने जा खड़ी हुई। मशीन पर पूरा धड़ रखा था। मशीन की सुई 70 किलो दिखा रही थी।

सनोबर ने घबरा कर आँखें झपकाईं, क्या वह जो देख रही है सही देख रही है...मशीन पर एक इन्सानी धड़ अर्थात् ईरानी बदन तौला जा रहा था...पीछे से कोई कहता, "आगे बढ़ो, जल्दी चलो। 'ईरानी फ्रण्टियर गोश्त शाप' पर, वहाँ सस्ता गोश्त मिलेगा।" सनोवर ने मुड़ कर देखा तो मोटे-मोटे लाल चेहरे वाले बड़ा-सा थैला ले कर आगे बढ़ रहे थे। वह उनके पीछे हो ली। बड़ी-सी दूकान जैसे पुराने

जूतों–कपड़ों की छँटनी होती है और उनके ढेर नज़र आते हैं ऐसे ही ढेर हाथ, पैर, सर धड़ के उसे नज़र आये, पास गई।

"सूप के लिए दो किलो पैर।"

"बच्चे के पैर समाप्त हो गये हैं।"

"बड़े के दे दो–तीन किलो।"

"सनोबर आँखें फाड़े देख रही थी। ईरानी धड़! ईरानी धड़ के विभिन्न अंग, हाथ, पैर, सर इत्यादि। तभी उस ढेर में उसे जमील का एक हाथ हाथों में उलझा दिखा...हीरे की अँगूठी, उसके विवाह की निशानी उसमें दमक रही थी। एक ज़िन्दा हाथ जो तेज़ी से गोश्त के अच्छे टुकड़े छाँट रहा था। उसने जमील का हाथ उठाया और कहा, "तौलना ज़रा।"

"नहीं! नहीं! बन्द करो, यह व्यापार...बन्द करो यह बाज़ार...सनोबर चीख़ पड़ी...जमील का हाथ उससे छीन कर वह चीख़ती ही जा रही थी। उसकी चीख़ों से ग्राहक तितर–बितर होने लगे, "यह मेरा है, यह मेरा जमील है।" तभी उसकी आँख खुल गई। जमील की माँ उसके दोनों हाथों को जोर से पकड़े थी। उसकी आँखों में आँसू भरे थे।

"बन्द करो ईरानी गोश्त की फरोख़्त!" वह उछल कर बिस्तर पर बैठ गई।

"बन्द करो..." फिर चीख़ी और मूर्छित हो कर गिर पड़ी।

"बुखार से बदन तप रहा था। रशीदा ख़ानम बहू का हाथ धीरे से छोड़ कर खड़ी हुई और सनोबर के भाई का नम्बर मिलाने लगीं।

थोड़ी देर बाद ही जाफ़र डाक्टर को अपने साथ ले कर आ गया। बहन को सँभालने वह पास ही बैठ गया। डाक्टर जाँच में व्यस्त हो गया।

फिरोज़ा ने अपनी सास यानी सनोबर की माँ के घर का फ़ोन मिलाया।

"मामान! सनोबर बीमार है ?"

"क्या हुआ ?" शाहेदा ख़ानम ने घबरा कर पूछा।

"अभी डाक्टर मुआयना कर रहा है। घबराने की बात नहीं है। आप और लतीफ चली आयें...रशीदा ख़ानम अकेली हैं, आपके आने से उनका मन सँभल जायेगा।"

"अभी आई! लतीफ भी घर पर है, बस मैं अभी पहुँचती हूँ।"

"अच्छा! मामान, मैं फ़ोन बन्द करती हूँ।" फ़ोन रख कर फिरोज़ा कमरे में लौटी।

"कोई गहरा सदमा लगा है। मैं इंजेक्शन दे रहा हूँ। मगर तबियत ठीक नहीं है। टेन्शन बहुत लग रहा है। दिमाग़ की रग फट जाये तो आश्चर्य नहीं।" डाक्टर ने जाफ़र को कोने में ले जा कर कहा।

"फिर!" जाफ़र व्याकुल हो कर बोला।

"इनको तो टेन्शन की पुरानी बीमारी है....ख़ैर, मैं घर पर ही हूँ। फ़ोन कर

दीजियेगा, मैं आ जाऊँगा...वैसे चाहें तो नर्स को भेज दूँ।"

"नर्स आ जाये तो अच्छा है।" जाफ़र ने गीले लहजे से कहा।

"ऐसे मन छोटा न करो जाफ़र!" डाक्टर जाफ़र के कन्धे थपथपाते हुए निकल गये।

सुबह से किसी ने चाय भी नहीं पी थी। फिरोज़ा ने इसरार करके रशीदा ख़ानम और जाफ़र को चाय के साथ रोटी के टुकड़े में पनीर लपेट कर खिलाया। कुछ देर बाद लतीफ़े और शाहेदा ख़ानम भी पहुँच गये। नर्स आ गई थी। कमरे के एक कोने में जाफ़र, लतीफ और फिरोज़ा हाथ पर हाथ रखे बैठे थे। रशीदा ख़ानम और शाहेदा ख़ानम जा-नमाज़ पर बैठी थीं।

बस के लिए गज़ब की भीड़ थी। मलीहा को बच्चों के साथ वहाँ पर खड़े-खड़े एक घण्टे गुज़र गया था। पैर दुखने लगे थे। बच्चों को पास खड़े ठेले से कच्चे पिस्ते दिला दिये थे। वह उसे खाने में व्यस्त थकन को भूल चुके थे। धूप में आज बला की तेज़ी थी। रंगीन मोटी चादरों के नीचे पसीने में डूबी औरतें हसरत से बस की प्रतीक्षा में सड़क निहार रही थीं।

सड़क पर जाते हुए एक जवान जोड़े से एक भिखारिन भीख माँगने लगी। पहले वह "नहीं है" कहते रहे मगर वह माँगती-माँगती उनके पीछे हो ली। एक-दम से लड़का मुड़ा और चिढ़ कर बोला-

"हमसे क्या माँगती हो ? जा कर अपने इमाम खुमैनी से माँगो।"

भिखारिन सकते में आ गई। लड़के के काँपते होंठ और चढ़ी आँखें देखकर।

"दो साल से बेकार हैं हम! हम दोनों किससे भीख माँगें जा कर ? देखो क्या है ?" कह कर उस लड़के ने दोनों जेबें बाहर निकाल दीं। भिखारिन तो भयभीत हो उठी। बस की प्रतीक्षा में खड़ी औरतें मर्द तमाशा देखने लगे। साथ वाली लड़की जो उसकी पत्नी थी, पति का हाथ खींचते हुए बोली-

गुनाह है अली! वह बेचारी क्या करे ? उससे कहने से क्या फ़ायदा है ? चलो-चलो, हम जा रहे थे न, निकहत के घर चलो।"

लड़का बड़बड़ाता हुआ आगे निकल गया। औरतों के मुख खुलने लगे।

"महँगाई, बेकारी, ऊपर से मकान का किराया, बच्चों की फ़ीस, पागल तो बना दिया है परेशानियों ने हमें।"

"पहले पति-पत्नी काम करते थे, खर्च भी वैसा ही था। अब पत्नी तो घर बैठ गई। पति को भी कट-कटा के जो मिलता है। उससे खर्च कहाँ चलता है ?"

"कैसा तबाह किया हमको।"

"हम तो बहुत अच्छी हालत में हैं, इराक़ियों से पूछो जा कर।"

"हम अपनी जानते हैं कि बुरी कट रही है, इराक़ की वह जाने जो वहाँ गये हों, जब हमने देखा नहीं तो कहें क्या ? यहाँ तो हम जहन्नुम की आग में झुलस रहे हैं।"

"जंग न होती तो कुछ न होता।"

"पता नहीं ?"

बस आ गई थी। कुण्ठित दुःखी सवारियाँ ख़ामोशी से बस पर चढ़ने लगी थीं। बस चल पड़ी। पीछे से किसी सवारी ने कुछ पूछा। ड्राइवर ने क्रोध से उत्तर दिया।

"पता नहीं मुझे। जब बस में चढ़ना आता नहीं तो चढ़े क्यों ?"

पूरी बस में ख़ामोशी छा गई। लोगों को बहुत बुरा लगा। पिछली सीट पर बैठी सवारियों में से दो जवान लड़कों ने कहा।

"ड्राइवर साहब, सवारियों से ऐसे बात की जाती है ?"

"तो फिर कैसे ?"

"बताएँ कैसे ?"

"यह बसें आखिर तुम्हारे लिये चलती हैं या मुसाफ़िरों के लिए ?"

"इस समय मेरा जो मन चाहेगा करूँगा।"

"तो फिर ठीक है, बस रोको। नीचे उतरो, हिसाब बेबाक हो जाता है कि किसके लिए बस चलती है।"

बाक़ी सवारियाँ भी बड़बड़ाने लगीं ड्राइवर घबरा गया था, पीछे से आवाज़ें आ रही थीं।

"बस रोको! बस रोको!"

कुछ औरतें घबराने लगी थीं।

"छोड़िये भी ड्राइवर के मुँह क्या लगना ? और बोलने लगी थी।

"ड्राइवर हमारे मुँह क्यों लगा। बस किसके आराम के लिए चलती है ?"

ड्राइवर ने बस रोकी। लड़के पीछे से आगे बढ़े। कुछ अन्य अधेड़ उम्र के मर्द भी खड़े हो गये। ड्राइवर का शरीर काँप रहा था। आँखों में पानी जमा था। चेहरे पर हवाइयाँ उड़ रही थीं। एकदम से वह गिड़गिड़ाते हुए बोला–

"मेरी माँसपेशियाँ मेरे क़ाबू में कब हैं ? नर्वस सिस्टम तो इस मुल्क ने बेकार कर दिया है। तुम्हारी बहन को गोली से उड़ाया जाता तो तुम शायद बस भी न चला पाते।" आँसू लुढ़ कर उसके गालों पर बहने लगे। आस्तीन चढ़ाते लोग ठगे रह गये। वह दोनों नौजवान मुड़ कर अपने स्थान पर बैठ गये।

"ठीक है बाबा! चलो बस चलाओ, सबके सीने में ताज़ा क़ब्र बनी है।" एक औरत ने ख़ामोशी तोड़ी।

"जो हुआ सो हुआ। अब चलाओ बस।"

ड्राइवर ने काँपते शरीर पर काबू पा लिया था। आँसू पोंछता सीट पर बैठ

गया। फिर दो मिनट बाद बस स्टार्ट की।

मलीहा और दोंनो बच्चे ख़ामोशी से सब कुछ देख रहे थे। उनकी क्या सारी सवारियाँ रोज़ इसी क़िस्म की घटनाओं और दुर्घटनाओं से टकराते उन्हें झेलते थे।

मलीहा बस से उतर कर तय्यबा के घर की ओर बढ़ी। कब से उसने फ़ोन नहीं किया है। कहीं फिर बीमार न पड़ गई हो। आज नीचे वाला मेन दरवाज़ा खुला मिल गया। ऊपर चढ़ गई। दरवाज़ा खटखटाया। जवाब नदारद! बाहर गई हुई हैं शायद! अच्छा हो यदि मैं नोट छोड़ जाऊँ मगर लिखूँ कैसे, क़लम-काग़ज़ तो है नहीं ? मलीहा यह सोच कर कि मकान मालकिन से क़लम-काग़ज़ ले कर नोट लिख कर दरवाज़े में डाल देगी। नीचे उतरी, बच्चों से कहा, "तुम लोग यहीं बैठे रहो, मैं अभी आई।"

"तीन मंज़िल उतर कर वह सय्यदा ख़ानम के दरवाज़े पर खड़ी हुई। घण्टी बजाई। दरवाज़ा खुला।

"सलाम! मैं तय्यबा की दोस्त हूँ, तय्यबा है नहीं, यदि आप...।"

"तय्यबा यहाँ कहाँ होगी ? उस कमरे में कोई और आ गया है।" सय्यदा ख़ानम बोलीं।

'तय्यबा कहाँ गई ?' अपने से जैसे मलीहा ने पूछा फिर ऊँची आवाज़ से बोली, "आपको पता है, कहाँ गई है, कब गई है ?"

"कब गई है ? यही दो मास के लगभग हो रहे हैं। कहाँ गई है बताना मुश्किल है क्योंकि पासदार किसी को बता कर तो ले नहीं जाते हैं कि कौन से जेल ले जा रहे हैं!"

"तय्यबा को पासदार ले गये ?" मलीहा धीरे से फुसफुसाई।

"हाँ!"

"या अल्लाह! जाने क्या बनेगा उसका ?" आवाज़ बुलन्द हो उठी।

"बनना क्या है ? जो सब औरतों और लड़कियों का बन रहा है। बस इतना करना कि उसे गर्भ-निरोध गोलियाँ ज़रूर दे आना, जो हर माँ और बहन करती हैं...हमारी औरतों का नसीब...उनकी गन्दगी भी अपने में ख़ाली करो...उनकी गन्दगी का बोझ भी उठाओ फिर ताने का बोझ सुनो।"

"आप..." मलीहा के होंट काँप रहे थे। जो बोलना चाह रही थी, बोल नहीं पा रही थी। गला अवरुद्ध हो रहा था। आँसुओं ने सारे शब्दों को बहा दिया था।

"घबराने से बेटी, हासिल कुछ नहीं है। मैं यहीं काम कर रही हूँ। कुछ मिल कर मेरे ख़ानदान में चालीस लड़कियाँ हैं। गोलियाँ भी आसानी से नहीं मिलती हैं...मुसीबत के समय अक़्ल से काम लो, कौन-सा क़दम है जिससे हम नई मुसीबत को रोक सकें।"

"जी!" मलीहा इतना कह कर चलने को हुई।

"अच्छा बेटी! दिल मजबूत करो।" कह कर सय्यदा ख़ानम ने दरवाज़ा बन्द कर लिया। मलीहा को लगा कि इसके कमरे के टांके टूट गये हैं। उसके पैर बेजान होते जा रहे हैं। बड़ी मुश्किल से बोली, "बच्चो नीचे आओ।" इतना कह कर वहीं सीढ़ियों पर बैठ गई। बच्चे तेज़ी से कूदते हुए नीचे उतरे। माँ को यूँ घुटनों में मुँह रखे सीढ़ी पर बैठे देख कर बोले–

"मामन! कैसी तबियत है आपकी ?" मेहरान ने पूछा।

"भैया, मामान को पानी पिलाना चाहिए।" माहरूज़ ने झुक कर मलीहा का चेहरा देखते हुए कहा।

"पानी कहाँ से आयेगा ?" मेहरान ने परेशानी से कहा।

"सय्यदा ख़ानम के घर से लेते हैं।" माहरूज आगे बढ़ा।

नहीं...नहीं, अचेत-सी मलीहा कह उठी। उसे डर था कि कहीं फिर वह कोई दिल दहलाने वाली बात बड़े ठण्डे अन्दाज़ से न कह दे कि औरत का यही आरम्भ है, यही अन्त है।

"आपका सर सहलाती हूँ।"

"नहीं बेटी! मैं ठीक हूँ। तुम लोग नीचे चलो। मैं भी धीरे-धीरे उतरती हूँ।"

"हम आपको पकड़ कर ले चलते हैं।"

तीनों धीरे-धीरे नीचे उतरे। सामने जाती टैक्सी को तय्यबा ने हाथ दिखाया और टूटे दरख़्त की तरह उसमें जा गिरी। ड्राइवर ने उसका हाल देख कर पूछा–

"अस्पताल!"

"नहीं! घर! खियाबाने तालग़ानी।"

टैक्सी चल पड़ी। मलीहा नीम बेहोश-सी पड़ी थी। बच्चे रास्ता बता कर ख़ामोश सड़क का मुआयना कर रहे थे।

दो दिन से सनोबर बेहोश थी। डाक्टर बराबर सुबह-शाम-दोपहर आ कर मुआयना कर रहा था। जाफ़र और लतीफ दो दिन से न सोये थे, न दाढ़ी बनाई थी। शाहेदा और रशीदा ख़ानम को चुप कराते-कराते स्वयं फिरोज़ा बेहाल हो गई थी।

तीसरे दिन सनोबर ने आँखें खोलीं फिर बन्द कर ली। सबके चेहरे खिल उठे थे। उम्मीद बन्ध गई थी। रात तक सनोबर की तबियत धीरे-धीरे करके सँभलती चली गई। इस समय सब कमरे में जमा थे। ख़ुश हो कर बातें कर रहे थे। नर्स भी थोड़ी देर की छुट्टी डाक्टर से ले कर चली गई थी।

"तीन दिन से किसी ने कुछ खाया नहीं है। कैसा छोटा-सा मुँह निकल आया है। जैसे बरसों के बीमार हों।" रशीदा ख़ानम बोलीं।

"आपने तो रो-रो कर बुरा हाल कर लिया था।" शाहेदा ख़ानम ने ठण्डी

सास भरी।

"तुम अपनी कहो, तुम्हारे आँसू मेरा भी दिल दुखाते थे।" रशीदा ख़ानम बोलीं।

"अब ज़रा रात का खाना बढ़िया और मज़ेदार मिलना चाहिए।" लतीफ ने हँसते हुए कहा।

"ज़रूर जो कहोगे, वही पकाऊँगी।" फिरोज़ा ने चाय के बर्तन समेटते हुए कहा।

"लो सनोबर भी उठ गई।" जाफ़र ने ख़ुशी से कहा।

"कैसा टुकर-टुकर ख़ामोशी से हमें ताकती हमारी बात सुन रही है ?" फिरोज़ा हँस पड़ी।

"चाय लोगी बेटी ? दूध या जूस ?" रशीदा ख़ानम पास जा कर बैठ गईं।

"सूप लाऊँ बेटी ?" शाहेदा ख़ानम भी पलँग के पायताने बैठती हुई बोलीं। सनोबर ने बिना कुछ कहे सबको ताका मगर कोई जवाब नहीं दिया।

"रात के खाने के बारे में भी पूछ लें।" लतीफ ने शरारत से कहा।

"क़ोरमा सब्ज़ी के लिए गोश्त घर में है ख़ाला या लाना पड़ेगा ?" जाफ़र बोला।

"गोश्त कहाँ है बेटा, मांस-भर हो गया...पंक्ति में जा कर कौन खड़ा हो...सादुल्ला जान-पहचान का क़स्साब है, जब वह दे देता है एक किलो, दो किलो तो समझो हम खा लेते हैं।"

"सामने यहाँ पर कोई गोश्त की दूकान नहीं है क्या ?" लतीफ ने व्याकुलता से कहा। फिर बोल उठा।

"मैं घर से ले कर आता हूँ। अगले हफ़्ते ही तो लिया था न फिरोज़ा ?"

"हाँ! यह लो कुँजी...घर जा ही रहे हैं तो मेरे लिये कपड़े भी लेते आना और रास्ते से कुछ फल।"

"अब न वह दूकानें रही न बाज़ार, जिसमें सामान उबलता था ईरान, ईरान न रहा।" रशीदा ख़ानम ने उठते हुए कहा।

सनोबर के कमज़ोर दिमाग़ में 'गोश्त की दूकान।' शब्द चिपक गया फिर तीन रोज़ पहले वाला सपना दिमाग़ में चलने लगा। शब्द क़स्साब भी गूँजने लगा। दाँतों से बोटी नोचता-चीरता-फाड़ता क़स्साब लाशों का ढेर लगा रहा है! सनोबर ने बे-दम हो कर आँखें बन्द कर लीं। 'फ्रंटियर गोश्त शाप' उसके सामने उभरी। मर्दाने हाथ, कम उम्र पैर, कटे सर, एक-दूसरे से उलझे जैसे बचा माल हो, उसमें से झाँकता बालों से भरा एक हाथ, छुँगली के पास वाली अँगुली में हीरे की अँगूठी...वह तेज़ी से आगे बढ़ कर टटोलती है, ढूँढती है। इस हाथ के अलावा कोई दूसरा अंग...दूसरा हाथ...कहीं उसे कोई ख़रीद न ले गया हो ?

"मेरे जमील को कौन मुझसे छीन ले गया ? जमील की लाश का तो पता भी न था। जहाज़ के साथ वह भी टुकड़े-टुकड़े हो कर शस्तुल अरब के तल में समा गया था फिर यह हाथ आया कहाँ से ?"

"दूकानदार तो ऐसा बेईमान हो गया है अब की पूछो मत।" रशीदा ख़ानम चावल धोते हुए बोलीं।

"ताज़िर ढूँढ कर सामान थोड़ी लाता है, उसे पैसा चाहिए। कूड़ा आजकल सोने के भाव बेच रहा है।"

'गोश्त शाप...फ्रंटियर गोश्त शाप...'सनोबर के दिमाग़ में हथौड़ा बरस रहा था।

"लो, मैं सामान ले आया हूँ।" जाफ़र यह कह करके गुसलखाने में घुस गया।

फ़ोन की घण्टी बजी। लतीफ ने उठाया, "हलो!"

"सनोबर ख़ानम का हाल कैसा है ?"

"पहले से ठीक लग रहा है डाक्टर साहब!"

"मुझे एक सीरियस केस देखने जाना है, यदि सनोबर बेहतर महसूस कर रही हो तो मैं कल सुबह आ जाऊँ।"

"मैं पूछ कर बताता हूँ।" लतीफ ने कहा फिर लौट कर बोला, "ठीक है डाक्टर साहब, आप सुबह आयें मगर नर्स कब आ रही है ?"

"रात को नौ बजे तक पहुँच जायेगी।"

"बहुत अच्छा! सुबह मुलाक़ात होगी।"

"शब बख़ैर!"

सुफरे पर खाना लग गया था। क़ौरमा सब्ज़ी की ख़ुशबू से कमरा भर उठा था। लतीफ और जाफ़र आलथी-पालथी मारे बैठे थे। उनके सामने की तश्तरियों में शाहेदा ख़ानम खाना निकाल रही थीं। फिरोज़ा नहा कर अभी निकली थी। सर पर तौलिया बाँधे-बाँधे ही वह सुफरे के समीप आ कर बैठ गई। रशीदा ख़ानम सनोबर के पास गई।

"कुछ खाओगी, सनोबर ?"

शोरबा और रोटी दे दें।" जाफ़र बोला।

"डाक्टर से पूछा नहीं है।"

"अरे टेन्शन था। कोई पेट थोड़ी खराब है ?" लतीफ बोला।

"कुछ खाओगी ?" जाहेदा ख़ानम पास आईं।

"हाँ," सर हिला कर सनोबर ने जवाब दिया।

"बहुत हल्का शोरबा और रोटी उसमें मल कर शाहेदा ख़ानम ने सनोबर का खाना तैयार किया। शाहेदा ख़ानम चमचे से उसे पतला-पतला सूप जैसा शोरबा रोटी खिलाने लगी। दो तीन कौर खिला कर उसका मुँह पोंछा और खुद खाने के लिए सुफरे पर बैठ गई।

हँसी-मज़ाक के साथ खाना हो रहा था। कुछ-कुछ उनकी बातें सनोबर भी समझ रह थी। मन्द-मन्द मुस्कुरा भी देती थी। मगर जो चकराहट उसके दिमाग़ में सनसना रही थी वह उसे कई बार इस बीच चेतनाशून्य कर गई थी जैसे मानस पटल पर कुछ

हो ही न। उसके मन-मस्तिष्क पर क्या गुज़र रहा है, किसी को पता नहीं चल पा रहा था। केवल इस बात की ख़ुशी थी सबको कि सनोबर दो दिन की बेहोशी के बाद अब होश में आ गई है और बैठी मुस्कुरा रही है। उसक ब्लड प्रेशर नार्मल है।

"ईरानी खाने के कितने शौक़ीन हैं, दो रोज़ खाना नहीं खाया ठीक से तो देखो ज़रा दो किलो गोश्त में से ज़रा भी जो बचा हो।" शाहेदा ख़ानम सुफरे पर से रोटियों के टुकड़े उठाती हुई बोलीं।

"ख़ुशहाली भी तो रही है हमेशा इस ज़मीन पर, अंग्रेज़ तो ठहरे नहीं कि टिन खोला, डबल रोटी ली और खाना खा लिया।" रशीदा ख़ानम सुफरा तह करती हुई बोलीं।

"कैसी हो सनोबर ?" लतीफ सनोबर के समीप बैठ गया।

"अच्छी हूँ।"

"खाना कैसा लगा ?"

"अच्छा था, तुम्हें ?"

"मुझे अच्छा लगा, आज क़ौरमा सब्ज़ी बहुत ग़ज़ब का फिरोज़ा ने बनाया था।"

"क्या ?"

"गोश्त!"

"क्या ?" सर में सनसनाहट बढ़ गई।

"गोश्त...गोश्त।" इतना कह कर शरारत से लतीफ ने अपना हाथ दिखाया फिर दूसरे हाथ से उस पर छुरी चलाई और हँस पड़ा। हाथ की ओर सनोबर की नज़र जम गई। कटे हाथों के बीच जमील का हाथ बालों से भरा हुआ। सफ़ेद उँगली में शादी की अँगूठी झिलमिला रही है। एकाएक सनोबर चीख़ पड़ी, "नहीं, नहीं! यह मेरे जमील का हाथ है, मैं इसे तुम्हें नहीं ले जाने दूँगी...कभी नहीं, कभी नहीं...यह गोश्त की दूकान बन्द करो...यह ख़रीदारी बन्द करो...यह मेरे जमील का हाथ है...यह मेरे..." बाक़ी शब्द मुँह में रह गये। सनोबर अचेत हो कर गिर गई। सब परेशान से पलँग के चारों तरफ आ कर खड़े हो गये। ख़ुशक़िस्मती से उसी समय नर्स आ गई। सबके चेहरों पर इतमिनान छा गया। उसने नब्ज़ देखी। आँख खोल कर देखी। फिर पैर के समीप रखी चादर को सनोबर के मुख तक ढांक दिया। सारा ख़ानदान बुत बना खड़ा रह गया कि आखिर यह एकदम से हुआ क्या ?

सूसन और अब्बास की ख़ुशियों का स्थान बढ़ती चिंताओं ने ले लिया था। शहर से हर आनेवाला उनके घर की कुण्डी ज़रूर बजाता था। गाँव का माहौल भी बदल रहा था। कैसे यह वह बता नहीं सकते थे। केवल महसूस कर सकते थे। गर्मी की

शाम को वह दोनों घूमने बाहर निकलते थे। मगर अब निकलना भी छोड़ दिया था।

"सुनो अब्बास! हम क्यों न विदेश चलें ?"

"मगर कैसे ?"

"जैसे सब जा रहे हैं ?"

"बच्चा छोटा है, रास्ता दुश्वार है। ख़तरा ही ख़तरा है।"

"ख़तरा तो अब यहाँ भी कम नहीं है, यहाँ से निकले किसी भी शहर जा कर बसे भी तो कुछ दिन बाद फिर वही परेशानी इस झंझट से तो अच्छा है विदेश का अकेलापन। उस बेगाने माहौल में सुकून से हम तीनों साथ-साथ तो रहेंगे।"

"एक-दो लाख तो सिर्फ़ रिश्वत के रख लो फिर दूसरे खर्च...बाहर रहना, पैसा कैसे ले जायेंगे वहाँ ?"

"कौन-सा मुल्क है तुम्हारे दिमाग़ में ?"

"अमेरिका न जा सकते हैं, न मैं जाना चाहता हूँ। रहा लन्दन, वहाँ ईरानियों की दुर्गति क्या बनी है, वह तुम स्वयं जानती हो। पेरिस जाऊँ तो महँगा बहुत है, फिर वीज़ा नहीं मिलेगा। पाकिस्तान मैं जाना नही चाहता। वहाँ जा कर भी माहौल नहीं बदलेगा। ले-दे कर एक हिन्दुस्तान बचता है।"

"हिन्दुस्तान मैं नहीं जाना चाहती। एक तो गर्मी ऊपर से साँप! मुझे तो डर लगता है।"

"मगर सबसे सस्ता और अच्छा मुल्क है, सब तारीफ करते हैं।"

"पता नहीं! तुम देख लो।"

"देखो! तेहरान गया तो ज़रा हिन्दुस्तान के बारे में पता लगाऊँगा।"

"मैंने सुना है वहाँ ग़रीबी बहुत है लोग फुटपाथ पर नंगे पैदा होते हैं और उसी पर एक दिन भूखे मर जाते हैं।"

"कुछ भरे पेट भी मरते होंगे।"

"वहाँ बोलने वाला तोता मिलता है, पहाड़ों पर अब भी तपस्वी रहते हैं, अजीब मुल्क है वह!"

"हाँ, अजूबा है, पुरानी तहज़ीब है, बहुत कुछ है वहाँ।"

"फ़िल्में देखने को मिलेंगी, राजकपूर, राजेन्द्र कुमार, तुमने संगम देखी थी ?"

"उस समय किसने संगम नहीं देखी होगी।" अब्बास ने हँसते हुए कहा।

"मोर भी होते हैं।"

"वहाँ बहुत कुछ होता है, अब मुझे भूख लग रही है। कुछ खाने को मिलेगा ?"

"बस अभी दो मिनट में खाना लगता है।" कह कर सूसन किचन की तरफ बढ़ी।

"अभी अब्बास को लेटे दो ही मिनट गुज़रे होंगे कि बाहर से शोर की आवाज़

आई। वह चुपचाप उसे सुना अनसुना किये पड़े रहे। जा कर क्या करते ?"

"खाना लग गया है ?" सूसन ने पुकारा।

सुफरे पर बैठे। खाना निकाला तभी घर की घण्टी बज गई। उठा नेवाला बीच में ही रह गया।

बिलक़ीस ने बताया। अब्दुल आया है, गाँव में दो-तीन लोगों को गोली लग गई है।

मुँह तक पहुँचने वाला नेवाला वहीं प्लेट में रख कर अब्बास उठ कर दरवाज़े तक गये।

"क्या बात है अब्दुल्ला भाई ?"

"बहुत कुछ हो गया अब्बास आग़ा! आपका कहा सच निकला, आज तीन लोगों को गोली मार दी गई। कहते हैं। जासूस थे। आप तो नवेद को जानते थे, अल्लाह मियाँ की गाय था। मुशदी को आप क्या सारा गाँव जानता था। माँ-बाप के ज़माने से मज़दूरी करता दो रोटी खाता था। यही हाल हाशिम का था मगर अब हमें बताया जा रहा है कि वे मुजाहिदीन से मिले हुए थे। हम धरती के रखवाले, मेहनत से अनाज उगाने वाले यह सब क्या जानें ?"

"उन सब के घर वाले परेशान हैं ?" अब्बास ने पूछा।

"दुखी और भयभीत दोनों हैं।" अब्दुल्ला बोला।

"अफसोस है।" अब्बास ने सर झुका कर कहा।

"कुछ लोगों ने अभी से कहना शुरू कर दिया है कि इन्हें हम अपने क़ब्रिस्तानों में गाड़ने नहीं दें। यह काफ़िर हैं।"

"क्या कहूँ मैं ?" अब्बास ने कहा।

"आप चल कर सँभालें।"

"तुम चलो मैं आता हूँ।"

अन्दर आ कर वह चुपचाप बैठ गये। उन्हें थोड़ी देर तक सूसन देखती रही फिर बोली-

"खाना तो खाइये न!"

"अब खाना हल्क से नीचे नहीं उतरेगा सूसन। तुम ज़रूर कुछ खा लो" कह कर वह उठे। सूसन के सर पर प्यार से हाथ फेरा फिर बाहर की ओर निकले।

गाँव सुनसान था। दूर से ख़ामोशी तोड़ती रोने की आवाज़ आ रही थी। एक-दो घरों में चिराग जल रहे थे बाक़ी सारे मोहल्ले अन्धेरे में डूबे हुए थे। सड़क पर लैम्प पोस्ट की फीकी रोशनी कच्ची सड़क पर फैल रही थी। चुपचाप वह सर झुकाये उन तीनों शहीदों के मोहल्ले की ओर बढ़ रहे थे। यह तीनों इस गाँव का

बल थे। अब्बास सब कुछ समझ रहे थे मगर कुछ कह नहीं सकते थे। कहते भी तो कौन सुनता उनकी ?"

"जैसे ही वह मोहल्ले में घुसे, कुत्ते भौंकते हुए उनके पीछे लग गये। उन्हें देख कर औरतों के रोने की आवाज़ अधिक ऊँची हो गई। चबूतरे पर हुक़्क़ा पीते लोग चिलम रख कर खड़े हो गये और उनके स्वागत में आगे बढ़े।"

अँजीर के पेड़ों के साये में तीनों जनाज़े एक के बाद एक रखे हुए थे। उन्हें घेरे औरतें बैठी रो रही थीं और बाल व मुँह नोच रही थीं। सर झुकाये अब्बास गाँव वालों के साथ चलते हुए चबूतरे पर जा कर बैठ गये।

"अब्बास आग़ा!" एक ने हुक्का अब्बास की ओर बढ़ाते हुए कहा।

"क्या सोचा आपने इन जनाज़ों के बारे में ?" दूसरे ने प्रश्न किया।

"गाँव वालों का मिल कर फैसला करना होगा ?" अब्बास ने कहा।

"कैसा फैसला ?"

"लाश जिस गाँव की है, उसी के क़ब्रिस्तान में दफ़न होगी। यह उसूल रहा है।" अब्बास ने फैसलाकुन आवाज़ में कहा।

"मगर ?" एक ने परेशान हो पूछा।

"वे कहते हैं ख़ून की नदी बह जायेगी यदि यह काफ़िर मुसलमानों के क़ब्रिस्तान में दफ़न हुए।" बूढ़े ने हुक्के का कश लिया।

"वे कौन ?" अब्बास ने कहा।

"जहीर नैयाजी और उनके साथी।" एक जवान लड़के ने कहा। जो खम्भे से लगा खड़ा था।

"जब से गाँव में आये हैं सुकून ग़ारत हो गया है।" बूढ़े ने कहा।

"वे होते कौन हैं ऐसा कहने वाले ? इस गाँव के बूढ़े और बुजुर्ग आज तक झगड़े सुलझाते आये हैं।" अब्बास ने कहा।

"वे कमर कसे हैं।" एक ने लुकमा दिया।

"क़ब्रिस्तान के दरवाजे पर जा कर सब जमा हैं। कहते हैं जिसने हिम्मत की आगे बढ़ने की, टांग चीर कर चील-कौवों को खिला देंगे।" उसी नौजवान ने ज़रा तेज़ आवाज़ से कहा।

"आप इस किस्से को इतना आसान न समझें!" अधेड़ उम्र के एक मज़दूर ने कहा।

"उस क़ब्रिस्तान को भूल जायें तो अच्छा है अब तो यहीं कहीं इनकी क़ब्र खोदते हैं।" यह कह कर वह बूढ़ा उठा।

"आप कफन-दफ़न का इन्तेज़ाम करें। मैं क़ब्रिस्तान तक हो कर आता हूँ।" कह कर अब्बास आग़ा चले गये।

"अपने सुकून और इतमिनान के लिए हो आइये।" जवान ने रास्ता देते हुए कहा।

"ख़ुदा को मानने वाला काफ़िर कैसे हो सकता है।" अब्बास ने सोचा फिर ख़ुद से कहा, "इनकी तरह न सोचने वाला काफ़िर है। वह ख़ुद ख़ुदा जो बन बैठा है।"

शहनाज़ का काम दिन-प्रतिदिन मुश्किल ही होता जा रहा था। अपनी बात सुनने वाला कोई बचा नहीं था। न परी, न तय्यबा, न सूसन, न सनोबर, रही मलीहा की बात-उसके घर जाना आफत को बुलावा देना था। पूरा मोहल्ला तो जानता है कि यह मशहूर मुनाफ़ाकीन हुसैन का घर है। वहाँ पर एक पत्रकार का मेलजोल कैसा ? दोस्ती को महत्व देती है तो माँ और ख़ाला का पेट कहाँ से भरे ? ख़ाला भी विधवा हो गई हैं।

अख़बार के आफ़िस में दो दिन से सब को साँप सूँघे हुए हैं। उनके साथियों में से एक को कमेटी पकड़ कर ले गई थी। खता क्या थी ? मानो तो ग़लती न मानो तो कुछ भी नहीं। हमेशा से विदेशी पत्रकारों को चित्र इत्यादि दिया जाता रहा है। कभी-कभी पत्रकारों को निमंत्रण दे कर बुलाया गया कि वे जो तस्वीर चाहें चुन लें। मगर महमूद पर सितम टूट पड़ा। फ्रेंच पत्रकार को दो चित्र दिये थे वह फाँसी पर लटकाये गये लोगों के थे बस वही चर्चा का विषय था। उस पत्रकार ने उस चित्र का जो उपयोग किया उससे हँगामा खड़ा हो गया। सरकार की बदनामी हुई। सारा क्रोध महमूद पर उतरा, कुछ साथियों का कहना है वह इतनी जल्दी नहीं छूटेगा। सारे पुराने पत्रकार ईरान से भाग कर विदेश चले गये। जो हैं वह सब नये हैं या फिर मजबूरी से पत्रकार बने हैं। डाक्टरी इंजीनियरिंग की पढ़ाई बीच में छोड़ कर इन्क़ेलाब के आरम्भ में ख़ुशी-ख़ुशी मुल्क लौटे कि आज़ादी का सूरज चमकता देख कर आते हैं। कुछ दिन बाद ही पता चला कि वे तो क़ैद हो गये हैं। बाहर जाने का रास्ता ही बन्द हो गया है। करते क्या ? किसी ने फल की, किसी ने कैसिट टेप की, किसी ने रूमाल-क्लिप की दूकान खोल ली। इन्हीं लोगों में महमूद भी था। अमेरिका में डाक्टरी पढ़ रहा था। अंग्रेज़ी अच्छी थी। विदेशी पत्रकारों के साथ गाइड का काम करने लगा।

"क़ुम जाना है, भूल गई ?" फरीदा ने शहनाज़ से कहा।

"किसलिये ?" अहमद ने बीच में पूछा।

"आय्यतउल्लाह मोन्तज़री का इण्टरव्यू लेना है ?" शहनाज़ बोली

"विशेष अवसर ?" अहमद ने जानना चाहा।

"अगले हफ़्ते 'एकता सप्ताह' है। सुन्नी-शिया की आपसी एकता का।" फरीदा ने कहा।

"चलो, मैं तैयार हूँ।" शहनाज़ ने बैग उठा, डेस्क की चाबी ज़िप में डालते हुऐ कहा।

"कब तब लौटोगी तुम लोग ?" अहमद पूछ बैठा,

"शाम तक पहुँचेंगे क़ुम, रात को आठ बजे मुलाक़ात का समय है। वहीं रात बिता कर सुबह चलेंगे। यहाँ से क़ुम लगभग बारह बजे तक पहुँच जायेंगे।" फरीदा ने कहा।

चपरासी ने आ कर बताया कि फरीदा को सम्पादक बुला रहे हैं। बात का सिलसिला बीच में टूट गया और वह थैला अपनी कुर्सी पर रख कर तालीबी आग़ा के कमरे की ओर बढ़ी।

"बैठिये! क़ुम कब जा रही हैं ?"

"आज, अभी, मैं और शहनाज़ निकल ही रहे थे।"

"आप रुक जायें, शहनाज़ और ज़मीर को भेज दें। आपसे मुझे काम है।"

"बहुत अच्छा!" कह कर फरीदा घबराई-सी बाहर निकली।

"मैं अब नहीं जा रही हूँ शहनाज़! तुम्हारे साथ ज़मीर को जाना है। मैं उसे बता कर आती हूँ।" कह कर फरीदा आगे बढ़ गई।

"यह क्या बात हुई ? फिर मैं नहीं जाती हूँ।" शहनाज़ ने कहा और धम्म से कुर्सी पर बैठ गई।

"जाना तो पड़ेगा तुम्हें ? पसन्द हो या न हो, नौकरी की यही बात तो याद दिलाती है कि हम नौकर हैं किसी के।" शबनम ने हँसते हुए कहा।

"ज़मीर को तुम जानती तो हो ?" शहनाज़ ने कहा।

"अरे ठीक है, हर तरह के लोगों से निभाना सीखो। ज़मीर तो फिर भी अच्छा है। ताहिर के बारे में क्या ख़्याल है ?" शबनम बोली।

"आप तैयार हैं ? चलिये! मैं हाज़िर हूँ चलने के लिए।" ज़मीर ने कहा। उसके बोलने के अन्दाज़ और बात करने के तरीके से शहनाज़ को बहुत चिढ़ थी।

"चलिये!" शहनाज़ ने मरी हुई आवाज़ से कहा।

दोनों लिफ़्ट से ग्राउण्ड फ़्लोर पर पहुँचे, ड्यूटी कार्ड बाक्स में डाल कर वे बाहर आये। ज़मीर ने कार का दरवाज़ा खोला।

"आपको कार के लम्बे सफर से परेशानी तो नहीं होती है ?" जमीर ने पूछा।

"सर में दर्द हो जाता है।" शहनाज़ ने बहाना किया।

"यह तो बड़ी तकलीफदेह बात है," ज़मीर ने कहा और कार स्टार्ट की तभी दफ़्तर का चपरासी हाथ हिलाता हुआ भागता हुआ आया।

"तालीबी आग़ा बुला रहे हैं आप दोनों को!" भूलती साँस को क़ाबू में करते हुए वह बोला।

"अच्छा!" ज़मीर ने ताज्जुब से कहा।

दोनों ख़ामोशी से कार से उतरे फिर लिफ़्ट के समीप जा कर खड़े हो गये। दोनों के चेहरों पर प्रश्नचिह्न था। लिफ़्ट आई। उस पर सवार हो कर चौथे फ़्लोर

पर पहुँचे। उन्हें देखते ही चपरासी ने सम्पादक तालीबी आग़ा का दरवाज़ा खोला। वे दोनों अन्दर घुसे।

"बैठिये!" तालीबी आग़ा ने कहा।

"शुक्रिया!" दोनों थोड़ा घबराये सहमे-से बैठ गये।

"आप दोनों साथ जा रहे थे ?" तालीबी ने दोनों को घूरा।

"जी!"

"शाह का दौर समझा है ? रात का सफर और लड़के-लड़की का साथ...यह इस्लामिक गणतंत्र राज्य है मज़ाक नहीं!" तालीबी ने हाथ में पकड़ी किताब ज़ोर से मेज़ पर पटकते हुए कहा।

"जनाब! फरीदा ने मुझे अपनी जगह जाने को कहा था।" जमीर ने सफ़ाई पेश की।

"मगर मुझे यह तो बताना चाहिये था कि वे कौन दो पत्रकार हैं जो क़ुम जा रहे हैं ? मुझे तो अभी रहीम ने बताया। कमाल के हैं आप लोग ? जाइये जा कर सलीम से बात करें। शहनाज़ के स्थान पर सलीम को ले जाइये।" तालबी आग़ा ने बुरा-सा मुँह बनाते हुए कहा। उनकी इस बात से शहनाज़ का चेहरा ख़ुशी से खिल उठा।

"तुम कहाँ जा रही हो ? बैठो। मुझे तुमसे कुछ काम है ?" तालबी ने जाती हुई शहनाज़ को रोका! शहनाज़ फिर कुर्सी पर बैठ गई।

"तुम्हें मैं तुम्हारे इलाके में भेजना चाहता हूँ, माहाबाद पर स्टोरी करनी है मगर यह भूल कर कि तुम कुर्दी हो। जो सच हो वही लिखना! सच्चा पत्रकार अपना भी सगा नहीं होता है, समझीं!"

"जी! कब जाना होगा ?" शहनाज़ ने पूछा।

"बस इसी हफ़्ते में! तैयारी कर लो। जाने से पहले मुझसे मिल लेना।"

"जी!"

"अब जाओ! फरीदा को भेज देना।"

"जी!" शहनाज़ बाहर निकली। फरीदा कुछ लिखने में व्यस्त थी।

"सुनो फरीदा! तुम्हें तालबी आग़ा याद कर रहे हैं।" शहनाज़ ने मुस्कुराहट दबाई।

"लगता है आज फिर ब्लड प्रेशर हाई है उनका।" शबनम होंटों ही होंटों में बुदबुदाई।

"कभी-कभी तो तालबी आग़ा कमाल कर देते हैं।" फरीदा ने काग़ज़ समेटते हुए कहा।

"मैं तो चाय पीने जा रही हूँ, चल रही हो ?" शहनाज़ बोली।

"चलती हूँ।" शहनाज़ बोली और काग़ज़ समेट कर डेस्क में रखने लगी।

तभी 'अज़ान' की आवाज़ गूँज उठी। सारे लोगों ने सर उठा कर एक-दूसरे की ओर देखा फिर चुपचाप उठ कर नमाज़ वाले हाल में एकत्रित होने लगे। नमाज़ शुरू हो गई। सारा दफ़्तर इस समय नमाज़ पढ़ रहा था। नमाज़ के बाद नारे लगे :

रूस पर लानत
अमेरिका पर लानत
इमाम के शत्रुओं पर लानत
ज़िन्दाबाद इन्क़ेलाबे इस्लामी!

## 9

"तुम्हारा दिल बहुत घबरा रहा है तो कहीं घूम कर आते हैं। इंग्लैण्ड, जर्मनी, इटली, जहाँ कहो।" ख़ालिद ने परी के उदास मुख की ओर निहारते हुए कहा।

"उन मुल्कों में मुझे क्या अपनापन मिल जायेगा ? जैसे यहाँ वैसे वहाँ...हर मुल्क में कुछ ऐतिहासिक इमारतें और खण्डहर, कुछ पुरानी पेंटिंग्स और मूर्तियाँ, चमचमाते बाज़ार जिनमें सजी चीज़ें कहीं महँगी कहीं सस्ती नज़र आयेंगी। क्या होगा वहाँ नया ? रास्ते में होटलों में बैठे चलते-फिरते सफ़ेद चेहरे जिनकी न ज़बान हमारी समझ में आती है न उनका व्यवहार!" परी ने थके हुए लहजे से कहा।

"फिर क्या करूँ मैं जो तुम्हारी उदासी दूर कर सकूँ...तुम्हारे दिमाग़ में है ऐसी कोई तरकीब जिससे तुम्हारा यह उदास आलस्य टूट जाये ?" ख़ालिद ने पूछा।

"मुझे ईरान ले चलो ख़ालिद!" परी ने कहा तो ख़ालिद सिर्फ़ तल्ख़ हँसी हँस कर रह गया।

"बस अब दिल अपने ईरान के लिए तड़प रहा है। छतों पर जाड़े की धूम में रखी टमाटर के रस से भरी चटनी की सेनियाँ अचार और गाज़र, सन्तरे, अंजीर के मुरब्बे के मर्तबान, सक़्क़ाखना, मशहद का हज़रत रेज़ा का हरम, शाह चिराग़ मुझे जाने क्यों याद आ रहे हैं। अलबुर्ज़ का पानी फलों से लदे दरख़्त, सड़क, घर-आँगन याद आ रहा है, अब मैं यहाँ घुट रही हूँ।...इतना सलीक़ा जो यहाँ नज़र आता है मुझे थका रहा है...मुझसे अब यह बेगानापन बर्दाश्त नहीं होता है...एकदम बर्दाश्त नहीं होता है।" इतना कह कर परी फूट-फूट कर रोने लगी। ख़ालिद चुपचाप खड़ा रहा फिर कुछ सोच कर दूसरे कमरे में जा कर फ़ोन पर परी की बहन रूही का नम्बर मिलाने लगा। फ़ोन पर बात समाप्त करके दोबारा परी के समीप आ कर खड़ा हो गया। कन्धे पर आहिस्ता से हाथ रखा।

"अपने को सँभालो परी!"

"यह मुल्क है या जहन्नुम! कहाँ आ कर फाँसी पर चढ़ी हूँ...चारों तरफ

से डसता अकेलापन...हमने कौन-सा ऐसा गुनाह किया है जिसकी इतनी बड़ी सज़ा हमें मिली है ? ग़रीबुलवतनी क्या होती है इसका दुःख बयान किया जा सकता है ? तुम कहते हो, मैं अपने को सँभालूँ...मैं अपने को सँभालने की कोशिश में टूटती-बिखरती जा रही हूँ। पल-पल की मौत से तो अच्छा था कि हम वहीं ख़त्म हो जाते...सूली पर चढ़ा दिये जाते...वहाँ रोज़ मर रहे हैं...हम भी सही, कम से कम...बेहिश्त ज़हरा के एक कोने में सुकून से आँख बन्द किये मरे पड़े तो रहते...मुझसे अब यह शहर नहीं सहा जाता है।" परी ने किसी ज़िद्दी बच्चे की तरह रोते हुए कहा।

दरवाज़े की घण्टी बजी। ख़ालिद ने दरवाज़ा खोला। सामने परी की बहन और बहनोई खड़े थे। ख़ालिद ने उनका आदर-सत्कार किया फिर कहने लगा, "बाहर चलने का मूड हो तो किसी पार्क में घूम कर आते हैं। परी का माहौल भी बदल जायेगा।"

"घूमने के नाम से जाने क्यों मुझे चिढ़ हो गई है," परी ने कहा।

"घर पर ही बैठ कर गप मारते हैं।" कह कर ख़ालिद पेग बनाने लगा। वह सोच रहा था, परी पिछले एक साल में कितनी बदल गई है, कितनी चिड़चिड़ी होती जा रही है।

"ईरान लौटने की उम्मीद तो हम भी छोड़ बैठे हैं।" परी के बहनोई ने कहा।

"ऐसा भी नहीं, कि आदमी उम्मीद छोड़ दे। समय बदलेगा।" ख़ालिद बोला।

"सफ़ेद रूसी, अक्तूबर के इन्क़ेलाब के समय के भागे आज भी पेरिस में इस आशा के साथ रह रहे हैं कि कल मोनारकी लौटेंगी तब वे सोवियत लैण्ड लौटेंगे अपने प्यारे मुल्क को। पेरिस में पूरा मोहल्ला सफ़ेद रूसी लोगों का बसा हुआ है। वियतनामियों को देखो...वह भी भाग कर आये थे। उस युद्ध और संघर्ष से कि एक दिन लौटेंगे मगर यहाँ वे भी रच-बस गये हैं। सिसली वालों का वही हाल है। वही कम्पूचिया का है। सेक्स शाप किन की है ? उन्हीं कम्पूचिया और चीनी लोगों की है। कम्पूचिया में भूख और ग़रीबी से हड्डी और चमड़ा एक हो रहा है। यहाँ सेक्स शाप में शरीर की माँसलता से कमाई हो रही है। हड्डी, चमड़े का व्यापार...कौन लौटा है एक बार पेरिस आ कर अपने देश ?" बहनोई ने कहा।

"तुम तो बहुत नाउम्मीद हो, मगर मुझे यक़ीन है, समय बदलेगा, इतना ज़ुल्म बहुत लम्बे समय तक जारी नहीं रहता है। हिटलर क्या क़यामत तक ज़िन्दा रहा ?" ख़ालिद हँस कर बोला।

"हम तो ज़िन्दा नहीं रहेंगे कि कल अपने देश की ख़ुशहाली देख सकें। खुमैनी अब मरे या वर्ष-भर बाद, सवाल यह है जो उसके हाथों मारे जा चुके हैं कल क्या वह जीवित हो पायेंगे ? बेहिश्ते ज़हरा की सारी बनी नई क़ब्रें किसका गरिबान पकड़ कर सवाल करेगी ? हम आज यहाँ भटक रहे हैं, किसका दामन पकड़े हैं ? जो आयेगा

नई सरकार ले कर क्या वह पुरानी सत्ता के लोगों की दुर्गति नहीं बनायेगा ? उन्हें छोड़ देगा ? मुझे तो निराशा ही निराशा नज़र आती है। जो ईरानी यहाँ हैं, वह समझो दूसरे इन्क़ेलाबजदा मुल्कों से भागे हुए लोगों की तरह इसी मुल्क में बस जायेंगे कल की प्रतीक्षा में। उस कल की प्रतीक्षा में जो कभी नहीं आयेगा।" बहनोई ने तल्ख़ी से कहा।

"दोस्त! तुम्हें और तुम्हारी बीवी को मैंने बुलाया था कि परी ग़मगीन है। आ कर दिल बहलाओ, उसे समझाओ और तुम हो कि उल्टा उसका ग़म अपनी खतरनाक बातों से खौफ में बदल रहे हो ?" ख़ालिद ने बुरा मानते हुए कहा।

"परी बच्ची नहीं है जो टाफ़ी देने से बहल जायेगी। जब आने वाले खराब दिन के बारे में इन्सान सोचता है तो उसे वर्तमान कैसा भी बुरा हो, अच्छा लगने लगता है। ईरान में कल ही सोलह लोग फाँसी पर चढ़ाये गये हैं। उनमें छह लड़कियाँ थीं। जिस ईरान में फाँसी लोगों की तक़दीर बन जाये उस ईरान में लौटने की कल्पना भी परी नहीं कर सकती। परी उस ईरान के बारे में सोच कर उदास है जो अब नाम-भर का ईरान रह गया है। आत्मा गायब है। मुर्दा जिस्म पर सौ दुर्रे लगाये जा रहे हैं। वह खोया ईरान असलियत परी का ग़म है। जो हम-तुम और सारे ईरानी ढूँढ रहे हैं।" बहनोई ने गम्भीर स्वर में कहा।

"अब तुम फलसफ़ा छाँटने लगे, पहले ईरान में हर दूसरा आदमी शायर होता था और अब हर दूसरा ईरानी मरसिया गो हो गया है।" ख़ालिद चिढ़ कर कह उठा।

"तुम ठहरे ताज़िर! जज़्बात और फलसफ़े का मज़ाक उड़ा सकते हो।" बहनोई ने छेड़ा।

"मज़ाक उड़ाता हूँ मगर सफ़ेद कालर कहे जाने वालों की तरह हैवानी व्यवहार नहीं करता हूँ। किसी फलसफ़े किसी जज़्बात की आड़ ले कर दूसरों का जीवन नर्क नहीं बनाता हूँ जैसा कि आपके ईरान में हो रहा है। जो हम ताज़िरों का व्यवहार होता है, डंके की चोट पर होता है। न इमामे और अबा क़बा की उसे ज़रूरत पड़ती है, न ख़ूबसूरत तख़्त न ताज की और न ही अर्थपूर्ण पेचदार भाषा और शब्दों की।" ख़ालिद ने नहले पर दहला मारा।

"आप लोग भी किस बहस में पड़ गये ? चलो परी, हम कोई अच्छा-सा प्रोग्राम बनायें।" रूही ने उकता कर कहा।

"मैं नाश्ते का सामान निकालती हूँ। कल मैंने पंजरे बनाये थे। चाय लेंगे आप लोग या तुर्की क़हवा ?" परी ने सोफ़े से खड़े होते हुए पूछा।

"तुर्की क़हवा।"

"आज क़हवे का फ़ाल देखेंगे।"

"देखा जायेगा।"

"कल कुर्दियों का जश्न था, गये थे ?" बहनोई ने पेपर पर नज़र डाली

"नहीं! मीट्रो स्ट्राइक, टैक्सी मिल नहीं रही थी। बहुत कम लोग गये थे। मैं तो अफ़िस से ही देर से निकला था मगर सुना यही है कि वहाँ भीड़ अधिक नहीं थी।" ख़ालिद ने कहा।

"लूमोन्द ने तो बहुत बड़ा कवरेज़ दिया है।" उसने कहा।

"पत्रकार तो काफ़ी आये होंगे।" ख़ालिद ने सर हिलाया।

"जो काम बुद्धिजीवी न कर सके वह कर रहा है कुर्दी कल्चरल हाउस। फ्रेंच प्रो० कवि लेखक सब उनके संघर्ष में हाथ बटा रहे हैं। जबकि यहाँ पर बने ईरानी लेखक संघ का कोई सम्बन्ध फ्रेंच लेखक संघ से नहीं बन पाया है। और तो और फ्रेंच डाक्टर स्वयं ही कुर्दिस्तान जा कर जख्मियों की देखभाल करके लौट आते हैं, इसे कहते हैं मन की शान्ति।" बहनोई ने सराहा।

"उसका कारण है।" ख़ालिद ने सोचते हुए कहा।

"वह क्या ?"

सोशलिस्ट सरकार कम्युनिस्टों को बहुत प्रोत्साहित तो नहीं करती है न, ईरानी लेखक संघ अभी बना नहीं है, यदि बन भी गया तो बस यूँ ही फुसफुसा रहेगा। फिर उसमें हैं ही कितने लेखक ?" ख़ालिद ने सिप लिया।

"जो हैं वह डिमारालाइज्ड लगते हैं। पीते हैं और बहस करते हैं। जो लिखते हैं वह जाने फ्रांस में कौन लोग पढ़ते हैं ? इससे तो अच्छे यह ईरान में ही थे।" बहनोई ने पेग भरा।

"जान सबको प्यारी होती है।" ख़ालिद ने गहरी सास ली।

"इन्क़ेलाबी बनने को किसने कहा था, जब जान प्यारी होती है।" बहनोई हँसा

"हर इन्क़ेलाबी की अपनी कैपेसिटी होती है।" ख़ालिद ने उदास स्वर में कहा।

"मैं तो इन बुद्धिजीवियों को जो शाह व खुमैनी विरोधी हैं। उन्हें बस जली फुलझड़ी समझता हूँ। यहाँ पेरिस में कौन आ कर इन्क़ेलाब करेगा ? पास में पैसा नहीं है, रहने और रोटी का संघर्ष ही इस पेरिस शहर में बुद्धिजीवियों की कमर तोड़े हुए हैं। उसी से अच्छी तरह निबट लें तो बहुत है।" बहनोई ने घृणा से कहा

"यूँ उन्हें हक़ीर मत बनाओ।" ख़ालिद ने तड़प कर कहा।

"वे खुद बन रहे हैं। मैं कहाँ बना रहा हूँ, जो ऐसे नहीं हैं उनका भी जिक्र करता हूँ। बहनोई ने कहा।

"दर्जन-भर तो पिगाल के गली-कूचों में रह रहे हैं, फिर भी क़लम तो चला रहे हैं न ?" ख़ालिद की आँखों में पीड़ा की परछाई गहरी हो उठी।

"और वह जो शाम होते ही रेस्ट्रां में बैठ कर शराब पर शराब पीते हैं उसका बिल ?"

"ऐसे डिमारालाइज्ड बहुत कम हैं।" उकता कर ख़ालिद बोला।

"हैं तो न ?"

"हैं क्यों नहीं, आटे में नमक के बराबर।" ख़ालिद का स्वर बुलन्द हो उठा

"नमक आटे को नमकीन तो बना ही देता है चाहे मात्रा में चुटकी भर ही क्यों न हो।"

"ख़ैर छोड़ो।" ख़ालिद ने आक्रोश भरे स्वर में कहा।

"नया टापिक पकड़ते हैं।" बहनोई ने कहकहा लगाया।

"उन ईरानी लड़कों का क्या बना जो टर्की में पकड़े गये हैं ?" कुछ पल ख़ामोश रह ख़ालिद ने कहा।

"लगता है तोदे पार्टी के हैं, टर्की सरकार सबको ईरान सरकार को लौटाने वाली है।"

"सीधे सूली पर लटकेंगे यदि वापस गये।" ख़ालिद ने चिन्ता भरे स्वर में कहा।

"तोदेह पार्टी के क्यानूरी की ख़बर सही है कि शूट कर दिये गये हैं ?"

"पता नहीं।" ख़ालिद ने शाने झटके।

"ख़ानदानी लड़ाई है। कहाँ तो इस्लामिक गणतंत्र और तोदेह पार्टी में दाँत काटी रोटी थी कि उनके एक इशारे में मुजाहिद फ़िदाइन पैकारी व रोहेकारगर समुदाय के लोग मौत के घाट उतारे जाते थे। अब यह है कि स्वयं वे फाँसी पर चढ़ा दिये गये।"

"देखते जाओ, आगे क्या होता है ?"

"हम तो तमाशबीन हैं। बीन कोई बजा रहा है, नाच कोई रहा है, तमाशा हम तुम देख रहे हैं।"

"क़हवा तैयार है, आप लोग इधर आ जायें।" परी ने आवाज़ दी।

"चलो उधर मेज़ पर चलते हैं।"

"चलो!"

"इटली और जर्मनी में दो-तीन ईरानी लड़कियाँ पकड़ी गई हैं।"

"वह क्यों ?"

"लाइसेन्स था नहीं, पुलिस ने पकड़ा। यह ईरानी औरतों का भविष्य हो गया है।"

"उधर वह इमाम ख़मैनी गुनाह को जड़ से उखाड़ कर ईरान को शुद्ध करना चाहते हैं। दरवाज़े क़जविन की सारी वेश्याओं को शूट कर दिया था, उन्हें जा कर कोई यह बातें बताए।"

"फ़िल्म गाँधी चल रही है, परी का मूड हो तो चलें।"

"चलते हैं। मैं बच्चों को दिखाना चाह रही थी। पता नहीं टिकट भी मिलेगा या नहीं ?"

"मैं अभी चला जाता हूँ, बुकिंग करा कर लौटता हूँ। क़हवा आ कर पीऊँगा।"

"ठहरो तो, मैं भी चलता हूँ।"

"तुम अपनी साली से बात करो, मैं अभी दो सेकेण्ड में आता हूँ।"

ख़ालिद के जाने के बाद दोनों बहनें बातों में डूब गईं। एकाएक घण्टी बजी। परी ने डाक उठाई। लिखाई जानी-पहचानी लगी। बेचैनी से खत खोला। महनाज़ का खत था। वह अगले हफ़्ते आ रही है। परी की ख़ुशी का ठिकाना न रहा। एक साँस में पूरे का पूरा खत पढ़ गई।

"क्या यह बात है परी ?" बहन ने पूछा।

"महनाज़ आ रही है।"

"यह तो बहुत बढ़िया ख़बर है।"

तभी फ़ोन की घण्टी बज उठी। परी ने रिसिवर उठाया, "हलो!"

"टिकट मिल गये हैं, तुम लोग आ जाओ। समय कम है।"

सारे लोग जल्दी से नाश्ता ख़त्म करके कार में जा कर बैठ गये। कार हरे घने पेड़ों की छांव के नीचे से और दरियाए सेन के समीप से होकर गुज़र रही थी। ऐफ़िल टावर के पीछे से सुरमई बादलों की घटा तेज़ी से आगे बढ़ रही थी।

"हमारे पास यदि गाँधी जैसा एक भी रहबर होता तो आज ईरानी क़ौम की यह हालत न होती।"

"कहती तो परी तुम ठीक हो, हम ईरानियों में सहनशक्ति नाम मात्र की है।"

"ख़ालिद सामने ही खड़े हैं।"

"तुम लोगों को यह उतर देता हूँ फिर कार पार्क करके आता हूँ।"

फ़िल्म के समाप्त होने के बाद दोनों बहनों की आँखें नम थीं। दोनों मर्दों के चेहरे पर अजीब भाव था। चारों बच्चे गाँधी से बहुत प्रभावित लग रहे थे। कार में सब बैठ गये। परी ने ख़ामोशी तोड़ी।

"काश हमें एकता के सूत्र में बाँधने वाला आ जाये।"

किसी ने कुछ जवाब न दिया। बारिश आरम्भ हो गई थी। शांजालिजा पर घूमते लोग दूकानों में तेजी से घुस रहे थे। ऐफ़िल बारिश की झड़ी में डूबा धुँधला सा सपना नज़र आ रहा था।

लूर्व म्युजियम के सामने सुबह से जमशेद अपनी तस्वीरें लगाये सीढ़ियों पर बैठा था। आते-जाते चेहरों का देखते-देखते जब थक गया तो जेब से सिगरेट निकाल कर सुलगाया और सामने मैदान में जा कर पेड़ से टेक लगा कर खड़ा हो गया।

जवान लड़कियों और लड़कों का झुण्ड आया। सीढ़ियों पर चढ़ते उसकी पेंटिंग्स के पास रुका। दो पल देखा फिर एक-दूसरे को धक्का देता हँसता हुआ म्युजियम के दरवाज़े में घुसने लगा। जमशेद की आँखों में पल-भर उम्मीद की लौ थरथराई थी फिर राख के ढेर में बदल गई। उसने सिगरेट का लम्बा कश खींचा।

आठ वर्ष गुज़रे हैं उस बात को जब वह पहली बार पेरिस आया था। कुल मिला कर वे दस लोग थे। पाँच लड़के, पाँच लड़कियाँ। साथ में टेंट और पिकनिक का पूरा सामान था। पूरा पेरिस घूमा था। जहाँ मन करता खेमा गाड़ कर ख़ानाबदोश बन जाते थे। समुद्र के किनारे, बड़े-बड़े-होटलों, कैबरों, जुआख़ानों सबकी सैर की थी। जेबें माँ-बाप के दिये पैसों से भरी थीं। एक-आध साथी ग़रीब थे जैसे समद, बहरूज़, उनका खर्च दूसरों ने उठाया था। आज समद और बहरूज़ जेल में हैं। शहला और नरगिस शूट कर दी गई हैं। यासमीन यहीं पेरिस में है, उसी की तरह सुबह से शाम तक काम के लिए धक्का खाती है। नज़मा अमेरिका में पति के साथ मस्त है। फरोग ने खुदकशी कर ली थी। कारण...वह कारण नहीं जानता है। शहाब और मेहराब कहाँ हैं, कुछ पता नहीं है ? सब साथ भागे थे। लगभग चालीस लड़के थे मगर जाने कहाँ सब खो गये ? केवल यासमीन के अलावा उसे किसी साथी का पता नहीं है।

सिगरेट समाप्त हो गई थी। वह अपनी पहली जगह पर लौट आया, एक बूढ़ी औरत उसकी पेंटिंग को ग़ौर से देख रही थीं। उसने बड़ी उम्मीद से पूछा, "कैसी है मैडम पेंटिंग ?"

"तुम ईरानी हो ?"

"हाँ मैडम!"

"यह तख़्ते जमशीद 'पुले ख्वाजू' देख कर में रुक गई।" ईरानी ऐतिहासिक खण्डहरों को रंगों में उभरता देखते हुए उस औरत ने कहा।

"मेरा नाम भी जमशीद है।"

"ओह! मैं ईरान में लगभग दस वर्ष रही हूँ। पूरा ईरान घूमा है मैंने, पूरा...मेरा....ख़ैर छोड़ो। सब कुछ गुज़र गया...कितना दाम...50 फ्रांक, 100 फ्रांक बहुत सस्ता दाम रखा है इनका ?"

"यह भी सुबह से बिक नहीं रही है। पाँच दिन से रोज़ आ कर क़िस्मत आजमाता हूँ।"

"पुअर चाइल्ड! मैं तीनों ख़रीदूँगी मगर इतने कम दाम पर नहीं-ईरान में जो भी हो रहा है मुझसे उसका वास्ता नहीं मगर इन तस्वीरों में बनी इन जगहों से मेरा बहुत गहरा भावनात्मक सम्बन्ध है। इनकी क़ीमत मेरी नज़रों में बहुत है..." पर्स खोल कर उसने एक बड़ा नोट निकाला।

"जी!" जमशेद के मुख से निकला।

"रखो! माई चाइल्ड! यदि असग़र को बेवक़्त मौत का अज़दहा निगल न जाता तो आज मेरा बेटा तुम्हारे बराबर होता-मैं साल में दो-तीन बार लूर्व केवल ईरान को जीने आती हूँ उसके आर्ट में, उसकी कला में जीवन पाती हूँ मगर इस साल जब भी इंग्लैण्ड से पेरिस आई, लूर्व का ईरानी हिस्सा बन्द रहा। आज मुझे

दुःख नहीं है, यह तीनों पेंटिंग मेरे पास हमेशा रहेगी।" बूढ़ी औरत की बातें जमशेद के दिल पर लगी।

"मैं पेंटिंग्स पैक कर देता हूँ।"

"इसे मेरी टैक्सी तक पहुँचा दो माई चाइल्ड जमशेद दी ग्रेट।"

"आप अन्दर से जब तक निकलेंगी मैं यहीं पर आपको खड़ा मिलूँगा।"

"अब, आज कहीं नहीं जाऊँगी, चलो माई डियर चाइल्ड।" इतना कह कर वह आगे बढ़ी। जमशेद हाथ में तीनों पेंटिंग्स ले कर पीछे चल रहा था। गेट से निकल कर जब वह बाहर जा रहा था तो सामने से उसे यासमीन आती दिखी। बूढ़ी अंग्रेज़ को टैक्सी में बिठा कर वह यासमीन की ओर लपका। वह अपनी धुन में सर उठाये लूर्व के दरवाज़े में दाख़िल हो रही थी। पीछे से जमशेद ने पुकारा, "यासमीन!"

"जमशेद! कहाँ से आ रहे हो ?"

"अंग्रेज़ ख़ानम को टैक्सी पर बिठाने गया था...तुम सुनाओ क्या हुआ ?"

"चलो! वहीं सीढ़ी पर बैठती हूँ फिर कुछ बताऊँगी...सिगरेट होगी तुम्हारे पास ?" यासमीन ने थकन से चूर शब्दों में कहा।

"नहीं! सामने से ख़रीदता हूँ।"

"नहीं! बेकार में पैसे ज़ाया मत करो।"

"आज तो खर्च करने दो, तीन पेंटिंग्स एक साथ बिकी हैं और छः की क़ीमत मिली है।" नोट दिखाते हुए जमशेद बोला।

"सच! मुबारक हो।"

"शुक्रिया! चलो कहीं बैठ कर कुछ खाते हैं।"

"चलो!"

"आज मैं वह फ्रेंच खाना खाऊँगा जो लुई फ़ोर्थ खाता था। चिकेन फिर क्रीम और पनीर शक्कर के साथ, शैम्पियन और खाने से पहले रशन सलाद लूँगा, तुम बताओ क्या लोगी ?"

"बस सल्लाद लूँगी..."

"भला क्यों ?"

"खाना खा कर आई हूँ।"

"ग्यारह बज रहे हैं, खाना कहाँ से खा लिया। तुम्हें पैसों की फ़िक्र बनी रहती है ?"

"नहीं जमशेद, मैंने..."

"ख़ामोश! तुम भी आज लुई फ़ोर्थ की याद मे उसका सबसे प्रिय खाना खाओगी।" कह कर उसने वेटर को आर्डर दे दिया।

"अब अपनी सुनाओ, तुम्हारे काम का क्या हुआ ?" शैम्पियन उँडेलते हुए

जमशेद ने यासमीन से पूछा।

"कुछ नहीं!"

"क्यों ?"

"पहले जो बात फ़ोन पर तय हुई थी उसी के आधार पर मैं गई थी मगर जब दरवाज़ा खोला और मेरा नाम पूछा। मैंने बता दिया फिर पूछा–कौन से मुल्क से आई हो ? मैंने बताया कि मैं ईरानी हूँ। इतना सुनते ही वह दरवाज़ा बन्द करने लगी। मुझे ईरानी नौकरानी नहीं चाहिए। मैं कहती ही रही मैं सब काम जानती हूँ, फ़ोन पर बात भी तय हो गई थी। आप मुझे मौक़ा तो दें मगर बन्द दरवाज़े के पीछे से कर्कश सलवातें ही सुनने को मिल रही थीं।" यासमीन की आँखों में आँसू जमा थे। गला रूँध गया था।

"बहुत नाज़ुक दिल हो ?"

"कितना सख़्त दिल आदमी क्यों न हो, जगशेद वतन के बारे में बुरा सुनना पसन्द नहीं करेगा। ईरानी वहशी, जंगली जानवर, क्या-क्या वह कह रही थीं ?" यासमीन ने शैम्पियन का सिप लेते हुए कहा।

"सलाद लो," कह कर जमशेद ने ख़ाली गिलास फिर भर दिये।

"हामिद ने कहा था कि वह शाम को देर से लौटेगा, तुम इन्तज़ार न करना," यासमीन बोली।

"हामिद से ज़रूरी बात करनी थी, ख़ैर! उसके यहाँ कोई काम नहीं है।"

"पूछा था, कह रहा था कि सफ़ाई करने वालों की आवश्यकता थी, वहाँ पर दो अल्जीरियन आ गये हैं।"

"यहाँ से मसूद के घर चलते हैं। उसकी पत्नी फ्रेंच है। कुछ उससे कह कर देखते हैं।"

"ठीक है।"

"तुम ख़ुश हो कर खाओ न! रोज़ 'लुई फ़ोर्थ' ऐसा मौक़ा नहीं देंगे।"

"खा तो रही हूँ।"

"आज मुझे जाने क्यों पहली पेरिस ट्रिप याद आ गई।"

"मुझे कुछ और..." कह कर यासमीन लाल पड़ गई।

"क्या ?"

"कुछ नहीं!"

"फिर भी।"

"मैं क्या बताऊँ ? तुम्हें भी कभी याद आयेगा, वरसाईल पैलेस के पीछे वाला बाग़ जहाँ हम घूमने गये थे।"

"ओह!" कुछ याद करके जमशेद मन्द-मन्द मुस्करा पड़ा। खाना खा कर वह मसूद के घर गये। दोनों घर पर ही थे।

"क्या पियोगे ?"

"खा-पी कर आ रहे हैं। शुक्रिया! जैनी कहाँ हैं ?"

"आती होगी, मैंने बता दिया है। जमशेद आया है।"

"नौकरी कहीं दिलवा पायेगी ?"

"पूछते हैं। वैसे साज़िद का किस्सा पता चला तुम्हें ?"

"वहीं, पैकारी समुदाय वाला न ?"

"हाँ, हाँ, वही सारबान विश्वविद्यालय में एम०ए० के अन्तिम वर्ष में था।"

"फिर।"

"नौकरी की तलाश में परेशान था, जाने कैसे जीन को पता चला कि सैक्स शाप में सेल्समैन की जगह ख़ाली है। उसने साज़िद से कहा। साज़िद वहाँ लग गया। दो-तीन महीने अच्छा चलता रहा फिर धीरे-धीरे बिगड़ा तो हमें पता न चला और अब...क्या कहा जाये ? सुधरने का कोई चाँस नहीं है।"

"पूँजीवादी व्यवस्था कितनी बीमार है ? यह व्यवस्था लोगों को किन-किन बातों और कामों की ओर ले जाती है। पैसा, पैसा, क़दम-क़दम पर उसी की माँग," जमशेद ने कहा।

"इस व्यवस्था में हम तुम नहीं रह रहे हैं क्या ? यह कहो कि वह स्वयं कमज़ोर दिल और दिमाग़ का मालिक था।"

"उम्र भी उसकी हमसे कम थी फिर हमें तजुर्बा भी नहीं है रात-दिन ब्लू फ़िल्म और सैक्स किताबों का। कह नहीं सकता कि मुझ पर उन बातों का क्या असर होता ? तुम शायद अपने लिये विश्वास रखते हो मगर मैं...मेरे ख़्याल से आदमी हालात का शिकार होता है।"

"हलो!" जीन ने कमरे में दाख़िल होते हुए कहा।

"हलो जीन, यह यासमीन मेरी दोस्त है और यह जीन।" जमशेद ने परिचय कराया।

"हलो यासमीन!" जीन ने आगे बढ़ कर यासमीन से हाथ मिलाया।

"कौनसा संगीत सुनोगे ?" मसूद ने पूछा।

"जीन से पूछो।" जगशेद ने कहा।

"तुम हमारे मेहमान हो, तुम बताओ ?"

"कोई नया कैसिट आया है ?"

"हाँ, कुर्दी है, लो सुनो।" कह कर मसूद दूसरे कमरे में चला गया। जीन ने साइडबोर्ड खोल कर खाने-पीने के डिब्बे निकाले और मेज़ पर चुन दिये। मसूद चाय की ट्रे ले कर दाख़िल हुआ और बोला, "जमशेद! एक बुरी ख़बर सुनाता हूँ...तारिक और ऐजाबेल अलग हो गये।"

"कब ?"

"लगभग दो मास हुआ...ऐज़ाबेल तो मस्त है जैसे कुछ हुआ ही नहीं मगर तारिक क़ब्र का मुर्दा लगने लगा है। पिछले दो मास से लगभग बीस किलो वज़न कम हुआ है। मेरे अलावा तो अभी यह दुख कोई जानता नहीं है, सब समझते हैं कि उसे कोई सख़्त बीमारी लग गई है।"

"बात छुपेगी तो नहीं मगर हुआ क्या था ?"

"दोनों कहते हैं साथ रहना अब कठिन है।"

"अजीब बात है।"

"वैसे जमशेद, एक बात है यार। अपने यहाँ की लड़कियाँ ख़ूबसूरत भले हों मगर उन से निभाना बड़ा मुश्किल है। जो लड़कियाँ बाहर की मिलती हैं, पसन्द आती हैं वह स्वयं निभाना नहीं जानतीं हैं। तारिक के साथ भी यही हुआ है। पूर्व और पश्चिम–बहुत कठिन है इनका मिलाप, एक बेहद मशीनी, दूसरा बेहद भावुक। विडम्बना है। मुझे खुद यही भय खाये जा रहा है कि कहीं...।"

"नहीं, तुम्हारी जीन ऐसी नहीं है फिर सारा फ्रांस ऐसा थोड़ी है।

ऐज़ाबेल भी तो पेरिस शहर की थी फिर थोड़ा माड भी अधिक थी। तलाक़ हो गया ?"

"तलाक़ नहीं हुआ मगर दोनों अलग रह रहे हैं।"

"ख़ैर जीन से यासमीन के बारे में जिक्र करो ताकि कुछ काम की बात हो।"

"अभी नहीं। पहले मैं बात कर लूँ फिर कल शाम को तुम्हारी तरफ आऊँगा। जो बात हुई है बताऊँगा। ठीक है।"

"जैसा तुम मुनासिब समझो।"

"अभी दोनों को मिलने दो।" मसूद ने कहा और चाय बनाने लगा। तभी दरवाज़े की घण्टी बजी। जीन ने उठ कर दरवाज़ा खोला, "ओह! शहराम! कैसे हो ? बहुत दिन बाद आये ? आओ अन्दर आओ।"

शहराम के अन्दर आते ही सब खड़े हो गये। सबसे हाथ मिला कर शहराम बैठ गया। चाय पीते हुए इधर-उधर की बात होती रही फिर शहराम ने धीरे से कहा, "एक ज़रूरी बात थी ईरान से ख़बर मिली है। कामरेड तय्यबा जेल में हैं। मास-भर पहले पकड़ी गई थीं।"

"तय्यबा ख़ानम जेल में हैं ? बहुत कठिन है अब उनका बचना।" जमशेद बोला।

"तुम जानते हो उन्हें ?" मसूद बोला।

"हाँ! जब मैं बी०ए० में था तो वह एम०ए० में थीं। हमारे समय की सब से तेज़ और विदुषी कार्यकर्त्ता थीं। मैंने छह वर्ष पहले एक मीटिंग में उन्हें सुना था। कुछ दिनों वह मेरे दिमाग़ पर बुरी तरह छाई रही थीं।" जमशेद ने कहा।

"मेरे घर के सामने रहती थीं।" यासमीन ने कहा।

"और कोई ख़बर ?"

"नहीं! मगर इस ख़बर से समुदाय के लोग बहुत दुखी हैं।" शहराम ने कहा।

"उस चमक-दमक की ज़िन्दगी के बीच तय्यबा ख़ानम इतनी सादा रहती थीं कि मन में हमेशा उन्हें देख कर एक पाकीज़ा अहसास उभरता था।" जमशेद सिगरेट के धुएँ में पिछली गुज़री ज़िन्दगी को देख रहा था।

"अच्छा, अब मैं चलता हूँ। आज रात काम भी बहुत है।" शहराम उठता हुआ बोला।

"हमें भी इजाज़त दो मसूद।" जमशेद भी खड़ा हो गया, उसके साथ यासमीन भी।

"यासमीन, फिर आना," जीन ने कहा।

"ज़रूर आऊँगी।" यासमीन ने जीन के दोनों गालों पर प्यार किया।

बाहर सड़क रौशनी से नहाई हुई थी। यासमीन और जमशेद ख़ामोश रास्ता तय कर रहे थे। दोनों किसी सोच में डूबे हुए थे।

"सुनो, यासमीन, ज़िन्दगी कितनी मुख़्तसर है ? कब कौन अपनी ज़िन्दगी का सफर ख़त्म कर लेता है, पता नहीं चलता है।"

"हाँ...मौत तो यूँ हमारे सामने से गुज़रती है जैसे इन्सान की पैदाइश...उतनी ही समान और महत्वपूर्ण हो गई है मौत आज ईरान में।"

"चलो 'शतले' चलते हैं। वहीं किसी क़हवेखाने में बैठ कर कुछ पीते हैं।"

"जब तक पैसा समाप्त नहीं कर लोगे, तुम्हें चैन नहीं मिलेगा न ?"

"नहीं, ऐसा कुछ नहीं है। काफ़ी पीने में हम लुट थोड़ी जाएँगे।"

"मिट्रो से चलते हैं, जल्दी पहुँच जायेंगे।"

"ठीक है" कह कर जमशेद नीचे मिट्रो की सीढ़ियाँ उतरने लगा। दोनों तेजी से बढ़ रहे थे तभी सन्तूर से उठती ईरानी धुन ने उन्हें ठिठकने पर मजबूर कर दिया। दोनों ने एक दूसरे की ओर देखा। आगे बढ़े, अण्डरग्राउण्ड राहदारी में अगले मोड़ पर एक ईरानी दिवार की ओर मुँह कर खड़ा सन्तूर बजा रहा था। पास पड़े सन्तूर के ख़ाली डिब्बे में कुछ सिक्के पड़े थे। दो फ्रांक, पाँच फ्रांक के।

"मादरकब्हे!" जमशेद के मुँह से निकला। पास से एक अरब गुज़रा, उसने ख़ामोशी से दस फ्रांक का सिक्का फेंका फिर एक चीनी या जापानी ने एक फ्रांक का सिक्का उछाला। जमशेद का गला जैसे किसी ने अपने मजबूत हाथों से दबोच लिया था, बहुत घुटी आवाज़ में बोला, "यह सीन कोई उस पिदरसग को जा कर दिखाये कि ईरानी पेट के खातिर किस-किसका नमक हलाल कर रहा है। उस अरब को देखा था ?"

"इस्लाम एक सियासी धर्म है।" यासमीन ने तीखे अन्दाज़ से कहा।

"अरे सियासत तो वह अवैध बच्चा है जिसके माँ-बाप का पता नहीं।"

दोनों जा कर मिट्रो में बैठ गये। भीड़ अधिक नहीं थी। पूरा डिब्बा अलजीरियन लड़कियों से भरा था। उनके सरों पर पतली-पतली पटियाँ गुँधी हुई थीं जिनके नीचे बड़े-बड़े काँच के रंगीन मोती लगे हुए थे जब वह हिलती थी तो उसके साथ उनकी बीसियों चोटियाँ भी चेहरे के चारों तरफ लहराती थीं। मिट्रो से उतर कर वह राहदारी से बाहर सड़क पर सीढ़ियाँ तै करके निकले।

"यासमीन! उस वरसाइल पैलेस के बाग़ में जो मैंने तुमसे वह जुम्ला कहा था क्या उसमें तुम्हें कुछ सच्चाई लगी थी तब ?"

"हाँ! मगर कुछ दिन बाद लगा था, वह मेरा भ्रम मात्र है।"

"मैं उस समय उस वाक्य के प्रति बहुत ईमानदार था मगर फिर तुम आर्ट कालेज चली गई, मैं युनिवर्सिटी में आ गया। मगर...सच मानों तो एक बात कहूँ...उसके बाद वह शब्द मैंने किसी से कहे नहीं। न मौक़ा मिला न सुध रही। आज चार-पाँच सालों बाद उस बूढ़ी अंग्रेज़ औरत ने मेरे दिल के उस नर्म कोने को छुआ जिसमें कभी बहुत कोमल भावनाएँ रहती थीं। तय्यबा खानम की याद ने उन भावनाओं में गहराई का अहसास दिलाया और तुमने दोपहर में एक वाक्य याद दिला कर आठ वर्ष का झेला कठोर सफर पल-भर में भुला दिया। कहाँ था मैं इन आठ वर्षों में ? जेल गया। सावाक पुलिस की मार खाई। दो मामुओं को शाही एयरफ़ोर्स का पायलट होने के कारण शूट होते देखा था। घर पर आक्रमण होते देखा। बाबा की पीठ हण्टरों से लाल देखी। मामान को उनसे मिलवाने के लिए इस कोर्ट और कचहरी से आज्ञापत्र लेने के चक्कर में धक्के खाये, गाली सुनी जब इजाज़त हासिल करके पहुँचे तो मुलाक़ात के स्थान पर बाबा की यातनाओं से चूर लाश मिली...कितना भयानक सफर तय किया मैंने..."

"यहीं बैठते हैं जमशेद," कह कर यासमीन फुटपाथ पर फैली कुर्सियों में से एक पर बैठ गई।

"क्या पियोगी ?"

"जो तुम पियोगे मेरे लिये भी मँगवा लो।"

दो तुर्की क़हवा आ गया। दोनों ने ख़ामोशी से क्यूब का काग़ज़ खोला और उसे काफ़ी में डाल दिया। चम्मच से क्यूब हिलाते हुए जमशेद ने कहा–

"यासमीन, आज मैं यदि उसी ईमानदारी से वही जुम्ला जो वरसाइल के ऐतिहासिक बाग़ में कहा था दोहरा दूँ तो क्या मैं...।"

यासमीन के चेहरे पर एक शरमीली मुस्कुराहट फैल गई। उसने ख़ामोशी से मगर गहरी नज़रों से जमशेद को देखा फिर आफ़िज का शेर पढ़ा, "इतनी परेशानी और क़हद में भी हम इश्क़ करना नहीं भूले जबकि ईरान की धरती से बरकत तक उड़ गई है।

हम ज़िन्दा हैं मरे नहीं हैं, इसका अहसास आज हुआ। हम नार्मल हैं और इश्क़ का सोता हमारे दिलों में सूखा नहीं है।" जमशेद ने कहा

"पाक दिल में कभी इश्क़ मरता नहीं है। कभी वह चश्मा सूखता नहीं।"

"हूँ।" जमशेद ने फैले आसमान को देख कर कहा

"चलो, बहुत देर हो गई है।" लम्बी ख़ामोशी को तोड़ते हुए यासमीन बोली

"चलो" कह कर जमशेद ने दस फ्रांक का सिक्का मेज़ पर रखा और बाहर निकला, "आज का दिन मेरी ज़िन्दगी का सब से अहम दिन है।"

यासमीन जमशेद की बातें सुन कर मुस्कुरा पड़ी।

कस्टम से निकलते ही महनाज़ परी से लिपट गई। दोनों बार-बार लिपट कर एक-दूसरे के मुख का चुम्बन ले रही थीं।

"आपके दूसरे आशिक़ रो रहे हैं, इन्हें सँभालिये।" सुलेमान ने कहा

"कितने प्यारे बच्चे हैं।" परी ने दोनों की सीने से लिपटाते हुए कहा।

"मुझ पर पड़े हैं।" सुलेमान ने टाई ठीक करते हुए गर्दन अकड़ कर कहा। इस पर सब हँस पड़े।

"तुम्हारे क्या कम हैं, लाडली के गालों के गड्ढे तो देखो।" महनाज़ ने दोनों बच्चों को प्यार करते हुए कहा।

"सारे फैसले यहीं कर डालोगी तुम लोग। घर भी चलना है या नहीं ?" ख़ालिद ने हँसते हुए कहा।

सब लोग कार में बैठ गये। परी ने महनाज़ से पूछा, "मेरा पता कैसे चला ?"

"असलम अत्तापोर आप लोगों के फ़ेवरिट शायर!" सुलेमान ने हँसते हुए कहा।

"तो तुम लोग उधर गये थे या वह जर्मनी आया था ?" परी ने पूछा।

"हम गये थे उनसे अपनी हसीन बीवी को मिलवाने।" सुलेमान चहक रहा था।

"जर्मनी के क्या हालचाल हैं ?"

"ठीक है। सब जगह एक-सा माहौल है।"

"ज़बान सीखी ?"

"मुझे तो सीखनी पड़ी। महनाज़ को ज़रूरत नहीं पड़ी।"

"मेरे बच्चे फ्रेंच बोल लेते हैं और हम लोग टूटी-फूटी काम चलाऊ।" परी ने कहा।

"खुमैनी के बेटे बनीसदर और उनके दामाद मसूद रजवी के क्या हाल हैं ? पूरा ईरान आपने पेरिस में बुला रखा है।" सुलेमान ने पूछा।

"और आप क्या कम हैं। आपने तो जल कर एडमिरल माअदनी को जर्मनी

में बुला लिया है।" ख़ालिद की इस बात पर सब हँस पड़े।

घर पहुँच कर दोनों शराब और बातों में डूब गये। बच्चे टी०वी० देखने में और परी मेज़ ठीक करने में। उसका हाथ महनाज़ भी बटा रही थी। बच्चों को खाना खिला कर वह भी कोने में काफ़ी का प्याला ले कर बैठ गईं।

"बहुत ख़ुश हो डमी के साथ ?"

"हाँ।"

"असलम कैसा था ?"

"ठीक था।"

"आप लोग हमसे रूठ गई हैं क्या ? इधर इस कोने में छुप कर बैठी हैं।" सुलेमान ने बाथरूम जाते हुए कहा।

"खाना खिलाने का इरादा नहीं है क्या ?" ख़ालिद ने हाँक लगाई।

"लगाती हूँ।" कह कर परी उठ गई।

खाने पर इधर-उधर की बातें होती रहीं फिर सब सोने चले गये।

यासमीन और जमशेद शादी कर रहे हैं। यह बात क्लास फ़ोर फारेन हास्टेल में फैल गई। आठ मंजिल की यह बिल्डिंग पेरिस में सलम समाप्त करके बनवाई गई थी। ताकि सलम के लोग इन छोटे-छोटे कमरों में साफ-सुथरे तरीके से रहें। हर फ़्लोर पर विभिन्न देशों के लोग थे। पाँडिचेरी के साउथ इंडियन, वियतनामी, ईरानी और अफ्रीकन अपने ख़ानदान के साथ रह रहे थे। सबमें यह बात फैल गई कि यासमीन और जमशेद शादी कर रहे हैं। ईरानियों के पास फूटी कौड़ी न थी कि जश्न मनाते इसलिये विवाह की औपचारिकता के बाद केवल मिठाई से मुँह मीठा हुआ। यासमीन और जमशेद सादे कपड़ों में थे।

जब हास्टेल लौटे तो वहाँ पर दूसरे लोगों ने जश्न की तैयारी कर रखी थी। अफ्रीकन, वियतनामी, साउथ इंडियन ख़ाना कामन किचन में चौथी मंजिल पर सजा था, तीसरी मंजिल के कामनरूम में ड्रिंक का थोड़ा-बहुत इन्तज़ाम था। सातवीं मंजिल के कामन किचन में नाच-गाने संगीत का इन्तज़ाम था। पूरी इमारत में केवल किचन ही एक बड़ा कमरा था वरना लम्बे-लम्बे पतले कमरे थे, जिनमें एक साथ केवल दस लोग एक-दूसरे से सट कर बड़ी मुश्किल से बैठ सकते थे।

जश्न रात के दो बजे तक चलता रहा।

"मलीहा की कोई ख़बर मिली ?" परी ने पूछा।

"नहीं! न सनोबर, शहनाज़ की।" महनाज़ ने कहा।

"सूसन जाने किस हाल में होगी ? दूसरी नई ज़िन्दगी उसे कितनी रास आई है ? मैं जब तक तेहरान में थी, वह ख़ुश और मुतमईन थी। जब से पेरिस आई हूँ, किसी का पता नहीं चल पाया है। खत भेजते डर लगता है। पेरिस के सारे खत सेन्सर ही नहीं होते होंगे बल्कि उन घरों पर कड़ी निगरानी होने लगती होगी। बेचारी मलीहा पहले से ही परेशान है, ऊपर से यह नई मुसीबत क्यों उस पर डालूँ। सनोबर के शौहर तुम तो जानती हो एयरफ़ोर्स में हैं। उसे भी इसी कारण खत नहीं लिखा।" परी ने ठण्डी साँस लेते हुए कहा।

"तुम कम से कम यह बातें जानती तो हो, मैं तो जर्मनी में एकदम अलग-थलग पड़ गई हूँ। हमारे मिलने वाले अधिकतर जर्मन ही हैं। जिस शहर में मैं हूँ वहाँ पर पाकिस्तानियों की अधिकता है। वही उल्टी-सीधी हरकतें और हँगामा पी०पी०पी० के नाम पर मचाते हैं। उनके कारण एशिया की इमेज़ को काफ़ी धक्का लगा है।"

"यहाँ पाकिस्तानी नहीं हैं।"

"मेरा मतलब किसी विशेष की आलोचना करना नहीं है मगर दूसरे मुल्क में इतनी मनमानी करना मैं उचित नहीं समझती हूँ, फिर परी संघर्ष करने वाले अपने देश में रहते हैं!"

"छोड़ो यह बातें, यह बताओ! कब तक सुलेमान के पास छुट्टी है ? मेरा मन लन्दन जाने का है, तुम्हारा क्या ख़्याल है ?"

"चलते हैं। तुम सुलेमान से बाते कर लो।" महनाज़ ने कहा फिर दोनों के बीच ख़ामोशी छा गई।

"महनाज़, तुमने असलम से पूछा नहीं कि आखिर उसने विवाह क्यों नहीं किया अब तक ?" एकाएक अपनी नाजुक उँगलियों से बालों को छूते हुए परी ने महनाज़ से पूछा।

"सुलेमान ने पूछा था। मुझे महसूस हुआ कि वह मुझे बेवफ़ा समझते हैं।" महनाज़ ने अपनी बड़ी-बड़ी आँखें उठा कर बड़ी मासूमियत से परी को देखा।

"उसे समझने का हक़ है। हम में से जो भी सुलेमान को देखेगा, बात करेगा, असलम से उसे हर हाल में बेहतर पाएगा। इस कारण भी शक कर सकते हैं। असलम भी इसीलिये सोचता होगा!"

"उसे उन हालातों का पता है जिनसे मैं गुज़री थी। बाबा की मौत, मामान का इसरार, बदलते ईरान के हालात, चचा का ज़ोर-मैं इन सबके बीच तन्हा रह गई थी। किस-किससे लड़ती, किस-किस को जवाब देती ?"

"यह मुझे पता नहीं है कि उसे तुम्हारी यह सारी मजबूरियाँ पता है या नहीं मगर तुम चाहो तो...मुझ पर छोड़ो...मैं पत्र में लिखूँगी कुछ इस तरह से कि बात भी साफ हो जाये और...।"

"हाँ परी। असलम को भी अपनी ज़िन्दगी संवारने का हक़ है। मैं उसकी

रुकावट बनना नहीं चाहती हूँ।"

"ओ हो, चुलुकबाब की महक फैल रही है। सड़क पर से सूँघता हुआ यहाँ घर तक पहुँचा हूँ।" सुलेमान हँसता हुआ दाख़िल हुआ।

"आप आ गये ?" महनाज़ बोल उठी

"क्या ग़लती की आकर ?" सुलेमान ने पूछा

"अरे नहीं, सुलेमान क़हवा लेंगे।" हँसती हुई परी बोली।

"यह लो शाम के मूलार शो के टिकट....ख़ालिद कहाँ है ?" यह कह कर सुलेमान सोफ़े पर बैठा।

"शापिंग के लिए गये हैं, दो घण्टे हो रहे हैं।" परी ने कहा।

"यहाँ पर ईरानी बहुत हैं। ऐफ़िल के सामने सेन के पुल के समीप एक लड़का आइस्क्रीम बेच रहा था। उसके आगे एक लड़का कुछ किताबें और अख़बार बेच रहा था। दूसरी सड़कों का नाम नहीं याद है। बेल्ट और रूमाल बेच रहे थे।"

"चोरी तो नहीं कर रहे थे ?" परी ने हँसते हुए पूछा।

"परी लन्दन जाने का प्रोग्राम बना रही है।" महनाज़ ने क़हवे का छोटा-सा प्याला सुलेमान को देते हुए कहा।

"चलते हैं, दो-तीन दिन वहाँ रह कर लौट आते हैं।" क़हवा सिप करते हुए सुलेमान ने कहा।

"ख़ालिद आ जाये तो दिन तय कर लेते हैं।" परी ने सोफ़े पर बैठते हुए कहा।

तीनों बातों में डूब गये।

"कार से आ कर ग़लती की।" सुलेमान ने कहा।

"अब ईरानी होना वास्तव में एक जुर्म है।" ख़ालिद ने कहा।

"यह हमारी ड्यूटी है।" चेक पोस्ट पर तैनात पुलिस ने कहा। परी ख़ामोश थी। उसके मन-मस्तिष्क पर दूसरी ही छबि उभर रही थी। महनाज़ सैफ को बहला रही थी जो बार-बार गोद से उतरने के लिए मचल रहा था।

कार का एक-एक सामान खोल कर झाड़ कर पुलिस मुआयना कर रही थी। दोनों लड़कियाँ महनाज़ और परी की एक-दूसरे की गर्दन में हाथ डाले, लालीपाप चूसती हुई जाने क्या बातें कर रही थीं। दोनों की आँखें घूम रही थीं और गर्दन हिल रही थी। भाई पीछे खड़ा बाल घसीटता फिर मुँह घुमा लेता था। मगर वह सर झटक कर फिर बातों में लग जाती। पूरा दृश्य महनाज़ को बड़ा प्यारा लग रहा था। वह माँ-बाप की इकलौती लड़की थी। ऐसे मोहक क्षण उसके जीवन में मामू या चचाज़ाद बहन-भाई को ले कर भी नहीं आये थे।

"जा सकते हैं।" पुलिस ने हाथ उठा कर धन्यवाद वाले अन्दाज़ से कहा।

"शुक्रिया!" ख़ालिद और सुलेमान ने हाथ मिलाते हुए कहा। सब कार में बैठ गये। अपने-अपने विचारों में डूबे थे। बच्चे अलग चुइंगम चबाते खिड़की से घास के मैदान में शलगम खाती मोटी-मोटी गायों और सुअरों को देख कर ख़ुश हो रहे थे।

"कहीं 'ले बाई' आये तो कार रोकना ख़ालिद ?" परी ने कहा।

"हाँ, थोड़ा ताज़ा दम हुआ जाय, चाय पीने का मेरा भी मन कर रहा है, थका डाला इन कमबख़्तों ने।" सुलेमान ने कहा।

"थकन से अधिक झुँझलाहट मेरी धमनियों को उत्तेजित कर रही थीं।" ख़ालिद ने कहा।

"इनकी ड्यूटी है मगर यह क़ानून भी केवल ईरानियों के लिए विशेष रूप से बना है कि उन्हें नंगा करके स्क्रीनिंग करो।" सुलेमान ने झुँझला कर कहा।

"तारीख़ शाहिद है, ऐसा बर्ताव ईरानियों के साथ उन मुगलों ने भी नहीं किया जिन्होंने ईरान में खुला क़त्लेआम किया था। न उन अरबों ने जो तीन सौ वर्ष तक ईरान में राज़ करके गये हैं। इस दौर के हाकिम ने केवल ईरान को नहीं तंग किया है ईरानियों के लिए बल्कि सारी धरती उनके लिए तंग कर दी है। कहीं भी वह खुल कर साँस नहीं ले सकते।" ख़ालिद के लहजे की तल्ख़ी बढ़ गई थी।

"मूड ठीक करो! यह तो हमारा भाग्य बन गया है।" परी ने कहा।

"रोज़ ईरानी किसी न किसी बहाने से मारा जा रहा है। सारी दुनिया चुप है! मुसलमान देश चुप हैं। इन्सानियत चुप है, आसमान-ज़मीन चुप हैं और जिसे हम ख़ुदा कहते हैं वह भी चुप है, ख़ामोश तमाशाई बना है।" ख़ालिद की तल्ख़ी बढ़ती जा रही थी।

"ख़ुदा बूढ़ा हो रहा है, उसके बस की बात है नहीं इतने बड़े कारोबार को सँभालना। मेरे ख़्याल से उसे अब अपना कोई उत्तराधिकारी घोषित कर देना चाहिए। दूसरी ओर पूरे इस्लामी मुल्कों को देखो, इस्लाम को लेकर स्वयं की सयासत व नफ़े के अनुसार उनकी विभिन्न अभिव्यक्तियाँ हैं।" सुलेमान ने गहरे थके लहजे में कहा।

"मुझे तो अब इस पर शक है कि ख़ुदा है भी या नहीं, अगर है। तो कहाँ है ? या फिर वह भी इन्सानियत को छोड़ कर सयासी दाँव-पेच लड़ाने लगा है ? उसे भी पावर में रहना है, अपनी सत्ता बनाये रखना है..." ख़ालिद ने कहा।

"अब तुम कुफर की बातें न करो।" परी ने थोड़ा नाराज़ हो कर कहा।

"इन औरतों की बातें समझ में नहीं आती हैं कि जुल्म सहेंगी मगर ज़ालिम को ज़ालिम नहीं कहेंगी जो मूर्ति इनके मन में किसी की बन जाती है वह ज़िन्दगी-भर बनी रहती है।" ख़ालिद बोला।

"तुम्हारा मतलब है कि परी के मन में तुम्हारी नहीं खुमैनी की मूर्ति बनी हुई

है ? इस पर तो तुम्हें एतराज़ का पूरा हक़ है।" सुलेमान ने बनावटी रोष से कहा।

"वह हक़ भी मुझसे छीना जा रहा है।" ख़ालिद ने कहा और ले-बाई की ओर कार ले जा कर खड़ी कर दी। जगह बहुत हसीन थी। सेब के बाग़ों में सफ़ेद कलियाँ खिली हुई थीं। पेड़ों-झाड़ियों से ढका सफ़ेद पानी का नाला बह रहा था। ढाल से ऊपर पहाड़ियों तक खेत ही खेत फैले थे। हरे रंग के विभिन्न शैड आँखों को सुकून बख़्श रहे थे। बच्चे ढाल पर दौड़ने लगे। सैफ क़लाबाज़ी खा कर खिलखिला रहा था। महनाज़ और परी ने खाने-पीने का सामान निकाला।

"मै तो बियर लूँगा। तुम्हारा क्या इरादा है सुलेमान ?" ख़ालिद ने बियर के टिन को खोलते हुए कहा।

"तुम्हारे इरादे से जुदा नहीं।" सुलेमान ने जवाब दिया।

"तुम्हारी कोई जान-पहचान है लन्दन में ?" सुलेमान ने पूछा।

"कोई ख़ास नहीं! चलते-फिरते यदि ईरानी मिल जाते हैं तो बात हो जाती है वरना..." ख़ालिद ने बियर का बड़ा-सा घूँट भरते हुए कहा।

"यह चिकन सैंडविच लो न ?" महनाज़ ने प्लेट ख़ालिद की ओर बढ़ाई।

"अब मैं ड्राइव करूँगा। तुम आराम करो। काफ़ी लम्बा सफर तय किया है।" सुलेमान ने ख़ालिद की कमर पर प्यार से थपकी देते हुए कहा।

"चलो अब चलते हैं।" ख़ालिद ने कहा।

"नहीं बाबा अभी नहीं।" बच्चों ने कहना आरम्भ किया।

'ठीक है। पाँच मिनट और खेल लो, फिर चलेंगे।" परी ने कहा।

"लन्दन में बहुत अच्छे-अच्छे पार्क हैं। जल्दी चलेंगे तो जल्दी पहुँच कर वहाँ कबूतरों को दाना देंगे। रात में पहुँचे तो कबूतर सो जाएँगे।" सुलेमान ने सैफ को बहलाया जो हरी-हरी घास पर लगातार गोल-गोल लोटता हुआ ऊपर से नीचे ढाल की ओर खिलखिलाता हुआ जा कर रुकता था फिर खड़े हो कर भागता हुआ ऊपर ढाल पर जा कर लेट जाता था।

"चलो-चलो।" तीनों बड़े बच्चे भागते हुए कार की तरफ बढ़े। उनकी देखा-देखी सैफ भी कार की तरफ भागा।

"बच्चों को बहलाना ख़ूब आता है।" परी ने कहा।

"बड़ों को भी ख़ूब बहलाता हूँ। अपनी दोस्त से पूछो न!' सुलेमान ने शरारत से कहा। महनाज़ झेंप गई। ख़ालिद हँस पड़ा।

कार चल पड़ी। पेचदार पहाड़ी रास्तों से होती हुई ऊपर नीला आसमान साफ था। धूप बड़ी ख़ुशगवार लग रही थी।

"तुमने कभी सोचा था कि तुम्हारी शादी ऐसे वातावरण में होगी जो बेगाना होगा जहाँ सब अपने नहीं ग़ैर होंगे ?" जमशेद ने यासमीन से पूछा।

"नहीं! शादी का ख़्याल बरसों पहले ही ख़त्म हो गया था। ज़िन्दगी हालात का शिकार थी। उसके शिकारी पंजे से मैं कैसे बच गई। मुझे खुद ताज्जुब है!" रोटी और जीने को जहाँ संघर्ष करना पड़ रहा हो वहाँ पर शादी का ख़्याल कैसे आएगा ?" यासमीन ने बड़ी मासूमियत से कहा।

"तेहरान में तुम्हारा कोई नहीं बचा। मेरा भी कोई नहीं बचा। जोड़ी भी ख़ूब मिलाई है ख़ुदा ने!" जमशेद हँस पड़ा।

"कम्युनिस्ट हो कर ख़ुदा पर यक़ीन रखते हो ?" यासमीन ने कहा।

"तो क्या हुआ ? ख़ुदा, कुरान–यह हमारा मज़हब नहीं संस्कृति है जो हमें हमारे बुजुर्गों से मिली है। हमारे रीति–रिवाज, हमारी मार्यादाएँ इन पर निर्भर हैं। इससे आदमी क्यों कर अलग हो सकता है ?" जमशेद यासमीन के बालों से खेलते हुए बोला।

"मैं ऐसा नहीं सोचती, यह रीति–रिवाज केवल चौदह सौ बरस पुराने हैं जो हमारे ऊपर लादे गये थे। वरना तो हमारा वंश, हमारे पूर्वज, हमारी संस्कृति ज़रदुश्ती है जो खालिस ईरानी है।"

"मान लिया।" कह कर जमशेद हँस पड़ा। यासमीन भी मुस्कुरा पड़ी।

"यहीं पेरिस में मेरी दूर के रिश्ते के मामू की बेटी है!" थोड़ी देर बाद यासमीन ने कहा।

"चलो, एक दिन मिल कर आते हैं।" जमशेद बोला।

"शादी वाले दिन ख़्याल आया था मगर पास में न पता था न कुछ और मालूमात, इसलिये चुप रह गई।" यासमीन बोली।

"फिर मिली कहाँ थी ? क्या उस समय पता लेना भूल गई थी ?" जमशेद बोला।

"मिली कहाँ ?"

"फिर कैसे पता, वह यहाँ है ?"

"एक दिन मैं बस से उतर रही थी। वे सामने ड्रग स्टोर से शॉपिंग करके निकल रही थीं। ख़ालिद भाई और बच्चे भी साथ थे। जब तक मैं सड़क क्रास करके पहुँचती वह कार में बैठ चुकी थी। मैंने बेचैन हो कर पुकारा भी था। परी...परी...मगर आवाज़ उन तक पहुँची ही नहीं वरना कार ज़रूर रोक लेते ख़ालिद भाई। इस बात को गुज़रे लगभग साल–भर हो गया है। फिर एक दिन वह सिनेमा से निकल रही थी और मैं बस में बैठी शांजालिजा से गुज़र रही थी।" यासमीन आहिस्ता से बोली।

"अजीब इत्तेफ़ाक है ?" जमशेद ने उसके बालों को सहलाते हुए कहा।

"जब बाबा को तिरयाक और शराब पीने के जुर्म में पकड़ कर पासदार ले

गये थे तब मैं घर के एकदम पास की दूकान पर खड़ी कुछ ख़रीद रही थी। मुड़ी तो कमेटी की गाड़ी को जाते देखा। दो पल उसे देखती रही। सोचा भी कि यह हमारे मोहल्ले में क्यों आई है ? जब घर लौटी तो मामान ने बताया। दूसरी सुबह बाबा के साथ कुछ और लोग शूट कर दिये गये थे। वह भी अजीब इत्तेफ़ाक था कि मैं वहीं खड़ी थी। बाबा वहीं से गुज़रे और मुझे पता नहीं ?" यासमीन का लहजा काँप रहा था। आँखें भर आई थीं।

"भूल जाओ यासमीन, सारी तल्ख़ी भूलने की कोशिश करो।" जमशेद ने उसका गाल सहलाया।

"दो हफ़्ते बाद मामान को हार्ट अटैक हुआ। एक चचा थे। वे इन्क़लाब के आरम्भ में सावाक द्वारा की गई शूटिंग में शहीद हो गये। दो मामू थे वह ख़ाला के साथ इराक़ी बम्बारमेंट में डिस्फ़ूल के समीप बुरी तरह घायल हो गये। सब कुछ छः मास में हार कर बैठ गई थी। अकेले शहर में, अकेले घर में मैं तन्हा रह गई थी। बहुत डर लगता था। परी के पास गई एक दिन तो वहाँ ताला लटका देखा। मेरे पीछे कमेटी वाले हाथ धो कर पड़ गये थे। जब भी रात में आते, घर का कोई न कोई क़ीमती सामान उठा कर अपने साथ ले जाते थे। एक दिन असद से मुलाक़ात हो गई। उसे जब पता चला सारी बातों का तो उसने पेरिस तक निकल भागने में मदद की! घर का सामान मकान के साथ बेच कर पेरिस आ गई इत्तेफ़ाक ही था जो तुमसे मुलाक़ात हो गई। उस दिन जुलूस में वरना जाने मेरे साथ आगे क्या होता ?"

"अरे पगली! ऐसे मत कहो, हम दोनों के दिल जख्मों से चूर हैं। इन पर समय का मरहम लगना है तभी यह भरेंगे। मगर यूँ आँसू बहाना तो कमज़ोरों का काम है! तुम तो कमज़ोर नहीं हो ? हालात से लड़ रही हो! योद्धा के हाथ में तलवार होती है, आँखों में आँसू नहीं। इन आँसुओं को सँभाल कर रखो। कभी वक़्त ज़रूरत काम आयेंगे। बेकार बहाने से इन मोतियों की क़दर घटती है।" जमशेद की आवाज़ काँप रही थी। उसके हाथ का नर्म स्पर्श यासमीन की पीठ पर मरहम का काम कर रहा था।

यासमीन सुबकती हुई जमशेद के सीने से लिपट गई। सिसकियों, आँसुओं और जज़्बात से उठते-गिरते सीने की तपिश से स्वयं जमशेद का वजूद काँप रहा था। उसके मन में हुक उठ रही थी, "कब तक ईरानी क़ौम को अपनी सच्चाई और ईमानदारी की आहुति देनी पड़ेगी ? कब निकलेगा आजादी का सूरज! आखिर कब होगी सुबह...रौशनी से नहाई सुबह ?

# 10

झींगुर की आवाज़ रात के सन्नाटे में किसी नगाड़े की तरह अब्बास के कानों में शोर मचा रही थी। अँधेरे में लाल आँखें चमकाते खरगोश इस झाड़ी से उस झाड़ी में भाग रहे थे। गाँव से एक कोस की दूरी पर क़ब्रिस्तान था। क़ब्रिस्तान से लगी एक छोटी-सी मस्जिद थी। मस्जिद के पीछे खेत और तालाब थे। अब्बास के क़दमों की आवाज़ कच्ची पगडण्डी पर उभर रही थी। किसी ने पुकार कर पूछा।

"कौन है ?"

"मैं अब्बास!" अब्बास ने आवाज़ पहचानने की कोशिश करते हुए जवाब दिया।

"अब्बास कौन ?" फिर धमकी-भरी पुकार हुई।

"आप कौन है ?" आगे बढ़ते हुए अब्बास ने पूछा।

"हम हिज़्बुल्लाही हैं, क़ब्रिस्तान पर पहरा दे रहे हैं।" दूसरी भारी आवाज़ उभरी।

"मैं आप ही लोगों से मिलने आया हूँ।" अब्बास ने टार्च की रौशनी सामने पेड़ों पर डालते हुए कहा। कुछ दूर पर पेड़ों से घिरा क़ब्रिस्तान नज़र आ रहा था। छोटे से दरवाज़े पर तीन लोग बन्दूक़ उठाए खड़े थे। उम्र में कम थे। नौजवान ही कहे जा सकते थे। अब्बास ने टार्च की रौशनी पगडण्डी की ओर मोड़ी और आगे बढ़ता हुआ उनके समीप जा कर खड़ा हो गया।

"चलिये, अन्दर मस्जिद के आँगन में बैठ कर आराम से बातें करते हैं।" अब्बास ने नर्म लहजे में कहा।

"चलिये।" तीनों लड़के उसके पीछे हो लिये। मस्जिद के पक्के आँगन में जूते उतार कर पालथी मार कर चारों बैठ गये। अन्दर दालान में मेहराब के नीचे बुझती शमाओं की रौशनी का पीलापन फैला हुआ था, शायद किसी की मुराद पूरी हुई थी। अगरबत्ती की महक आँगन तक फैली हुई थी।

"सुबह चार बजे 'नमाज़े जनाज़ा' पढ़ने लोग आयेंगे मगर क़ब्रें तो रात को ही खोदी जायेंगी वरना सुबह परेशानी होगी, गर्मी के दिन हैं। मय्यत खराब भी हो सकती है।"

"वह तीनों इस क़ब्रिस्तान में नहीं गाड़े जा सकते।" एक ने गर्दन अकड़ा कर कहा।

"मगर क्यों ? वह यहाँ के निवासी हैं। उनके बाप-दादाओं की क़ब्रें इसी क़ब्रिस्तान में हैं। क्या आप उन्हें नये क़ब्रिस्तान में दफ़नवाएँगे ? इस हिसाब से तो सबके अपने-अपने क़ब्रिस्तान बन जाएँगे ?"

"जो भी हो! हमने एक बात कह दी, उसी पर अटल हैं!" तीनों ने कहा।

"बात आपकी है, मज़हबी किताब की नहीं है, आपके पास किसी क़िस्म का

आर्डर है ? दिखायें जरा!" अब्बास ने लहजे में सख़्ती ला कर कहा।

"आर्डर के काग़ज़ की क्या ज़रूरत है जब कि हम स्वयं यहाँ पर मौजूद हैं।" एक ने अकड़ते हुए कहा।

"लाश दफ़नाई नहीं गई तो बात बहुत बढ़ेगी। क़ातिल को यह गाँव वाले जानते हैं। क़ानून को हाथ में न लें तो बेहतर रहेगा आप लोगों के लिए "अब्बास ने फैसलाकुन लहजे में कहा।

"आप इन्क़लाब के दुश्मन हैं।" एक ग़ुर्रा कर कहा।

"यहाँ पर रहने वाले मेहनतकश मजदूर और किसान हैं, उन्हें सयासत के दाँव-पेच नहीं आते हैं। इन्क़लाब कब आया और कहाँ जा रहा है, यह भी इन्हें पता नहीं है।" अब्बास ने कटाक्ष-भरे लहजे से कहा।

"तो आपका मतलब है कि यह तीनों बेगुनाह थे ?" एक ने तड़प कर ऊँची आवाज़ से कहा।

"यह मैंने कब कहा ? मगर यह ज़रूर कहा है कि वह सयासी दाँव-पेच को नहीं जानते हैं। धरती के बेटे हैं। धरती से उपजे अनाज को खाया है, मर कर उसी की आग़ोश में आखिरी नींद सोना चाहते हैं। मरने के बाद उनके बदन से आपको क्या सयासी एखतेलाफ हो सकता है ?" अब्बास ने तर्क देते हुए कहा।

"हम काफ़िर को मुसलमानों के क़ब्रिस्तान में दफ़न नहीं होने देंगे।" तीनों ने बन्दूक़ ठोकते हुए उसी पुरानी हठ से कहा।

"आप मेंरी बात का जवाब दें ?" अब्बास ने रूखे लहजे से कहा।

"हम जवाब देना उन्हीं बातों का ज़रूरी समझते हैं जो जवाब देने लायक़ होती हैं।" एक ने क्रोध से उठते हुए कहा।

"जो हमारे साथ है हम उसके साथ हैं, समझे।" एक ने खड़े हुए साथी को बिठाते हुए कहा।

"यही हमारा जवाब है!" तीसरा दामन झटकता हुआ खड़ा हो गया।

"लाश क़ब्रिस्तान के दरवाज़े से अन्दर नहीं आ सकती।" तीनों ने कहा और चलने को हुए।

"ठीक है! मैं भी इसी वक़्त तेहरान की तरफ जाता हूँ और इस जुल्म का कारण पूछता हूँ।" अब्बास ने खड़े होते हुए कहा।

"तीनों लाशें आपका इन्तज़ार नहीं करेंगी। सड़ कर बू देने लगेंगी। गर्मी का महीना है। सूरज आग का गोला होता है आजकल!" एक ने कटाक्ष भरे स्वर में कहा।

"चिन्ता न करें आसपास के गाँवों और शहर से बर्फ का इन्तज़ाम हो जाएगा मगर...हाँ...ध्यान से सुनें, आप तीनों इस क़ब्रिस्तान के दरवाज़े से बाहर क़दम नहीं निकालेंगे वरना आपके शब्दों में गोली से भेजा उड़ा दिया जायेगा।" अब्बास ने

जूता पहना और दरवाज़े के बाहर निकला।

"हम देहातियों को शिकार का भी शौक़ होता है, इसलिये बन्दूक़ की कमी इस गाँव में नहीं है।" कह कर अब्बास क्रोध से भरा पंगडडी पर तेजी से बढ़ने लगा। जान-बूझ कर उसने टार्च रौशन नहीं की थी।

तीनों लड़के पहले अब्बास की इस बात से घबराए, कुछ देर खड़े रहे फिर एक ने बन्दूक़ उठा कर आव देखा न ताव, एक गोली दाग दी! उसकी देखा-देखी दूसरों के हाथ भी बन्दूक़ के दस्ते पर गहरे दब गये। वातावरण गोलियों की आवाज़ से गूँज उठा। पेड़ों पर सोये परिन्दे चीख़ते हुए जाग उठे और पंख फड़फड़ाते अँधेरे में एक-दूसरे से टकराने लगे।

"अब्बास के कान के पास से गोली सनसनाती हुई पेड़ के तने में जा कर पैवस्त हो गई। अब्बास उछला और तेज़ क़दम बढ़ाता हुआ आगे बढ़ने लगा।

"ख़ून की नदियाँ इस गाँव में बहेगी। इसे कोई रोक नहीं सकता।" अब्बास ने सोचा। और क़दम तेज़ कर दिये।

चीख़ते परिन्दे उसके सर पर से फड़फड़ाते गुज़र रहे थे।

ख़ूज़िस्तान का नाम पिछले दो वर्षों से ख़ूनीन शहर पड़ गया था और आज उसी ख़ूनीन शहर में घमासान लड़ाई हो रही है। जहाँ तक नज़र उठाओ लाशें ही लाशें बिखरी हैं। इराक़ी-ईरानी एक-दूसरे से गुँथे उल्टे-सीधे मुर्दा पड़े हैं। जब तक ज़िन्दा रहे बन्दूक़ ताने रहे, जब मरे तो यूँ हम आग़ोश हो गये जैसे अपना लहू पुकार उठा हो। मुश्ताक़ आग़ा ऊपर पत्थर पर बैठा हाँफ रहा था। थकन के मारे बुरा हाल था। अभी कुमक पहुँची नहीं थी। लाशें जल्दी उठाई न गईं तो गिद्ध आक्रमण कर देंगे। हिम्मत करके मुश्ताक़ आग़ा उठा और लाशों की कमर से कारतूस पेटी, मशीनगन, राइफल जमा करने लगा।

सूरज डूबने वाला था। क़सरे शीरीन पर से किरणें अपना आखिरी स्पर्श समेट रही थीं। क्षितिज पर आसमान परिन्दों से भरने लगा था। मुश्ताक़ आग़ा की घबराहट पल-पल बढ़ती जा रही थी, ख़ून और गोश्त की बू को सूँघते-सूँघते गिद्धों के झुण्ड पहुँचने ही वाले होंगे।

दूर से धूल उड़ाती जीपें और ऊपर शोर करते हैलीकाप्टर आ गये। लाशों को तेज़ी से भरना आरम्भ हो गया। अँधेरा होने से पहले मैदान साफ हो चुका था। मुश्ताक़ आग़ा ने अपने खेमें में जा कर हाथ-मुँह धोया। वज़ू करके शुक्राने की नमाज़ पढ़ी।

पिछली बार गिद्धों को लाशों से हटाने और उड़ाने में वह खुद बहुत बुरी तरह से ज़ख़्मी हो गये थे। गिद्धों ने उन्हें चोंच और पंजे जी भर कर मारे थे। उनके

दो साथी रमज़ान और अब्दुल्ला तो एक माह तक हस्पताल में भर्ती रहे थे।

नमाज़ पढ़ कर उन्होंने हंड़िया तेल के चूल्हे पर चढ़ाई और उसमें घी, चावल आलू, नमक पानी डाल कर ढक्कन बन्द कर दिया। इसी युद्ध में उनके दो लड़के शहीद हुए थे। सबसे छोटा लड़का अहमद इराक़ में बन्दी बना है जाने उस मासूम पर क्या गुज़र रही है ? इस जाड़े में वह चौदह साल का पूरा हो जायेगा। दो वर्ष हो गये हैं उसे गये हुए। ज़िन्दा भी है या ज़ालिमों ने उसे मार डाला है ? हंड़िया का ढक्कन भाप की तेज़ी के कारण उछलने लगा था। चम्मच से चावल चला कर आँच कम कर दी। बाहर निकल कर अन्धेरे में अपनी आँखें गाड़ दीं।

"यहाँ से इराक़ी सीमा अधिक दूर नहीं है। मन करता है कि सीमा पार जा कर अहमद से मिल कर आऊँ। मगर वहाँ पहुँचने कौन देगा। बन्दूक़ की गोलियाँ बदन बींध कर रख देंगी। मैं भी कैसा बावला हो उठता हूँ कभी-कभी। अहमद की माँ ज़िन्दा होती तो आज यहाँ होता ? अपने शहर, अपने घर में होता। मगर अब जीने से मन ऊब गया है। सुकून की तलाश में यहाँ आया वह भी नसीब न हुआ।

हवाई जहाज तेज़ आवाज़ करते खेमें के ऊपर से गुज़र गये। हमारी तरफ फिर आक्रमण हुआ है। ख़ुदा ख़ैर करे। शोर धमाकों से पूरा वातावरण गूँज रहा था। मुश्ताक़ आग़ा ने उबले चावलों को प्लेट में निकाला। 'बिसमिल्लाह' कह कर पहला कौर मुँह में डाला।

"मामान! हमारी क्लासटीचर ने कहा है कि कल से तुम लोग स्कूल नहीं आओगे!" बेटी ने आँसू-भरी आँखों से माँ को देखते हुए कहा।

"मगर क्यों बेटी।" मलीहा ने उसके प्लेट में चावल निकालते हुए पूछा।

"कह रही थीं कि तुम लोग मुनाफ़ीक़ीन हो!" बेटे ने माथे पर आये बाल पीछे झटकते हुए कहा।

"खाना खाओ! कल स्कूल जा कर पता लगाऊँगी।" कहने को तो मलीहा ने बड़े ठण्डे स्वर में यह वाक्य अदा कर दिया था मगर अन्दर-अन्दर एक तूफ़ान, एक आक्रोश का बवण्डर उसके अन्तर में उमड़ने लगा था। अपमान के मारे उसके गले में कुछ गोला-सा फँसने लगा।

"क्लास के लड़के-लड़कियों ने भी छुट्टी के समय ताली बजा-बजा कर हमें चिढ़ाया, 'मुनाफ़ीक़ीन, मुनाफ़ीक़ीन।' मैंने भी उन्हें ख़ूब मुँह चिढ़ाया और कहा, 'हिज्बउल्लाही, हिज्बउल्लाही।' बेटे ने खड़े हो कर नकल उतारते हुए कहा। इतने दुख में भी मलीहा अपनी मुस्कान न रोक सकी। हँस कर बोली–

"शैतान कहीं के, बैठ कर खाना खाओ।"

खाने के बीच में मज़ाक चलता रहा। शायद ऐसा भी होता है जब ग़म बहुत बढ़ जाता है तो स्वयं दरमान भी बन जाता है। वही इस घर में हो रहा था। खाने के बाद बच्चे होमवर्क करने बैठ गये और मलीहा ने किचन को सँभालना शुरू कर दिया।

"मामान! मेरा जूता एकदम फट गया है। इस बार ठीक भी नहीं होगा। सिलाई करते-करते मामान, पूरे जूते में छेद-छेद हो गया है।" बेटी ने जूता दिखाते हुए मलीहा से कहा।

"शाम को चल कर नया जूता दिलवा दूँगी।" मलीहा ने बर्तन धोते हुए कहा।

"मामान, मेरे मोज़े..." बेटे ने मोज़े के छेदों में से उँगली निकाल कर दिखाई।

"तुम्हें भी नये मोज़े दिलवा दूँगी।" मलीहा ने हँसते हुए कहा।

काम समाप्त करके मलीहा किचन से निकली और कमरे में जा कर उसने कपड़ों की अलमारी खोली। सेफ से ज़ेवरों का डिब्बा निकाला। बड़ी देर तक कभी एक कभी दूसरा ज़ेवर उठाती फिर रख देती। फैसला नहीं कर पा रही थी कि कौन-सा ज़ेवर पहले बेचे ? तंग आ कर उसने दो ज़ंजीरें उठाई और डिब्बा बन्द करके सेफ में रख दिया। अलमारी के दूसरे खाने से पर्स निकाला और जिप खोल कर ज़ंजीर उसमें डाल दी। कपड़े बदले फिर बच्चों को पुकारा। उनको कपड़े बदला कर बोली–

"बाज़ार चलते हैं। वहीं कहीं खाना खा लेंगे।"

"बाज़ार में ? वहाँ तो बहुत महँगा होगा खाना।" बेटे ने मलीहा की हज़ार बार कही बात को दोहराया।

"हम बाहर खाना खायेंगे ? इतने पैसे कहाँ से आये ?" बेटी ने भी आश्चर्य से पूछा।

"आयेंगे कहाँ से ? मेरे अपने हैं।" मलीहा ने कहा और नीचे उतरने लगी। दोनों बच्चों को बड़ी हैरत हो रही थी कि आज मामान को हुआ क्या है ?

जुमें की रात होने के कारण बाज़ार में काफ़ी भीड़ थी। मलीहा को किसी सुनार की दूकान की तलाश थी। आगे जा कर एक लाइन में कई सोने की दूकानें नज़र आई। मलीहा ने बच्चों को आइसक्रीम दिलवाई और कहा, "तुम लोग यहीं खड़े रहना, मैं अभी आई।" इतना कह कर वह पहली दूकान में घुसी। काउण्टर पर पर्स से एक ज़ंजीर निकाल कर रखी। दूकानदार ने उसे अच्छी तरह से परखा फिर तौला। युद्ध के कारण सोने का भाव आसमान से बातें कर रहा था। दो सौ तोले सोने का दाम अब दो हज़ार तोला हो गया था! दूसरी ज़ंजीर भी मलीहा ने पर्स से निकाल कर तराज़ू के समीप रख दी।

"कल तक सोना ख़रीदने वालों की भीड़ रहती थी, आज बेचने वालों की," दूकानदार ने दार्शनिक अन्दाज़ से कहा।

एक-दो लोग दूकान में बैठे थे उन्हें बात करने का विषय मिल गया। उनमें से एक ने ठण्डी साँस भरते हुए कहा–

"कल तक हम किसी से ख़ुश होते थे या उपहार देना चाहते थे। शगुन समझ कर नीमपहलवी या पहलवी का आधे तोले या एक तोले का सोने का सिक्का दे देते थे मगर अब कहाँ से दें ? ख़ुशी का अवसर ही अब कहाँ है हमारी ज़िन्दगी में ?"

"ख़ुशी तो दिल की होती है जब दिल ख़ून के आँसू रोता हो तो शबनम की बूँद हीरे की कनि नहीं बल्कि पानी की एक बूँद भर होती है जिसे आँसू कहा जाता है। उसमें शायर की कल्पना नहीं बल्कि किसी दुखे दिल की कहानी नज़र आती है।"

"लीजिए! ठीक से गिन लें।" दूकानदार ने मलीहा को दस हज़ार तूमान के नोट थमाते हुए कहा।

"ठीक ही होंगे।" कह कर मलीहा ने नोट गिनने शुरू कर दिये। गिनने के साथ वह सोच रही थी कि इन दस हज़ार तूमानों की इस कमरतोड़ महँगाई में गिनती ही क्या ? दो मास चल जाये तो बहुत है। सौ तूमान का एक किलो चावल, बच्चे पुलाव ही पसन्द करते हैं। दो रुपये में आनेवाली साबुन की बट्टी अब पन्द्रह रुपये की हो गई है, वह भी गुलनार साबुन जो ईरानी है, विदेशी तो अव्वल मिलते नहीं हैं मिलें भी तो चालीस-पचास तूमान के, कौन ख़रीदेगा ? नोट गिन चुकने के बाद उसने उन्हें तीन हिस्सों में बाँटा और पर्स के विभिन्न हिस्सों में रख कर जिप लगाई!

"बहुत बहुत शुक्रिया," कह कर मलीहा बाहर निकली। बच्चे आइसक्रीम खा चुके थे और सामने दूकान पर रखी पानी की टंकी से हाथ धो रहे थे। माँ को देख कर भाग कर आये।

"चलो, कफशेमिल्ली की दूकान पर चलते हैं।" कह कर मलीहा ने सड़क पार की और सामने वाली जूते की बड़ी दूकान में दाख़िल हुई। दाम देख कर थोड़ी-सी विचलित हुई फिर मन-ही-मन सोचने लगी! मुझे अब एक वक़्त ही खाना चाहिए। इसके अलावा बचत करूँ भी कहाँ से बढ़ते बदन को जूते, कपड़े, खाने सब की ही ज़रूरत पड़ती है। कुछ दिन बाद कहाँ से लाऊँगी यह सब चीज़ें ?

"मामान, यह जूता..." बेटी ने मलीहा की काली चादर को घसीटते हुए कत्थई रंग के जूते की ओर इशारा किया।

दोनों बच्चे जूता-मोज़ा ख़रीद कर बहुत ख़ुश नज़र आ रहे थे। तीनों दूकान से बाहर निकले। पास में खिलौने की दूकान थी। दोनों की नज़रें उस दूकान पर गड़ गई थीं। मलीहा के मन में हुक उठी। जाने क्या सोच कर दूकान में दाख़िल हुई। एक गुड़िया बेटी को और बैटरी वाली कार बेटे को दिलवाई। दोनों बच्चों

के मुख पर एक अजीब सुखद-सा भाव था जिसमें आश्चर्य, अविश्वास का पुट अधिक था।

"आज कबाब रोटी खाते हैं।" मलीहा ने कहा और दाहिने तरफ मुड़ी। कल नौकरी करनी पड़ेगी। नौकरी कहाँ मिलेगी, कौन देगा ? इस शहर में तो अब भीख मिलनी मुश्किल है। घर का सामान बिक गया अब तो सिर्फ़ चन्द ज़ेवर बचे हैं जिनसे छः मास गाड़ी खिंचेगी फिर आगे जाने क्या होगा ? मलीहा की चिन्ता बढ़ रही थी।

इस सड़क पर भीड़ बहुत कम थी सड़क के दोनों तरफ सबीलें[1] सजी थीं। हर सबील के सामने शहीद लड़कों की तस्वीर लगी हुई थीं। लाउडस्पीकर पर 'रोज़ा ख़ुनी' पढ़ी जा रही थी। आस-पास कहीं खाना भी पक रहा था। सालन व पुलाव की तेज़ महक से सड़क भरी हुई थी। तेज क़दम बढ़ाती हुई मलीहा गली में मुड़ी और उसे पार करके फिर चौड़ी सड़क पर आई। सामने 'कबाबी' की दूकान नज़र आई। बच्चों को ले कर वह उस छोटे से रेस्ट्रां में दाख़िल हुई। खाने का आर्डर दे कर वह सामने लगे सिंक में हाथ धोने गई। कहीं ऐसा वक़्त न आ पड़े कि मुझे मकान बेचना पड़े ? मकान की क़ीमत भी क्या लगेगी ? सब ही आजकल मकान बेचना चाह रहे हैं। सरकार अधिक जायदाद वालों की जायदाद ज़ब्त कर रही है। घरों की क़ीमत रोज़-रोज़ इन्हीं कारणों से गिरती जा रही है। हाथ धो कर वह वापस आई। दोनों बच्चे हाथ धोने उठे। सामने दिवार पर इमाम खुमैनी की बड़ी-सी तस्वीर लगी थी। कभी इसी जगह शाह की तस्वीर लगी होगी ? मलीहा ने सोचा। नान में लिपटे कबाब की तीन प्लेटें आ गई। प्याज़, दही, कोका कोला मेज़ पर सज़ा कर बैरा चला गया।

"शुरू करो बेटे!" मलीहा ने कहा और पहला कौर मुँह में रखा।

"खाना मज़ेदार है।" बेटी ने फूले गाल के साथ चमकती आँखों जिनमें ख़ुशी नाच रही थी। गोल-गोल घुमाते हुए भाई से कहा।

"हाँ," उसने हामी भरी।

मलीहा को कबाब अपने हाथ से बनाए कबाब से अधिक मज़ेदार नहीं लग रहे थे मगर बच्चों की ख़ुशी देख कर बोली–

"आज मज़ा आ गया, खाने में।"

खाने के बाद तीनों बाहर निकले। सिनेमा-हाल में पोलैण्ड की कोई पिक्चर चल रही थी। भीड़ बहुत थी! तीनों भीड़ चीरते हुए दूसरी तरफ निकले। बेकरी से

---

1. ईरान में मरने वाले के नाम पर सबील सजाई जाती है, विशेष कर बुजुर्ग मरने वालों के लिये! ताजिया की शकल की होती है। कुमकुमें, रँगीन पन्नी, रँगीन बल्बों से सजी होती मरसिया पढ़ा जाता है! जिसे 'रौज़ा ख़ूनी' कहते हैं।

मलीहा ने कुछ केक और पेस्ट्री ख़रीदी। उसका डिब्बा उठा कर जब दूकान से बाहर निकली तो सोच रही थी। चार घण्टे में एक हज़ार तुमान कहाँ चला गया ?

घर पहुँच कर सबसे पहले बेटे ने कार चलानी शुरू की। बेटी ने अपने बिस्तर पर गुड़िया को सुलाया। चाय के साथ पेस्ट्री खा कर तीनों अपने-अपने बिस्तर पर लेटे। बेटी सीने से गुड़िया को लिपटाए सुख के सपने में डूबी थी। बेटा कार पर हाथ सपने में जाने क्या-क्या देख रहा था। मलीहा जागते हुए सामने की भयानक हकीकत को देख रही थी कि "या अल्लाह! कल क्या होगा ?"

उस भारी-भरकम औरत ने तय्यबा की आँखों पर पट्टी बाँध दी। पट्टी इतनी कस के बाँधी गई थी कि आँखें गड्ढों के अन्दर धँसती महसूस हुई और आँखों के सामने रंग-बिरंगे धब्बे नाचने लगे।

"सीधा रास्ता है मुँह उठाए मेरे पीछे चलती आओ।" औरत ने कहा। तय्यबा ख़ामोश रही। क़दम उठाते उसे झिझक महसूस हो रही थी। कुछ चक्कर-सा भी महसूस हो रहा था। आस-पास के कमरों से तरह-तरह की आवाज़ें उसके कानों में आ रही थी। काफ़ी दूर चल कर फिर आवाज़ उभरी।

"दाहिने तरफ घूमो...हाँ, चलती चली आओ...ठीक है अब दाहिने हाथ दरवाज़ा है, उसमें मुड़ जाओ..." इसके बाद तय्यबा को दरवाज़ा बन्द होने की तेज़ आवाज़ सुनाई पड़ी।

"कौन है ?" किसी नर्म-सी आवाज़ ने तय्यबा से पूछा जो कमरे में घुस कर बौखलाई-सी अपने सामने कुछ टटोल रही थी।

"आप कौन हैं ?" तय्यबा ने घबड़ा कर पूछा।

"मैं सुरैया हूँ। छः मास से इस कमरे में क़ैद हूँ। मेंरी चार साथिनें और थीं, वह जाने कहाँ ले जाई गई हैं ?"

"मेरा नाम तय्यबा है, आज ही लाई गई हूँ।"

"जुर्म क्या है ? नशा ? अवैध सम्बन्ध या इस्लामी क़ानून का उल्लंघन ?" सुरैया ने हँसते हुए पूछा।

"पता नहीं। उनकी नज़रों में कौनसा जुर्म किया है मैंने ? अपनी नज़रों में तो मैं मुजरिम हूँ नहीं।" तय्यबा ने बड़े विश्वास से कहा।

इसके बाद कमरे में ख़ामोशी छा गई। कमरे के बाहर भारी जूतों की तेज़ आवाज़ गूँज रही थी एकदम से तीन फ़ायर गूँजे।। उसी के साथ तीन चीख़ें फिर ख़ामोश छा गई।

"मुझ पर अवैध सम्बन्ध का इल्ज़ाम है।" सुरैया ने कहा।

"जिसके साथ सम्बन्ध था वह कहाँ है, जेल में है ?" तय्यबा ने पूछा।

"उसे मरे दो वर्ष हो गये हैं। मैं विधवा हूँ।" सुरैया ने तल्ख़ी से कहा।

"मैं कुछ समझी नहीं ?" तय्यबा टटोलती हुई उसके समीप जा कर बैठ गई।

"आज से छ: वर्ष पहले मेरी मँगनी हुई थी। वर्ष-भर बाद निकाह। निकाह के बाद हमीद विदेश चले गये। पढ़ाई के बीच में जब आते तो मानी बात है कि वे मेरे भावी पति थे, मैं उनके साथ घूमने-फिरने जाती थी। दो वर्ष बाद हमारी रुख़सती हुई। उसी के बाद इन्क़ेलाब हुआ। जहाँ मैं काम करती थी, उन लोगों ने शिकायत कर दी कि मेरा अवैध सम्बन्ध था हमीद नाम के एक आदमी से! लाख सफ़ाई दी, काग़ज़ दिखाया मगर मुझे ला कर यहाँ डाल दिया गया है। कहते हैं कि दोनों हमीद अलग-अलग है, तुम झूठ बोलती हो।" सुरैया की आवाज़ में आक्रोश था।

"तुम्हारा वास्तव में जुर्म क्या था ?" तय्यबा ने सरगोशी से पूछा। कुछ लम्हे ख़ामोश छाई रही। सुरैया की साँसें केवल तय्यबा को उत्तेजना से तेज़-तेज़ चलती सुनाई पड़ी।

"कुछ तो तुमने ज़रूर किया होगा!" तय्यबा ने हँसते हुए कहा।

"तुम्हारी तरह मैंने भी अपनी नज़रों में कोई जुर्म नहीं किया है।" सुरैया ने कहा।

उनकी नज़रों में तुमने क्या जुर्म किया था ?" तय्यबा बोली।

"आफ़िस में जो नया अफसर आया था वह मुझसे सीगा[1] करना चाहता था। मैंने इन्कार कर दिया था।" डूबती आवाज़ से सुरैया ने कहा।

"बहुत ख़ूबसूरत हो।" तय्यबा ने पूछा।

"पता नहीं। मगर औरत तो हूँ।" सुरैया ने तल्ख़ी से कहा

"यह बहुत महत्वपूर्ण बात है...तुम ठीक कहती हो सुरैया...।" तय्यबा के लहजे का उतार-चढ़ाव सुरैया को अन्दर तक बेध गया।

"हमीद ने मरने से पहले और इमाम खुमैनी के आने के बाद दाढ़ी रख ली...इनके हाथों मेरी और हमीद की तस्वीरें पड़ गईं जिसमें हमीद टाई-सूट में बिना दाढ़ी के है। हमीद ने दो जगह नौकरी की थी, दोनों जगह के परिचय-पत्र की तस्वीरें भिन्न हैं। बहुत कहा, समझाया मगर वही बात यह दोहराते हैं कि वे दोनों एक नहीं दो लोग हैं।" सुरैया ने बताया।

"तुम्हारी आँखों पर भी पट्टी बन्धी है ?"

"हाँ! यह भी एक प्रकार की यातना है...साठ कोड़े खा कर भी जब मैं 'सीग़े' के लिए राज़ी नहीं हुई तो मेरा जुर्म अधिक संगीन हो गया। इसलिये यह दूसरी

---

1. ऐसा विवाह जो विशेष समय के लिये होता है, दो घण्टे से ले कर दो वर्ष की अवधि भी हो सकती है। इस में शर्त है कि औरत कुंवारी और शौहर वाली न हो अर्थात विधवा हो। मर्द के लिए ऐसी कोई शर्त नहीं है। यह क़ानून जंग के दौरान अवैध सम्बन्धों को वैध बनाने हेतु शियों ने आरम्भ किया था ताकि समाज में ऐसे अवैध सम्बन्धों पर धार्मिक बन्धन रहे।

यातना का दौर कल से शुरू हुआ है।"

एकदम से दरवाज़ा खुला और कर्कश आवाज़ उभरी, "बाहर निकलो!"

दोनों खड़ी हो गईं और आगे बढ़ने लगीं। कमरे से निकल कर वह टटोलती हुई बाहर आ कर खड़ी हो गई।

"नाक की सीध में चलो।" उसी आवाज़ ने हुक्म दिया।

"अब आगे सीढ़ी है, नीचे उतरो...हाँ ठीक है...अब सीधे चलती जाओ।" आवाज़ बराबर हुक्म दे रही थी।

तय्यबा और सुरैया ने महसूस किया कि वह किसी खुली जगह पर हैं और धूप काफ़ी तेज है। पैर के नीचे पक्की नहीं बल्कि कच्ची ऊबड़-खाबड़ ज़मीन है।

"इनकी आँखों की पट्टी खोल दो...सर ऊँचा...सीध में रखो।" फिर हुक्म मिला।

तय्यबा और सुरैया की आँखें खोली गईं। जैसे ही पट्टी हटी तय्यबा ने आँखें खोलीं। सूरज की लपकती किरण ने जैसे गर्म तेज़ सलाख उसकी पुतलियों में चुभो दी हों। दर्द की तेज़ लहर से उसके मुँह से चीख़ निकल गई। पूरा शरीर पसीने में डूब गया और तीव्र तपकन ख़ून में दौड़ने लगी। सर को दो हाथों ने पीछे से आ कर जबर्दस्त तरीके से पकड़ रखा था। सुरैया का भी यही हाल था। आज उसका दूसरा दिन था, इसलिये तय्यबा से उसका हाल बदतर नहीं था।

"अन्दर ले जाओ इन्हें।" आवाज़ ने हुक्म दिया।

तय्यबा की आँखों के सामने तारे टूट रहे थे। चक्कर के मारे वह लड़खड़ाती सी चल रही थी। रास्ता कैसे उसने पार किया। सुरैया उसके साथ थी या नहीं, उसे कुछ याद नहीं उसे तो बस महसूस हो रहा था कि वह चेतनाशून्य होती जा रही है।

कमरे में ले जा कर फिर आँखों में पट्टी बाँध दी गई। मूर्च्छित होने से पहले तय्यबा ने दूर से सुना।

"इसे पानी दे दो।"

इसके बाद उसे कुछ याद नहीं रहा। जब उसको होश आया तो उसने नर्म हाथों का स्पर्श अपने गालों पर महसूस किया। आँख खुल तो सकती न थीं, पट्टी की जकड़न बहुत जबर्दस्त थी। पुतली घुमाने की कोशिश की तो दर्द की छुरियाँ चुभती-सी महसूस हुईं।

"कैसी हो तय्यबा ?" सुरैया ने पूछा उसके हाथों का नर्म स्पर्श अब भी तय्यबा अपने चेहरे पर महसूस कर रही थी।

"ठीक हूँ और तुम ?" तय्यबा ने पूछा।

"मैं यहाँ के माहौल में दो माह से हूँ। हर रोज़ अधिक रचा-बसा महसूस करती हूँ अपने को।" सुरैया ने लम्बी साँस खींचते हुए कहा।

"इतनी नाउम्मीद मत हो सुरैया।" तय्यबा ने उसके हाथों को सहलाया।

"उम्मीद भी क्या करूँ ?" सुरैया ने तय्यबा से जैसे पूछा हो।

"आज़ादी की, और कौन-सी उम्मीद ?" तय्यबा ने कहा।

"उठो खाना खा लो...कब से रखा ठण्डा हो रहा है।" सुरैया ने तल्ख़ हँसी हँसते हुए कहा।

दोनों ने टटोल कर सैनी आगे खींची। पानी से हाथ धोये। खाने के नाम पर पनीर और रोटी थीं। दोनों चुपचाप खाती रहीं। एक नाउम्मीदी में जीवन जी रही थी। दूसरी नाउम्मीदी की सारी बेड़ियाँ तोड़ना चाह रही थी।

"इतना छोटा कमरा है कि पैर फैलाना मुश्किल है।" तय्यबा ने खाने के बाद लेटते हुए कहा।

"मैं तो अपने पैर दीवार पर ऊँचा करके रखती हूँ, तुम भी वही करो...मोड़े-मोड़े घुटना और जांघ जख्म की तरह दुखते हैं।" सुरैया ने लेटते हुए कहा।

"हाँ, तरकीब तो अच्छी है।" तय्यबा ने दीवार पर पैर फैला कर टिकाया।

"तुम्हारी शादी हो गई ?" सुरैया का प्रश्न उभरा।

"नहीं ?" तय्यबा ने कहा

"क्यों ? अब तक शादी क्यों नहीं की ?" सुरैया ने आश्चर्य से पूछा।

"बस। नहीं हुई।" तय्यबा ने लापरवाही से कहा।

"तुम्हारा जुर्म इनकी नज़रों में।" सुरैया ने सरगोशी की।

"मेरा लेखन..." तय्यबा ने कहा।

"ओह...समझी।" सुरैया इतना कह कर ख़ोमोश हो गई। दोनों के बीच सन्नाटा छा गया। कोई कुछ नहीं बोला।

"कुछ बदलेगा तय्यबा।" सुरैया ने सन्नाटा तोड़ते हुए बड़ी उम्मीद से पूछा।

"एकदम! सख़्त बर्फ को पिघलते देखा है, उसके नीचे दबी जकड़ी धरती पर फूटते कोंपल देखे हैं ?" तय्यबा ने मुक्त कंठ से कहा।

"हाँ देखे हैं।" सुरैया ने कहा।

"फिर नाउम्मीदी कैसी ?" तय्यबा ने कहा।

दोनों के बीच फिर सन्नाटा छा गया। कमरे में सिर्फ़ दिल की धड़कन और साँस के उतार-चढ़ाव की आवाज़ थी और बाहर भारी क़दमों और कर्कश आवाज़ का शोर था।

शहनाज़ को अब अपने काम में बहुत घुटन का अहसास होने लगा था। ख़बरों के नाम पर केवल प्रचार होता था। कुछ लिख कर संतोष मिलना कब का बन्द हो चुका था। मन की ख़ुशी भी जैसे छिन-सी गई थी! उधर कुर्दिस्तान में संघर्ष ने बड़ा ही भीषण रूप धर लिया था। लोमहर्षक घटनाएँ मन में विचित्र भावनाए जगाती थीं।

शहनाज़ कोमले गुट में थी फिर डिमोक्रेटिक पार्टी की सदस्या बनी, मगर माँ ने बड़ी कठिनता और चतुरता से उसे तेहरान भेज दिया था। उस समय शहनाज़ की उम्र लगभग चौदह-पन्द्रह वर्ष थी। इण्टर की परीक्षा उसी वर्ष दी थी चूँकि इन्टर प्रथम श्रेणी में पास किया था। जो फ़ार्म भर कर इन्टर युनिवर्सिटी 'कंकूर' की परीक्षा में बैठ गई। वहाँ भी अच्छे नम्बर आये। तेहरान की चमक-दमक ने कोमले, डेमोक्रेटिक पार्टी का भूत सर से उतार दिया।

शहनाज़ की माँ को महसूस हो रहा था कि वह भूत जो उन्होंने बड़ी मुश्किल से उतारा था अब फिर शहनाज़ के सर पर सवार हो रहा है। विशेष कर तब से जब से तय्यबा जेल गई है। परी जो शहनाज़ की सबसे अच्छी दोस्त थी वह थी नहीं तेहरान में। दूसरी दोस्तें महनाज़, सूसन, सब जाने कहाँ हैं। वहाँ तक उनकी पहुँच भी नहीं हो सकेगी, अच्छा है वह स्वयं बेटी को सम्भाले। एक औलाद है वह भी शहीद हो जाये यह उन्हें पसन्द न था। पिछले पचास वर्षों से कुर्दी मर-मर कर पहाड़ियों के ढेर में तब्दील हो गये हैं मगर क्या कुछ बदला ? पहले से अधिक तगड़ी मार पड़ रही है। खाने-पीने सब की तंगी है कुर्दिस्तान में, वहाँ जा कर शहनाज़ तो बन्दूक़ उठा लेगी हाथ में मगर वह क्या करेंगी ? वह भी बन्दूक़ उठा लें ? रात के दस बज रहे हैं अभी तक शहनाज़ का पता नहीं है यह भी कोई नौकरी हुई ?

काक हसन को आने दो, सारी बातें खुल कर करूँगी। थक गई हूँ मैं। बिस्तर पर उठ कर बैठी। घड़ी पर नज़र डाली फिर बिना ज़रूरत बाथरूम की ओर बढ़ी। खटपट सुन कर बहन ने पूछा।

"क्या नींद नहीं आ रही है ?"

"तुम कैसे जाग रही हो ? दस बज रहे हैं!"

"शहनाज़ की तरफ दिल लगा था।"

"उसी की वजह से मुझे भी नींद नहीं आ रही है।"

"कल मैं जब शहर की तरफ गई थी तो जोहरा के घर चली गई। काफ़ी देर बैठी रही। दोनों बच्चे इन्टर करके घर बैठे हैं कि क्या करें ? जोहरा रो-रो कर कह रही थी-बहन, मैं पागल हो गई इन लड़के-लड़कियों के चलते। हमेंशा स्कूल-कालेज जाते रहे हैं अब जो बेकार घर में बैठे हैं तो सर खाते हैं क्या करे मामान ? क्या करे मामान ? न सिनेमा न ड्रामा, न तफरीह न पढ़ाई, न किताबें ? क्या करें यह जवान ? भाई-बहन भी साथ-साथ बाहर निकल नहीं सकते। उसकी परेशानी सुन कर समझ कर वाक़ई मैं पागल हो उठी थी। कम-से-कम इस नौकरी से शहनाज़ के पास समय कैसे गुज़रे इसकी परेशानी तो नहीं है वरना हमारा सर खाती।"

"वह तो है मगर और बहुत नौकरियाँ हैं क्या यही एक बची है।" बहन की बात का जवाब उन्होंने दिया।

"लो शायद आ गई है।" बहन ने कहा। गली में किसी के पदचाप उभर रही थी। थोड़ी देर बाद दरवाज़े पर दस्तक हुई। माँ ने आगे बढ़ कर दरवाज़ा खोला। शहनाज़ के हाथ में पट्टी बन्धी देख कर वह चीख़ पड़ी, "क्या हुआ मेरी बच्ची तुम्हें ?"

"कुछ नहीं मामान! थोड़ी-सी चोट लग गई है, ख़तरे की कोई बात नहीं है।" शहनाज़ ने थके चेहरे पर मुस्कुराहट लाते हुए कहा।

"हुआ कैसे ?" खाला ने शहनाज़ के हाथों से पर्स लेते हुए कहा।

"बस! एक जगह रिपोर्ट के लिए गई थी। तीमी[1] घर पर हमला हुआ था। उसी में एक गोली मेरे बाजू से छुलती गुज़र गई।" शहनाज़ ने सैंडिल उतारते हुए कहा।

"कितनी बार कहा कि ऐसी जगहों पर मत जाया करो मगर मेरी सुनता कौन है ?" माँ ने बेटी के बाजू पर बाँधी पट्टी को सहलाते हुए कहा।

"नौकरी में सब करना पड़ता है, इसी का तो पैसा मिलता है।" शहनाज़ ने हँस कर कहा।

"मैं कैसा रोती गिड़गिड़ाती थी मगर वे कब सुनते थे। दस साल जेल में सड़े और फिर एक दिन गोली से उड़ा दिये गये ? वही हठ, वही ज़िद बाप वाली बेटी में भी है।" कहती हुई शहनाज़ की माँ किचन की ओर बढ़ी।

"खाला! आप भी मामान को नहीं समझाती हैं। यह समय कुछ ऐसा है कि आप चाहें या न चाहें, आपका हिस्सा होगा उन सारी घटनाओं-दुर्घटनाओं में जो भी इस देश पर गुज़र रहा है। मैं कैसे यहाँ पर रहते हुए अपने को दूर खींच लूँ ?" शहनाज़ ने खाला की ओर बड़ी बेबसी से देखते हुए कहा।

"समझती तो हूँ मगर जिस औरत ने बाप, भाई, पति खोया हो वह बेटी भी खो दे, बड़ा कठिन है। मुझसे अधिक तुम अपनी माँ को जानती हो। सुख उसने देखा कहाँ है ? ग़रीबी बेचारगी में हमेंशा कटी है। तुम जो सुख दे रही हो वह अपने हाथ से जाने नहीं देना चाहती है।" खाला ने शहनाज़ के सिरहाने तकिया लगाते हुए कहा।

"लो, गर्म दूध पी लो, ख़ून जाने कितना बह गया होगा।' चिन्ता से शहनाज़ की माँ ने कहा।

"आपको यहाँ अच्छा नहीं लगता हो तो हम वापस चलें।" शहनाज़ ने धीरे से कहा।

"किसने कहा मुझे अच्छा नहीं लगता है। बस तेरी यह नौकरी मुझे पसन्द नहीं है। जगह बदलने से तो अच्छा है कि नौकरी बदल लो। कहीं पढ़ाने की नौकरी नहीं मिल सकती है क्या ?" बादाम की तश्तरी बेटी के आगे रखते हुए बोली।

"स्कूल की नौकरी तभी आसानी से मिलती है जब किसी ने जेहादे 'साजिंदगी' (कृषि) में थोड़ा-बहुत काम किया हो, वहाँ काम करने का मतलब है कि मैं एक

---

१. तीमी मुजाहीदीनों के उन घरों को इस्लामी पासदार कहते हैं जहाँ हथियारों से लैस वे छुप कर रहते हैं।

साल-छः माह गाँव में रहूँ।" शहनाज़ ने बादाम मुँह में रखते हुए कहा।

"वही करो, कम-से-कम बाक़ी ज़िन्दगी सुकून से तो कटेगी। कल शादी हुई तो कौन मर्द पसन्द करेगा कि उसकी बीवी रात के दस बजे घर लौटे।" माँ ने कहा। सुन कर शहनाज़ के त्योरी पर बल पड़ गये मगर कुछ बोली नहीं।

"अब कोई अच्छी बात करो। लड़की थक कर आई है।" खाला ने कहा।

"तुम्हारी सारी दोस्त कहाँ गईं ? किसी का पता नहीं है ?" माँ ने झुँझला कर पूछा।

"परी ईरान से बाहर चली गई, कहाँ गई मालूम नहीं! महनाज़ तुम जानती हो कि जर्मनी में है। अख़्तर की शहादत का तुम्हें पता है। तय्यबा जेल में है। मलीहा दुख में भी अपनी नइया किनारे लगाने के लिए कशमकश कर रही है। सूसन का पता नहीं महनाज़ की बहन सनोबर का ब्रेन-हैमरेज से इन्तक़ाल हो गया।" इतना कह कर शहनाज़ ने आँसू छुपाने के लिए आँखें बन्द कर लीं।

"कब हुआ इन्तक़ाल ?" खाला ने दुख से पूछा।

"दो मास पहले आई थी, अच्छी भली थी।" माँ ने उदासी से कहा।

"दो हफ़्ते पहले हुआ है। आज उसका छोटा भाई लतीफ मिल गया था अस्पताल में, उसके भी पैर में गोली लगी थी। वह तो एक मास से भर्ती है।' शहनाज़ ने कहा।

"वह क्यों ?" माँ ने पूछा।

"फ़ौज में है न, बसरा के समीप इराक़ में क़ैद होते-होते बचा मगर भागते हुए चार गोलियाँ टखने में लग गईं। पैर काट दिया गया है।" शहनाज़ ने लम्बी साँस खींची।

"उसकी उम्र क्या होगी, शादी हुई है ?" खाला ने पूछा।

"सनोबर से पाँच साल छोटा था। आजकल तो खाला, सब उम्र के लोग फ़ौज में जा रहे हैं—बच्चे, बूढ़े, जवान। लड़ाई को भी तीन वर्ष गुज़र गये।" शहनाज़ ने दूध का ख़ाली गिलास रखते हुए कहा।

"पन्द्रह से पच्चीस साल तक हमेशा से फ़ौजी ट्रेनिंग ज़रूरी थी। अब तो ज़रूरत भी है, उन्हें फ़ौज में जाना पड़ता है। हमारे लड़के होते तो वह भी जाते। देश संकट में हो तो जवान हाथ पर हाथ रखे थोड़े बैठेंगे।" खाला ने जूठे बर्तन उठाते हुए कहा।

"उस बदबख़्त अली रेज़ा को देखा था उस दिन! कैसा फूट-फूट कर रो रहा था कि मैं लड़ने नहीं जाऊँगा मामान, बाबा से कहो मुझे कहीं छुपा दें। कहीं मुझे भेज दें। दो रोज़ से युद्ध के डर और मौत की दहशत से खाना नहीं खाया था! माँ-बाप क्या करते, कहाँ छुपा कर रखते! सरकारी हुक्म था।" माँ ने शहनाज़ के पैरों पर चादर डालते हुए कहा।

"यदि मैं लड़का होती और मुझे फ़ौज में जाना पड़ता तो तुम क्या करती ? तब भी इतना ही बिगड़ती जितना आज मेरी इस नौकरी को कोसती हो ?" शहनाज़ ने हँसते हुए कहा।

"तब की तब सोचती।" माँ ने बचे बादाम डिब्बे में डालते हुए कहा।

"शहनाज़ को सोने दो। रात काफ़ी हो गई है, अब तुम भी आराम करो।" खाला ने यह कह कर लाइट बुझा दी।

पहली बार माहाबाद टी०वी० पर उन कुर्दियों को दिखाया गया जिनको सरकार ने फाँसी दी थी। इस ख़बर ने पूरे ईरान में तहलका चला दिया था। कुर्द अधिक संगठित होने लगे थे। दूसरे इलाकों से खाना-पीना कब से आना बन्द हो गया था। इराक़ के रास्ते से जो चीज़ें आ रही थीं वह बेहद महँगी थीं। कुर्दी करते भी क्या ? जाड़ा बड़ा सख़्त गुज़रता था हर ऐतबार से, संघर्ष, खाद्य पदार्थ की कमी, सब तरह की परेशानी बढ़ जाती थी मगर पत्थर का सिरहाना पत्थर का बिछौना यही कुर्द की ज़िन्दगी हो गई थी।

भूखे पेट पर पत्थर बाँधे, पत्थर का सीना ताने कमर में लटकती बन्दूक़ लिये कुर्दी अपनी पहाड़ियों पर घूमता नज़र आता था। इन्हीं कुर्दों में था एक कुर्द काकहसन, उसे देख कर प्रत्येक मस्तिष्क में विचार उभरता था, चट्टान हसन! चौड़ा चकला सीना, पतली कमर के नीचे भरे नितम्ब, लम्बोतरा चेहरा, बड़ी-बड़ी आँखें, ज़िन्दगी से भरपूर गुलाबी होंट पर काली घनी मूँछें। शलवार, कुर्ता और पगड़ी, कमर में चाकू और कन्धे पर राइफल! जो देखता, देखता रह जाता था। निशानेबाज ऐसा कि आँख बन्द करके गोली चलाए या खंजर फेंके तो वह सीधा जा कर शत्रु के दिल पर वार करे। काकहसन शहनाज़ का चचाज़ाद भाई था।

गाँव में सोता पड़ा था। ऊपर आसमान पर तारे छिटके थे। फीके चाँद की रौशनी पहाड़ी की चोटियों पर फैली थी। काकहसन उन्हीं पहाड़ियों की गोद में लेटा अँधेरे में राइफल का निशाना बाँध रहा था। पास में उसका छोटा भाई काकहुसैन लेटा था। दोनों भाइयों का जिगरी दोस्त मुस्तफ़ा चट्टान से टेक लगाए बैठा था।

"तारों पर निशाना बाँधने से क्या लाभ ? शत्रु जब आयेगा तब सीना चीर कर रख देंगे। अभी तो काकहसन, बाँसुरी बजाओ।" मुस्तफ़ा ने कहा।

"हाँ, काकहसन! बाँसुरी बजाओ।" हुसैन उठ कर बैठ गया।

"मेरे मन में एक इच्छा बचपन से मुझे व्याकुल किये हुए हैं कि काश मैं शाहीन होता, अपने बड़े-बड़े डैने फैला कर ऊपर आकाश की स्वतंत्र नीलाहट का स्पर्श करता। जब तक मन करता उड़ता रहता। अपने डैनों में सूरज की किरणों की गर्मी भरता और..."

"इन्हीं भावों को बाँसुरी में बयान करो काकहसन।" मुस्तफ़ा ने खड़े हो कर अपनी बलिष्ठ भुजाएँ फैलाईं और सर के ऊपर ले जा कर कमर झुका कर उँगली के पोरों से पैर के अँगूठे को छुआ।

"बजाता हूँ, बजाता हूँ, इतनी जल्दी क्या है!" कह कर काकहसन ने सदरी के अन्दर से बाँसुरी निकाली और उसे मुँह में लगाया। मद्धिम सुर निकालता हुआ वह ऊपरी चट्टान की ओर बढ़ा और उस पर बैठ गया। धुन निकल चुकी थी सो आराम से बैठ कर उसने बाँसुरी के जिगर से बड़ी ग़मग़ीन तान निकाली। पहाड़ियों पर फैली पीली चाँदनी में शाम के धुँधलके का भाव उभर आया। सितारों और चाँद में एक नई रौशनी फैल गई। बाँसुरी की तान ने पेड़ों से सरगोशी करना आरम्भ कर दी। काकहुसैन और काक मुस्तफ़ा बाँसुरी की धुन में खो गये। इस धुन के जरिए वह पत्थर पर बैठे-बैठे पूरे कुर्दिस्तान का स्पर्श कर रहे थे। गेहूँ की बालियों से लदे खेतों के बीच दौड़ते। अनाज से भरे खलिहानों में लोट रहे थे। बारिश की तेज़ झड़ी में हल चला रहे थे, बीज बिखेर रहे थे। फलों से लदे वृक्ष को हिला कर लड़कियों का दामन भर रहे थे! उन्हें सपनों के हिडोले में झुलाती

बाँसुरी की आवाज़ पहाड़ियों की पेशानियाँ चूमती आसमान का सफर कर रही थी।

भोर के समय घोड़ा दौड़ाते सन्देशवाहक ने जब काकहसन को खत दिया तो उसने लापरवाही से मोड़ कर जेब में रख लिया और अपनी घेरदार शलवार के साथ वह पालथी मार कर वहीं पलग पर बैठ गया। माँ उपले पाथ रही थी। गाय का दूध दूह कर हुसैन ने बाल्टी चबूतरे पर रखी और बड़ा गिलास ताज़े दूध का भर कर भाई को दिया और खुद गाय का चारा ठीक करने लगा!

बहन सर पर पानी का घड़ा रखे चली आ रही थी, उसे देख कर काकहुसैन ने माँ को सम्बोधित करते हुए कहा, "कब तक बिठाए रखोगी गुलअफरोज़ को। कल रात फिर मुस्तफ़ा इशारे-इशारे में कह रहा था!"

"मैं क्यों देर करने लगी ? बाप से कहो।" कह कर माँ ने हौदे में हाथ धोया।

"आज बात करूँगा।" हसन ने मुर्गियों की तरफ दाना उछालते हुए कहा।

"खत किसका आया है ? शहनाज़ की माँ के खत का मुझे इन्तज़ार था।" माँ ने सर पर बन्धे रूमाल को कसते हुए कहा।

"उन्हीं का खत है लो।" हसन ने कहा और बाहर निकल गया।

"पढ़ कर सुनाओ हुसैन!" माँ ने दर्बे से अण्डे निकाल कर डोलची में डाले।

"चची परेशान हैं। काकहसन को बुलाया है।" हुसैन ने खत को पढ़ कर बताया।

"मुझे पता है, उसकी परेशानी शहनाज़ है। काकहसन बत्तीस का हो गया है, अब शादी कर लेनी चाहिए। बुढ़ापे की शादी में क्या भेद है मैं नहीं समझ पाती हूँ जो काकहसन हमेशा अपनी बात टालता है और मुस्तफ़ा की बातें करता है।" माँ दही बिलोने बैठ गई थी।

"तुम खुद बीच में पड़ कर कुछ ज़बरदस्ती करा दो वरना काकहसन काबू में आने वाला नहीं है।" हुसैन ने कहा और बछड़े को खोल कर गाय की ओर हाँक दिया।

"काकहसन और गुलअफरोज़ का ब्याह साथ-साथ करती हूँ।" कह कर माँ ने मथनी की रफ़्तार तेज़ कर दी।

"देख लो!" कह कर काकहुसैन घर से बाहर निकल गया।

धूप गाँव के तालाब तक छिटक आई थी। गाँव की औरतें तालाब के किनारे पानी भरने, कपड़े धोने में व्यस्त थीं। गायें, बकरियाँ घाटी में हरी-हरी घास चर रही थीं। कच्चे मकानों से धुआँ निकलना आरम्भ हो गया था। अभी सुबह के आठ ही बजे थे मगर ज़िन्दगी ऐसी रवां-दवां नज़र आ रही थी जैसे भरी दोपहर हो।

काकहसन अपनी धुन में चलता हुआ पहाड़ी के उस पार पहुँच गया था। जंगली फूलों को तोड़ कर उसका गुलदस्ता बनाया फिर जाने क्या सोच कर उसे बहते पहाड़ी झरने में बहा दिया।

"वह खत चची का है मुझे पता है। उस खत में क्या लिखा होगा ? एक तरफ शादी का इसरार दूसरी ओर कुर्दिस्तान की वर्तमान दशा से फरार...! चची आखिर चाहती क्या हैं ? शहनाज़ मेरे साथ रह कर क्या संघर्ष से कट कर रहेगी ? या फिर चची चाहती हैं कि मैं तेहरान जा कर रहूँ ?"

झरने के किनारे बैठा-बैठा काकहसन सोच में डूबा छोटे-छोटे पत्थर उठा कर पानी में तैरती मछलियों को मार रहा था, 'मुझसे कुर्दिस्तान नहीं छूटेगा। कुर्दिस्तान मेरी साँसों में बसा है। कुर्दिस्तान को हमें आबाद करना है। इसकी धरती को अब तक ख़ून से सींचा है। कितना ख़ून बहा होगा इस धरती पर ? मिट्टी उठा कर यदि कोई निचोड़े तो ख़ून की बूँदें गिरेंगी! ऐसी दशा में कुर्दिस्तान को मैं छोड़ दूँ और उस शहर में जा कर बसूँ जहाँ के लोग अपना हक़ भी माँगना नहीं जानते!'

"काकहसन! काकहसन! घर चलो माँ बुला रही है।" नीचे से गुलअफरोज़ ने पुकारा। हाथ के कंकड़ को पानी में फेंक कर काकहसन उठ खड़ा हुआ।

"क्या बात है गुलअफरोज़ ?" काकहसन नीचे उतरते हुए बोला।

"मुझे क्या पता ?" कह कर गुलअफरोज़ नीचे उतरने लगी।

दोनों जब घर पहुँचे तो आँगन के इकलौते पेड़ की छाया में काकहसनैन बैठे थे। माँ रोटी पर मक्खन लगा कर मट्ठे के साथ उन्हें दे रही थीं। काकहसन चुप चाप बाप के समीप चटाई पर जा कर बैठ गया। माँ ने उसका नाश्ता भी सामने रखा। "गुलअफरोज़ का व्याह अगले माह करने की सोची है, साथ में तुम्हारी ज़िम्मेदारी

भी पूरी करनी है।" गिलास से मट्ठे का बड़ा-सा घूँट भर कर काकहसनैन ने बेटे की तरफ देखा।

"चची कुर्दिस्तान में रहना पसन्द करेंगी ? मैं तो तेहरान जा कर रहूँगा नहीं।" काकहसन ने दोटूक बात कह दी।

"वह बात साफ है।" काकहसनैन ने कहा, ख़ाली गिलास चटाई पर रखा।

"कुर्दिस्तान कल आज़ाद होगा तो काम ही काम होगा। नौकरियों की परेशानी नहीं होगी।" काकहुसैन ने कहा।

"हम ग़रीब लोग हैं। पुश्त दर पुश्त से भूख और जुल्म से लड़ते चले आये हैं। जब जमाना बदलेगा तब देखा जायेगा, अभी तो संग्राम है।" इतना कह कर काकहसनैन ने अपना साफ़ा ठीक किया और उठ खड़े हुए। सामने धूप में गुलअफरोज़ गेहूँ धो कर फैला रही थी। यूँ तो वह काम में व्यस्त थी मगर उसके कान भाई और बाबा की बातों की तरफ लगे हुए थे।

पसीने में डूबे अब्बास जब उस मोहल्ले में पहुँचे तो सब की नज़रें उन पर उठ गईं। सर झुकाए हुए वह ऊपर चबूतरे पर जा कर बैठ गये। सब की नज़रें उनके चेहरे पर जम गईं।

"वे सुलह के लिए राज़ी नहीं हैं बल्कि मरने-मारने पर उनका विश्वास है। गाँव में आठ-दस बन्दूकें होंगी, उन्हें ले कर जवान तैयार रहें। जाने कब क्या हो जाये!"

"दफ़नाने का क्या हुआ ?"

"उनका कहना वही है। यदि उनकी यह ज़िद हम मानते हैं तो आगे जाने किस-किस बात के लिए दबना पड़ेगा। मुझसे जो बातें हुई हैं वह मैं हू-ब-हू सुनाए देता हूँ। आगे फैसला पंचों के हाथों है।" कह कर अब्बास ने जो कुछ गुज़रा था कह सुनाया।

सब कुछ सुन कर काफ़ी देर ख़ामोशी रही फिर एकदम से गाँव के बुजुर्ग मुश्द गुलाम ने ज़बान खोली, "लाश अपने क़ब्रिस्तान में दफ़नाई जायेगी। हम तीन सौ हैं वह केवल तीन हैं।" फिर मुँह दूसरी ओर करके बोला, "कफनाने-दफ़नाने का काम शुरू कर दो।"

"मैं तेहरान जाऊँ या नहीं ?" अब्बास ने पूछा।

"पहले हम यहीं इनसे निबटते हैं यदि ज़रूरत महसूस हुई तो तेहरान चलेंगे।" दूसरे बूढ़े शाद मोहम्मद ने कहा।

"आप अब घर तशरीफ ले जायें; रात काफ़ी हो गई है। ख़ानम परेशान होंगी!" मुशद आग़ा ने कहा।

इतना सुन कर अब्बास उठे और सुबह मस्जिद में पहुँचने का वायदा करके घर

की ओर चल पड़े। रास्ते में राइफलें लिये नौजवान क़ब्रिस्तान की तरफ जाते दिखे।

अब्बास ने दरवाज़े पर हल्के से दस्तक दी। बिलक़ीस ने दरवाज़ा खोला। उसे देख कर अब्बास ने आश्चर्य से पूछा–

"एक बज रहा है, तुम घर नहीं गईं ?"

"ख़ानम को अकेला कैसे छोड़ती ?" बिलक़ीस ने कहा।

"सूसन!" अब्बास ने पुकारा।

"जी! सब ख़ैरियत तो है न ?" सूसन नंगे पैर ही कमरे से निकल आई थी।

"हाँ, सब ख़ैरियत है। रात ज़्यादा हो गई है, मैं बिलक़ीस को छोड़ कर आता हूँ।" कह कर अब्बास चलने को हुए।

"नहीं, हाज़ आग़ा! मैं चली जाऊँगी। अपना गाँव है।" कह कर बिलक़ीस ने सर पर चादर डाली और दरवाज़े से बाहर निकली।

"इतनी रात को...ख़ैर मैं थोड़ी दूर साथ चलता हूँ।" कह कर अब्बास घर से बाहर निकले।

बिलक़ीस को कुछ दूर छोड़ कर घर लौटे। बाथरूम में जा कर ख़ूब अच्छी तरह से हाथ-मुँह-पैर धोये फिर तौलिया से हाथ-मुँह पोंछ कर बिस्तर पर लेट गये।

"नमाज़े जनाज़ा सुबह आठ बजे होगी। मैं सुबह सात बजे यहाँ से निकल जाऊँगा।" कह कर अब्बास ने आँखें बन्द कर लीं। सूसन ने माथे पर नर्मी से हाथ रखा। माथा जल रहा था।

"आपको तो बुखार है!" सूसन उछल कर बैठ गई। लाइट जलाई और डिब्बे से एक बुखार और एक थकन दूर करने की गोली निकाल कर अब्बास को दी।

"मैं बहुत थक गया हूँ दिमाग़ी तौर से, मैं सोना चाहता हूँ।" इतना कह कर अब्बास ने आँखें बन्द कर लीं और करवट बदल ली।

उधर क़ब्रिस्तान से आधे कोस की दूरी पर आठ-दस जवान मर्द राइफलें सँभाले पहरेदारी कर रहे थे।

सुबह जनाज़े के साथ पूरा गाँव उमड़ आया था। तकियादार को क़ब्र के बारे में पता था मगर वह क़ब्र खोद नहीं सकता था। उसे झगड़े का पता था। जब जनाज़ा वहाँ पहुँचा तो सबके मन आशंका से भरे हुए थे कि जाने क्या होगा ? जाने कितनी नई क़ब्रें बनेंगी ?

क़ब्रिस्तान से आधे कोस की दूरी पर जनाज़ा पहुच चुका था। राइफलों से लैस मर्द, अब्बास और मुश्द गुलाम आगे बढ़े। क़ब्रिस्तान में कोई न था। सिर्फ़

तकियादार मस्जिद के सामने सूखी पत्तियों को झाड़ू से इकट्ठा कर रहा था।

जनाज़ा आगे बढ़ा। मस्जिद में पहुँचा। तीन क़ब्रों के लिए तकियादार से कह कर सब नमाज़े जनाज़ा के लिए सफ़ में खड़े हुए। नमाज़े जनाज़े के बाद तीनों जनाज़े दफ़ना दिये गये। बारह बजे तक सबका लौटना हुआ।

वह तीनों जवान रातों-रात गाँव छोड़ कर चले गये। यह बात तकियादार ने धीरे से अब्बास आग़ा को बताई थी।

क़ब्रिस्तान से लौट कर अब्बास ने नहा-धो कर खाना खाया और कमरे में जा कर लेट गया। सूसन भी पास आ कर बैठ गई थी। हाथों में ऊन और तीलियाँ ले कर।

"सूसन! मेरा मन अब इस जगह से भर गया है। कहीं और चलते हैं।"

"कहाँ ?"

"किसी और शहर में।"

"यानी ईरान में किसी दूसरी जगह ?"

"हाँ।"

"मगर मेंरा दिल तो अब ईरान से ऊब गया है। कहीं बाहर चलते हैं।" सूसन ने कहा

"कहाँ ?"

"जहाँ का वीज़ा मिल जाये।" तीली पर फन्दे डालते हुए सूसन बोली।

"फिर भी कोई मुल्क तो होगा तुम्हारे दिमाग़ में ?" अब्बास ने छत देखते हुए कहा।

"हिन्दुस्तान! तुम्हें हिन्दुस्तान पसन्द है न ?" सूसन फन्दे डाल चुकी थी। दूसरी तीली उठाते हुए बोली।

"हिन्दुस्तान सस्ता भी होगा और हर तरह की पश्चिमी गन्दगी से पाक भी होगा।" अब्बास ने धीरे से कहा।

"उसके बारे में बहुत-सी बातें सुनी हैं। मन करता है उस अजायबघर को देखने का।" सूसन ने कहा।

"परसों तेहरान जा कर पता लगाऊँगा।" कह करके अब्बास ने अख़बार उठाया। हफ़्तों पुराने अख़बार इकट्ठा शहर से ख़रीद लाते हैं फिर उन्हें पढ़ते हैं। इस समय भी एक मास पहले का अख़बार पढ़ रहे हैं।

"यहाँ का काम कौन देखेगा ?"

"बिलक़ीस और अब्दुल्ला हैं। मंजूर से भी कह दूँगा।" अब्बास ने अख़बार पर नज़र गाड़े-गाड़े कहा।

"हमेशा के लिए थोड़ी जाना है जो सब कुछ ख़त्म करके जायें।" सूसन ने

बुनाई करते हुए कहा।

"हाँ। फिर नये मुल्क में दिल लगा या नहीं, क्या पता लौटना ही पड़ जाये। कम-से-कम यहाँ पर सर छुपाने को तो कुछ रहेगा।" अख़बार तह करते हुए अब्बास बोला।

"यह तो है, फिर यह गाँव अपने पुरखों की जगह है, इसे कैसे भूल सकते हैं।" सूसन बोली।

"जो कुछ तेहरान से मँगवाना है उसकी लिस्ट दे देना।" अब्बास ने करवट बदलते हुए कहा।

"रात को बना लूँगी, सुबह दे दूँगी।" सूसन ने कहा। बच्चा उठ गया था। सूसन बच्चे की तरफ लपकी। कल के थके अब्बास नींद में डूब गये।

## 11

"आह!" तय्यबा के मुँह से दर्द से भीगी नन्ही-सी बूँद टपकी।

बिजली का केबिल हवा में लहराया और सड़ाक से तय्यबा के तलवों पर पड़ा। तख़्त पर लेटी तय्यबा पसीने और आँसुओं से तरबतर थी। हाथ-पैर प्लास्टिक की पतली रस्सी से बन्धे थे। दर्द से जब भी वह ऐंठती उसके हाथ-पैर पर ख़ून से डूबी एक नई लकीर उभर आती।

"कहाँ हैं तुम्हारे बाक़ी साथी ?" केबिल हवा में हज़ार बल खा कर फिर तलवे के जख्म पर तड़पा। ख़ून की छींटें उड़ीं।

"आह!" जवाब में दर्द की दूसरी बूँद तय्यबा के मुख से टपकी।

"बेहया! दो घण्टे से मैं एक ही सवाल पूछ रही हूँ, सुन नहीं रही है ?" केबिल हवा में नचाती हुई वह लम्बी-चौड़ी चिमगादड़ औरत चिंगाड़ी।

"बस करो!" मर्दाना आवाज़ उभरी।

तय्यबा बेहोश हो चुकी थी। दर्द को पीते-पीते उसके दाँतों ने निचले होंट से ख़ून के दो गर्म सोते बहा दिये थे। अखरोट के रंग के बाल जो गन्दगी से भरे अधिक गहरे रंग के हो गये थे, इस समय मुँह पर पसीने से चिपक गये थे।

"नब्ज़ देखो, ज़िन्दा है क्या ?" मर्दाना आवाज़ अभरी।

"ज़िन्दा है, सिर्फ़ बेहोश हो गई है।" काली चिमगादड़ ने हाँफते हुए कहा।

"तुम अब आराम करो।" मर्दाना आवाज़ उभरी।

"बहुत अच्छा!" औरत ने कहा और कमरे का दरवाज़ा भेड़ती हुई बाहर निकल गई। रात ढल रही थी। आसमान पर काले-काले बादल छाये हुए थे। मलीहा की

आँखों से नींद कोसों दूर थी। उसकी सबसे बड़ी परेशानी थी कि वह अब क्या करेगी ? घर का सारा क़ीमती सामान बिक गया था। वह अकेली नहीं है। दो मासूम बच्चों का साथ है।

बाहर बारिश होने लगी थी। बिस्तर से उठ कर उसने खिड़की बन्द की। बच्चों के पैरों पर चादर डाली और स्वयं मुँह-हाथ धो कर किचन में आई। समावर रौशन करके वह जानमाज़ बिछा कर नमाज़ के लिए खड़ी हुई। नमाज़ के बाद उसने दुआ माँगी, "मेरे माबूद! मुझे सीधा रास्ता दिखा। मेरे दिल और दिमाग़ को इतनी ताकत दे कि मैं सच्चाई के रास्ते पर चलने से न डगमगाऊँ!" गर्म आँसुओं का आबशार आँखों से बह कर नमाज़ की छींटदार चादर में जज्ब होने लगा। "मेरे ख़ुदा! मुझे सहारा दे। मैं थकती जा रही हूँ। मुझे ताकत अता कर!"

दरवाज़े की घण्टी बजी। मुँह को चादर से पोंछ कर उसने जा नमाज़ तह की और पूछा, "कौन है ?"

"दरवाज़ा खोलो मलीहा।" सूसन की बेचैन आवाज़ उभरी।

"कौन ?" मलीहा की आँखें फट गईं।

"मैं सूसन!" सूसन ने नीचे दरवाज़े पर लगे फ़ोन में मुँह डाल कर आहिस्ता से कहा। मलीहा ने रिसीवर रख कर बटन दबा दिया। दरवाज़ा खुल गया। मलीहा दौड़ती हुई नीचे उतरी। सूसन गोद में बच्चा लिये काली चादर में लिपटी ऊपर चढ़ रही थी। दोनों ने पल-भर एक-दूसरे को ताका फिर चीख़ मार कर एक-दूसरे से लिपट कर हिचकियाँ भर-भर कर रोने लगीं। गोद में दबा बच्चा बिलबिला कर रो पड़ा।

"आओ सूसन, ऊपर चलो।" मलीहा ने रोते हुए बच्चे को सूसन की गोद से लेते हुए कहा।

"चलो।" कह कर सूसन मलीहा के पीछे-पीछे सीढ़ी चढ़ने लगी।

"चादर भीग गई है, उतार कर फैला दो सूसन वरना जुकाम हो जाएगा। बच्चे के लिए नुकसानदेह होगा।" मलीहा यह कहती हुई किचन में दाख़िल हुई और चाय दम दी। फ्रिज खोल कर मुरब्बा मक्खन निकाल कर सुफरे पर सजाया। फिर बच्चों को जगाने लगी।

"उठो, देखो कौन आया है ?" मलीहा ने बच्चों को हल्के-हल्के तलवे में गुदगुदाया।

"बाबा आ गये मामान!" बेटी आँख मलती हुई उठ बैठी। उसी के साथ बेटा भी उछल कर बैठ गया। उनके सामने एक औरत बैठी बच्चे को दूध पिला रही थी और बहते आँसुओं को पोंछती भी जा रही थी। मलीहा इस आकस्मिक हमले के लिए तैयार न थी। उसके होंट काँप कर रह गये।

"कौन हैं, यह मामान ?" बेटे ने माँ से चिपकते हुए पूछा।

"सूसन ख़ाला हैं...याद आया ? वही भालू वाली खाला ?" मलीहा ने बड़ा-सा भालू जो सूसन ने दिया था याद दिलाया। बेटे के चेहरे पर कुछ परछाइयाँ उभरीं फिर मिट गईं।

"इधर आओ!" सूसन ने बुलाया।

दोनों आगे बढ़े। सूसन ने बड़ी गर्मी से दोनों को सीने से चिपकाया। माथे पर प्यार किया। सर पर हाथ फेरा फिर पर्स से निकाल कर दो छोटे पैकेट दोनों के हाथों में थमा दिए।

"बहुत प्यारे बच्चे हैं, बेटा पूरा बाप पर गया है!" सूसन ने कहा और अपने बेटे को गोद से उतार कर क़ालीन पर बिठाया।

"आओ, नाश्ता नोशे जान करो सूसन।" मलीहा ने कहा।

नाश्ता करने के बाद दोनों बच्चे सूसन के बेटे से खेलने लगे। मलीहा ने बर्तन समेंटे। सूसन वहीं किचन में आ कर मलीहा से बोली।

"मैं हफ़्ते-भर बाद हिन्दुस्तान जा रही हूँ।"

"सफर बख़ैर हो।" मलीहा ने कहा।

"कल मैं तेहरान पहुँची। रात ज़्यादा हो गई थी इसलिये आना मुनासिब नहीं समझा। सुबह जब अब्बास काम के लिए निकले तो मैं इधर आ गई।' सूसन ने चमकती हुई आँखों से कहा।

"हिन्दुस्तान का प्रोग्राम एकाएक कैसे बन गया ?" मलीहा ने तौलिया से हाथ पोंछते हुए पूछा।

"दो साल गाँव में बहुत अच्छी गुज़री मलीहा! मगर अब वहाँ रहना कठिन हो गया था। बिना सियासत में पड़े हुए अब्बास का जीना हराम हो रहा था। सयासत में पड़ने का मतलब है जीते जी खुदकुशी करना। अब्बास यह सब चाहते नहीं थे और फिर मलीहा। मैं हर क़ीमत पर जीना चाहती हूँ। मैंने मौत का स्पर्श किया है, बहुत भयानक ठण्डा अहसास होता है। दोबारा वह तजुर्बा मैं किसी भी क़ीमत पर नहीं कर सकती।" सूसन ने अपनी आँखें मलीहा पर गाड़ दीं।

"हमेशा के लिए जा रही हो ?" मलीहा ने पूछा।

"पता नहीं। अभी तो इरादा कुछ दिनों का ही है। आगे के लिए कहना इतनी जल्दी कठिन है।" सूसन ने कहा।

"सब कुछ आसानी से हो गया ?" मलीहा ने किचन से निकलते हुए पूछा।

"कहाँ ? हर जगह रिश्वत देनी पड़ी। जान-पहचान के बावजूद...अब्बास का कहना है, सरकार का खज़ाना ख़ाली है। उसी के कारण मंत्रालय में बैठे बड़े-बड़े अफसर रिश्वत ले रहें हैं।" सूसन ने आवाज़ धीमी करते हुए कहा।

"लोगों के पास तो अब भी बहुत पैसा है।" मलीहा ने कहा।

"अब्बास कहते हैं कि ईरान को सरकार नहीं बल्कि स्वयं अमीर लोग हैं जो

सँभाले हैं। दो तरह की व्यवस्था है ईरान में, एक सरकारी दूसरी मध्यवर्गीय पूँजीपतियों की। जिनके पास धन है उनसे और जनता से टैक्स के बहाने सरकार रुपया ऐंठ रही है। उसका तुम्हें अन्दाज़ा नहीं है मलीहा।'' सूसन बोली।

''जैसे ?'' मलीहा ने क़ालीन पर बैठते हुए पूछा।

''वह सलमा...साँवले रंग वाली...याद आया ? हाँ तो सलमा को अवैध समबन्ध रखने के जुर्म में पासदार पकड़ ले गये थे। साथ में कई अन्य औरतें थीं। संगसार की सजा तो एक-दो को सुनाया था। सीधे गोली से उड़ाते हैं अब तो। बाक़ी सारी औरतों को गोली से उड़ा दिया गया। केवल सलमा छूट कर आ गई। उसका भाई इस्फ़ाहान का बहुत धनाढ्य आदमी है। पाँच मिलियन तूमान दी हैं बहन की क़ीमत...इस राज़ के खुल जाने पर बड़ा हँगामा हुआ था। कई मौलवियों के नाम भी इन क़िस्सों से जुड़े हुए थे। अब्बास उस समय ज़ज थे। बहुत कुछ अन्दर-अन्दर पक रहा है।'' सूसन ने बताया।

''फिर इन्क़लाब ने बदला क्या ? व्यवस्था वही रही। कत्ल-ग़ारतग़री की संख्या ज़रूर बढ़ी है।'' मलीहा ने दुख से कहा।

''ताज की जगह अमामा आ गया है। व्यवस्था बदले भी कैसे ? सारे काउन्टर इन्क़ेलाबी भेष बदले इन्क़लाब का नारा सबसे ऊँची आवाज़ में लगा रहे हैं!'' सूसन ने बेटे की नैपी बदलते हुए कहा।

''मुझे तो लगता है कि वर्तमान सरकार स्वयं नहीं तय कर पा रही है कि कौन-सा समुदाय, कौन-सा मुल्क उनका दोस्त है कौन-सा दुश्मन।''

''ईरान को तबाह कर दिया है। इन्क़लाब के आरम्भ में लोग शहीद होना चाहते थे मगर आज कोई भी मरना नहीं चाहता है। मौत से थक गये हैं लोग।'' सूसन ने कहा।

''मौत ने, शहादत ने, समस्या सुलझाई कहाँ है ?''मलीहा ने फ्रिज से पानी की बोतल निकालते हुए कहा।

''तुम्हारा घर बड़ा ख़ाली-ख़ाली लग रहा है मलीहा।'' सूसन ने नजरें इधर-उधर घुमाते हुए पूछा। मलीहा चुप रही। उसके झुके चेहरे और ख़ामोश होंटों को पल-भर सूसन ने ताका फिर जैसे वह सब कुछ समझ गई। बात बदलने की गर्ज़ से बोली–

''सनोबर और शहनाज़ का क्या हाल है ?''

''पता नहीं ? बस परी का मालूम है कि विदेश गई है। कहाँ इसका कुछ पता नहीं है।'' मलीहा ने धीरे से कहा।

''तय्यबा से मुलाक़ात होती है ?'' सूसन ने बेटे को दूध पिलाते हुए पूछा।

''नहीं! वह जेल में है। किस जेल में है पता नहीं है वरना मिलती ज़रूर जा कर।'' ठण्डी साँस भर कर मलीहा ने कहा।

सूसन इस बात से ऐसा चौंकी कि बच्चा मुँह से दूध छुटने के कारण रो उठा।

"कब ?" सूसन की आँखें आँसुओं से भर गईं।

"छह मास हो रहे हैं।" मलीहा ने धीरे से कहा।

"तय्यबा के मित्र सईद भी तो..." सूसन ने आँसू पोंछते हुए कहा।

"हाँ...सईद सोल्तानपोर को तो उनकी शादी के दिन पकड़ कर ले गये थे।"

"फिर ?"

"निकाह तब तक हुआ नहीं था। पासदार पहुँचे, घर को चारों तरफ से घेर लिया। सईद पर इल्ज़ाम था कि वह डालर की हेरफेर कर रहे थे। मेहमानों के कहने से निकाह होने की इजाज़त दे दी। फिर दोनों को कमेटी ले गये। पूछताछ के बाद लैला ख़ानम को छोड़ दिया। सईद आग़ा को रोक लिया। अब तो उन पर इल्ज़ाम है कि 18,000 पासदारों को उन्होंने मरवाया है कुर्दिस्तान में । विदेशी करेन्सी का भी आरोप है। इस जुर्म में 22 जून को गोली से उड़ा दिए गये।" मलीहा की आवाज़ फँसी-फँसी गले से निकल रही थी।

"लैला ख़ानम कहाँ हैं ?" सूसन की आँखों में भरे आँसू गालों पर लुढ़क गये।

"पता नहीं सूसन। हाँ तय्यबा ने इतना बताया था कि लैला ख़ानम के भाई क़जल आग़ा को भी फाँसी दे दी गई है। सरकार विरोधी थे।" मलीहा ने ठण्डी साँस भरी।

"सईद आग़ा की माँ...बाबा ?" सूसन ने पूछा।

"माँ हैं सिर्फ़...उनका तो बहुत बुरा हाल है उन्हीं की ज़िद से विवाह हो रहा था। बार-बार वह यही कहती थीं। शाह के दौर में हमेशा जेल में रहा। सारी जवानी यातनाओं को सहते हुए काटी है। बुढ़ापे से पहले घर तो बस जाए सईद का...तय्यबा का बहुत अच्छा हाल न था।" मलीहा की आँखें छलक पड़ी थीं।

"सईद के घर वालों से तय्यबा मिली थी ?" सूसन ने पूछा।

"भाई भी जेल में था। माँ अकेली ग़म से दिवानी हो कर बार-बार यही कह रही थीं कि अभी तो सईद के बदन के सावक की मार के जख्म भरे नहीं थे। उसके शरीर पर संघर्ष की सनदे थीं, उसे मार कर क्या मिला ? दुश्मन भी अपने दुश्मन को शादी की रात को नहीं पकड़ता है, यह कैसा क़ानून है ? कैसा न्याय है ?" मलीहा ने आहिस्ता-आहिस्ता बयान किया।

"सच मलीहा! हम औरतें कितना सह रही हैं ?" सूसन ने रोते हुए कहा।

"न जाने सूसन, समाज के हर बदलाव की मार औरत की पीठ पर ही क्यों पड़ती है ?" मलीहा ने आँसू पोंछते हुए कहा।

"पता नहीं मलीहा ? जाने कब तक हमें यह सब कुछ सहना पड़ेगा ? पता नहीं...कुछ भी नहीं पता चलता है।" सूसन के सब्र का बाँध टूट गया था।

"पता है हमें सूसन कि हम औरतों को क्या करना है...इस इन्क़लाब के

आरम्भ में औरतें ही तो अपनी बन्धी मुट्ठी ले कर सड़कों पर आई थी। औरतें ही थीं जिन्होंने अपने ख़ानदान को इस परिवर्तन का साक्षी बनाया था। आज भी वही औरतें ही आगे बढ़ेंगी...बढ़ रही हैं सूसन।...रोज़ शहीद होने वालों में आधी जवान लड़कियाँ ही होती हैं।" मलीहा उठी। दो गिलास शर्बत बना कर लाई।

"लो पियो सूसन! दिल सँभल जाएगा।" मलीहा ने शर्बत का गिलास आगे बढ़ाया।

शर्बत पी कर सूसन ने सोते हुए बेटे को बिस्तर पर लिटाया और बाथरूम में जा कर ख़ूब अच्छी तरह से मुँह-हाथ धोया। मलीहा ने दोपहर के खाने का इन्तज़ाम शुरू कर दिया।

"बच्चे स्कूल नहीं गये मलीहा ?" सूसन ने बाथरूम से निकल कर पूछा।

"मुजाहीदीन बाप के बेटे-बेटियों के लिए वर्तमान व्यवस्था में कोई स्थान नहीं है सूसन।" मलीहा ने सर झुकाए चावल बीनते हुए कहा।

"तुम्हारा तेहरान में रहना बहुत ज़रूरी है ?" सूसन ने कुछ सोचते हुए पूछा।

"वर्तमान व्यवस्था तो मेरा धरती पर रहना ही ग़ैर-ज़रूरी समझती है...इन इल्ज़ामों के साथ कहाँ, किसके घर जाऊँ ? यह धरती हमारे लिये ही भारी है। दूसरों को क्यों दुख दें अपने वजूद से।" मलीहा ने सर झुकाए-झुकाए कहा।

सूसन किसी गहरी सोच में डूब गई। मलीहा खाना पकाने में व्यस्त रही। घर में मुर्दा ख़ामोशी छा गई थी। मलीहा के दोनों बच्चे चुपचाप किताब, कापी, खोल कर पढ़ाई कर रहे थे।

"खाने के बाद शहनाज़ के घर चलोगी ? जाने से पहले उससे भी मिल लेती।" कुछ सोचते हुए सूसन बोली।

"मैं कहाँ जाऊँगी सूसन।" मलीहा ने बड़ी उदासी से कहा।

'तुम्हारे बिना जाने से फ़ायदा ? तीनों मिल कर बैठेंगे। जाने यह भी कल नसीब हो या नहीं।" सूसन ने भी रूँधे गले से कहा।

"चलूँगी।" मलीहा ने हंडिया बघारते हुए कहा।

इसके बाद घर में फिर एक मुर्दा ख़ामोशी छा गई। सूसन सोच में डूब गई थी। दोनों बच्चे अब भी चुपचाप सर झुकाए किताब पर नज़र गाड़े हुए थे।

तय्यबा के पैरों में पस पड़ गया था। उठना-बैठना मुश्किल था। बाथरूम भी जाती तो घुटने के बल चलती हुई हजार तकलीफ़ों के बाद वह उस ज़रूरत से निबटती थी। अभी तक न उसे कोई डाक्टर देखने आया था, न ही कोई दवा उसे दी गई थी। बस कमरा ज़रूर बदल दिया गया था। अब वह आठ-दस लोगों के साथ थी। सब ही जख्मी थे। किसी का हाथ टूटा था, किसी का पैर तो किसी का जबड़ा टूटा हुआ था।

कमरे में पस और ख़ून की अजीब-सी बू भरी हुई थी। जूठे खाने की रकाबियाँ वहीं पड़ी रहती थीं जिससे मक्खियाँ अधिक हो गई थीं और जख्म पर बैठ-बैठ कर उसमें खुजलाहट मचाती थीं।

कल सुबह कमरे से दो लोगों को बाहर ले गये थे। कुछ देर बाद दो फ़ायर हुए। कमरे में ऊँघते, बुखार से तपते क़ैदी चौंक उठे और उनकी आँखें फट गईं।

"साथी मारे गये।" सबके चेहरे पर एक ही वाक्य था जो पढ़ा जा सकता था। मगर आधे घण्टे बाद वे दोनों अन्दर कमरे में घसीटते हुए आए। सब आश्चर्य में पड़ गये। एक ने बैचैन हो कर पूछ लिया।

"तुमने गोली की आवाज़ सुनी थी न ?"

"हाँ सुनी थी," दूसरे ने गर्दन हिलाई।

तय्यबा उसी के बाद कमरे में लाई गई थी। कल वाले प्रश्नों का सन्दर्भ आज उसे समझ में आया जब कमरे से दो साथी ले जाये गये और फिर फ़ायर की आवाज़ गूँजी। कमरे में बैठे सारे क़ैदी सचेत से बैठ गये। थोड़ी देर बाद दरवाज़े पर आहट हुई। सबकी नजरें दरवाज़े पर टिक गईं।

दरवाज़े से दाख़िल होने वाला सिर्फ़ एक साथी था, बदहवास सा आ कर ज़मीन पर गिर पड़ा। दूसरे के इन्तज़ार में टिकी आँखें दरवाज़े से हट कर वापस आये साथी पर जम गईं।

"गोली चलने की आवाज़ सुनी थी न ?" किसी ने पूछा।

"हाँ सुनी थी मगर इस बार केवल एक आवाज़!" दूसरे साथी ने उसी बदहवासी से जवाब दिया।

"जो साथी बाहर गया था वह लौटा क्यों नहीं ?" एक ने व्याकुलता से पूछा।

"साथी कहाँ है दोस्त ?" किसी ने औंधे पड़े क़ैदी साथी का शाना हिलाया जो अभी-अभी बाहर से बदहवास लौटा था।

"कहाँ रह गया वह ?" दूसरे ने बेक़रारी से पूछा।

औंधे लेटे क़ैदी ने कोई उत्तर नहीं दिया। आँखें खुली सामने कुछ ताक रही थीं। झिंझोड़ने पर भी जवाब न मिला तो उसी क़ैदी ने घबरा कर नब्ज़ देखी। नाक के सामने हाथ लगाया।

"साथियो! यह तो चल बसा...!" एक दर्दनाक चीख़ उभरी।

सबके चेहरे धुआँ-धुआँ हो गये। समझते देर नहीं लगी कि जो नहीं आया वह शहीद हुआ, जो वहाँ औंधा पड़ा है वह चल बसा। उसकी नज़रों में उस दृश्य को झेलने की ताब न थी। खाने के समय जब पासदार आये तो क़ैदियों ने बताया। पासदार ने उसके जख्मी बदन पर ठोकर मारते हुए कहा–

"चलो! सब इस कमबख़्त का मृत्युभोज खाओ।"

खाना किसी से छुआ नहीं गया। थोड़ी देर बाद डाक्टर आया। लाश को सीधा करके मुआयना किया। डेथ सर्टीफ़िकेट लिखा। हार्ट फेल हुआ था। दो पासदार थोड़ी देर बाद आये और लाश घसीट कर कमरे से बाहर ले गये।

खाने की रकाबियाँ मक्खियों से भरी पड़ी थीं, किसी ने हाथ नहीं लगाया। लाश का स्थान ख़ाली था। शाम को बर्तन उठाने वाले ने जा कर बताया कि वार्ड नं० एक सौ चौंतीस में किसी ने खाना नहीं खाया है।

"सोग मनाने दो। तीन दिन तक उस वार्ड में खाना नहीं जायेगा।" हुक्म मिला।

रात हो गई थी। कमरे में अँधेरा था। मन की आँखें भी खुली थीं। आपसी भय समाप्त हो गया था। सब एकता के सूत्र में बन्ध गये थे। सबके चेहरे के भावों ने ख़ामोशी से एक-दूसरे को बताया था कि हम एक ही नाव के सवार हैं।

"मरने वाला बहरूज़ था, मेंरा दोस्त।" मद्धिम आवाज़ उभरी।

"बहरूज़ वतनदूस्त...कवि... ?" दूसरे ने पूछा।

"हाँ...!" जवाब बहुत भीगा हुआ था।

"जो शहीद हुआ वह ?" एक आवाज़ अँधेरे में उभरी।

"वह भी मेरा जानने वाला था। उसका नाम शाकिर था।" लहजे का गीलापन बढ़ गया था।

"लेखक था या कवि ?"

"पत्रकार था...तीन वर्ष से जेल में था..." लहजे के गीलेपन में पानी टपकने की आवाज़ साफ सुनाई पड़ रही थी।

"अरे यह वही शाकिर तो नहीं जिसने किहान में वह लेख...क्या शीर्षक था उसका... ?" याद करती-सी आवाज़ उभरी।

"हाँ...हाँ...याद आया," नई आवाज़ें उभरीं।

"क्या बात है, शोर क्यों मचा रहे हो ?" बाहर से पासदार की आवाज़ ने डपट कर पूछा।

"दोस्त की क़ब्र पर फ़ातेहा पढ़ रहे हैं। पढ़ने दो सवाब का काम है।" हँसी की आवाज़ उभरी फिर ख़ामोशी छा गई।

शहनाज़ घर पर ही मौजूद थी। मलीहा और सूसन को देख कर पहले ठगी-सी खड़ी रही फिर जैसे सपने से जागी हो, दौड़ कर उनसे लिपट गई। शहनाज़ की माँ और ख़ाला दोनों को देख कर बहुत ख़ुश हुईं।

"कैसी हो शहनाज़ ?" मलीहा ने पूछा।

"कहीं जा रही हो या कोई आया है।" सूसन ने अटैचियाँ और सामान बन्धा देख कर कहा।

"हम लोग कल जा रहे हैं।" शहनाज़ की माँ ने कहा।

"कहाँ ?" मलीहा ने पूछा। उसके मन में विचार उभरा–सब ही कहीं न कहीं जा रहे हैं। ईरान में बचेगा कौन ?

"जाना कहाँ है हमें ? मुल्ला की दौड़ मस्जिद तक...कुर्दिस्तान अपने घर जा रहे हैं।" शहनाज़ की माँ ने कहा।

"लो तुम लोग मुँह मीठा करो...शहनाज़ की शादी इसी माह छब्बीस तारीख़ को है।" खाला ने ईरानी मिठाइयों से भरी प्लेट आगे बढ़ाई।

"तुम लोगों को बुलवाते, दावतनामें भिजवाते मगर बेटियो! कुर्दिस्तान तो खुद मौत का कुआँ बन गया है।" शहनाज़ की माँ ने कहा।

"मुबारक हो आपको बेटी की शादी।" दोनों ने साथ कहा फिर शहनाज़ पर शिकवा–भरी नज़र डाली कि शैतान, शादी हो रही है हमें बताया भी नहीं!

"लो तस्वीर देखो।" कह कर ख़ाला ने काकहसन की तस्वीर दिखाई।

"अरे वाह! यह तो किसी हीरो से कम नहीं है।" सूसन ने कहा।

"जोड़ी बहुत बढ़िया मिली है ख़ाला!" मलीहा ने ख़ुश होते हुए कहा।

"ताया का लड़का है। बचपन से बात तय थी।" माँ ने उसी बुझे लहजे से कहा। इस बार सूसन और मलीहा को लगा कि शहनाज़ की माँ इस शादी से ख़ुश नहीं है। जब दोनों उठ कर चली गईं और वे अकेली रह गईं तो मलीहा ने पूछा–

"क्या बात है, ख़ाला बड़ी बुझी–बुझी सी हैं, तबियत तो ठीक है ?"

"हाँ...उन्होंने ही तो इस शादी की जल्दी की है और अब खुद परेशान हैं...कुर्दिस्तान मुझे भेजना नहीं चाहती हैं और हसन तेहरान आना नहीं चाहता हैं।" शहनाज़ ने कहा।

"फिर शादी... ?" सूसन ने बौखला कर पूछा।

"शादी तो छब्बीस को हो रही है। नौकरी से इस्तीफ़ा दे दिया मैंने आज सुबह। कल कुर्दिस्तान में हूँगी।" शहनाज़ ने सोचे हुए अन्दाज़ से कहा।

आज हम न आते तो तुम्हारी शादी का पता ही न चलता।" सूसन ने हँसते हुए कहा।

"मुझे तो सच पूछो शर्म आ रही है। इस मारकाट में शादी कौन समझदार आदमी करेगा ? कोई तुक है ?" शहनाज ने बुझे दिल से कहा।

"तुक क्यों नहीं है। जब ज़िन्दगी की दिनचर्या यही है तो उसमें शरमाने की क्या बात है ? कत्ल भी है, फाँसी भी, शादी भी, बच्चे की पैदाईश भी है...अभी ईरान में ऐसा क़हद नहीं पड़ा है कि ज़मीन से बरकत गायब हो जाये और लोग इश्क़ करना भूल जायें।" मलीहा ने शहनाज़ को समझाया।

"सनोबर कैसी है ? चलो उससे मिल कर आते हैं। पास में ही तो उसका घर है।" सूसन ने कहा।

"इसके पैरों में सुबह से पहिये लगे हैं।" मलीहा ने कहा।

"चन्द रोज़ तो बाक़ी हैं, फिर आगे जाने क्या हो ? सारी दोस्तों से मिल लेती हूँ...चलो फिर...!" सूसन ने उठते हुए कहा।

"उसका घर बहुत दूर हो गया है।" शहनाज़ ने अजीब लहजे से कहा।

"पहले वाला घर बदल लिया है क्या ?" मलीहा ने पूछा।

"घर भी बदल लिया, जहान भी बदल लिया।" शहनाज़ ने धीरे से कहा।

"क्या मतलब ?" सूसन के हाथ चादर ठीक करते-करते रुक गये।

"बेहिश्ते ज़हरा के आग़ोश में सो रही है...ब्रेन-हैमरेज से उसकी मौत हुई...जमील की मौत के बाद से वह नार्मल नहीं थी।" शहनाज़ ने कहा।

"आह!" सूसन का खुला मुँह बन्द हो गया और वह चुपचाप निढाल सी बैठ गई।

"चलो! वहीं चलते हैं सूसन।" मलीहा ने कहा। उसकी आँखों के डोरे लाल हो रहे थे। आज सुबह से वह रो रही है। कैसा दिन उदय हुआ है।

"चलो चलते हैं।" सूसन ने बेहद थके लहजे से कहा।

"बैठो थोड़ी देर! चाय पी कर चलते हैं।" कह कर शहनाज़ कमरे से बाहर निकल गई। सूसन और मलीहा ने एक दूसरे को देखा। उनकी आँखें बरबस भर आईं।

तय्यबा का सारा बदन बुखार से टूट रहा था। उसे सिर्फ़ इतना अहसास था कि वह स्ट्रेचर पर लाद कर कहीं ले जायी जा रही है फिर वह बेहोश हो गई।

"इसके मरने में हमें फ़ायदा नहीं, नुकसान होगा ?" पेपरवेट नचाते हुए ताहिर ने कहा।

"वह कैसे ?" नाज़िम ने अपनी दाढ़ी सूँतते हुए कहा।

"इससे बहुत चीज़ों का पता हमें चल सकता है। इसलिये इसके इलाज में कमी नहीं बरतनी चाहिए बल्कि दूसरे डाक्टरों को भी बुला लो।" कह कर ताहिर कमरे से बाहर निकल गया।

डाक्टरों ने तय्यबा का मुआयना किया। पैर में सैप्टिक हो गया था, उसी के कारण बुखार था। इंजेक्शन लगा कर उन्होंने ज़ख्म धोया और उनकी अच्छी तरह से मरहम-पट्टी की। तय्यबा को एक नर्स के हवाले करके डाक्टरों की फ़ौज बाहर निकल गई।

"अब ख़तरे की कोई बात नहीं है, मर्ज़ काबू में आ गया है।" ताहिर के पूछने पर डाक्टरों ने कहा।

कई घण्टे के बाद तय्यबा को होश आया। नर्स ने गर्म दूध का प्याला उसके होंटों से लगाया।

"कैसी तबियत है तुम्हारी ?" टेबलेट देते हुए नर्स ने बड़े नर्म लहजे से

तय्यबा से पूछा। तय्यबा को बहुत आश्चर्य हुआ। गर्दन हिला कर उसने जवाब दिया कि पहले से अच्छी है। टेबलेट खा कर उसने आँखें बन्द कर लीं। कान में अजीब आवाज़ें आने लगीं। घबरा कर उसने आँखें खोलीं।

"क्या बात है ?" नर्स ने पूछा।

"कुछ नहीं।" कह कर तय्यबा ने आँखें बन्द कर लीं। कानों में अब भी तेज़ आवाज़ें गूँज रही थीं। पलकें भारी हो रही थीं। ख़ूजिस्तान का वह हिस्सा जहाँ पर इराक़ी हमला हुआ था उसकी आँखों के सामने कौंध गया। टैंकों की आवाज़ें बम्ब का धुआँ और चीख़ती औरतें...सब कुछ जब छँटा तो ज़मीन पर मीलों सिर्फ़ औरतों की चप्पलें, सैंडिलें पड़ी थीं, उल्टी-सीधी, आड़ी-तिरछी, किसी चप्पल का एक जोड़ा यहाँ पड़ा था तो दूसरा कोसों दूर पर...क्या हुईं इनकी पहनने वालियाँ ? कौन ले गया उन्हें... ? नींद में डूबते तय्यबा के दिमाग़ में केवल चप्पलें ही चप्पलें बिखरी थीं...काली, लाल, कत्थई, सफ़ेद, पीली, सुरमई, सुनहरी, रुपहली, ऊँची हिल की, फ़्लैट हिल की...लग रहा था चप्पलों की नदी है जो छितिज तक फैली हुई है मगर...इनके पहनने वाले वह नाज़ुक पैर कहाँ हैं ? कहाँ हैं वह सारी औरतें ? क्षितिज किसके ख़ून से लाल हो रहा है ?

यह लाली तो सूरज डूबने की है...सूरज डूबने की...तो क्या...कल फिर सूरज निकलेगा... ? सचमुच सूरज उदय होगा... ? तय्यबा का दिमाग़ इन्हीं सवालों से व्याकुल कहीं किसी गहरे अँधेरे में डूब रहा था।

उसकी छटपटाहट देख कर नर्स घबरा गई। डाक्टर को बुलाने दौड़ी। बिस्तर पर तय्यबा को छटपटाता-सा देख कर डाक्टर ने सिरिंज ठीक की और नर्स को इशरा किया। नर्स ने तय्यबा का ठण्डा होता हाथ जोर से पकड़ा। सूई उसके सफ़ेद हाथ पर नन्हा-सा ख़ून का कतरा छोड़ गई।

बेहिश्ते ज़हरा के दरवाज़े पर पहुँच कर टैक्सी रुकी और तीनों नीचे उतरीं। भीड़ ग़ज़ब की थी, जो लोग अन्दर से बाहर आ रहे थे वह सड़क पार कर कच्चे फुटपाथ पर लगी सब्जी की दूकानों की तरफ जा रहे थे और वे लोग जो अभी सवारियों से उतर रहे थे उनके हाथों में फूल-फल, खाने-पीने की डोलची और बगल में ग़ालीचे दबे हुए थे। गाँव से आई ताज़ी सब्जियों का मोलभाव करती औरतें नाक और आँखें पोंछ रही थीं। मलीहा का मन भटक-सा गया जैसे वह इस प्रश्न का उत्तर पाना चाह रहा हो कि ज़िन्दगी हक़ीक़त है या मौत ?

सायेदार घने पेड़ों के नीचे से वह तीनों इधर-उधर बनी क़ब्रों पर नज़र डालती हुई आगे बढ़ने लगीं। रास्ते में दो-तीन बसें खड़ी दिखाई दीं, उन पर काले बैनर लगे थे। भीड़ काफ़ी थी। ग़ुसलख़ाना समीप ही था। किसी शहीद की लाश नहलाई

जा रही थी। वे तीनों थोड़ा रुकीं। किसी बड़े अफसर का जनाज़ा था क्योंकि जब जनाज़ा फूलों से सज कर बाहर निकला तो उसे मिलेट्री बैण्ड के साथ सलामी दी गई। टी०वी० वाले बस की छत पर खड़े फ़िल्म खींच रहे थे।

"हाय मुरतोज़ा। वह तुम्हारी आँखें...वह तुम्हारा मुझे देखना, क्या वह निगाहें मैं कभी भूल सकती हूँ...तुम ख़ाक में मिलने जा रहे हो और मैं ज़िन्दा दरगूर हूँ...।" पछाड़ खा कर वह जवान बेवा वहीं बेहोश हो गई।

मलीहा का दिल हुआ जा कर उसे सीने से लगाए और दिलासा दे मगर भीड़ ने पूरा दृश्य उसकी आँखों से छिपा लिया। जनाज़े के साथ लोग आगे बढ़े। वह तीनों भी पीछे हो लीं। पेड़ों से जैसे धूप छनती है कुछ ऐसा ही अहसास मलीहा को उस बेवा की दूर से आती सिसकियों को सुन कर हो रहा था। तीनों ख़ामोशी से चलती हुई आगे बायें हाथ को मुड़ गईं। यह बेहिश्ते ज़हरा क़ब्रिस्तान का नया हिस्सा था जो पिछले दो-तीन सालों में आबाद हुआ था। पेड़ों और फूलों से ऐसा लदा हुआ था जैसे बरसों पुराना हो। नई क़ब्रों पर फूलों के गमले और लाल फूलों से भरी शाखें रखी हुई थीं। क़ब्र के सिरहाने मरने वालों की बड़ी-बड़ी तस्वीरें और उसके नीचे उनके नाम लिखे हुए थे। क़ब्रों के बीच बनी पक्की पगडण्डियों से वे गुज़रने लगीं। तीनों की निगाहें क़ब्रों पर लगी तस्वीरों में सनोबर को ढूँढ रही थीं, ज़बान मुँह में क़ैद होने के बावजूद क़ब्रों पर लिखे लड़के-लड़कियों के नाम पढ़ रही थीं–

"कहकशां, उम्र 16 वर्ष, शहादत 1982।"
"मुस्तफ़ा, उम्र 18 वर्ष, शहादत 1982।"
"गुलमोहम्मद, उम्र 18 वर्ष, शहादत 1982।"
"नुसरत, उम्र 14 वर्ष, शहादत 1980।"
"फरज़ाना, उम्र 13 वर्ष, शहादत 1981।"
"शाहीना, उम्र 16 वर्ष, शहादत 1981।"
"फ़ात्मा, उम्र 20 वर्ष, शहादत 1980।"

उन पर लिखी इबारतें पढ़ कर उन तीनों का दिल घबराने लगा था। हर तरफ हँसते-मुस्कराते चेहरों की भरमार...वाक़ई मौत ने कैसी-कैसी दिलकश शक्लों को मिटा दिया...कैसी-कैसी हसीन आँखों को बेनूर कर दिया...कैसे-कैसे हसीन तनों को बेजान कर दिया...मौत सबसे अज़ीम है। मौत से किसी को फरार नहीं है...हिटलर को भी नहीं जिसने करोड़ों की संख्या में गर्दनें उड़ाईं थीं। एक दिन मौत में ही उसने पनाह ढूँढ़ी थी।

"कितना फैल गया है बेहिश्ते ज़हरा ?" सूसन ने ताज्जुब से कहा।

"बेहिश्ते ज़हरा आखिरी बार मैं महनाज़ के बाबा की क़ब्र पर आई थी...तब

इतनी क़ब्रें नहीं थीं...अब तो ऐसी चहल-पहल नज़र आ रही है जैसे कोई शहर बस गया हो!" शहनाज़ ने चारों तरफ ताज्जुब से निगाह दौड़ाते हुए कहा।

"उधर चलो...उधर इन्क़ेलाब के आरम्भ में शहीदों की क़ब्रें हैं। मैं एक बार आ चुकी हूँ!" मलीहा ने धीरे से कहा।

"आह...! वाय खुदारा, क्या जवान नस्ल कटी है!" शहनाज़ ने कहा।

"उफ! क्या क़यामत का मंज़र है!" सूसन ने बच्चे के मुँह में चुसनी दे दी।

महनाज़ ने झुक कर क़ब्रों पर लिखी इबारतें पढ़नी शुरू कीं–

"काज़िमज़ादे, उम्र 20 वर्ष, शहादत 1979।"

"मोहसिन, उम्र 16 वर्ष, शहादत 1979।"

"शहला, उम्र 20 वर्ष, शहादत 1979।"

"नमीम बाग़बान, उम्र 14 वर्ष, शहादत 1979।"

"फर्रुख, उम्र 13 वर्ष...।"

"शहनाज़! आगे मत पढ़ना...तौबा है मेरा दिल डूब-सा रहा है।" मलीहा ने नाक और होंटों पर आये पसीने को पोंछते हुए कहा।

"यहीं कहीं पर अख़्तर की क़ब्र होगी।" सूसन ने कहा।

"नहीं, दफ़नाई ज़रूर गई होगी, वह इस्लामी मुजाहिद थी। फिदाइने ख़ल्क़ वह नहीं थी।" सूसन ने ग़ौर से क़ब्रों की तस्वीरों को देखते हुए कहा।

काफ़ी लम्बा रास्ता चलती हुई क़ब्रों के नाम पढ़ती हुई तीनों आगे बढ़ रही थीं। कोने में एक किनारे पर पहुँच कर सूसन एकदम से रुक गई। झुक कर कुछ पढ़ने लगी। मलीहा और शहनाज़ भी पहुँच गईं।

"यह रही अख़्तर की क़ब्र!" सूसन ने सीधे खड़े होते हुए कहा।

"मुजाहिदीने ख़ल्क़ की क़ब्र वह भी यहाँ" मलीहा ने ताज्जुब से कहा।

क़ब्र पर ताज़ा अधखिली लालः के फूल की एक शाख रखी हुई थी। क़ब्र भी गीली थी। लग रहा था कोई सुबह घर से आया था और क़ब्र धो कर फूल रख कर चला गया। क़ब्र पर हँसती हुई अख़्तर की रंगीन तस्वीर थी। चेक का स्कर्ट और उसी रंग के सादे कपड़े का कालर वाला ब्लाउज़ पहने थी। साँवले माथे पर बाल की एक लट पड़ी थी। यह स्कर्ट और ब्लाउज़ उसकी 18वीं वर्षगाँठ पर उसने पहना था। तस्वीर के नीचे लिखा था, "उम्र 23 वर्ष, शहादत 1980।" तीनों वही बैठ गईं और फ़ातेहा पढ़ने लगीं। वहाँ से निकलीं तो सामने बने चबूतरे को घेरे चारों तरफ कुछ देहाती मर्द-औरत बैठे हुए थे।

"यह आय्यतउल्लाह तालग़ानी की क़ब्र है जिन्हें ईरान का गाँधी कहते हैं।" कह कर शहनाज़ आगे बढ़ी। उसके दूसरी तरफ के मैदान में कच्ची क़ब्रें बनी थीं। उधर भीड़ अधिक थी। पूरा माहौल गुबार से भरा हुआ था। फूल, घास और पेड़ का नामोनिशान न था।

"इधर युद्ध के शहीद हैं ?" सूसन ने अनुमान लगाया।

"जमील की क़ब्र शायद यहीं हो!" मलीहा बोली फिर तीनों पक्की सड़क के किनारे लगे सायेदार दरख़्तों के बीच चलने लगीं। उस कच्ची क़ब्रों के भाग में जा कर शहनाज़ की नज़र एक चौदह-पन्द्रह साल के लड़के पर पड़ी जो कच्ची क़ब्रों के बीच जाने क्या ढूँढ रहा था। वह क़ब्रों को लांघती हुई आगे पहुँची ताकि उस लड़के को क़रीब से देखे और कुछ पूछे। लड़के ने उसे अपनी ओर आता देखा तो दोनों हथेलियों से तेज़ी से आँसू पोंछे और भागता हुआ सड़क के किनारे खड़े दरख़्त की ओट में छुप गया। उसका एक हाथ पेड़ के तने से बाहर निकला हुआ था। उसे काँपता देख कर शहनाज़ समझ गई कि वह रो रहा है, और फूट-फूट कर रो रहा है कौन है वह ? इस तरह से बिलख-बिलख कर क्यों रो रहा है ? शहनाज़ बेचैन हो उठी।

इधर कच्ची क़ब्रों पर अभी किसी के नाम या तस्वीर की तख़्ती नहीं लगी थी। वे आगे बढ़ती गईं। धूल के कारण उन्होंने अपनी चादरों से नाक और मुँह ढंक लिये थे। कुछ दूर पर क़ब्रों के ऊपर से हो कर लौटते लोग मिले। शहनाज़ अपनी जिज्ञासा नहीं दबा पाई और आगे बढ़ कर उनसे लड़के के बारे में पूछने लगी, "वह लड़का कौन है ? आप उसे जानते हैं...वही वह...जो क़ब्रों के चारों तरफ चक्कर काट रहा है ?"

"वह...नादिर...अरे वह तो यहीं क़ब्रिस्तान में रहता है दिवाना।" एक बूढ़ी औरत ने चादर सँभालते हुए कहा।

"लो शोले, यह हलवा और बिस्कुट नादिर को दे कर आओ...जाने कब से भूखा होगा।" जवान औरत ने आठ साल की अपनी बेटी के हाथ पर एक काग़ज़ में लिपटा पैकेट रखा।

"उसका सारा घर शहीद हो गया है ख़ानम। वह उन्हीं की क़ब्रें हैं। घर बचा न माँ-बाप...बम्ब ने सबको खा लिया, अब यह कहाँ जाये, इसलिये अपने परिवार के लोगों के बीच सारे दिन फिरता रहता है। कभी रोता है, कभी चुपचाप बैठा रहता है। रात को माँ की क़ब्र पर सो जाता है।" उनमें से एक बूढ़े ने छड़ी पकड़ते हुए कहा।

"अजीब ग़ैरतदार है...। हम तो जब आये उसे यूँ ही भटकता देखा। पूछो तो कुछ बोलता नहीं, बस शोले से कुछ बात हो जाती है। उसी से नाम पता चला कि नादिर है। शोले कुछ खिला देती है तो खा लेता है...हम भी कौन रोज़-रोज़ यहाँ आते हैं ?" उसी जवान औरत ने कहा।

शहनाज़ ने पीछे मुड़ कर देखा, लड़का फिर पेड़ की ओट से निकल-निकल कर रोता क़ब्रों के बीच घूम रहा था, और बीच-बीच में हलवा व बिस्कुट के कौर भी चबा रहा था।

"किधर होगी सनोबर की क़ब्र ?" सूसन ने ठण्डी साँस खींची।

"लतीफ ने जो मुझे नम्बर दिया था वह चौदह या पन्द्रह भाग का था यह मैं भूल गई हूँ।" शहनाज़ ने कुछ सोचते हुए कहा।

"शाम होने वाली है। सूरज डूबने से पहले लौट जायें तो अच्छा है।" मलीहा ने कहा। वह दोनों बच्चों को घर में छोड़ कर आई थी।

सामने वाले मैदान की क़ब्रों का अजीब हाल था। जैसे कि उन क़ब्रों को खोदा गया हो। क़ब्र के ऊपर रखे पत्थर भी चूर-चूर हो कर इधर-उधर पड़े थे। दूर से देखने से लग रहा था जैसे किसी ने पूरे मैदान में बुलडोज़र चलाया हो।

"इन क़ब्रों को क्या हुआ ?" सूसन ने आश्चर्य से कहा।

"मुजाहिदीनों की क़ब्रें थीं ख़ानम! अब तो मुजाहिदीन यहाँ दफ़नाए नहीं जाते हैं। क्योंकि, क़ानूने पिज़शकी से लाशें छँट कर आती हैं। पहले सारी लाशें आ जाती थीं। उसमें काफ़िर और मुनाफ़िक़ीन भी शामिल रहते थे। मास-भर पहले इन क़ब्रों पर हिज्बउल्लाहीयों ने हमला करके तोड़फोड़ मचाई थी कि यह इनका क़ब्रिस्तान नहीं है!" एक आदमी ने बड़े विस्तार से सूसन को बताया।

"उधर सईद सोल्तानपोर की क़ब्र थी...जानती हैं आप उसे ? उसकी क़ब्र खोद कर लाश निकाल कर उसे लान्ताबाद (मरघट) ले जा कर फेंक आये थे...कहते थे काफ़िर को काफ़िर के घाट पर दफ़न होना चाहिए। उसका पाक मुसलमानों से क्या रिश्ता ?" उसके दूसरे साथी ने सिगरेट के लम्बे-लम्बे कश लेते हुए कहा। पहले ने बड़ी नफरत से मिट्टी के ढले पर ठोकर मारी। यह नफरत किसके प्रति थी तीनों समझ न सकीं।

"मगर...उधर तो शाह के सारे अनुयायी दफ़न हैं। उनकी क़ब्र किसी ने नहीं खोदी, आखिर वह तो वर्तमान सत्ता के पहले शत्रु हैं ?" शहनाज़ ने ताज्जुब से पूछा।

"शाही दबदबा है...हिम्मत है दरबार में घुसने की ? यह तो ठहरे बेचारे सर्वहारा...या फिर उनके हिमायती...!" पहले ने तल्ख़ी से कहा पर कटाक्ष किस ओर था, समझ न सकीं।

"सयासत है...सयासत तो बिन माँ-बाप का अवैध बच्चा है। उसके बारे में क्या कहूँ ?" कह कर दूसरे ने हवा में हाथ लहराया।

"मैं तो थक गई मलीहा!" सूसन ने उदास हो कर कहा।

"लाओ इसे मुझे दे दो!" कह कर मलीहा ने सूसन के बेटे को गोद में ले लिया जो माँ के कन्धे से चिपका गहरी नींद में डूबा था। मुँह से राल बह कर सूसन के कन्धे के पास की फ्राक को गीला कर चुकी थी।

सामने जो हिस्सा क़ब्रिस्तान का नज़र आ रहा था, वह काफ़ी सजा-धजा था। उत्सुकतावश वे तीनों आगे बढ़ीं। सफ़ेद पक्के फर्श पर औरत-मर्द बैठे बड़ी

श्रद्धा से कुरान पढ़ रह थे। प्रसाद बाँटा जा रहा था। लम्बे छड़ के अलम को पकड़े आदमी के चारों तरफ सारे जवान-बूढ़े एक दूसरे की कमर में हाथ डाले गोल घेरे में खड़े मातम कर रहे थे। यहाँ पर चीफ जस्टिस व इस्लाम गणतंत्र पार्टी के चेयरमैन डॉ० बेहिश्ती प्रधानमंत्री रजाई व अन्य महत्वपूर्ण लोगों की क़ब्रें थीं।

"किधर है सनोबर की क़ब्र ?" सूसन थकी-थकी आवाज़ में बोली।

"पूछ लेते हैं!" शहनाज़ ने कहा और आगे बढ़ी।

"क़रीब ही है, आओ तुम लोग।" शहनाज़ उन दोनों को दूर पर खड़ी-खड़ी इशारे से बुला रही थी।

"बहुत बढ़ गया है बेहिश्ते ज़हरा...शाह के दौर में केवल दस भाग थे। वह भी भरे न थे और अब सवा सौ भाग...यानी सौ भाग का इज़ाफ़ा...इसे कहते हैं बरकत...हाथ डालो तो सोना भी मिट्टी हो जाता है; कुछ उल्टा तो नहीं कह गया आरिफ ?" एक जवान लड़का पास से कहता गुज़रा।

"पूरा पार्लियामेंण्ट नीचे सो रहा है मुश्ताक़! मैंने तो सुना है कि बेहिश्ते ज़हरा ने अपनी 'आटोनोमी' का ऐलान कर दिया है।" आरिफ ने बड़ी गम्भीरता से कहा।

"एकदम सही, प्रधानमंत्री, पूरा मंत्रालय, पार्टी का चेयरमैन सब धरती के नीचे मौजूद हैं फिर उसे तेहरान से क्या लेना-देना ?" मुश्ताक़ ने उससे भी अधिक गम्भीरता से कहा। जिसे सुन कर तीनों सहेलियाँ अपनी हँसी नहीं रोक पाईं। वे लड़के भी कहकहे में शामिल हो गये।

"ईरानी सूली पर भी चढ़ा हो तो अपने मिज़ाज का हास्य-व्यंग्य नहीं भूल सकता।" मलीहा ने खिलखिलाते हुए कहा।

"इतना ग़म यदि किसी और क़ौम पर पड़ता तो जाने वह कब की पागल हो जाती।" सूसन ने कहा।

"आप ठीक कहती हैं ख़ानम! यह मसला चूँकि ईरानी क़ौम का है, इसलिये वह सिर्फ़ नीम-पागल हुई है।" लड़के ने कुछ इस अन्दाज़ से कहा कि फिर मिलाजुला कहकहा पड़ा।

तीनों के पैर जवाब दे रहे थे, फिर भी वह अपने को आगे घसीट रही थीं।

"वह जमील की क़ब्र है क्या ?" मलीहा ने पलक झपकाते हुए कहा।

"शायद!" शहनाज़ कह कर तेज़ी से आगे बढ़ी।

"जमील जहाँवर्दी, एयरफ़ोर्स पायलेट, उम्र 30 वर्ष, शहादत 1982" सूसन ने पढ़ा। तस्वीर में दो बड़े-बड़े तमग़े उसके सीने पर दमक रहे थे। ऊँची पेशानी, सुतवां नाक, किताबी चेहरा, मज़बूत ऊँची गर्दन। तीनों चादरें समेट कर क़ब्र पर बैठ कर फ़ातेहा पढ़ने लगी।

"सनोबर की क़ब्र यहीं कहीं होगी!" सूसन ने कहा।

"अरे यह तो फ़ौजी व एयरफ़ोर्स वालों का भाग है फिर उसकी क़ब्र पर

तस्वीर क्यों होने लगी। कोई शहीद थोड़े हुई थी ?" शहनाज़ ने कहा।

वह थोड़ी ही दूर चली थी कि उन्हें सनोबर की क़ब्र मिल गई। क़ब्र के पास लम्बी लाल केनों की क्यारी थी। फूल ख़ूब कस कर खिले थे। पेड़ की सायेदार शाखें उसकी क़ब्र पर झुकी हुई थीं।

"कैसी बढ़िया जगह नसीब हुई है सनोबर को ?" मलीहा ने कहा।

"है भी तो ख़ुशनसीब जो सारे दुखों से इतनी जल्दी मुक्त हो गई।" सूसन ने अजीब भाव से कहा और फ़ातेहा पढ़ने नीचे बैठ गई। सूरज डूबने वाला था। सुनहरी धूप से क़ब्रिस्तान भर गया था। तीनों क़ब्र के पास बैठीं तो बैठी रह गईं। यादें बहुत पुरानी यादें क़ब्रों पर किलकारी मारती घुटनों के बल चलने लगी थीं! बहते आँसू हाथों और चादरों पर गिर रहे थे।

बिहश्ती क़ब्रों पर मश्क से पानी डाल रहा था। उसकी छींट सूसन के बच्चे की आँख पर पड़ी और दर्द से रो पड़ा। तीनों चौंकी और उठ खड़ी हुई। लौटते हुए उन्हें महसूस हुआ कि शाम घिर आने के बावजूद भीड़ में कमी नहीं आई है। कुछ लोग तो क़ब्रों के बीच की पगडंडियों और क़ब्र पर बिछे गालीचे पर इस तरह से बैठे बातें कर रहे थे जैसे उनके घर का आँगन हो। घर-गृहस्थी, ज़िन्दगी सब कुछ वही क़ब्रें हों।

"भाई...मैं बहुत थक गई हूँ।" सूसन ने पेड़ से टेक लगाते हुए कहा।

"सामने रेस्ट्रां है ख़ानम! वहाँ जा कर बैठिए...खाना, चाय, सब कुछ मिलेगा।" क़ब्रिस्तान के पहरेदार ने उधर से गुज़रते हुए कहा।

"यहाँ पर रेस्ट्रा ?" मलीहा चौंक पड़ी।

"रेस्ट्रां खुले तीन वर्ष हो रहे हैं।" उसने बताया।

"अच्छा ?" शहनाज़ ने आश्चर्य से कहा।

"चलो चलते हैं, देखें वहाँ क्या हो रहा है!" सूसन बोली।

"सचमुच जंगल में मंगल है!" शहनाज़ बोली।

"क़ब्रों का मेला।" मलीहा ने अस्फुट स्वर में कहा।

रेस्ट्रां जाते हुए उन्होंने क़ब्रों के बीच औरत को बैठा देखा। झुटपुटे का समय था। काली चादर से सिर्फ़ हाथ निकला था जिसमें लाल गैडुला की एक शाख थी। जिसे क़ब्र के पत्थर पर हल्के-हल्के मार कर वह बैन कर रही थी। चादर में ढका शरीर हिचकियों से हिल रहा था मगर आवाज़ सुनाई नहीं पड़ रही थी ? इतनी ख़ामोश दर्द की पदचाप हो इतने पास से सुन कर तीनों का मन विचलित हो उठा।

रेस्ट्रां बढ़िया था। सूसन थकन से चूर थी। मलीहा विचारों व जज़्बातों से बुरी तरह जख्मी थी। शहनाज़ घबराई और परेशान।

"कुछ खाओगी ?" सूसन ने उनसे पूछा।

"मेरे हल्क़ से तो कुछ उतरेगा नहीं।" मलीहा ने भरी-भरी आँखों से कहा।

तीनों ने पहले ठण्डा मँगवाया फिर चाय का आर्डर दिया। सर दर्द के मारे फट रहा था। सूसन ने बेटे को दूध पिलाया, वह भी बड़ा कुम्हलाया-सा लग रहा था। सूरज डूब रहा था। क़ब्रों पर अँधेरा उतर आया था। तीनों जब रेस्ट्रां से बाहर निकलीं तो दरवाज़े के नीले गुम्बद लाल आसमान पर चमक रहे थे। अज़ान की आवाज़ क़ब्रिस्तान में बल खाती क़ब्रों के अँधेरे में डूबने लगी थी।

ट्रेफ़ेलगर स्क्वायर में कबूतरों को दाना देते हुए बच्चे बहुत ख़ुश थे। मुलायम पीली धूप छिटकी हुई थी और हवा में एक नर्म खुनकी बसी हुई थी। सामने बेंच पर बैठे हुए ख़ालिद और सुलेमान चिलबियर की चुस्कियाँ ले रहे थे! परी और महनाज़ शापिंग के लिए गई हुई थीं।

"तुम्हारी तबियत नहीं घबराती बिना काम किये ख़ालिद ?" सुलेमान ने पूछा।

"बहुत ज़्यादा दोस्त...। मगर करूँ भी क्या ?" ख़ालिद ने उदासी से कहा।

"कोई काम शुरू कर दो, दिल और दिमाग़ व्यस्त रहेगा। आमदनी भी होगी।" सुलेमान ने कहा।

"काम भी क्या करूँ ? मेरा काम तो तिजारत करना था, तेहरान के तीन बड़े स्टोर मेरे थे। दो फैक्टरियाँ एक मिल...कई मकान और फलों के बाग़, सब कुछ छोड़ कर जान बचा कर यहाँ आ गया...फैक्टरी कच्चे माल के कारण दो वर्ष से बन्द पड़ी थी। वही हाल मिल का था। एक मकान को छोड़ कर बाक़ी सरकार ने छीन लिये। स्टोर विदेशी सामान न आने के कारण बन्द हो गये...वह सारा काम जिसका मुझे तजुर्बा है, यहाँ शुरू नहीं कर पाऊँगा...हज़ारों कठिनाइयाँ हैं।" ख़ालिद ने बड़ी गम्भीरता से कहा।

"मर्द हो। कठिनाइयों का डट कर मुकाबला करो।" सुलेमान ने ख़ालिद के शाने को थपथपाया।

"सारे झगड़े की जड़ तो मेंरी वह उम्मीद है जो मुझे कुछ करने नहीं देती है कि बहुत जल्द हम ईरान वापस लौट जायेंगे...कुछ दिन की तकलीफ है। हँस कर उसे काट दें।" ख़ालिद ने आसमान पर भागते बादलों के सफ़ेद टुकड़े देखते हुए कहा।

"हूँ।" इतना कह कर सुलेमान चुप हो गया।

"कभी-कभी मन करता है एक छोटी-सी बूतीक खोलने का...फिर..." ख़ालिद सोच में डूबा हुआ बोला।

"एक बज रहा है। वह दोनों लौट रही होंगी...चलो चलते हैं।" सुलेमान ने कहा और बच्चों को बुलाया।

जब वे तयशुदा जगह पर पहुँचे तो उन्होंने परी और महनाज़ को इन्तज़ार करते पाया। आगे बढ़ कर वह पास के एक रेस्ट्रां में बैठ गये।

"क्या बात है, बड़ी जल्दी शापिंग से निबट गई ?" सुलेमान ने पूछा।

"परी को पेरिस के मुकाबले में चीज़ें अधिक महँगी और क्वालिटी में चीप लग रही थीं। इसलिये कोई ख़ास ख़रीदारी हुई नहीं!" महनाज़ ने कहा।

"तुमने क्या लिया ?" सुलेमान ने पूछा।

"सैफ और महनाज़ के कपड़े और आपके लिए शर्ट।" महनाज़ ने कहा।

खाना खा कर सब हाइड पार्क की ओर गये फिर सारे दिन बच्चों को म्यूज़ियम घुमाते पिगाडली लौट आये। रात का खाना वहीं खाया। खाना खा कर बाहर निकले। पैदल ही चल पड़े।

सड़कें रौशनी में डूबी हुई थीं। वीक ऐंड के कारण शराब के नशे में डूबे जवान लड़के-लड़कियाँ गाना गाते घूम रहे थे। सड़कों पर शराब के ख़ाली कैन बिखरे हुए थे। जिन्हें पैरों से ठोकर मारते हुए अकेला कुँठित कोई आता-जाता सड़क पर दिख जाता था। उसी भीड़ में एक अंग्रेज़ बूढ़ा ख़ालिद से टकराया, ' 'तरा पेन्स प्लीज़।"

"दे दो तीन पेन्स ख़ालिद, मौक़ा अच्छा है अंग्रेज़ को भीख देने का।" सुलेमान ने कहा।

वे सब हँसते बातें करते हुए फौवारे के समीप आ कर बैठ गये। कुछ लड़के-लड़कियाँ भी वहीं बैठे हुए थे।

पास जा कर उन्हें पता चला कि वे सब ईरानी थे और कोरस में इन्क़लाबी ईरानी गाने का रेयाज़ कर रहे थे।

"परसों इन्क़ेलाब इस्लामी की पाँचवीं सालगिरह है।" ख़ालिद ने कहा।

"उसी के लिए यह तैयारी हो रही होगी।" सुलेमान ने कहा।

सारे लड़के-लड़कियों मामूली कपड़ों में थे। उनकी बातों से लग रहा था कि वह खुमैनी विरोधी हैं। उनसे कुछ दूर पर बच्चे दौड़ने-भागने लगे। फिर उनकी लड़के-लड़कियों से दोस्ती हो गई और घुल-मिल कर बातें होती रहीं।

बच्चों के बताने पर उन लड़कों ने मुड़ कर इन लोगों की तरफ देखा और एक के मुँह से निकला।

"ताग़ूती हैं यह लोग!" एक लड़की ने चीख़ मारी।

"क्या पता ?" दूसरे लड़के ने कहा।

"हुलिया देखो।" वही शाह के दौर का है।" पहली लड़की बोली।

यह सारी आवाज़ें इन चारों के कान में पहुँच रही थीं। यह बात उन्हें बहुत बुरी लगी थीं।" कि उन्हें ताग़ूती यानी 'शैतान' कहा जा रहा है लेकिन बोलते क्या सो चुपचाप बैठे रहे। तभी उनमें से एक लड़की उठी और इनकी तरफ आती दिखी।

पास आ कर बोली–

"परी, आप यहाँ ?"

"कौन ?" परी ने आश्चर्य से पूछा।

"मुझे पहचाना नहीं ?"

"नहीं...तुम...यासमीन तो नहीं हो ?" परी ने झिझकते हुए कहा।

"हाँ! मैं यासमीन हूँ।" यासमीन ने देखते हुए कहा।

"कितनी बदल गई हो तुम ?" कह कर परी ने उसे लिपटाया। गालों पर प्यार करके कहा, "क्या हुआ तुम्हें ?"

"मुझे क्या पूरे ईरान से पूछे उसे क्या हुआ ?" यासमीन ने कहा।

"ख़ालिद, यासमीन को पहचाना ? कितनी दुबली और काली हो गई है ?" परी ने दुख से कहा।

"जमशेद!" यासमीन ने पुकारा। जमशेद जैसे इस पुकार के इन्तज़ार में ही था फ़ौरन खड़ा हो कर आगे बढ़ा।

"इनसे मिलो...मेरी बहन, बहनोई। यह मेरे शौहर जमशेद हैं।" यासमीन ने परिचय कराया।

"तुझे हुआ क्या है यासमीन ?" परी के बार-बार पूछने से यासमीन के होंट काँप कर रह गये। क्या बताती कि इस ग़रीबी में वह गर्भवती भी है और खाने का बन्दो बस्त केवल एक समय ही कर पाती है। बेकारी, बेसरोसामानी की उलझनों ने उसे जवान से बूढ़ा बना दिया है।

"माफ करना, मैंने परिचय नहीं कराया। यह महनाज़ और उसके पति हैं। जर्मनी में रहते हैं। महनाज़ मेरी दोस्त है। साथ-साथ पढ़े हैं।" परी ने जमशेद से परिचय कराते हुए कहा।

"यहाँ क्या कर रहे हो ? पढ़ रहे हो या फिर सिर्फ़... ?" ख़ालिद ने पूछा।

"करना क्या है यहाँ ? संघर्ष को ज़िन्दा रखने के लिए तेल की आख़िरी बूँद चिराग के नज़र कर देंगे।" जमशेद ने कहा।

"चलो मेरे साथ होटल चलो।" परी ने यासमीन को लिपटाते हुए कहा।

"अभी नहीं, कल सुबह आयेंगे। अभी सब साथ हैं, परसों की तैयारी करना है हम आठ लोग पेरिस से आये हैं।" यासमीन ने कहा।

"तुम पेरिस में हो ? या ख़ुदा, कब से ?" परी सिर्फ़ इतना कह पाई।

"एक वर्ष से ज़्यादा हो रहा है।" यासमीन ने कहा।

"कल सुबह ही हम लोग पेरिस लौट रहे हैं। पता देता हूँ, पेरिस में मुलाक़ात होगी।" ख़ालिद ने पता लिख कर आगे बढ़ाया।

"घर में सब ठीक हैं ? वही तेहरान में हैं अम्मू और..." परी ने देखा, यासमीन का चेहरा सफ़ेद पड़ गया है।

“क्या हुआ यासमीन ? सब ख़ैरियत तो है ?” परी ने उसका बाजू हिलाते हुए पूछा।

“मेरे अलावा घर में कोई नहीं बचा...मैं भी जान बचा कर भागी हूँ।” यासमीन ने इतना कह कर होंट दाँतों से दबा लिया। जमशेद को अहसास था कि दो बहनें इतने दिनों बाद मिली हैं तो भावुक होना ज़रूरी है। मगर वह चाहता नहीं था कि कुछ बहुत निजी दोस्त साथियों के सामने घटे।

“यासमीन! हमारे साथी इन्तज़ार कर रहे हैं।” जमशेद ने कहा।

“अच्छा! मुझे इजाज़त दें। जुमे को घर आऊँगी। जुमेरात को पेरिस जाने का इरादा है।” यासमीन ने कहा और सलाम किया। खुदाहाफ़िज़ी के बाद वे लोग अलग-अलग दिशा पर मुड़ गये। इन्क़लाबी तराना गाते-गाते यासमीन का मन भटक-भटक जाता था। उधर होटल के कमरे में जा कर परी खोई-खोई रही। सारी रात वह नर्म गद्दे पर करवटें बदलती रही।

कार में कुछ गड़बड़ी हो जाने के कारण वह पेरिस लौट नहीं पाये। जाना दूसरे दिन तय करके वे घूमने निकल गये। करना भी उन्हें क्या था ?

आक्सफर्ड स्ट्रीट पर इस दूकान से उस दूकान में घूमते कोट-सूट के कपड़े देखते, सेंट-लिपस्टिक ख़रीदते चारों घूम रहे थे। सेल्फ़रिज़ेज़ से निकले तो कोने में एक ईरानी लड़का अख़बार बेच रहा था। उससे एक अंग्रेज़ औरत उलझी हुई थी।

“यू आल आर फ़ेनेटिक्स नाट ओनली ख़ुमैनी।”

“ही इज़ क्रुवेल मैडम! बिग मर्डरर।” लड़के ने अख़बार बढ़ाते हुए कहा।

“आल इरैनियन्स आर वाइल्ड एण्ड अनकलचर्ड पीपुल,” पास से गुज़रती एक औरत ने कहा।

“दे स्पायल्ड वर्ल्ड एटमोसफ़ीयर, देयर इज़ नो रूलरेगूलेशन फ़ार देम, दे आर क्रेज़ी फ़ेनेटिक्स, दे मैश्ड अप एवरी थिंग इन ईरान,” उसके साथ चलती दूसरी बूढ़ी ने कहा।

“आफ़्टर थ्रोईंग शाह, नाउ दे आर क्रांइंग...वाट ए शेम ?” एक तीसरी औरत ने भारी झोले उठाते हुए कहा।

“वी डोण्ट हेव मनी पूअर चाइल्ड! फ़ार दीज़ स्टूपिड थिंग्स!” पहली औरत ने हाथ में पकड़ा अख़बार ईरानी लड़के को लौटाते हुए कहा और आगे बढ़ गई। लड़के का चेहरा धुएँ की तरह स्याह और होंट अपमान के कारण काले पड़ गये थे।

ख़ालिद, सुलेमान, परी और महनाज़ पर घड़ों पानी पड़ गया था। वे चुपचाप बच्चों की उँगली पकड़े सड़क पार करने लगे। लड़का भी भारी क़दमों से आगे

जाता दिखा। ख़ालिद ने टैक्सी में बैठते हुए सोचा, 'परी ठीक ही कहती है। सारे मुल्क एक से होते हैं ग़रीबुलवतनी बहुत बुरी चीज़ होती है।"

शाम को पब में ख़ालिद और सुलेमान सामने बैठी हुई औरतों को हैरानी से देख रहे थे। जिनके सर के बाल चुड़ैलों की तरह ऊपर की तरफ खड़े थे और हर लट अलग रंग की रंगी हुई थी। अजीब डरावने चेहरे लग रहे थे। उनके साथ बैठे उनके ब्वाय फ्रेंड भी अजीबोग़रीब बालों का स्टाइल बनाए थे। कानों और गलों में तरह-तरह के ज़ेवर पहने थे।

"क़ौमें तरक्की करने के बाद यूँ भटकती हैं।" ख़ालिद ने कहा।

"हाँ, एक क़ौम मंजिल तक पहुँचने के लिए संघर्ष कर रही है और दूसरी हर प्रकार के आराम से उकता कर अन्दर की तन्हाई ख़ाली करने के लिए उतावली हो रही है।" सुलेमान ने कहा।

"बस! अब चलते हैं, वे दोनों भी इन्तज़ार कर रही होंगी।" ख़ालिद ने कहा।

"एक जाम ईरान की आज़ादी के नाम पर...फिर चलते हैं।" सुलेमान ने कहा।

दोनों ख़ामोशी से किसी सोच में डूबे तीसरा जाम ख़ाली करते रहे।

तय्यबा का नया कमरा क़ैदियों से उबल रहा था। इसमें विभिन्न उम्र की औरतें भरी हुई थीं। चौदह साल की लड़की से ले कर चालीस साल की अधेड़ औरतें तक। तय्यबा को कल रात यहाँ लाया गया था। उसके पैरों की हालत लगभग ठीक हो गई थी।

"हँगामें ख़ानम।" औरत ने अन्दर आ कर पुकारा। उसकी पुकार पर जो लड़की खड़ी हुई थी वह बेहद हसीन थी। वास्तव में हँगामा थी। काली चादर में लिपटा उसका चेहरा संगमरमर का तराशा हुआ सफ़ेद आबदार मोती लग रहा था।

"चलो।" औरत ने हुक्म दिया।

"लड़की चुपचाप खड़ी रही, जगह से हिली नहीं।

"चलो! तुम्हें बुलाया गया है...सुन नहीं रहे हो।" औरत चीख़ पड़ी। लड़की चुपचाप खड़ी रही। अपनी जगह से हिली नहीं।

"चलो।" कह कर उस औरत ने उसे पीछे से धक्का दिया। दरवाज़े के पास दो पासदार खड़े थे। उसको बाजुओं से जकड़ कर बाहर ले गये। राहदारी में उसकी आवाज़ें गूँजती रहीं।

"मैं नहीं जाऊँगी...नहीं जाऊँगी।"

उसके जाने के बाद औरतों की भीड़ में बैठी एक लड़की भयभीत सी बुदाबुदाई, "वह उसे छोड़ेगा नहीं...वह उसको..."लड़की का चेहरा पीला पड़ गया था। पूरा शरीर जैसे किसी भोगे दुख की याद से काँप-काँप जाता था।

उसका अस्फुट वाक्य, तजुर्बेकार औरतों की समझ में आ गया। उनके चेहरों पर हवाइयाँ उड़ने लगीं फिर ठण्डी ख़ामोशी छा गई।

शाम ढल रही थी। कमरे में अँधेरा छा गया था। तय्यबा को किसी नई यातना का इन्तज़ार था कि अब आगे उसके साथ क्या सलूक किया जाता है। भीड़ में कई औरतें गर्भवती भी थीं। उठने-बैठने में उनको काफ़ी कष्ट हो रहा था। खाना आ गया था। ख़ामोशी से सबने खाया और थोड़ी देर बाद वही फर्श पर पसर गई।

रात में सिसकियों की आवाज़ से तय्यबा की आँख खुल गई।

"कौन रो रहा है ?" वह उठ कर बैठ गई। उसके उठते ही कई और औरतें उठ कर बैठ गईं।

"क्या हुआ ?" किसी ने पूछा और लाइट जला दी। घुटनों में सर रखे कोई रो रहा था। तय्यबा उठ कर लड़खड़ाती-सी पास जा कर बैठी। उसका सर ऊपर उठाया। वह हँगामा थी। आँखें फूल कर लाल अँगारा बनी हुई थीं। बाल बिखरे थे। तय्यबा ने कुछ नहीं कहा सिर्फ़ पीठ पर प्यार से हाथ फेरती रही। किसी के मुख से कुछ नहीं निकला। बस वही घबराई पीले मुख वाली लड़की फटी आँखों से छत को तके जा रही थी।

"तय्यबा के द्वारा हमें इसके सारे पूरे समुदाय का पता चल सकता है।" ताहिर ने कहा।

"कैसे ?" नाज़िम ने पूछा।

"हमारे पास कितने बुद्धिजीवी और इन्क़ेलाबी क़ैद हैं ?" ताहिर ने पूछा।

"हजारों ?" नाज़िम ने कुछ न समझते हुए कहा।

"मेरा मतलब उन सारे लोगों से नहीं है बल्कि उँगली पर गिने जाने वाले...जैसे तय्यबा, बिराहनी इत्यादि।" ताहिर ने कमरे में टहलते हुए कहा।

"उनके कामों की फ़ाइल है...देख कर बताता हूँ।" नाज़िम ने सामने अलमारी से फ़ाइलें निकालीं।

कमरे में ख़ामोशी छाई रही। केवल काग़ज़ पलटने की आवाज़ ख़ामोशी को तोड़ रही थी। आधे घण्टे बाद नाज़िम ने फ़ाइलें अलमारी में रखी और हाथ का काग़ज़ उठाए ताहिर के पास लौटा।

"यह कुछ महत्वपूर्ण नाम हैं, पढ़ कर देखें!" नाज़िम ने लिस्ट आगे बढ़ा दी।

"हुसैन मीहन दूस्त...मुजाहिद...! ऐतमादज़ादे...मुजाहिद...कुरुश पाक दामन फ़िदाइन...। क़ुरैशी मीख़ची...फ़िदाइन। और...हाँ...हाँ इनका जुर्म और कच्चा चिट्ठा भी लिख दिया...ठीक है।" कुछ सोचता हुआ ताहिर बैठा रहा।

"क्या सोचा ?" नाज़िम ने उसे अपनी तरफ घूरते हुए देख कर पूछा।

"हुसैन और कुरुश को एक कमरे में कर दो उनके साथ तय्यबा को...टेप वग़ैरह फिट कर देना...देखो यह क्या बातें करते हैं," ताहिर ने कहा।

"ठीक है।" नाज़िम ने कहा और बाहर निकल गया।

तय्यबा बाथरूम में थी 'फ़ायर' की आवाज़ें उसके कानों से टकराईं। घबरा कर बाथरूम के मोखे से झाँका। सामने का दृश्य हृदय विदारक था। दीवार से सटी वह तीनों गर्भवती औरतें खड़ी थीं और उनके सीने ख़ून उगल रहे थे। तय्यबा का सर चकराने लगा! बीच वाली औरत का शरीर तड़पा, दर्द से ऐंठा और कुछ देर बाद उसने एक बच्चे को जन्म दे दिया। मरने से पहले, फैलती आँखों से उसने नीचे देखा...

एक गोली सनसनाती हुई नवज़ात बच्चे के सर को छीलती माँ के पैरों में पैवस्त हो गई। उसके मुँह से 'आह' की भयानक आवाज़ निकली और सर एक तरफ को लुढ़क गया। फटी खुली आँखें ज़मीन की तरफ अटक गई थीं।

बाथरूम से निकल कर तय्यबा बाहर आई। पहरेदार औरत ने लपक कर उसे पकड़ा। वह अचेत-सी उसकी बाँहों में झूल गई।

उसे जब होश आया तो दिन निकल आया था। कमरे में वह अकेली थी। धूप के चकत्ते छत के छेदों से कमरे में फैले हुए थे। उसन ग़ौर से अपने आस-पास देखा, यह पहल वाला कमरा न था। कहाँ है वह ? उसने ताज्जुब से इधर-उधर देखा। फिर उठ कर बैठ गई। दीवार से उसने पीठ लगाई। सुबह देखा, दृश्य उसकी आँखों के सामने उभरा।

"तुम उठ गई ?" लम्बी-चौड़ी चिमगादड़ ने पूछा।

"तय्यबा ने केवल चेहरा ऊपर उठाया। कुछ बोली नहीं। खाना आ रहा है, खा लो।" इतना कह कर वह बाहर निकल गई। खाना उसके जाते ही आ गया। काफ़ी देर तक वह खाने को ख़ामोशी से ताकती रही फिर एक कौर उठाया। जैसे ही मुँह की तरफ ले गई बच्चे का गिरना और सर पर गोली से उबला ख़ून का फौवारा उसे याद आ गया। एक तेज़ उबकाई आई।

मतली होने के बाद तय्यबा पर रोने का दौर पड़ा। दिल पिघल-पिघल कर जैसे आज बह जाना चाहता था। वह वहीं फर्श पर औंधी पड़ी काफ़ी देर तक सिसकते-सिसकते बेदम हो गई। कमज़ोरी के कारण उसे नींद आ गई।

बक़रीद का दिन है। सारे बहन-भाई नये कपड़े पहने उछल-कूद कर रहे हैं। ख़ालाज़ाद भाई ने आ कर बताया, "क़ुर्बानी शुरू होने वाली है।"

सब दौड़ कर घर के सामने खुले मैदान में जा कर बैठ गये। बाबा हाथ में छुरी लिये दुआयें पढ़ते क़िबले की तरफ मुँह किये खड़े थे। गाय ज़मीन पर लेटी थी, उसके पैर

कस्साब ने पकड़ रखे थे। दूसरे कस्साब ने उसकी गर्दन खुदे गड्ढे पर जमा रखी थी।

बाबा आगे बढ़े और तेज़ छुरी को उन्होंने गाय की गर्दन पर चला दिया। गाय हलाल हो कर तड़पी। गर्दन से बहता ख़ून गड्ढे में जमा होने लगा। गाय जब ठण्डी पड़ गई। ख़ून गर्दन से बहना बन्द हो गया तो दोनों क़स्साब ने उसका बेदम शरीर अपनी तरफ घसीटा और ख़ून से भरे गड्ढे पर मिट्टी डाल दी।

खाल खिंचनी शुरू हुई। हाथ-पैर काटने के बाद पेट काटा गया। उसमें से नन्हा-सा बछड़ा निकला। सारे बच्चों को बड़ी हैरत हुई। वह और आगे बढ़ आये। सब से आगे तय्यबा थी फिर उसका ख़ालाज़ाद भाई समीर...दोनों ताज्जुब से देख रह थे। बछड़े की गर्दन पर छुरी चला कर उसे जबह किया और एक किनारे डाल दिया। गोश्त बनना आरम्भ हो गया। बछड़े का मुँह देख कर तय्यबा को बहुत दुख हो रहा था।

एकाएक बछड़े का मुँह इन्सानी बच्चे में बदल गया और कहीं से सनसनाती गोली लगी और ख़ून का फौवारा उछला...

"नहीं...नहीं..." चीख़ती हुई तय्यबा सपने से जाग उठीं।

"क्या हुआ ?" बाहर पहरा देता हुआ पासदार अन्दर आया।

"कुछ नहीं।" कहकर बदहवास तय्यबा दीवार से टेक लगाकर बैठ गई।

चलो ! तुम्हारा कमरा बदल जायेगा.....यहाँ अकेले तुम डर रही हो।" लम्बी चौड़ी औरत ने मुस्कारते हुए कहा। तय्यबा ने बड़ी हैरत से उस कर्कशा औरत को देखा और सोचा क्या पत्थंर भी मुस्करा सकता है ?

चलो उठो! उठाऊँ क्या तुम्हे ? नर्म लहजे से पूछा गया था मगर हँगामे की याद ने उसे उछलकर खड़े होने पर मजबूर कर दिया।

आँखो पर पट्टी बाँध दी और तय्यबा का हाथ पकड़कर कमरे से बाहर लाई। तय्यबा को इस बदले व्यवहार पर बड़ी हैरत हो रही थी। काफ़ी दूर चलकर वे एक कमरे में दाख़िल हुईं और तय्यबा की आँखों से पट्टी खोल दी। तय्यबा पलकें झपकती हुई दीवार से सटकर बैठ गई थी। उसे कुछ दिख नहीं रहा था। आँखो के सामने तारे टूट रहे थे।

तय्यबा! एक जानी पहचानी सी सरगोशी तय्यबा के कानों में टकराई। तय्यबा अपना वहम समझकर ख़ामोश बैठी रही।

तय्यबा यादों की घटियाँ मीलों दूर से बज उठीं। कैसा अजीब इत्तफ़ाक़ है। यह आवाज़ सालों बाद मुझे कितने क़रीब से सुनने को मिल रही है। तय्यबा सोच रही थी। यादों का काफ़िला जिससे मैं कब की बिछड़ चुकी हूँ, आज सारबान फिर आवाज़ क्यों दे रहा है ?

"तय्यबा!" किसी ने उसके हाथ पर अपना हाथ रखा। तय्यबा ने आँखें उठाई। सामने सिर्फ़ धब्बे थे। उसकी आँखें अब भी जख़्मी थीं। पट्टी बाँधने से पुतलियों

पर ज़ोर पड़ा था।

"मुझे पहचाना नहीं ?" आवाज़ ने पूछा।

"कुरुश ?" तय्यबा की आवाज़ में हजार युगों का विरह था।

"हाँ! कुरुश हूँ! तुम्हारा कुरुश!"

"कैसे हो तुम ?"

"क्या तुम देख नहीं पाती हो ?"

"देख पाती हूँ। मगर अभी मेरी आँखों में कुछ हो रहा है। धब्बे ही धब्बे आँखों के सामने नाच रहे हैं।" तय्यबा ने परेशान होते हुए कहा।

"कितना लम्बा अरसा गुज़र गया...मुलाक़ात भी कहाँ हुई... ?" कुरुश ने आत्मविभोर हो कर कहा।

"मुझे तो अब भी यक़ीन ही नहीं आ रहा है। पिछले दस सालों से तुम यहीं हो ?" तय्यबा ने पूछा। उसकी आँखें ठीक हो रही थीं।

"नहीं! कई जेलखानों में घूमा हूँ। दो साल से ऐविन में हूँ।" कुरुश ने तय्यबा के हाथों का अपने हाथों में लेते हुए कहा।

"इन हाथों में क्या देखोगे कुरुश!" तय्यबा पुरानी यादों में खोते हुए बोली।

"ईरान का नक्शा, पहाड़, पेड़, घर और इन घरों के बीच..." इतना कह कर कुरुश चुप हो गया।

"इस हाथ में सिर्फ़ बेहिश्ते ज़हरा की तस्वीर है। हमारा ईरान, पहाड़, पेड़, घर नहीं सिर्फ़ क़ब्र...क़ब्रों में ढल गया है। इन घरों के बीच हमारा एक घर था...वह भी क़ब्र में परिवर्तित हो गया है।" कह कर तय्यबा दर्द में डूबी फीकी हँसी हँस पड़ी।

"तुम कब से हो यहाँ ?" कुरुश ने उदासी से पूछा।

"लगभग आठ मास हुए हैं।" तय्यबा ने ग़ौर से कुरुश के चेहरे को देखा...कितना बदल गया है कुरुश। चेहरे पर बढ़ी दाढ़ी, कटा होंट, माथे पर विभिन्न निशान दस साल के अत्याचारों की कहानी कह रहे थे।

"क्या देख रही हो ?" कुरुश ने पूछा।

"गुज़रे कल को जो अपना न हुआ।" इतना कह कर तय्यबा ने अपनी शफ़ाफ सुर्ख आँखों को कुरुश के चेहरे पर गाड़ दिया। कुरुश कितना हसीन था। चौड़ा सीना पिघल कर लकड़ी का ढांचा रह गया था। रंग काला और चेहरा बीमार।

"यदि तुम्हें बाहर देखती तो हरगिज़ पहचान न पाती।" तय्यबा ने भारी कंठ से कहा।

"गुज़रे समय की धूल बहुत-सी चीज़ों को धुँधला कर रख देती है।" कुरुश ने धीरे कहा।

"यह कोने में कौन सो रहा है ?" तय्यबा ने पूछा।

"मेरी तरह का कोई दूसरा क़ैदी...मैंने आज ही पहली बार इसे देखा है। आते ही सो गया!" कुरुश ने कहा।

"तुमसे मिलना...मौत से पहले मुँह में टपकाए पानी की बूँदों की तरह जीवनदायी बन गया है। अब सुकून से मर सकूँगी।" तय्यबा ने कहा और चुप हो गई। किताबों के बीच सूखे फूल सिर्फ़ यादें ही बनें रहते हैं, हक़ीक़त नहीं।

कमरे में ख़ामोशी छा गई। यादों की पदचाप ने दोनों को वर्षों पहले की ज़िन्दगी में घसीट लिया था।

"सुनिए! मलीहा बहुत तकलीफ में है। यदि हम उसे देहात वाले घर में रहने को कहें तो उसको कुछ आराम मिल जाएगा।" सूसन ने रात को अब्बास से कहा।

"मुझे तो ख़ुशी होगी। तुम मलीहा ख़ानम से कह कर देखो; मानती भी हैं तुम्हारी बात या नहीं ?" अब्बास ने शंका जाहिर की।

"हाँ, यही मुश्किल होगी। कल जा कर पूछूँगी बल्कि इसरार करूँगी।" इतना कह कर सूसन लेट गई।

"काग़ज़ात सब ठीक हो गये हैं। मगर सूसन, बड़ी बुरी हालत है ईरान की। प्रधानमन्त्री के दफ़्तर के बाहर से कितने लोग मेरे पीछे लग गये कि आप हिन्दुस्तान जा रहे हैं। जितने तूमान चाहेंगे आपको हम यहाँ दे देंगे। आप हमारे बेटों को रुपया दे दें। तीन हज़ार तूमान एक हज़ार रुपये के बदले में देने को राज़ी हैं। क्या होने वाला है मेरे ख़ुदा।" अब्बास ने करवट बदलते हुए कहा।

"मैं खुद दंग हूँ कि यह सब हो क्या रहा है ?" सूसन ने कहा।

कमरे में ख़ामोशी छा गई। दोनों थके थे। गहरी नींद में डूब गये।

सूसन मलीहा के घर पहुँची। इधर-उधर की बात करके उसने हिम्मत जमा की और वह बात ज़बान पर लाई। सब कुछ सुन कर मलीहा के चेहरे पर इतमिनान उभरा मगर जल्द ही गायब हो गया।

"नहीं सूसन!"

"क्यों ?"

"कल हुसैन लौटे तो मुझे वहाँ ढूँढेगे। मैं दोबारा उन्हें खोना नहीं चाहूँगी फिर...तय्यबा का एक ही घर तो बचा है। कल वह भी लौटी तो इसी घर को ढूँढेगी...परी, महनाज़, शहनाज़ मेरे सारे जानने वाले..." मलीहा ने विचारों में डूब हुए कहा।

"बच्चों का ख़्याल करो...!" सूसन धीरे से बोली।

"अभी चन्द माह मैं रह सकती हूँ। फिर..." चिन्ताओं के साये मलीहा के

चेहरे को मलीन कर गये।

"मैं तुम्हारा सारा इन्तज़ाम कर देती हूँ, जब दिल चाहे चली जाना...किसी ग़ैर का घर नहीं है वह। हमारे दिल में भी इतमिनान रहेगा कि कोई अपना है वहाँ पर...यह खत रखो। बिलक़ीस और अब्दुल्ला के नाम अब्बास ने लिखा है। जब जाना यह साथ ले जाना ताकि तुहें परेशानी न हो।" सूसन ने ख़त पर्स से निकालते हुए कहा।

"तुम्हारा ख़ूलूस और प्यार...कभी नहीं भूलूँगी। तुमने मेरे बारे में इतना सोचा तो...वक़्त पड़ा तो ज़रूर जाऊँगी...जाना पड़ेगा...!" मलीहा ने खत रखते हुए कहा।

"तुम हिम्मत से काम लो मलीहा!" सूसन ने उसके शानों को सहलाया।

"कब जा रही हो ?" मलीहा ने पूछा।

"तीन दिन बाद, कल किरमान शाह जा रही हूँ। इनकी बहनें और माँ वहीं रहते हैं। जाने से पहले यह मिलना चाहते हैं।" सूसन ने बच्चे को गोद से उतारते हुए कहा।

"जहाँ रहो ख़ुश रहो," मलीहा ने कहा और चाय बनाने उठी।

"ज़्यादा तकल्लुफ मत करो। बस अब मैं जाऊँगी।" सूसन ने बच्चे का सामान समेटते हुए कहा।

"चाय तो साथ पी लो, फिर जाने कल क्या हो ? मैं मिल पाऊँ तुमसे या नहीं।" मलीहा ने कहा और चाय का फिनजान आगे बढ़ाया।

जब सूसन जाने लगी तो मलीहा को लगा। उसका फिर कोई अपना उससे जुदा हो रहा है। आँखें भर आईं। सूसन भी रो रही थी। मलीहा के बच्चों को ख़ूब प्यार किया। सीने से लगाया और मलीहा से लिपट गई।

"समय ने क्या-क्या रंग दिखाए मलीहा!"

"क़िस्मत का लिखा पूरा होता है।"

"खत लिखना।"

"ज़रूर। तुम भी लिखना।"

"अपना ख़्याल रखना।"

"तुम भी अपनी तरफ से गाफ़िल न होना।"

हिचकियों के आवेश ने उन्हें आगे बातें करने से रोक दिया। बार-बार एक दूसरे से लिपट रही थीं। नीचे आ कर सूसन टैक्सी में बैठी। मलीहा ने हाथ दिखाया। सूसन की लाल आँखें खिड़की में से अब भी बरसती नजर आ रही थीं।

शाम बहुत सुहावनी थी। आसमान पर बादल छाये थे। परी और महनाज़ दरियाए सेन के पुल पर खड़ी अँधेरे में दरिया के पीछे फैले शहर का नज़ारा कर रही थीं।

ठण्डी हवा उनके बालों को गुदगुदा रही थी।

कल सुबह महनाज़ जर्मनी लौट रही है। परी जानबूझ कर उसे तन्हा अपने साथ निकाल लाई है ताकि बातें कर सके! ऐसी बातें घर में बैठ कर नहीं हो सकती थीं। थोड़ी देर वह चहलक़दमी करती रही, फिर परी ने कहा–

"चलो सेग्रेकर चलते हैं। वहाँ पर कुछ खाते हैं और घूमते हैं।"

"चलो।" महनाज़ ने कहा। दोनों कार में आ कर बैठ गईं। कार सेग्रेकर जिसका अर्थ पाक दिल–यह पेरिस का पुराना सफ़ेद संगमरमर का चर्च है की तरफ चल पड़ी जो सड़क पर भीड़ गज़ब की थी। चार्ल्स डिगाल्स के समीप पहुँच कर ट्रैफ़िक जाम हो गया।

"अब कब आओगी महनाज़ ?" परी ने पूछा।

"अब तुम लोग आओ। बच्चों की छुट्टियाँ तो दो मास बाद होने वाली हैं।" महनाज़ ने कहा।

"ज़रूर आऊँगी महनाज़! तुम्हारा वजूद बहुत बड़ा सहारा बन गया है मेरे लिये।" परी ने कहा।

मुझे भी ऐसा ही अहसास हुआ जैसे सपना...यानी मायका मिल गया।" महनाज़ ने धीरे कहा।

"ज़रा सामने देखो।" परी ने इशारा किया। रेड लाइट पर कारें खड़ी हो गई थीं। सामने जेबरा क्रासिंग से एक जवान जोड़ा गुज़र रहा था। लड़के के गाल के ऊपर लाल होंट बने हुए थे। मूँछें भी बनावटी बनी हुई थीं। दूसरे गाल पर बड़ा-सा काला तिल था। लड़की ने चेहरा विभिन्न रंगों से रंग रखा था। बदन पर उल्टे-सीधे कपड़े थे।

"इनकी दुनिया अजीब है परी! सारे ऐश व आराम के बाद यह ऐबनार्मल हो रहे हैं।" महनाज़ ने कहा।

कार फर्राटे भरती भाग रही थी। पिगाल से होती मोड़दार रास्तों से गुज़रती वह सेग्रेकर की सीढ़ियों के पास जा कर रुक गई। दोनों सहेलियाँ नीचे उतरीं और सड़क पार करके सीढ़ियाँ चढ़ने लगीं। ऊपर जा कर उन्होंने नीचे शहर को देखा। रौशनी के क़ुमक़ुमें क्षितिज तक बिखरे हुए थे। काफ़ी देर तक उसके सौन्दर्य को पीती रही फिर अन्दर चर्च में गई और वहाँ बिछी बेंच पर चुपचाप बैठ गई। शमा की रौशनी फैल रही थी। सामने की धुधली पेण्टिंग को महनाज़ देखने में व्यस्त थी।

"पुरानी चीज़ें पुरानी यादों की तरह होती हैं।" परी ने खड़े होते हुए कहा।

"मगर कितनी क़ीमती होती हैं ?" महनाज़ ने चर्च के दरवाज़े से बाहर निकलते हुए कहा! सीढ़ी उतर कर वे दोनों पीछे की तरफ हो लीं।

हमेशा की तरह चित्रकारों का मेला लगा था। विभिन्न मुद्राओं में बैठे लोग अपनी तस्वीर बनवा रहे थे। चारों तरफ के रेस्ट्रां में टूरिस्ट बैठे थे। रेस्ट्रां के सामने

उनके दिल बहलाने और पैसा कमाने के लिए जवान लड़के-लड़कियाँ कहीं बैले डांस, कहीं जादू तो कहीं जोकर बन कर करतब दिखा कर हँसा रहे थे।

ख़ाली मेज़ देख कर वह बाहर ही बैठ गईं। साफ़्ट ड्रिंक का आर्डर दे कर परी ने महनाज़ की तरफ देखा और कुछ कहना चाहा तभी एक लड़की काग़ज़-पेंसिल ले कर उनके समीप आ कर खड़ी हो गई।

"मैडम, स्केच!"

"नो, थैंक यू।" परी ने कहा। अभी वह गई ही थी कि बाल बिखेरे एक दूसरा चित्रकार आ गया–

"मैडम, एक स्केच!"

"थैंक यू!"

"काम तो देखिए! एकदम फर्स्ट क्लास।" उसने यह कह कर तस्वीर बनानी आरम्भ कर दी।

"प्लीज़!" परी ने उसे रोका।

"घर से ज़्यादा तो यहाँ हँगामा है।" महनाज़ ने हँस कर कहा।

"इत्तफाक़ की बात है।" परी ने कहा और शरबत का घूँट भरा।

"यहाँ से चलते हैं।" महनाज़ ने दूसरे चित्रकार को अपने समीप आते हुए देख कर कहा।

"चलो चलते हैं, वह पुल ही हमारे लिये अच्छा था।" कह कर परी खड़ी हो गई।

पुल के किनारे कार पार्क की और पैदल दोनों चल पड़ीं। सीढ़ियाँ उतर कर सेन के किनारे जा कर बैठ गईं। सेन के पानी पर बड़ी-सी नाव मुसाफ़िरों को भरे सैर कराती आगे जा रही थी।

"असलम से फिर मुलाक़ात होगी तुम्हारी।" एकदम से परी ने पूछा।

"कह नहीं सकती।" महनाज़ ने कहा।

"मैं खत लिखूँगी! अब भी तुम्हें वह बहुत याद आता है ?" परी के यह कहने पर महनाज़ ख़ामोश रही।

"कुछ बोलो तो ?"

"तुम तो मेरी मूक भाषा समझती हो ?"

"यह तो पुरानी बात है। बहुत कुछ बदला है इस बीच...महसूस करने की तीव्रता कम हो गई है मुझमें।" हँसते हुए परी ने कहा।

"तुम उसे बस सारी बातें लिख दो ताकि वह सच्चाई से आग़ाह हो जाए।" महनाज़ ने कहा।

"बस इतना ही ?" परी ने छेड़ते हुए कहा।

"यह दरियाए सेन है परी। इसके दोनों तरफ़ ऐतिहासिक इमारतें हैं। दोनों किनारों पर बसा लम्बा-चौड़ा शहर। संसार का सबसे हसीन शहर जिसे हिटलर जैसे ज़ालिम ने भी तबाह नहीं किया। उसके सौन्दर्य की महिमा से वह भी प्रभावित था। मैं बस दरियाए सेन हूँ, ख़ामोश बिना आवाज़ बहती जाऊँगी। मेरे लिये मेरे दोनों किनारे महत्वपूर्ण हैं। उन सारी ऐतिहासिक घटनाओं की तुम साक्षी हो।" महनाज़ इतना कह कर ख़ामोश हो गई।

परी की शरारत गायब हो गई थी। बहते पानी पर उसने नज़रें गाड़ दीं। लहरें आगे बढ़ रही थीं। सचमुच पानी के बहाव की कोई आवाज़ परी को सुनाई नहीं पड़ रही थी।

शहयाद की इमारत धुन्ध में किसी परियों के महल के समान लग रही थी। सुबह का वक़्त था। सड़कें ख़ाली थीं। सूसन और अब्बास हवाई अड्डे की तरफ टैक्सी में बैठे जा रहे थे। सूसन को अपना बचपन, जवानी फिर इन्क़लाब का समय, उसकी महत्वपूर्ण घटनाएँ नज़रों के सामने से गुज़र रही थीं।

शहयाद के सामने कभी शाही जश्न मनाए जाते थे। यह इमारत तेहरान में पहलवी काल की पचासवीं सालगिरह पर बनी थी। सफ़ेद संगमरमर से बनी यह इमारत अपने अन्दर कई मंजिलें रखती है और हर मंजिल पर विभिन्न दर्शनीय चीज़ें। हज़ारों की मात्रा में इस इमारत को लोग देखने आते थे। फिर यह इमारत अपना नाम खो बैठी। इन्क़ेलाबी भाषण होने लगे उसकी दिवारों पर लिख दिया गया 'मर्ग बर शाह'। उसका नाम बदल कर 'मैदाने शहीद' रख दिया गया। नीचे का हरा-भरा बाग़ सूख गया। उस पर काले झण्डे लहराने लगे। ईरान की दिवारों पर नारे लिखे जाने लगे। जुलूस, भाषण, गोली इन सारी आवाज़ों से ईरान भरता गया और...टैक्सी हवाई अड्डे पर जा कर रुक गई। सूसन चौंक पड़ी। मन पर एक भयभीत सी उदासी छा गई जैसे कुछ होने वाला हो, कुछ घटने वाला हो। अब्बास का चेहरा भी उतरा हुआ था। सामान उतरवा कर वह आगे बढ़े। कस्टम से निपट कर जब वह हवाई जहाज़ पर बैठे तो पहला आँसू का क़तरा अब्बास की आँखों से टपका।

जहाज़ ने उड़ान भरी। मकानों के बीच से शहयाद की इमारत हंस की तरह सर उठाए धरती पर तैर रही थी। जब शहर की छवि धुँधली पड़ने लगी तो दोनों ने आहिस्ता से कहा, "अलविदा मेरे वतन!"

"तुम्हारी तरकीब काम नहीं आई।" नाज़िम ने टेप सुनते हुए कहा।

"एक-दो दिन और इन्तज़ार कर लेते हैं।" ताहिर ने कहा।

"जैसी तुम्हारी मर्ज़ी।" नाज़िम ने कहा।

"तुम कुछ बददिल हो रहे हो ?" नादिर ने कहा।

"चार कोड़े मार कर जो बात उगलवाई जा सकती है, उसमें तुम इतनी सूक्ष्मता दिखा रहे हो।" नाज़िम ने कहा।

"ख़ैर! दो-तीन दिन रुक जाओ। फिर जो तुम्हारा दिल चाहे कर लेना।" नादिर ने कहा और टेप सुनने लगा।

"ठीक है।" नाज़िम ने कहा और कमरे से बाहर निकल गया।

सुबह जब हुसैन उठा तो उसने सोई पड़ी तय्यबा को पहचान लिया। चार साल बाद उसने किसी परिचित का चेहरा देखा था। बेक़रारी से वह तय्यबा के उठने की प्रतीक्षा करने लगा।

"चाय लो।" भारी आवाज़ ने तय्यबा को जगा दिया। दरवाज़े में ज़ोर से धक्का मारा और एक पासदार अन्दर घुसा। तय्यबा हड़बड़ा कर उठ बैठी। कुरुश अब भी सोया पड़ा था। उसने उसे जगाना चाहा, तभी सामने वाले क़ैदी ने कहा-

"तय्यबा! मुझे पहचाना नहीं ? मैं हुसैन हूँ।"

"हुसैन तुम ?" तय्यबा ख़ुशी से चीख़ पड़ी।

"मलीहा कैसी है ?" हुसैन ने बेक़रारी से पूछा।

"मलीहा और बच्चे ठीक हैं। तीनों तुम्हारे लौटने की राह तक रहे हैं।" तय्यबा ने कहा।

"शहर का क्या हाल है ?"

"तुम जैसा छोड़ कर आये थे वैसा ही है। क्या तब्दीली आएगी ? महँगाई, बेकारी, युद्ध की लान्त सर पर मौजूद है।" तय्यबा ने कहा।

"तुम कैसी हो ? कब आई यहाँ ?"

"लगभग आठ मास हो गये हैं।"

"मुझे आज चार साल अठारह दिन हुए हैं!"

"छूट कब रहे हो ?"

"मालूम नहीं ?"

"कहते क्या हैं ?"

"कुछ भी नहीं।"

"सलाम! सुबह बख़ैर!" कहता हुआ कुरुश आँख मलता हुआ उठा बैठा।

"कुरुश, यह हुसैन आग़ा है। मलीहा के शौहर।" तय्यबा ने कहा।

"सलाम!" दोनों तरफ से हुआ और हालचाल पूछा गया।

"चाय ठण्डी हो रही है।" तय्यबा ने कहा।

हुसैन के बाथरूम से आने के बाद नाश्ता आरम्भ हुआ। चाय और रोटी के बचे टुकड़ों के साथ। नाश्ते के बाद हुसैन थोड़ी देर बातों में मगन रहा फिर माफ़ी माँगता हुआ ज़मीन पर लेट गया और गहरी नींद में डूब गया।

"हुसैन को इतनी नींद क्यों आती है ?" तय्यबा ने ताज्जुब से पूछा।

"उसकी सेहत बहुत खराब हो गयी है। पपोटों के नीचे का फूला हिस्सा देखा ? आँखें भी पीली-पीली हो रही हैं।" कह कर कुरुश ने हुसैन के चेहरे को देखा। सूखा पतला चेहरा। गालों की हड्डी उभरी हुई थी। होंट पर पपड़ी जमा थी। फर्श पर घुटने पेट की ओर मोड़े दोनों हाथों का तकिया बनाए दाहिनी करवट सो रहा था।

माँ ने कितने प्यार से पाल कर हुसैन को बड़ा किया होगा। क्या-क्या अरमान होंगे। उस ममता की मारी के दिल में! मगर आज उन सारी भावनाओं से मुक्त यह यातनाओं की ज़ंजीरों से बन्धा पड़ा है। कल की प्रतीक्षा में...।" तय्यबा ने कहा।

"मुझे तो अब तय्यबा, सोने और जागने दोनों से डर लगता है...सोता हूँ तो सपने देखता हूँ, डरावने और ग़मग़ीन। सो कर उठता हूँ तो वही भयानक ज़िन्दगी सामने रहती है जिसे पिछले दस वर्षों से बिना किसी संघर्ष के ढो रहा हूँ...दस वर्ष...ज़िन्दगी के बेहतरीन साल मैंने इन जेलों की चारदीवारी में गुज़ार दिए।...कल किसी से हिसाब माँगूँगा...किस से... ? सोचा था डाक्टर बनकर...उफ सब कुछ मिट्टी में मिल गया...सपना, क्षमता, क्रिया...अपंग का जीवन कष्टकर होता है। मगर हाथ-पैर वाले को जब अपंग बना दिया जाए तो वह कष्ट बयान से बाहर है तय्यबा...।" कुरुश ने हाथों पर पड़े निशानों को उँगली से छूते हुए कहा।

"तुम्हारे ग़म का अहसास है मुझे, उन्हें अल्फ़ाज़ो का जामा पहना कर मेरे जख्मों को मत कुरेदो।" तय्यबा ने भरे गले और भीगी आँखों से कहा।

"मर्द के लिए, वह भी जवान मर्द के लिए उसकी महबूबा का महत्व...तुम्हारी दूरी...तुम्हारी ख़ुशबू और स्पर्श...तुम्हारी बातें और इच्छाएँ पिछले दस सालों के मेरे इस ख़ामोश जीवन के सन्नाटे में अजीब शोर मचाते थे...कितना सहा हमने ?" कुरुश ने कहा।

"मगर कहीं नहीं पहुँचे हम...। हमें ग़लतफहमी थी कि हमारा लेखन, हमारा क़लम, हमारे शब्द सुहेल[1] नक्षत्र के समान हैं जो समाज की बुराइयाँ दूर कर उसको नई दिशा, नई चेतना देगा। समय की धारा मोड़ेगा मगर...न किताबें बची न लेखक...सब

---

१. सुहेल : यह सितारा यमन मुल्क पर साल में एक बार निकलता है। जिस रात निकलता है उस रात कच्चा चमड़ा उसकी रौशनी में फैला दिया जाता है। उसकी रौशनी की तासीर से चमड़े के कीड़े मर जाते हैं और उसमें विशेष प्रकार की सुगन्ध भर जाती है।

ध्वंस हो गये।" तय्यबा ने बेहद थके लहजे से कहा।

"अफसोस तो समझ में आता है मगर यह नाउम्मीदी तुम पर शोभा नही देती है।" कुरुश ने आश्चर्य से कहा।

"नाउम्मीद नहीं हूँ कुरुश, मगर थक गई हूँ...बहुत थक गई हूँ...क्या मिला हमें ? ख़ाली दामन ख़ाली हाथ...इन्क़लाब का हाल देख रहे हो, जो पासबान थे वह क़ैद में हैं और ज़ालिम मुजरिम उनके निगहबान बन बैठे हैं। इस मज़ाक पर तुम हँस सको तो हँस लो मगर मैं मुस्करा भी नहीं सकती। मैं तो पस्त हो गई हूँ।" कह कर तय्यबा ने अपनी भरी आँखें दिवार पर गाड़ दीं।

"हमारी कहानियाँ कल बढ़ता संघर्ष दोहरायेगा...हमारे बहे ख़ून से हज़ार तय्यबा...हज़ार कुरुश...हज़ार हुसैन...हज़ार लेखक, कवि, इन्क़ेलाबी पैदा होंगे...हम ख़ाली हाथ जा ज़रूर रहे हैं मगर कुछ दे कर जा रहे हैं...बहुत कुछ दे कर जा रहे हैं...इस चिराग की टिमटिमाती लौ की रौशनी को देखते...बहुत आयेंगे...क्या पता नई नस्ल उस चिराग को मशाल में बदल दे।" कुरुश ने काँपते लहजे से कहा।

"इन बातों से दिल बहल जायेगा। ख़ून में दोबारा गर्मी आ जायेगी और बस...।" तय्यबा ने कहा।

"एक लेखक, एक इन्क़लाबी का अन्त तो यही है तय्यबा। सहना और लिखना। क्या वह ताज़िर बन जाये ? विचारों, उसूलों, लेखन को हर नये ग्राहक के हाथ बेचने लगे ? लेखक लिख ही तो सकता है न ? इन्क़ेलाबी लड़ेगा ही न ? या कुछ और है उसका फर्ज़ ? हथियार डाल कर घुटने टेक कर व्यक्तिगत सुख की प्राप्ति भर से सन्तुष्ट हो जायेगा कि अपने लक्ष्य और उद्‍देश्य पर पहुँच गया है ?" कुरूश का पूरा शरीर बेंत की तरह काँपने लगा।

"हमारे साथ कितने आये ? कौन ताज़िर नहीं बना ? किसने बीच रास्ते में हमें धोखा नहीं दिया ? क्या वे लेखक, कवि, इन्क़ेलाबी नहीं थे ? वह हमारे ही वर्ग के अवसरवादी बुद्धिजीवी थे। भौतिक सुख की तलाश में सीधे मार्ग से मुड़ कर पगडण्डियों पर हो लिये। आज उन्हीं विभिन्न पगडण्डियों ने उद्‍देश्य की सड़क के चिथड़े उड़ा दिये हैं। मुट्‍ठीभर ईमानदार लोग जो शायद कल बचें, भी न क्या वह व्यवस्था बदल पायेंगे, कब तक संघर्ष कर पायेंगे ?" उत्तेजना से तय्यबा का लहजा काँप रहा था।

"तुम भूल रही हो शायद एक तथ्य...इन्क़लाब और काउण्टर रेवुलूश्नरी...यह लोग कल नहीं रहेंगे। और अवसरवादी बह जायेंगे...हम भी नहीं होंगे कल मगर मत भूलो हमारी तरह के बहुत लोग हैं जिनका पता हमें नहीं है...कल दूसरा इन्क़ेलाब फिर लायेंगे और फिर संघर्ष, संग्राम, रणक्षेत्र, तीसरी बार हम सफल हो पायेंगे। रास्ता बहुत लम्बा है। मंजिल दूर है। रास्ता दुर्गम बीहड़। तुम अपने

किये संघर्ष का फल खाना चाहती हो न ? दरख़्त ने कभी अपने फल खाये हैं ?" कुरुश ने तय्यबा से कहा।

"खाना खा लो।" ठोकर से दरवाज़ा खुला और तीन सेनी अन्दर खिसका दी गई।

"हुसैन अब भी सो रहा है।" तय्यबा ने परेशानी से कहा।

"मैं जगाता हूँ।" कुरुश ने उठते हुए कहा।

"कमज़ोरी से नींद आती है शायद ?" तय्यबा ने कहा।

"हुसैन आग़ा! हुसैन आग़ा!" कुरुश ने हुसैन का शाना हिलाया।

"बड़ी गहरी नींद है।" तय्यबा ने खाने की सेनी उठाते हुए कहा।

"अजीब बात है ?" कह कर हुसैन पर कुरुश ने पानी की छींटें डालीं। कोई हरकत नहीं हुई। कुरुश ने अन्दर से घबरा कर कमरे का दरवाज़ा भड़भड़ाया।

"पासदार जनाब। पासदार...।"

"क्या है ? क्यों शोर मचा रहे हो ?"

"हमारा साथी...उसकी तबियत बहुत खराब है।"

"कल देखा जायेगा।"

"दरवाज़ा खोलिये जनाब...एक बार मुआयना तो करें।"

"कान मत खाओ...मर नहीं गया है कि नमाज़े जनाज़ा की तुम्हें जल्दी हो रही है।"

"क्या बात है ?" काली चिमगादड़ चिंघाड़ी।

"पता नहीं ख़ानम। अन्दर शोर कर रहे हैं।"

"दरवाज़ा खोलो!"

ताला खुलते ही वह लम्बी-चौड़ी, चिमगादड़नुमा औरत अन्दर दाख़िल हुई। तय्यबा को हुसैन पर झुके देख कर पूछने लगी–

"क्या बात है ?"

"उठ नहीं रहे हैं हुसैन आग़ा।" कुरुश ने घबराते हुए कहा।

वह औरत बाहर निकल गई। थोड़ी देर बाद डाक्टर लिये साथ आई। डाक्टर ने दो पल मुआयना किया फिर धीरे से कहा–

"हार्ट फेल हुआ है।"

"नहीं!" गुफाओं की घहराई से गूँजती तय्यबा की आवाज़ उभरी और वह मुँह ढंक कर रो पड़ी। कुरुश भी अपने को सँभाल न पाया। मलीहा मासूम चेहरा आँखों के सामने घूमने लगा। तय्यबा के घर में उसकी मुलाक़ात हमेशा मलीहा से होती रहती थी।

"कौन था वह तुम्हारा ?" दोनों को यूँ परेशान देख कर उस औरत ने पूछा। दोनों ने कोई उत्तर नहीं दिया। तय्यबा को लग रहा था कि आज उसका दिल फट

जायेगा। ग़म का भी आकार होता है। यह ग़म वह सहन नहीं कर पायेगी। दिल की रगों को फाड़ता इतना बड़ा ग़म उसके वजूद को निगल जायेगा...मलीहा को वह क्या जवाब देगी...क्या बतायेगी...मलीहा जिसे हुसैन का इन्तज़ार है।

लाश को दो पासदार उठा कर ले गये। कुरुश और तय्यबा ख़ामोश सर झुकाए आँसू बहाते रहे।

परी का पत्र महनाज़ को मिला : "महनाज़ जान! छुट्टियों में हम लोग नहीं निकल पायेंगे। ख़ालिद पूर्ण रूप से काम से व्यस्त हो गये हैं। सयासी न होने पर भी उन्होंने एक फैसला कर लिया है। ईरान लौटने के लिए कुछ-न-कुछ करना पड़ेगा। डूबता तैराक मझधार में पहुँच कर भी हाथ-पैर चलाता है ताकि उसे जीवन-मुक्ति मिल जाये। यासमीन उसी संघर्ष के भंवर में हमें घसीट ले गई है। पत्र का उत्तर देना। असलम का जवाब आया है। अच्छा है! फिर खत डालूँगी। जवाब जल्द देना।

सुलेमान को सलाम, बच्चों को प्यार। तुम्हारी परी। खत पढ़ कर महनाज़ सोच में डूब गई।

"किसका खत था ?" सुलेमान ने पूछा।

"परी का।" महनाज़ ने खत सुलेमान की तरफ बढ़ा दिया। लन्दन में दीवार पर चिपका फारसी में लिखा एक पोस्टर महनाज़ के दिमाग़ में कौंधा। "ईरानी! अपने घर लौट आ, विदेशों में रहना तेरे शयाने शान नहीं है।"

घर लौटने के संघर्ष में उसे भी शामिल होना पड़ेगा ? ईरानियों का घर ईरान है...विदेश नहीं...विदेश नहीं।"

"क्या सोच रही हो महनाज़ ?"

"कुछ नहीं।" महनाज़ ने चौंकते हुए कहा।

"काफ़ी पियोगी ?" सुलेमान ने उसे गहरी नज़रों से देखते हुए पूछा।

"मैं बनाकर लाती हूँ।" खोई-खोई-सी महनाज़ खड़ी हुई और काफी बनाने किचन की ओर चल पड़ी।

काफ़ी बना कर जब लाई तो भी चेहरे पर खिलापन नहीं था। आँखें सोच में डूबी हुई थीं।

"क्या बात है महनाज़ ? कुछ परेशान-सी हो ? मैं कोई मदद कर सकता हूँ जिससे तुम्हारी उदासी दूर हो ?" सुलेमान ने उसके कन्धे पर हाथ रखा।

"सुलेमान, हमें भी कुछ करना चाहिए...यह ज़िन्दगी...यह आम-सी ज़िन्दगी तो कोई भी गुजार सकता है।"

"तुम्हें मना किसने किया है ? जो करना है आज ही से शुरू कर दो।"

सुलेमान ने महनाज़ के गालों का चुम्बन लेते हुए कहा। महनाज़ की आँखों में नाचती सोच के चिह्नों को जैसे रास्ता मिल गया।

तीन दिन हुसैन की मौत को गुज़र चुके थे। तय्यबा और कुरुश के मुँह पर जैसे किसी ने ताला डाल दिया था। ख़ामोशी से एक-दूसरे को देखते और फिर दीवार पर नज़रें गाड़ देते थे।

दोपहर के समय दरवाज़ा खुला। एक मोटा-ताज़ा मौलवी अन्दर दाख़िल हुआ फिर ख़ामोशी से बाहर निकल गया। खाने के बाद कुरुश को पासदार बुला कर ले गये। सपहर के क़रीब तय्यबा को बुलाने वही औरत आई। तय्यबा की आँखों पर पट्टी बाँध कर उसे अपने साथ ले गई। पट्टी खोलने के बाद फिर तय्यबा की आँखों के सामने तारे टूटने लगे। लाल-लाल धब्बे नाचने लगे।

"आपके दूसरे साथी कहाँ हैं ?" मर्दाना आवाज़ उभरी।

"मुझे पता नहीं है।" तय्यबा ने गर्मी से जवाब दिया।

"उनके घर भी तो याद होंगे ?" मर्दाना आवाज़ में तेज़ी थी।

"जी नहीं।" तय्यबा ने फैसलाकुन लहजे में कहा।

"इन्हें ले जाओ, कमरा नम्बर चार में।" हुक्म मिला।

तय्यबा के जाने के बाद नाज़िम ने ताहिर की तरफ देखा। ताहिर ने गर्दन हिलाई और चुपचाप उठ गया। कमरे से बाहर निकलते हुए बोला-

"तुम आज़ाद हो!"

"पूरा टेप सुना! जाने किस ज़बान में क्या ऊटपटांग बातें करते हैं। फलसफ़े का कलाम नहीं हमें इन समुदाय के पते चाहिए। इनकी रीढ़ की हड्डी तोड़े बिना यह तोड़-फोड़ से बाज़ नहीं आयेंगे। सबक पढ़ाना इन्हें ज़रूरी है।" नाज़िम कह कर नम्बर चार कमरे की तरफ चल पड़ा।

तय्यबा के रेशमी अखरोटी बालों को वह औरत अपनी मुट्ठी में पकड़े झिंझोड़ रही थी। वही प्रश्न हज़ार बार का दोहराया पूछा जा रहा था। बालों की लट की लट उस औरत के हाथ में टूट कर लिपट गई थी। तय्यबा दर्द के ज़हर को पी रही थी। चोंटों से जबड़े दुख रहे थे। मारकूट कर जब वह औरत थक गई तो तय्यबा को वहीं फर्श पर औंधा हाँफता छोड़ कर चली गई। क्रोध और अपमान से तय्यबा दीवानी हो रही थी। उछल कर फर्श से खड़ी हुई, और जाने किस जोश में कमरे के कोने में रखी मेज़ के समीप पहुँची। कुछ ढूँढा, काग़ज़ इधर-उधर किये। ब्लेड क़लमदान में रखा मिल गया। उसे उठा कर उसने छुपा लिया।

कमरे का दरवाज़ा खुला। औरत के साथ एक मर्द दाख़िल हुआ। आगे आ कर दहाड़ा।

"कल तक इसने नहीं बताया तो बिजली की कुर्सी पर बिठा दूँगा।" कह कर वह बाहर चला गया। औरत ने तय्यबा को कमरे से बाहर हाँका।

तय्यबा को कमरे में ढकेल कर उसने दरवाज़ा बन्द कर लिया। तय्यबा ने ब्लेड निकाला। ब्लेड नया था। धार तेज़ थी। "मैं इनके हर प्रहार का वार ख़ाली करूँगी।' कह कर उसने ब्लेड से सारे बाल लट के लट काट दिये।

'देखती हूँ, अब क्या पकड़ती है।' तय्यबा ने मन-ही-मन कहा।

कमरे में अँधेरा फैल गया था। कुरुश अभी लौटा नहीं था। उसी के इन्तज़ार में वह गहरी नींद में डूब गई।

तेहरान में धड़ाधड़ अख़बार बिक रहे थे। बम रखने से आय्यतउल्लाह तबरीज़ी उड़ गये थे। जेल में इस समाचार ने क्रोध फैला दिया था। नाज़िम के जबड़े की हड्डी बहुत तेज़ी से अन्दर-बाहर हो रही थी। उसी वक़्त उस औरत ने तय्यबा के बाल काटने की ख़बर दी। नाज़िम क्रोध से दिवाना हो गया।

"अन्तिम तरकीब आज़माओ।" कह कर उसने पेपरवेट सामने दिवार पर जोर से मारा।

रात अँधेरी थी। बाहर एकदम ख़ामोशी। तय्यबा की आँख खुली। कुरुश को कमरे में न पा कर वह फिर सो गई।

आधी रात को कमरे का दरवाज़ा खुला।

"कौन, कुरुश ?" तय्यबा ने नींद में ही पूछा मगर उसे जवाब नहीं मिला।

"कौन है ?" तय्यबा ने ऊची आवाज़ से पूछा।

"तुम्हारा आशिक़!" भद्दी-सी आवाज़ आई।

"चुप रहो! आखिर कौन है यह बदतमीज़!" झुँझलाई-सी तय्यबा अपनी जगह से उठी कि लाइट जलाये। रास्ते में ही तो भारी हाथों ने उसे पकड़ लिया।

"छोड़ो! मैं कहती हूँ छोड़ो मुझे।"

"तुम होती कौन हो कहने वाली ?"

"मैं चीख़ती हूँ। बुलाती हूँ पासदार को।"

"बुला कर देखो, उसे भी झेलना पड़ेगा!"

संघर्ष में कई जगह तय्यबा का खरोंच लगी। ख़ून निकला। मगर वह जूझती रही।

"यह लो, समझ क्या रखा है।" कह कर उसने तय्यबा को किसी चादर की तरह उठा कर फर्श पर डाल दिया।

इतना तिरस्कार! तय्यबा का रोम-रोम चीत्कार कर उठा। उसके सारे हथियार टूट गये, वह बेदम हो गई, उसकी सारी कोशिशें व्यर्थ चली गई थीं।

जाने से पहले उसने कपड़े पहनने के लिए लाइट जलाई। तय्यबा बिना किसी हरकत के वैसे ही पड़ी रही। आँखें छत में जाने क्या ढूँढ रही थीं।

"हार का दुख मना रही हो ?" उस आदमी ने कपड़े पहनते हुए कहा।

"नहीं! मैं तुम्हारी हार का दुख क्यों मनाऊँगी भला ?" तय्यबा चौंकी फिर उसी तरह लेटे-लेटे बड़ी सहिष्णुता मगर तिरस्कार से कहा।

"मेरी!" क़हक़हा कमरे की छत फाड़ने वाला था।

"मेरी आत्मा को तुम दाग़दार नहीं कर पाये! यह शरीर तो पहले ही से तुम लोगों की दी हुई यातनाओं की सनद बना रहा है; नश्वर है मगर आत्मा नहीं, आत्मा का स्पर्श तुम कर पाये ऐसा भ्रम केवल पाल सकते हो!" कह कर तय्यबा बड़ी सहजता से खड़ी हुई और उसके मुँह पर थूका।

"बुज़दिल!" दिवार से चिपक कर वह ऐसी शोलावर निगाहों से उस आदमी को घूर रही थी जैसे वह उसे कच्चा चबा जायेगी। उस आदमी का हाथ उठा फिर जाने क्यों आगे बढ़ते क़दम रुक गये...कन्धे उचका कर उस आदमी ने आहिस्ता से आस्तीन से थूक पोंछा और बिना पीछे मुड़े सीधा दरवाज़ा खोल कर बाहर चला गया।

अपने को कमरे में तन्हा पा कर तय्यबा को जैसे होश आया। नंगा शरीर बिजली की रौशनी में चमक रहा था। उसे अपने शरीर से नफरत महसूस हुई। बड़ी शदीद नफरत! यह नारी शरीर सिर्फ़ भोगने के लिए बना है चाहे प्रेम से चाहे तिरस्कार से। आगे बढ़ कर उसने कपड़े उठाए फर्श पर पड़ी ख़ून की बूँदों पर उसकी नजरें जम गईं।

## 12

हिन्दुस्तान के हवाई हड्डे पर जब सूसन उतरी तो गर्म लू के थपेड़ों ने उसके कपड़े और बाल अस्तव्यस्त कर दिये। पसीना पानी की धार की तरह बालों की लटों, गर्दन और बदन से बहने लगा। उसने परेशान हो कर अब्बास की तरफ देखा, वह भी पसीने से तरबतर हाँफ रहे थे। हाथ में पकड़े थैले जैसे इतने भारी नहीं थे जितना गर्मी उन्हें परेशान किये हुए थे। ऊपर से धूप की तेज़ी के कारण छींक पर छींक आ रही थी।

होटल में पहुँच कर दोनों नहाए, आराम किया। शाम तक वह अपने होश-हवास में आये। बच्चा फूल की तरह मुरझा गया था। होंटों पर पपड़ी जम गई थी

जिसे बार-बार सूसन चूम रही थी। खुले सर और इतनी आज़ादी के साथ सड़कों पर घूमना सूसन को अजीब-सा लग रहा था। एक अजीब उन्मुक्त परिन्दा उसके मन में फड़फड़ा रहा था। बम्बई की रात अपने पूरे शबाब पर थी और सूसन की जिज्ञासा अपनी चरम सीमा पर।

एक मास बम्बई में रह कर सूसन को बहुत से अनुभव प्राप्त हुए जैसे कि वास्तव में आज़ादी क्या है ? सयासी आज़ादी किसे कहते हैं। ग़रीबी और अमीरी का फर्क क्या है ? सहनशक्ति किस चिड़िया का नाम है और मिलजुल कर रहना किसे कहते हैं, इत्यादि-इत्यादि।

"कहाँ रहना पसन्द करोगी ? दिल्ली, बम्बई या फिर बंगलौर में ? दो मास सारे बड़े शहर घुमा कर अब्बास ने सूसन से पूछा।

"बड़ा मुश्किल है जवाब देना। मुझे तो सारा हिन्दुस्तान अच्छा लग रहा है, सारे शहर मन को भा रहे हैं।" हँसते हुए शादाब चेहरे से सूसन ने कहा।

"दिल्ली कैसा रहेगा ?"

"बढ़िया! वहाँ से हर शहर आसानी से आ-जा सकते हैं!" सूसन ने चहक कर कहा।

"यहाँ बड़ी ख़ुश हो। इतना ज़्यादा ख़ुश तो मैंने तुम्हें पिछले तीन वर्षों में एक बार भी नहीं देखा है!" अब्बास ने हँसती आँखों से सूसन को देखते हुए कहा।

"यहाँ पर लगभग दस हज़ार ईरानी हैं जैसे कि हमारे दूतावास ने बताया है। लड़ते, झगड़ते हैं। यहाँ तक कि एक-दूसरे की विचारधारा से रुष्ट हो कर कत्ल भी कर देते हैं मगर उन लोगों से नहीं भिड़ते हैं जो ख़ामोशी से ग़ैर सयासी ज़िन्दगी जीते हैं। उनका झगड़ा विचारात्मक धरातल पर है और हम किसी पार्टी, किसी समुदाय के नहीं हैं...मुझे तो केवल तीन चीज़ें चाहिये–मेरा शौहर, मेरा बेटा और मेरा वतन ईरान। मेरी ज़िन्दगी की धुरी यही हैं, इनके अलावा मेरे लिये कोई चीज़ न महत्वपूर्ण है न मूल्यवान।" सूसन ने खुले शब्दों में सब कुछ अब्बास से कह दिया।

"तुम ख़ुश रहो, यही मेरी ज़िन्दगी है...और यह ज़िन्दगी चाहे ईरान की धरती पर मिले या संसार के जिस कोने पर, मेरे लिये महत्वपूर्ण और मूल्यवान है!" अब्बास ने भावविभोर हो कर कहा।

"मुझे हिन्दुस्तान इतना भाया है कि पूछो मत इस धरती के अलावा दो दिलों के धड़कते जज़्बात की यादग़ार किसी भी मुल्क में नहीं है। लूटमार, ग़ारतगरी, धर्म, शूर वैभव, क्रूरता सबकी ऐतिहासिक निशानियाँ इमारतों व खण्डहरों के रूप में नज़र आयेंगी मगर ताजमहल जैसी मोहब्बत की निशानी कहीं भी नहीं है। अहसास का सच्चा मोती...!" सूसन ने बच्चे की बोतल बनाते हुए कहा।

"अरे हिन्दुस्तान तो हमेशा से आशिक़ों का मुल्क रहा है। "गूगूश का गाना याद है...आशिक़ मिसले हिन्दू! हिन्दू मायने काला और वह काला अफ्रिकाई नहीं

हिन्दुस्तानी होगा।" इतना कह अब्बास मुस्कुराया तो सूसन कह उठी–

"हाफ़िज़ जैसा शायर भी समरकन्द और बुखारा जैसे शहर सिर्फ़ 'ख़ाले हिन्दू' यानी के गाल पर एक काले तिल बदले में बख्शने को तैयार था।"

"इसमें क्या शक, ऐसा नमक हमारे ईरानी चेहरों में कहाँ ?"

"अनुशेरवाने आदिल ने जब सुना था कि भारत के जंगल में अमृत या संजीवनी बूटी मिलती है तो उसने अपने वैद्य को भेजा। वह भटकता रहा, अन्त में वह अमृत पा गया। जानती हो वह क्या था ? पंचतंत्र पुस्तक। संस्कृत से पहलवी भाषा फिर अरबी भाषा और उसके आद फारसी भाषा में उसका अनुवाद होता रहा। सच पूछो तो यह मुल्क अमृत की खान है।" अब्बास ने कहा।

"ठीक कहते हो। यह धरती वास्तव में जीने के लिए बनाई गई है तभी इतनी आबादी, इतनी तरह के लोग उतनी ही तरह के परिन्दे और जानवर...अद्भुत है यह मुल्क भी!" सूसन ने बेटे को गोद में उठाया।

"यह तो तस्वीर का एक रुख है रहने पर दूसरा रुख पता चलेगा।" अब्बा ने पत्नी को छेड़ा।

"वह पहले से ज़्यादा हसीन होगा।" सूसन ने विश्वास से कहा।

"अरे दस बज गये...बी०बी०सी० की ख़बर ही सुनना भूल गये ?" कह कर अब्बास उठा और रेडियो खोला।

तय्यबा के मन-मस्तिष्क पर इन घटनाओं से बहुत गहरा आघात पहुँचा था। इस समय उसे किसी अपने की कमी बहुत बूरी तरह महसूस हो रही थी मगर अपने के बजाय यहाँ सिर्फ़ निर्दयी दिवारें थीं जो किसी संगदिल की तरह निष्ठुर और संज्ञाहीन थीं। कुरुश भी जाने कहाँ जा कर खो गया था जो अभी तक आया नहीं था ?

कुरुश से उसकी मुलाक़ात हुए पन्द्रह वर्ष गुज़र गये हैं। दस वर्ष से कुरुश जेल में है, सिर्फ़ एक किताब लिखने के जुर्म में। इन्क़ेलाब के आरम्भ में छोड़े गये क़ैदियों में भी जब वह नहीं मिला तो तय्यबा का मन आशंका से भर गया था। मगर उसे इन्तज़ार करना था। अपने इन्तज़ार को उसने दिल के तहख़ाने में छुपा रखा था। उसकी भनक तक किसी को मिलने नहीं दी थी। हमेशा के लिए ज़िन्दा मुस्कुराहट की मोहर चेहरे पर चिपका रखी थी। मगर इन पिछले दस सालों में उसने सिर्फ़ अपना ही नहीं बल्कि कुरुश के संघर्ष का फ़र्ज़ भी निभाया था। कुरुश उसे आत्मविभोर हो कर 'हमज़ाद' कहता था। तय्यबा ने हमज़ाद का फ़र्ज़ भली प्रकार से निभाया था।

कुरुश विवाह के विरुद्ध था मगर वह विवाह करना चाहती थी। घर वाले भी

सामाजिक बन्धन को मान्यता देते थे। सीमोन और जान पाल सार्त्र की जोड़ी पेरिस में बिना विवाह के जीवन भर साथ रह सकती थी मगर ईरान जैसे मुल्क में कुरुश और तय्यबा का सिर्फ़ घुलमिल कर यूँ उठना-बैठना समाज ही नहीं बल्कि ख़ानदान वालों की नजरों में खटकेगा। एक दिन घर वालों के टोकने पर उसने खुल कर कुरुश से बातें की थीं।

"तुमने मेरे बारे में क्या सोचा है ?"

"मैं समझा नहीं ?"

"मैं विवाह करना चाहती हूँ।"

"मैं अभी विवाह नहीं कर सकता।"

"फिर कब करोगे ?"

"जब यह सड़ी व्यवस्था टूट कर बिखर जायेगी!"

"मैं बूढ़ी हो जाऊँगी जब तक। मुझे बच्चे चाहिए, घर चाहिए!"

"मैं इस सड़ी शाही व्यवस्था में बच्चे पैदा नहीं करूँगा। हम तो कम्पराडोर व्यवस्था के ग़ुलाम हैं ही वह भी इस जहान में आ कर हमारी तरह दर्द को सहें, लहू के घूँट पीयें...अफसोस यह ख़ाहिश भी मैं तुम्हारी तब तक पूरी नहीं कर पाऊँगा जब तक यह व्यवस्था है।"

"संघर्ष परिवार को साथ ले कर भी हो सकता है जितने हाथ होंगे उतने हथियार उठेंगे!"

"नहीं तय्यबा...परिवार पैरों में बेड़ी डालता है...संघर्ष की धारा को अबरुद्ध करता है।"

"दो वर्ष गुज़र गये। तय्यबा के नारी मन ने फिर घर माँगा। इस पर कुरुश ने यह कह दिया, "तन-मन की दुनिया से बाहर आओ तय्यबा...इन्हें देखो यह हमारे बच्चे हैं। इन ग़रीब बेसहारा लोगों के लिए हम कुछ करें न कि अपने स्वार्थ की सोचें!"

चन्द दिन बाद कुरुश अपने घर से गायब था। कुछ मास बाद पता चला कि जेल में है! पूरी जवानी जेल में कट गई। आज ज़िन्दगी के मोड़ पर इस तरह कुरुश उससे मिला है जैसे कोई सपने में मिलता हो या फिर बरसों के प्यासे को एक बूँद ओस की दे कर कोई कहे, लो अपनी प्यास बुझा लो।

तय्यबा फर्श पर औंधी लेटी अपनी पिछली ज़िन्दगी के बारे में सोच रही थी! यहाँ पर सोचने के अलावा करने को रह भी क्या गया था। मैंने अपनी सारी कोमल भावनाओं को आग में तपा कर कुन्दन में ढाला है। आज यातना के आखिरी इम्तहान से भी गुज़र गई हूँ। दरवाज़े पर आहट हुई। दरवाज़ा खुला और काली चादर में लिपटी पासदार औरत अन्दर दाख़िल हुई। बत्ती जलाई। तय्यबा उठ कर बैठ गई। औरत को ऐसी नज़रों से देखा जैसे पूछ रही हो, अब

कौन-सा क़हर तोड़ना बाक़ी रह गया है ?

"चलो तैयार हो जाओ।" कह कर औरत ने उसे चलने का इशारा किया।

चेनार के पेड़ों के नीचे बैठे पासदार तरबूज़ के नमकीन बीज तोड़-तोड़ कर खा रहे थे और बातें कर रहे थे। आसमान पर पूरा चाँद दमक रहा था, जेल के हाते में चाँदनी छिटकी हुई थी।

"बहुत अजीब थी वह।" अपने साथी पासदार दोस्तों को बताने के बाद वह धीरे से बोला, "औरत नहीं लड़की थी।"

"तुम्हारा मतलब है कुँवारी थी वह ?" एक पासदार ने चौंक कर तेज़ आवाज़ से प्रश्न किया।

"हाँ, कुँवारी थी।" कह कर उसने कमर की बेल्ट को फ़ौजी जूते पर मारा।

"मुनीर...नाज़िम आग़ा याद कर रहे हैं तुम्हें।" राहदारी से किसी ने पुकार कर कहा।

नाज़िम ने सारा क़िस्सा सुन कर मुनीर को घूरा फिर धीरे से कहा, "तुम जाओ!" गुस्से में पेचोताब खाता नाज़िम कमरे में टहलने लगा।" आखिरी हथियार भी ख़ाली गया!" गुस्से में हथेली पर दूसरे हाथ की मुट्ठी मार कर बोला, "हर वार को मैं आखिरी हथियार कहता हूँ मगर उसके बदन पर जा कर वह पहला वार बन कर हथियार को कुन्द कर देता है।"

कमरे के बाहर शोर उभरा। नाज़िम ने गुस्से से दरवाज़ा खोला। सामने पासदारों की भीड़ खड़ी थी।

"कमरा नम्बर आठ के चार लोगों ने ज़हर की गोली निगल कर ख़ुदकुशी कर ली है!"

"कब आये थे ?"

"शाम को छः बजे के लगभग!"

"किस गुट के थे ?"

"पता नहीं चल पाया था मगर हरकतों से लगता है फ़िदाई थे।"

"फ़िदाई...फ़िदाई...इस चरीके फ़िदाई खल्क़ ने दिवाना कर रखा है...चरीके फिदाई ख़ल्क-एक महत्वपूर्ण मार्क्सवादी गुरिल्ला गुट है। इनकी पार्टी के नाम का अर्थ है जनता पर बलिदान होने वाला। इनको जड़ से उखाड़ना है...ईरान में इनका वजूद बाक़ी नहीं रहने दूँगा...मुजाहिदीन ठीक हो गये न...इन मादरकब्हों की नस्ल को नेस्तोनाबूद करना है...!" नाज़िम क्रोध से दाँत पीस रहा था।

"मैंने डेथ सर्टीफ़िकेट लिख दिया है।" डाक्टर ने पासदारों को हटा कर आगे बढ़ते हुए कहा।

"हूँ!" नाज़िम ने कहा और डाक्टर के साथ कमरे से निकल कर राहदारी की तरफ चल पड़ा।

"अजीब बुखार चढ़ा है इन नौजवानों को, मुफ़्त में ज़िन्दगी से हाथ धो बैठते हैं।" डाक्टर ने चिड़चिड़े अन्दाज़ से कहा।

"बुखार नहीं मानसिक रोग है; छूत की बीमारी है मगर इसका इलाज मैं जानता हूँ डाक्टर...छूत की इस बीमारी को जड़ से उखाड़ूँगा...एक भी कीड़ा इस ज़मीन पर ज़िन्दा नहीं छोड़ूँगा, सबको मसल दूँगा...!" नाज़िम ने आगे बढ़ते हुए कहा।

दूर से एक पासदार दौड़ता हुआ आया। हाँफते हुए उसने कहा, "नाज़िम आग़ा, ख़बर मिली है इमाम खुमैनी के दुश्मनों की तबियत खराब है।" नाज़िम ने उसे ठण्डी नज़रों से घूरा और धीरे से कहा, "हूँ!"

"सियाबुश को जानती हो ?"

"नहीं।"

"मगर, इस तस्वीर में तुम उसके इतना चिपक कर...देखो, पास में कौन खड़ा है, तुम्हीं तो हो न ?"

तय्यबा ख़ाली आँखों से दिवार को ताकती रही।

"फरीद को भी नहीं पहचानती ?"

"नहीं।"

"असग़र को तो ज़रूर पहचानती होगी ?"

"कितनी बार कहूँ कि मैं इनमें से किसी को नहीं पहचानती।"

"तुम्हारी तरह यह भी लेखक, कवि, चित्रकार, नाटककार हैं...च...च...च, बहुत अफसोस हुआ कि तुम इन्हें नहीं पहचानती हो ? यह तो तुम्हारे अपने लोग हैं बुद्धिजीवी...बुद्धि-व्यापार करने वाले! वर्गों की असमानता के संघर्ष पर विश्वास रखने वाली योद्धा को अपने वर्ग की भी पहचान नहीं है ? क्या अन्दाज़ हैं ?"

तय्यबा के पीले चेहरे पर क्रोध की लपटें लपकीं।

"मर्दों को पहचानने में आप शरमा रही हैं...चलिये, उन्हें छोड़ते हैं। यह नादिरा कौन है ? नादिरा...! जी नादिरा रहीमी...इसे तो ज़रूर जानती होगी। आप ही की तरह यह भी एक औरत है। दूसरी लड़की है कमसिन और भोली, नाम है समीना एफ़्तेख़ार...इसका नाम सुना है ?"

"जी नहीं! मैं किसी नादिरा, किसी समीना को नहीं जानती हूँ।"

"नाम भूल गई होंगी, शक्ल तो पहचानती होंगी ?"

"मैं जिसको जानती नहीं उसकी शक्ल पहचानने का क्या इसरार ?"

"ज़रा, उन सबको बुलाओ, उनकी शक्लें देखकर, इन्हें अपनी पुरानी काली करतूतें के साथ-साथ सब की शक्लें भी याद आ जायेंगी।" नाज़िम के इशारे पर दो पासदार बाईं ओर मुड़ गये। जब वे लौटे तो उनके साथ सियावुश, असग़र, फरीद, कामरान, नादिरा, शहराम, समीना और क़ासिम थे।

"पहचाना ?"

"नहीं!"

"ज़रा क़रीब आने दो...। अब क्या ख़्याल है, कुछ याद आया ?"

"जी नहीं! न मैं इन्हें जानती हूँ न पहचानती हूँ, कितनी बार यह बात आपसे कहूँ ?"

"मैं याद दिलाता हूँ...यह सब इस वर्तमान व्यवस्था के घोर आलोचक हैं और आपके परम मित्र। इन्हीं लोगों के पते हम आपसे पिछले दस मास से माँग रहे थे मगर आप संकोच से काम लेती रहीं। मजबूरन हमें इन्हें कल उठवाना पड़ा...मीटिंग के बीच से, जिसका मुझे अफसोस है। समस्या भी बड़ी गूढ़ थी जिसे यह सब बैठे सुलझा रहे थे जैसे, वर्तमान सत्ता युद्ध विराम नहीं चाहती क्योंकि जिस दिन युद्ध विराम हुआ, सत्ता का तख़्ता पलट जायेगा। यह युद्ध वास्तव में खुमैनी ने विभिन्न समस्याओं से भागने के लिए स्वयं आरम्भ कराया था। वग़ैरह-वग़ैरह! ख़ैर छोड़िये इस बात को...हाँ तो मैं कह रहा था कि यदि आप हमारी मदद करतीं तो आपकी सज़ा में छूट और आपके साथियों के साथ रिआयत करता मगर... ?" नाज़िम ने कन्धे उचकाते हुए और अपनी जीत पर इतराते हुए कहा।

"आपको इनायतों का शुक्रिया...!" तय्यबा तल्ख़ी से हँसी।

"अब देखिये न, आपने स्वयं हमारे हाथ काट दिये हैं। इनायत चाह कर भी हम नहीं कर पायेंगे। हमारी मजबूरी को समझने की कोशिश करें। आप सब हमारी मदद करें तो बात कुछ बने।...करेंगे न आप सब हमारी मदद ?" नाज़िम ने बड़ी इन्केसारी से कहा।

"कभी नहीं। क़यामत तक नहीं।" तय्यबा का फैसलाकुन स्वर गूँजा।

"औरतें बहुत ज़िद्दी होती हैं...। ज़िद ही उन्हें ले डूबती है। सारे साथी आपकी एक 'हाँ' के मुतज़िर हैं और हम...आप उनकी जान बख्शें और हमें..."नाज़िम के लहजे में मक्कारी और नफरत की तेज़ छुरियाँ थीं जो आपस में टकरा कर तय्यबा के मन-मस्तिष्क पर वार कर रही थीं।

"जो व्यवस्था इन्सानियत की दुश्मन हो, उसका मेरा कोई सम्बन्ध नहीं है। मदद दोस्तों की करी जाती है।" तय्यबा के लहजे में तलवार की झंकार थी।

"आपकी नज़र में वर्तमान सरकार क्या है ?"

"फ़ासिस्ट।"

"बहुत ख़ूब!" नाज़िम ने जबड़े दबा कर कहा। थोड़ी देर तक तय्यबा को

ख़ूनी नज़रों से घूरता रहा फिर चीख़ कर पलटा।

"इन सबका मुँह काला करो। ख़्याल रहे कि इनके आराम में, खान-पान में किसी प्रकार की कमी न रहे।" कह कर नाज़िम दरवाज़े से बाहर निकल गया। तय्यबा ने नफरत की पराकाष्ठा पर पहुँच कर ज़मीन पर थूक दिया।

नाज़िम मेज़ पर घूसे मार रहा था। उसे अपनी हार का अहसास बड़ा तड़पा रहा था। सारे हथकंडे इस तय्यबा पर आज़मा लिये...कौन सी धातु की बनी है यह औरत ? उसे देखते ही एक अजीब कैफ़ियत तारी होती है कि इसे कुचलो...मैं इतनी जल्दी छोड़ूँगा नहीं...। इसे अपने गुट का भेद मुझे बताना ही पड़ेगा...मेरे सारे प्रश्नों का उत्तर एक-एक करके देना ही पड़ेगा। आखिर इस औरत ने मुझे समझ क्या रखा है ? इसे मैं तड़पा-तड़पा कर मारूँगा। देखता हूँ, कब तक आखिर कब तक ख़ामोश रहती है। इसे अपनी ज़बान से बताना पड़ेगा...सब कुछ मुझे बताना पड़ेगा।"

"नाज़िम आग़ा! जमारान से फ़ोन आया है। इमाम ने आपको याद फरमाया है।" पासदार ने अन्दर दाख़िल हो कर कहा।

"अच्छा!" नाज़िम ने बन्धी मुट्ठी खोलते हुए कहा। थोड़ा रुका फिर अपने को संयत करता हुआ बोला, "कार निकालो, मैं अभी जमारान जाता हूँ। दो बजे तक लौटूँगा।"

"सिगरेट पीना भी जानती हो या सिर्फ़ ब्लैक करने के लिए ख़रीदना है ?" पासदार ने पूछताछ शुरू की।

"पच्चीस साल गुज़र गये हैं सिगरेट पीते हुए। अब बात करती हूँ तो साँस की जगह धुआँ ही निकलता है।" यह कह कर उस अधेड़ औरत ने अपनी क़लमे वाली उँगली दिखाई, जिस पर पीला धब्बा पड़ा था।

"पी कर दिखाओ ?" उसी पासदार ने एक सिगरेट उस औरत की तरफ बढ़ाई। औरत ने सिगरेट बड़ी दक्षता से होंटों में दबाई और पर्स से लाइटर निकाला और खट से सिगरेट जलाई और लम्बा कश भरा और नाक से धुआँ निकाला।

"सोफ़िया लारेन!" पासदारों के झुण्ड से आवाज़ उभरी फिर दबी हँसी।

"ठीक है। एक पैकेट चाहिए या पूरा बस्ता ?" पासदार ने पूछा।

"पूरा बस्ता।" औरत ने झेंपे अन्दाज़ से पैसा निकालते हुए कहा। मस्जिद के आँगन में सिगरेट ख़रीदने वाली औरतों की भीड़ थी। सब को परीक्षा से गुज़रना पड़ रहा था। वह अधेड़ औरत थैला उठाए मस्जिद से निकली और सामने गली में मुड़

गई। इसी गली में एक ब्यूटीशियन का मकान था। ब्यूटी-पार्लर कब के बन्द हो चुके थे। औरतों ने सिंगार करना तो दूर होंटों को रंगना भी बन्द कर दिया था। कुछ औरतों के लिपस्टिक लगे होंटों पर शीशे के टुकड़े सज़ा के तौर पर मले गये थे कि और लगाओ लाली होंटों पर ? यह ब्यूटिशियन भी छुप कर काम करती थी वरना शाह रज़ा सड़क पर सब से बड़ी दूकान इसी शबनम ख़ानम की ही तो थी मगर चार वर्ष पहले यह कह कर उस में आग लगा दी गई थी कि यह पेशा हराम है। खुला गुनाह है। औरतों को ख़ूबसूरत बनाना मर्दों की काम वासना को हवा देना है। बालों से लपकती रौशनी मर्द की हवस को चार चाँद लगाती है। शरीफ औरतें ढकी-छुपी अच्छी लगती हैं। शबनम ख़ानम की मुसीबत यह थी कि ख़ुदा ने उन्हें पेट के नाम पर ऐसा दोज़ख दिया था जिसकी आग रोटी से बुझती है और रोटी आसमान से गिरती नहीं है बल्कि ख़ून-पसीने की कमाई से ख़रीदी जाती है। यह समस्या पेट भरे लोगों की समझ से बाहर थी क्योंकि उनकी बन्दूक़ें प्यासी थीं और चुल्लू भर-भर कर ख़ून पी रही थीं।

वह अधेड़ औरत एक छोटे से घर में दाख़िल हुई। सामने पालथी मारे बैठी औरत ने व्याकुलता से कहा, "बड़ी देर कर दी साबरा ?"

"हाँ, लौट आई...वह भी ख़ाली हाथ नहीं सिगरेट के पूरे बस्ते के साथ...अब तो नशा भी ज़लील कराने लगा है...मगर कैसे छूटे यह नामुराद ?" क़ालीन पर बैठते हुए उसने नये बस्ते से एक पैकेट निकाला, तेज़ी से पन्नी फाड़ी और सिगरेट जला कर लम्बे-लम्बे कश भरे। नाक से धुआँ निकालते हुए उसके चेहरे पर एक अजीब संतोष-भरी आभा थी।

"बाल रंगवाएगी या सिर्फ़... ?"

"बस थोड़ा-सा मेरा हुलिया ठीक कर दो। अब समय कहाँ है, फ़ौरन लौटना पड़ेगा।" लम्बे-लम्बे कश भर कर उसने सिगरेट बुझाई।

"फिर इधर बैठो," ब्यूटीशियन ने कहा और बालों पर कैंची चलाना आरम्भ कर दी। तभी दरवाज़े पर लगी घण्टी बज उठी। ब्यूटीशियन के हाथ रुक गये। चेहरे पर हवाई उड़ने लगी। उसके ग्राहक घण्टी तो नहीं बजाते हैं फिर यह कौन आया है ? आगे बढ़ कर दरवाज़ा खोला और घबरा-सी गई।

"यहाँ क्या हो रहा है ?" चार-पाँच पासदार खट-खट करते हुए अन्दर दाख़िल हो गये।

"कुछ भी नहीं ? भला यहाँ क्या होने वाला है ?"

"देखते है!"

"यह मेरी सहेलियाँ हैं!"

"सुबह से औरतों का तांता बन्धा हुआ है...किसी बच्चे का मुँडन था क्या आज ? यह बाल... ?" एक पासदार ने कुर्सी के नीचे गिरे बालों को देखते हुए कहा।

साबरा ख़ानम ने घबरा कर सर की चादर ठीक की। उनके एक तरफ के बाल कट चुके थे, दूसरी ओर के बाल लम्बे झालर की तरह कन्धे पर लटक रहे थे।

"कुछ खाइये तो आप लोग... ? बड़ा तकल्लुफ कर रहे हैं ?" ब्यूटीशियन ने घबरा कर मेज़ से बिस्कुट की प्लेट उठाई और पासदारों की ओर बढ़ाई।

"कुछ गड़बड़ की तो सीधी कमेटी जाओगी।" एक पासदार ने कहा और शीशे का ख़ूबसूरत लैम्प उठाया।

"गड़बड़ क्या होगी यहाँ ?" ब्यूटीशियन ने सफ़ाई देने वाले अन्दाज़ से हाथ फैलाया मगर नज़रें लैम्प की ओर ही तक रही थीं।

"ख़ैर! ध्यान से रहना।" सारे पासदार मुड़े।

"यह लैम्प अच्छा है" कह कर एक पासदार ने उठाया।

"मेरे दादा की आखिरी निशानी है। मुझे बहुत अज़ीज़ है।" ब्यूटीशियन ने घबरा कर कहा।

"दुनियावी चीज़ों से क्या दिल लगाना ? यह तो किसी पाक-पवित्र जगह पर अच्छा लगेगा!" कह कर उस पासदार ने बिल्लोरी लैम्प उठाया और बाहर की तरफ बढ़ा।

शबनम ख़ानम ने दरवाज़ा बन्द करते हुए लम्बा साँस खींचा और साबरा ख़ानम की तरफ मुड़ीं। कैंची चलाते समय उनके होंट किसी आन्तरिक दर्द की वेदना से काँप रहे थे। मस्जिद से अज़ान की आवाज़ बुलन्द हुई। उसी के साथ दूकानों और घरों में होती चहल-पहल व गली का शोरगुल थम गया।

समीना और नादिरा की नंगी पीठ पर बरसते कोड़ों को तय्यबा अपनी पीठ पर महसूस कर रही थी। नीम बेहोशी में भी वह 'सड़ाक' की हर आवाज़ पर चौंक-चौंक पड़ती थी। दोनों पासदार औरतें काली चादरों में लिपटी चिमगादड़ें लग रही थीं और उन्हीं की तरह समीना और नादिरा के घायल तन से चिपकी हुई लहू पी रही थी। कमरे में कराहने व सिसकने की जगह सिर्फ़ चिमगादड़ों के हाँफते डैनों की फड़फड़ाहट गूँज रही थी।

नादिरा पचास वर्ष की मज़बूत काठी की तुर्क ईरानी औरत थीं। उनकी बेटी समीना उनकी इकलौती औलाद थी। दोनों माँ-बेटी का घर यह लोग कभी-कभी मीटिंग के लिए इस्तेमाल कर लेते थे। यह बात तय्यबा को पता नहीं थी मगर अपने साथियों के साथ उन्हें देख कर उसे अन्दाज़ा हो गया था। नादिरा ख़ानम विधवा थीं। उनके पति रसूल सिपहरी शाह-प्रेमी थे मगर उसी शाह की व्यवस्था में शाही पुलिस ने उन्हें गोली का निशाना बनाया था। तब से उनके मन में दुख का बीज ऐसा जमा कि उसने पेड़ का रूप धर लिया और जब वह पेड़ फल देने लगा तो उसमें सिर्फ़ द्वेष के फल लगे। इन फलों के बीज सयासत की कड़वाहट लिये

हुए थे। भले ही वह सयासत के दाँव-पेच न जानती हों मगर यह ज़रूर समझ गई थीं कि सयासत बेगुनाहों के शिकार का नाम है। एक ऐसे ज़हर का नाम है जो ज़िन्दगी का स्वाद नहीं बल्कि उसे मौत की नींद सुला देता है। इसलिये उन्होंने अपनी बेटी को इस ज़हर के साये से भी दूर रखा था मगर अपने को रोक नहीं पाई थी और आग के दरिया में कूद पड़ी थीं। केवल सहायता देने की हद तक उन्होंने अपना दामन जलाया था और आज उसी छोटी-सी सहायता के बदले में दोनों फाँसी के फन्दे में झूलने वाली थीं।

"अब तुम्हारा इरादा क्या है ?"' चिमगादड़ें हाँफती हुई काले डैने फड़फड़ाती समीना और नादिरा के जिस्म से उड़ीं और छत से सर के बल उल्टी लटकी तय्यबा की तरफ लपकीं।

"क्यों इन दोनों के ख़ून की प्यासी हो रही हो ? कुछ बोलती क्यों नहीं हो ?" इस चिमगादड़ ने झपट्टा मारा। कोड़े की मार से तय्यबा का कमज़ोर बदन किसी टूटी शाख की तरह तूफ़ानी हवाओं में डोल गया।

"आठ मास हो गये हैं गूँगी बने हुए...हम सबको ख़ून के आँसू रुला दिया है...वही सवाल सुबह, वही सवाल शाम...कब तक कोई दोहराए...बहरी, गूँगी, अन्धी सब कुछ बनी हुई है यह बदबख़्त।" दूसरी चिमगादड़ अपनी काली चादर के डैने सँभालती हुई दाँत कटकटा कर आगे बढ़ी।

"इसकी ज़बान...इसे ही खींच लेते हैं! गूँगी बनने का नाटक ही ख़त्म हो।" कह कर एक ने तय्यबा का मुख किसी कच्ची लकड़ी की खपच्ची की तरह चीरा और दूसरे ने उसकी सूखी ज़बान को पकड़ना चाहा। तय्यबा का सारा बदन पसीने और ख़ून से तर था। इस नये हमले से अजीब तरह से ऐंठने लगा।

"यह कौन-सा दिवानगी तुम लोगों पर तारी हो गई है! पीछे हटो।" नाज़िम की तेज़ आवाज़ कमरे में गूँजी।

"आग़ा... ? आप... ?" दोनों भयभीत काली बिल्लियों की तरह सिमटने लगीं।

"फ़ौरन खोलो इसे!" नाज़िम ने फटकारा।

"जी जनाब!" कह कर दूसरी पासदार औरत ह्वील की तरफ लपकी।

"जितना तुमसे कहा जाए उतना ही किया करो, समझीं ?" धमकी की आवाज़ कमरे में गूँजी।

"जी।"

दोनों काली बिल्लियाँ थर-थर काँप रही थीं।

"आखिरी सफर से पहले वाली खातिर करो इनकी।" कह कर आवाज़ ख़ामोश हो गई।

नाज़िम कमरे में बैठा सामने स्क्रीन पर कमरा नम्बर दस को देख रहा था। तय्यबा को दोनों पासदार औरतें छत से उतार कर फर्श पर लिटा रही थीं। तीनों

जख्मों से चूर थीं।

"इनको यह पता नहीं है कि इन पर भी नज़र रखता हूँ...जहाँ षड्यंत्र और शंका से फ़िज़ा घुट रही हो वहाँ पर अपनी छाया पर भी कड़ी नज़र रखनी पड़ती है।" नाज़िम ने स्विच ऑफ करते हुए कहा और कमरे से बाहर निकला। सामने मैदान में लेटे हुए क़ैदियों के सीने पर भारी बोरियाँ रखी हुई थीं। उसने चाय के लिए घण्टी बजाई और अख़बार खोल कर उसमें डूब गया।

जमारान की कच्ची गलियाँ, नौजवान पासदारों की गूँजदार आवाज़ों से चटख रही थीं। गाँवों से नई नस्ल, नया ख़ून किसी सैलाब की तरह उमड़ता हुआ इमाम खुमैनी को यक़ीन दिलाने आया था।

"खुमैनी अज़ीज़म बेगू कि ख़ून बरीज्म।"

(प्रिय खुमैनी, तुम कहो तो हम अपना ख़ून बहा दें।)

कल जब इमाम खुमैनी ने अपने भर्राये कंठ से यह बात कही थी कि "मैं बूढ़ा हो रहा हूँ; कब तक इन्तज़ार करूँ ?" इस अनुरोध में कितनी बेबसी थी, कितनी ललक थी। इल्म और दीन की शमा स्वयं अपने पिघलने की बात कर रही थी। पचासी साल की यह रौशन शमा कभी भी मौत की तूफ़ानी हवा से बुझ सकती है। मौत के बाद इमाम खुमैनी नज्फ़ में दफ़न होना चाहते हैं मगर नज्फ़ तो इराक़ी सीमा में है फिर ? जितनी जल्दी हो सके बगदाद पर कब्ज़ा करके नज्फ़ को ईरान का हिस्सा बना लें। इन्सानी मौज़े तूफ़ानी के थपेड़ों के साथ बसरा की ओर चल पड़ी। उनके मन में आग थी। बसरा से बग़दाद और फिर नज्फ़ में हज़रत अली के चौखट पर सर टिका कर ज़ियारत करने की। उस इश्क़ की आग को फना की राख में बदलने की।

मौलवी झुण्ड के झुण्ड तेहरान और क़ुम से गाँवों की ओर चल पड़े और हाथ फैला कर सरों के उपहार माँगने लगे।

"हर हालत में हमें नज्फ़ पर कब्ज़ा करना है। नज्फ़ शियों का पवित्र प्रिय स्थान है जहाँ पर हज़रत अली की आखिरी आरामगाह है। कर्बला जहाँ मज़लूम हुसैन का बेगुनाह ख़ून बहा था।...मत भूलो कि वह कौन लोग थे जिन्होंने धोखे से हुसैन को बुला कर शहीद किया था...आज उसी पवित्र ज़मीन पर एक काफ़िर हुकूमत कर रहा है...वह हमसे हमारी शहादत का हक़ छीनना चाहता है...रासायनिक गैस छोड़ कर हमें 'ख़ूने शहादत' की लज्ज़त से महरूम करना चाहता है। खौफज़दा है कि शहीद के टपके ख़ून से कहीं हज़ार शहीद न पैदा हों जायें...लालः के फूल क्या ईरान की धरती पर खिलना बन्द हो जायेंगे ? हममें भी जान है। मैं आप सब से पूछता हूँ अगर ईरानी जनता जिसने यह इन्क़लाब किया है जो वास्तव में मुस्तज़ाफ़ीन

है (ग़रीब वर्ग) यह उसीका इन्क़लाब है, अगर वह इस्लामी हुकूमत न चाहती तो क्या वह इस हुकूमत को बचाने के लिए पिछले पाँच साल से तन, मन, धन से लड़ रही होती! यह आप सब हैं जो यह जंग चाहते हैं। हक़ की जीत चाहते हैं...। हमारा नारा रोटी नहीं...हमारा नारा इस्लाम है...इस्लाम बचाने के लिए...इस जंग को जीत में बदलने के लिए...आप सब हथियार उठा लें और दुश्मन का कलेजा चीर कर रख दें...आप सबको ख़ूने हुसैन का वास्ता है...

इमाम खुमैनी ज़िन्दाबाद

सद्दाम काफ़िर पर लानत

जोश से उबलते, मुँह से ख़ूबसूरत अल्फ़ाज़ों के फूल गिराते मौलवी भूखे, नंगे देहातियों के मन-मस्तिष्क पर अफ़ीम के नशे की तरह चढ़ रहे थे। घरों में खलबली मच गई। सर पर कफन बाँधे बच्चों, लड़कों और बूढ़ों की क़तार सज गई। खड़ी बसों में रोती माँ-बहनों को छोड़ कर गाज़ी सवार होने लगे।

इराक़ के विदेशमंत्री और मुजाहिदीन नेता मसूद रिज़्वी में अनुबन्ध हुआ था कि यदि इराक़ युद्ध-विराम वास्तव में चाहता है। तो अब स्वयं ईरान पर हमला न करे। हाँ अपने बचाव के लिए अवश्य हथियार उठाए। इसके बाद ईरान की ओर से लगातार हमले बढ़ते गये। इराक़ की हालत तबाह होती गई। युद्धविराम की सारी कोशिशें बेकार होती नज़र आने लगीं।

रफ़्तसनजानी ने नमाज़े जुमा के ख़ुत्बे में कहा, "घबराने की कोई बात नहीं है। हमारे पास इन्सानी बल बहुत है। यदि वह रासायनिक गैस इस्तेमाल कर रहे हैं तो हम कौन-सी चूड़ी पहन कर बैठे हैं, हम भी ईंट का जवाब पत्थर से देंगे ओर रासायनिक गैस का प्रयोग करके दिखाएँगे।"

इराक़ से जवाबी हमले आरम्भ हुए। मजनून आईलैण्ड पर ख़ून की नदियाँ बह उठीं। लैला और मजनूँ की प्यार की दास्तान ख़ूनी लिबास पहन कर टहलने लगी। दो मस्त हाथी अपने ही ख़ून में डूबने लगे।

"अरे हम जंग नहीं चाहते हैं...हम जंग नहीं चाहते हैं बाबा, कोई जा कर कह दो इमाम से...हम जंग नहीं चाहते हैं!" नब्बे साल की बुढ़िया बड़बड़ाए जा रही थी, जिसको उसका जवान पोता अपनी बलिष्ठ बाँहों में सँभाले भाग रहा था।

बच्चों के बिलखने, लड़के-लड़कियों के रोने और औरतों की भयभीत चीख़ों के बीच जानवरों की बदहवास विभिन्न आवाज़ें माँसपेशियों को एक ऐसा तनाव बख़्श रही थीं कि महसूस हो रहा था कि त्वचा अब फटी कि तब फटी, उसी के बीच उत्तेजित करती बड़बड़ाहट फिर गूँजी।

"कह दो कोई जा कर हम जंग नहीं चाहते...कह...।"

"दादी, कैसी बातें करती हो ?" ऐसा सोचना और ज़बान से कहना गुनाह है हम ईरानियों के लिए...दुश्मन ने हम पर हमला किया है...क्या हम चुप-चाप अपने हथियार डाल दें ?"

"अब कुछ भी बोलना इस ज़मीन पर गुनाह हो गया है।" बुढ़िया पोपले मुँह से बोले चली जा रही थी।

तेज़ धमाका हुआ। धुआँ फैला। बम्ब फटने से आग की चिंगारी का तूफ़ान उठा। बुढ़िया और उसका पोता उस आग की ज़बान का नेवाला बन गये।

"हफ़्ते-भर बाद आया हूँ और तुम...।"

"छोड़ो बहुत थक गई हूँ। सारे दिन कोल्हू के बैल की तरह जुती रही हूँ।"

"मैं कल सुबह जा रहा हूँ...कुछ तो रहम करो।"

"रुक नहीं सकते हो क्या ?"

"बताया न, मजबूर हूँ...।"

"कब तक मैं...।"

"रोओ मत, इधर आओ...रूठ गई...मान जाओ...।"

फिर कई धमाके हुए। इराक़ी हवाई जहाज़ों के गुज़र जाने के बाद आसमान धुएँ और धूल से भर गया था। हँसता-खेलता गाँव ईंट-गारे का ढेर बन गया। मलबे के नीचे सिर्फ़ इन्सानी गोश्त के टुकड़े थे जो बिना खुदी क़ब्रों में बिखरे पड़े थे। मध्यपूर्व जल रहा है। अपनी ही आग में सुलग रहा है। अपना ईंधन, अपना तेल और अपनी राख!

ऊपर पहाड़ी पर बैठा अकेला शकूर नीचे उजड़ी बस्ती देख रहा है। वह कैसे बच गया ? उसकी गोद में मासूमा है। उसकी सबसे छोटी बेटी...बाक़ी सब आग का नेवाला बन गये हैं। उसने बेटी के सीने पर हाथ रखा। "अभी ज़िन्दा है...या ख़ुदा...दिल धड़क रहा है।"

सूरज का गोला शहतूत के पेड़ों के पीछे डूबने लगा। शकूर की गोद में दुबकी बच्ची भूख से रो पड़ी। कहाँ से क्या लाए ? पानी के पोखर में मरे लोगों और जानवरों के टुकड़े। औंधे दबे घर जहाँ पर दूध की तलाश बेकार थी। पेड़ फलों से ख़ाली...क्या करे, घास का रस निकाल कर उसके हल्क में टपका दे ? घास भी बारूद से भरी होगी...पेड़ों की पत्तियाँ...वह भी क्या झुलसने से बची होंगी ?

रात बढ़ रही थी। शकूर बेटी को थपथपाता हुआ आगे बढ़ने लगा। होंट, नाक में बारूद का मज़ा और महक बस गई थी। राहत कुमक जाने कब पहुँचेगी। यदि न पहुँची तो ? सुबह तक इस बच्ची का जाने क्या हाल हो ? ऊपर आसमान पर फिर जहाज़ों की गड़गड़ाहट सुनाई पड़ी।

शकूर डर कर वहीं पत्थर से टेक लगा कर बैठ गया। उसकी ज़बान तालू से चिपक गई थी। दोनों हाथों से वह बच्ची को दबाए हुए था जैसे कि उसके यह भयभीत हाथ उसकी बेटी की जान बचा लेंगे।

हवाई जहाज़ गुज़र गये। शकूर ने आँखें खोलीं। उसका दिल अब भी उसके कानों में धड़क रहा था। दिल सँभला तो उसे महसूस हुआ, रात बड़ी ख़ामोश और डरावनी है। चारों तरफ अँधेरा ही अँधेरा है। बेटी के सर पर हाथ फेरा। वह चुप थी, शायद सो गई थी। माथे का चुम्बन लिया।

रात को जब भी उसकी पलक झपकती एक ही प्रश्न से हड़बड़ा कर उठ बैठता, "यह जंग क्यों हो रही है ? हमारे दुश्मन कौन हैं ? अगर कोई बम्ब हज़रत अली के हरम पर गिरा तो... ? कितना बड़ा गुनाह होगा! इराक़ की धरती पर सारे इमाम क्यों जन्मे... ? यदि वहाँ जन्मे तो फिर वहाँ के लोग काफ़िर कैसे हुए ?

आसमान पर हेलिकाप्टर का शोर उभरा। पौ फट रही थी। सुरमई क्षितिज पर उसने पाँच हेलिकाप्टर देखे। वह अपनी जगह से उठा और आगे भागा।

"मैं ज़िन्दा हूँ...मैं ज़िन्दा हूँ...।" शकूर की आवाज़ पंखों की तेज़ गड़गड़ाहट में डूब गई।

हेलिकाप्टर से उतरे लोग इधर-उधर मुआयने में लग गये। शकूर हाँफता हुआ उनके पास पहुँचा और चिल्लाया–

"अरे, इधर देखो, मैं ज़िन्दा हूँ...मैं...!"

"बहुत ख़ुशी हुई बिरादर, यह जान कर कि तुम ज़िन्दा हो।" एक पासदार ने हँसते हुए कहा।

"मेरी बेटी भी ज़िन्दा है...देखो तो!" शकूर विभिन्न भावनाओं की मार से कभी रो रहा था, कभी हँस रहा था।

"सँभालना इसे!" डॉक्टर ने कहा और अपना बक्स खोला। उसके हाथों से बच्ची को ले कर पासदार ने गद्दे पर लिटाया।

"डाक्टर साहब, दूध मिलेगा... ? मेरी बेटी भूखी है। कल दोपहर से इसे माँ का दूध नहीं मिला है।" शकूर ने हाँफते हुए कहा।

"मिलेगा, सब कुछ मिलेगा। मैं तुम्हारी बेटी का मुआयना कर रहा हूँ। तुम आराम से इस सीट पर टेक लगा कर बैठ जाओ।" कह कर डाक्टर ने बच्ची के सीने पर आला रखा। बच्ची का दिल साकित था। कोई धड़कन, कोई हरकत नहीं थी वहाँ पर। डाक्टर ने इधर-उधर उलट-पलट कर देखा, "मौत दम घुटने से हुई है।" कह कर डाक्टर ने उसे छोड़ा और शकूर को नींद का इंजेक्शन दिया।

"कोई ज़िन्दा नहीं बचा है डाक्टर!' एक पासदार ने कहा।

"हूँ!" डाक्टर ख़ामोशी से आगे बढ़ा। कुछ दूरी पर दो नंगे बदन एक-दूसरे

के बाहुपाश में जकड़े बिस्तर पर पड़े थे। दोनों का सर बदन के ऊपर से गायब था। डाक्टर ने पलक झपकाई। थोड़ी देर तक उन बदनों को तकते रहे जैसे पूछ रहे हों—ज़िन्दगी रचना का नाम है। कुछ देने का या...

हेलिकाप्टर उड़ा। नीचे सात-आठ गाँव उजाड़ पड़े थे। डाक्टर नवेद की भृकुटी तन गई। सोच का दायरा फिर सिमटने लगा।

"एक ही बिन्दु पर जा कर मैं ठहर जाता हूँ। आखिर यह जंग क्यों हो रही है ? फैसला कब होगा, कौन करेगा ? कब तक मैं...कोई तो मसीहा बन कर आए।"

नीचे दूसरे गाँवों में लड़कों और जवानों की बसीज़ तैयार हो रही थी नये हमले के लिए। डाक्टर नवेद ने आँखें बन्द कर लीं। बन्द आँखों के सामने ईरान का नक्शा उभरा जिसमें सिर्फ़ लाशों का अम्बार था। कटे-फटे बदनों के ढेर थे। ख़ून की नदियाँ थीं और खोखले नारों का शोर था...उनके हाथों में इन सारी विपत्तियों से निबटने के लिए सिर्फ़ एक सिरिंज थी।

बैग से एक ट्रंककुलाइज़र की टिकिया मुँह में रख कर आँखें बन्द कर लीं। "जाने कितने माह, जाने कितने साल यह जंग चले और जाने कितनी रातें घायलों के जख्मों पर मरहम और मुर्दों के चेहरों पर चादर डालनी पड़े...जाने कितने साल...!"

आसमान पर उड़ते गुब्बारे की चर्चा कई मास तक बच्चे बच्चे की ज़बान पर थी। उस गुब्बारे पर 'खुमैनी को मौत आए' लिखा था। मशीनगन की गोलियों ने जब उसे छलनी किया तो उसके कोख से सहस्त्रों युवराज पहलवी की तस्वीरें गिरी थीं।

"क्या सचमुच शाह का बेटा लौटेगा ?"

"कभी नहीं, शाह का बेटा यानी नीम पहलवी वहीं मिस्र में पड़ा रहेगा।"

"फिर वह गुब्बारा और तस्वीरें ?"

"झूठ है।"

"तुम्हारे सर की क़सम, मैंने स्वयं अपनी आँखों से देखा था।"

"तुम तो दिन में भी सपने देखने लगे हो।"

"मज़ाक मत करो। मैं सच कह रहा हूँ। वह तस्वीरें जाने किस कपड़े व काग़ज़ की थीं जो न फटती थीं न जलती थीं।"

"मौलवियों के चमड़े की होंगी!"

दबे-दबे कहकहे गुब्बारों की तरह फट गये। एक ने साथी को कोहनी मार कर दीवार की तरफ इशारा किया—

"अमेरिकाहीच ग़ल्ती नमी तवान्द बेकुन्द।"—इमाम खुमैनी

(अमेरिका हमारा कुछ भी बिगाड़ नहीं सकता—इमाम खुमैनी का कथन)

इसी पंक्ति के नीचे किसी ने अन्य रंग की स्याही से लिख दिया था–

"खुमैनीहीच ग़ल्ती नमी तवान्द बेकुन्द।"–बतूल

(खुमैनी मेरा कुछ भी नहीं बिगाड़ सकता है।–बतूल अर्थात् खुमैनी की पत्नी का कथन)

हँसी के मारे उनकी आँखें पानी से भर गईं। सामने की दूकान में घुसे तो उनके पीछे-पीछे एक पासदार भी दूकान में दाख़िल हुआ।

"क्या बात है रहीम आग़ा, इमाम की एक भी तस्वीर तुम्हारे दरवाज़े पर नहीं है ?"

"शीशा धोया था सुबह बरादर, यह लो तुम मट्ठा पियो, जब तक मैं तस्वीर लगाता हूँ।" कह कर दूकानदार ने मट्ठे की बोतल जवान पासदार की ओर बढ़ाई और स्वयं तस्वीर ले कर दूकान के शीशे के समीप पहुँचा।

"एक दरवाज़ा है उस पर भी रहबर की तस्वीर न हो तो बुरा लगता है।" पासदार ने ख़ाली बोतल क्रेट में रखी और दूकान से बाहर निकल गया।

"हमने तो इमाम की तस्वीर अपने दोनों दरवाज़ों पर लगा दी है।" एक ने कहकहा मारा, उसकी अर्थपूर्ण बातें सुन कर दूसरा बोला–

"मैंने भी, जब ख़ुदा ने दो-दो दरवाज़ें दिए हों तो झिझकना क्या ?" वह बड़े भद्दे अन्दाज़ से इशारा करके हँस पड़ा।

दूकान के सामने लड़कों का स्कूल था। वहाँ से नारे बुलन्द हो रहे थे– "खुदाया! खुदाया! खुमैनी रा निगेहदार ता इन्क़ेलाब मेंहदी।"

(खुदाया! खुदाया! खुमैनी को आख़री इमाम हज़रत मेंहदी के इन्क़लाब तक ज़िन्दा रखो।)

स्कूल का मैदान नारों से गूँज रहा था। इन नारों के बीच-बीच में कई आवाज़ें इस अभिव्यक्ति को नया अर्थ दे रही थीं जिसमें द्वेष और घृणा की झलझलाहट थी।

"खुदाया! खुदाया! खुमैनी रा निगेहदार ता इन्क़ेलाबे बादी।"

(खुदाया! खुदाया! खुमैनी को दूसरे इन्क़लाब तक ज़िन्दा रखना)

सारे दूकानदार हँसती हुई आँखों से अपनी-अपनी दूकान के दरवाज़े पर खड़े हो कर एक-दूसरे को ख़ामोश इशारा कर रहे थे।

दोनों पासदार औरतें ख़ुश-ख़ुश ऐविन जेल से बाहर निकलीं। कल से दो दिन की छुट्टी है। शाम के पाँच बज रहे हैं। शहर जाने वाली बस पन्द्रह मिनट बाद मिलने वाली थी। दोनों बातें करती हुई बस स्टाप पर जा कर खड़ी हो गईं।

"जवाब दिया रहमत आग़ा को ?"

"नहीं! फैसला नहीं कर पा रही हूँ।"

"फैसला क्या करना है, जो काम दीन-ईमान के अन्दर हो हराम नहीं, उसमें

ख़ुदा की ख़ुशी शामिल है। सीग़ा करने में क्या फैसला करना फिर बहन, औरत मर्द के सहारे के बिना जी नहीं सकती।"

"वह तो मैं भी समझती हूँ मगर... ?"

कितने दिनों का सीग़ा होगा ?"

"छह मास की बात कह रहे हैं।"

"अच्छा है! विसमिल्लाह कर डालो।"

"तुम्हारे शौहर का क्या हाल है ?"

"वही पुराना, मालिश से कुछ फर्क पड़ा है मगर एकदम अच्छा होना तो नामुमकिन है बहन अब!"

'चलो, ख़ुदा पर भरोसा रखो। यही क्या कम है घर में सास उनकी देखभाल में तुम्हारा हाथ बटाती है।"

"जब पड़ती है तो सब सहनी पड़ती है। यही सास थीं, बैठ कर खाती थीं मगर जब से यह बीमार पड़े सब कुछ बदल गया। सारा बोझ मुझ बेकस के कन्धों पर आ पड़ा है। इन चार पैसों से भी पूरा नहीं पड़ता है।"

"हाँ, यह दो रोटी भी कैसी मेहनत के बाद मिलती है।"

"दूसरो पर ज़ुल्म करते दिल काँपता है मगर हाय रे मजबूरी।"

"समय बदलेगा...हमारा समय भी आएगा।"

"इमाम तो यही कहते हैं कि ग़रीबों का लहू रंग लाएगा।"

"ख़ुदा उन्हें क़यामत तक ज़िन्दा रखे।"

"आमीन!"

बस आ गई थी। दोनों पासदार औरतें अपनी पोटली सँभालती हुई उस पर चढ़ीं। भीड़ काफ़ी थी फिर भी ड्राइवर ने हँस कर ऊँची आवाज़ से पूछा—

"कितनी पकड़ीं, कितनी मारीं ?"

"जितनी पाईं, उतनी कुचलीं।" एक पासदार औरत ने जल कर कहा। बाक़ी सवारियों ने मुँह बिचकाया और खिड़की से बाहर देखने लगीं।

समीना ने आँखें खोली। दर्द से सारा बदन ऐंठ रहा था। सीने और पेट के नीचे के गावों पर पपड़ी जम रही थी जिससे एक बदबू भी फूटती रहती थी। उसने सामने देखा—नादिरा एकदम नंगी पड़ी थी...उसने पलक झपकाई...क्या सचमुच...उसने नज़रें दूसरी तरफ घुमाईं, तय्यबा भी ऊपर से नीचे तक नंगी, पड़ी थी। कपड़ों के स्थान पर सिगरेटों और इस्त्री से जले निशान थे जो नज़र आ रहे थे। समीना ने घबरा कर अपने बदन पर नज़र डाली और चौंक पड़ी। तीनों के बदन पर कपड़े की जगह जख्मों और ख़ून की धाराओं का लिबास था...क्या हुए उनके कपड़े ? माँ के बदन

को उसने छुआ मगर वह ठण्डा और साकित था। शायद वह बेहोश थीं। तय्यबा भी अजीब तरह से औंधी पड़ी थी।

समीना ने कराह कर पहलू बदला। नंगा बदन गीले ख़ून पर पड़ा ज़मीन से चिपक गया था। त्वचा पर कुछ चिनमिनाया। वह कराह उठी। किसी तरह कमर खिसकाने में कामयाब हो गई। करवट बदल कर जो उसने नज़र उठाई तो उसके मुँह से चीख़ निकलते-निकलते रह गई। शर्म से लगा वह मर जाएगी।

सामने दिवार से टेक लगाए कामरान बैठा था। उसी के पास सियाबुश, शहराम, क़ासिम, असग़र और फरीद...सब के सब बिना लिबास...कोई घुटने पर सर रखे था तो कोई आँखें बन्द किए था।

कमरे में अँधेरा फैल गया। किसी ने उठ कर बटन नहीं दबाया, न आपस में कोई बातचीत ही की। ख़ामोशी कमरे के अँधेरे को और गहना गई थी। मन कहीं गुफाओं में भटकता रौशनी को ढूँढ रहा था।

कुर्दिस्तान में हँगामे अपनी पराकाष्ठा पर पहुँच गये थे। शहनाज और काकहसन पूर्ण रूप से घर छोड़ कर पहाड़ियों और गुफाओं में रहने लगे थे। पूरा ईरान धार्मिक प्रभाव से प्रभावित था और कुर्दिस्तान में धर्म और धार्मिक लोग रोटी और इन्सानियत को महत्व दे रहे थे। वहाँ पर कोमले और डेमोक्रेटिक पार्टी पूर्ण रूप से सोशलिस्ट व मार्क्सवादी विचारधारा को ले कर चल रही थी। समय पड़ने पर इन्हीं पीशमर्गों के लिए मस्जिदें तक ख़ाली हो जाती थीं। रात को वे वहाँ छुपते और नमाज़ के समय मस्जिदें ख़ाली कर दी जातीं। यानी ख़ुदा का नाम लेने वाले और वामपंथी दोनों एक स्तर पर इन्सान की मूल आवश्यकताओं के लिए लड़ रहे थे। इस्लाम को दोबारा लाने का कोई संघर्ष वहाँ नहीं था।

"आज का दिन कैसा ख़ूनी दिन है ?" काकहसन ने थकन से चूर आवाज़ में कहा। उसके दोनों बाजुओं में गोली लगी थी। काक हुसैन गोली निकालने का इन्तज़ाम कर रहा था।

"मेरे पैर कहीं..." शहनाज़ की चिंतित-सी आवाज़ उभरी। उसके घुटनों में गोली लगी थी।

"घबराना क्या ? आग का दरिया है, पार उतरना है। पैर, हाथ, सर, सब कुछ बलिदान करना पड़ेगा...डर को मन से निकाल फेंको शहनाज़!" काकहसन ने कहा।

"डर मरने का नहीं अपाहिज हो जाने का है।" शहनाज़ ने हँसते हुए कहा।

"तुम्हारा निशाना चूकता नहीं है। बैठी-बैठी दुश्मनों के सीने छलनी करना," काकहसन ने कहा। उसकी बात में छुपा इशारा शहनाज़ समझ गई। हसन के दोनों बाजूओं में कई गोलियाँ पैवस्त हुई थीं। जाने कल..."

"काकहसन ठीक कहता है। सबसे ऊँची चोटी पर मशीनगन के साथ तुम्हें बिठा दूँगा, फ़िक्र मत करो।" काक हुसैन ने भाभी की हिम्मत बढ़ाई और उसके पैरों को पकड़ कर जख्म से गोली निकालने के लिए नश्तर लगाया। दर्द से डूबी सिसकी से दर्रा गूँज उठा।

छह साल का लम्बा समय गुज़र गया। आबाद धरती बरबाद होती चली गई। जिसके विरुद्ध संघर्ष बढ़ा था आज घूमकर उसी धुरी पर लौट रहा है फिर इस मारकाट की ज़रूरत क्या थी। शहादत का क्या अर्थ था ? कई जगह आवाज़ें उठीं, "मर्ग बर मा कि गुफ़्तीम मर्ग बर शाह" (हमें मौत आये जो हमने कहा था कि शाह का नाश हो!) ईरान की सड़कों पर लाल काले अक्षरों से लिखा था, "इस्लाम एक सयासी धर्म है।" उसके नीचे लिखा था, "धर्म को बचाने के लिए जासूसी अनिवार्य है।"

सड़क पर चलते लोग मूक भाषा में एक-दूसरे से पूछ रहे थे, "इन्सानियत को बचाने के लिए धरती पर इन्सान का रहना अनिवार्य है या नहीं ?" जनता पूर्णरूप से चकराई हुइ थी कि क्या हक़ीक़त है और क्या झूठ, इसका उत्तर कौन देता ? संसार ख़ामोश था। इन्सानियत इन्सानी जंगल की गहरी गुफाओं में खौफ़ज़दा छुपी काँप रही थी।

अहसान का मन-मस्तिस्क तरह-तरह के प्रश्न पूछता था मगर जवाब कौन दे ? बहन थी वह अल्लाह को प्यारी हो गई थी। इस घर में उसका हमउम्र कौन बचा है ? कोई भी नहीं। दादी, नानी, मामी, चची, इन्हीं के बीच सुबह से शाम तक वह रहता है। बाहर मिलने-जुलने पर सख़्त पाबन्दी है कि कहीं मुजाहिद या फ़िदाइन न बन जाये। ख़ालिद भाई का पेरिस से खत आया है। जाने क्या-क्या लिखा है उसमें, इशारों की बात समझना कठिन है। कहीं-कहीं पर आग, तूफ़ान, संघर्ष शब्द हैं। हर तरह के दमन, अंकुश ओर अत्याचार के बाद...कौन-सा चित्र उभरता है कि संघर्षकारी सिर्फ़ अपने जीवन की बलि ही देता जा रहा है, कहीं पहुँचा तो है नहीं ?...संघर्षकारी को कहाँ पहुँचना होता है ? लगता है बस संघर्षकारी अपना अधूरा संघर्ष दूसरों को सौंप कर आँखें बन्द कर लेता है...। ख़ैर और शर का आपसी युद्ध ज़ालिम और मज़लूम के बीच का न समाप्त होने वाला संग्राम...कभी न समाप्त होने वाली आवाज़ है...कभी बन्द न हो जाने वाली धड़कन है...। उसी आवाज़, उसी धड़कन की पुकार मुझे व्याकुल किये हुए है...मुझे बार-बार आवाज़ देता है...मुझे उसके बुलावे पर जाना होगा...जाना होगा...। अहसान ने अपना सर दिवार पर पटकना शुरू कर दिया!

माँ घबरा कर चीख़ीं, "लो इसको फिर कुछ हो गया...ज़रा बाबा को बाहर से बुलाओ।" औरतों ने चारों तरफ से आ कर अहसान को घेर लिया।

"या मुश्किलकुशा..."अस्फुट शब्द गूँज रहे थे।

" या अमीरलमोमीनीन..." कुछ फूंक कर अहसान पर चची ने दम किया।

"मौत की हवाएँ कितनी ख़ामोशी से बिना निशान छोड़े ईरान में बह रही हैं। ख़ून की बारिश हो रही है। धरती फसल उगाने की जगह कटी फसलों को अपने आग़ोश में समेटने लगी है और मैं...मुझे क्या हो रहा है ? यह सब मैं क्यों सोच रहा हूँ ?" बेदम होते अहसान के दिमाग़ ने प्रश्न किया।

"तुम आ गये ? देखो इसे क्या हो रहा है ?" माँ ने लपक कर पति का बाजू पकड़ा।

डाक्टर के जाने के बाद घर में ख़ामोशी छा गई। अहसान की उम्र युद्ध में जाने वाली है। पैसा खिला कर घर वालों ने कमेटी का मुँह बन्द कर दिया है जबकि पास पड़ोस के सारे लड़के जिनकी आयु अठारह से बीस तक थी, युद्ध में शहीदहो चुके हैं! इकलौते लड़के की ममता बहुत बुरी होती है मगर यह ममता कब तक कवच का काम करेगी ? पूरा ईरान छूत की बीमारी से ग्रस्त है। उस बुखार से लड़ने के लिए ताज़ा ख़ून चाहिये...जीवट आत्माएँ...इन आत्माओं को घर के पिंजड़े में कब तक कौन क़ैद रख सकता है ? परिन्दे उड़ेंगे...डैने कटेंगे...मगर आसमान परवाज़ से भरेगा।

"सारी रात टेप चलता रहा और कुछ भी हाथ न लगा ?" नाज़िम ने ख़ाली कैसिट का रिबन गुस्से में नोचते हुए कहा।

"इस सिलसिले में कोई क्या कर सकता था। जब वह आपस में बोले ही नहीं तो टेप कहाँ से होता ?' करीम ने कहा।

"मैं उन्हीं पर लानत भेज रहा हूँ कमबख़्त पत्थर के हैं।" नाज़िम ने दाँत पीसते हुए कहा।

"इन्हें...क़िस्सा पाक करो...!" करीम ने हाथ के इशारे से नाज़िम को राय दी।

"मारा तो इन्हें कभी भी जा सकता है। सवाल है जड़ का, शाख-शाख तोड़ते रहो, ज़मीन में जड़ है तो पेड़ फिर पनपेगा, नई कोंपल फूटेगी, शाख बनेगी...!" नाज़िम ने धीमी आवाज़ से कहा।

"अपने को सँभालो, ताहिर का हाल देखा है ? चार मास से अस्पताल में पड़ा है। क्या फ़ायदा है अपनी माँसपेशियों से खिलवाड़ करने में ? आय्यतउल्लाह खलख़ाली जब थे हमारा काम अधिक आसान था। आते ही पूछते थे, 'कितनी ट्रकें आई हैं ?'

'तीन आई हैं।'

'कब पहुँचीं ?'

'रात को दो बजे।'

'सारे इमाम विरोधी, देशद्रोही हैं ?'

'जी!'

'ठीक! पहली ट्रक वालों को फाँसी, दूसरी ट्रक वालों को गोली और तीसरी ट्रक वालों की हण्टर से धुनाई...और कोई बात ?''नहीं, फिर कार निकलवाओं मैं जमारान हो कर आता हूँ!' मगर तुम और ताहिर मानसिक युद्ध और फैसले करते हो...इसी कारण आज सारे जेल क़ैदियों से उबल रहे हैं...खाने और जगह की कितनी तंगी है...यह न मारपीट से सुधरेंगे न बदलेंगे...यह बहुत ढीठ हैं, बहुत ज़्यादा।"

"तब काम आसान था। आज विद्रोही दल अधिक संगठित और ख़तरनाक रूप से चतुर हो गये हैं। इसकी जड़ का पता लगाना है। आय्यतउल्लाह खलख़ाली का ज़माना लद गया जब वह कहते थे कि 'बेकसूर मरा तो जन्नत गया। यदि कसूरवार था और हमारे हाथों मारा गया तो ख़ुश हो कि दोज़ख के बजाय वह जन्नत गया। इसमें क़ानून और रहम की दोहाई देने से क्या फ़ायदा।' अब हालात गम्भीर हैं करीम'! एक बार इनके गुट के किसी महत्वपूर्ण आदमी को टी०वी० पर ला कर माफ़ी मँगवा दो या तौबा करा दो समझो पूरा गुट टूट कर बिखरा...मुझे उस दिन का इन्तज़ार है।" नाज़िम ने गहरी नज़रों से करीम को देखते हुए कहा।

"बहरहाल अब इन सब पत्थर की मूर्तियों का करना क्या है ? समीना और नादिरा बिना ज़बान खोले मर गईं।" करीम ने कहा।

"जहन्नुम में गई दोनों...रोज़ यहाँ हज़ारों ऐसी बेकार की मौतें हो रही हैं। एक हज़ार दो सही... ज़बान खोलतीं भी तो क्या कहतीं ? उन्हें कुछ पता भी था ? हमारे लिये तय्यबा का ज़िन्दा रहना अभी कुछ दिनों तक अहम है। उसके पास है कुँजी। वह है रीढ़ की हड्डी...। यह सब मौतें तो फेज़ा बनाने की सजावट भर हैं...फिर करीम...मारा तो इन्हें किसी भी पल...अपनी मुट्ठी में हैं सब के सब... ज़रा दबाव डाला मुट्ठी पर, दम घुटने से सब मर जायेंगे।"

"इतना समय किसी एक व्यक्ति पर खर्च करना बहुत...।"

"प्रश्न एक व्यक्ति का नहीं बल्कि पूरे गुट का है...मेरी बात समझने की कोशिश करो...मुझे क़ुम जाना है। आय्यतउल्लाह मुँतज़री के पास, हफ़्ता-भर लग जाएगा। इस बीच उन सबको यातना-मुक्त कर दो। लौट कर कुछ फैसला करूँगा...उस ज़मीनी बला को भी आराम करने दो!"

"जैसी तुम्हारी मर्ज़ी।"

"मुहाजरत का अर्थ आज के सन्दर्भ में कितना बदल गया है। जब हज़रत मोहम्मद ने मक्का से मदीना मुहाजरत की थी वह एक धार्मिक आवश्यकता थी और आज

एक सयासी मजबूरी है। ईरान में एक शहर से दूसरे शहर के लोग अपनी जान बचा कर भाग रहे हैं। संसार में एक देश से दूसरे देश वीज़ा के लिए मारे-मारे फिर रहे हैं। ईरानी क़ौम एक बंजारा क़ौम में बदल गई है जहाँ पर रहने की इजाज़त मिली वहीं पर डेरा-ख़ेमा डाल कर बैठ गई। दो-तीन साल बाद फिर अनजाने मुल्क की तरफ...।" मुस्तफ़ा की आवाज़ बहुत भारी हो रही थी।

"जब अपना घर छूटा तो समझो बेघर-बार इन्सान और आवारा कुत्ता बराबर है...।" जाफ़र ने सामान बक्स में जमाते हुए कहा।

"तीन साल पहले ईरान से इंडिया आये थे...क्या करने ?" मुस्तफ़ा झुँझलाते हुए बोला।

"जान बचाने के लिए, समझे! अभी ईरान में होते तो कब के ख़त्म हो गये होते!" इज़्ज़त ने कहा।

"पैसा नहीं, घर नहीं, वतन नहीं; हम ईरानी बरसों से इस ग़म का बोझ उठा रहे हैं कब जा कर हमारा वतन हम सबका होगा ?" जाफ़र ने कहा।

"अब कनाडा जा कर रचो-बसो...मन बहुत उलझ रहा है!" मुस्तफ़ा ने कहा।

"अब यह बातें फज़ूल हैं करनी, सुबह हिन्दुस्तान से कनाडा जाना है यही हक़ीक़त है। इस गमन के अवसर पर एक तराना हो जाये!" इज़्ज़त ने कहा।

"चलो हो जाये!" मुस्तफ़ा ने हँसते हुए कहा।

समझे थे हमें वे बहार का फूल
निकले हम आग के शूल...

गाना समाप्त हुआ। मन हल्का हुआ। वह सब यहीं रहना चाहते हैं मगर पुलिस ने उन्हें नोटिस दे दी है। ईरानी दूतावास ने अपनी पालिसी बदल ली है। यहाँ अब इस्लामी विचार वाले विद्यार्थी रहेंगे। जिनके नाम दूतावास देगा। इस लिये वह दी गई तारीख़ से एक दिन भी अधिक रुक नहीं सकते। पढ़ाई समाप्त हो गई। नया दाख़िला मिलेगा नहीं। सबका मन भारी है। पानी से भरे बादल जैसा मगर बरसे कहाँ ? बादलों की तरह बिना बरसे मीलों लम्बा सफर तय करना है। किस दिशा की ओर, किस मंज़िल की ओर कुछ पता नहीं है। हवा जिस ओर उनके आवारा वजूद को ले जाये वह चले जाएँगे मगर बरसेंगे सिर्फ़ अपनी धरती पर, अपने वतन ईरान पर!

कच्चे ख़जूर घुँघरुओं की तरह दरख़्त की शाखों से बन्धे हुए थे। उनकी महक से वातावरण ग़मक रहा था। लू के तेज़ झोंके फलों से लदी शाखों को हिला रहे थे। गिरती तेज़ धूप की तपिश से दूर-दूर तक एक दूधिया नीलापन फैला हुआ था, जिसको चीरती काली डामर की चौड़ी चमकीली सड़क दूर से ऐसी झिलमिला रही

थी जैसे रेगिस्तान में मृगतृष्णा प्यासे को छलती है।

मेंहदी ने बस में बैठे हुए बाहर ताका। सामने बोर्ड लगा था 'अलबग़दाद'। उसने बेचैनी से इधर-उधर देखा फिर गर्दन में पड़ी कुँजी को आहिस्ता से छुआ। 'शहादत न मिली न सही, ज़ियारत तो नसीब हो गई। जन्नत तो अली के रौज़े की चौखट है।"

बस बग़दाद शहर का चक्कर लगाती रमादी कैम्प की तरफ जा रही थी। ईरान-इराक़ युद्ध में बन्दी बनाये गये नन्हें सिपाहियों को ले कर जिनके मुँह से दूध की ख़ूशबू अभी गई नहीं थी। कुछ लड़के ऊँघ रहे थे, कुछ भयभीत थे, कुछ बड़े आराम से खिड़की से बाहर झाँक रहे थे। जिस समय बस रमादी कैम्प पहुँची खाना परोसा जा रहा था। क़ौरमा सब्ज़ी और चावल...ईरानी खाना...! ढेरों ईरानी बन्दियों को कैम्प में देख कर भी मेंहदी का मन अकेलेपन से घिर गया था। बड़ी ज़ोर से रोना आने लगा।

"खाना खाते क्यों नहीं ?" रसोई के इंचार्ज अली करीमी ने मेंहदी से कहा।

"बच्चा है, घर की याद आ रही होगी।" एक इराक़ी आफ़िसर ने अपनी टूटी-फूटी फारसी में कहा। मेंहदी को उसकी यह हमदर्दी बहुत बुरी लगी, 'कौन होता है मुझ पर तरस खाने वाला यह काफ़िर ?' उसका नन्हा-सा दिल उत्तेजना से धड़कने लगा। क्रोध के मारे साँस धौंकनी की तरह चलने लगी और दिमाग़ में बन्दूक़ की गोलियाँ सनसनाने लगीं, 'ईरान होता तो बता देता, सीना छलनी कर देता!"

"खा लो...रहना तो यहीं है न!" अली करीमी ने समझाया। वह स्वयं तीन वर्ष से बन्दी बना हुआ था। अफसर था अब किचन का इंचार्ज बनाया गया था।

"नहीं!" मेंहदी जव्वाद ने बड़े हठीले अन्दाज़ से कहा। उसके पैरों में टीसन होने लगीं।

लड़के खा-पी कर उठने लगे थे। मेंहदी ने देखा, उसकी बाक़ी साथी भी तेज़ी से खाना खा रहे हैं! उसने नफरत से मुँह फेर लिया, "दुश्मन का नमक खा कर अपना नमकदान तोड़ रहे हैं...छी!" खाने के बाद खजूरें मिलीं। उसने खज़ूर भी नही खाई। पुराने बन्दी लड़के बड़े आराम से खज़ूरें खा कर उनके बीज दाँतों के नीचे दबा रहे थे। कुछ ने उन बीजों को पत्थर पर घिसना शुरू कर दिया। मेंहदी चुपचाप सब कुछ देख रहा था। एकाएक घिसते बीज को देख कर उसके दिमाग़ में इमाम खुमैनी के शब्द गूँजे, 'हमने अमेरिका का चेहरा ज़मीन पर रगड़ दिया है।'

"देखो कैसी बनी है मेरी तस्बीह ?" एक लड़के ने मेंहदी को उदास चुपचाप बैठा देख कर अपने हाथ में पकड़ी नन्ही तस्बीह दिखाई।

"अच्छी है न ?" बारह वर्ष का लड़का पूछ रहा था। उसके गदबदे हाथ पर खजूर के दानों से बनी तस्बीह को मेंहदी ने पल-भर ग़ौर से देखा।

"हाँ, बहुत अच्छी है...कैसे बनाते हो इसे ?" दस वर्ष का मेहदी सब कुछ भूल कर एकदम से बोल उठा।

"पहले अपने हिस्से के खजूर खाओ तो बताऊँ!" लड़के ने मेंहदी की मुट्ठी की तरफ इशारा किया।

"अच्छा!" कह कर मेंहदी ने ख़जूर से अपना फ़ाक़ा तोड़ा।

"अब!" मेंहदी ने तीनों बीज हथेली में पकड़ कर पूछा।

"बताता हूँ।" कह कर उस लड़के ने तस्बीह कैसे बनती है, बताना शुरू किया।

शाम ढलने लगी थी! गर्मी में कमी आ गई थी। मेंहदी के पैर का जख्म टीसने लगा था। दर्द को पीते-पीते उसकी आँखे झपक गईं।

सोते में मेंहदी के चेहरे पर हल्की-सी मुस्कान फैल गई। गालों पर आँसुओं के सूखे निशान अब भी नज़र आ रहे थे मगर ईरान की ज़मीन ने उसे अपने आग़ोश में भींच लिया था। उसकी सिसकियाँ अब एक आरामदेह साँस में तब्दील हो रही थीं और मुस्कान अब मन्द-मन्द हँसी में बदल गई थी।

सपने में उसके घर का आँगन है! माँ तन्दूर पर रोटी सेंक रही है। अंजीर के पेड़ के नीचे वह लड़कों से घिरा बैठा है और वह सब अतुल मतुल तूतूले का खेल खेल रहे हैं।

अतल मतल तू तूले<br>
गाऊ हसन चे जूरे<br>
न शीर दारे न पिस्तून<br>
शीरश रा बुर्दन हिन्दुस्तून<br>
यक ज़ने हिन्दी बे सून<br>
इस्मश रा बेज़ार अमकेज़ी<br>
दौरे कुल्हश किरमिज़ि।<br>
आचीनो वाचीन यक पा तो वरचीन!

(हसन की गाय कैसी है ? न थन है उसके, न वह दूध देती है। उसके दूध को हिन्दूस्तान ले गये हैं। एक हिन्दूस्तानी औरत को लो और उसका नाम रख दो, बुआ की बेटी। उसकी टोपी का किनारा लाल है...आचीन...वाचीन एक पैर उठा लो अपना!)

जिसके पैर पर हाथ के साथ वरचीन (उठा लो) शब्द ख़त्म होता है वह अपना फैला पैर समेट लेता है। उसके काफ़ी साथी आउट हो चुके थे और अब वे दोनों पैर समेटे उकड़ूँ बैठे थे। इस बार क़ासिम का हाथ वरचीन के साथ उसके पैर पर पड़ा मगर...क़ासिम का हाथ वहीं जड़ हो गया।

यह क्या ? उसने देखा, उसका एक पैर जांघ के नीचे से गायब है। कहाँ गया ?

सारा दृश्य बदल गया। अब बसीज़ की लम्बी लाइन है जौ के खेत के सामने लगी है। माँ का रोता चेहरा, पिता के काँपते होंट...उसका हँस कर कहना— "मैं शहीद हो गया तो मेरी क़ब्र पर फूल ले कर आना मामान! आओगी न ?"...फिर युद्ध क्षेत्र में सनसनाती गोली...बेहोशी जब टूटी और उसे पूरी तरह से होश आया तो उसने देखा वह बन्दी है और उसके पैरों से गोली निकाली जा रही है फिर पैर काट दिया गया। दर्द की एक तेज़ बर्छी...उसके मुँह से चीख़ निकल गई...आँखों के सामने सिर्फ़ लाल टोपियाँ थीं और हरे लिबास...फिर वह चीख़ता चला गया।

"क्या हुआ ?" कई लड़के उठ बैठे। कुछ नींद से जागे। पसीने से तर मेंहदी फटी आँखों से पैर को तक रहा था। जव्वाद ने उसे पानी का गिलास थमाया और प्यार से उसका शाना थपथपाया। गर्मी ग़ज़ब की थी। खिड़कियाँ खुली थीं। बाहर मैदान में काँटेदार बाढ़ के उस पार तक फीकी चाँदनी फैली हुई थी। उस सफेद रूपहली चाँदनी में क़ासिम जो पन्द्रह दिन पहले बन्दी बना था अपना घर ढूँढ रहा था जो दूर-दूर गया था। उसके न चाहने पर उसे बसीज में जाना पड़ा और अब क़ैदी बन गया है। उसके दिल में माँ बाबा के लिए ग़ुस्सा है मगर उधर सिद्दिके ख़ानम सर ऊँचा उठाए घूम रही थीं ठीक अहसान के माँ-बाप की तरह जो बेटे के जंग में जाने से अपनी बेटी द्वारा लगाया दाग़ धुलता देख रहे थे मगर ख़ुद अहसान ख़ालिद भाई की बातों को सोचता बिस्तर पर पड़ा था कि वतन के के प्यार का अगला क़दम क्या होगा ?

थोड़ी देर बाद सारे लड़के सो गये। दस से सोलह वर्ष तक के लड़के युद्धबन्दी बने हुए हैं। जव्वाद यहाँ पर सबसे पहले बन्दी बन कर आया था। पिछले तीन सालों से मैं यहाँ हूँ...मैं बारह वर्ष का था, अब पन्द्रह वर्ष का हो गया हूँ। कितना लम्बा समय गुज़र गया...उसने खिड़की से बाहर आसमान पर उगे चाँद को देखते हुए होंटों के ऊपर हाथ फेरा...कितने मुलायम बाल निकल आये हैं...मामान मुझे देख कर कितना ख़ुश होगी जब मैं ईरान लौटूँगा...उसकी आँखों में सपने तैरने लगे— गाँव के खेत, बाग़, घर और उसका प्यारा कुत्ता...गुर्गी भी तो बड़ा हो गया होगा ? नींद के खुमार में डूबी हुई आँखों के सामने घर उभरने लगा—मामान...बाबा और फ़ात्मा...गुर्गी भी तो इस चाँद को देख रहे होंगे न ? हँसी की आवाज़ें ओर घोड़े की हिनहिनाहट...।

गेहूँ के खेतों के बीच से वह भाग रहा है। पीछे 'गुर्गी' उस का कुत्ता बड़ी सी ज़बान निकाले दौड़ रहा है। एकदम से आसमान लड़ाकू जहाज़ से गूँज उठा और एक तेज़ तराना गूँजा...वह वर्दी पहने बसीज़ में खड़ा है...मण्डली के क़रीब बन्दी बना लिया गया। उसके साथ लगभग उसके पचास साथी लड़के और पकड़े गये हैं।...बग़दाद में सबको नज़्फ जाने का इन्तज़ार है...सारे लड़के मस्त हैं, वह भी मस्त है। किसी ने उसे ज़ोर से पुकारा।

"जव्वाद...सुना हम ईरान लौट रहे हैं!"

"कैसे ?"

"रेडक्रास से सद्दाम हुसैन ने कहा है। वह इमाम से बात करेगी...मज़ा आयेगा ?"

"मैं तो ढेरों नाशपाती खाऊँगा...घर के पेड़ में अब पक रही होंगी..."

"जव्वाद, मैं तो जाते ही अस्तबल की दिवार से वह रंगीन शीशा निकालूँगा जिसे आते वक़्त मैं वहाँ छुपा आया था...बड़ा...।"

"छोड़ो भी...शीशा क्या होता है। मेरे गाँव आना, गुर्गी से मिलवाऊँगा..."

सामान बन्ध गया। तभी...बम्ब का गोला फटा...इमाम ने बन्दियों को वापस लेने से इन्कार कर दिया, यह कह कर कि यह आरोप है ईरान पर। वास्तव में यह लड़के ईरानी नहीं हैं।

"झूठ...झूठ...हँसते लड़के आँसू-भरी आँखें लिये चीख़ पड़े। कुछ ने दर्द से तड़पना शुरू कर दिया...पूरा कैम्प दर्दनाक आवाज़ों से गूँजने लगा...जव्वाद सपने में ही अपना घुटना पकड़ कर ज़ोर-ज़ोर से रोने लगा।

"क्या हुआ जव्वाद ?" पास लेटे सलीम ने उसे लिपटाते हुए पूछा।

"मेरा घुटना...बहुत ऐंठन हो रही है...!" जव्वाद ने बिलखते हुए कहा।

रोने की आवाज़ और शोर से पहरेदार अन्दर आया। सबको ख़ामोश कराया। थोड़ी देर बाद डाक्टर आ गया। गोली खिलाई। मसाज़ किया। जव्वाद के पपोटे भारी हो कर बन्द होने लगे। डाक्टर बशीर गहरी साँस ले कर खड़े हुए...तीन वर्ष से अधिक हो गया इनकी देखभाल करते हुए...यह दर्द तो उस दिन से लादवा हो गया था जिस दिन से खुमैनी ने लड़कों को वापस लेने से इन्कार कर दिया था...कैसा तड़पे थे सब के सब...जैसे हलाल हुए ढेरों मुर्गे एक साथ ज़मीन पर लेट रहे हों...चीख़ों से रात का दिल ख़ून-ख़ून हो गया था...वह केवल डाक्टर भर हैं, दवा दे सकते हैं मगर...खुमैनी को मना नहीं सकते, न बता सकते हैं कि आओ देखो तुम्हारे मासूम फूल, बूढ़े होते, सूखते गुलाबों की हम कैसी देखभाल कर रहे हैं...उन्हें मुरझाने से बचा रहे हैं...मगर उन्हें माँओं की गोद, उनके वतन की आग़ोश नहीं दे सकते! डाक्टर ने गहरी साँस भरी...रात के दो बजे हैं, जाने सुबह तक कितने लड़के सपने में रो पड़ें ? ख़ामोशी से डाक्टर बाहर निकले और अपने कमरे में जा कर उन्होंने किताब खोली, पाइप भरा और कुर्सी पर टेक लगा कर बैठ गये...बाक़ी रात किसी नई चीख़ के इन्तज़ार में कट जायेगी।

पौ फटने में अभी देर थी। तय्यबा को पासदारों ने दिवार के सामने वाले खम्भे से बाँध दिया।

तीन जोख़े मुँह पर कपड़ा बाँधे, हाथों में बन्दूक़ थामे तय्यबा से कुछ दूरी पर आ कर सामने ज़मीन पर घुटनों के बल बैठ गये। नाज़िम दाढ़ी पर हाथ फेरता हुआ आया और साथ आये पासदार से मुँह घुमा कर आहिस्ता से कुछ कहा।

"मिज़ाज कैसा है आपका ?" नाज़िम ने तय्यबा के समीप जा कर पूछा। तय्यबा ने जलती निगाहें नाज़िम पर डालीं।

"सामने देखिए! आपके साथी तशरीफ ला रहे हैं!"

तय्यबा ने नज़रें घुमाईं। चन्द साये उसे अपनी तरफ बढ़ते दिखे! सियावुश, कामरान, असग़र, शहराम, फरीद और क़ासिम आ रहे थे। उसकी बेचैन प्यासी आँखें कुरुश को देखने के लिए बेताब हो उठीं फिर उसे समीना और नादिरा का ख़्याल आया वे इनके साथ क्यों नहीं हैं ?"

"आप लोग इनके अंजाम से कुछ सबक़ लें। ज़िन्दगी खोटा सिक्का नहीं है कि उसे उछाल कर दूर फेंक दें। जोश बिना तथ्य के निरर्थक ही नहीं बल्कि सतही रहता है।" नाज़िम ने दाढ़ी के बाल हाथ से नोचते हुए कहा।

वे सब ख़ामोश खड़े रहे। बिजली के झटके, केबिल की मार, तिरस्कार और अपमान ने उनको दो मास में कहीं का नहीं रखा था। इस समय भी बदन कमज़ोर और दिमाग़ में एक सनसनाहट थी जो बार-बार एक बात याद दिला रही थी कि जब हाथ में हथियार न हो और दुश्मन पर वार करना हो तो ज़बान बन्द रखो चाहे बदन के परखचे ही क्यों न उड़ जायें!

"आपका क्या ख़्याल है ख़ानम इस बारे में ? अब भी मौक़ा है हमसे समझौता कर लें। आप हमारी सहायता करें और हम...।"

"सहायता और आपकी... ? कभी नहीं!" तय्यबा ने घृणा-मिश्रित हँसी से कहा।

"सोच लीजिए...हमें कोई जल्दी नहीं!"

"सोच लिया!" कह कर तय्यबा ने ज़मीन पर थूका।

"गुस्ताख़!" नाज़िम क्रोध से पागल हो उठा और चीख़ पड़ा-"फ़ायर!"

जोखों.ने उँगली पर दबाव डाला। आग उगलती गोलियाँ तग...तग...तग करती हुई तय्यबा के बदन की ओर लपकीं। सारा बदन गोलियों से बिंध गया। घाव ख़ून के आबशार बन गये।

छहों साथियों की आँखों में क्रोध था, द्वेष था, एक नये संग्राम की चुनौती थी। उनके वजूद में संघर्ष के शोले दुगुने वेग से भड़क उठे। तन्हा कमरे में बैठे कुरुश की आँखों से आँसू की लड़ियाँ गिर रही थीं। यह आँसू पानी की मामूली बूँदें नहीं रहे थे। धीरे से उसके होंटों से निकला, "खुदाहाफ़िज़ हमज़ाद...खुदाहाफ़िज़!"

तय्यबा के रस्सी से बन्धे तड़पते बदन पर खुली आँखें आसमान पर टिकी थीं। जहाँ पौ फट चुकी थी। उसके मुख से आखिरी शब्द निकले।

"अलविदा! मेरे प्यारे वतन, अलविदा...!"

गोली से छलनी शरीर साकित हो गया। आत्मा का बेचैन परिन्दा डैने पसार कर आकाश की ओर उड़ गया।

आसमान सुर्ख़ हो रहा था। सूरज का सुनहरा गोला निकलने के लिए व्याकुल था। ज़ंजीर के खुलने और टूटने की आवाज़ से दिशाएँ गुँजारित थीं।

❑❑❑